AMY TAN

Das Kurtisanenhaus

GOLDMANN
Lesen erleben

AMY TAN

Das Kurtisanenhaus

Roman

Ins Deutsche übertragen
von Elke Link

GOLDMANN

Die Originalausgabe erschien 2013 unter dem Titel
»The Valley of Amazement« bei HarperCollins Publishers, New York.

Das Gedicht »Treibsand-Jahre« von Walt Whitman wurde dem Band
»Grasblätter« entnommen. Nach der Ausgabe von 1891/92
erstmals vollst. übertragen u. hg. von Jürgen Brôcan, München:
Carl Hanser Verlag GmbH & Co. KG, 2009.

Dieses Buch ist auch als E-Book erhältlich.

FSC
www.fsc.org
MIX
Papier aus verantwortungsvollen Quellen
FSC® C014496

Verlagsgruppe Random House FSC® N001967
Das für dieses Buch verwendete FSC®-zertifizierte Papier
EOS liefert Salzer Papier, St. Pölten, Austria.

1. Auflage

Umschlaggestaltung: UNO Werbeagentur, München
Umschlagmotiv: Malgorzata Maj/Arcangel Images
Redaktion: Regina Carstensen
Satz: Uhl + Massopust, Aalen
Druck und Bindung: GGP Media GmbH, Pößneck
Printed in Germany
ISBN 978-3-442-31137-8
www.goldmann-verlag.de

Besuchen Sie den Goldmann Verlag im Netz

Für
Kathi Kamen Goldmark und Zheng Cao
Seelenverwandte

Treibsand-Jahre, die ihr mich wer weiß wohin wirbelt,
Eure Pläne, Politik, Scheitern, Zeilen versinken,
Stoffe spotten und entziehen sich mir,
Bloß das Thema, das ich singe, die herrliche und fest
in Besitz genommene Seele, entzieht sich nicht,
Das Selbst darf niemals versinken – es ist der letzte
Stoff – der von allen gewiss ist,
Von Politik, Triumphen, Schlachten, Leben, was bleibt
da schließlich?
Wenn Shows abbrechen, was ist gewiss, wenn nicht das
Selbst?

Walt Whitman, »Treibsand-Jahre«

I

Der Verborgene Jadepfad

Shanghai, 1905–1907
Violet

Mit sieben Jahren wusste ich ganz genau, wer ich war: ein durch und durch amerikanisches Mädchen, was Hautfarbe, Umgangsformen und Sprache anging, und meine Mutter Lulu Minturn war die einzige weiße Betreiberin eines Kurtisanenhauses erster Klasse in Shanghai.

Sie gab mir den Namen Violet, nach den kleinen Veilchen, die sie in ihrer Kindheit und Jugend in San Francisco so gern gemocht hatte. San Francisco kannte ich aber nur von Postkarten. Meinen Namen hasste ich mit der Zeit. Die Kurtisanen sprachen ihn aus wie das Shanghaier Dialektwort *vyau-la* – das benutzte man, wenn man etwas loswerden wollte. Überall wurde ich mit »*Vyau-la! Vyau-la!*« empfangen.

Meine Mutter nahm einen chinesischen Namen an, Lulu Mimi. Das klang ganz ähnlich wie ihr amerikanischer Name, und ihr Kurtisanenhaus war damals als das »Haus von Lulu Mimi« berühmt. Ihre westlichen Kunden kannten es unter der englischen Übersetzung der Schriftzeichen, aus denen ihr Name bestand: »Der Verborgene Jadepfad«. Außer diesem Haus gab es keine Kurtisanenhäuser, die sowohl von chinesischen als auch von westlichen Kunden frequentiert wurden. Viele von den Kunden meiner Mutter waren im Außenhandel tätig und gehörten zu den wohlhabendsten Geschäftsleuten. Damit brach sie in beiden Welten Tabus, und zwar mit viel Bravour.

Das Freudenhaus war meine Welt. Ich hatte nie Gesellschaft von Gleichaltrigen, keine kleinen amerikanischen Freundinnen. Als ich sechs war, schrieb mich meine Mutter an Miss Jewells Mädchenakademie ein. Es gab dort nur vierzehn Schülerinnen, aber sie waren alle gemein zu mir. Einige Mütter hatten dagegen protestiert, dass ich die Schule besuchte, und deren Töchter stifteten alle anderen Mädchen dazu an, gemeinsam an meinem Schulverweis zu arbeiten. Sie behaupteten, ich wohne in einem »sündhaften« Haus, und keines der Mädchen solle mich berühren, sonst würde mein Makel an ihm haften bleiben. Außerdem erzählten sie der Lehrerin, ich würde die ganze Zeit fluchen, dabei hatte ich das nur ein einziges Mal gemacht. Die schlimmste Beleidigung aber kam von einem älteren Mädchen mit albernen Ringellöckchen. Es war mein dritter Tag an der Schule, kurz vor Unterrichtsbeginn. Das Mädchen lief im Gang forsch auf mich zu und sagte so laut, dass es meine Lehrerinnen und die jüngeren Mitschülerinnen hören konnten: »Du hast mit einem schlitzäugigen Bettler Chinesisch gesprochen, du bist also auch ein Schlitzauge.« Ich konnte mir nicht noch eine einzige ihrer Beleidigungen anhören. Ich packte sie an ihren Ringellöckchen und zerrte daran. Auf ihr Gebrüll ging ein Fausthagel auf meinen Rücken nieder, während mir gleichzeitig jemand eine blutige Lippe verpasste und einen Zahn ausschlug, der bereits gewackelt hatte. Ich spuckte ihn aus. Einen Moment lang starrten wir alle den glänzenden Zahn an, bis ich mir theatralisch an den Hals fasste und kreischte: »Ich bin tot! Die haben mich umgebracht!« Dann brach ich zusammen. Ein Mädchen fiel in Ohnmacht, die Anführerin und ihre Meute verzogen sich mit betroffenen Mienen. Ich hob den Zahn auf – gerade war er noch ein lebendiger Teil von mir gewesen. Die Lehrerin drückte mir schnell ein zusammengeknotetes Taschentuch aufs Gesicht, um die Blutung zu stillen. Man setzte mich in eine Rikscha und gab mir nicht einmal ein paar Worte des Trostes zum Abschied mit. Meine Mutter beschloss auf der Stelle, dass ich von nun an zu Hause unterrichtet werden sollte.

Verwirrt erzählte ich ihr, was ich zu dem alten Bettler gesagt hatte: »*Lao huazi*, lass mich vorbei.« Bis sie mir erklärt hatte, dass *lao huazi* das chinesische Wort für »Bettler« war, war mir nicht bewusst gewesen, dass ich einen Mischmasch aus Englisch, Chinesisch und dem Shanghaier Dialekt sprach. Andererseits, woher sollte ich das englische Wort »Bettler« kennen, wenn ich nie einen amerikanischen alten Mann gesehen hatte, der zusammengesackt an einer Wand lehnte und brabbelnd um Mitleid heischte? Bevor ich in die Schule gekommen war, hatte ich meine spezielle Sprache nur im Verborgenen Jadepfad benutzt, wenn ich mit unseren vier Kurtisanen, ihren Zofen und den Dienstboten sprach. Ob sie klatschten oder flirteten, klagten oder sich beschwerten – ihre Ausdrucksweise drang mir ins Ohr, und so floss es auch wieder aus meinem Mund. Wenn ich mich mit meiner Mutter unterhielt, hatte sie nie etwas an meiner Redeweise auszusetzen. Zu all dem Durcheinander war noch hinzuzufügen, dass meine Mutter auch Chinesisch sprach und ihre Zofe Goldtaube Englisch beherrschte.

Der Vorwurf des Mädchens machte mir weiterhin zu schaffen. Ich fragte meine Mutter, ob sie als Kind Chinesisch gesprochen hätte, und sie erzählte mir, dass Goldtaube ihr eine strenge Lehrerin gewesen sei. Dann fragte ich meine Mutter, ob mein Chinesisch so gut sei wie das der Kurtisanen. »Deines ist in vielerlei Hinsicht besser«, sagte sie. »Du sprichst schöner.« Ich war beunruhigt. Ich fragte meinen neuen Hauslehrer, ob ein Chinese denn von Geburt an besser Chinesisch sprechen würde, als ein Amerikaner es je lernen könne. Bei jeder Rasse seien Mund, Zunge und Lippen bestens für die jeweilige Sprache ausgebildet, sagte er, genau wie die Ohren, die die Wörter ins Gehirn leiten. Ich wollte wissen, warum ich dann seiner Ansicht nach Chinesisch könne. Er meinte, ich sei eine gute Schülerin und hätte den Mund so trainiert, dass ich die Zunge anders bewegen könne.

Das beschäftigte mich zwei Tage lang, bis ich mich durch logisches Denken wieder meiner Hautfarbe zugehörig fühlte. Zuallererst einmal war meine Mutter Amerikanerin, überlegte ich. Auch wenn mein Vater tot war, so war es doch offensichtlich, dass er ebenfalls Amerikaner gewesen war, denn ich hatte schließlich helle Haut, braune Haare und grüne Augen. Ich trug westliche Kleidung und ganz normale Schuhe. Man hatte mir nicht die Füße gebrochen und wie Kloßteig in einen winzigen Schuh gezwängt. Außerdem bekam ich Unterricht, und dies auch noch in schwierigen Fächern wie Geschichte und Naturkunde – »und zwar zu keinem höheren Zweck als allein dem Wissen«, hatte mein Hauslehrer gesagt. Die meisten chinesischen Mädchen lernten nur, wie sie sich benehmen sollten.

Darüber hinaus dachte ich nicht wie ein Chinese – ich verrichtete keinen Kotau vor Statuen, verbrannte kein Räucherwerk und glaubte nicht an Geister. Meine Mutter sagte immer: »Geister gehören zum Aberglauben der Chinesen, sie werden heraufbeschworen durch ihre eigenen Ängste. Die Chinesen sind ein furchtsames Volk, deshalb sind sie extrem abergläubisch.« Ich war nicht furchtsam. Und ich machte nicht alles auf eine bestimmte Art und Weise, nur weil es seit tausend Jahren so gemacht wurde. Ich besaß die Findigkeit eines Yankees, und ich hatte einen unabhängigen Geist, das hatte meine Mutter mir gesagt. Es war zum Beispiel meine Idee gewesen, den Dienstboten moderne Gabeln zu geben statt der althergebrachten Essstäbchen. Auf Anweisung meiner Mutter mussten sie das Besteck allerdings immer gleich wieder nach Gebrauch zurückgeben. Sie sagte, jede Zinke sei mehr wert, als ein Diener in einem Jahr verdiente, und daher könnten sie versucht sein, die Gabeln zu verkaufen. In puncto Ehrlichkeit hätten die Chinesen andere Maßstäbe als wir Amerikaner. Ich stimmte ihr zu. Hätte ich das wohl über mich selbst gesagt, wenn ich Chinesin wäre?

Nachdem ich Miss Jewells Akademie verlassen hatte, verbot ich den Kurtisanen, mich *Vyau-la* zu nennen. Sie durften auch keine chinesischen Kosenamen wie »Kleine Schwester« mehr verwenden. Sie sollten Vivi zu mir sagen. Violet durfte mich nur nennen, wer meinen Namen korrekt aussprechen konnte, und das waren meine Mutter, Goldtaube und mein Hauslehrer.

Nach der Änderung meines Namens wurde mir klar, dass ich das jederzeit wieder tun konnte, je nach Stimmung oder um einen bestimmten Zweck damit zu verfolgen. Bald darauf bekam ich nach einem Missgeschick meinen ersten Spitznamen. Ich war durch den Großen Salon gerannt und mit einem Diener zusammengestoßen, der ein Tablett mit Tee und Knabbereien trug. Es fiel klirrend zu Boden. Er rief, ich sei ein *biaozi*, ein »kleiner Wirbelwind«. Ein herrliches Wort. Ich war der Wirbelwind, der durch das berühmte Haus des Verborgenen Jadepfads blies, mit meinem Heiligenschein aus flauschigen, dunklen Haaren und meiner Katze, die der Schleife hinterherjagte, die zuvor meine Haare gehalten hatte. Von da an mussten mich die Diener Wirbelwind nennen, auf Englisch, und das sprachen sie »huu-huu« aus.

Ich liebte meine rotgoldene Katze. Sie gehörte ganz mir, und ich gehörte ganz ihr. Dieses Gefühl hatte ich bei niemandem sonst – nicht einmal bei meiner Mutter. Hielt ich mein Kätzchen im Arm, bearbeitete es mein Mieder mit den Pfötchen, blieb dabei in der Spitze hängen und verwandelte sie in ein löcheriges Fischernetz. Ihre Augen waren genauso grün wie meine, und ihren braunschwarz gefleckten Körper überzog ein schöner goldener Schimmer. Sie leuchtete im Mondlicht. Meine Mutter schenkte sie mir, nachdem ich ihr anvertraut hatte, dass ich gern eine Freundin hätte. Die Katze hatte angeblich einmal einem Piraten gehört. Er hatte sie Carlotta getauft, nach der Tochter des portugiesischen Königs, die er entführt hatte. Eine Piratenkatze hatte sonst niemand, eine Freundin konnte jeder haben. Eine Katze war immer treu, anders als eine Freundin. Meine Mutter sagte, dessen sei sie sich ganz sicher.

Fast alle Hausbewohner hatten Angst vor meiner Piratenkatze. Wer sie von irgendwelchen Möbeln herunterjagte, wurde gekratzt. Sie heulte wie ein Geist, wenn sie in einem Schrank eingesperrt war. Wenn sie spürte, dass jemand sich ihr näherte, der Angst hatte, sträubte sie das Fell und stellte klar, dass die Angst auch durchaus berechtigt war. Goldtaube erstarrte, sobald Carlotta auf sie zulief. Als kleines Mädchen war sie von einer Wildkatze schwer verletzt worden, und sie wäre beinahe am Grünen Eiterfieber gestorben. Wenn jemand meine kleine Katze auf die Arme nahm, biss sie blitzschnell zu, und wenn sie jemand ohne meine Erlaubnis streichelte, fuhr sie die Krallen aus. Sie war schuld am Tod eines siebzehnjährigen Jungen namens Loyalty Fang, der mit seinem Vater in den Verborgenen Jadepfad gekommen war. Ich hatte Carlotta gesucht und sie unter dem Sofa entdeckt. Ein Junge stand im Weg und fing an, in einer Sprache auf mich einzureden, die ich nicht verstand. Bevor ich ihn davor warnen konnte, Carlotta anzufassen, langte er nach unten und packte sie am Schwanz. Sie grub ihm die Krallen in den Arm und riss vier blutige Streifen Haut und Fleisch ab. Er wurde blass, knirschte mit den Zähnen und fiel, tödlich verwundet, in Ohnmacht. Sein Vater brachte ihn nach Hause, und Goldtaube meinte, das wäre sein sicherer Tod. Der wurde später von einer Kurtisane bestätigt; sie bedauerte es, dass er nie die Freuden des Boudoirs kennengelernt hatte. Auch wenn der Junge selbst schuld daran gewesen war, hatte ich Angst, dass man mir Carlotta wegnahm und sie ertränkte.

Bei mir verhielt sich Carlotta anders. Wenn ich sie auf den Arm nahm, war sie zärtlich und anschmiegsam. Nachts schnurrte sie in meinen Armen, und morgens maunzte sie mich an. Ich hatte immer Wurststückchen für sie in der Schürze, und außerdem noch eine grüne Papageienfeder, die an einer Schnur festgebunden war. Mit der Feder lockte ich sie unter einem der vielen Sofas hervor, wenn sie sich wieder einmal versteckt hatte. Ihre Pfoten ragten heraus, wenn sie nach der Feder schlug. Dann rannten wir zusammen durch das Labyrinth von Möbeln, und sie sprang auf Tische und Stühle, die Vorhänge hinauf und auf die Simse der Täfelung – wo auch immer ich sie haben wollte. Der Salon war Carlottas und mein Spielplatz, und dieser Spielplatz befand sich in einem ehemaligen Spukhaus, das meine Mutter in den Verborgenen Jadepfad verwandelt hatte.

Mehrmals hörte ich mit an, wie sie Zeitungsreportern aus dem Westen erzählte, wie sie das Haus für einen Apfel und ein Ei ergattert hatte. »Wenn man in Shanghai Geld machen will«, sagte sie, »muss man sich die Angst anderer Menschen zunutze machen.«

Diese Villa, meine Herren, wurde ursprünglich vor vierhundert Jahren als Sommerhaus von Pan Ku Xiang erbaut. Er war ein wohlhabender Gelehrter und angesehener Dichter. Seine lyrischen Meriten kennt allerdings niemand, denn die Gedanken, die er niedergeschrieben hat, gingen allesamt in Rauch auf. Das Gelände mit seinen ehemals vier Häusern erstreckte sich einst über anderthalb Hektar, doppelt so viel wie heute. Die dicke Steinmauer ist noch original erhalten. Aber der West- und der Ostflügel mussten neu gebaut werden, nachdem sie einem mysteriösen Feuer zum Opfer gefallen waren – von denselben Flammen wurden auch die poetischen Sentenzen des Gelehrten verschlungen. Seit mehr als vierhundert Jahren wird eine Legende weitergereicht: Eine seiner Konkubinen, die im Westflügel wohnte, legte das Feuer, und seine Ehefrau im Ostflügel starb schreiend inmitten der Flammen. Wer weiß schon, ob diese Geschichte wahr ist? Aber keine Legende ist es wert, erfunden zu werden, wenn nicht ein, zwei Morde darin vorkommen. Finden Sie nicht?

Nach dem Tod des Dichters beauftragte sein ältester Sohn die besten Steinmetze damit, eine Stele zu fertigen, die auf einer Schildkröte stand und von einem Drachen gekrönt wurde, Symbole der Ehrbezeugung, die einem hohen Beamten vorbehalten waren – obwohl es im Bezirk keine Aufzeichnungen darüber gibt, dass der Gelehrte wirklich jemals einen solchen Posten innehatte. Als sein Urenkel schließlich zum Oberhaupt der Familie wurde, war die Stele umgestürzt und fast vollständig von Dornengestrüpp überwuchert. Der Name und die ehrenden Worte für den Dichter waren von Wind und Wetter in unlesbare Kerben verwandelt worden. Das war nicht die ewige Verehrung, die er sicher im Sinn gehabt hatte. Als seine Nachkommen das Anwesen vor hundert Jahren für wenig Geld verkauften, begann der Fluch. Nur ein paar Tage nach dem Erhalt des Geldes verspürte einer der Nachfahren höllisch brennende Schmerzen und starb. Ein Dieb tötete einen weiteren Sohn. Die Kinder dieser Söhne starben an allem Möglichen, nur nicht an Altersschwäche. Mehreren Käufern widerfuhren in der Folge ungewöhnliche Unglücksfälle: Schicksalsschläge, Unfruchtbarkeit, Wahnsinn und Ähnliches. Als ich das Anwesen zum ersten Mal sah, war es ein verlassen daliegender Schandfleck, das Grundstück ein Dschungel aus wilden Ranken und wuchernden Büschen, eine Oase für streunende Hunde. Ich erwarb es für den Preis eines chinesischen Liedes. Sowohl Abendländer als auch Chinesen meinten, es wäre idiotisch von mir, es überhaupt zu kaufen, egal zu welchem Preis. Kein Zimmermann, Steinmetz oder Tagelöhner würde jemals die Schwelle dieses Spukhauses überschreiten.

Nun, meine Herren, was würden Sie tun? Aufgeben und sich damit abfinden? Ich engagierte einen italienischen Schauspieler – einen in Ungnade gefallenen Jesuiten mit dem finsteren Aussehen eines Asiaten, das verstärkt wurde, wenn er sich die Haare an den Schläfen zurückzog, so wie es chinesische Opernsänger machen, um die Augen theatralisch noch schräger zu stellen. Er legte das Gewand eines Feng-Shui-Meisters an, und wir bezahlten ein paar Jungen dafür, Flugblätter zu verteilen, die einen Jahrmarkt auf dem Gelände direkt vor der Spukvilla ankündigten. Wir hatten Essensstände, Akrobaten, Schlangenmenschen und Musiker, erlesene Früchte und eine Maschine, die Salzkaramellbonbons herstellte. Als der Feng-Shui-Meister zusammen mit seinem chinesischen Assistenten in einer Sänfte ankam, erwarteten ihn Hunderte von Zuschauern – das Publikum bestand aus Kindern und Amahs, den Ammen, Dienstboten und Rikschafahrern, Kurtisanen und feinen Damen, Schneidern und anderen, die die Neuigkeit unter die Leute bringen würden.

Der Feng-Shui-Meister verlangte nach einer Feuerpfanne. Er zog eine Schriftrolle heraus, warf sie hinein und sang irgendein tibetisches Kauderwelsch, während er das Feuer mit Reiswein besprenkelte, um die Flammen zu nähren.

»Nun werde ich das mit dem Fluch belegte Herrenhaus betreten«, verkündete der Schauspieler der Menge, »und Pan, den Dichtergeist, überreden zu verschwinden. Wenn ich nicht zurückkehre, behaltet mich als guten Menschen in Erinnerung, der sein Leben geopfert hat, um allen zu dienen.« Lebensgefahr ins Spiel zu bringen, ist immer nützlich, damit die Leute einem das Erfundene glauben. Das Publikum sah ihm zu, wie er den Ort betrat, an den sich sonst niemand traute. Nach fünf Minuten kam er wieder heraus, die Leute murmelten und warteten gespannt auf das, was er zu erzählen hatte. Er berichtete, dass er den Dichtergeist in einem Tintenfass in seinem Malatelier entdeckt habe. Sie hätten ein äußerst angenehmes Gespräch über seine Gedichte und seinen vergangenen Ruhm geführt. Der Dichter habe sich darüber beklagt, dass er wegen seiner Nachfahren so früh in Vergessenheit geraten sei. Sein Grabmal sei nur noch eine vermooste Tafel, an die wilde Hunde pinkelten. Der Feng-Shui-Meister versicherte daraufhin dem Dichtergeist, dass er eine schöne Stele errichten würde, würdiger noch als die letzte. Der Dichtergeist dankte ihm und verließ sogleich das ehemalige Spukhaus, um seiner ermordeten Ehefrau wieder Gesellschaft zu leisten.

Damit war das erste Hindernis genommen. Dann musste ich noch die Skepsis gegenüber einem Club überwinden, der sowohl auf Abendländer als auch auf Chinesen ausgerichtet war. Wie sollte der jemals Erfolg haben? Wer würde kommen? Schließlich betrachten die meisten Abendländer die Chinesen als untergeordnet – intellektuell, moralisch und gesellschaftlich. Es schien unwahrscheinlich, dass sie jemals gemeinsam Zigarren und Brandy zu sich nehmen würden.

Umgekehrt mögen die Chinesen die herrische Art nicht, mit der die Ausländer Shanghai als ihre eigene Hafenstadt betrachten und wie sie dort mit ihren eigenen Verträgen und Gesetzen regieren. Die Ausländer trauen den Chinesen nicht. Und sie beleidigen sie, indem sie Pidgin sprechen, sogar mit Chinesen, deren Englisch so kultiviert ist wie das eines britischen Lords. Aus welchem Grund sollten die Chinesen mit Leuten Geschäfte machen, die sie nicht respektieren?

Die einfache Antwort lautet: Geld. Im Außenhandel liegt ihr gemeinsames Interesse, das ist ihre gemeinsame Sprache, und ich helfe ihnen, sie in einer Atmosphäre zu sprechen, die jegliche Vorbehalte entkräftet, die noch bestehen könnten.

Unseren Gästen aus dem Westen biete ich einen Club mit den Annehmlichkeiten, die sie gewöhnt sind: Billard, Kartenspiele, die erlesensten Zigarren und Brandy. Dort in einer Ecke steht ein Klavier. Am Ende jedes Abends versammeln sich die letzten Gäste um das Instrument und singen die Hymnen und sentimentalen Lieder ihrer Heimat. Ein paar scheinen zu glauben, sie seien mit Caruso verwandt. Unseren chinesischen Gästen biete ich die Annehmlichkeiten eines Kurtisanenhauses erster Klasse. Die Gäste halten sich an die Regeln beim Umwerben der Kurtisanen. Dieses Haus ist kein Bordell, das kennen eher die Männer aus dem Westen. Unseren chinesischen Gästen bieten wir zusätzlich die mittlerweile erwarteten westlichen Annehmlichkeiten eines Kurtisanenhauses erster Klasse: Billard, Kartenspiele, den erlesensten Whisky, zusätzlich zum Opium auch Zigarren, hübsche Musikantinnen, die die alten chinesischen Gassenhauer singen und die Männer ermutigen, mitzusingen. Unsere Ausstattung ist höherwertig als in anderen Häusern. Der Unterschied liegt im Detail, und da ich Amerikanerin bin, liegt mir dieses Wissen im Blut.

Jetzt befinden wir uns dort, wo Osten und Westen zusammentreffen, im Großen Salon, in dem sich Geschäftsleute aus zwei Welten finden können. Man stelle sich nur das vielfältige Stimmengewirr vor, das wir jeden Abend hören. Hier sind viele Vermögen gemacht worden, und alles begann mit der Vorstellung durch mich und dem ersten Händeschütteln der Beteiligten. Wer in Shanghai ein Vermögen verdienen will, muss sich das merken, meine Herren. Wenn behauptet wird, eine Idee ist unmöglich, dann wird sie auch unmöglich. Aber in Shanghai ist nichts unmöglich. Man muss das Alte mit dem Neuen zusammenbringen, die Möbel sozusagen umstellen, und eine gute Vorstellung abgeben. Mit List und Tücke zum Erfolg. Opportunisten willkommen. Innerhalb dieser vier Wände wird allen, die mindestens zehntausend Dollar zu investieren haben oder deren Einfluss mehr wert ist als das, der Weg zum Reichtum gezeigt. Wir haben unsere Ansprüche.

Näherte man sich dem Eingangstor des Herrenhauses, sah man auf den ersten Blick, dass man gleich in ein feines Haus mit einer ehrwürdigen Geschichte eintrat. Am Torbogen hing immer noch die Steintafel, die standesgemäß für einen Ming-Gelehrten war; an den Ecken hatte man zum Beweis ihrer Echtheit noch ein wenig Flechte gelassen. Das massive Tor wurde regelmäßig frisch mit rotem Lack gestrichen, und die Messingbeschläge wurden glänzend poliert. Auf den Säulen war eine Tafel mit den beiden Namen des Hauses angebracht: VERBORGENER JADEPFAD auf der rechten Seite und »Das Haus von Lulu Mimi« in Chinesisch auf der linken.

Sobald man durch das Tor in den vorderen Hof getreten war, bekam man fast den Eindruck, man sei zurück in die Zeit gereist, in der der Dichtergeist noch Herr des Hauses war. Der Garten war einfach und von klassischen Proportionen, er enthielt von Fischteichen bis zu knorrigen Kiefern alle traditionellen Elemente. Dahinter befand sich ein recht schmuckloses Haus: Die Fassade bestand aus schlichtem, grau verputztem Stein, die Gitterfenster hatten ein einfaches geometrisches Muster. Die Traufen des grau geschindelten Daches waren leicht nach oben geschwungen, nicht zu sehr, aber doch genug, um an die Flügel glücksbringender Fledermäuse denken zu lassen. Und vor dem Haus stand die Dichterstele wieder an ihrem rechtmäßigen Platz. Sie ruhte weiterhin auf der Schildkröte und verkündete, dass man sich noch zehntausend Jahre an den Dichter erinnern würde.

Sobald man jedoch in den Vorraum gelangte, verschwanden alle Hinweise auf die Ming-Dynastie. Der bunt gemusterte Boden bestand aus maurischen Fliesen, gegenüber war eine Wand aus roten Samtvorhängen. Wurden sie zurückgezogen, kam man in den »Palast der himmlischen Freuden«, wie meine Mutter ihn nannte. Das war der Große Salon, und er war vollkommen westlich gestaltet. Das war zwar Mode in den besseren Kurtisanenhäusern, aber bei meiner Mutter hatte man das Gefühl einer größeren Authentizität, außerdem war sie wagemutig. Vierhundert Jahre mit viel Spuk wurden mit bunten Wandvorhängen, dicken Teppichen und niedrigen Diwanen, steifen Polsterbänken, Chaiselongues und türkischen Ottomanen im Überfluss bekämpft. Blumenständer trugen Vasen mit Pfingstrosen, die so groß waren wie der Kopf eines Babys, und auf runden Teetischen standen Lampen, die dem Salon den bernsteinfarbenen Glanz eines Sonnenuntergangs verliehen. Auf den Sekretären befanden sich Humidore aus Elfenbein oder verzierte Cloisonnée-Gefäße, aus ihnen konnten sich die Männer Zigarren oder Zigaretten nehmen. Die Sessel waren so dick gepolstert, dass sie den Hintern der Leute ähnelten, die darin saßen. Die Chinesen fanden einige der Einrichtungsgegenstände recht amüsant. Die aus Frankreich importierten blau-weißen Vasen zum Beispiel waren mit Darstellungen von Chinesen bemalt, die Napoleon und Joséphine ähnlich sahen. Vor den Gitterfenstern hingen schwere Mohair-Vorhänge mit grünen, roten und gelben Quasten sowie fingerdicken Fransen, Carlottas Lieblingsspielzeug. Kerzen- und Wandleuchter warfen Licht auf die Gemälde von rosawangigen römischen Göttinnen mit sehnigen weißen Körpern, die neben gleichermaßen muskulösen weißen Pferden herumtollten – groteske Gestalten, wie manche Chinesen sagten, und ihrer Meinung nach Darstellungen von Sodomie.

Links und rechts vom Großen Salon ging es in kleinere, intimere Zimmer ab, dahinter lagen überdachte Gänge, die über Höfe in die frühere Bibliothek, das Maleratelier und den Familientempel des Gelehrten führten. All diese Räumlichkeiten waren so umgewandelt worden, dass Geschäftsmänner darin zu einem Abendessen für Freunde einladen und sich von eleganten Kurtisanen unterhalten lassen konnten, die herzzerreißende Weisen sangen.

Ganz hinten im Großen Salon hatte meine Mutter eine geschwungene, mit Teppich belegte Treppe mit einem rot lackierten

Holzgeländer bauen lassen, die zu drei gerundeten, mit Samt ausgekleideten Balkons führte, wie man sie in Opernhäusern sieht. Von dort aus überblickte man den Großen Salon. Ich beobachtete oft die Festivitäten darunter, während Carlotta auf den Balustraden auf und ab spazierte.

Die Vergnügungen begannen nach Sonnenuntergang. Die ganze Nacht über fuhren Kutschen und Rikschas vor. Zersprungenes Ei, der Pförtner, hatte schon die Namen der angemeldeten Gäste auswendig gelernt, und nur diesen wurde Einlass gewährt. Von meinem Ausguck aus sah ich die Männer durch die roten Vorhänge in den luxuriösen Raum eintreten. Einen Neuankömmling erkannte ich sofort. Er betrachtete die Szene, die vor ihm lag, ließ den Blick durch den Raum schweifen und konnte es gar nicht glauben, dass sich Chinesen und Abendländer begrüßten und sich höflich unterhielten. Der Mann aus dem Westen sah zum ersten Mal, wie Kurtisanen lebten. Zuvor hatte er sie vielleicht nur im Vorbeifahren in einer Kutsche beobachtet, ausstaffiert mit Pelzen und Hüten. Aber hier waren sie in erreichbarer Nähe. Er konnte mit einer von ihnen sprechen, sie bewundernd anlächeln, auch wenn er bald mit Nachdruck erfahren musste, dass er sie nicht anfassen durfte. Ich fand es wunderbar, wie meine Mutter es schaffte, Männern unterschiedlichster Nationalitäten Respekt einzuflößen. Ihnen verschlug es die Sprache, sobald sie den Raum betraten, und das war ihr Verdienst.

Unsere Kurtisanen gehörten zu den beliebtesten und talentiertesten von allen Mädchen, die in den erstklassigen Häusern in Shanghai arbeiteten – sie waren elegant, verführerisch, kokett, aufreizend ausweichend, und sie konnten gut singen oder Gedichte rezitieren. Man kannte sie überall als »Wolkenschönheiten«. Jede von ihnen trug das Wort »Wolke« im Namen, das bezeichnete das Haus, zu dem sie gehörte. Wenn sie es verließen – sei es um zu heiraten, in ein Kloster zu gehen oder in einem minderwertigeren Etablissement zu arbeiten –, dann verflüchtigte sich die Wolke aus ihrem Namen. Als ich sieben Jahre alt war, lebten bei uns Rosa Wolke, Bauschwolke, Schneewolke und, mein Liebling, Zauberwolke. Es waren alles schlaue Mädchen. Die meisten waren mit dreizehn oder vierzehn in den Verborgenen Jadepfad gekommen und würden mit dreiundzwanzig oder vierundzwanzig wieder ausziehen.

Meine Mutter bestimmte die Regeln, wie sie sich gegenüber den Gästen im Geschäft benehmen sollten und welchen Anteil an ihren Einkünften und Aufwendungen sie an das Haus zahlen mussten. Goldtaube kümmerte sich um das Auftreten und die äußere Erscheinung der Kurtisanen und sorgte dafür, dass sie die Maßstäbe und die Reputation eines Kurtisanenhauses erster Klasse aufrechterhielten. Sie wusste, wie leicht ein Mädchen seinen guten Ruf verlieren konnte. Einst war sie eine der beliebtesten Kurtisanen ihrer Zeit gewesen, bis ein Stammgast ihr die Vorderzähne und dazu das halbe Gesicht eingeschlagen hatte. Es verheilte wieder, aber es blieb ein wenig schief. Als sie zurückkehrte, hatten andere Schönheiten ihren Platz eingenommen, und sie kam nicht gegen die Gerüchte an, dass sie ihrem Patron großes Unrecht getan haben musste, um bei einem so friedlichen Mann eine solche Brutalität hervorzurufen.

So wohlgestaltet die Kurtisanen auch waren, jeder Gast, ob Chinese oder Abendländer, hoffte darauf, eine ganz bestimmte Frau zu sehen – und das war meine Mutter. Von meinem Standpunkt aus war sie wegen der federnden braunen Lockenpracht, die ihr locker auf die Schultern fiel, leicht zu entdecken. Ich hatte ganz ähnliche Haare, nur waren meine dunkler. Ihr Teint hatte eine leicht staubige Tönung. Sie erzählte stolz, dass sie ein paar Tropfen Bombay-Blut in sich habe. Niemand hätte meine Mutter als echte Schönheit bezeichnet, weder Chinesen noch Ausländer. Sie hatte eine lange, schräge Nase, die aussah, als sei sie grob mit einem Gemüsemesser geschnitzt worden. Die Stirn war hoch und breit – ein eindeutiges Anzeichen für einen Kopfmenschen, sagte Goldtaube. Das Kinn trat hervor wie eine kämpferische kleine Faust, und die Wangen waren kantig. Sie hatte eine ungewöhnlich große Iris, und die Augen lagen in tiefen, dämmerigen Höhlen, umrahmt von dunklen Wimpern. Aber sie war hinreißend, darin waren sich alle einig, und zwar mehr als eine Frau mit ebenmäßigen Gesichtszügen und von großer Anmut. Alles an ihr faszinierte – das Lächeln, die raue, melodiöse Stimme, ihre provokanten, trägen Bewegungen. Sie funkelte. Sie leuchtete. Wenn ihr durchdringender Blick einen Mann traf, war er bezaubert. Das habe ich immer wieder beobachtet. Sie gab jedem Mann das Gefühl, er wäre etwas Besonderes für sie.

Auch ihre Eleganz war einzigartig. Ihre originellen Kleider entwarf sie selbst. Am liebsten mochte ich ein fliederfarbenes Gewand aus beinahe durchsichtigem Organza über hellrosa Wildseide. Es war mit einer Ranke aus winzigen Blättern bestickt. An ihrem Busen kletterten zwei rosa Knospen oben aus ihr heraus. Und wenn man glaubte, die Rosenknospen wären ebenfalls aus Seide, dann lag man nur zur Hälfte richtig, denn eine davon war eine echte Rose, die im Lauf des Abends die Blütenblätter verlor und ihren Duft entsandte.

Vom Balkon aus beobachtete ich, wie sie mit raschelndem Kleid im Zickzack den Raum durchquerte, gefolgt von den bewundernden Blicken der Männer. Sie wandte das Gesicht zur einen Seite, um mit einem Chinesen zu sprechen, dann zur anderen Seite, um mit einem Abendländer zu reden. Alle beide fühlten sich geschmeichelt, weil sie ihn ausgewählt und ihm ihre Aufmerksamkeit geschenkt hatte. Von meiner Mutter wollten alle das Gleiche. Ihre *guanxi*, wie es die Chinesen ausdrückten, ihre einflussreichen Verbindungen, wie die Abendländer sagten. Es ging um ihre Bekanntschaft mit den mächtigsten und erfolgreichsten Abendländern und Chinesen in Shanghai, Kanton, Macau und Hongkong. Das beinhaltete auch ihr Wissen über deren Unternehmen und die Möglichkeiten, die sich dadurch ergaben oder auch nicht. Ihre Anziehungskraft bestand in ihrer Fähigkeit, Männer mit potenziellen Geschäftspartnern zusammenzubringen, um mehr Profit zu erzielen.

Die neidischen Betreiberinnen anderer Kurtisanenhäuser behaupteten, meine Mutter kenne diese Männer und ihre Geheimnisse, weil sie mit allen geschlafen habe, mit Hunderten von ihnen jedweder Hautfarbe. Oder sie behaupteten, sie erpresse die Männer, weil sie Kenntnis davon hatte, dass sie auf ungesetzliche Weise zu ihrem Geld gekommen waren. Es könne auch sein, dass sie sie nächtens unter Drogen setzte. Wer wusste schon, wie sie diese Männer dazu brachte, ihr zu geben, was sie erfahren wollte?

Der wahre Grund für ihren geschäftlichen Erfolg hatte viel mit Goldtaube zu tun. Meine Mutter erzählte es so oft, aber derartig umständlich, dass ich nur Einzelteile zusammentragen konnte, die als Ganzes viel zu fantastisch waren, um wahr zu sein. Sie und Goldtaube hatten sich offenbar vor zehn Jahren kennengelernt, als sie in einem Haus in der East Floral Alley lebten. Anfangs betrieb Goldtaube ein Teehaus für chinesische Seeleute. Dann eröffnete meine Mutter eine Kneipe für Piraten. Also machte Goldtaube ein noch schickeres Teehaus für Kapitäne auf, und meine Mutter zog mit einem Privatclub für die Schiffseigner nach. Sie überboten einander, bis meine Mutter schließlich den Verborgenen Jadepfad eröffnete, und damit war die Sache beendet. Während dieser ganzen Zeit brachte meine Mutter Goldtaube Englisch bei, und Goldtaube unterrichtete sie in Chinesisch. Gemeinsam praktizierten sie ein Ritual namens *momo*, mit dem Diebe Geheimnisse stahlen. Goldtaube behauptete, *momo* bestehe in nichts anderem, als still zu sein. Das glaubte ich ihr aber nicht.

Manchmal kam ich mit Carlotta von meinem Balkonplatz herunter und schlängelte mich durch ein hohes Labyrinth aus Männern in dunklen Anzügen. Kaum jemand achtete auf mich. Es war, als wäre ich unsichtbar, nur für die Diener nicht, die mich im Alter von sieben nicht mehr als Wirbelwind fürchteten, sondern eher wie einen Steppenroller behandelten.

Ich war zu klein, um an den Männern vorbeizusehen, die in Gruppen zusammenstanden, aber die helle Stimme meiner Mutter kam näher oder entfernte sich, während sie jeden Gast begrüßte, als wäre er ein lange verschollener Freund. Freundlich ermahnte sie diejenigen, die sie eine Weile nicht gesehen hatte, und die fühlten sich geschmeichelt, dass meine Mutter sie vermisst hatte. Sie brachte diese Männer dazu, allem, was sie sagte, zuzustimmen. Wenn zwei im Raum unterschiedliche Meinungen vertraten, schlug sie sich nicht auf eine Seite, sondern nahm eine übergeordnete Warte ein und vereinte die Ansichten der Männer zu einer gemeinsamen, wie eine Göttin. Sie übersetzte nicht wörtlich, sondern änderte die Intention, das Interesse und die angedachte Kooperation um Nuancen.

Wenn jemand in ein Fettnäpfchen trat, verzieh sie das. Das war nicht zu vermeiden, da unterschiedliche Nationen aufeinandertrafen. Ich erinnere mich an einen Abend, als ich neben meiner Mutter stand, während sie Mr Scott, einen britischen Mühlenbesitzer, Herrn Yang, einem Banker, vorstellte. Mr Scott fing sofort an zu erzählen, was er an diesem Tag auf der Rennbahn gewonnen hatte. Leider sprach Herr Yang fließend Englisch, und meine Mutter konnte das Gespräch deswegen nicht in eine andere Richtung lenken, als Mr Scott aufgeregt von seinem Nachmittag berichtete.

»Für das Pferd standen die Wetten bei zwölf zu eins. Auf der letzten Viertelmeile legte es richtig los, und bis zum Ende gewann es stetig an Tempo.« Er hielt sich die Hand vor die Augen, als würde er das Rennen noch einmal verfolgen. »Es hat mit fünf Längen Vorsprung gewonnen! Gehen Sie gerne zum Pferderennen, Herr Yang?«

Herr Yang sagte diplomatisch und ohne zu lächeln: »Ich hatte noch nicht das Vergnügen, Mr Scott, und auch kein anderer Chinese, den ich kenne.«

Mr Scott schlug unvermittelt vor: »Dann müssen wir einmal zusammen hin. Vielleicht gleich morgen?«

Worauf Herr Yang ernst erwiderte: »Gemäß Ihren westlichen Gesetzen in der Internationalen Konzession dieser Stadt müssten Sie mich als Ihren Diener mitnehmen.«

Das Lächeln verschwand aus Mr Scotts Gesicht. Er hatte das Verbot vergessen. Er warf meiner Mutter einen verunsicherten Blick zu, und sie rettete die Situation mit einem Scherz: »Herr Yang, Sie müssen Mr Scott als Ihren Rikschafahrer mit in die ummauerte Stadt nehmen und ihn antreiben, so schnell wie sein Siegerpferd zum Tor zu rennen. Wie du mir, so ich dir.«

Nachdem sie alle herzhaft gelacht hatten, sagte sie: »Dieses ganze Gerede über Geschwindigkeit und Eile erinnert mich daran, dass wir uns schnell darum bemühen müssen, die Genehmigung für die Schiffspassage durch Yokohama zu erhalten. Ich weiß jemanden, der da behilflich sein kann. Soll ich morgen eine Nachricht schicken?« In der darauffolgenden Woche kamen drei Geldgeschenke, eines von Herrn Yang, ein größeres von Mr Scott, und das letzte von dem Bürokraten, der das Genehmigungsverfahren erleichtert hatte und an dem Geschäft beteiligt war.

Sie bezauberte die Männer. Sie benahmen sich, als seien sie in sie verliebt. Doch keiner durfte ihr seine Liebe erklären, so tief sie auch sein mochte. Es wurde davor gewarnt, dass sie das nicht als echtes Geständnis auffassen würde, sondern als Trick, um sich auf ungerechte Weise Vorteile zu verschaffen. Sie hatte gelobt, wenn ein Mann versuchte, ihre Zuneigung zu gewinnen, würde sie ihm den Zutritt zum Verborgenen Jadepfad verwehren. Bei einem Mann brach sie dieses Gelöbnis.

Hinter den Balkonen waren zwei Korridore, und dazwischen lag ein Gemeinschaftsraum, in dem wir unsere Mahlzeiten einnahmen. Durch einen Rundbogen ging es in einen größeren Raum, den wir Familiensaal nannten. In ihm standen drei Teetische mit Stühlen sowie Möbel im westlichen Stil. Hier traf sich meine Mutter mit dem Schneider oder dem Schuhmacher, dem Steuerbeamten, dem Mitarbeiter der Bank und anderen Leuten, die langweilige Tätigkeiten ausübten. Von Zeit zu Zeit wurde eine Hochzeit zwischen einer Kurtisane und einem Stammgast inszeniert, der einen Vertrag über mindestens zwei Saisons abgeschlossen hatte. Wenn der Raum nicht benutzt wurde, was öfter der Fall war, tranken die Wolkenschönheiten dort Tee und knabberten süße Kerne, während sie träge über einen Freier plauderten, den keiner wollte, über ein neues Restaurant mit modischem ausländischem Essen oder über den Niedergang einer Kurtisane in einem anderen Haus. Sie behandelten einander wie Schwestern, denn die Umstände banden sie während ihrer kurzen Karrieren an dieses Haus und diesen Moment. Sie trösteten sich gegenseitig, sprachen einander Mut zu und stritten über Belanglosigkeiten wie ihre gemeinsamen Ausgaben für das Essen. Sie waren eifersüchtig aufeinander, aber sie liehen sich gegenseitig Nadeln und Armreife. Und sie erzählten sich immer wieder dieselben Geschichten darüber, wie sie von ihren Familien getrennt wurden, was darin gipfelte, dass sie allesamt ausgiebig Tränen vergossen, weil sie so viel Verständnis füreinander hatten. »Niemand sollte so ein bitteres Schicksal erleiden müssen«, hieß es jedes Mal. »Scheiß auf den Köter«, lautete ein anderer Spruch.

Ein Korridor führte auf einen Hof, der von zwei großen Flügeln des Hauses flankiert wurde. Sie waren im Karree um einen kleineren Hof angelegt. Links befand sich der südwestliche Flügel, wo die Wolkenschönheiten lebten. Über einen überdachten Steg, der an allen vier Flügelseiten entlanglief, erreichten die Kurtisanen ihre Zimmer. Die Kurtisane, die den niedrigsten Rang innehatte, bewohnte den Raum, der dem Korridor am nächsten war. Dort hatte man am wenigsten Privatsphäre, da alle anderen an der Tür und am Fenster vorbeilaufen mussten, um zu ihren Zimmern zu kommen. Die Kurtisane mit dem höchsten Rang bewohnte das Boudoir, das am weitesten vom Korridor entfernt war, sodass sie die meiste Privatsphäre hatte. Die langen Räume waren alle zweigeteilt. Auf der einen Seite eines hohen Holzgitters konnten die Wolkenschönheit und ihr Gast ein Essen in intimer Atmosphäre einnehmen. Hinter dem Wandschirm befand sich ihr Boudoir. Es hatte ein Fenster zum Innenhof, ideal, um den Mond zu beobachten. Je beliebter eine Schönheit war, desto besser war ihr Zimmer ausgestattet, häufig war es voll mit Geschenken von ihren Freiern und Patronen. Die Boudoirs waren chinesischer eingerichtet als der Salon. Kein Patron wollte lange rätseln, auf welchen Diwan er sich gleich zum Rauchen legen sollte, wo er sich erleichtern konnte oder wo er schlafen würde, wenn er sich verausgabt hatte oder kurz davor stand.

Meine Mutter, Goldtaube und ich wohnten im nordöstlichen Flügel. Mutter hatte getrennte Räume auf zwei Seiten des Gebäudes. Den einen Raum nutzte sie als Schlafzimmer, den anderen als Büro. Dort traf sie sich mit Goldtaube, um über die Gäste des Abends zu sprechen. Ich leistete ihr am späten Mittag immer zum Essen Gesellschaft, und ich war auch bei ihr, wenn sie sich in ihrem Schlafbereich für den Abend fertigmachte. Das war die glücklichste Zeit meines Tages. Während dieser knappen Stunde stellte sie mir Fragen nach meinem Lernstoff und erzählte mir oft interessante Dinge dazu. Sie fragte außerdem nach, was ich angestellt hatte, denn man hatte ihr Bericht erstattet: Was ich nur getan hatte, dass eines der Hausmädchen sich umbringen wollte, ob ich zu Goldtaube frech gewesen war, ob ich schon wieder ein Kleid zerrissen hatte? Ich wiederum tat meine Meinung über eine neue Kurtisane oder über einen neuen Hut, den Mutter trug, kund, oder ich berichtete von Carlottas neuesten Streichen und ähnlichen Dingen, von denen ich glaubte, sie seien für die Haushaltsführung wichtig.

Meine Mutter hatte noch ein weiteres Zimmer, das vom Büro abging. Die beiden Bereiche waren durch Glastüren voneinander getrennt, die mit dicken Vorhängen versehen waren. Dieser Raum wurde Boulevard genannt, weil seine Fenster auf die Nanking Road gingen und er mehreren Zwecken diente. Tagsüber wurde ich dort von meinen amerikanischen Hauslehrern unterrichtet. Aber wenn meine Mutter oder Goldtaube Gäste von außerhalb der Stadt hatten, wurden in ihm die Besucher untergebracht. Gelegentlich kam es auch vor, dass eine Kurtisane schlecht geplant hatte oder so beliebt war, dass für dieselbe Nacht zwei Kunden gebucht waren. Dann unterhielt sie den einen Freier im Boulevard und den anderen in ihrem Boudoir. Wenn sie es geschickt anstellte, merkte keiner der beiden etwas von ihrem Doppelspiel.

Mein Zimmer lag auf der Nordseite des Ostflügels, und weil es so nahe am Hauptkorridor war, konnte ich die Gespräche der vier Hausmädchen mit anhören, die gleich um die Ecke vor meinem Fenster standen und warteten, dass sie gerufen wurden, um Tee,

Obst oder warme, feuchte Tücher zu bringen. Wenn sie die Kurtisanen bedienten, bekamen sie mit, wie gut sie sich mit einem neuen Bewunderer schlugen. Es verblüffte mich immer wieder, warum die Kurtisanen davon ausgingen, die Hausmädchen wären taub.

»Du hättest ihr Gesicht sehen sollen, als sich herausstellte, dass die Kette, die er ihr gezeigt hat, nur halb so viel wert war, wie sie gehofft hatte. Mich hat das nicht überrascht.«

»Sie steckt in einer schwierigen Situation. Innerhalb eines Monats wird sie weg sein. Ai-ya, *armes Mädchen. So ein Schicksal hat sie nicht verdient.«*

Am frühen Abend würde dann mindestens eine Wolkenschönheit ihren Patron in den größeren Hof darunter führen, um sich romantischen Gesprächen über die Natur hinzugeben. Ich stand so oft auf dem Steg und lauschte dem einstudierten Gesäusel, dass ich den Text genauso wehmütig vortragen konnte wie die Kurtisanen. Der Mond war ein beliebtes Thema.

Eigentlich sollte ich mich über den Anblick des Vollmonds freuen, mein Geliebter. Aber ich bin traurig, denn er erinnert mich daran, dass meine Schulden zunehmen und deine Leidenschaft abnimmt. Warum hast du mir sonst in letzter Zeit kein Geschenk gemacht? Soll meine Hingabe durch Armut belohnt werden?

Es war ganz egal, wie großzügig der Kunde war. Die Schönheit würde ihn zu mehr drängen. Oft seufzte der schwer geprüfte Patron dann und bat seine Kurtisane, nicht mehr zu weinen. Er stimmte allem zu, was die Klagen des Mädchens verstummen lassen und es glücklich machen würde.

So funktionierte das normalerweise. Aber eines Abends hörte ich voller Schadenfreude, wie ein Patron sagte: »Wenn es nach dir ginge, wäre jeden Tag Vollmond. Erzähl mir bloß nie mehr diesen Unsinn vom Mond.«

Am späten Vormittag unterhielten sich die Kurtisanen im Hof.

»Dieser Geizhals hat sich taub gestellt.«

»Er hat einfach so zugestimmt. Ich hätte schon vor Monaten fragen sollen.«

»Seine Liebe ist echt. Er hat gesagt, ich bin nicht wie andere Blumenschönheiten.«

Bei Tageslicht lasen sie die Zeichen am Himmel. Wie veränderlich diese Wolken doch waren, genau wie das Dasein. Sie sahen hoch oben unheilvolle dünne Schlieren und stellten fest, dass sie ganz weit weg waren. Sie freuten sich, wenn die Wolken dick waren wie Babypopos, und sie bekamen Angst, wenn sich diese Babys herumdrehten und einen schwarzen Bauch zeigten. Viele Wolkenschönheiten vor ihnen hatten erlebt, wie sich ihr Schicksal an einem einzigen Tag wendete. Die älteren Blumenschwestern hatten sie gewarnt, dass Beliebtheit so beständig war wie ein modischer Hut. Doch wenn ihr Ansehen stieg, vergaßen die meisten diese Warnung. Sie glaubten alle, sie bildeten eine Ausnahme.

In kalten Nächten öffnete ich das Fenster einen Spalt und belauschte die Hausmädchen. In warmen Nächten machte ich das Fenster weit auf und stellte mich leise im Dunkeln hinter meine Fensterläden aus Gitterwerk. Carlotta saß mir auf der Schulter, und wir hörten gemeinsam den Erzählungen der Dienstmädchen darüber zu, was in den Zimmern der Kurtisanen vor sich ging. Manchmal benutzten sie Wörter, die ich schon gehört hatte, wenn sich die Wolkenschönheiten untereinander unterhalten hatten: »die Nadel einfädeln«, »den Pavillon betreten«, »den Krieger reizen« und viele andere Ausdrücke, die sie zum Lachen brachten.

Ein Kind war natürlich neugierig auf die Ursache dieses Gelächters. Ich stillte diese Neugier in dem Sommer, in dem ich sieben war. Es ergab sich eine Gelegenheit, als drei Hausmädchen und eine Kurtisane erbärmlich krank waren, weil sie etwas Schlechtes gegessen hatten. Das verbliebene Hausmädchen wurde gerufen, um sich um die Kurtisane zu kümmern, die sich übergeben musste. Rosa Wolke und ihr Freier kamen auf dem Weg zu ihrem Boudoir an meinem Fenster vorbei. Nach ein paar Minuten sauste ich zum Westflügel und kauerte mich unter ihr Fenster. Ich war nicht groß genug, um in das Zimmer schauen zu können, und das meiste von dem, was ich hörte, waren weitschweifige Artigkeiten.

Du siehst zufrieden und glücklich aus. Das Geschäft scheint gut zu laufen. Deine Frau wird fröhlich singen wie ein Vogel.

Gerade als ich aufgeben und in mein Zimmer zurückkehren wollte, schnappte jemand überrascht nach Luft, und danach dankte Rosa Wolke ihrem Freier mit zittriger Stimme für sein Geschenk. Kurz darauf hörte ich ein Ächzen und wieder das überraschte, scharfe Einatmen, ganz oft hintereinander.

Am nächsten Abend freute ich mich zu hören, dass die Übelkeit noch nicht überstanden war. Ich hatte die Idee gehabt, mich auf eine umgedrehte Schüssel zu stellen, sodass ich gerade groß genug war, um in das Zimmer hineinblicken zu können. Im Lampenschein sah ich die dunklen Gestalten von Rosa Wolke und ihrem Freier hinter den dünnen Seidenvorhängen des Betts. Sie bewegten sich emsig wie Puppen in einem Schattenspiel. Die Silhouette zweier kleiner Füße war zu sehen, sie schienen aus dem Kopf des Mannes zu sprießen. Urplötzlich stießen diese Füße die Vorhänge auf. Der Mann war nackt und sprang so heftig auf ihr herum, dass sie vom Bett fielen. Ich musste unwillkürlich lachen.

Rosa Wolke beschwerte sich am nächsten Tag bei Goldtaube, dass ich spioniert hätte und ihr Freier wegen meines Gelächters beinahe das Interesse verloren habe. Goldtaube erzählte das meiner Mutter, und meine Mutter wiederum bat mich ganz ruhig, den Schönheiten ihre Privatsphäre zu lassen und ihre Geschäfte nicht zu stören. Ich verstand das so, dass ich künftig besser aufpassen und mich nicht erwischen lassen sollte.

Die nächste Gelegenheit, die sich ergab, packte ich beim Schopfe. In dem Alter fand ich das, was ich sah, nicht in sexueller Hinsicht spannend. Es war eher der Reiz, etwas zu tun, das meinen Opfern peinlich gewesen wäre, hätten sie es gewusst. Ich war schon öfter ziemlich frech gewesen: Ich hatte einmal einem Mann zugesehen, wie er in einen Nachttopf pinkelte, ich hatte einen Fettfleck auf das Gewand einer Kurtisane gemacht, die mich zuvor angeschnauzt hatte, und ähnliche Possen. Einmal tauschte ich die silbernen Glöckchen am Hochzeitsbett gegen Blechdosen aus, und als die Bewegungen des Mannes immer schneller wurden und das Bett wackelte, ertönte kein Klingeln, sondern ein Scheppern. Natürlich war mir klar, dass diese Streiche unrecht waren, aber ich fühlte mich mutig dadurch und fand es spannend. Ich wusste auch, was die Wolkenschönheiten wirklich über ihre Freier und Patrone dachten. Und dieses Wissen verlieh mir eine geheime Macht – ohne besonderen Nutzen, aber dennoch war es Macht –, und die war so viel wert wie jedes einzelne Schmuckstück in meiner Schatzkiste.

So boshaft ich auch war, ich verspürte nicht den Wunsch, meiner Mutter und ihren Liebhabern zuzusehen. Allein die Vorstellung, dass sie einem Mann erlaubte, sie ohne ihre schönen Kleider zu sehen, stieß mich ab. Bei den Blumenschönheiten war ich weniger zimperlich. Ich sah ihnen zu, wie sie sich auf dem Diwan räkelten. Ich sah zu, wie Männer ihnen zwischen die Beine schauten. Ich sah Kurtisanen auf den Knien, die sich vor dem Penis eines Kunden verneigten. Eines Abends betrat ein korpulenter Mann das Zimmer von Bauschwolke. Sein Name war Prosper Yang. Er besaß mehrere Fabriken, in denen Nähmaschinen hergestellt wurden, und andere, in denen Frauen und Kinder an diesen Maschinen arbeiteten. Er küsste Bauschwolke zärtlich, sie zitterte und tat schüchtern. Er sprach leise auf sie ein. Ihre Augen wurden groß und füllten sich mit Tränen, als sie ihre Kleidung ablegte. Sein massiger Körper ragte über ihr auf wie ein dunkles Unwetter. Sie schaute ängstlich, als würde sie gleich zerquetscht werden. Er drückte sich gegen sie, und ihre Körper bewegten sich wie zappelnde Fische. Sie wehrte sich und schluchzte theatralisch. Und dann verknoteten sich ihre Arme und Beine wie Schlangen. Er gab harte, tierische Laute von sich. Sie kreischte wie ein kleines, aufgeregtes Vögelchen. Er setzte sich mit gespreizten Beinen auf ihren Po und ritt auf ihr, als wäre sie ein trabendes Pony, bis er hinunterfiel. Dann ging er und ließ sie reglos auf der Seite liegen. Als der Mond durch das Fenster schien, glänzte ihr Körper weiß, und ich dachte schon, sie wäre tot. Ich betrachtete sie fast eine Stunde lang, bis sie schließlich gähnend und mit ausgestrecktem Arm aus dem nahen Tode erwachte.

Am nächsten Morgen erzählte Bauschwolke einer anderen Blumenschwester im Hof, dass Prosper Yang ihr gesagt hatte, dass er sie sehr schätze und ihr Patron sein wolle und sie eines Tages womöglich sogar zu seiner Ehefrau machen würde.

Was ich beobachtet hatte, wurde plötzlich gefährlich und abstoßend. Mutter und Goldtaube hatten mehrmals erwähnt, dass ich vielleicht eines Tages heiraten würde. Die Ehe hatte ich bisher immer als eines meiner vielen amerikanischen Privilegien betrachtet, und im Gegensatz zu den Kurtisanen konnte ich davon ausgehen, dass es einmal dazu kam. Ich hatte mir nie überlegt, dass es zu einer Ehe gehörte, dass jemand so auf mir herumsprang, wie ich es bei Bauschwolke und ihrem Freier gesehen hatte. Nun gingen mir diese Bilder nicht mehr aus dem Kopf. Sie kamen ungewollt, und mir war nicht wohl dabei. Mehrere Nächte hintereinander hatte ich scheußliche Träume. Jedes Mal hatte ich den Platz von Bauschwolke eingenommen, lag auf dem Bauch und wartete. Eine dunkle Männergestalt tauchte vor den durchscheinenden Vorhängen auf, und einen Augenblick später platzte er herein – es war Prosper Yang. Er sprang mir auf den Rücken, ritt mich wie ein Pony und brach mir jeden Knochen einzeln. Als er fertig war, lag ich ganz still da, kalt wie Marmor. Ich wartete, dass ich mich bewegte, so wie Bauschwolke. Doch stattdessen wurde ich immer kälter, denn ich war tot.

Danach spionierte ich den Wolkenschönheiten nicht mehr hinterher.

Die Blumenschwester, die ich am liebsten mochte, war Zauberwolke. Aus diesem Grund beobachtete ich sie und ihren Patron nur ein einziges Mal heimlich. Ich musste oft lachen, weil sie sich auf haarsträubende Weise mit ihren kostbaren Einrichtungsgegenständen brüstete. Das hölzerne Ehebett sei aus dem Stamm eines einzigen Hartholzbaums gefertigt, der so dick wie ein ganzes Haus gewesen sei. Ich entdeckte Fugen. Der Goldbrokat auf dem Opiumbett sei ein Geschenk von einer kaiserlichen Konkubine, die angeblich ihre Halbschwester war. Sie spielte die Beleidigte, weil ich ihr das nicht glaubte. Die Wattierung ihrer Bettdecke bestehe aus Seidenwolken und fange beim leisesten Seufzer an zu schweben. Ich seufzte und seufzte, um ihr zu zeigen, dass sich da gar nichts rührte. Sie hatte auch einen einfachen Ming-Tisch, auf dem die Schätze des Studierzimmers standen, die Requisiten der Gelehrten, die jeder Kunde sehr schätzte, auch wenn er niemals dieses Maß an Bildung erreicht hatte. Sie behauptete, diese Gegenstände hätten dem Dichtergeist gehört. Niemand sonst hätte es gewagt, sie an sich zu nehmen. Ich glaubte nicht an Geister, aber ich war trotzdem nervös, als sie darauf bestand, dass ich mir die Sachen genau ansah: ein violetter Duan-Reibstein, Pinsel aus ganz weichen Schafshaaren und Tuschestäbe, in die Gartenszenen aus dem Haus eines Gelehrten geschnitzt waren. Sie hielt die Papierrollen hoch und erklärte, dieses Papier würde genau die richtige Menge Tusche aufnehmen und genau das richtige Licht reflektieren. Als ich sie fragte, ob sie Gedichte schreiben könne, antwortete sie: »Natürlich! Warum hätte ich sonst diese ganzen Sachen hier?«

Ich wusste, dass sie wie die meisten Kurtisanen nur schlecht lesen und schreiben konnte. Goldtaube hatte von den Kurtisanen verlangt, die Schätze des Gelehrten bei sich im Zimmer zu haben. Das erhöhte das Ansehen des Hauses und hob es von anderen ab. Zauberwolke erzählte mir, dass der Dichtergeist ihre Gelehrtenschätze ganz besonders würdigte, mehr als die in den anderen Boudoirs.

»Ich weiß, was ihm gefällt, in einem früheren Leben war er nämlich mein Ehemann«, sagte Zauberwolke, »und ich war seine Lieblingskonkubine. Als er starb, brachte ich mich um, damit ich bei ihm sein konnte. Aber die Gesellschaft hat uns sogar im Himmel voneinander getrennt. Seine Frau wollte mir nicht erlauben, ihn zu sehen, deshalb hat sie dafür gesorgt, dass er vor mir wiedergeboren wurde.«

Wie gesagt, ich glaubte nicht an Geister, aber Zauberwolkes verrücktes Gerede machte mich trotzdem ganz nervös.

»Als ich hier eingezogen bin, kam er in der ersten Nacht zu

mir. Ich spürte einen kühlen Atemzug auf der Wange und wusste, der Dichtergeist war da. In der Vergangenheit wäre ich vor Angst schlotternd über alle Berge geflüchtet. Aber diesmal klapperte ich nicht mit den Zähnen, sondern mir rann eine wunderbare Wärme durch die Adern. Ich empfand eine tiefe Liebe, wie ich sie noch nie jemandem geschenkt oder von jemandem empfangen hatte. In dieser Nacht träumte ich von unserem vergangenen Leben und wachte so glücklich auf wie noch nie.«

Der Dichtergeist besuche sie mindestens einmal am Tag, erzählte sie. Sie spürte ihn, wenn sie in das ehemalige Malatelier ging oder im Garten neben seiner Stele saß. Ganz egal, wie traurig oder hoffnungslos oder wütend sie gerade gewesen war, sie fühlte sich auf der Stelle wieder entspannt und glücklich.

Als die Wolkenschönheiten von Zauberwolkes Phantomliebhaber erfuhren, bekamen sie Angst und zürnten ihr, weil sie den Geist geweckt hatte. Aber sie durften sie nicht zu sehr kritisieren, damit sich ihr Geisterliebhaber, der ehemalige Besitzer des Anwesens, nicht an denen rächte, die schlecht über seine Geliebte geredet hatten.

»Siehst du ihn? Riechst du ihn?«, fragten die Blumenschwestern, sobald Zauberwolke ohne ersichtlichen Grund plötzlich zufrieden dreinschaute.

»Heute, kurz vor Sonnenuntergang«, antwortete sie, »da habe ich seinen Schatten gesehen und gespürt, wie er sanft über mich hinweggefahren ist.« Mit zwei Fingern strich sie sich über den Arm.

Und dann sah auch ich einen Schatten und fühlte etwas Kühles auf der Haut.

»Aha, jetzt spürst du ihn auch«, sagte Zauberwolke.

»Nein. Ich glaube nicht an Geister.«

»Wieso hast du dann Angst?«

»Ich habe keine Angst. Wieso auch? Es gibt keine Geister.« Wie um mich Lügen zu strafen, bekam ich noch mehr Angst. Ich erinnerte mich, wie meine Mutter mir erklärt hatte, dass Geister Manifestationen menschlicher Furcht seien. Wieso quälten diese angeblichen Geister eigentlich nur Chinesen? Trotz der Argumente meiner Mutter glaubte ich, dass der Dichtergeist noch immer in unserem Haus wohnte. Plötzliche Angst war ein Anzeichen dafür, dass er aufgetaucht war. Aber weshalb sollte er mich besuchen?

Der Dichtergeist war bei der arrangierten Hochzeit von Bauschwolke und Prosper Yang dabei, der einen Vertrag für drei Saisons unterzeichnet hatte. Ich erfuhr, dass Bauschwolke sechzehn war und Prosper ungefähr fünfzig. Goldtaube tröstete sie damit, dass alte Männer ja dazu neigten, sich recht großzügig zu zeigen. Und Bauschwolke sagte, Prosper Yang liebe sie und sie könne sich glücklich schätzen.

Meine Mutter war bekannt dafür, dass sie die besten Hochzeiten aller Kurtisanenhäuser veranstaltete. Sie wurden im westlichen Stil inszeniert, im Gegensatz zu den traditionellen chinesischen Hochzeiten für jungfräuliche Bräute, eine Kategorie, zu denen die Kurtisanen nicht mehr zählten. Die Kurtisanenbräute trugen sogar ein weißes Hochzeitskleid, wie man es im Westen hatte. Meine Mutter besaß einige davon, und die Wolkenschönheiten durften sie benutzen. Vom Stil her waren es eindeutig Yankee-Kleider – mit tief ausgeschnittenen Miedern und voluminösen Röcken, aus glänzender geraffter Seide und mit Spitze, Stickereien und Saatperlen verziert. Diese Kleider wären niemals mit der chinesischen Trauerkleidung aus grobem weißen Sackleinen verwechselt worden.

Eine Hochzeit im westlichen Stil hatte ihre Vorteile. Das wusste ich schon, weil ich in einem anderen Haus auf einer chinesischen Hochzeit für eine Kurtisane gewesen war. Zum einen musste man keinen Ahnen die Ehre erweisen, die sich sicherlich von einer Kurtisane als Nachfahrin distanziert hätten. Deshalb gab es keine langweiligen Rituale mit Hinknien und endlosen Verbeugungen. Die Zeremonie war kurz. Die Gebete wurden weggelassen. Die Braut sagte: »Ich will«, und der Bräutigam sagte: »Ich will.« Dann wurde gegessen. Das Festessen bei einer westlichen Hochzeit war auch etwas Besonderes, denn alle Gerichte sahen westlich aus, schmeckten aber chinesisch.

Zu unterschiedlichen Preisen konnten die Patrone sich Musik in allen möglichen Stilrichtungen aussuchen. Blechbläser, die amerikanische Musik spielten, waren das Teuerste, das passte nur bei schönem Wetter. Ein Yankee-Geiger war günstiger. Dann konnte man noch die Musik auswählen. Es war wichtig, sich nicht vom Titel eines Liedes an der Nase herumführen zu lassen. Eine der Kurtisanen hatte den Geiger gebeten, »O Promise Me« zu spielen, denn sie dachte, die Länge des Stücks wäre der Anhänglichkeit ihres Patrons förderlich, sodass er vielleicht die Vertragsdauer verlängerte. Aber das Lied währte so lange, dass die Gäste das Interesse verloren und sich über andere Dinge unterhielten, bis es zu Ende war. Das war der Grund dafür, dass der Vertrag nicht verlängert wurde, sagten die Blumenschwestern danach. Alle mochten »Auld Lang Syne«, mit der Wehmut eines chinesischen Instruments gespielt, das aussah wie ein zweisaitiges Miniaturcello. Obwohl man das Lied zu traurigen Anlässen wie Begräbnissen oder Abschieden sang, war es sehr beliebt. Man musste dafür nur wenige englische Wörter lernen, und jeder sang sie gern vor, um zu beweisen, dass man Englisch konnte. Meine Mutter änderte den Text ab und nahm darin Bezug auf das Treuegelöbnis. Wenn eine Kurtisane dieses Versprechen brach, war der Vertrag beendet, und außerdem schadete das dem Ruf, der nur schwer wiederherzustellen war. War jedoch der Patron derjenige, der das Versprechen brach, fühlte sich die Kurtisane gedemütigt. Warum hatte er sie entehrt? Es musste einen Grund dafür gegeben haben.

Prosper, der sich für einen chinesischen Caruso hielt, sang voller Inbrunst mit. Mir fiel auf, wie Zauberwolke mitten im Lied den Blick auf den Türbogen richtete. Sie berührte leicht ihren Arm, blickte wieder auf und lächelte. Einen Augenblick später spürte auch ich den vertrauten kühlen Hauch über Arm und Rücken streichen. Ich erschauerte und ging zu meiner Mutter.

Prosper grölte den letzten Ton und ließ den Applaus etwas zu lange anhalten, dann rief er nach den Geschenken, die Bauschwolke gebracht werden sollten. Zuerst kam das traditionelle Geschenk, das jede Kurtisane erhielt: ein silberner Armreif und ein Ballen Seide – darauf einen Toast! Die Gäste erhoben die Becher, legten die Köpfe zurück und tranken den Wein in einem Schluck. Dann folgte ein Sofa im westlichen Stil, überzogen mit pinkfarbenem Satin – darauf zwei Toasts! Weitere Geschenke wurden gebracht. Schließlich reichte Prosper Bauschwolke das, was sie am meisten begehrte, einen Umschlag mit Geld, der erste ihrer monatlichen Bezüge. Als sie sah, wie viel es war, blieb ihr die Luft weg, und Tränen liefen ihr über das Gesicht. Wir würden erst später erfahren, ob sie weinte, weil sie mehr als erwartet bekommen hatte oder weniger. Ein weiterer Trinkspruch wurde ausgebracht. Bauschwolke beteuerte, dass sie nicht noch mehr trinken konnte. Sie hatte rote Flecken im Gesicht und sagte, sie hätte das Gefühl, Boden und Decke würden auseinanderdriften. Aber Prosper packte sie am Kinn und flößte ihr den Wein ein, und unter dem Beifall seiner Freunde kippte er gleich noch einen weiteren Becher hinterher. Auf einmal fing Bauschwolke an zu glucksen und übergab sich, bevor sie zusammenbrach. Goldtaube machte dem Musiker rasch ein Zeichen, ein letztes Lied zu spielen, um die Gäste aus dem Raum zu vertreiben, und Prosper ging mit ihnen, ohne auch nur einen Blick auf Bauschwolke zu werfen, die auf dem Boden lag und Entschuldigungen brabbelte. Zauberwolke versuchte sie aufzusetzen, aber das besinnungslose Mädchen fiel nach hinten wie ein toter Fisch. »Mistkerle«, sagte Goldtaube. »Steck sie in eine Wanne und pass auf, dass sie nicht ertrinkt.«

Ich war bei vielen Hochzeiten dabei. Die jüngeren Schönheiten schlossen einen Vertrag nach dem anderen, kaum eine Woche verging dazwischen. Doch wenn sie älter wurden und ihre Augen weniger funkelten, gab es keine Hochzeiten mehr für sie. Dann kam der Tag, an dem Goldtaube einer Schönheit sagte, sie müsse »die Sänfte nehmen«, eine höfliche Art zu sagen, sie werde ausquartiert. Ich erinnerte mich an den Tag, an dem Rosa Wolke die schlechte Nachricht erhielt. Mutter und Goldtaube ließen sie ins Büro kommen. Ich lernte gerade im Boulevard, dem Zimmer auf der anderen

Seite der Glastüren. Rosa Wolke sprach immer lauter. Goldtaube führte Zahlen an, abnehmende Buchungen. Warum konnte ich das so deutlich hören? Ich ging zur Tür. Sie war nicht ganz geschlossen, sondern stand etwa einen Zentimeter offen. Rosa Wolke bat leise darum, bleiben zu dürfen, und behauptete, dass ein bestimmter Freier kurz davor stehe, ihr Patron werden zu wollen. Aber sie blieben standhaft und zeigten kein Mitleid. Sie schlugen ihr ein anderes Haus vor. Rosa Wolke wurde laut und wütend. Das sei eine Beleidigung, rief sie, als wäre sie eine gewöhnliche Hure. Sie rannte hinaus. Ein paar Minuten später heulte sie genauso wie Carlotta, wenn sie mit dem Fuß am Türpfosten hängen geblieben war, so als würde ihre Stimme gleichzeitig aus dem Bauch und aus dem Herzen kommen. Es klang scheußlich.

Ich erzählte Zauberwolke, was Rosa Wolke widerfahren war.

»Das wird uns allen so gehen. An einem Tag bringt uns das Schicksal hierher«, sagte sie. »Und an einem anderen Tag holt es uns weg. Vielleicht hat sie es im nächsten Leben besser. Je mehr man jetzt leidet, umso weniger leidet man später.«

»Sie sollte gar nicht leiden«, meinte ich.

Innerhalb von drei Tagen war eine Kurtisane namens Wattewolke in das Quartier von Rosa Wolke eingezogen. Sie wusste nichts von dem, was in diesem Zimmer vor sich gegangen war – nichts vom Herumturnen, den Seufzern, den Tränen, dem Heulen.

Ein paar Wochen danach war ich am späten Nachmittag in Zauberwolkes Boudoir. Meine Mutter hatte zu viel zu tun gehabt, um ihr spätes Mittagessen mit mir einzunehmen. Sie musste rasch zu einem ungenannten Ort, um eine ungenannte Person zu treffen. Zauberwolke puderte sich das Gesicht, um sich auf eine lange Nacht vorzubereiten – drei Feiern, eine im Verborgenen Jadepfad, die anderen beiden in Häusern, die ein paar Straßen entfernt lagen.

Ich hatte viele Fragen. »Sind das echte Perlen?«, »Wer hat sie dir geschenkt?«, »Wen triffst du heute Abend?«, »Nimmst du ihn mit auf dein Zimmer?«

Sie erzählte mir, die Perlen seien Drachenzähne, und ein Herzog hätte sie ihr geschenkt. Er würde ihr heute Abend die Ehre erweisen, und sie wollte ihn natürlich mit auf ihr Zimmer nehmen, um Tee zu trinken und Konversation zu machen. Ich lachte, und sie spielte die Beleidigte, weil ich ihr nicht glaubte.

Am nächsten Morgen war sie nicht in ihrem Zimmer. Ich wusste, dass etwas nicht stimmte, denn ihre Schätze des Studierzimmers und ihre seidene Steppdecke fehlten. Ich warf einen Blick in ihren Kleiderschrank, er war leer. Meine Mutter schlief noch, wie die Kurtisanen und Goldtaube auch. Also ging ich zu Zersprungenes Ei, dem Pförtner. Er hatte sie gehen sehen, aber er hatte keine Ahnung, wohin. Das erfuhr ich, als ich ein Gespräch zweier Hausmädchen mit anhörte:

»Sie war mindestens fünf oder sechs Jahre älter, als sie behauptet hat. Welches Haus würde schon eine alte Blume mit einem Geist in ihr drin aufnehmen?«

»Ich habe gehört, wie Lulu Mimi dem Patron gesagt hat, das wäre alles abergläubischer Unsinn. Er hat gesagt, es wäre egal, ob es ein Geist oder ein lebendiger Mann sei, es wäre Untreue, und er wollte das Geld aus dem Vertrag wiederhaben.«

Ich lief rasch zu meiner Mutter ins Büro. Sie war dort und sprach mit Goldtaube.

»Ich weiß, was sie getan hat, und es tut ihr leid. Du musst sie zurückkommen lassen«, sagte ich. Meine Mutter beharrte darauf, dass man nichts mehr tun könne. Alle kannten die Regeln, und wenn sie für Zauberwolke eine Ausnahme machte, dann würden alle Schönheiten denken, sie könnten sich auch so etwas leisten, ohne bestraft zu werden. Meine Mutter und Goldtaube widmeten sich daraufhin wieder ihren Plänen für eine große Abendgesellschaft und überlegten, wie viele Kurtisanen gebraucht würden.

»Bitte, Mutter«, bettelte ich. Sie ignorierte mich. Ich brach in Tränen aus und rief: »Sie war meine einzige Freundin! Wenn du sie nicht zurückbringst, habe ich niemanden mehr, der mich mag.«

Sie kam zu mir, nahm mich in die Arme und streichelte mir den Kopf. »Unsinn. Du hast viele Freundinnen hier. Schneewolke…«

»Schneewolke lässt mich nicht zu sich ins Zimmer, so wie es Zauberwolke getan hat.«

»Mrs Pettys Tochter …«

»Die ist dumm und langweilig.«

»Du hast Carlotta.«

»Das ist eine Katze. Sie spricht nicht mit mir und beantwortet mir auch keine Fragen.«

Sie zählte noch die Namen mehrerer anderer Mädchen auf, Töchter ihrer Freundinnen. Ich behauptete, dass ich sie nicht mochte – und dass sie mich verachteten, was zum Teil auch der Wahrheit entsprach. Ich jammerte weiter über mein einsames Dasein ohne Freundinnen und dass ich wohl für immer unglücklich sein würde. Da sagte sie kalt und unnachgiebig: »Hör auf damit, Violet. Ich habe sie nicht wegen einer Kleinigkeit hinausgeworfen. Sie hätte fast unser Geschäft ruiniert. Es war schlichtweg notwendig.«

»Was hat sie denn gemacht?«

»Sie hat uns verraten, indem sie nur an sich selbst dachte.«

Ich hatte keine Ahnung, was »verraten« in diesem Sinne bedeutete. Ich plapperte einfach frustriert los: »Wen kümmert es schon, ob sie uns verrät?«

»Deine eigene Mutter, die hier vor dir steht, kümmert es.«

»Dann werde ich dich auch verraten«, rief ich.

Sie blickte mich merkwürdig an, und ich glaubte, sie würde gleich nachgeben. Deshalb legte ich draufgängerisch noch nach. »Ich werde dich verraten«, drohte ich ihr.

Sie verzog das Gesicht. »Hör auf, Violet, bitte.«

Ich konnte aber nicht aufhören, obwohl ich wusste, dass ich eine unbekannte Gefahr heraufbeschwor. »Ich werde dich für alle Zeit verraten«, wiederholte ich noch einmal, und da fiel ein Schatten über das Gesicht meiner Mutter.

Ihre Hände zitterten, und ihre Miene war so starr, dass sie ein anderer Mensch geworden zu sein schien. Sie sagte nichts. Je länger das Schweigen andauerte, desto mehr Angst bekam ich. Ich hätte eingelenkt, wenn ich gewusst hätte, was ich sagen oder tun sollte. Deshalb wartete ich.

Schließlich wandte sie sich um, und im Weggehen sagte sie bitter: »Wenn du mich jemals verrätst, will ich nichts mehr mit dir zu tun haben. Das verspreche ich dir.«

Meine Mutter hatte eine bestimmte Floskel, die sie bei jedem Gast benutzte, ob es ein Chinese war oder ein Besucher aus dem Westen. Sie ging zügig auf einen bestimmten Mann zu und flüsterte aufgeregt: »Auf Sie habe ich mich ganz besonders gefreut.« Dann neigte sie leicht den Kopf zum Ohr des Mannes, um ihm ein Geheimnis zuzuflüstern, und der Mann nickte eifrig. Manche küssten ihr die Hand. Dieser eine ständig wiederholte Satz quälte mich. Mir war aufgefallen, dass sie oft zu beschäftigt war, um auf mich Acht zu geben. Sie spielte kein Ratespiel mehr mit mir und schickte mich auch nicht mehr auf Schatzsuche. Wir kuschelten nicht mehr in ihrem Bett, wenn sie Zeitung las. Dafür war sie zu rastlos. Ihre Fröhlichkeit und ihr Lächeln waren nun für die Männer auf ihren Gesellschaften reserviert, für diejenigen, auf die sie sich ganz besonders gefreut hatte.

Als ich eines Nachts mit Carlotta auf den Armen durch den Salon ging, hörte ich meine Mutter rufen: »Violet! Da bist du ja. Auf dich habe ich mich besonders gefreut.«

Endlich! Ich war auserwählt worden. Sie entschuldigte sich überschwänglich bei dem Mann, mit dem sie sich unterhalten hatte, und behauptete, sie müsste sich umgehend ihrer Tochter widmen. Was war nur so dringend? Es war egal. Ich war gespannt auf das Geheimnis, das sie mir anvertrauen wollte. »Gehen wir hier rüber.« Meine Mutter schob mich in eine dunkle Ecke. Sie nahm mich am Arm, und wir marschierten zügig los. Ich erzählte ihr von Carlottas neuesten Streichen, einfach nur, um sie zu unterhalten. Plötzlich ließ sie meinen Arm los und sagte: »Danke, mein Schatz.« Sie ging zu einem Mann in der Ecke des Zimmers und gab ihm zu verstehen: »Fairweather, mein Lieber. Es tut mir leid, aber ich wurde aufgehalten.«

Ihr dunkelhaariger Liebhaber trat aus dem Schatten und küsste ihr mit gespielter Galanterie die Hand. Sie schenkte ihm dafür ein verschmitztes Lächeln, wie ich es noch nie von ihr bekommen hatte.

Ich war fassungslos über die kurze Dauer meines Glücks. Sie hatte mich benutzt! Schlimmer noch, sie hatte es für Fairweather gemacht, einen Mann, der sie gelegentlich besuchte und der mir immer unsympathisch gewesen war. Früher hatte ich mich für den wichtigsten Menschen in ihrem Leben gehalten, aber in den letzten Monaten hatte sich das als falsch erwiesen. Die besondere Nähe, die wir beide gehabt hatten, war nicht mehr da. Sie war immer mit anderen Dingen abgelenkt, um während des Mittagessens mit mir zu schwatzen. Goldtaube und sie nutzten diese Zeit, um wie so oft die Pläne für den Abend zu besprechen. Sie fragte nur noch selten nach meinem Unterricht oder was ich gerade las. Sie nannte mich »Schatz«, aber das sagte sie zu vielen Männern. Sie küsste mich morgens auf die Wange und abends auf die Stirn. Aber sie küsste viele Männer, und manche auf den Mund. Sie sagte, sie hätte mich lieb, aber ich sah keine Anzeichen dafür. Ich spürte nichts im Herzen, nur den Verlust ihrer Liebe. Ihr Verhalten mir gegenüber war anders geworden, und ich war mir sicher, dass es an dem Tag angefangen hatte, als ich gedroht hatte, sie zu verraten. Sie verbrachte immer weniger Zeit mit mir.

Eines Tages fand mich Goldtaube weinend im Boulevard. »Mutter hat mich nicht mehr lieb.«

»Unsinn. Deine Mutter liebt dich sehr. Warum sonst bestraft sie dich nicht für alles, was du anstellst? Erst neulich hast du eine Uhr kaputtgemacht, indem du die Zeiger rückwärts gedreht hast. Du hast zwei Strümpfe von ihr ruiniert, weil du sie als Maus für Carlotta benutzt hast.«

»Das hat nichts mit Liebe zu tun«, sagte ich. »Sie hat nur deshalb nicht geschimpft, weil ihr diese Sachen egal waren. Wenn sie mich wirklich lieb hätte, würde sie mir das beweisen.«

»Und wie?«, fragte Goldtaube. »Was gibt es da zu beweisen?«

Ich schwieg ratlos. Ich hatte keine Ahnung, was Liebe war. Ich wusste nur, dass ich mich unbändig nach Aufmerksamkeit und ihrem Zuspruch sehnte. Ich wollte nicht daran zweifeln müssen, dass ich ihr wichtiger war als jeder andere in ihrem Leben. Wenn ich länger darüber nachdachte, wurde mir klar, dass sie den Wolkenschönheiten mehr Achtsamkeit schenkte als mir. Sie hatte mehr Zeit mit Goldtaube verbracht. Sie war vor zwölf aufgestanden, um mit ihren Freundinnen, der vollbusigen Opernsängerin, der reisenden Witwe und der französischen Spionin, zu essen. Sie hatte ihren Kunden viel mehr Interesse zuteilwerden lassen als sonst irgendjemandem. Was für eine Liebe hatten sie wohl bekommen, die meine Mutter mir nicht geschenkt hatte?

An diesem Abend erzählte eine Dienerin im Gang einer anderen, dass sie sich schreckliche Sorgen mache, weil ihre dreijährige Tochter hohes Fieber habe. Am nächsten Abend verkündete sie glücklich, ihre Tochter sei wieder gesund. Am Nachmittag tags darauf gellten die Schreie der Frau durch den Hof. Eine Verwandte war erschienen, um ihr zu sagen, dass ihre Tochter gestorben sei. Sie heulte: »Wie kann das sein? Ich habe sie doch heute Morgen noch im Arm gehalten. Ich habe ihr die Haare gekämmt.« Schluchzend beschrieb sie die großen Augen ihrer Tochter, wie sie immer den Kopf wandte, um ihr zuzuhören, wie musikalisch ihr glucksendes Lachen klang. Sie hatte für eine Jacke für ihr Kind gespart und eine Rübe für eine kräftigende Suppe gekauft. Bald darauf jammerte sie, dass sie sterben wolle, um bei ihrer Tochter zu sein. Für wen solle sie sonst leben? Ich weinte im Stillen, während ich ihrem Kummer lauschte. Wenn ich starb, würde meine Mutter dasselbe empfinden? Ich weinte noch mehr, denn ich wusste, es wäre nicht so.

Eine Woche nachdem meine Mutter mich an der Nase herumgeführt hatte, kam sie zu mir ins Zimmer. Ich lernte gerade mit meinem Hauslehrer. Es war erst elf, normalerweise stand sie eine Stunde später auf. Ich sah sie ungehalten an. Sie fragte, ob ich mit ihr in dem neuen französischen Restaurant an der Great Western Road zu Mittag essen wolle. Misstrauisch fragte ich, wer denn sonst noch dabei wäre.

»Nur wir beide«, antwortete sie. »Du hast heute Geburtstag.«

Das hatte ich ganz vergessen. Hier im Haus feierte niemand Geburtstag. Das war in China nicht üblich, und meine Mutter hatte das übernommen. Mein Geburtstag fiel normalerweise in die Zeit um das chinesische Neujahr, und das feierten wir dann mit allen gemeinsam. Ich bemühte mich, nicht zu aufgeregt zu sein, aber ich freute mich sehr. Ich ging in mein Zimmer, um ein hübsches Kleid anzuziehen, eines, das noch nicht mit Carlottas Krallen in Berührung gekommen war. Ich wählte einen blauen Mantel und einen Hut in einer ähnlichen Farbe. Ich zog Erwachsenenschuhe aus glänzendem Leder an, die man bis zum Knöchel schnürte. Lange betrachtete ich mich in dem großen ovalen Spiegel. Ich sah anders aus, nervös und besorgt. Ich war jetzt acht und nicht mehr das unschuldige kleine Mädchen, das auf seine Gefühle vertraute. Früher war ich glücklich gewesen, aber in letzter Zeit hatte ich nur Enttäuschungen erlebt, eine nach der anderen. Nun rechnete ich wieder mit einer Desillusionierung, hoffte jedoch inständig, dass ich falschlag.

Als ich ins Arbeitszimmer meiner Mutter trat, besprach sie gerade mit Goldtaube die Aufgaben, die an diesem Tag anstanden. Mit offenen Haaren ging sie im Morgenrock auf und ab.

»Der alte Steuereintreiber kommt heute Abend«, sagte sie. »Er hat versprochen, dass ein bisschen Zuwendung ihn meinen Steuerbescheid vergessen machen wird. Wir werden sehen, ob der alte Hundefurz diesmal die Wahrheit sagt.«

»Ich schicke nach Purpur«, sagte Goldtaube, »der Kurtisane in der Halle des jungen Friedens. Sie nimmt zurzeit jede Art von Auftrag an. Ich rate ihr, dunkle Farben zu tragen, Dunkelblau. Rosa ist nicht vorteilhaft, wenn jemand die Jugend schon hinter sich hat. Sie sollte es besser wissen. Ich sage dem Koch auch, er soll den Fisch zubereiten, den du so gerne magst, aber nicht mit den amerikanischen Gewürzen. Ich weiß, er will dir eine Freude machen, aber es gelingt ihm nie richtig, und dann hat keiner etwas davon.«

»Hast du eine Gästeliste für heute Abend?«, fragte meine Mutter. »Ich möchte nicht, dass der Importeur von Smythe und Dixon noch einmal kommt. Von seinen Informationen war keine einzige zuverlässig. Er schnüffelt herum, um ohne Gegenleistung etwas zu bekommen. Wir geben Zersprungenem Ei seinen Namen, damit er ihn nicht mehr einlässt …«

Als sie und Goldtaube fertig waren, war es schon fast ein Uhr. Ich sollte im Büro warten, während meine Mutter in ihr Zimmer ging, um sich etwas anzuziehen. Ich lief im Büro herum, gefolgt von Carlotta, die sich an meine Beine schmiegte, wo auch immer ich stand. Auf einem runden Tisch lag lauter Krimskrams, Geschenke, die sie von Verehrern erhielt, die nicht wussten, dass ihr Geld lieber war. Goldtaube verkaufte das, was sie nicht behalten wollte. Ich nahm jeden Gegenstand in die Hand, und Carlotta sprang hoch und schnüffelte daran. Ein Bernsteinei mit einem Käfer darin – das würde sie ganz sicher verkaufen wollen. Ein Vogel aus Amethyst und Jade – den mochte sie vielleicht behalten. Ein gläserner Schaukasten mit Schmetterlingen aus unterschiedlichen Ländern – der gefiel ihr bestimmt überhaupt nicht. Ein Bild von einem grünen Papagei – mir sagte es zu, aber die einzigen Bilder, die meine Mutter aufhängte, stellten nackte griechische Götter und Göttinnen dar. Ich blätterte in einem illustrierten Buch, das *Die Welt der Meere* hieß und mit Zeichnungen von grässlichen Ungeheuern versehen war. Mit einer Lupe, die in der Nähe lag, vergrößerte ich die Titel von Werken im Bücherregal: *Die Religionen Indiens*, *Reisen nach Japan und China*, *China im Aufruhr*. Ich stieß auf ein rot eingebundenes Buch, in das die schwarze Silhouette eines uniformierten Jungen geprägt war, der ein Gewehr angelegt hatte. *Unter den Fahnen der Alliierten: Eine Boxergeschichte*. Im Buch steckte ein Zettel. Er war mit der sorgfältigen Schrift eines Schuljungen beschrieben.

Meine liebe Miss Minturn,
wenn Sie jemals einen amerikanischen Jungen brauchen, der weiß, wie man Anweisungen befolgt, würden Sie mich dann unter Um-

ständen als freiwilligen Helfer annehmen? Ich würde mich gerne Ihren Wünschen entsprechend nützlich machen.
Ihr treuer Diener,
Ned Peaver

Hatte meine Mutter sein Angebot angenommen? Ich las die Stelle, an der der Zettel steckte. Es ging um einen Soldaten namens Ned Peaver – aha! – während des Boxeraufstands. Nachdem ich die Seite rasch überflogen hatte, kam ich zu dem Schluss, dass Ned ein langweiliger, braver Junge war, der immer Befehle befolgte. Ich mochte nichts, was mit dem Boxeraufstand zu tun hatte. Im Jahr 1900, auf dem Höhepunkt des Aufstands, war ich zwei Jahre alt, und ich glaubte, ich hätte während der Angriffe sterben können. Später hatte ich ein Buch darüber gelesen, wie sich junge Männer durch ein Gelöbnis den Boxern anschlossen, weil Millionen von Bauern in einem Jahr wegen einer Flut Hunger litten und im nächsten Jahr wegen einer Dürre. Als Gerüchte laut wurden, dass Ausländern ihr Land übereignet werden sollte, töteten sie etwa zweihundert weiße Missionare und ihre Kinder. Ein tapferes Mädchen hatte angeblich herzergreifend gesungen, während seine Eltern dabei zusehen mussten, wie es durch einen Hieb mit dem Schwert in den Himmel befördert wurde. Immer wenn ich mir das vorstellte, fasste ich mir an meinen weichen Hals und schluckte.

Ich sah auf die Uhr. Die frisch reparierten Zeiger sagten, dass es jetzt zwei war. Ich wartete schon fast drei Stunden, seit sie angekündigt hatte, wir würden zum Mittagessen gehen. Ich bekam einen Wutanfall. Ich zerriss Ned Peavers Brief. Ich ging zu dem Tisch mit dem Nippes meiner Mutter und schmiss das Kästchen mit den Schmetterlingen auf den Boden. Carlotta ergriff die Flucht. Ich warf den Amethystvogel, die Lupe, das Bernsteinei hinunter. Ich riss den Umschlag von *Die Welt der Meere* ab. Goldtaube stürzte herein und betrachtete entsetzt das Durcheinander. »Warum tust du ihr weh?«, fragte sie traurig. »Warum hast du so schlechte Laune?«

»Es ist zwei Uhr. Sie wollte zu meinem Geburtstag mit mir in ein Restaurant gehen. Jetzt kommt sie nicht. Sie hat es vergessen. Ständig vergisst sie, dass ich überhaupt da bin.« Tränen stiegen mir in die Augen. »Sie liebt mich nicht. Sie liebt nur diese ganzen Männer.«

Goldtaube hob das Ei aus Bernstein und die Lupe auf. »Das waren Geschenke für dich.«

»Das sind alles Sachen, die irgendwelche Männer ihr gegeben haben und die sie nicht behalten will.«

»Wie kannst du nur so etwas denken? Sie hat das alles extra für dich ausgesucht.«

»Warum ist sie nicht zurückgekommen, um mit mir essen zu gehen?«

»*Ai-ya!* Du hast das getan, weil du Hunger hast? Du hättest doch nur das Hausmädchen bitten müssen, dir etwas zu essen zu bringen.«

Ich wusste nicht, wie ich erklären sollte, was mir der Ausflug ins Restaurant bedeutet hatte. Ich rasselte alles herunter, was mich verletzt hatte: »Sie sagt den Männern, dass sie sich auf sie ganz besonders gefreut hat. Mir hat sie dasselbe erzählt, aber es war nur ein Trick. Sie macht sich keine Sorgen mehr, wenn ich traurig oder einsam bin…«

Goldtaube runzelte die Stirn. »Deine Mutter verwöhnt dich, und das kommt nun dabei heraus. Du bist undankbar und wirst wütend, wenn es nicht nach deinem Kopf geht.«

»Sie hat ihr Versprechen nicht gehalten und nicht einmal gesagt, dass es ihr leidtut.«

»Sie war durcheinander. Sie hat einen Brief erhalten…«

»Sie erhält viele Briefe.« Ich trat nach dem Konfetti, das ich aus Neds Zettel gemacht hatte.

»Das war ein anderer Brief.« Sie sah mich seltsam an. »Es ging um deinen Vater. Er ist tot.«

Zuerst verstand ich gar nicht, was sie gesagt hatte. Mein Vater. Was bedeutete das? Ich war fünf, als ich meine Mutter zum ersten Mal nach meinem Vater gefragt hatte. Jeder hatte einen Vater, das wusste ich mittlerweile, sogar die Kurtisanen, deren Väter sie verkauft hatten. Meine Mutter aber sagte, ich hätte keinen Vater. Auf mein Drängen erzählte sie mir, dass er vor meiner Geburt gestorben sei. Während der nächsten drei Jahre bat ich sie immer wieder, mir mehr über meinen Vater zu berichten.

»Das ist doch egal«, sagte sie jedes Mal. »Er ist tot, und das ist alles so lange her, dass ich ganz vergessen habe, wie er hieß und wie er aussah.«

Wie konnte sie seinen Namen vergessen haben? Würde sie meinen auch vergessen, wenn ich starb? Ich bohrte nach Antworten. Wenn sie daraufhin still wurde und die Stirn runzelte, merkte ich, dass es gefährlich war weiterzumachen.

Aber jetzt war die Wahrheit heraus. Er lebte! Oder er hatte gelebt. Ich war völlig verwirrt und zitterte vor Empörung. Meine Mutter hatte mich, als er noch lebte, die ganze Zeit angelogen. Vielleicht hätte er mich lieb gehabt, und indem sie mir verschwiegen hatte, dass er lebte, hatte sie ihn mir gestohlen. Jetzt war er wirklich tot, und es war zu spät.

Ich rannte ins Büro meiner Mutter und kreischte: »Er war überhaupt gar nicht tot! Du hast ihn von mir ferngehalten!« Ich bombardierte sie mit Vorwürfen. Egal, was mir wichtig war, nie erzählte sie mir die Wahrheit. Sie hatte gelogen, als sie mir sagte, sie hätte sich besonders auf mich gefreut. Das gemeinsame Mittagessen war eine Lüge … Meine Mutter war sprachlos.

Goldtaube kam herbeigeeilt. »Ich habe ihr eben erzählt, dass du einen Brief erhalten hast, mit der Nachricht, dass ihr Vater gerade gestorben sei.«

Meine Mutter starrte sie an. War sie böse? Würde sie uns beide wegschicken, so wie alle, die sie verärgerten? Sie legte den schrecklichen Brief weg. Dann führte sie mich zum Sofa, ich sollte mich neben sie setzen. Schließlich tat sie etwas, was sie schon lange nicht mehr gemacht hatte: Sie streichelte mir den Kopf und tröstete mich leise. Darauf musste ich aber nur noch mehr weinen. »Violet, mein Schatz, ich habe während all der Jahre wirklich geglaubt, er wäre tot. Es hat zu wehgetan, an ihn zu denken, etwas von ihm zu erzählen. Und jetzt dieser Brief…« Tränen glänzten in ihren Augen, aber ihre emotionale Abwehr war noch nicht gebrochen.

Als ich wieder normal atmen konnte, stellte ich ihr eine Frage nach der anderen. Jedes Mal nickte sie und antwortete mit Ja. War er nett? War er reich? Mochten ihn alle? War er älter als sie? Hatte er mich jemals geliebt? Hatte er jemals mit mir gespielt? Hatte er meinen Namen gesagt? Mutter streichelte mir weiter die Haare und massierte mir die Schultern. Ich war so traurig und wollte nicht, dass sie aufhörte, mich zu trösten. Ich fragte, bis ich völlig erschöpft war. Mittlerweile war ich ganz schwach vor Hunger. Goldtaube hieß einen Diener, mir etwas zu essen in den Boulevard zu bringen. »Deine Mutter muss jetzt allein sein.« Meine Mutter gab mir einen Kuss und ging in ihr Schlafzimmer.

Während ich aß, erzählte mir Goldtaube, wie sehr meine Mutter ohne Ehemann zu kämpfen hatte. »Sie hat nur für dich gearbeitet, kleine Violet«, sagte sie. »Sei dankbar, sei nett zu deiner Mutter.« Bevor sie mich verließ, machte sie den Vorschlag, tüchtig zu lernen, um meiner Mutter zu zeigen, wie sehr ich sie würdigte. Doch statt ihr Folge zu leisten, legte ich mich im Boulevard auf das Bett, um über meinen gerade verstorbenen Vater nachzudenken. Ich machte mir ein Bild von ihm: braune Haare, grüne Augen, genau wie meine. Bald schlief ich ein.

Ich war noch benommen, da hörte ich einen Streit. Mir wurde langsam bewusst, dass ich nicht in meinem eigenen Zimmer lag, sondern immer noch im Boulevard. Ich ging ans Fenster und suchte draußen nach dem Grund für den Aufruhr. Der Himmel war dunkelgrau zu dieser ausgesetzten Zeit zwischen Nacht und Morgen. Die Gänge waren leer. Die Fenster auf der anderen Seite des Hofs schwarz. Ich wandte mich um. Durch eine kleine Öffnung zwischen den Vorhängen über den Glastüren drang ein warmer Lichtschein. Die wütende Stimme gehörte meiner Mutter. Durch den Spalt im Vorhang sah ich ihren Hinterkopf. Sie hatte die Haare gelöst und saß auf dem Sofa. Die Gesellschaft musste wohl beendet sein. War sonst noch jemand im Raum? Ich legte das Ohr ans Glas. Sie schimpfte mit einer merkwürdig tiefen Stimme, die klang wie Carlottas kehliges Fauchen: »*Du hast überhaupt kein Rückgrat … ein tanzender Affe … so viel Charakter wie ein dreckiger Dieb.*« Sie warf ein zusammengefaltetes Blatt Papier auf den Boden. Es landete in der Nähe des Kamins, in dem kein Feuer brannte. War das der Brief, den sie bekommen hatte? Sie setzte sich an ihren Schreibtisch, nahm Briefpapier zur Hand und kritzelte mit dem tropfenden Füller darauf herum. Dann zerknüllte sie das zur Hälfte vollgeschriebene Blatt und warf es auf den Boden. »Ich wünschte, du wärst wirklich tot!«, rief sie.

Mein Vater lebte! Sie hatte schon wieder gelogen! Ich wollte gerade zu ihr laufen und wissen, wo mein Vater war. Doch da blickte sie hoch, und ich schrie vor Schreck beinahe auf. Ihre Augen hatten sich verändert. Die grünen Iris waren stumpf wie Sand. Sie hatte die Augen der toten Bettler, die ich in der Gosse hatte liegen sehen. Abrupt stand sie auf, drehte die Lampen aus und ging in ihr Schlafzimmer. Ich musste den Brief sehen. Vorsichtig öffnete ich die Glastüren. Es war dunkel, und ich musste mich blind vorwärtsbewegen. Ich tastete mich mit den Händen vor, um nicht gegen die Möbel zu stoßen. Ich ging in die Knie. Plötzlich berührte mich etwas, und ich schnappte nach Luft. Es war Carlotta. Sie schmiegte sich mit dem Kopf an mich und schnurrte. Jetzt fühlte ich die Kacheln des Kamins. Ich tastete den Kaminboden ab. Nichts. Als ich die Beine des Schreibtischs entdeckt hatte, erhob ich mich langsam. Meine Augen hatten sich an die Dunkelheit gewöhnt, aber ich sah nichts, was einem Brief ähnelte. Bitter enttäuscht schlich ich mich wieder aus dem Zimmer.

Am nächsten Tag benahm sich meine Mutter ganz normal – munter und mit klarem Kopf plante sie den Tag. Am Abend war sie reizend und gesprächig und lächelte die Gäste an wie immer. Als sie und Goldtaube mit den Gästen beschäftigt waren, schlich ich mich in den Boulevard und öffnete die Glastüren gerade weit genug, um mich zwischen den Vorhängen hindurch in das Büro meiner Mutter zu zwängen. Ich drehte eine Gaslampe an und zog die Schreibtischschubladen auf. In einer davon lagen Briefe, auf deren Umschläge die Namen von Firmen geprägt waren. Ich suchte unter ihrem Kissen, in dem kleinen Schränkchen neben ihrem Bett. Danach hob ich den Deckel der Truhe am Fuß ihres Bettes. Es roch nach Terpentin. Der Geruch kam von zwei aufgerollten Bildern. Ich rollte eines davon auf und stellte erstaunt fest, dass es ein Porträt meiner Mutter als junges Mädchen war. Ich legte es auf den Boden und strich es glatt. Sie blickte geradeaus, als würde sie mich ansehen. Vor der Brust hielt sie ein braunes Tuch. Ihre bleichen Schultern schimmerten wie kaltes Mondlicht. Wer hatte das gemalt? Warum war sie so leicht bekleidet?

Ich wollte gerade das andere Bild anschauen, da schreckte mich das Gelächter von Wattewolke auf, das immer näher kam. Die Tür zum Boulevard ging auf. Rasch sprang ich auf die Seite des Büros, wo sie mich nicht sehen konnte. Leise sagte sie zu einem Kunden, er solle es sich bequem machen. Ausgerechnet an diesem Abend musste sie so begehrt sein! Wattewolke zog die Glastüren zu. Ich steckte die Bilder schnell zurück in die Truhe und wollte gerade die Lampe ausdrehen und gehen, als Goldtaube ins Zimmer trat.

Wir erschraken beide. Um ihr zuvorzukommen, fragte ich, ob sie Carlotta gesehen hätte. Als hätte sie mich gehört, jaulte Carlotta hinter den Türen des Boulevards laut auf. Wattewolke fluchte: »Und ich habe diese verdammte Katze für einen kopflosen Geist gehalten!« Ich ging zu den Glastüren und machte sie einen Spalt auf, da kam Carlotta hereingeschossen.

Mit Carlotta auf den Armen lief ich schnell hinunter zur Feier. Vielleicht konnte ich ja meinen Vater unter den Gästen entdecken. Doch dann wurde mir klar, dass er es nicht gewagt hätte, sich dort blicken zu lassen. Meine Mutter hätte ihm die Augen ausgekratzt. Ich betrachtete die geladenen Personen und spielte »Was wäre, wenn …« – ich stellte mir jeden Mann als meinen Vater vor. Ich suchte schließlich Eigenschaften heraus, die mir gefielen – wer lachte gern, wer war am besten gekleidet, wem wurde am meisten Respekt gezollt, wer zwinkerte mir zu. Am Ende landete mein Blick auf einem Mann mit verkniffener, unfreundlicher Miene und einem anderen, der gleich zu explodieren schien, so feuerrot war er im Gesicht.

Jede Nacht stellte ich mir dann im Bett vor dem Einschlafen unterschiedliche Versionen meines Vaters vor: gut aussehend oder hässlich, geachtet oder von allen gehasst. Ich stellte mir vor, dass er mich sehr geliebt hatte. Und ich stellte mir vor, dass das nie der Fall war.

Einen Monat nach meinem achten Geburtstag betrat ich den Gemeinschaftsraum, um mit den Wolkenschönheiten und ihren Zofen zu frühstücken. Ich wollte meinen üblichen Platz am Tisch einnehmen. Aber ich stellte fest, dass Nebelwolke, die neue Kurtisane, sich mit ihrem Hintern auf meinen Platz gepflanzt hatte. Ich funkelte sie finster an, aber sie warf mir nur einen gleichgültigen Blick zu. Augen, Nase und Mund waren bei ihr sehr klein geraten und lagen in einem dicken, runden Gesicht, was Männer aus irgendeinem Grund attraktiv fanden. Für mich sah das aus, als würde ein hässliches Babygesicht auf einem gelben Mond kleben.

»Das ist mein Platz«, sagte ich.

»*Oyo!* Dein Platz? Steht da etwa dein Name drauf? Gibt es einen offiziellen Erlass?« Sie tat so, als würde sie die Beine und die Armlehnen des Stuhls untersuchen. »Ich sehe das Schild mit deinem Namen gar nicht. Alle Stühle sind gleich.«

Meine Schläfen pochten. »Das ist mein Platz.«

»*Anh?* Wie kommst du darauf, dass du die Einzige bist, die hier sitzen darf?«

»Lulu Mimi ist meine Mutter«, erklärte ich, »und ich bin Amerikanerin wie sie.«

»Seit wann haben amerikanische Mischlingsbastarde die gleichen Rechte?«

Ich war entsetzt. Wut stieg in mir hoch. Zwei der Schönheiten hielten sich die Hand vor den Mund. Schneewolke, die ich lieber mochte als die anderen, wollte, dass wir uns beruhigten. Sie schlug vor, wir sollten den Stuhl abwechselnd benutzen. Ich hatte gehofft, sie würde sich auf meine Seite schlagen.

Ich schleuderte Nebelwolke entgegen: »Du bist ein Wurm im Arsch eines toten Fisches.« Die Hausmädchen brachen in Lachen aus.

»*Wah!* Der Mischling ist aber eine Dreckschleuder«, sagte Nebelwolke. Sie sah die anderen am Tisch an. »Wenn sie kein Mischling ist, wie kommt es dann, dass sie chinesisch aussieht?«

»Wie kannst du es wagen!«, rief ich. »Ich bin Amerikanerin. An mir ist nichts Chinesisches.«

»Warum sprichst du dann Chinesisch?«

Zuerst konnte ich nicht antworten, denn wenn ich es getan hätte, hätte ich wieder Chinesisch gesprochen, und sie hätte Oberwasser gehabt. Nebelwolke nahm eine kleine, ölige Erdnuss mit ihren dünnen, spitzen Essstäbchen auf. »Weiß irgendjemand von euch, wer ihr chinesischer Vater ist?« Sie steckte sich die Erdnuss in den Mund.

Meine Hände zitterten vor Wut. Es machte mich rasend, mit welcher Seelenruhe sie aß. »Meine Mutter wird dich dafür bestrafen, dass du das sagst.«

Spöttisch wiederholte sie meine Worte, dann steckte sie sich eingelegten Rettich in den Mund und kaute, ohne sich die Mühe zu machen, die Hand vor den Mund zu halten. »Wenn du wirklich ganz weiß bist, dann müssten wir es auch alle sein. Was meint ihr, meine Schwestern?« Die anderen Schönheiten und ihre Zofen versuchten halbherzig, sie zum Schweigen zu bringen.

»Du bist ein schmutziges Loch!«, rief ich.

Sie hob die Augenbrauen. »Was ist los, du kleine Göre? Schämst du dich so dafür, chinesisch zu sein, dass du dein Gesicht nicht im Spiegel erkennst?«

Die anderen senkten den Blick. Zwei sahen sich verstohlen an. Bauschwolke legte Nebelwolke die Hand auf den Arm und bat sie dringend, aufzuhören. »Sie ist zu klein, darüber kannst du mit ihr noch nicht sprechen.«

Warum war Bauschwolke mir gegenüber so rücksichtsvoll? Bedeutete das, sie glaubte, was Nebelwolke gerade gesagt hatte? Meine Wut nahm überhand, und ich schob Nebelwolke aus dem Stuhl. Einen Moment lang war sie zu verblüfft, um sich zu rühren, dann packte sie mich an den Knöcheln und zerrte mich herunter. Ich trommelte ihr mit den Fäusten auf die Schultern. Sie riss mich an den Haaren und schleuderte mich weg.

»Du verrücktes kleines Mischlingsmädchen. Du bist nichts Besseres als wir alle!«

Ich ging auf sie los und rammte ihr die Handwurzel auf die Nase. Aus einem Nasenloch spritzte Blut. Als sie es wegwischte und ihre dunkelroten Finger sah, stürzte sie sich wieder auf mich und beschmierte mir das ganze Gesicht mit Blut. Ich beschimpfte sie wüst und biss sie in die Hand. Sie schrie auf, und die Augen schienen ihr gleich aus den Höhlen zu treten. Sie packte mich am Hals und würgte mich. Ich versuchte Luft zu bekommen, und in meiner Panik verpasste ich ihr einen Schlag aufs Auge. Mit einem entsetzten Aufschrei sprang sie hoch. Ich hatte ihr eines der schlimmsten Dinge zugefügt, die einem Mädchen passieren können: ein blaues Auge. Sie würde auf keiner Gesellschaft mehr erscheinen können, solange die Verfärbung noch da war. Nebelwolke kreischte, ging auf mich los, schlug mich ins Gesicht und schwor, sie würde mich umbringen. Die anderen Mädchen und Zofen schrien uns an, aufzuhören. Die männlichen Diener kamen schließlich herbeigeeilt und trennten uns voneinander.

Auf einmal wurden alle ganz still, nur noch die Flüche von Nebelwolke waren zu vernehmen. Meine Mutter und Goldtaube waren gekommen. Ich dachte, meine Mutter wäre hier, um mich zu retten. Doch einen Moment später sah ich, dass ihre Augen stahlgrau wie Messerklingen geworden waren.

Nebelwolke rief scheinheilig: »Sie hat mich am Auge verletzt...«

Ich legte mir die Hand an den Hals, als hätte ich Schmerzen. »Sie hat mich fast erwürgt!«

»Ich will Geld für mein Auge!«, brüllte Nebelwolke. »Ich habe mehr Geld für euch verdient als die anderen, und wenn ich erst wieder arbeiten kann, nachdem das Auge verheilt ist, will ich das Geld, das ich in der Zeit verdient hätte.«

Meine Mutter starrte sie an. »Wenn ich es dir nicht gebe, was machst du dann?«

»Dann gehe ich und erzähle allen, dass diese Göre ein Mischling ist.«

»Nun, wir können nicht dulden, dass du herumläufst und Lügen erzählst, nur weil du wütend bist. Violet, entschuldige dich bei ihr.«

Nebelwolke grinste mich triumphierend an. »Was ist mit meinem Geld?«, sagte sie zu meiner Mutter.

Meine Mutter drehte sich um und verließ den Raum, ohne ihr eine Antwort zu geben. Ich folgte ihr und wunderte mich, dass sie nicht für mich eingetreten war. Als wir in ihrem Zimmer waren, rief ich: »Sie hat Mischlingsbastard zu mir gesagt.«

Mutter fluchte verhalten. Normalerweise lachte sie über solche Beleidigungen. Aber diesmal erschreckte mich ihr Schweigen. Sie sollte mir doch meine Ängste nehmen.

»Ist es denn wahr? Bin ich zur Hälfte chinesisch? Habe ich einen chinesischen Vater?«

Sie wandte sich um und sagte drohend: »Dein Vater ist tot. Das habe ich dir gesagt. Sprich nicht mehr darüber, mit niemandem.«

Die Leblosigkeit ihrer Stimme erschreckte mich sehr, und die vielen Ängste, die sie mir ins Herz schickte, schüchterten mich ein. Was war die Wahrheit? Was war schlimmer?

Am nächsten Tag war Nebelwolke verschwunden. Sie sei hinausgeworfen worden, sagten die anderen. Ich fühlte mich nicht als Siegerin, sondern mir war nicht wohl, denn ich hatte mehr Schaden angerichtet, als ich gewollt hatte. Ich kannte den Grund, warum sie weg war. Sie hatte die Wahrheit ans Licht gebracht. Würde sie die jetzt überall herumerzählen?

Ich fragte den Pförtner, ob er wüsste, wo Nebelwolke hingegangen sei.

Zersprungenes Ei feilte an einem rostigen Riegel. »Sie war zu sehr damit beschäftigt, deine Mutter zu beschimpfen, um hier noch Halt zu machen und mir die Adresse ihres neuen Hauses zu geben. Es könnte auch sein, dass sie mit dem blauen Auge erst einmal nirgendwo unterkommt.«

»Hast du gehört, wie sie mich genannt hat?« Ich war gespannt auf seine Antwort, die mir verraten würde, wie sehr sich die Lüge schon herumgesprochen hatte.

»*Ai-ya.* Hör nicht auf sie. Sie ist diejenige, in deren Adern gemischtes Blut fließt«, sagte er. »Sie denkt, ihr weißer Anteil macht sie dir ebenbürtig.«

Weiß? Nebelwolke hatte dunkle Augen und dunkle Haare. Niemand würde sie für etwas anderes halten als eine reine Chinesin.

»Findest du, ich sehe aus wie eine Halbchinesin?«, fragte ich ihn ruhig.

Er sah mich an und lachte. »Du siehst ganz anders aus als sie.« Dann feilte er weiter an dem Riegel.

Ich war froh.

Doch nach einer Weile sagte er: »Auf keinen Fall halb. Vielleicht nur ein paar Tropfen.«

Ein kalter Schauer lief mir von der Kopfhaut bis zu den Zehen.

»Hey, ich hab doch nur Spaß gemacht.« Er sagte das ganz sanft, eigentlich fast schon zu tröstend.

»Ihre Mutter war zur Hälfte Schwedin«, hörte ich später Zersprungenes Ei zu einer Zofe sagen, »sie war mit einem Shanghainesen verheiratet, der früh starb und sie mit einem Baby allein ließ. Die Familie ihres Mannes weigerte sich, sie als seine Witwe anzuerkennen. Und da sie keine eigene Familie hatte, sah sie keine andere Möglichkeit, als auf den Strich zu gehen. Und als sie dann mitbekam, dass Männer nach Nebelwolke fragten, verkaufte sie sie an ein Kurtisanenhaus erster Klasse, wo sie wenigstens eine geringe Chance auf ein besseres Leben hatte. Das hörte ich vom Pförtner im Haus von Li, in dem Nebelwolke gearbeitet hat, bevor sie hierherkam. Hätte sie dort nicht so ein Theater gegenüber der Dame des Hauses veranstaltet, hätte sie vielleicht zurückkommen dürfen.«

Später saß ich eine Stunde in meinem Zimmer auf dem Bett. Ich hielt einen Spiegel auf dem Schoß, brachte es aber nicht über mich, ihn mir vor das Gesicht zu halten. Als ich es schließlich doch tat und meine grünen Augen und braunen Haare sah, seufzte ich erleichtert. Ich legte den Spiegel weg. Doch bald kehrten die Bedenken wieder. Ich zog mir die Haare fest nach hinten und band sie zusammen, sodass ich mein Gesicht ganz sehen konnte. Ich hielt den Atem an und nahm den Spiegel erneut zur Hand. Wieder entdeckte ich nichts Chinesisches. Ich lächelte, und sobald ich das tat, schoben meine runden Wangen die Augen an den äußeren Winkeln schräg nach oben, und diese plötzliche Veränderung bereitete mir Herzklopfen. Zu deutlich erkannte ich die Züge meines unbekannten Vaters: meine leicht gerundete Nase, die nach oben gerichteten Nasenlöcher, die Polster unter den Augenbrauen, meine weiche, runde Stirn, die dicken Wangen und Lippen. Meine Mutter hatte keine dieser Gesichtszüge.

Was geschah mit mir? Am liebsten wäre ich weggelaufen und hätte dieses neue Gesicht hinter mir gelassen. Arme und Beine wurden schwer. Ich schaute immer wieder in den Spiegel und hoffte, mein Gesicht würde sich zurückverwandeln und aussehen wie gewohnt. Das war also der Grund, weshalb meine Mutter keine besondere Zuneigung mehr für mich empfand. Der chinesische Anteil von meinem chinesischen Vater breitete sich auf meinem Gesicht aus wie ein Fleck. Wenn sie ihn so sehr hasste, dass sie sich wünschte, er würde gar nicht existieren, dann musste es ihr mit mir genauso gehen. Ich löste die Haare wieder und schüttelte sie, sodass sie mir wie ein dunkler Vorhang über das Gesicht fielen.

Ein kühler Lufthauch blies mir über die Arme. Der Dichtergeist war gekommen, um mir zu sagen, dass er die ganze Zeit gewusst hatte, dass ich Chinesin war.

Mit einem Fernglas beobachtete ich jeden Chinesen, der den Verborgenen Jadepfad besuchte. Das waren die gebildeten, die wohlhabenden, die mächtigen Männer der Stadt. War einer von ihnen mein Vater? Ich passte auf, ob meine Mutter einem von ihnen gegenüber besondere Zuneigung oder Abneigung zeigte. Doch wie gewöhnlich schien sie an dem einen genauso interessiert zu sein wie an dem anderen. Sie schenkte ihnen ihr spezielles Lächeln, ihr vertrautes Lächeln, ihre taktisch gut gesetzten Worte, die ausschließlich jedem Einzelnen von ihnen zugedacht waren.

Ich kannte nur einen Chinesen, den sie mit ehrlichem Respekt behandelte: Zersprungenes Ei, der Pförtner. Sie sah ihn jeden Tag und trank unten sogar Tee mit ihm. Er wusste den neuesten Klatsch über die Männer auf der Gästeliste. Die Pförtner aller Häuser sahen und hörten vieles und tauschten es untereinander aus. Meine Mutter bemerkte Goldtaube gegenüber häufig, wie loyal und scharfsinnig Zersprungenes Ei war.

Ich habe keine Ahnung, wie Zersprungenes Ei zu seinem Namen kam. Dumm war er nicht. Was immer meine Mutter ihm an geschäftlichen Dingen erzählte, behielt er für sich. Mehr als ein paar Wörter konnte er nicht lesen oder schreiben, dafür gelang es ihm, den Charakter von Menschen zu lesen. Er hatte ein scharfes Auge dafür, welchen Gast man empfangen sollte und welche gesellschaftliche Stellung er gerade innehatte. Er entdeckte die Gesichter der Söhne, die verlegen am Tor standen, und begrüßte sie besonders herzlich, denn er wusste, sie würden mit diesem Besuch in die Welt der männlichen Freuden eintreten. Er lernte die Namen all der Reichen und Mächtigen auswendig, die das Haus noch nicht besucht hatten. An der Art der Ungeduld, mit der sich ein Mann am Tor präsentierte, konnte Zersprungenes Ei erkennen, was der Mann an diesem Abend vorhatte – ob er eine Wolkenschönheit oder einen Geschäftspartner umwerben wollte –, und darüber setzte er dann meine Mutter in Kenntnis. Er achtete auf das Äußere des Mannes – von seiner Frisur bis zu den Absätzen, den auf ihn zugeschnittenen Details seiner Kleidung und wie wohl er sich darin fühlte. Er hatte ein gutes Auge für einen seit langem bestehenden hervorragenden Ruf. Er wusste, wodurch sich ein derartiger Mann von denen unterschied, die erst vor kurzem zu Ansehen gekommen waren. An seinen seltenen freien Tagen zog Zersprungenes Ei einen Anzug an, ein abgelegtes Teil von einem Kunden. Durch jahrelange Beobachtung hatte er gelernt, die Umgangsformen eines feinen Herrn nachzuahmen, sogar beim Sprechen. Er war stets gepflegt, seine Haare waren geschnitten, die Fingernägel sauber. Nachdem Zersprungenes Ei gesagt hatte, ich hätte einige Tropfen chinesischen Blutes in mir, überlegte ich, ob er womöglich mein Vater war. Obwohl ich ihn mochte, würde ich mich dafür schämen. Und meine Mutter würde sich vielleicht zu sehr schämen, um es mir zu sagen. Aber es war kaum vorstellbar, dass sie sich ihn als Liebhaber genommen hatte. Er war weder kultiviert noch gut aussehend, wie ihre anderen Liebhaber. Er hatte ein langes Gesicht, seine Nase war zu dick, die Augen standen weit auseinander. Er war älter als meine Mutter, vielleicht vierzig. Neben ihr wirkte er schmächtig. Darüber hinaus sah ich ihm glücklicherweise kein bisschen ähnlich.

Aber wenn er doch mein Vater war? An seinem Charakter war nichts auszusetzen, und darauf kam es an. Er war stets freundlich. Bei den Männern, die zwar auf der Liste standen, aber nicht seinen Ansprüchen gerecht wurden, wenn sie ans Tor kamen, entschuldigte er sich, sagte, es seien unerwartet viele Gäste zu einer großen Feier erschienen. Jungen Studenten und ausländischen Seeleuten gab er einen onkelhaften Ratschlag: »Geht über die Brücke des geprügelten Hundes und probiert es im Opiumblumenhaus, es heißt Silberne Glocken. Da gibt es ein tolles altes Mädchen namens Feder, wenn ihr dort ein paar Pfeifen gekauft habt, lässt sie euch ran.«

Zersprungenes Ei war Feder besonders wohlgesonnen. Sie hatte früher im Verborgenen Jadepfad gearbeitet, bis sie zu alt wurde. Sie ist wie eine Tochter, sagte er immer. Er beschützte alle Mädchen, die oft ihre Dankbarkeit ausdrückten, indem sie anderen ausführlich berichteten, was er alles für Anstrengungen unternahm, um auf sie aufzupassen. Zersprungenes Ei tat dann so, als würde er nicht zuhören, deshalb fragten die Mädchen manchmal nach: »Das war doch so, oder?« Darauf sah er sie ganz verdutzt an.

Falls mein Vater wirklich Chinese war, sollte es so jemand wie Zersprungenes Ei sein. Doch dann erzählte Schneewolke einen Monat nach dem Debakel mit Nebelwolke eine Geschichte. Wir frühstückten gerade im Gemeinschaftsraum.

»Gestern erschien ein Betrunkener am Tor«, sagte sie. »Ich saß im vorderen Garten, außerhalb seiner Sichtweite. An seiner billigen und glänzenden Kleidung erkannte ich, dass er über Nacht zu Geld gekommen war, an seinen Worten war kein Fleisch, nur gelbes Fett, das in kalter Brühe schwamm. Er war kein geladener Gast, und man hätte ihm nie erlaubt, über die Schwelle zu treten. Aber ihr wisst ja, wie höflich Zersprungenes Ei zu allen ist.

Der Mann fragte: Sag, sind eure Huren gut in Akrobatik? Er klopfte auf eine pralle Brieftasche. Zersprungenes Ei machte eine bedauernde Miene und erklärte ihm, alle Mädchen im Verborgenen Jadepfad würden eine Technik anwenden, die ›Der steife Leichnam‹ hieß. Er demonstrierte ihm, wie unsere Arme und Beine durch Leichenstarre in einer einzigen Position verharrten und wie unsere Münder zu einer Grimasse erstarrt waren. Dafür, machte er dem Mann weis, verlangen sie dreimal so viel wie die gelenkigen Mädchen in der Halle der singenden Schwalben in der Tranquility Lane. Und so zog der Mann zufrieden in dieses minderwertige Bordell, wo angeblich gerade die Syphilis ausgebrochen war.«

Alle lachten schallend.

»Feder hat mir erzählt, er ist letzte Woche vorbeigekommen und hat ein paar Pfeifen geraucht«, fügte sie hinzu. »Er hat zu ihr gesagt, sie solle sich nicht grämen, sie wäre immer noch hübsch. Sie hat in seinen Armen geweint. Stets zeigt er sich besorgt und großzügig. Jedes Mal, wenn sie zusammen schlafen, besteht er darauf, den doppelten Preis zu zahlen.«

Jedes Mal, wenn sie zusammen schlafen. Ich stellte mir vor, wie Zersprungenes Ei über meinen Körper kroch, wie er mit seinem langen Gesicht in mein ängstliches schaute. Er war nicht mein Vater. Er war der Pförtner.

Ich fragte meine Mutter, ob wir ein Waisenhaus für verlassene Mischlingsmädchen besuchen könnten. Sie fand sofort, dass das eine gute Idee sei. Mein Herz schlug aufgeregt. Sie suchte ein paar alte Kleider und Spielsachen von mir zusammen. Im Waisenhaus brachte ich sie in ein großes Zimmer, in dem sich Mädchen aller Altersgruppen drängten. Manche sahen ganz chinesisch aus, andere ganz weiß – bis sie lächelten und die Augen dabei schräg nach oben gerichtet waren.

Wenn meine Mutter zu viel zu tun hatte, um Zeit mit mir zu verbringen, nahm ich das jetzt als Beweis dafür, dass sie mich nie gewollt hatte. Ich war ihr halb amerikanisches, halb gehasstes Kind, und ich erriet den Grund dafür, dass sie mir nicht die Wahrheit sagen konnte: Sie würde zugeben müssen, dass sie mich nicht liebte. Ich war oft kurz davor, nach meinem Vater zu fragen, aber die Frage blieb mir im Hals stecken. Diese neue Erkenntnis schärfte meine Wahrnehmung. Immer wenn die Kurtisanen oder die Diener mich anschauten, entdeckte ich ein höhnisches Lächeln. Wenn mir Besucher mehr als nur einen Blick im Vorbeigehen widmeten, hatte ich den Verdacht, dass sie sich fragten, warum ich aussah, als wäre ich zur Hälfte Chinesin. Je älter ich wurde, desto deutlicher würde das zum Vorschein kommen, und ich fürchtete, dass man mich mit der Zeit gar nicht mehr wie eine Amerikanerin behandeln würde, sondern nicht besser als andere chinesische Mädchen. Deshalb versuchte ich alles loszuwerden, was darauf hindeuten könnte, dass ich ein Mischling war.

Ich sprach mit den Wolkenschönheiten oder den Dienern nicht mehr Chinesisch, sondern nur noch Pidgin. Wenn sie mich auf Chinesisch ansprachen, tat ich so, als würde ich sie nicht verstehen. Ich wies sie wieder und wieder darauf hin, dass ich Amerikanerin sei. Sie sollten merken, dass wir nicht gleich waren. Sie sollten mich hassen, denn das wäre der Beweis, dass ich nicht in ihre Welt gehörte. Ein paar von ihnen hassten mich am Ende wirklich. Zersprungenes Ei allerdings lachte mich aus und sagte, er sei sowohl von Chinesen als auch von Ausländern schon schlechter behandelt worden. Er sprach weiterhin im Shanghaier Dialekt mit mir, und ich musste zugeben, dass ich ihn verstand, denn er war derjenige, der mir sagte, dass meine Mutter zurückgekehrt war, dass sie mich sprechen wollte oder dass sie nach der Kutsche verlangt hatte, die uns zum Mittagessen in ein neues Restaurant bringen sollte.

Ganz egal, was ich machte, ich fürchtete den fremden Vater in meinem Blut. Würde auch sein Charakter hervorkommen und mich noch chinesischer machen? Und wenn das passierte, wo gehörte ich hin? Was durfte ich dann noch? Würde jemand ein halb gehasstes Mädchen lieben?

2

Die neue Republik

Shanghai, 1912
Violet

An meinem vierzehnten Geburtstag brach mittags um halb eins vor dem Haus lauter Jubel aus, und im Hof knallten Feuerwerkskörper. Carlotta legte die Ohren an und flüchtete unter mein Bett.

Bei uns war es ja eigentlich nicht üblich, Geburtstage groß zu feiern, aber vielleicht hatte ich ein besonderes Alter erreicht. Ich lief los, um meine Mutter zu suchen. Sie stand im Boulevard und schaute aus dem Fenster auf die Nanking Road. Alle paar Sekunden explodierten irgendwo in der Ferne Feuerwerkskörper. Dann pfiffen Raketen durch die Luft, und ich spürte die darauffolgenden Donnerschläge in der Brust. Immer lautere Hurrarufe ertönten, die Stimmen überschlugen sich, wurden leiser. Das ganze Getöse drehte sich also gar nicht um meinen Geburtstag. Ich stellte mich neben meine Mutter, doch statt mich zu begrüßen, sagte sie: »Sieh dir diese Idioten an!«

Zersprungenes Ei kam ohne anzuklopfen hereingeplatzt. »Es ist so weit«, verkündete er heiser. »Auf den Straßen wird es überall verkündet. Die Qing-Dynastie ist beendet. Yuan Shikai wird bald Präsident der neuen Republik China.« Er schaute ganz verwegen drein.

Es war der 12. Februar 1912. Die Kaiserinwitwe Longyu hatte gerade für ihren sechsjährigen Neffen, Kaiser Puyi, die Abdankung unterzeichnet, unter der Bedingung, dass sie im Palast wohnen bleiben und ihre Besitztümer behalten durften. Die Herrschaft der Mandschu war beendet. Wir hatten schon seit Oktober mit dieser Nachricht gerechnet, als die »Neue Armee« in Wuchang einen Aufstand angezettelt hatte.

»Aus welchem Grund sollte man Yuan Shikai mehr trauen als den Kumpanen des Kaisers?«, fragte Mutter Zersprungenes Ei. »Warum haben sie nicht stattdessen Dr. Sun als Präsidenten behalten?«

»Yuan Shikai hat die Qing-Regierung dazu gebracht abzudanken, und dadurch stand es ihm zu, Präsident zu werden.«

»Er war Chefkommandant des Qing-Militärs«, sagte sie, »und womöglich trägt er seine alten Wurzeln noch in sich. Einige unserer Kunden meinten, er würde sich mit der Zeit genauso aufführen wie ein Kaiser.«

»Falls es sich herausstellen sollte, dass Yuan Shikai korrupt ist, werden wir keine zweitausend Jahre warten müssen, bis die Republikaner den Klammergriff um uns lösen.«

Monate vor der Abdankung hatte im Haus große Aufregung wegen des bevorstehenden Sturzes der Qing-Dynastie geherrscht. Auf den Abendveranstaltungen meiner Mutter kamen die Gäste aus dem Westen und die Chinesen mehrere Tage lang nicht mehr zusammen. Die Männer aus dem Westen hielten sich in ihren Clubs auf, einzig die Chinesen blieben im Kurtisanenhaus. Sie hatten sich unablässig, aber getrennt voneinander über die anstehenden Veränderungen unterhalten und ob sie ihnen zum Vorteil gereichen oder sich negativ auswirken würden. Ihre mächtigen Freunde würden womöglich gar keinen Einfluss mehr ausüben. Dann wären neue Verbindungen nötig. Man sollte jetzt schon Pläne machen, falls neue Steuern erhoben würden oder die Verträge, die den Außenhandel betrafen, ihnen entweder mehr Gewinne bringen oder nicht mehr zu ihren Gunsten ausfallen würden. Meine Mutter musste sie zurück in den gemeinsamen Bereich locken, indem sie ihnen versprach, dass sich aus dem Chaos der Veränderung lukrative neue Gelegenheiten ergeben würden.

Das Fieber der Veränderung hatte auch die Diener gepackt. Sie zählten eine ganze Litanei von Tragödien auf, die unter der kaiserlichen Herrschaft passiert waren. Das Land ihrer Familie war einfach beschlagnahmt worden, und sie hatten keinen Platz mehr, um ihre Toten zu begraben. Der Gehorsam ihrer Vorfahren war bestraft und die Korruption der Qing belohnt worden. Ausländer waren mit dem Opiumhandel reich geworden. Das Opium hatte die Männer in ihren Familien in lebende Tote verwandelt. »Die würden ihre eigene Mutter für so eine klebrige Kugel verkaufen«, sagte Zersprungenes Ei einmal.

Einige Hausmädchen hatten Angst vor der Revolution. Sie wollten Frieden und keine weiteren Veränderungen, keine neuen Sorgen. Sie glaubten nicht daran, dass sie unter einer neuen Militärregierung ein besseres Leben haben würden. Sie hatten die Erfahrung gemacht, dass eine Veränderung unweigerlich Leid mit sich brachte. Bei einer Heirat hatten sich ihre Lebensumstände verschlechtert. Mit dem Tod ihrer Ehemänner wurde ihr Leben noch schlimmer. Eine Veränderung war etwas, was sich innerhalb des Hauses vollzog, und sie hatten immer allein die Folgen zu tragen gehabt.

Letzten Monat, am ersten Januar, hatten wir erfahren, dass die Republik offiziell ausgerufen und nicht Yuan Shikai, sondern Dr. Sun Yat-sen zum Übergangspräsidenten gemacht worden war. Fairweather, der schmierige Liebhaber meiner Mutter, war vorbeigekommen, wie immer unangekündigt. Von all den Männern, die sie in ihr Bett gelassen hatte, war ausgerechnet er derjenige, der sich hartnäckig wie eine Warze in ihrem Leben hielt. Ich hasste ihn noch mehr als damals, als meine Mutter mich als Vorwand benutzt hatte, um ihn zu treffen. Fairweather hatte sich im Salon in einen Sessel gesetzt, ein Glas Whisky in der einen, eine Zigarre in der anderen Hand. Zwischen Trinken und Rauchen salbaderte er: »Die Diener in deinem Haus sind so eifrig wie frisch missionierte Heiden. Gerettet! Dr. Sun mag ja vielleicht Christ sein, aber glauben deine Bediensteten wirklich, er kann Gottes Wunder vollbringen und ihre gelbe Hautfarbe ändern?« Er hatte mich entdeckt und grinste. »Was sagst du dazu, Violet?«

Meine Mutter musste ihm erzählt haben, dass mein Vater Chinese war. Ich konnte den Anblick dieses Wurms nicht ertragen und lief fast blind vor Wut aus dem Zimmer und ging dann, wieder etwas ruhiger geworden, die Nanking Road entlang. Die britischen Straßenbahnwagen waren an den Seiten mit Zeitungen beklebt, schuppenartig übereinander, sodass sie flatterten. Ziviler Ungehorsam war während des letzten Jahres in Mode gekommen, eine tollkühne Ausprägung von Patriotismus, mit der sie den Imperialisten kleine symbolische Ohrfeigen versetzten. Mein chinesisches Blut war in Wallung geraten. Am liebsten hätte ich Fairweather eine verpasst, und zwar mitten ins Gesicht. Draußen zogen Studenten von einer Straßenecke zur nächsten, um Flugblätter mit den neuesten Nachrichten an den öffentlichen Wänden aufzuhängen. Die Leute drängten sich nach vorne, und diejenigen, die des Lesens mächtig waren, lasen den Artikel über den neuen Präsidenten Sun Yat-sen laut vor. Mit seinen Visionen und Versprechen hatte er die Menschen begeistert und optimistisch gestimmt. »Er ist der Vater der neuen Republik«, rief ein Mann. Ich suchte die Wand nach einem Bild dieses Vaters der Revolution ab. Goldtaube hatte einmal zu mir gesagt, man könne den Charakter eines Menschen an seinem Gesicht ablesen. Ich hatte mir das Foto von Dr. Sun sehr genau angesehen und war zu dem Schluss gekommen, dass er ehrlich und freundlich, ruhig und intelligent war. Außerdem sollte er angeblich fließend Englisch sprechen, weil er in Hawaii aufgewachsen war. Wäre Dr. Sun mein Vater, würde ich überall stolz verkünden, dass ich Halbchinesin sei. Dieser letzte Gedanke kam mir ganz unvermittelt, und ich tat ihn schnell wieder ab.

Mit meiner Mutter konnte ich nie darüber sprechen, wie es mir damit ging, dass ich einen chinesischen Vater hatte. Wir konnten voreinander nicht offen zugeben, was ich wusste. Zurzeit hielt sie mit ihren wahren Gefühlen sowieso bei fast allen Themen hinter dem Berg. China erlebte gerade eine Revolution, und sie handelte wie eine Zuschauerin auf der Rennbahn – sie war bereit, auf den wahrscheinlichen Gewinner zu setzen. Sie vertraute darauf, dass sich die neue Republik nicht auf Angelegenheiten der Internationalen Konzession auswirkte, das betraf den Bereich, in dem wir lebten. »Die Konzession ist eine Oase«, erklärte sie ihren Kunden, »mit eigenen Gesetzen und einer eigenen Regierung.«

Aber ich merkte, dass sie mit ihrer vermeintlichen Sorglosigkeit nur ihre Befürchtungen überspielen wollte. Sie hatte mir sogar die Fertigkeit vererbt, echte Emotionen von gespielten zu unterscheiden, indem man erkannte, mit welcher Mühe sie verdeckt werden sollten. Oft hatte ich mit angehört, was sie und Goldtaube bei ihren Kunden beobachtet hatten: Lärm und Gepolter, um Angst zu überspielen, übertriebene Höflichkeit, um einen Schwindel zu übertünchen, demonstrative Entrüstung, um einen Fehltritt zu maskieren.

Ich selbst hatte mich sehr angestrengt, meine chinesische Hälfte zu verbergen, und ich war immer wachsam, ob es mir vielleicht nicht gelungen war. Und jetzt war ich ganz schnell meiner angeborenen Disposition erlegen. Ich hatte mir gerade gewünscht, dass Dr. Sun mein Vater wäre. Ich hatte die Begeisterung der Studenten bewundernswert gefunden. Es fiel mir immer schwerer, mich innerlich zu verdrehen, um voll und ganz als Ausländerin durchzugehen. Oft betrachtete ich mich im Spiegel, um lächeln zu lernen, ohne dass sich die Augen asiatisch schräg stellten. Ich ahmte die aufrechte Körperhaltung meiner Mutter nach, den sicheren Gang einer Ausländerin, die ihren Platz in der Welt kennt. Genau wie sie begrüßte ich andere Menschen, indem ich ihnen direkt in die Augen schaute und sagte: »Violet Minturn, es freut mich, Sie kennenzulernen.« In Pidgin machte ich den Dienstboten Komplimente über ihren Gehorsam und ihre Schnelligkeit. Zu den Schönheiten war ich höflicher als früher, als ich noch jünger war. Aber ich sprach nicht Chinesisch mit ihnen, außer ich vergaß es, was mir öfter passierte, als mir angenehm war. Bei Goldtaube oder Zersprungenes Ei war das jedoch keine Hochnäsigkeit. Und keineswegs begegnete ich Schneewolkes Zofe Frömmigkeit kaltherzig. Sie hatte eine Tochter, Kleines Meer, und Carlotta mochte sie.

Seit meiner Rauferei mit Nebelwolke vor sechs Jahren hatte niemand mehr im Haus auch nur angedeutet, dass ich ein Mischlingsmädchen war. Andererseits würde das nach dem, was mit Nebelwolke passiert war, keiner mehr wagen. Trotzdem war ich mir ständig der Gefahr bewusst, dass mich jemand mit der schrecklichen Wahrheit konfrontieren könnte. Bei jedem Zusammentreffen mit Fremden fürchtete ich Bemerkungen über mein Aussehen.

Erst vor kurzem war das passiert. Ich lernte eine neue Freundin meiner Mutter kennen, eine britische Frauenrechtlerin, die es faszinierte, in einem »Lustschloss« zu sein, wie sie den Verborgenen Jadepfad bezeichnete. Als sie mir vorgestellt wurde, machte sie mir Komplimente über meine ungewöhnliche Augenfarbe. »Diesen Grünton habe ich noch nie gesehen«, sagte sie. »Er erinnert mich an Serpentin, den Schlangenstein. Die Farbe ändert sich mit dem Licht.« War ihr auch die Form meiner Augen aufgefallen? Ich vermied es zu lächeln. Gleich darauf wurde ich noch nervöser, als sie meiner Mutter erzählte, sie sammle Spenden für ein Waisenhaus für Mischlingsmädchen.

»Die werden niemals adoptiert«, sagte sie. »Wenn es nicht das Waisenhaus und großzügige Frauen wie dich gäbe, müssten sie auf der Straße leben.«

Meine Mutter öffnete ihre Brieftasche und gab der Frau eine Spende.

Am Tag der Abdankung war ich froh, zu den verhassten Ausländern zu gehören. Sollten die Chinesen mich doch verachten! Ich rannte zum Balkon am Ostflügel unseres Hauses. Die Funken der Feuerwerkskörper und Fetzen von Girlanden flogen durch die Luft. Das Papier, aus dem man sie gefertigt hatte, war kaiserlich gelb und nicht rot, wie bei feierlichen Anlässen sonst üblich, als sollte damit signalisiert werden, dass die Qing-Dynastie in die Luft gesprengt worden war.

Die Menschenmenge wurde mit jeder Sekunde größer, ein Meer von Männern mit Siegesbannern, sie reckten die Fäuste nach oben und zeigten schwarze Armbinden mit ausländerfeindlichen Sprüchen. »Schluss mit den Hafenverträgen!« Jubelschreie wurden laut, die Leute wiederholten die Sprüche. »Schluss mit dem Tra-ra-ra

Boom-de-ay!« Die Menge brüllte vor Lachen. »Werft alle Freunde von Ausländern raus!« Spöttischer Beifall.

Wer war noch unser Freund? Goldtaube? War ihr diese Freundschaft wichtig genug, um zu riskieren, China verlassen zu müssen?

Die Straßen waren so voll, dass die Rikschafahrer nicht mehr durchkamen. Von meinem Beobachtungsposten aus entdeckte ich eine Rikscha mit einem Mann und einer Frau aus dem Westen, die ihrem Fahrer wild gestikulierend zu verstehen gaben, er solle keine Rücksicht auf die Leute nehmen, die ihnen den Weg versperrten. Der Rikschafahrer ließ die Griffe los, sodass der Karren plötzlich nach hinten kippte und das Paar beinahe hinauskatapultiert worden wäre. Er reckte die Fäuste, und die beiden liefen davon. Ich sah ihre Gesichter nicht, aber sie müssen schreckliche Angst gehabt haben, als sie von der Menschenmenge gestoßen und geschubst wurden.

Ich wandte mich meiner Mutter zu. »Sind wir in Gefahr?«

»Natürlich nicht«, blaffte sie. Sie hatte einen Knoten zwischen den Augenbrauen. Sie log.

»Die Gierigen haben keine Minute gewartet, bis sie die Farbe wechselten«, sagte Zersprungenes Ei. »Auf dem Marktplatz sind sie überall zu hören. *Zwei Flaschen Wein aus der Neuen Republik zum Preis von einer!* Und dann witzelten sie: *Zwei Flaschen Qing-Wein zum Preis von drei.*« Er sah mich an. »Für dich ist es jetzt dort draußen nicht sicher. Hörst du?« Er reichte meiner Mutter ein Päckchen Briefe und den *North China Herald.* »Ich konnte das noch von der Post holen, bevor die Straßen dicht waren. Aber wenn die Unruhen weitergehen, kann es Tage dauern, bis wir wieder Briefe erhalten.«

»Bemühe dich um Zeitungen, englische und chinesische. Wahrscheinlich liegen sie später am Tag einfach auf der Straße. Ich will sehen, was für Karikaturen und Artikel in der eher oppositionell ausgerichteten Moskitopresse stehen. Da bekommen wir dann eine Ahnung davon, was uns bevorsteht, bevor sich alles wieder beruhigt.«

Ich suchte im Haus, ob sonst noch jemand besorgt war. Drei männliche Diener und der Koch saßen rauchend im vorderen Hof. Der Boden war übersät mit gelben Papierschnipseln. Sie waren diejenigen gewesen, die die Feuerwerkskörper angezündet hatten, und jetzt freuten sie sich diebisch über die Machtlosigkeit des kleinen Mandschu-Kaisers und seiner hochmütigen Eunuchen. Die Kaiserin und ihre Pekinesen waren jetzt nicht mehr wichtiger als Menschen, die nichts zu essen hatten!

»Nachdem unsere halbe Familie verhungert war, schloss sich mein Onkel den Boxern an«, sagte ein Diener. »Es begann mit jener schlimmsten Flut seit hundert Jahren – vielleicht sogar seit zweihundert. Sie kam über uns wie ein Sumpfnebel. Dann folgte das Jahr der Dürre. Kein einziger Regentropfen. Ein Unglück nach dem anderen.« Sie reichten ein Streichholz für ihre Pfeifen herum.

Der Koch schaltete sich ein: »Wenn ein Mann alles verloren hat, wehrt er sich ohne Angst.«

»Wir haben die Qing verjagt«, sagte ein anderer, »und als Nächstes sind die Ausländer dran.«

Der Koch und die Diener sahen mich selbstgefällig an. Das war schockierend. Der Koch war stets nett zu mir gewesen, er hatte mich täglich neu gefragt, ob er mir ein amerikanisches Mittag- oder Abendessen zubereiten sollte. Und die Diener hatten sich immer höflich verhalten, zumindest waren sie geduldig mit mir gewesen, wenn ich den Plagegeist gespielt hatte. Als ich noch klein war und einmal die Platten mit Speisen, die sie trugen, umwarf, hatten sie mich freundlich geschimpft. Alle Kinder seien so ungezogen, hatten sie zu meiner Mutter gesagt. Sie beschwerten sich niemals offen. Aber ich hörte ihre Klagen nächtens auf dem Korridor vor meinem Fenster.

Heute benahmen sie sich, als wären sie Fremde. Sie hatten einen hässlichen Gesichtsausdruck, und ihr Äußeres war auch irgendwie seltsam. Einer von ihnen drehte sich um, um nach einer Flasche Wein zu greifen. Sie hatten sich die Zöpfe abgeschnitten! Nur einer hatte das nicht getan, Kleine Ente, der Diener, der immer die Haustür öffnete und Besucher ankündigte, die nachmittags kamen. Er trug den Zopf noch um den Hinterkopf gewickelt. Ich hatte ihn einst gebeten, mir zu zeigen, wie lang er war. Beim Aufwickeln erzählte er, sein Zopf sei der größte Stolz seiner Mutter gewesen. Die Länge des Zopfes zeige den Respekt dem Kaiser gegenüber. »Als sie das zu mir gesagt hat, ging er mir gerade unter die Hüfte«, erzählte er. »Sie ist gestorben, bevor er so lang wurde, wie er jetzt ist.« Er reichte ihm nun fast bis zu den Knien.

Der Koch schnaubte Kleine Ente an. »Bist du etwa kaisertreu?« Die anderen lachten und drängten den Diener, den Zopf abzuschneiden. Einer reichte ihm das Messer, mit dem sie ihre Zöpfe abgetrennt hatten.

Kleine Ente starrte auf die Klinge und danach auf die grinsenden Männer. Seine Augen traten hervor, als hätte er Angst. Dann ging er raschen Schrittes zu dem Teil der Mauer, der sich neben einem stillgelegten Brunnen befand. Er löste den Haarknoten, betrachtete seinen geliebten Pferdeschwanz und schnitt ihn ab. Die anderen Männer riefen: »Verdammt!«, »Gut für ihn!«, »Wah! Er sieht aus, als hätte er sich gerade die Eier abgeschnitten und wäre zum Eunuchen geworden!«

Kleine Ente machte so eine schmerzverzerrte Miene, dass man hätte denken können, er hätte seine Mutter umgebracht. Er hob den Deckel des Brunnens an und ließ sein einstiges Prachtstück darüber baumeln. Er zitterte so sehr, dass der Pferdeschwanz wackelte wie eine lebende Schlange. Schließlich ließ er los und schaute dem Zopf nach, wie er in der Tiefe verschwand. Einen Moment lang dachte ich, er würde gleich hinterherspringen.

Zersprungenes Ei kam in diesem Augenblick in den Hof gerannt. »Was ist hier los? Was ist mit dem Essen? Warum ist kein Wasser gekocht? Lulu Mimi braucht ihren Tee.«

Die Männer blieben sitzen und rauchten.

»Hey! Habt ihr euch mit den Zöpfen auch von einem Stück Hirn getrennt? Für wen arbeitet ihr? Wo geht ihr hin, wenn dieses Haus die Türen schließt? Ihr habt es dann nicht besser als dieser einbeinige Bettler, der an der Mauer lehnt.« Murrend erhoben sie sich.

Was war los? Was würde als Nächstes passieren? Ich lief durch das ganze Haus. In der verlassenen Küche stand das Wasser kalt in den Bottichen, das Gemüse war kaum geputzt, die Wäsche befand sich noch vollgesogen mit Wasser in den Zubern, es sah aus, als wären Menschen nach vorn umgekippt und ertrunken.

Goldtaube und die Wolkenschönheiten entdeckte ich im Gemeinschaftsraum. Sommerwolke vergoss wegen des Endes der Qing-Dynastie Tränen in Strömen, als wäre ihre eigene Familie gestorben.

»Ich habe gehört, wir müssen zumachen, weil die neue Republik neue Gesetze verabschiedet«, heulte sie.

»Die Politiker wollen uns zeigen, dass sie eine höhere Moral haben als die Qing und die Ausländer.«

»Eine neue Moral. Pah!«, sagte Goldtaube. »Das sind doch genau die, die uns Besuche abgestattet haben und froh waren, dass die Leute aus dem Westen uns in Ruhe gelassen haben.«

»Was wollen wir denn stattdessen machen, wenn wir in diesem Haus nicht mehr leben können?«, sagte Sommerwolke theatralisch. Sie hielt ihre weichen weißen Hände hoch und schaute sie traurig an. »Ich werde wohl selbst meine Wäsche waschen müssen, wie eine gewöhnliche Waschfrau.«

»Hör auf mit dem Unsinn«, sagte Goldtaube. »Die Republikaner haben keine Kontrolle über die Internationale Konzession. Die Qing hatten das auch nicht, und daran wird sich nichts ändern.«

»Woher willst du das wissen?«, schoss Sommerwolke zurück. »Hast du den Sturz der Ming-Dynastie etwa miterlebt?«

Meine Mutter rief nach mir. »Violet! Wo steckst du?« Sie entdeckte mich. »Da bist du ja. Folge mir ins Büro. Ich will, dass du in meiner Nähe bleibst.«

»Wird es schwierig für uns?«

»Ganz und gar nicht. Du sollst nur nicht hinaus auf die Straße gehen. Dort ist zu viel los, und ich will nicht, dass dir etwas passiert.«

In ihrem Büro lagen überall Zeitungen auf dem Boden.

»Jetzt, wo der Kaiser nicht mehr da ist«, sagte ich, »wird es uns da schlecht ergehen? Muss unser Haus schließen?«

»Komm her.« Sie nahm mich in die Arme. »Es ist das Ende der Dynastie. Mit uns hat das wenig zu tun. Aber die Chinesen sind völlig aus dem Häuschen. Doch sie werden sich bald beruhigen.«

Am dritten Tag waren die Straßen wieder passierbar, und meine Mutter wollte einige Kunden besuchen, um sie zur Rückkehr zu bewegen. Zersprungenes Ei meinte, es wäre gefährlich für eine Ausländerin, sich auf offener Straße sehen zu lassen. Betrunkene Patrioten zogen nämlich mit Scheren durch die Straßen und schnitten jedem Mann den Zopf ab, der noch einen besaß. Zum Spaß rupften sie auch ein paar weißen Frauen die Haare. Meine Mutter hatte sich aber noch nie einschüchtern lassen. Sie zog einen schweren Pelzmantel an, rief eine Kutsche und rüstete Goldtaube und sich selbst mit Krocketschlägern aus, die sie jedem über den Kopf ziehen konnten, der sich ihnen mit einer Schere und einem Grinsen näherte.

In der ersten Woche nach der Abdankung waren dennoch alle ihre Kunden weggeblieben. Sie schickte Diener los, die ihnen berichten sollten, dass sie das englische Schild mit der Aufschrift »Verborgener Jadepfad« abgenommen hatte. Aber sie reagierten immer noch zurückhaltend. Der Name »Verborgener Jadepfad« war zu bekannt, genau wie das »Haus von Lulu Mimi«. Die Kunden aus dem Westen wollten ihre Gesichter nicht zeigen. Die chinesischen Kunden wollten nicht, dass jemand erfuhr, dass sie Außenhandel mit Leuten aus dem Westen betrieben hatten.

Am Sonntag darauf wurde das chinesische Neujahr gefeiert. Die Raserei der Woche zuvor flammte erneut auf, das Durcheinander aus Feuerwerkskörpern, Gongs, Trommeln und Gesängen war doppelt so laut. Wenn die Raketen durch die Luft pfiffen, hörte meine Mutter auf zu sprechen. Sie biss die Zähne zusammen und zuckte, wenn das unvermeidliche Knallen kam. Sie schnauzte jeden an, der sie ansprach, sogar Goldtaube. Sie ärgerte sich über die dummen Ängste ihrer Kunden. Langsam jedoch kehrten die Kunden zurück, an einem Abend waren es fünf, dann ein Dutzend. Meistens waren es die chinesischen Freier, denen ihre Lieblingskurtisanen schmachtende Briefe geschickt hatten. In frivoler Stimmung war jedoch niemand. In den Salons standen die Chinesen und die Männer aus dem Westen getrennt in Grüppchen beieinander. Sie unterhielten sich finster über die ausländerfeindlichen Proteste, die ein Indikator für die Zukunft der ausländischen Firmen waren. Einer schimpfte: »Ich habe gehört, dass viele von den studentischen Rädelsführern in den Vereinigten Staaten ausgebildet wurden. Die Qing-Regierung hat ihnen diese verdammten Entschädigungsstipendien geschenkt, und sie sind mit dem Wissen zurückgekehrt, wie man eine Revolution anzettelt.«

Meine Mutter strahlte Zuversicht aus, während sie durch den Raum schritt, obwohl sie erst eine Stunde zuvor noch ganz mutlos gewesen war, als sie die Zeitungen gelesen hatte. Sie lächelte und sprach allen gut zu.

»Von einer hochrangigen und sehr zuverlässigen Quelle weiß ich, dass die neue Republik diese ausländerfeindliche Propaganda nur vorübergehend als List einsetzt, um das Land zu einen. Überlegen Sie – die Beamten, die unter den Qing gearbeitet haben, werden ihre Stellungen auch unter der Republik behalten. Das ist bereits verkündet worden. Unsere Freunde werden uns also bleiben. Und außerdem, warum sollte die neue Republik ausländische Unternehmen vertreiben? Warum sollten sie sich selbst die Hände abhacken und sich dann nicht mehr aus dem Geldtopf bedienen können, den sie so lieben? Das geht schnell vorbei. Es ist alles schon einmal da gewesen. Sehen Sie sich die Geschichte früherer Tumulte an. Westliche Unternehmen kamen in noch größerer Zahl zurück und machten mehr Profit als jemals zuvor. Es wird sich alles bald wieder beruhigen. Aber dafür ist Anpassung nötig, Furchtlosigkeit gekoppelt mit Weitblick.«

Ein paar Männer murmelten zustimmend. Die meisten allerdings blickten skeptisch drein.

»Rechnen Sie nach, wie viel Geld durch ausländische Unternehmen nach China fließt«, fuhr sie fort. »Die neue Regierung kann sich doch nicht gegen uns stellen! Ich sage voraus, dass die Mitglieder dieser neuen Regierung uns gerne wieder willkommen heißen und die Verträge und Gebühren noch vorteilhafter gestalten werden, nachdem sie unsere reich beladenen Schiffe zurückgehalten haben. Wenn sie die lokalen Machthaber auslöschen wollen, brauchen sie Geld. Unseres.«

Erneutes Gemurre folgte. Meine Mutter blieb gut gelaunt. »Wer hierbleibt, wird von den Straßen das Gold aufsammeln können, das die zweifelnden Thomasse zurückgelassen haben. Und es wird überall liegen, man muss sich nur bedienen. Es ist eine Zeit der neuen Gelegenheiten, nicht der Ängste und sinnlosen Vorbehalte. Meine Herren, planen Sie für eine reichere Zukunft. Der Weg ist geebnet. Lang lebe die neue Republik!«

Doch die Geschäfte blieben schwach. Das Gold auf den Straßen lag dort, wo niemand wagte, es aufzuheben.

Am nächsten Tag stellte meine Mutter alle ihre Bemühungen zur Wiederbelebung ihres Geschäfts ein. Gerade als wir zu einem nachgeholten Geburtstagsessen in einem Restaurant aufbrechen wollten, war ein Brief gekommen. Vor ihrer Zimmertür hörte ich sie wütend sprechen. Ich entdeckte aber niemanden außer ihr. Sie redete mit sich selbst. Als ich noch jünger war, hatte mir das immer Angst eingejagt. Aber ihre Launen hatten nie schlimme Folgen. Das war, als würde jemand einen Teppich ausklopfen. Sie musste das loswerden, danach beruhigte sie sich innerlich wieder.

»Verdammt sei dein verfluchtes Herz!«, schimpfte sie. »Feigling!«

Ich dachte, ihre Wut beziehe sich darauf, was mit dem Kaiser passiert war.

»Mutter«, sagte ich leise.

Sie fuhr zusammen und wandte sich zu mir um, den Brief an die Brust gedrückt. Er war in Schreibschrift verfasst, ohne chinesische Schriftzeichen.

»Violet, mein Schatz, wir können jetzt nicht essen gehen. Es ist etwas dazwischengekommen.« Sie erwähnte den Brief nicht, aber ich wusste, dass er der Grund dafür war. An meinem achten Geburtstag hatte ich das schon einmal erlebt. Aber diesmal war ich nicht wütend, sondern nur verunsichert. Es war wieder ein Brief von meinem Vater, da war ich mir sicher. In dem letzten vor sechs Jahren hatte gestanden, dass er vor kurzem gestorben war. Dadurch hatte ich erfahren, dass er die ganzen Jahre über am Leben gewesen war, während sie mir gegenüber behauptet hatte, er sei tot. Immer wenn ich auf meinen Vater zu sprechen kam, unterbrach sie mich und gab mir dieselbe Antwort: »Ich habe es dir doch schon gesagt – er ist tot, und daran ändert sich nichts, auch wenn du noch einmal nach ihm fragst.« Meine Nachfragen hatten sie stets aufgebracht, aber ich musste das einfach tun, denn ihre Antworten waren voneinander abweichend gewesen.

»Essen wir dann später?« Ich ahnte ihre Reaktion, aber ich wollte sehen, wie viel Mühe sie sich mit ihrer Ausrede gab.

»Ich muss jemanden treffen«, sagte sie.

So leicht wollte ich sie nicht davonkommen lassen. »Wir wollten heute zu meinem Geburtstag zusammen zu Mittag essen«, beschwerte ich mich. »Ständig hast du zu viel zu tun, um deine Versprechen zu halten.«

Ihr Bedauern hielt sich in Grenzen. »Es tut mir wirklich leid«, sagte sie. »Ich muss etwas erledigen, das ist dringend und sehr wichtig. Morgen führe ich dich zu einem ganz besonderen Mittagessen aus. Wir trinken Champagner.«

»Ich bin auch wichtig«, sagte ich.

Ich ging in mein Zimmer und ließ mir noch einmal durch den Kopf gehen, was gerade passiert war. Ein Brief. Schon wieder ein Geburtstagsessen, das nicht stattfand. Wer war wichtiger?

Als ich hörte, wie sie das Haus verließ, stahl ich mich in den Boulevard und betrat durch die Glastüren ihr Zimmer. Der Brief lag nicht in der Schublade, nicht unter ihrer Matratze, nicht in ihrer Kissenhülle, nicht in den Bonbondosen. Gerade als ich aufgeben wollte, sah ich eine weiße Ecke aus einem Gedichtband blitzen, der auf dem runden Tisch mitten im Zimmer lag. An dem Tisch saßen sie und Goldtaube, wenn sie die Aufgaben des Tages besprachen. Der steife Umschlag war auf Chinesisch an die »Ehrenwerte

Frau Lulu Mimi« adressiert. Auf Englisch stand darunter in säuberlicher, fließender Handschrift: »Lucretia Minturn.« *Lucretia.* Ich hatte noch nie gehört, dass jemand meine Mutter so genannt hatte. Hieß sie wirklich so? Im Brief lautete die Anrede wieder anders, und auch diesen Namen hatte ich noch nie gehört:

Meine liebe Lucia,
jetzt bin ich von meiner Pflicht entbunden und kann Dir endlich geben, was Dir rechtmäßig zusteht.
Ich kehre bald nach Shanghai zurück. Darf ich Dich am 23. mittags besuchen?
Dein
Lu Shing

Wer war dieser Chinese, der auf Englisch schrieb? Er hatte sie mit zwei unterschiedlichen Namen angesprochen: Lucretia und Lucia. Was wollte er ihr zurückgeben?

Bevor ich den Brief genauer untersuchen konnte, kam Goldtaube herein.

»Was ist hier los?«, fragte sie.

»Ich habe ein Buch gesucht«, antwortete ich rasch.

»Gib ihn mir«, sagte sie. Sie warf einen kurzen Blick auf den Brief. »Sag deiner Mutter nicht, dass du das gesehen hast. Sag es niemandem, sonst wirst du es den Rest deines Lebens bereuen.«

Meine Vermutungen waren also richtig gewesen. Das Ganze hatte etwas mit meinem Vater zu tun. Am Dreiundzwanzigsten würde sich mein Leben zum Schlechteren wenden, fürchtete ich.

Am Dreiundzwanzigsten war das ganze Haus in Aufruhr, weil mittags ein ganz bestimmter Besucher erwartet wurde. Ich versteckte mich erst auf dem mittleren Balkon und beobachtete den Zirkus unter mir. Eigentlich sollte ich in meinem Zimmer lernen, und von meiner Mutter hatte ich die strikte Order erhalten, mich nicht zu zeigen, bis sie es mir ausdrücklich erlaubte. Außerdem sollte ich mein grünes Kleid anziehen, eines meiner besten. Das bedeutete wohl, dass ich diesen Mann kennenlernen sollte.

Der Mittag kam und ging wieder vorbei, und die Minuten fraßen sich langsam in den Tag hinein. Ich wartete darauf, dass die Ankunft des Gastes gemeldet wurde. Nichts geschah. Ich schlich mich schließlich in den Boulevard. Wenn mich hier jemand entdeckte, würde ich einfach sagen, dass ich nach einem Schulbuch suchte. Für alle Fälle legte ich eines unter den Schreibtisch. Wie erhofft, war meine Mutter in ihrem Büro, gleich auf der anderen Seite der Glastüren. Goldtaube war bei ihr. Meine Mutter war gereizt, sie wirkte so Unheil verkündend wie ein grollendes Gewitter. Ihre Stimme klang bedrohlich. Goldtaube versuchte sie sanft zu beruhigen. Was sie sagte, verstand ich nicht genau. Es war ziemlich gewagt von mir, in diesem Raum zu sein. Es dauerte noch eine Stunde, bis ich den Mut fand, das Ohr ans Glas zu drücken.

Sie unterhielten sich auf Englisch. Meistens sprachen sie zu leise, als dass ich sie verstehen konnte. Bald erhob meine Mutter die Stimme. »Mistkerl!«, rief sie. »Familiäre Verpflichtungen!«

»Er ist ein Feigling und ein Dieb, und ich finde, du solltest ihm kein Wort glauben«, sagte Goldtaube. »Wenn du ihn triffst, wird er dir wieder das Herz zerreißen.«

»Haben wir eine Pistole im Haus? Ich schieß ihm in die Eier. Lach nicht. Ich meine das ernst.«

Diese Wortfetzen trugen nur zu meiner Verwirrung bei.

Die Abenddämmerung setzte ein, und draußen riefen die Dienstmädchen nach heißem Wasser. Ein Diener klopfte an die Tür meiner Mutter und verkündete, dass ein Besucher eingetroffen sei und im Vorraum warte. Meine Mutter blieb noch zehn Minuten in ihrem Zimmer. Kaum war sie gegangen, schob ich die Glastüren einen Spalt auf und zog den Vorhang unten ein wenig auseinander. Dann eilte ich zu meinem Versteck auf dem mittleren Balkon, von dem aus man den Großen Salon überblickte.

Meine Mutter ging ein paar Stufen hinunter, blieb dann stehen und nickte Kleiner Ente zu, der neben den Samtvorhängen stand.

Kleine Ente zog den Vorhang zurück und rief: »Meister Lu Shing ist gekommen, um Ehrenwerter Frau Lulu Mimi einen Besuch abzustatten.« Das war genau der Name des Mannes, der den Brief geschrieben hatte. Ich hielt die Luft an, als er hervortrat. Bald würde ich wissen, ob das der Mann war, für den ich ihn hielt.

Auf den ersten Blick wirkte er wie ein moderner Herr, seine Haltung war die eines vornehmen Mannes, aufrecht und doch leger. Sein dunkler Anzug saß hervorragend, die Schuhe waren so gut poliert, dass ich vom Balkon aus erkennen konnte, wie sie glänzten. Er hatte volle, korrekt geschnittene Haare, die er mit Pomade geglättet hatte. Sein Gesicht vermochte ich nicht genau zu erkennen, aber ich schätzte ihn älter als meine Mutter, nicht mehr jung, aber auch nicht zu alt. Über einem Arm trug er einen langen Wintermantel, auf ihm lag ein Hut. Beides nahm ihm ein Diener rasch ab.

Herr Lu sah sich im Raum um, aber ohne das Erstaunen, das viele Besucher an den Tag legten, die sich zum ersten Mal im Haus meiner Mutter befanden. In den meisten vergleichbaren Häusern, selbst in jenen, die niedriger eingestuft wurden, war der westliche Stil mittlerweile zur Norm geworden. Aber im Verborgenen Pfad gab es Einrichtungsgegenstände, die sonst niemand vorweisen konnte: anstößige Gemälde, üppige Sofas, bezogen mit Tigerfell, die naturalistische Skulptur eines Phönix, der neben einer riesigen, deckenhohen Palme stand. Der Mann lächelte leicht, als würde ihn das alles nicht überraschen.

Wattewolke kam zu mir und hockte sich neben mich. »Wer ist das?«, flüsterte sie. Ich sagte, sie solle sich wegscheren. Sie rührte sich jedoch nicht. Gleich würde ich erfahren, wer dieser Mann war, und ich wollte nicht, dass Wattewolke in dem Moment in meiner Nähe war.

Meine Mutter stieg die Treppe weiter hinunter. Sie hatte ein seltsames Kleid für diese Gelegenheit gewählt. Ich hatte es noch nie an ihr gesehen. Sie musste es gestern gekauft haben. Zweifellos war es die neueste Mode – meine Mutter trug nichts anderes –, aber dafür, wie sie sonst durchs Haus jagte, war es ungünstig geschnitten. Es bestand aus pfauenblauer Wolle und war eng anliegend, das betonte ihre volle Brust und die Hüften. Der Rock war um die Taille und an den Knien gerafft, sodass sie nur mit langsamen, majestätischen Schritten gehen konnte. Der Mann wartete geduldig, er sah sie die ganze Zeit an. Als sie schließlich bei ihm angelangt war, hieß sie ihn nicht überschwänglich willkommen, wie sie es bei anderen Männern tat. Ich verstand nicht genau, was sie sagten, aber ihre Stimme klang monoton – und doch bebte sie. Er verneigte sich leicht, weder eine chinesische noch eine westliche Geste, und als er wieder gerade vor ihr stand, schaute er sie ernst an. Daraufhin wandte sie sich abrupt ab und begab sich zurück in Richtung Treppe. Er folgte ihr. Sogar aus dieser Entfernung erkannte ich, dass ihr Gesichtsausdruck genau dem entsprach, was sie in den Mienen der Wolkenschönheiten so verachtete. Das Kinn war leicht gereckt. Arroganz. Die Augen halb geschlossen, der Blick nach unten über die eigene Nase gerichtet. Geringschätzung. Der Mann benahm sich, als wäre ihm überhaupt nicht bewusst, dass sie nicht sonderlich freundlich war. Vielleicht hatte er genau das erwartet und war darauf vorbereitet.

»*Wah!*«, sagte Wattewolke. »Der hat Stil. Und viel Geld dazu.« Ich sah sie böse an, damit sie still war. Weil sie sieben Jahre älter war, grollte sie mir wie üblich wegen meiner Zurechtweisung und zog beleidigt eine Schnute.

Ich konnte sein Antlitz noch immer nicht deutlich erkennen, aber ich hatte das Gefühl, in seinem Gesicht lag etwas Vertrautes. Ich war so nervös, dass ich fürchtete umzukippen. War dieser Mann mein Vater?

Als sie sich anschickten, die Treppe hinaufzusteigen, schlich ich mich davon. Rasch lief ich zum Boulevard und versteckte mich unter dem Bett. Noch eine Viertelstunde würde ich dort bleiben müssen, bis sich die Dämmerung in Dunkelheit verwandelte und man mich hinter dem Spalt im Vorhang nicht mehr ausmachen konnte. Die Bodenfliesen waren kalt, und ich ärgerte mich, dass ich mich nicht in eine Steppdecke gehüllt hatte. Die Bürotür ging auf, dann waren die Stimmen von meiner Mutter und Goldtaube zu hören. Goldtaube fragte, welche Erfrischungen sie bringen solle. Normalerweise gab es, je nach Gast, eine Auswahl an frischem Obst oder englische Butterkekse und Tee. Meine Mutter sagte, sie benötige gar nichts. Ich war schockiert, wie unhöflich sie war.

»Bitte entschuldige die Verspätung«, bemerkte der Mann. Er hörte sich an wie ein Engländer. »Der Mob reißt gerade die alte Stadtmauer ein, und die Straßen sind unpassierbar. Ich bin aus der Kutsche ausgestiegen und zu Fuß gegangen, denn ich wusste ja, dass du wartest. Ich habe fast drei Stunden bis zur Avenue Paul Brunat gebraucht.«

Meine Mutter zeigte nicht die geringste Anerkennung für die großen Mühen, die er unternommen hatte, um hierherzukommen. Sie gingen ans andere Ende des Raums. Obwohl die Glastüren etwas offen standen, konnte ich sie nicht verstehen. Seine Stimme klang leise und sanft. Meine Mutter sprach knapp und abgehackt. Gelegentlich gab sie einen lauten Kommentar von sich: »Das bezweifle ich sehr.« »Ich habe sie nicht bekommen.« »Er ist nicht zurückgekehrt.« Auf einmal rief sie: »Warum willst du sie jetzt sehen? Wie lange ist es her, seit du dich zuletzt um sie gekümmert hast? Kein einziges Wort, keinen einzigen Dollar hast du geschickt. Es wäre dir egal gewesen, wenn wir verhungert wären.«

Ich wusste, dass sie von mir sprach. Er hatte nie nach mir gefragt, mich nie geliebt. Mistkerl. Er war mir sofort zuwider.

Er murmelte schnell etwas, das ich nicht verstand. Es hörte sich verzweifelt an. Dann war seine Stimme deutlicher zu vernehmen. »Ich war am Boden zerstört, es hat mich gequält. Aber sie haben es unmöglich gemacht.«

»Du Feigling! Du erbärmlicher Feigling!«, rief meine Mutter.

»Er war im Außenministerium …«

»Ach ja, familiäre Verpflichtungen. Tradition. Schuld. Ahnen und verbrannte Opfergaben. Bewundernswert.« Ihre Stimme war jetzt näher an der Tür.

»Nach all den Jahren in China«, sagte er, »verstehst du da immer noch nicht, wie mächtig eine chinesische Familie ist? Sie wiegt so viel wie zehntausend Grabsteine, und mein Vater hat sie gegen mich gerichtet.«

»Das verstehe ich gut. Ich habe viele Männer kennengelernt, sie sind alle so veranlagt wie du, das ist berechenbar. Begierde und Pflicht. Verrat an beidem. Diese berechenbaren Männer haben mich zu einer sehr erfolgreichen Frau gemacht.«

»Lucia«, sagte er traurig.

»Nenn mich nicht so.«

»Hör mir doch zu, bitte.«

Da ging die Bürotür auf, und Goldtaube unterbrach die beiden. »Entschuldigung«, sagte sie auf Chinesisch. »Etwas Dringendes liegt an.«

Lu Shing wollte sich auf Chinesisch vorstellen, doch Goldtaube schnitt ihm das Wort ab. »Wir haben uns bereits kennengelernt«, blaffte sie. »Ich weiß sehr wohl, wer Sie sind und was Sie getan haben.« Mit ruhigerer Stimme wandte sie sich an meine Mutter. »Ich muss mit dir sprechen. Es geht um Violet.«

»Dann ist sie also hier«, sagte der Mann aufgeregt. »Bitte, lass sie mich sehen.«

»Du kannst sie sehen, wenn du tot bist«, entgegnete meine Mutter.

Ich war immer noch aufgebracht, aber es gab mir Auftrieb, dass er mich sehen wollte. Wenn er zu mir kam, würde ich ihn zurückweisen. Im Zimmer war es jetzt dunkel genug, dass ich zu den Glastüren gehen konnte. Ich wollte seinen Gesichtsausdruck sehen. Ich war halb unter dem Bett hervorgekrochen, da hörte ich, wie Mutter und Goldtaube die Bürotür schlossen und in den Korridor gingen. Plötzlich öffnete sich die Tür zum Boulevard. Ich verschwand rasch wieder unter dem Bett, drückte mich an die Wand und hielt den Atem an.

»Du kannst das nicht allein durchstehen, das ist zu schwer«, sagte Goldtaube mit milder Gelassenheit auf Englisch. »Ich sollte bei dir sein.«

»Ich will das aber lieber allein durchziehen.«

»Wenn du mich brauchst, klingle nach Tee. Ich warte hier im Boulevard.«

Ich war entsetzt. Bald würde ich mich in einen tiefgefrorenen Leichnam verwandeln.

»Das ist nicht nötig«, sagte Mutter. »Geh und iss mit den anderen zu Abend.«

»Kann ich dir wenigstens Tee bringen lassen?«

»Ja, das wäre gut. Ich habe schon einen ganz trockenen Hals.«

Sie gingen auseinander. Ich holte tief Luft.

Dann hörte ich das Dienstmädchen kommen, gefolgt vom Klirren von Teetassen und höflichen Worten. Ich kroch unter dem Bett hervor, zitternd vor Kälte und Nervosität. Ich rubbelte mir die Arme, zog eine Steppdecke vom Bett und wickelte mich darin ein. Als ich nicht mehr mit den Zähnen klapperte, ging ich zu den Glastüren und linste durch den Vorhangspalt.

An seinen Gesichtszügen erkannte ich sofort, dass dieser Mann mein Vater war: Er hatte meine Augen, meinen Mund, meine Gesichtsform. Mir wurde ganz übel, denn nun ließ es sich nicht mehr leugnen. Ich war zur Hälfte chinesisch. Eigentlich hatte ich es die ganze Zeit über gewusst, und doch hatte ich mich der Hoffnung hingegeben. Außerhalb dieses Hauses würde ich nun nie irgendwo hingehören. Noch ein anderes Gefühl beschlich mich: ein seltsamer Triumph, weil ich recht damit gehabt hatte, dass meine Mutter mich angelogen hatte. Mein Vater lebte. Die quälende Frage konnte ich durch eine grässliche Antwort ersetzen. Aber warum hasste ihn meine Mutter so sehr, dass sie sich über all die Jahre geweigert hatte, ihn zu sehen? Warum hatte sie mir lieber erzählt, er wäre tot? Immerhin hatte ich sie einmal gefragt, ob er mich liebte, und sie hatte es bejaht. Nun behauptete sie das Gegenteil.

Herr Lu legte ihr die Hand auf den Arm. Sie schüttelte ihn ab und rief: »Wo ist er? Sag es mir einfach, und dann raus hier!«

Wer war *er*?

Der Mann versuchte noch einmal, sie am Arm zu berühren, doch sie schlug ihm ins Gesicht und trommelte ihm weinend mit den Fäusten auf die Schultern. Er wich ihr nicht aus, sondern stand seltsam reglos da, wie ein Holzsoldat, und ließ es über sich ergehen.

Sie wirkte eher verzweifelt als wütend, und das machte mir Angst, denn so hatte ich sie noch nie gesehen. Wessen Aufenthaltsort war ihr so wichtig?

Schließlich hörte sie auf, ihr Gegenüber zu malträtieren, und sagte mit brüchiger Stimme: »Wo ist er? Was haben sie mit meinem kleinen Jungen angestellt? Ist er tot?«

Ich hielt mir rasch den Mund zu, damit sie mich nicht hörten. Sie hatte einen Sohn, und sie liebte ihn so sehr, dass sie um ihn geweint hatte.

»Der Junge ist gesund und munter.« Er machte eine Pause. »Und er weiß nichts von alledem.«

»Nichts von mir«, sagte Mutter ausdruckslos. Auf einmal weinte sie. Mit bebenden Schultern begab sie sich auf die andere Seite des Raums. Er trat auf sie zu, aber sie bedeutete ihm zu bleiben, wo er war. Ich hatte meine Mutter noch nie so weinen sehen. Sie hörte sich an, als hätte sie einen großen Verlust erlitten, dabei hatte sie doch gerade erfahren, dass dem nicht so war.

»Sie haben ihn mir weggenommen«, sagte er. »Mein Vater hat es angeordnet. Sie wollten mir nicht sagen, wo er ist. Sie haben ihn versteckt und erklärt, sie würden mir nie erlauben, ihn zu sehen, wenn ich das Ansehen meines Vaters irgendwie beschädigen würde. Wie hätte ich da zu dir gehen können? Du hättest gekämpft. Das hast du schon in der Vergangenheit getan, und sie wussten, du würdest es weiter tun. In ihren Augen hast du unsere Traditionen nicht respektiert. Du wolltest ihre gesellschaftliche Position, ihr Ansehen nicht verstehen. Ich konnte dir nichts sagen, denn das allein hätte bedeutet, unseren Sohn nie mehr in die Arme schließen zu dürfen. Du hast recht. Ich war ein Feigling. Ich habe nicht gekämpft, wie du gekämpft hättest. Und was schlimmer ist, ich habe dich im Stich gelassen und auch noch gerechtfertigt, warum ich das machen musste. Ich habe mir eingeredet, wenn ich mich ihrem Willen füge, hättest du bald eine Chance, ihn zurückzubekommen. Doch ich wusste, dass das nicht stimmte. Stattdessen tötete ich alle Reinheit und alles Vertrauen in deinem Herzen. Es peinigte mich. Jeden Tag bin ich mit dem Gedanken aufgewacht, was ich dir angetan habe. Ich kann dir meine Tagebücher zeigen. In den vergangenen zwölf Jahren habe ich jeden Morgen als Allererstes einen Satz aufgeschrieben. ›*Um mich zu retten, habe ich einen anderen Menschen zerstört, und dadurch habe ich mich selbst zerstört.*‹«

»Einen einzigen Satz«, sagte Mutter noch immer tonlos. »Ich habe viel mehr geschrieben.« Sie ging zum Sofa und setzte sich darauf, erschöpft und mit leerem Blick. »Warum hast du es mir nun doch mitgeteilt? Und warum jetzt und nicht schon früher?«

»Mein Vater ist tot.«

Sie zuckte zusammen. »Ich kann nicht behaupten, dass mir das leidtut.«

»Er ist am Tag der Abdankung zusammengebrochen und hat dann noch sechs Tage gelebt. Sofort nach seinem Tod habe ich dir geschrieben. Ich hatte das Gefühl, es wäre eine Last von mir genommen. Aber ich warne dich, meine Mutter hat einen starken Willen, ähnlich dem meines Vaters. Sie möchte die Familie schützen. Unser Sohn ist nicht nur ihr Enkel, sondern er steht auch für die nächste Generation und alles, was durch sie von der frühesten Geschichte unserer Familie an weitergeführt wird. Du respektierst unsere Familientraditionen vielleicht nicht. Aber du solltest genug davon begreifen, um sie zu fürchten.«

Lu Shing reichte meiner Mutter einen Umschlag. »Ich habe alles niedergeschrieben, was du gewiss wissen willst.«

Sie setzte den Brieföffner an, aber ihre Hände zitterten so sehr, dass sie den Brief fallen ließ. Lu Shing hob ihn auf und öffnete ihn für sie. Sie nahm ein Foto aus dem Umschlag heraus. Ich strengte mich an, einen Blick darauf zu werfen.

»Wo bin ich da in seinem Gesicht?«, fragte meine Mutter. »Ist das wirklich Teddy? Legst du mich wieder herein? Ich knalle dich mit meiner Pistole ab …«

Er murmelte etwas und deutete auf das Bild. Ihr gequältes Gesicht verwandelte sich in ein lächelndes. »So ein ernster Ausdruck … Hat er etwas von mir? Mehr ähnelt er dir. Er sieht aus wie ein chinesischer Junge.«

»Er ist jetzt zwölf«, sagte Lu Shing. »Ein glücklicher Junge, und dazu mehr als nur ein wenig verwöhnt. Seine Großmutter behandelt ihn wie einen Kaiser.«

Die Stimmen wurden leiser, bis nur noch ein sanftes Murmeln zu hören war. Abermals legte er ihr die Hand auf den Arm, und diesmal schob sie ihn nicht weg. Sie blickte ihn an, wirkte verletzt. Er strich ihr über das Gesicht, und jetzt ließ sie sich in seine Arme fallen. Abermals liefen ihr Tränen über das Gesicht.

Ich wandte mich ab und brach auf dem Boden zusammen. Vor mir pechschwarzes Nichts, alles, was einem Angst machen konnte. Alles hatte sich so schnell verändert. Das war ihr Sohn, und sie liebte ihn mehr, als sie mich je geliebt hatte. Noch einmal ließ ich mir alles durch den Kopf gehen, was sie gesagt hatte. Neue Fragen tauchten auf, eine verstörender als die andere, und mir wurde himmelangst. Ihr Sohn war auch ein Mischlingskind, aber er sah chinesisch aus. Und dieser Mann, mein Vater, dessen Augen und Wangen ich hatte, machte sich nicht die Mühe, mich zu seiner Familie zu bringen. Er hatte mich nie geliebt.

Im Büro raschelte etwas, und ich konzentrierte mich wieder auf den Spalt im Vorhang. Meine Mutter hatte bereits die Lampen gelöscht. Nichts war zu erkennen. Die Bürotür wurde geschlossen, und einen Augenblick später hörte ich, wie die Tür zu ihrem Schlafzimmer geöffnet wurde und dann wieder zuging. Waren Lu Shing und das Bild von Teddy mit ihr im Zimmer? Ich fühlte mich verlassen, allein mit meinen quälenden Fragen. Ich wollte in meinem Zimmer sein und mich selbst bemitleiden. Ich hatte meinen Platz in der Welt verloren. In den Augen meiner Mutter war ich nur zweite Wahl, etwas von Lu Shing Abgelegtes. Aber ich konnte den Raum nicht verlassen, denn nun eilten Dienstmädchen durch den Gang. Wenn Goldtaube sah, wie ich mich aus dem Zimmer schlich, würde sie wissen wollen, was ich dort zu suchen gehabt hätte. Doch ich wollte mit niemand anderem darüber sprechen, was ich gerade empfand. Ich legte mich auf das Bett und wickelte mich fest in die Steppdecke ein. Ich musste warten, bis das gesellschaftliche Treiben begann und sich alle nach unten in den Großen Salon begaben. Deshalb begann ich meine Runde Selbstmitleid an Ort und Stelle.

Stunden später wurde ich vom Geräusch einer sich öffnenden Tür geweckt. Ich eilte zum Fenster und blickte durch das Gitter. Der Himmel war dunkelgrau. Bald würde die Sonne aufgehen. Die Tür zum Büro wurde auf- und zugemacht, ich ging zu den Glastüren. Er hatte mir den Rücken zugewandt, über seiner Schulter sah ich ihr Gesicht. Zärtlich flüsterte er ihr etwas zu. Sie antwortete mit hoher, mädchenhafter Stimme. Mir war weh ums Herz. Für andere empfand sie so viel, sie erschien dann so liebenswürdig und glücklich. Lu beugte sich nach vorne, und sie neigte den Kopf, um von ihm einen Kuss auf die Stirn entgegenzunehmen. Er schob ihren Kopf wieder hoch und sagte noch mehr von diesen sanften Worten, die sie zum Lächeln brachten. Sie schaute beinahe schüchtern. Das war alles neu für mich. So hatte ich sie noch nie wahrgenommen, so verletzt, so verzweifelt, und nun auch noch verschämt.

Er umarmte sie, drückte sie fest, und als er sie wieder losließ, glänzten Tränen in ihren Augen. Sie wandte sich ab. Leise ging er hinaus. Ich eilte schnell zum Gitterfenster und sah ihn gerade noch, mit zufriedener Miene, was mich ärgerte. Für ihn hatte sich alles zum Guten gewendet.

Ich verließ das Zimmer, um in mein eigenes zu gehen, und sofort kam Carlotta auf mich zu und rieb sich an meinen Beinen. Im Lauf der letzten sieben Jahre war sie dick und langsam geworden. Ich nahm sie hoch und drückte sie. Sie war die Einzige, die Anspruch auf mich erhob.

Ich konnte nicht schlafen, zumindest glaubte ich das, bis ich meine Mutter mit einem Diener sprechen hörte. Sie wies ihn an, einen Schrankkoffer heraufzubringen. Es war noch nicht ganz zehn Uhr morgens. Sie war in ihrem Schlafzimmer und begutachtete Kleider, die auf ihrem Bett lagen.

»Ach, Violet, gut, dass du wach bist.« Ihre Stimme klang hell und aufgeregt. »Such dir bitte vier Kleider aus, zwei zum Abendessen, zwei für den Tag, mit passenden Schuhen und Mänteln. Bring auch die Granatkette und den goldenen Anhänger mit, dazu Füller, Schulbücher und Schreibhefte. Und nimm auch sonst alles mit, was wertvoll ist. Ich kann dir nicht die einzelnen Gegenstände aufzählen, da musst du bitte selbst mitdenken. Ich habe dir schon einen Überseekoffer aufs Zimmer schicken lassen.«

»Reißen wir aus?«

Sie legte den Kopf schief, wie sie es immer tat, wenn ihr ein Gast eine neue Idee vorstellte, von der sie nicht viel hielt. Sie lächelte.

»Wir fahren nach Amerika, nach San Francisco«, sagte sie. »Wir werden deine Großeltern besuchen. Dein Großvater ist krank … Ich habe ein Telegramm bekommen … es ist ziemlich ernst.«

Was für eine dämliche Lüge! Wenn er wirklich krank war, warum war sie dann gerade noch so froh gewesen? Sie wollte mir den wahren Grund nicht verraten, nämlich dass wir ihren geliebten Sohn besuchen würden. Ich war fest entschlossen, die Wahrheit aus ihr herauszupressen.

»Wie heißt denn mein Großvater?«

»John Minturn«, antwortete sie leichthin. Sie breitete weiter Kleider auf dem Bett aus.

»Lebt meine Großmutter auch noch?«

»Ja … natürlich. Sie hat das Telegramm geschickt. Harriet Minturn.«

»Fahren wir bald?«

»Vielleicht morgen oder den Tag danach. Es könnte auch sein, dass es erst in einer Woche losgeht. Alles ist völlig durcheinander; man kann sich derzeit auf niemanden mehr verlassen, selbst wenn man den Höchstpreis bezahlt. Es kann gut sein, dass wir es nicht schaffen, gleich für den nächsten Dampfer eine Passage zu buchen. Viele Leute aus dem Westen versuchen ebenfalls wegzukommen.

Vielleicht nehmen wir auch einen Fischkutter, der die Route um den Nordpol fährt!«

»Wer war der Mann, der dich gestern besucht hat?«

»Jemand, mit dem ich einmal geschäftlich zu tun hatte.«

Mit dünnem Stimmchen sagte ich: »Ich weiß, dass er mein Vater ist. Ich habe sein Gesicht gesehen, als ihr die Treppe hochgekommen seid. Ich sehe genauso aus wie er. Und ich weiß, dass wir nach San Francisco fahren, weil du einen Sohn hast, der dort lebt. Ich habe gehört, wie die Dienstmädchen darüber gesprochen haben.«

Sie sah mich schweigend an, sichtlich geschlagen.

»Du kannst es nicht leugnen«, sagte ich.

»Violet, mein Liebling, es tut mir leid, dass du dich gekränkt fühlst. Ich habe es nur deshalb geheim gehalten, weil du nicht wissen solltest, dass er uns verlassen hat. Er hat Teddy gleich nach seiner Geburt mitgenommen, und ich habe ihn seither nicht mehr gesehen. Jetzt habe ich die Chance, Teddy zurückzuverlangen, und das muss ich tun, weil er mein Kind ist. Wärest du mir gestohlen worden, hätte ich genauso gekämpft, um dich wiederzufinden.«

Um mich gekämpft? Das bezweifelte ich.

Doch dann kam sie zu mir und schlang die Arme um mich. »Du bist mir wichtiger, als du denkst.« Eine Träne bildete sich in einem Augenwinkel, und dieses kleine Glitzern ihres Herzens genügte mir, ihr zu glauben. Ich war besänftigt.

Doch als ich wieder in meinem Zimmer war, wurde mir bewusst, dass sie nichts darüber gesagt hatte, was Lu Shing für mich empfand. Ich hasste ihn. Ich würde nie »Vater« zu ihm sagen.

Als wir den restlichen Vormittag und auch noch in den Nachmittag hinein unsere Überseekoffer packten, beschrieb sie mir mein neues Heim in San Francisco. Zuvor hatte ich mir keine großen Gedanken über ihre Vergangenheit gemacht. Sie hatte in San Francisco gelebt. Das war alles. Jetzt davon erzählt zu bekommen – das war wie ein Märchen, und nach und nach verwandelte sich mein Zorn in Spannung. Ich stellte mir den Pazifik vor: klares blaues Wasser mit silbernen Fischen, die durch die Wellen sprangen, Wale, die springbrunnenartige Fontänen in die Luft bliesen. Sie erzählte mir, mein Großvater wäre Kunstgeschichtsprofessor, und ich hatte einen distinguierten Herrn mit weißen Haaren vor Augen, der vor einer Staffelei stand. Ihre Mutter war Naturwissenschaftlerin und beschäftigte sich mit Insekten wie die in den Bernsteinstücken, die ich hatte kaputtmachen wollen. Ich stellte mir einen Raum vor, in dem Bernsteintropfen von der Decke hingen, und eine Frau, die sie mit einer Lupe betrachtete. Meine Mutter erzählte jetzt ganz unbefangen, und ein Bild von San Francisco tauchte in meinem Kopf auf: viele Hügel am Wasser. Ich stellte mir vor, wie ich sie hochkletterte und weit blicken konnte, über die Bucht und die Inseln hinaus aufs offene Meer. Ich lief steile Gehsteige hinauf, die von Häusern im westlichen Stil gesäumt wurden, gleich denen in der Französischen Konzession im Zentrum Shanghais. Und in San Francisco gab es Menschen aller Klassen und Nationen.

»Gibt es dort Chinesen, Mutter?«

»Eine ganze Menge sogar. Die meisten sind allerdings Dienstboten oder gewöhnliche Arbeiter in Wäschereien und so.« Sie ging zu ihrem Schrank und überlegte, welche Abendkleider sie mitnehmen sollte. Zwei wählte sie aus, hängte sie wieder zurück und nahm zwei andere heraus. Dazu passend suchte sie Schuhe aus weißem Ziegenleder aus, bemerkte aber eine kleine Schramme am Absatz und stellte sie zurück.

»Gibt es in San Francisco auch ausländische Kurtisanen oder nur chinesische?«

Sie lachte. »Dort sagt man nur zu Chinesen oder Italienern Ausländer.«

Ich fühlte mich gedemütigt. Hier machte uns unser Äußeres zu Ausländern. Ein eisiger Schauer rann mir durch die Adern. Würde man in San Francisco sofort erkennen, dass ich eine Ausländerin aus China war? Wenn die Leute wussten, dass Teddy mein Bruder war, dann würden sie auch wissen, dass ich genauso chinesisch war wie er.

»Mutter, werden mich die Leute gut behandeln, wenn sie sehen, dass ich Halbchinesin bin?«

»Kein Mensch wird dich für eine Halbchinesin halten.«

»Aber wenn es die Leute dort herausfinden, gehen sie mir dann aus dem Weg?«

»Kein Mensch wird das herausfinden.«

Es beschäftigte mich, dass sie so selbstverständlich davon ausging. Ich war da gar nicht sicher. Ich würde so selbstsicher auftreten müssen wie sie, um das Geheimnis zu bewahren, dass sie eine halbchinesische Tochter hatte. Nur würde ich mir ständig Sorgen machen, dass ich entdeckt wurde. Sie würde unbekümmert bleiben.

»Wir wohnen in einem hübschen Haus«, fuhr sie fort. So glücklich hatte ich sie noch nie erlebt, und so liebevoll. Sie sah jünger aus, fast wie ein anderer Mensch. Goldtaube hatte gesagt, war eine Frau von einem Fuchsgeist besessen, würde man es ihr an den Augen ansehen. Sie würden sehr funkeln. Die Augen meiner Mutter funkelten. Sie war nicht sie selbst, nicht mehr, seit sie Herrn Lu getroffen hatte.

»Mein Großvater hat das Haus vor meiner Geburt gekauft«, sagte sie. »Es ist nicht so groß wie unser Haus hier«, erzählte sie weiter, »aber es ist auch nicht so kalt oder laut. Es besteht aus Holz und ist so stabil, dass es immer noch stand, nachdem ein richtig großes Erdbeben die Stadt erschüttert hatte. Die Architektur ist ziemlich anders als die der ausländischen Häuser in der Französischen oder der Britischen Konzession. Alles ist einladender, ohne hohe Festungsmauern und Pförtner. In San Francisco müssen wir unsere Privatsphäre nicht verteidigen. Wir haben sie einfach. Eine Hecke vor dem Haus und ein niedriges Eisentor, mehr brauchen wir nicht. Allerdings haben wir Zäune seitlich und an der Rückseite des Hauses, aber nur, um streunende Hunde abzuhalten und um Spaliere für rankende Blumen aufzustellen. Wir haben einen kleinen Rasen, gerade groß genug, um einen Grasteppich neben dem Weg durch den Garten zu bilden. An einem Zaun wachsen Rhododendronsträucher. Und auf der anderen Seite ist eine geschlossene Reihe aus Agapanthus, Duftrosen, Taglilien und natürlich Veilchen. Ich habe sie selbst gepflanzt, und zwar nicht nur die gewöhnlichen, sondern auch die Duftveilchen, die wunderbar violett sind und herrlich riechen. Ich hatte einmal ein Parfum, das ihren Geruch verströmte, es kam aus Frankreich, und ich hatte viele Kleider in diesem dunklen Violett. Auch aß ich Süßigkeiten aus Duftveilchen, die mit Zucker bestreut waren. Duftveilchen sind meine Lieblingsblumen, ihr Violett ist meine Lieblingsfarbe, und daher hast du auch deinen Namen, Violet. Meine Mutter nannte sie jedoch Wildes Stiefmütterchen.«

»Mochte sie die Blume auch so gerne?«

»Sie mochte sie gar nicht, sie hat mich geschimpft, dass ich Unkraut pflanze.« Meine Mutter lachte und schien meine Bestürzung gar nicht zu bemerken. »Wenn du das Haus betrittst, stehst du in der Diele. Auf einer Seite ist eine Treppe, so wie unsere hier, nur ein bisschen kleiner. Und auf der anderen Seite hängt ein dicker karamellfarbener Vorhang an einer Messingstange, nicht ganz so breit wie unserer. Durch den Vorhang kommst du ins Wohnzimmer. Die Möbel sind wahrscheinlich ein bisschen altmodisch, meine Großmutter hat es eingerichtet. Durch einen großen Durchgang betritt man das Esszimmer ...«

»Wo schlafe ich?«

»Du hast ein hübsches großes Zimmer im ersten Stock, mit sonnengelben Wänden. Das war früher mein Zimmer.«

Ihr Zimmer. Ich war so glücklich, dass ich am liebsten laut aufgeschrien hätte. Nach außen hin zeigte ich jedoch nur wenig von meiner Freude.

»Neben den großen Fenstern steht ein hohes Bett«, fuhr meine Mutter fort. »Vor einem der Fenster wächst eine alte Eiche. Man kann es öffnen, und dann hat man das Gefühl, als wäre man einer der vielen Buschhäher in den Ästen – richtige Schreihälse sind diese Vögel, jedenfalls in meiner Erinnerung. Sie sind ganz nah zu mir herangehüpft, um eine Erdnuss zu ergattern. Es gibt noch eine Menge anderer Vögel, Reiher, Habichte und nett zwitschernde Rotkehlchen. Du kannst sie alle in den Ornithologiebüchern nachschlagen, die meine Mutter gesammelt hat. Der Vater deiner Großmutter war Botaniker und Zeichner. Ich habe auch eine Sammlung von Puppen, aber darunter sind nicht solche Babypuppen, die man in einem Kinderwagen herumfährt. Sie sind hübsch angemalt. Und im ganzen Haus stehen die Wände voll mit Büchern, von oben bis unten. Du hast für den Rest deines Lebens genug zu lesen, selbst wenn du zwei Bücher am Tag schaffst. Du kannst die Bücher mit hinauf in den runden Turm nehmen. Als Mädchen habe ich ihn mit Tüchern und Sitzkissen und kleinen Perserteppichen dekoriert, damit er aussieht wie ein Serail. Ich taufte ihn Pascha-Palast. Durch ein Teleskop kannst du bis zur Bucht sehen und die Schoner und Fischerboote zählen …«

Sie plapperte weiter, während ihre Erinnerungen wiederkehrten. Ich sah das Haus in meiner Fantasie wie ein Illusionsbild, es nahm Farbe an und wurde lebendig. Der Gedanke an die vielen Räume mit den Wänden voller Bücher, an ein Zimmer mit einem Blick auf eine Eiche machte mich ganz benommen.

Meine Mutter holte jetzt ihre Schmuckkästchen aus einem verschlossenen Schrank. Sie hatte mindestens ein Dutzend Ketten, Armreifen, Broschen und Anstecknadeln – alles Geschenke, die sie im Lauf der Jahre bekommen hatte. Den meisten Schmuck hatte sie verkauft, nur ihre Lieblingsstücke oder die wertvollsten Sachen hatte sie behalten. Alle Schatullen legte sie in ihren Koffer. Kamen wir denn gar nicht wieder in den Verborgenen Jadepfad?

»Wenn du Teddy gefunden hast, kehren wir dann mit ihm nach Shanghai zurück?«

Es folgte ein verlegenes Schweigen. »Ich weiß es nicht. Ich kann nicht vorhersagen, was passieren wird. Shanghai hat sich verändert.«

Ein entsetzlicher Gedanken schoss mir durch den Kopf. »Was ist mit Carlotta?«

Meine Mutter machte sich sofort an den Hutschachteln zu schaffen, daher ahnte ich, wie ihre Antwort ausfallen würde. »Ohne Carlotta gehe ich nicht.«

»Du willst wegen einer Katze hierbleiben?«

»Wenn ich sie nicht mitnehmen kann, weigere ich mich, nach San Francisco zu gehen.«

»Komm schon, Violet. Willst du deine Zukunft wegen einer Katze wegwerfen?«

»Ja. Ich bin fast erwachsen und kann selbst über mein Leben entscheiden«, sagte ich schroff.

Nun schaute meine Mutter gar nicht mehr so liebevoll. »Gut, dann bleib hier. Wie du willst.«

Mein Plan war vereitelt worden. »Wie kannst du mich vor eine solche Wahl stellen?«, fragte ich mit gebrochener Stimme. »Carlotta ist mein Baby. Sie ist für mich das, was Teddy für dich ist. Ich kann sie nicht zurücklassen. Ich kann sie nicht verraten. Sie vertraut mir.«

»Violet, es gibt keine Wahl. Wir müssen weg, und Carlotta kann nicht mit. Wir können doch nicht einfach die Regeln ändern, die an Bord eines Schiffes herrschen. Denk doch stattdessen daran, dass wir vielleicht wiederkommen. Sobald wir in San Francisco sind, weiß ich besser, wie alles Weitere aussehen wird. Aber erst dann ...«

Sie fuhr fort, mir zu erklären, warum alles so ungewiss sei, aber mich hatte der Kummer gepackt. Ich verspürte einen Kloß im Hals. Ich konnte Carlotta nicht erklären, warum ich fortmusste.

»Solange wir weg sind«, hörte ich die Stimme meiner Mutter wie durch einen Schleier in meinem Elend, »kann sich doch Goldtaube um sie kümmern.«

»Goldtaube hat Angst vor ihr. Carlotta mag hier niemand.«

»Die Tochter von Schneewolkes Zofe – Kleines Meer –, sie liebt sie sehr. Sie versorgt sie sicher gern, besonders wenn du ihr ein bisschen Geld dafür gibst.«

Das war wirklich so, Kleines Meer hatte meine Katze ins Herz geschlossen. Aber ich hatte dennoch Bedenken. Wenn Carlotta das kleine Mädchen nun lieber mochte als mich? Sie könnte mich einfach vergessen, und es wäre ihr egal, ob ich jemals zurückkam. Ich war niedergeschlagen.

Meine Mutter hatte mir zwar nur vier Kleider zugestanden, aber was ihr eigenes Kontingent betraf, da wurde sie rasch großzügiger. Sie entschied, dass zwei Überseekoffer nicht ausreichend waren. Außerdem waren sie oben abgerundet, sodass man sie auch nicht übereinanderstapeln konnte – eine weitere Einschränkung. Mithin waren sie alt, sie hatte sie schon aus San Francisco mitgebracht. Meine Mutter rief Goldtaube und beauftragte sie, vier neue Überseekoffer zu kaufen, größere als die jetzigen: »Mr Malakar hat mir letzten Monat erzählt, er hätte eine große Lieferung Louis-Vuitton-Koffer von Frankreich nach Bombay geschmuggelt. Es sind die mit der flachen Oberseite, die ich haben möchte. Außerdem brauche ich zwei Reisetaschen, die kleinen. Und sag ihm, er soll bloß nicht glauben, ich merke es nicht, wenn er mir Fälschungen andreht …«

Die Abendkleider, die meine Mutter auswählte, wurden immer mehr. Offenbar hatte sie vor, auf Bälle zu gehen, sobald sie an Land war. Doch dann musste Goldtaube abermals kommen, und meine Mutter bat sie, ihr ehrlich zu sagen, welche Kleider ihr mehr schmeichelten, ihre Augenfarbe besser betonten, ihren Teint und ihre mahagonibraunen Haare, und um welche dieser Kleider die Amerikanerinnen sie beneiden würden und in welchen sie den Eindruck einer unmoralischen Frau machen würde.

Goldtaube war von all ihren Vorschlägen nicht überzeugt. »Mit dem, was du dir ausgesucht hast, wirst du nur auffallen und die Aufmerksamkeit der Männer erregen. Die Amerikanerinnen, die dich einmal darin im Park gesehen und angestarrt haben, klatschten nicht gerade Beifall.«

Statt sich nun von einigen Abendgewändern zu trennen, packte meine Mutter entschlossen die meisten ihrer eleganten Sachen ein, dazu kamen neuere, Mäntel und Hüte. Meine vier Kleider, die ich während unserer Reise tragen sollte, wurden am Ende auf zwei reduziert. Sie versprach mir, mich würden viele schöne Sachen erwarten, schönere als die, die ich jetzt besaß. Auch meine Lieblingsbücher müsste ich nicht mitnehmen, ebenso könnte ich die Schulbücher hierlassen, denn die wären in San Francisco leicht durch fortschrittlichere zu ersetzen. Dort würde ich natürlich auch bessere Hauslehrer haben als in Shanghai. Auf der Reise sollte ich einfach die Zeit genießen, in der ich keinen Unterricht hätte.

In meinen Handkoffer legte sie ein braunes Kästchen mit meinem Schmuck, zwei Schachteln, die sie aus einer Schublade holte, zwei in Seide eingehüllte Schriftrollen und noch ein paar weitere Wertgegenstände. Alles deckte sie mit ihrer Stola aus Fuchspelz zu, wahrscheinlich glaubte sie, sie könnte ein wenig Glamour vertragen, wenn wir an Deck standen und Shanghai langsam aus dem Blickfeld verschwand.

Schließlich waren wir mit Packen fertig. Meine Mutter musste jetzt nur noch jemanden aus ihrem Kreis einflussreicher Ausländer finden, der uns Passagen für die Schiffsreise nach Amerika besorgte. Sie gab Zersprungenes Ei ein Dutzend Briefe mit, die er zustellen sollte.

Ein Tag nach dem anderen verging, ohne dass sich etwas tat. Der Fuchsgeist in ihr verschwand, und sie war wieder ganz die Alte, aufgeregt und schnippisch. Sie übergab Zersprungenes Ei noch einen Stapel Briefe. Zwei Kojen, mehr bräuchten wir nicht. Warum waren sie nur so schwer zu bekommen? Die Antwort lautete immer gleich: Ihre amerikanischen Landsleute wollten Shanghai ebenfalls so schnell wie möglich verlassen, auch sie hatten festgestellt, dass andere ihnen bereits jede Schiffskoje weggeschnappt hatten, die im nächsten Monat erhältlich war.

Während unserer Wartezeit zeigte ich Kleinem Meer, wie sie Carlotta aus meinen seidenen Steppdecken ein Zuhause bauen konnte. Kleines Meer war acht Jahre alt. Während sie die Katze streichelte, flüsterte sie ihr zu: »Ich bin deine ergebene Dienerin.« Carlotta schnurrte und rollte sich auf den Rücken. Meine Brust zog sich zusammen, als ich sah, wie glücklich meine Katze bereits war.

Nachdem wir elf Tage gewartet hatten, tauchte Fairweather plötzlich unangekündigt im Schlafzimmer meiner Mutter auf. Er brachte gute Nachrichten mit.

Ich weiß, warum meine Mutter Fairweather einmal geliebt hatte. Er konnte sie gut aus ihrer schlechten Laune herausholen. Er war lustig, ein gutes Heilmittel gegen Sorgen. Er brachte sie zum Lachen, und sie fühlte sich schön. Er sagte, er vergöttere sie wegen all ihrer ungewöhnlichen Eigenschaften und Verhaltensweisen. Er schaute sie übertrieben verliebt an. Er sprach von seinen tiefen Empfindungen, die er angeblich noch nie bei einer anderen Frau gehabt hatte. Und er bemitleidete sie für alles, worüber sie klagte. Er drückte ihren Kopf an seine Schulter und sagte ihr, sie solle sich ausweinen, bis kein giftiger Gram mehr in ihrem Herzen sei. Er teilte ihre Entrüstung, wenn ihre Kunden etwas ungebührlich verwendet hatten, das sie ihnen vertraulich mitgeteilt hatte.

Sie waren vor mehr als neun Jahren Freunde geworden, und was auch immer sie damals gebraucht hatte, hatte er ihr gegeben. Sie machten Anspielungen auf Zeiten in ihrem Leben, als sie einen Verrat, einen Vertrauensverlust erleiden musste, als sie Geldsorgen gehabt hatte. Er wusste von ihrem frühen Erfolg, von dem Tod eines Mannes, der sie aufgenommen hatte, als sie ganz neu in Shanghai war. Weißt du noch, weißt du noch, weißt du noch, sagte er, um die schmerzvollen Erinnerungen an die Vergangenheit in die Länge zu ziehen, damit er sie trösten konnte.

Es gefiel mir gar nicht, dass er meine Mutter so plump vertraulich behandelte. Er nannte sie »Lu«, »Liebste Lulu«, »Leckerbissen«, »Lupinchen«. Wenn sie gereizt war, stellte er ihre gute Laune wieder her, indem er sich benahm wie ein ausgepeitschter Schuljunge oder ein fahrender Ritter. Er erzählte dumme Witze, sie lachte. Manchmal beschämte er sie absichtlich vor anderen – auf schmeichelnde und abstoßende Weise. Beim Abendessen ließ er obszön Lippen und Zunge kreisen, weil ihm angeblich etwas am Gaumen kleben geblieben war. »Wisch dir dieses Schimpansengrinsen aus dem Gesicht«, sagte sie dann. Darauf lachte er lange und laut, stand auf und verabschiedete sich mit einem munteren Zwinkern von ihr. Dann wartete er in ihrem Schlafzimmer auf sie. Mit ihm war sie schwach, nicht mehr sie selbst. Sie war oft albern, trank zu viel und lachte zu durchdringend. Wie konnte sie nur so blöd sein?

Alle Dienstboten im Verborgenen Jadepfad mochten Fairweather, weil er sie im Shanghaier Dialekt begrüßte und ihnen für jede

Kleinigkeit dankte. Sie waren es gewöhnt, von anderen behandelt zu werden, als wären sie lediglich Anhängsel von Teetabletts. Alle rätselten, wo Fairweather wohl gelernt haben könnte, ihren Dialekt zu sprechen. Von einer Amah? Einer Kurtisane? Einer Geliebten? Sein gutes chinesisches Herz hatte er auf jeden Fall von einer Chinesin. Bei chinesischen Männern hatte er sich den freundlichen Titel »ausländische Respektsperson im chinesischen Stil« erworben. Jeder kannte zwar seinen Charme, aber sonst wusste man wenig über ihn. Wo hatte er in den Vereinigten Staaten seine Wurzeln? War er überhaupt Amerikaner? Vielleicht ein amerikanischer Flüchtling? Niemand konnte sagen, wie er wirklich hieß. Im Scherz behauptete er immer, er hätte seinen richtigen Namen so lange nicht benutzt, dass er ihn mittlerweile vergessen hätte. Bei allen war er unter dem Spitznamen Fairweather bekannt, was so viel bedeutete wie »Schönes Wetter«. Seine Verbindungsbrüder hatten ihn ihm vor Jahren gegeben, als er an einer nie weiter genau bezeichneten Universität studierte, die er als »eine von diesen heiligen Hallen« beschrieb.

»Wo ich auch hinkam, ich brachte schönes Wetter mit«, sagte er, »und so haben mich meine lieben Freunde überall willkommen geheißen.« In Shanghai wurde er in der ganzen Stadt zu Partys eingeladen, und er ging immer als Letzter, wenn er nicht gleich über Nacht blieb. Seltsamerweise machte ihm niemals jemand einen Vorwurf, weil er selbst keine Einladungen aussprach.

Eine der Kurtisanen behauptete, seine Beliebtheit hätte mit einem geschickten Fälscher von Dokumenten und Ausweisen aller Art zu tun. Dieser schlaue Mann bot Visa, Geburtsurkunden, Heiratsurkunden und eine sehr nützliche Auswahl an Bescheinigungen mit dem offiziellen Stempel des amerikanischen Konsulats an. Er hatte sie sowohl auf Chinesisch als auch auf Englisch mit den diversen durch »Hiermit« und »Im Folgenden« eingeleiteten Erklärungen versehen. In ihnen war auch zu lesen, dass die Person, deren Name auf dem Schriftstück stand, den Konsul durch ihren »guten Charakter« beeindruckt hätte. Fairweather verkaufte diese Dokumente seinen »besonderen chinesischen Freunden«, wie er sie nannte. Diese Freunde waren so besonders, dass er von ihnen das Fünffache dessen verlangte, was er dem Übersetzer bezahlte. Sie waren jedoch froh, das Geld überreichen zu dürfen. Jeder Chinese, ob Geschäftsmann, Kurtisane oder Bordellbetreiberin, konnte vor jedem Gericht der Internationalen Konzession mit einer Urkunde des guten Charakters winken und sogar Wunder bewirken, und die Stars und Stripes, das auf dem Dokument ersichtliche Sternenbanner, verteidigten seine Ehre. Kein chinesischer Bürokrat hätte seine Zeit damit verschwendet, die Meinung eines Amerikaners in Frage zu stellen, denn vor solchen Gerichten verlor ein Chinese immer. Da Urkunden dieser Art nur ein Jahr Gültigkeit besaßen, konnte Fairweather auf regelmäßiger und profitabler Basis bewerten, wie besonders seine Freunde wirklich waren.

Ich war die Einzige, die nicht auf seinen schlüpfrigen Charme hereinfiel. Es hatte sehr geschmerzt, als ich erleben musste, dass meine Mutter seine Gesellschaft der meinen vorzog. Durch diesen Schmerz konnte ich aber erkennen, wie falsch er war. Er benutzte zuvor geprobte Floskeln, um seine Besorgnis auszudrücken, es waren immer wieder die gleichen Gesten und die gleichen galanten Hilfsangebote. Für ihn waren alle Menschen leichte Beute. Das konnte ich behaupten, denn er hatte es auch bei mir mit seinen Tricks und seinem Zauber versucht, wohl wissend, dass ich seine Hinterlist durchschaute. Er überhäufte mich mit spöttischen Schmeicheleien, sang ein Loblied auf meine ungekämmten Haare, meine schlechte Aussprache, das kindische Buch, das ich gerade las. Ich lächelte ihn nicht an. Wenn ich etwas sagen musste, war ich schroff. Meine Mutter schalt mich oft, weil ich so unhöflich zu ihm war. Er lachte nur. Durch meinen Gesichtsausdruck und meine steife Haltung drückte ich aus, dass ich ihn langweilig fand. Ich seufzte oder verdrehte die Augen. Meine Wut zeigte ich ihm nicht, denn das würde bedeuten, dass er gewonnen hätte. Die Geschenke, die er mir mitbrachte, ließ ich auf dem Tisch im Büro meiner Mutter liegen. Wenn ich später zu ihm zurückkehrte, konnte ich sicher sein, dass die Geschenke nicht mehr dort lagen.

Kurz nach dem Neujahrstag gerieten Fairweather und meine Mutter in Streit. Sie hatte von Goldtaube erfahren, dass er vor *und* nachdem er mit ihr zusammen gewesen war, das Bett von Wattewolke geteilt hatte. Meine Mutter hatte nie einen Anspruch auf Monogamie erhoben. Gelegentlich nahm auch sie sich andere Liebhaber. Aber Fairweather war ihr Liebling, und sie war davon ausgegangen, dass ihre Liebhaber nicht einfach im eigenen Haus eine Untergebene besteigen würden. Ich hörte zu, wie Goldtaube meiner Mutter die Wahrheit erzählte. Vorab schimpfte sie: »Ich habe dir schon vor neun Jahren erzählt, dass dieser Mann dich nur benutzt. Die Lust macht dich blind, und zwar noch lange nachdem du im Bett den Kopf verloren hast.« Goldtaube hatte ihrem Dienstmädchen alles aus der Nase gezogen und wollte meiner Mutter keine Einzelheiten ersparen, damit sie Fairweather endlich aus ihrem Bett verbannte. »Im letzten Jahr hat er Wattewolke so in Ekstase versetzt, dass die ganzen Hausmädchen dachten, ein sadistischer Kunde würde ihr etwas antun. Sie haben es alle gehört. Alle wissen es – die anderen Kurtisanen, die Hausmädchen und die Diener. Sie sahen ihn durch die Gänge schleichen. Und rate mal, wie Wattewolke ihm Geld aus der Tasche gezogen hat? Es war Geld, das du ihm für geringfügige Ausgaben, wie er es nannte, gegeben hast, oder wenn sich bei ihm Zahlungen verzögert hatten.«

Meine Mutter hörte sich diese scheußlichen Neuigkeiten bis zum Schluss an. Jetzt empfand sie wahrscheinlich das, was mich so oft verletzt hatte: Jemand, den sie liebte, zog ihr jemand anderen vor. Ich war froh, dass sie nun diesen Schmerz empfand. Sie sollte wissen, wie sie mich hatte leiden lassen. Ich wollte, dass sie nun mir die Liebe zuteilwerden ließ, die sie diesem Schwindler hatte angedeihen lassen.

Ich hatte schon meine Position im Boulevard eingenommen, als Fairweather zu seiner Exekution eintraf. Ich war ganz aufgeregt. Meine Mutter hatte ein steifes schwarzes Kleid angezogen, als wäre sie in Trauer. Als er mittags ankam – zweifellos aus Wattewolkes Bett –, stellte er überrascht fest, dass sie nicht mehr schlief, sondern in ihrem Büro saß, in »unkleidsamer« Tracht, wie er fand. Er bot an, ihr unverzüglich beim Ausziehen selbiger behilflich zu sein.

»Lass deinen kleinen Hosenfreund zugeknöpft«, hörte ich sie sagen.

Ich war hocherfreut, dass sie nun genau den Abscheu ausdrückte, den ich immer bei ihm verspürt hatte. Sie kritisierte seinen Geschäftssinn. Sie beschimpfte ihn, er sei nicht mehr als ein bezahlter Speichellecker. Ein Parasit, der von nicht zurückbezahlten Darlehen lebe. Endlich erkenne sie in ihm den, der er wirklich sei, einen Mann mit billigem Charme, dessen »kleiner Feuerwehrschlauch Strahlen in Wattewolkes begierigen Mund spritzte«.

Er hingegen schrieb seine Verfehlungen mit Wattewolke seiner Opiumsucht zu. Sie habe ihn mit ihrer Pfeife verführt, mehr sei da nicht. Die Zeit, die er mit ihr verbringen würde, sei so denkwürdig wie eine Tasse lauwarmer Tee. Könnte Wattewolke doch nur hören, was er sagte! Jetzt, da er begreife, wie verletzt meine Mutter sei, wolle er sich kurieren und sowohl seine Opiumabhängigkeit als auch Wattewolke aufgeben. Meine Mutter schwieg. Ich jubelte innerlich. Er machte Ausflüchte, erinnerte sie daran, dass er sie liebe und dass sie wisse, nie habe er einer anderen Frau seine Liebe gestanden. »Unser Herz ist eins, wir können niemals getrennt werden.« Er bat sie, in ihrem Herzen zu suchen, um ihn dort zu finden. Sie brummte zweifelnd, aber ich merkte, wie sie schwächer wurde.

Er murmelte weiter: »Liebling, Liebling, meine liebste Lu.« Fasste er sie etwa an? Ich wollte ihr zurufen, dass er sie schon wieder hereinlegte. Er hatte ihr das Gift verabreicht, seinen Charme. Es klang herzzerreißend, als sie ihm gestand, wie sehr ihr das alles wehtäte. Sie hatte noch niemals zugegeben, dass ihr etwas wehtat. Er flüsterte noch mehr Kosenamen. Auf einmal hob sie die Stimme.

»Nimm die Hände von meinen Brüsten. Du Mistkerl hast mein Herz veruntreut und hast alles einer Kurtisane in meinem eigenen Haus zukommen lassen. Du hast mich zu einer Idiotin gemacht, und das werde ich nie mehr geschehen lassen.«

Er versicherte sie noch mehr seiner Liebe und beteuerte, sie sei klüger als er. Aber seine Sünden seien nicht ganz so hinterhältig, wie sie es sich vorstelle. Es sei Dummheit, nicht Diebstahl. Er habe ihre Liebe noch nie durch finanzielle Annehmlichkeiten aufs Spiel setzen wollen. Sie sei doch diejenige, die ihm immer so vieles anböte, und er sei überwältigt von Dankbarkeit, aber auch quälendem Stolz, weil er ein Geschenk der Liebe weder ablehnen noch es zurückzahlen könne. Aus diesem Grund wolle er auch nicht auf dem neuen Darlehen bestehen, das sie ihm vor ein paar Tagen versprochen habe.

Meine Mutter sprudelte los, fluchte. Sie habe ihm niemals ein Darlehen von auch nur zehn Cent in Aussicht gestellt. Er behauptete das Gegenteil und erinnerte an seine Version eines Gesprächs, in dem er ihr erzählt hatte, dass die Leimfabrik, in die er investiert hatte, neue Maschinen brauchte. »Weißt du das denn nicht mehr? Du hast mich gefragt, wie viel, und ich habe gesagt, zweitausend Dollar, daraufhin meintest du: ›Wirklich, nur so wenig?‹«

»Wie kannst du unterstellen, dass dieses Gespräch ein Versprechen war?«, sagte sie. »Ich hätte niemals zugestimmt, dir schon wieder für einen deiner schmierigen Pläne Geld zu leihen – erst eine Kautschukplantage und jetzt eine Leimfabrik.«

»Die Plantage hat Profit abgeworfen«, widersprach er, »bis der Taifun die Bäume zerstört hat. Bei dieser Leimfabrik bestehen keine solchen Risiken. Hätte ich gewusst, dass du nie vorhattest, mir das Geld zu leihen, hätte ich keine Investoren mit ins Boot geholt, von denen leider manche deine Kunden sind. Wir werden alle pleitegehen, und ich hoffe, sie werden nicht denken, du seist mit dafür verantwortlich.«

Ich wäre mitten durch die Glastüren geplatzt, wenn sie eingewilligt hätte, ihm das Geld zu geben. Stattdessen sagte sie klar und deutlich: »Sobald ich Shanghai verlassen habe, werde ich diese Kunden nicht mehr sehen. Und dich auch nicht, außer in meiner Erinnerung, du Scharlatan.«

Er stieß eine Reihe von Flüchen aus, darunter die schlimmsten Worte, die ich je zuvor gehört hatte. Ich war überglücklich.

»Du warst noch nicht mal gut im Bett«, sagte er am Ende. Die Tür schlug zu, und er wetterte weiter, während er den Gang entlanglief.

Goldtaube ging sofort zu meiner Mutter. Mit zitternder Stimme gab die eine kurze Version dessen wieder, was eben passiert war.

»Liebst du diesen Mann noch?«

»Wenn Liebe dumm ist, dann ja. Wie oft hast du mich schon gewarnt? Warum konnte ich nicht sehen, wer er wirklich war? Er muss ein Hypnotiseur sein, dass er mich so in seinen Bann geschlagen hat. Das ganze Haus lacht über mich, und doch, wenn er wieder durch diese Tür käme … Ich weiß nicht. Wenn er da ist, bin ich so schwach.«

Wildes Geflüster von Klatsch und Tratsch trieb durch die Flure. Ich lauschte nachts von meinen Fenstern aus. Den Dienstboten tat es leid, Fairweather gehen zu sehen. Niemand machte Wattewolke Vorwürfe. Warum sollte Lulu Mimi mehr Anrecht auf einen Mann haben als Wattewolke? Außerdem liebte Fairweather Wattewolke und hatte sich zu ihr bekannt. Sie zeigte allen den Ring mit dem Siegel seiner Familie, die sogar mit dem König von Schottland verwandt war. Die Diener verhängten ihr Urteil: Keine Frau konnte über die Treue eines Mannes oder den natürlichen Drang seiner Männlichkeit bestimmen. Wattewolke verließ das Haus, bevor meine Mutter sie hinauswerfen konnte. Sie nahm ein paar Abschiedsgeschenke mit – aus ihrem Zimmer Möbel und Lampen, die nicht ihr gehörten.

Ich dachte, wir wären jetzt fertig mit dem Schwindler der Herzen. Aber kurz nachdem meine Mutter die Entscheidung getroffen hatte, Shanghai zu verlassen, stand Fairweather in ihrem Büro. Meine Mutter bat mich, zum Lernen in mein Zimmer zu gehen. Ich verschwand im Boulevard und drückte das Ohr gegen das Glas. Mit gebrochener Stimme beteuerte er, wie traurig er sei, dass sie aus Shanghai weggehen würde. Er bedaure ihren Verlust, denn sie sei ein wertvolles Geschöpf, durch niemanden zu ersetzen, eine Frau, die er auch in Armut und Alter vergöttert hätte. Er wollte nichts, als ihr wahre Worte mitzugeben, die sie mitnehmen und an die sie sich in schweren Zeiten in der Zukunft erinnern könne. Er weinte eindrücklich, dann ging er wieder, zweifellos überwältigt von seiner eigenen schlechten Schauspielerei.

Meine Mutter erzählte Goldtaube, was geschehen war. Ihre Stimme zitterte.

»Hat er dich in Versuchung geführt?«, fragte Goldtaube.

»Berührt hat er mich nicht, falls du das meinst.«

»Aber er hat dich in Versuchung geführt?«

Stille folgte.

»Wenn er das nächste Mal kommt«, sagte Goldtaube, »dann bin ich dabei.«

Sie mussten nicht lange warten. Er tauchte mit dunklen Ringen unter den Augen auf, zerzausten Haaren und derangierter Kleidung. »Ich kann nicht mehr schlafen, seit ich dich zuletzt gesehen habe. Ich leide, Lu. Deine Worte haben mir wehgetan, aber das habe ich verdient, denn was ich empfinde, ist der Schmerz der Wahrheit. Du warst nie grausam zu mir, zumindest nicht absichtlich. Aber dein jetziger Hass mir gegenüber ist unerträglich. Ich spüre ihn hier und hier und hier. Ich spüre ihn Tag und Nacht, wie glühende Kohle und Messerstiche. Ausgerechnet ich, der ich damals wusste, dass du von Lu Shing betrogen worden warst und etwas Besseres verdient hattest. Du solltest meine bessere Seite bekommen, und ich habe dir nun das gegeben. Ich war untreu mit meinem Körper, ja, aber mit dem Herzen und dem Geist habe ich nur dir gehört, voll und ganz und die ganze Zeit über. Lu, meine Liebe, ich will nichts von dir, außer dass du verstehst und anerkennst, dass ich dich ehrlich liebe. Bitte sag mir, dass du mir glaubst. Sonst ist das Leben nicht mehr lebenswert für mich.«

Mutter lachte ihn aus. Er rannte aus ihrem Zimmer. Später erzählte sie Goldtaube davon und freute sich, dass sie ihm ohne ihre Hilfe eine Abfuhr erteilt hatte.

Am nächsten Tag kreuzte er wieder auf, frisch frisiert und schick gekleidet. »Ich verlasse Shanghai und gehe nach Südamerika. Wenn du nicht mehr da bist, gibt es hier nichts mehr, was mich hält.« Er klang traurig, aber ruhig. »Ich bin nur gekommen, um dir zu sagen, dass ich dich nicht mehr belästige. Darf ich dir zum Abschied die Hand küssen?«

Er ging auf die Knie. Sie seufzte und streckte ihm die Hand hin. Er küsste sie, dann drückte er sie sich an die Wange. »Das muss jetzt für ein ganzes Leben reichen. Du weißt, dass ich das natürlich nicht ernst gemeint haben kann, was ich über deine Fähigkeiten als Geliebte gesagt habe. Du allein warst fähig, mich in schwindelnde Höhen der Lust zu führen, von denen ich gar nicht wusste, dass es sie gibt. Wir hatten so viel Spaß miteinander, nicht wahr? Ich hoffe, du kannst eines Tages all das Hässliche vergessen und dich erinnern, wie wir zu erschöpft von der Lust waren, um noch ein einziges Wort zu sagen. Weißt du noch? Ach, mein Gott, Lu, wie kannst du mir eine solche Freude nehmen? Kannst du mir nicht wenigstens noch eine einzige solche Erinnerung gönnen, bevor du gehst? Es tut doch nicht weh, oder? Ich möchte nichts weiter, als dir nur noch einmal Freude bereiten.«

Kniend schaute er zu ihr auf, und sie sagte nichts. Er berührte ihr Bein, und sie sagte immer noch nichts. Er hob ihren Rock an, küsste sie aufs Knie. Ich wusste, was als Nächstes passieren würde. Ich sah es in ihren Augen. Sie war dumm geworden. Ich verließ den Raum.

Goldtaube schimpfte sie am nächsten Tag: »Er hat sich wieder auf deinem Körper und in deinem Herzen festgesetzt. Diese strahlenden Augen, die Mundwinkel, die ein bisschen nach oben zeigen. Du denkst immer noch daran, was er letzte Nacht gemacht hat, oder? Dieser Mensch muss zaubern können wie tausend Männer und dir so viel Lust zwischen den Beinen bereiten, dass gleichzeitig dein Hirn ausgeschaltet wird.«

»Die letzte Nacht hat mir gar nichts bedeutet«, sagte meine Mutter. »Ich habe einfach einer alten Lust nachgegeben. Wir hatten unseren Spaß im Bett, und jetzt bin ich fertig mit ihm.«

Drei Wochen später kam Fairweather mit seinem Schimpansengrinsen in den Gemeinschaftsraum geschlendert und ging mit ausgebreiteten Armen auf meine Mutter zu. »Du gibst mir besser einen Kuss, Missy Minturn, denn ich habe gerade zwei Kabinen auf einem Schiff reserviert, das in zwei Tagen ablegt. Ist das kein Liebesbeweis?«

Sie bekam große Augen, aber sie rührte sich nicht. Hastig erzählte er ihr, dass er über den Shanghaier Flurfunk von ihrem Hilfsaufruf gehört habe, und auch wenn sie verärgert über ihn sei und er über sie, hätte er das Gefühl, er könnte ihr Vertrauen in ihn wiederherstellen und sie zurückgewinnen, indem er ihr besorgte, was sie so dringend brauchte.

Sie verließen das Gemeinschaftszimmer und gingen in ihr Büro. Ich frühstückte rasch fertig und verschwand im Boulevard, wo ich meine Bücher und Schreibhefte so auf dem Tisch arrangierte, dass es aussah, als würde jemand eifrig lernen. Dann drückte ich das Ohr an das kalte Glas. Ich hörte sein widerwärtiges Liebesgeschwätz von wegen Herzschmerz und Leben ohne Sinn, und wie der Sinn plötzlich wieder da war, als er eine Möglichkeit fand, ihr zu helfen. Er bedachte sie ausgiebig mit Koseworten, dazu mit dem üblichen Lamento, er würde ewig leiden. Dann änderte er seine Taktik. »Lu, meine Liebe. Wir hatten neulich einen solchen Spaß, war es nicht so? Mein Gott! So ein sexuelles Feuer hatte ich bei dir noch nie erlebt. Ich spüre die Flammen in meinen Lenden, nur wenn ich daran denke. Du nicht?« Es folgte ein langes Schweigen, und ich hoffte, das war kein Kuss – oder mehr.

»Runter von mir«, sagte sie barsch. »Ich will erst mehr von diesem neuesten Friedensangebot erfahren.«

Er lachte. »Na gut. Aber vergiss meine Belohnung nicht. Und wenn du hörst, was ich für dich gefunden habe, dann überlegst du dir vielleicht sogar, die Belohnung zu verdoppeln. Bist du bereit? Reservierungen für zwei Kabinen auf einem Dampfer, nur drei Zwischenstopps – Hongkong, Haiphong und Honolulu. Vierundzwanzig Tage bis nach San Francisco. Die Kabinen sind nicht erster Klasse. Um dieses Wunder zu bewirken, bin ich nicht Gott genug.

Aber die Kabinen sind anständig, Backbord. Ich brauche lediglich eure Pässe. Keine Sorge. Ich habe die Reservierungen, aber ich muss bis morgen die Pässe vorzeigen, um die Buchung zu sichern.«

»Meinen kannst du haben. Aber ein Kind, das mit der Mutter reist, braucht keinen.«

»Der Agent der Reederei hat mir gesagt, dass alle Passagiere einen Ausweis brauchen, ob Mann, Frau oder Kind. Wenn Violet keinen hat, muss man nur ihre Geburtsurkunde beim amerikanischen Konsulat vorlegen und einen ausstellen lassen. Sie hat doch eine Geburtsurkunde, oder?«

»Natürlich. Ich hab sie hier.«

Stuhlbeine kratzten über den Boden, ein Schlüssel drehte sich, quietschend wurde eine Schublade herausgezogen.

»Wo ist sie?«, rief sie.

»Wann hast du sie zuletzt gesehen?«

»Es gab nie einen Grund, sie zu suchen. Hier sind meine ganzen wichtigen Unterlagen, gut weggesperrt.« Sie fluchte, zog noch andere Schubladen auf und rammte sie wieder zu.

»Beruhige dich«, sagte er. »Man kann im Konsulat ganz leicht eine neue ausstellen lassen.«

Ich konnte kaum verstehen, was meine Mutter sagte. Sie murmelte irgendetwas vor sich hin, etwas über Ordnung im Büro … und dass dort nie etwas verlegt wurde.

»Du verlierst den Verstand, Lulu«, sagte Fairweather. »Komm her, meine liebe Lu, denk doch mal nach. Weshalb sollte jemand Violets Geburtsurkunde stehlen wollen? Das wäre Unsinn. Vergiss es. Ich kann ihr morgen sowohl die Geburtsurkunde als auch einen Pass besorgen. Welcher Name steht denn auf der Geburtsurkunde? Mehr brauche ich nicht.«

Sie nannte den Namen »Tanner« und »Ehemann« und »Amerikaner«.

»Verheiratet?«, sagte Fairweather. »Ich wusste, dass du ihn geliebt hast und dass ihr zusammengelebt habt. Aber für Violet bist du ja zum Äußersten gegangen. Das ist jedenfalls gut zu hören. Es bedeutet, sie ist Amerikanerin und kein uneheliches Kind, eine amerikanische Staatsbürgerin. Denk nur, wie schwierig es gewesen wäre, wenn du den Namen ihres richtigen Vaters verwendet hättest, den des Chinesen.«

Seine Worte versetzten mir einen Schlag. Warum wusste dieser abscheuliche Mann so viel über mich?

Abends kehrte Fairweather zurück. Er ließ den Kopf hängen. Er ging mit meiner Mutter ins Büro. Ich nahm meine übliche Position im Boulevard ein. Ich hatte schon früher am Tag entsprechende Vorkehrungen getroffen und die Türen sowie den Vorhang einen Spalt offen gelassen. »Sie haben keine Geburtsanzeige von Violet«, sagte er.

»Das kann nicht sein. Hast du auch sicher den richtigen Namen benutzt?« Wütend schrieb sie ihn auf ein Blatt Papier und zeigte es ihm.

»Genau den Namen habe ich benutzt. Ihn habe ihn auch richtig geschrieben, so wie er hier steht. Für Violet gibt es keinen Eintrag, bei Lulu Minturn ist gar kein Kind vermerkt. Ich war gründlich und habe das selbst überprüft.«

»Wie dumm von mir«, sagte meine Mutter. »Wir haben meinen Taufnamen genommen, Lucretia, sowohl auf der Heirats- als auch auf Violets Geburtsurkunde. Komm, ich schreibe ihn dir auf.«

»Lucretia! Ich muss gestehen, der Name passt nicht zu dir. Was hast du denn sonst noch vor mir geheim gehalten? Noch einen Ehemann? Noch irgendwelche Namen, mit denen ich weitere Nachforschungen anstellen kann?«

»Das ist absurd. Ich gehe sofort hin und hole mir das verdammte Dokument selbst.«

»Lulu, mein Schatz, das ist völlig sinnlos. Wahrscheinlich wurde eine ganze Kiste mit Einträgen verloren, und selbst wenn du dich im Konsulat auf den Kopf stellst, man wird dort vor deinem Aufbruch aus Shanghai die Urkunde nicht finden.«

»Wenn wir ihr keinen Pass besorgen können«, sagte meine Mutter, »dann fahren wir eben nicht. Wir müssen einfach warten.«

Sie würde auf mich warten. Sie liebte mich. So einen Beweis hatte ich noch nie bekommen.

»Ich dachte mir schon, dass du das sagst, deshalb habe ich mir eine schnelle Lösung ausgedacht. Ich habe jemanden gefunden, ein richtig hohes Tier, und dieser Mann hat sich bereiterklärt, dir zu helfen. Ich kann seine Identität nicht offenbaren – so wichtig ist er. Aber ich habe ihm einmal einen Gefallen getan – es ging um einen Fehltritt, der mit dem Sohn einer Person zu tun hatte, deren Namen du kennen würdest, ein hochgestellter Chinese. Seitdem sind das hohe Tier und ich sehr, sehr gute Freunde. Und dieser Freund hat mir versichert, wir könnten alle Papiere bekommen, die nötig sind, damit Violet in die Vereinigten Staaten einreisen darf. Ich muss nur erklären, dass ich ihr Vater bin.«

Fast entfuhr mir ein Schrei vor Entsetzen. Meine Mutter lachte. »Was für ein Glück, dass das nicht die Wahrheit ist.«

»Warum beleidigst du den Retter deiner Tochter? Ich habe einiges auf mich genommen, um behilflich zu sein.«

»Und ich warte darauf, dass du mir sagst, wie du das bewerkstelligen willst und was du im Gegenzug für deine vorgetäuschte Vaterschaft verlangst. Ich mache mir nichts vor – unsere explodierende Leidenschaft neulich wird ja wohl kaum Ausgleich genug sein.«

»Gegen noch so eine Nacht hätte ich nichts. Und ich will auch wirklich keinen Gewinn machen. Das Geld, das ich benötige, brauche ich nur für die notwendigen Ausgaben.«

»Übrigens, da es hier um Ehrlichkeit geht – wie lautet eigentlich dein richtiger Name? Der, den du Violet geben möchtest?«

»Ob du es glaubst oder nicht, ich heiße wirklich Fairweather, Arthur Fairweather. Ich habe einen Witz daraus gemacht, bevor andere es tun konnten.«

Der falsche Vater erklärte seinen Plan. Meine Mutter müsste ihm jetzt das Geld geben, damit er die beiden Kabinen auf dem Schiff buchen und das hohe Tier auszahlen konnte. Die Fahrkarten wollte er am nächsten Morgen bringen und danach rasch mit mir zum Konsulat fahren. Mittags sollte sie die Überseekoffer abholen lassen und zeitig an Bord gehen, um die Kabinen zu besetzen. Fairweather klang ein wenig zu unbekümmert, zu routiniert, es konnte nicht sein, dass er die Wahrheit sagte. Er war auf ihr Geld aus.

»Zweifelst du daran, dass ich das schaffe?«

»Warum soll ich nicht selbst mit Violet aufs Konsulat gehen, ich bin ihre Mutter?«

»Verzeih mir, wenn ich ehrlich bin, liebste Lulu, aber die amerikanische Regierung ist nicht geneigt, der neuen chinesischen Regierung zu zeigen, dass sie Personen besondere Vorzüge gewährt, deren Einrichtungen auf fleischliche Begierden ausgerichtet sind. Plötzlich stellen alle eine hervorragende Moral zur Schau. Du bist zu berühmt, zu berüchtigt. Ich glaube nicht, dass mein Freund, das hohe Tier, seine Stellung bis zum Limit ausreizen würde. Violet wird unter meinem Namen eingetragen, und ich kann angeben, dass meine verstorbene Frau Camille ihre Mutter ist – und ja, ich hatte eine Ehefrau, aber ich werde jetzt nicht über sie sprechen. Sobald wir sowohl die Geburtsurkunde als auch den Pass haben, werden Violet und ich als Vater und Töchterlein an Bord des Schiffes gehen und uns, rundum glücklich, wieder in deine Gesellschaft begeben. Warum runzelst du die Stirn? Ich komme natürlich mit, mein Liebling. Warum nehme ich das alles auf mich? Glaubst du immer noch nicht, dass ich dich ehrlich liebe und für ewig an deiner Seite sein will?«

Ein langes Schweigen folgte, und ich stellte mir vor, wie sie sich küssten. Warum glaubte sie ihm fraglos? Wurde sie wegen ein paar Küssen wieder einmal völlig kopflos? Würde sie ihrem Sohn diesen Gauner als den »lieben, hingebungsvollen Vater deiner Schwester« vorstellen?

»Violet und ich teilen uns eine Kabine«, sagte meine Mutter schließlich, »die andere hast du für dich – in Anbetracht der verstorbenen Mrs Fairweather und meines schlechten Rufs, wie du dich ausdrückst.«

»Ich soll dir etwa die ganze Strecke bis San Francisco den Hof machen?«

Stille. Sie küssten sich wieder, da war ich mir sicher.

»Kommen wir zum Geschäftlichen«, sagte sie. »Was schulde ich dir für diesen Beweis deiner Gunst?«

»Das ist ziemlich einfach. Die Kosten für die Kabinen, eine Aufwandsentschädigung für das hohe Tier und das überhöhte Schmiergeld, das mein Freund jemandem zahlen muss. So eine Manipulation bekommt man weder billig noch auf ehrliche Weise. Wenn du siehst, was das kostet, könntest du meinen, die Kojen wären vergoldet. Es ist derart viel Geld, dass es schon wehtut. Auch muss es nach alter Sitte in mexikanischen Silberdollar ausbezahlt werden. Niemand weiß, wie lange es die neue Währung geben wird.«

Wieder Stille, dann fluchte meine Mutter. Fairweather ging noch einmal die Einzelheiten durch. Sie fragte mit allem Nachdruck, wie viel ihm von dem Geld als Gewinn bleiben würde, worauf er grollend seinem Unmut über ihre Undankbarkeit Ausdruck verlieh. Nicht nur würde er bei allen vorstellig werden, die ihm einen Gefallen schuldeten, er würde Shanghai außerdem als Almosenempfänger verlassen. In zwei Wochen erwarte er eine größere Summe, aber wegen ihr verzichte er darauf. Natürlich gäbe es da noch unbezahlte Rechnungen, was bedeute, dass er sich wahrscheinlich niemals wieder in Shanghai blicken lassen könne. Das sei doch Beweis genug, wie sehr er sie liebe.

Erneut hörte ich nichts mehr. Nervös wartete ich darauf, ob sie seinen Lügen nachgab. »Wenn wir erst einmal auf dem Schiff sind«, sagte sie schließlich, »werde ich mich dankbar erweisen. Aber wenn du mich hereingelegt hast, wirst du feststellen, dass meine Rache keine Grenzen kennt.«

Am nächsten Morgen diskutierte ich mit ihr den armseligen Plan. Meine Mutter trug schon ihr Reisekostüm, einen kornblumenblauen Rock und eine lange Jacke. Hut, Schuhe und Handschuhe waren aus cremefarbenem Glacéleder. Sie sah aus, als wäre sie auf dem Weg zu einem Pferderennen. Ich sollte eine lächerliche Matrosenbluse und einen dazu passenden Rock anziehen, Fairweather hatte die Sachen geschickt. Er sagte, damit würde ich aussehen wie ein patriotisches amerikanisches Mädchen, ein notwendiger Trick, um alle Zweifel zu beseitigen, dass ich womöglich nicht schneeweiß war. Bestimmt wollte er mich mit diesen billigen Teilen nur demütigen, davon war ich überzeugt.

»Ich traue ihm nicht«, sagte ich, während Goldtaube mir beim Ankleiden half und meine Mutter danebenstand. Dann wurde ich deutlicher. War jemand ins Konsulat gegangen, um zu bestätigen, dass er die Wahrheit sagte? Vielleicht gab es doch eine Geburtsurkunde. Und wer war dieser einflussreiche Mann, den er angeblich kannte? Der einzige Grund, weshalb er das alles arrangierte, war Geld. Wie konnte sie sicher sein, dass er sich nicht mit dem Geld aus dem Staub machte?

»Glaubst du wirklich, ich hätte mir diese ganzen Fragen nicht schon hundertmal gestellt?« Meine Mutter tat beleidigt. Aber ihr Blick huschte durch den Raum, als würde sie in jeder dunklen Ecke eine Gefahr vermuten. Sie hatte Angst. Sie hatte Zweifel. »Ich bin alles durchgegangen«, fuhr sie rasch fort. »Ich habe nach jedem nur möglichen Rattenloch gesucht, in das er verschwinden kann.« Sie erzählte von ihren Verdächtigungen. Zersprungenes Ei hatte Leute ausgeschickt, die in Erfahrung bringen sollten, ob die Fahrkarten echt wären. Es gab die Reservierungen tatsächlich, jemand hatte die beiden Kabinen bezahlt, jemand, der damit rechnete, den doppelten, wenn nicht gar den dreifachen Betrag dafür wiederzubekommen. Es war genau so, wie Fairweather es gesagt hatte. Das war seine gewohnte Gier, über die sie hinwegsehen müsste, solange sie nur die Tickets erhielt. Sie bestätigte weiterhin, dass ich wirklich einen Pass bräuchte. Goldtaube sei bereits auf dem Konsulat gewesen, um nachzuforschen, ob es stimmte, dass meine Geburtsurkunde nicht auffindbar sei. Leider, so hätte man ihr zu verstehen gegeben, würde man solche Informationen nur an die amerikanischen Eltern des Kindes herausgeben.

»Weshalb sollte sich Fairweather eine solche Mühe mit all dem geben?«, überlegte meine Mutter. Die Antwort gab sie sich gleich selbst: »Verbindungen spielen lassen und alle miteinander vernetzen, das ist seine Lieblingsbeschäftigung. Was meinst du, Goldtaube? Soll ich ihm vertrauen?«

»Was die Liebe betrifft, niemals«, sagte sie. »Aber wenn er mit den Tickets kommt, ist das ein Zeichen, dass er auch leisten kann, was er verspricht. Wenn er die Tickets nicht bringt, kehrt Zersprungenes Ei mit dem Geld und einem Stück von seiner Nase zurück.«

»Warum müssen wir denn unbedingt sofort weg?«, jammerte ich. »Wenn wir noch warten, brauchen wir seine Hilfe nicht. Das ist alles nur wegen Teddy. Wegen Teddy muss ich so tun, als wäre Fairweather mein Vater. Wegen Teddy muss ich Carlotta zurücklassen und traurig sein.«

»Jetzt werde nicht hysterisch, Violet. Wir tun das für uns alle.« Sie hantierte mit ihren Handschuhen herum. Auch sie war nervös. »Wenn wir unsere Papiere nicht erhalten, steht fest: Wir fahren erst, sobald wir sie haben.« Von einem Handschuh ging ein Knopf ab. Meine Mutter zog beide wieder aus und warf sie auf ihren Schreibtisch.

»Aber warum müssen wir uns jetzt so beeilen? Teddy wird noch länger in San Francisco sein.«

Sie wandte mir den Rücken zu. »Shanghai verändert sich. Vielleicht gibt es hier keinen Platz mehr für uns. In San Francisco fangen wir von vorne an.«

Ich betete, dass Fairweather nicht aufkreuzen würde. Sollte er doch mit dem Geld abhauen und seinem Ruf alle Ehre machen. Aber er tauchte pünktlich um neun im Büro auf, Goldtaube und ich waren gerade bei meiner Mutter. Er setzte sich und reichte ihr einen Umschlag.

Sie runzelte die Stirn. »Das ist nur eine Passage, für eine Kabine und eine Koje.«

»Lulu, meine Liebe, wie kann es sein, dass du mir immer noch nicht vertraust? Wenn du beide Fahrkarten hättest, wie sollten dann meine Tochter Violet und ich später an Bord gelangen?« Er zog die anderen Tickets aus der Brusttasche und hielt sie hoch. »Du musst nur an meine Kabinentür klopfen, um bestätigt zu bekommen, dass deine Tochter und dein ergebener Diener dort sind.« Er stand auf und setzte sich den Hut auf. »Violet und ich sollten uns besser zum Konsulat aufmachen, sonst war die ganze Mühe umsonst.«

Alles ging so schnell. Ich blickte meine Mutter fest an. *Nein, lass nicht zu, dass er mich mitnimmt.* Ich wollte sie anflehen, aber sie sah mich nur resigniert an. Mein Herz schlug so rasch, dass mir ganz schwindelig wurde. Ich nahm Carlotta auf die Arme, die unter dem Schreibpult geschlafen hatte, und fing an zu schluchzen. Ihr Fell wurde tränennass. Ein Diener schnappte sich meinen Koffer und trug ihn weg.

»Für mich vergießt du keine Tränen?«, fragte Goldtaube. Ich hatte nie in Betracht gezogen, dass sie nicht mitkam. Sie und meine Mutter waren wie Schwestern. Für mich war sie wie eine Tante. Doch natürlich blieb sie hier. Ich schlang die Arme um sie und dankte ihr für ihre Fürsorge. Ich konnte kaum begreifen, dass ich sie nicht mehr sehen würde, zumindest nicht für eine ganze Weile, vielleicht sogar nie mehr.

»Kommst du bald nach San Francisco?«, fragte ich unter Tränen.

»Ich habe nicht den Wunsch, dorthin zu gehen. Ihr müsst also nach Shanghai zurückkehren, wenn ihr mich sehen wollt.«

Goldtaube und meine Mutter stiegen nun die Treppe mit mir hinunter. Ich drückte Carlotta so fest, dass sie sich sträubte. Am Tor hatten sich die Kurtisanen und ihre Zofen versammelt, um mich zu verabschieden. Ich dankte Zersprungenes Ei dafür, dass er immer auf mich aufgepasst hatte. Er lächelte, aber seine Augen blieben traurig. Kleines Meer, die meine Katze sehr mochte, stand daneben. Ich drückte das Gesicht in Carlottas Fell: »Es tut mir leid! Es tut mir leid!« Ich versprach, dass ich sie immer lieben und wieder zu ihr zurückkommen würde. Aber mir war klar, dass ich auch sie wahrscheinlich nie mehr wiedersehen würde. Kleines Meer streckte die Arme aus, und Carlotta schmiegte sich an sie. Sie wirkte gar nicht bekümmert, weil ich sie verließ, und das tat mir im Herzen weh. Doch als meine Mutter und ich durch das Tor gingen, hörte ich Carlotta schreien. Ich drehte mich um, und sie wand sich, weil sie zu mir wollte. Meine Mutter legte mir den Arm um die Taille und schob mich mit fester Hand weiter. Das Tor ging auf, und ein Chor von Schönheiten rief: »Komm zurück!«, »Vergiss uns nicht«, »Werde nicht zu dick!«, »Bring mir einen Glücksstern mit!«

»Es dauert nicht lang«, beruhigte mich meine Mutter. Ich entdeckte ein paar Sorgenfalten auf ihrer Stirn. Sie strich mir über das Gesicht. »Ich habe Zersprungenes Ei gebeten, im Konsulat zu warten und mir eine Nachricht zu schicken, sobald du deinen Pass hast. Ich gehe erst an Bord, wenn ich diese Nachricht habe. Du begibst dich mit Fairweather direkt zum Schiff, wir treffen uns dort, um zusammen die Reise anzutreten.«

»Mutter ...«, protestierte ich.

»Ich werde nicht an Bord sein, wenn du nicht neben mir stehst«, sagte sie entschieden. »Das verspreche ich dir.« Sie küsste mich auf die Stirn. »Mach dir keine Sorgen.«

Fairweather führte mich zu einer Pferdekutsche. Ich drehte mich um. Meine Mutter winkte mir. Ich sah die Falte auf ihrer Stirn.

»Um fünf, am Heck des Schiffes!«, rief sie uns nach. Über ihren schwächer werdenden Worten hörte ich Carlottas Jaulen.

3

Die Halle der Beschaulichkeit

Shanghai, 1912
Violet – Vivi – Zizi

Als ich aus der Kutsche stieg, befand ich mich vor dem Tor zu einem großen Haus. Auf einer Tafel mit chinesischen Schriftzeichen stand: »Halle der Beschaulichkeit«. Ich blickte nach rechts und nach links und suchte die Straße nach einem Gebäude mit amerikanischer Flagge ab.

»Wir sind hier nicht richtig«, sagte ich zu Fairweather.

Er sah mich ebenfalls überrascht an und fragte den Kutscher, ob das wirklich die richtige Adresse sei, was dieser bestätigte. Fairweather fragte am Tor nach. Zwei Frauen traten lächelnd heraus. Eine der beiden sagte zu mir: »Es ist zu kalt, um draußen zu stehen, kleine Schwester. Komm schnell herein, dann wird dir schnell wieder warm.« Bevor ich michs versah, nahmen sie mich am Ellbogen und bugsierten mich weiter. Ich wehrte mich und erklärte, wir wollten eigentlich zum Konsulat, aber sie ließen mich nicht los. Als ich mich umwandte, um Fairweather zu sagen, dass er mir helfen solle, sah ich nur noch Staub in der Sonne glitzern. Die Kutsche rollte in raschem Tempo bereits davon. Mistkerl! Ich hatte die ganze Zeit über recht gehabt. Es war ein Trick. Bevor ich überlegen konnte, was zu tun war, hakten sich die beiden Frauen fest bei mir ein und zwangen mich mit Gewalt vorwärts. Schreiend stemmte ich mich dagegen, und allen, die ich sah – den Leuten auf der Straße, dem Pförtner, den Dienern, den Hausmädchen –, ihnen allen drohte ich, dass meine Mutter sie später wegen Entführung ins Gefängnis werfen lassen würde, wenn sie mir nicht Folge leisten würden. Sie sahen mich ausdruckslos an. Warum gehorchten sie mir nicht? Wie konnten sie es wagen, eine Ausländerin so zu behandeln?

In der Haupthalle hingen rote Banner an der Wand. »Willkommen, kleine Schwester Mimi.« Die Schriftzeichen für »Mimi« waren die gleichen wie die, die im Namen meiner Mutter für »verborgen« verwendet wurden. Ich lief zu einem dieser Banner hin und riss es herunter. Mein Herz raste, ich war in Panik geraten, und meine Kehle schnürte sich zusammen. »Ich bin Ausländerin«, protestierte ich auf Chinesisch. »Das dürft ihr nicht mit mir machen…« Die Kurtisanen und die kleinen Hausmädchen starrten mich nur an.

»Wie seltsam, dass sie Chinesisch kann«, flüsterte eine Zofe.

»Zum Teufel mit euch allen!«, rief ich auf Englisch. Tausend Gedanken stürmten auf mich ein, ich war völlig durcheinander, nur schwerfällig konnte ich mich noch bewegen. Was ging da vor sich? Ich musste meine Mutter darüber informieren, wo ich war. Ich brauchte eine Kutsche. So bald wie möglich musste die Polizei benachrichtigt werden. Zu einem Diener sagte ich: »Ich gebe dir fünf Dollar, wenn du mich zum Verborgenen Jadepfad bringst.« Gleich darauf wurde mir bewusst, dass ich gar kein Geld bei mir hatte. Meine Hilflosigkeit verwirrte mich noch mehr. Wahrscheinlich würden sie mich bis fünf hierbehalten, dann hatte das Schiff abgelegt.

Ein Dienstmädchen flüsterte einem anderen zu, sie wäre davon ausgegangen, eine jungfräuliche Kurtisane aus einem Haus erster Klasse trüge bessere Kleidung als ein schmutziges Yankee-Kostüm.

»Ich bin keine jungfräuliche Kurtisane!«, erklärte ich empört.

Eine gedrungene Frau von etwa fünfzig Jahren kam watschelnd auf mich zu, und den wachsamen Mienen nach zu urteilen, war sie die Mutter des Hauses, die Bordellmutter. Sie hatte ein rundes Gesicht und einen ungesund bleichen Teint. Ihre Augen waren schwarz wie die einer Krähe, und die Haare hatte sie an den Schläfen so festgezurrt, dass die Haut nach hinten gezogen wurde und die Augen katzenhaft wirkten. Mit ihrem lippenlosen Mund sagte sie: »Willkommen in der Halle der Beschaulichkeit!« Ich grinste spöttisch. Wie stolz sie den Namen aussprach. *Beschaulichkeit!* Meine Mutter hatte einmal gesagt, solche wohlklingenden Namen würden nur Häuser zweiter Klasse benutzen, um falsche Erwartungen zu wecken. Wo war hier die Beschaulichkeit? Alle wirkten verängstigt. Die Möbel im westlichen Stil waren blank gewetzt und wirkten billig, die Vorhänge waren zu kurz. Alle Einrichtungsgegenstände kamen mir wie Imitationen dessen vor, was sie nie sein konnten. Es bestand kein Zweifel: Die Halle der Beschaulichkeit war nichts anderes als ein Bordell mit einer Reputation, die dem Niedergang geweiht war.

»Meine Mutter ist eine sehr wichtige Amerikanerin«, erklärte ich der Mutter des Hauses. »Wenn Sie mich nicht auf der Stelle gehen lassen, haben Sie sich vor einem amerikanischen Gericht zu verantworten, und Ihr Haus wird für immer geschlossen.«

»Ja, wir wissen alles über deine Mutter. Lulu Mimi. So eine wichtige Frau aber auch.«

Die Mutter des Hauses winkte sechs Kurtisanen herbei. Sie trugen Kleider in leuchtenden Rosa- und Grüntönen, als feierten sie immer noch das Frühlingsfest. Vier von ihnen sahen aus wie siebzehn oder achtzehn, die beiden anderen waren älter, mindestens fünfundzwanzig. Ein Hausmädchen, es war höchstens zehn, brachte dampfende Tücher und eine Schüssel mit Rosenwasser. Ich schlug sie ihr aus der Hand, sodass das Porzellan auf den Fliesen zerschlug. Es klang wie tausend kleine Glöckchen. Während die Kleine die Scherben aufsammelte, entschuldigte sie sich bei der Bordellbetreiberin, doch die alte Frau sagte nichts, um sie zu beruhigen, obgleich es nicht ihre Schuld gewesen war. Ein älteres Mädchen reichte mir eine Schale Osmanthustee. Ich nahm sie entgegen, und obwohl ich Durst hatte, schleuderte ich sie gegen die Banner mit meinem Namen. Schwarze Tränen liefen von den verschmierten Zeichen herunter.

Die Mutter des Hauses lächelte mich nachsichtig an. »*Ayo!* Was für ein Temperament.«

Sie winkte nun die restlichen Kurtisanen mit ihren Zofen herbei, und jede dankte mir einzeln dafür, dass ich gekommen war und das Haus durch mich an Ansehen gewonnen hatte. Ihre Willkommensbekundungen wirkten nicht echt. Als mich die Alte am Ellbogen nahm, um mich zu einem Tisch zu führen, riss ich den Arm zurück. »Fassen Sie mich nicht an.«

»Schsch«, besänftigte mich die Frau. »Bald fühlst du dich wohler hier. Nenne mich Mutter, dann behandle ich dich wie eine Tochter.«

»Billige Hure!«

Ihr Lächeln verschwand, und sie wandte ihre Aufmerksamkeit den Tellern mit Leckereien zu, die auf dem Teetisch standen. »Wir werden dich in den nächsten Jahren ernähren«, sagte sie und fuhr fort, Heucheleien von sich zu geben.

Ich beschloss, bei den kleinen, mit Fleisch gefüllten Teigtaschen eine Ausnahme zu machen. Ich aß sie, statt sie als weitere Wurfgeschosse zu verwenden. Die Bordellmutter klopfte mit ihren Essstäbchen gegen meine und schüttelte den Kopf. »Du musst vor dem Essen den Wein trinken. Das ist so Sitte.«

Ich schluckte das scheußliche Zeug und langte wieder nach einer Teigtasche. Die Mutter des Hauses klatschte zweimal in die Hände und signalisierte wortlos, mit einem weiteren Winken, das Essen abzutragen. Sollte ich in einem anderen Zimmer essen?

Sie wandte sich mir zu und sagte, wobei sie immer noch lächelte: »Ich habe ordentlich in dich investiert. Wirst du auch hart arbeiten, damit es sich lohnt, dich zu füttern?«

Ich blickte sie finster an. Bevor ich sie mit weiteren Schimpfworten bedenken konnte, versetzte sie mir einen Faustschlag direkt neben das Ohr, mit einer solchen Wucht, dass es schien, als hätte sie mir den Kopf vom Hals gerissen. Tränen stiegen mir in die Augen, in den Ohren klingelte es. Noch niemals zuvor war ich geschlagen worden.

Das Gesicht der Frau war völlig verzerrt, und ihr Geschrei hörte ich nur schwach aus der Ferne. Auf einem Ohr war ich taub. Sie ohrfeigte mich nun, noch mehr Tränen brannten in den Augen. »Hast du verstanden?« Bevor ich eine Antwort zustande brachte, ohrfeigte sie mich abermals. Ich stürzte mich auf sie und hätte ihr Gesicht mit den Fäusten bearbeitet, hätten mich ihre Diener nicht von ihr weggezogen.

Die Frau schlug mich wieder und wieder, dabei fluchte sie. Sie packte mich an den Haaren und riss mir den Kopf nach hinten.

»Du Göre, deine Launen prügle ich dir noch aus dem Leib, wenn du schon tot bist.«

Dann ließ sie mich los und schubste mich so fest, dass ich das Gleichgewicht verlor und zu Boden sank. Ein dunkler Ort nahm mich auf, irgendwo tief unten.

Ich wachte in einem fremden Bett auf, man hatte mich mit einer Steppdecke zugedeckt. Eine Frau trat ans Bett, und da ich fürchtete, es wäre die Bordellmutter, schützte ich den Kopf mit den Armen.

»Na, endlich bist du wach«, sagte die Person. »Vivi, erkennst du deine alte Freundin nicht mehr?« Woher wusste sie meinen Namen? Ich nahm die Arme herunter und öffnete die Augen. Die Frau hatte ein rundes Gesicht, große Augen und sah mich fragend mit hochgezogener Braue an.

»Zauberwolke!«, rief ich. Sie war die Wolkenschönheit, die meine Mätzchen ertragen musste, als ich noch ein Kind war.

»Ich heiße jetzt Zauberkürbis«, sagte sie. »Ich bin Kurtisane hier.« Sie wirkte müde, ihre Haut war fahl. In den sieben Jahren, die ich sie nicht mehr gesehen hatte, war sie sehr gealtert.

»Du musst mir helfen«, sagte ich schnell. »Meine Mutter wartet am Hafen auf mich. Das Schiff legt um fünf Uhr ab, und wenn ich nicht komme, fährt es ohne uns los.«

Zauberkürbis runzelte die Stirn. »Du freust dich gar nicht über unser Wiedersehen? Du bist immer noch ein verwöhntes Kind, nur sind deine Arme und Beine jetzt länger.«

Warum kritisierte sie in so einem Augenblick mein Benehmen? »Ich muss auf der Stelle zum Hafen, sonst …«

»Das Schiff ist weg«, sagte sie. »Mutter Ma hat ein Schlafmittel in deinen Wein gegeben. Du hast den größten Teil des Tages geschlafen.«

Ich war fassungslos. Ich stellte mir meine Mutter mit ihren neuen Überseekoffern am Hafen vor. Die Passagen waren verfallen. Sie würde wütend sein, wenn sie erfuhr, wie hinterlistig Fairweather sie mit seinen schmierigen Liebesschwüren hereingelegt hatte. Es geschah ihr recht, warum hatte sie es nur so eilig gehabt, ihren Sohn in San Francisco zu sehen.

»Du musst zum Hafen«, sagte ich zu Zauberkürbis. »Du musst meiner Mutter sagen, wo ich bin.«

»*Oyo!* Ich bin nicht deine Bedienstete. Aber sie ist sowieso nicht da. Sie ist auf dem Schiff und schon unterwegs nach San Francisco. Das Boot kann nicht umkehren.«

»Das stimmt nicht! Sie würde mich nie zurücklassen. Das hat sie versprochen.«

»Ein Bote hat ihr gesagt, du wärst bereits an Bord und Fairweather würde dich suchen.«

»Was denn für ein Bote? Zersprungenes Ei? Er hat nicht gesehen, wie ich ins Konsulat gegangen oder herausgekommen bin.« Auf alles, was Zauberkürbis sagte, entgegnete ich sinnloserweise: »Sie hat es versprochen. Sie würde nicht lügen.« Je öfter ich das wiederholte, desto unsicherer wurde ich.

»Bringst du mich zurück zum Verborgenen Jadepfad?«

»Kleine Vivi, es ist alles viel schlimmer, als du denkst. Mutter Ma hat zu viele mexikanische Dollar an die Grüne Bande gezahlt, um auch nur das kleinste Schlupfloch für dich zu lassen. Und die Grüne Bande hat alle Bewohner im Verborgenen Jadepfad bedroht. Würden die Wolkenschönheiten dir helfen, würde man sie entstellen. Sie haben gewarnt, Zersprungenes Ei sämtliche Beinmuskeln durchzuschneiden und ihn auf der Straße von Pferden zertrampeln zu lassen, sollte er etwas für dich tun. Goldtaube haben sie erzählt, sie würden das Haus bombardieren und dir die Ohren abschneiden und die Augen ausstechen.«

»Die Grüne Bande? Ihre Mitglieder hatten doch gar nichts damit zu tun.«

»Fairweather hat ein Abkommen mit ihnen getroffen, im Austausch für die Begleichung seiner Spielschulden. Er hat deine Mutter dazu gebracht auszureisen, sodass sie ihr Haus ohne Einmischung des amerikanischen Konsulats übernehmen konnten.«

»Bring mich zur Polizei.«

»Du bist aber naiv. Der Chef der Shanghaier Polizei gehört der Grünen Bande an. Sie alle wissen von deiner Situation. Sie würden mich qualvoll töten, wenn ich dich von hier wegbrächte.«

»Das ist mir egal«, rief ich. »Du musst mir helfen.«

Zauberkürbis starrte mich mit offenem Mund an. »Es ist dir egal, ob ich gefoltert und umgebracht werde? Was ist nur aus dir geworden? Du bist so unglaublich egoistisch!« Sie verließ das Zimmer.

Ich schämte mich. Sie war einmal meine einzige Freundin gewesen. Ich konnte ihr nicht erklären, dass ich Angst hatte. Ich hatte nach außen hin nie Furcht oder Schwäche gezeigt. Ich war es gewöhnt, dass meine Mutter jedes Problem sofort löste. Am liebsten hätte ich Zauberkürbis mein Herz ausgeschüttet – ihr gesagt, dass meine Mutter sich nicht genug um mich gekümmert hatte und stattdessen so dumm gewesen war, diesem Lügner zu glauben. Sie liebte ihn mehr, als sie mich liebte. War sie mit ihm auf diesem Schiff? Würde sie zurückkehren? Sie hatte es mir geschworen.

Ich sah mich in meinem Gefängnis um. Das Zimmer war klein. Alle Möbel waren von schlechter Qualität und extrem abgenutzt, jenseits einer Instandsetzung. Was für Männer kamen in dieses Haus? Ich machte mir im Kopf eine Liste aller Mängel in diesem Raum, damit ich meiner Mutter erzählen konnte, wie sehr ich gelitten hatte. Die Fußmatte war dünn und rau. Die Vorhänge um das Bettgestell waren ausgebleicht und fleckig. Der Teetisch hatte ein schiefes Bein, und auf der Tischplatte waren Wasserränder und Brandflecken, sodass er eigentlich nur noch zum Verheizen geeignet war. Die Krakelee-Vase hatte einen Sprung. Der Decke fehlte an einigen Stellen der Putz, und die Lampen an der Wand hingen schief. Der Teppich war aus orangefarbener und dunkelblauer Wolle, in dem die Symbole eines Gelehrten eingewebt waren, die Hälfte davon war jedoch zerschlissen oder hatte Mottenlöcher. Die Sessel im westlichen Stil waren wackelig, und das Sitzpolster war am Rand zerfranst. Ich bekam einen Kloß im Hals. War sie wirklich auf dem Schiff? Machte sie sich furchtbare Sorgen?

Ich trug immer noch die verhasste blau-weiße Matrosenbluse und den Rock. »Beweis für meinen amerikanischen Patriotismus«, hatte Fairweather gesagt. Dieser schreckliche Mann ließ mich leiden, weil ich ihn hasste.

Hinten im Schrank entdeckte ich ein Paar bestickter Schuhe, so abgetragen, dass sie fast nur noch aus dem schmutzigen Futter bestanden statt aus der rosafarbenen und blauen Seide. Hinten waren die Schuhe platt gedrückt. Sie waren für winzige Füße gedacht. Das Mädchen, das sie einst trug, musste die Zehen hineingequetscht haben und dann auf Zehenspitzen getrippelt sein, um den Eindruck von gebundenen Füßen zu erwecken. Setzte sie die Ferse hinten auf den Schuhen auf, wenn niemand hinsah? Warum hatte das Mädchen die Schuhe zurückgelassen, statt sie wegzuwerfen? Ausbessern konnte man sie jedenfalls nicht mehr. Ich stellte mir das Mädchen vor, mit traurigem Gesicht, großen Füßen, dünnem Haar und grauem Teint, genauso aufgerieben von dem Leben in diesem Haus wie diese Schuhe, ein Mädchen, das bald entsorgt werden würde, weil es nicht mehr von Nutzen war. Mir war übel. Die Schuhe waren als böses Omen dort hingestellt worden. Ich würde mich in dieses Mädchen verwandeln. Mutter Ma würde mich niemals gehen lassen. Ich machte das Fenster auf und warf die Schuhe hinaus auf die Gasse. Unten kreischte jemand, deshalb schaute ich hinunter. Ein Gassenmädchen rieb sich den Kopf, schnappte sich die Schuhe und drückte sie sich an die Brust. Sie starrte mich an, als hätte sie Gewissensbisse, dann rannte sie weg wie eine Diebin.

Ich versuchte mich zu erinnern, ob meine Mutter bei meinem Weggang aus dem Verborgenen Pfad ausgesehen hatte, als hätte sie Gewissensbisse. Wäre es so, würde das beweisen, dass sie mit Fairweathers Plan einverstanden gewesen war. Als ich ihr angedroht hatte, mit Carlotta in Shanghai zu bleiben, hätte ihr das als Vorwand dienen können, um allein abzureisen. Sie hätte sich einfach sagen können, dass ich lieber bleiben wolle. Ich versuchte mich an Gesprächsfragmente zu entsinnen, an Drohungen, die ich ausgesprochen hatte, Versprechungen, die sie gemacht hatte, an meinen lauten Protest, wenn sie mich enttäuscht hatte. In diesen Bruchstücken verbarg sich der Grund, weshalb ich hier war.

Neben dem Schrank entdeckte ich meinen Handkoffer. Der Inhalt würde ihre wirkliche Absicht preisgeben. Wenn er Kleider für mein neues Leben enthielt, wusste ich, dass sie mich im Stich gelassen hatte. Wenn die Kleider ihr gehörten, dann war sie hereingelegt worden. Ich zog mir die Silberkette mit dem Schlüssel zu dem Koffer über den Kopf. Ich hielt die Luft an. Dankbar atmete ich wieder aus, als ich ein Fläschchen von ihrem wertvollen Parfum aus dem Öl von Himalaya-Rosen sah. Ich strich über ihre Fuchsstola. Darunter lag ihr Lieblingskleid, ein fliederfarbenes, das sie trug, als sie dem Shanghai-Club einen Besuch abgestattet hatte. Dort war sie einfach hineinmarschiert und hatte sich an den Tisch eines Mannes gesetzt, der zu reich und zu wichtig war, als dass man ihm gesagt hätte, Frauen wären an diesem Ort nicht zugelassen. Ich hängte dieses impertinente Kleid an die Schranktür und stellte ein Paar ihrer hochhackigen Schuhe darunter. Es sah unheimlich aus, wie ein kopfloser Geist. Dann kam ein Perlmuttkästchen mit meinem Schmuck zum Vorschein: zwei Armketten mit Anhängern, ein goldenes Medaillon und eine Amethystkette mit passendem Ring. Ich öffnete eine kleine Schachtel, sie enthielt einige Bernsteinklumpen, das Geschenk, das ich an meinem achten Geburtstag zurückgewiesen hatte. Ich nahm zwei Schriftrollen heraus, die eine kurz, die andere lang. Ihre Schutzhüllen aus Stoff entfernte ich vorsichtig. Es waren gar keine Schriftrollen, sondern Bilder, Öl auf Leinwand. Das größere legte ich auf den Boden.

Es war das Porträt von meiner Mutter, das ich kurz nach meinem achten Geburtstag gefunden hatte, als ich in ihrem Zimmer nach einem Brief gesucht hatte. Nur einen ganz kurzen Blick hatte ich darauf werfen können, bevor ich es wieder weggesteckt hatte. Als ich es mir nun genauer anschaute, war mir nicht ganz wohl dabei. Mir war, als könnte ich ein furchtbares Geheimnis aufdecken, eines, das mir gefährlich werden könnte – vielleicht war es aber auch ein Geheimnis um mich. Der Kopf meiner Mutter war leicht nach hinten geneigt, sodass man ihre Nasenlöcher sah. Den Mund hatte sie geschlossen, sie lächelte nicht. Es schien, als hätte jemand sie herausgefordert, und sie hätte diese Herausforderung ohne zu zögern angenommen. Vielleicht hatte sie deswegen auch Furcht, die sie aber zu verbergen suchte. Sie hatte die Augen weit aufgerissen, und ihre Pupillen waren so groß, dass ihre grünen Augen schwarz wirkten. Es war der Blick einer verängstigten Katze. Das war meine Mutter, bevor sie lernte, ihre Gefühle durch offen zur Schau gestelltes Selbstbewusstsein zu verstecken. Wer war der Maler, der ihre Angst so genoss?

Vom Stil her ähnelte das Bild den europäischen Porträts, die von Reichen aus Shanghai als neueste Modeerscheinung in Auftrag gegeben wurden. Sie mussten sich stets mit dem Luxus umgeben, der von Ausländern favorisiert wurde, selbst wenn es Eigendarstellungen mit gepuderten Perücken waren oder die von ihren Kindern, die mit Schleifen ausgestattet waren, umgeben von Spaniels und Hasen. Salons von Hotels und Blumenhäuser erster Klasse schmückten gern ihre Wände damit. Meine Mutter hatte diese Bilder verhöhnt, sie fand sie anmaßend und schlecht ausgeführt. »Ein Porträt«, sagte sie, »sollte einen Menschen zeigen, der geatmet hat, als das Bild gemalt wurde. Es sollte einen dieser Atemzüge einfangen.«

Sie hatte den Atem angehalten, als dieses Porträt gemacht worden war. Je länger ich ihr Gesicht betrachtete, desto mehr sah ich, und je mehr ich sah, desto widersprüchlicher wurde meine Mutter. Ich entdeckte neben der Angst auch Mut. Das sagte vage etwas über ihren Charakter aus, über eine Persönlichkeit, die sie schon als Mädchen gehabt hatte. Und dann wusste ich, was dieses Abbild von ihr ausmachte: Es war ihr Hochmut zu glauben, sie sei besser als andere und dazu auch noch klüger. Sie ging davon aus, dass sie immer recht hätte. Je mehr andere sie missbilligten, desto deutlicher zeigte sie ihre Ablehnung. Wenn wir durch den Park gingen, trafen uns missbilligende Blicke. Die Leute erkannten meine Mutter, »die weiße Mutter eines Kurtisanenhauses«. Sie wiederum musterte sie in aller Ruhe, von Kopf bis Fuß, dann schnaubte sie abschätzig. Ich musste immer kichern, wenn diejenigen, die sie mit ihren Kommentaren im Visier hatte, aufgaben und sich wortlos zurückzogen.

Normalerweise dachte sie über Menschen, die sie beleidigt hatten, nicht länger nach. Aber an dem Tag, an dem sie den letzten Brief von Lu Shing erhalten hatte, schwelte ihre Wut weiter. »Weißt du, was Moral ist, Violet? Das sind die Regeln anderer Leute. Weißt du, was Gewissen ist? Die Freiheit, deine eigene Intelligenz einzusetzen, um zu entscheiden, was richtig und was falsch ist. Du besitzt diese Freiheit, und niemand kann sie dir nehmen. Wenn andere missbilligen, was du tust, darfst du nicht auf sie hören, denn du bist die Einzige, die über deine Entscheidungen und Handlungen urteilen darf…« Es ging endlos weiter, als würde noch eine alte Wunde schwären, die sie mit Gift säubern musste.

Ich konzentrierte mich wieder auf das Gemälde. Was machte ihr Gewissen aus? Was sie als richtig und als falsch ansah, wurde von ihrer Ichbezogenheit bestimmt. Sie machte das, was am besten für sie war. Ich stellte mir vor, wie sie sagte: »Die arme Violet. In San Francisco würde man sie nur als Kind verspotten, dessen Hautfarbe nicht eindeutig ist. Es ist viel besser, wenn sie hier in Shanghai bleibt, wo sie glücklich mit Carlotta leben kann.« Ich wurde wütend. Sie hatte immer einen Weg gefunden, ihre Entscheidungen zu begründen, ganz egal, ob die Argumente gerechtfertigt waren. Wenn eine Kurtisane den Verborgenen Jadepfad verlassen sollte, behauptete sie, es sei zwingend notwendig gewesen. Wenn sie nicht mit mir essen konnte, benutzte sie dieselbe Ausrede. Die Zeit, die sie mit Fairweather verbrachte, war sowieso immer zwingend notwendig gewesen.

Zwingend notwendig. Das behauptete sie, um ihre eigenen Absichten zu verfolgen. Es war ein Vorwand für ihre Selbstsucht. Ich erinnerte mich an eine Gelegenheit, bei der mich ihre Abgebrühtheit abgestoßen hatte. Es geschah vor drei Jahren, an einem Tag, der denkwürdig war, weil so viele seltsame Dinge passierten. Wir waren mit Fairweather im Shanghai Race Club, um einem Franzosen zuzusehen, der die Rennbahn mit einem Flugzeug überfliegen wollte. Alle Plätze waren belegt. Niemand hatte jemals ein Flugzeug in der Luft gesehen, schon gar nicht direkt über dem eigenen Kopf, und als es abhob, ging ein Raunen durch die Menge. Ich hielt das für Zauberei. Was hätte es sonst für eine Erklärung dafür geben sollen? Ich sah zu, wie das Flugzeug abhob, dann an Höhe verlor und ins Trudeln geriet. Erst fiel ein Flügel ab, danach der andere. Ich dachte erst, das sollte so sein, bis der Rest mitten auf die Rennbahn stürzte und in tausend Stücke zerschellte. Dunkler Rauch stieg auf, die Menschen schrien, und als der zerschundene Körper des Piloten aus dem Wrack gezerrt wurde, fielen ein paar Männer und Frauen in Ohnmacht. Ich hätte mich fast übergeben. Von überall hörte man *tot, tot, tot.* Die Flugzeugtrümmer wurden weggeräumt, über das Blut streute man frischen Sand. Kurz darauf wurden die Pferde auf die Bahnen geführt, und die Rennen begannen. Manche Leute brachen auf und schimpften, es sei unmoralisch, die Rennen fortzusetzen, und eine Schande, dass jemand das noch genießen könne. Ich nahm an, wir würden ebenfalls gehen. Wir konnten doch nicht bleiben, nachdem gerade ein Mensch vor unseren Augen gestorben war? Ich war schockiert, dass meine Mutter und Fairweather nicht daran dachten, ihre Sitze zu verlassen. Sie bejubelten die über die Rennbahn jagenden Pferde, und ich starrte auf die feuchten Stellen, wo man Wasser auf den Sand gegossen hatte, damit man das Blut nicht mehr sah. Meine Mutter fand nichts verkehrt daran, den Rennen weiter zuzuschauen. Ich hatte keine andere Wahl, ich musste mich fügen, und doch hatte ich Gewissensbisse und fand, ich hätte ihnen sagen sollen, was mir durch den Kopf ging.

Als wir später an diesem Nachmittag auf dem Nachhauseweg waren, kam ein kleines chinesisches Mädchen, etwa in meinem

Alter, aus einem dunklen Eingang gelaufen. Sie redete mit ihrem bruchstückhaften Englisch auf Fairweather ein, dass sie Jungfrau sei und drei Löcher für einen Dollar biete. Diese Sklavenmädchen waren wirklich bemitleidenswert. Sie mussten mindestens zwanzig Männer am Tag schaffen, sonst liefen sie Gefahr, zu Tode geprügelt zu werden. Was konnten wir ihnen mehr geben als unser Mitleid? Und selbst das war schwierig, weil so viele von ihnen existierten. Sie huschten überall herum wie aufgescheuchte Hühner, zupften an Mänteln, flehten Männer an, bis sie ihnen lästig wurden. Wir mussten forschen Schrittes an ihnen vorbeigehen, ohne sie auch nur anzusehen. An diesem Tag reagierte meine Mutter aber anders. Sobald wir das Mädchen hinter uns gelassen hatten, murmelte sie: »Dem Mistkerl, der sie verkauft hat, sollte man mit einer Zigarrenguillotine seinen kleinen Schwanz abschneiden.«

Fairweather lachte. »Du hast selbst schon Mädchen gekauft, meine Liebe.«

»Es besteht immerhin ein Unterschied darin, ob ich ein Mädchen verkaufe oder kaufe.«

»Es läuft doch auf dasselbe hinaus«, sagte Fairweather. »Das Mädchen wird Prostituierte. Es ist ein geheimes Einverständnis zwischen Verkäufer und Käufer.«

»Es ist viel besser, wenn ich ein Mädchen kaufe und es mit in mein Haus nehme, als dass es wie dieses hier als Sklavin endet und mit fünfzehn tot ist.«

»Den Blumen in deinem Haus nach zu urteilen, sind nur die Hübschen es wert, gerettet zu werden.«

Sie blieb stehen. Die Bemerkung hatte sie sichtlich geärgert. »Hier geht es nicht darum, mein Gewissen zu beruhigen. Das ist nur praktisches Denken. Ich bin Geschäftsfrau und keine Missionarin, die ein Waisenhaus leitet. Was ich tue, ist unter den jeweils gegebenen Umständen zwingend notwendig. Und diese Umstände kenne nur ich.«

Da war er wieder, dieser Ausdruck: *zwingend notwendig*. Gleich nachdem sie das gesagt hatte, drehte sie sich abrupt um und ging zu dem Eingang, in dem die Besitzerin des Mädchens saß. Sie reichte der Frau etwas Geld, nahm das Mädchen an der Hand und kehrte wieder zu uns zurück. Das Mädchen war wie erstarrt. Sie drehte sich zu ihrer früheren Besitzerin um. »Wenigstens hat sie noch nicht diesen toten Blick der meisten Sklavenmädchen.«

»Da hast du dir also gerade eine kleine Kurtisane gekauft«, sagte Fairweather. »Eine mehr, die von der Straße geholt wurde. Wie gut von dir.«

Meine Mutter fuhr ihn an: »Das Mädchen wird keine Kurtisane. Ich brauche keine, und wenn, dann wäre sie niemals dafür geeignet. Sie ist schon kaputt, schon tausendmal defloriert. Sie würde einfach nur unterwürfig auf dem Rücken liegen. Ich nehme sie als Hausmädchen. Eines der Mädchen heiratet und zieht in das Dorf ihres Mannes.«

Später erfuhr ich, dass das gar nicht stimmte. Einen Augenblick aber dachte ich, sie hätte das Mädchen aufgenommen, weil sie ein gutes Herz hatte. Dann aber wurde mir klar, dass es nur ihre Arroganz war. Sie wollte jemanden bloßstellen, der sie kritisiert hatte. Das war auch der Grund, weshalb sie im Race Club geblieben war. Meine Mutter hatte das Mädchen gekauft, weil Fairweather sich über ihr Gewissen lustig gemacht hatte.

Ich betrachtete wieder das Ölgemälde, jeden Pinselstrich, der ihr junges Gesicht hatte entstehen lassen. Hatte sie anderen gegenüber mehr Mitgefühl gezeigt, als sie so alt war wie ich? Hatte sie Mitgefühl für den toten Piloten oder das kleine Sklavenmädchen empfunden? Sie war widersprüchlich, und ihre »zwingend notwendigen« Unternehmungen ergaben alle keinen Sinn. Sie konnte loyal oder illoyal sein, eine gute Mutter, dann eine schlechte. Sie mochte mich manchmal lieb gehabt haben, aber ihre Liebe war nicht beständig. Wann hatte sie zuletzt bewiesen, dass sie mich liebte? Ich dachte, sie hätte mir versprochen, mich nicht zu verlassen.

Auf der Rückseite des Porträts stand: »Für Miss Lucretia Minturn, zu ihrem 17. Geburtstag.« Ich wusste weder, wann meine Mutter Geburtstag hatte, noch wie alt sie war. Wir hatten ihren Geburtstag nie gefeiert, und es hatte nie einen Grund gegeben, dieses Datum in Erfahrung zu bringen. Ich war vierzehn. Wenn sie mich mit siebzehn geboren hatte, wäre sie jetzt einunddreißig.

Lucretia. Das war der Name auf dem Umschlag jenes Briefes, den sie von Lu Shing erhalten hatte. Unter der Widmung hatte noch etwas gestanden, aber es war von dunklen Bleistiftstrichen unleserlich gemacht worden. Ich drehte das Bild um und entdeckte die Initialen »L.S.« an der unteren rechten Ecke. Lu Shing hatte es gemalt. Dessen war ich mir jetzt sicher.

Ich rollte das kleinere Bild auf. Auch dort standen die Initialen »L.S.« am unteren Rand. Es war ein Landschaftsbild, ein Tal, von einer Felskante aus betrachtet. Die Bergrücken auf beiden Seiten waren gezackt, sie warfen Schatten auf den Grund des Tals. Die tief hängenden Wolken hatten die Farbe eines alten Blutergusses. Die vorderen Wolken waren rosafarben, und die Wolken, die sich im Hintergrund zurückzogen, von einem goldenen Lichtschein umrahmt. Am anderen Ende des Tals leuchtete eine Öffnung zwischen zwei Bergen wie der Eingang zum Paradies. Es sah aus wie die Morgendämmerung. Oder war es ein Sonnenuntergang? Ich konnte nicht sagen, ob Regen im Anzug war oder der Himmel aufklarte, ob es eine freudige Ankunft oder einen erleichterten Aufbruch darstellte. Sollte das Bild Hoffnung ausdrücken oder eher Hoffnungslosigkeit? Stand man voller Mut auf der Felskante, oder fürchtete man sich zitternd vor dem, was einen erwartete? Vielleicht ging es in diesem Gemälde aber auch um den Narren, der einem Traum nachgejagt war und nach dem Goldtopf des Teufels Ausschau hielt, der an diesem lichtvollen, unerreichbaren Ort lag. Es erinnerte mich an die Vexierbilder, die sich veränderten, wenn man sie auf den Kopf oder auf die Seite stellte, und einen bärtigen Mann in einen Baum verwandelten. Beides konnte man nicht gleichzeitig erkennen. Man musste sich entscheiden, was es ursprünglich darstellen sollte. Woher sollte man wissen, was richtig war, wenn man das Bild nicht selbst gemalt hatte?

Mir wurde mulmig, als ich das Gemälde betrachtete. Es war ein

Omen, wie die getragenen Schuhe. Ich war dazu bestimmt, es zu finden. Erlösung oder Verderben, das war der nächste Schritt. Ich war mir jetzt sicher, dass das Bild aussagte, dass man in das Tal hineinging, nicht dass man es verließ. Der Regen war im Anzug. Es war Abenddämmerung, es wurde dunkel, und man würde den Rückweg nicht mehr finden.

Mit zitternden Händen drehte ich die Landschaft um. *Das Tal der Verwunderung* stand darauf, darunter wieder Initialen: »Für L.M. von L.S.« Das Datum war verschmiert. Es konnte entweder »1897« oder »1899« sein. Ich war 1898 geboren worden. Hatte meine Mutter das Bild zusammen mit ihrem Porträt bekommen? Was hatte sie vor meiner Geburt gemacht? Was hatte sie in dem Jahr danach gemacht? Wenn Lu Shing die Landschaft 1899 gemalt hatte, dann musste er noch mit meiner Mutter zusammen gewesen sein, als ich ein Jahr alt war.

Ich schleuderte beide Kunstwerke quer durch das Zimmer. Kurz darauf überfiel mich die Angst, dass damit ein Teil von mir zerstört und ich nie wissen würde, was es war. Sie hasste Lu Shing, weil er sie verlassen hatte. Doch es musste einen gewichtigen Grund geben, dass sie die Bilder aufbewahrt hatte. Ich machte mich rasch daran, sie wieder aufzusammeln. Weinend rollte ich sie auf und schob sie ganz unten in meinen Koffer.

In diesem Moment trat Zauberkürbis in das kleine Zimmer. Sie warf zwei Baumwollanzüge auf einen Stuhl – weite Jacken und Kniehosen, grün mit rosa Biesen –, Kleidung, wie sie Kinder tragen. »Mutter Ma hat sich gedacht, dass diese Sachen dich von Fluchtversuchen abhalten werden. Sie meinte, du wärst zu eitel, um dich in der Kleidung eines chinesischen Hausmädchens in der Öffentlichkeit blicken zu lassen. Wenn du deine überhebliche, westliche Art nicht ablegst, beziehst du noch schlimmere Prügel als die, die du schon erhalten hast. Wenn du dich an ihre Regeln hältst, musst du weniger leiden. Es liegt an dir, wie viel Schmerzen du ertragen willst.«

»Ich muss hier nicht mehr lange bleiben«, erklärte ich. »Meine Mutter kommt und holt mich.«

»Falls sie das tut, dann nicht so bald. Es dauert einen Monat, um von Shanghai nach San Francisco zu fahren, und einen weiteren Monat, um zurückzukehren. Wenn du dich stur stellst, bist du tot, bevor zwei Monate vergangen sind. Richte dich einfach nach allem, was Mutter Ma sagt. Davon wirst du nicht sterben. Sie hat dich als jungfräuliche Kurtisane gekauft, und du wirst allerfrühestens in einem Jahr entjungfert. In der Zwischenzeit kannst du deine Flucht planen.«

»Ich bin keine jungfräuliche Kurtisane.«

»Sei nicht so dumm vor lauter Stolz«, sagte sie. »Du hast Glück, dass sie dich nicht sofort arbeiten lässt.« Sie ging zu meinem Handkoffer, wühlte ihn durch und zog die Fuchsstola mit den baumelnden Pfoten heraus.

»Fass meine Sachen nicht an.«

»Wir müssen schnell sein, Violet. Die Bordellmutter nimmt sich, was sie will. Als sie dich gekauft hat, hat sie für alles mitbezahlt, was dir gehört. Was sie nicht will, verkauft sie – auch dich, wenn du dich nicht gut aufführst. Jetzt beeil dich. Nimm nur das Wertvollste an dich. Wenn zu viel fehlt, weiß sie gleich Bescheid.«

Ich wollte nicht nachgeben. Immerhin hatte meine Mutter das alles mit ihrer Selbstsucht angerichtet. Ich war eine jungfräuliche Kurtisane. Warum sollte ich an ihren Habseligkeiten festhalten?

»Na gut, wenn du nichts willst«, meinte Zauberkürbis, »dann hole ich mir ein paar Sachen.« Sie pflückte sich das fliederfarbene Kleid aus dem Schrank. Ich war empört, unterdrückte jedoch einen Schrei. Zauberkürbis legte das Kleid zusammen und stopfte es sich unter die Jacke. Dann öffnete sie die Schachtel mit den Bernsteinstücken. »Die haben keine gute Qualität, die haben viel zu viele Unregelmäßigkeiten. Und innen sind sie schmutzig. *Aiya!* Das sind ja Insekten! Warum wollte sie die aufheben? Amerikaner sind wirklich seltsam.«

Sie zog jetzt ein Päckchen heraus, es war in Papier eingeschlagen. Darin lag ein kleiner Matrosenanzug, ein weiß-blaues Hemdchen und Kniehosen, dazu eine Kappe, wie sie amerikanische Matrosen tragen. Sie musste ihn für Teddy gekauft haben, als er noch ein Baby war, und hatte sicher vorgehabt, ihm die Sachen zum Beweis ihrer fortwährenden Liebe zu zeigen. Zauberkürbis steckte den Matrosenanzug wieder in den Koffer. Die Bordellmutter hat einen Enkelsohn, klärte sie mich auf. Sie hielt nun die Fuchsstola an den herabhängenden Pfoten, sah sie wehmütig an und ließ sie wieder in den Koffer fallen. Aus dem Schmuckkästchen wählte sie eine Kette mit einem goldenen Medaillon aus. Ich nahm es ihr ab, öffnete es und entfernte die kleinen Fotos auf beiden Seiten des Medaillons, eines von meiner Mutter, eines von mir.

Dann langte sie noch tiefer hinein und zog die beiden Bilder heraus. Sie rollte das Porträt von meiner Mutter auf und lachte. »Ganz schön ungezogen!« Danach strich sie das Gemälde mit der düsteren Landschaft glatt. »Sehr realistisch. Ich habe noch nie einen so schönen Sonnenuntergang gesehen.« Sie legte die Bilder auf ihren Stapel.

Während ich mich anzog, zählte sie die Namen der Kurtisanen auf. Frühlingsknospe, Frühlingsblatt, Blütenblatt, Kamelie und Kumquat. »Du musst dir ihre Namen erst einmal nicht merken. Nenne sie einfach deine Blumenschwestern. Bald genug kannst du sie an ihrem Charakter unterscheiden.« Sie plapperte munter weiter. »Frühlingsblatt und Frühlingsknospe sind Schwestern. Eine ist klug, die andere ist ein Hohlkopf. Beide haben ein freundliches Herz, aber eine ist traurig und mag keine Männer. Ich überlasse es dir zu erraten, wer wer ist. Blütenblatt tut immer nett, aber sie ist hinterlistig und unternimmt alles, um sich bei Mutter Ma einzuschmeicheln. Kamelie ist sehr schlau. Sie kann lesen und schreiben. Jeden Monat gibt sie ein wenig Geld aus, um sich einen Roman zu kaufen oder Papier, auf dem sie ihre Gedichte festhält. Ihr Tuschepinsel verrät Kühnheit. Ich mag sie, weil sie sehr ehrlich ist. Kumquat ist eine klassische Schönheit mit einem pfirsichförmigen Gesicht. Sie ist wie ein Kind, das ohne nachzudenken nach allem greift, was es haben will. Als sie vor fünf Jahren in einem Haus erster Klasse war, hat sie sich einen Liebhaber genommen, und ihr Verdienst ging gegen null. Das ist die übliche Geschichte bei uns.«

»Das war auch der Grund, warum du gehen musstest, oder?«, sagte ich. »Du hattest einen Liebhaber.«

Sie schnaubte. »Das hast du gehört?« Sie schwieg und schaute verträumt. »Ich hatte im Lauf der Jahre viele Liebhaber – manchmal, wenn ich Patrone hatte, manchmal, wenn ich keine hatte. Einem habe ich zu viel Geld gegeben. Aber mein letzter Liebhaber hat mich nicht um Geld gebracht. Er hat mich aus tiefstem Herzen geliebt.« Sie sah mich an. »Du kennst ihn. Pan, der Dichter.«

Ein kühler Lufthauch fuhr mir über die Haut, und ich erschauerte.

»Meinem Patron war Gerede zu Ohren gekommen, ich hätte Verkehr mit einem Geist, der nun in meinem Körper stecke. Er wollte mich nicht mehr anfassen und verlangte sein Geld zurück. Wattewolke hat dieses Gerücht verbreitet. Bei diesem Mädchen stimmt etwas mit dem Herzen nicht. So eine wie sie gibt es in jedem Haus.«

»Hattest du wirklich den Dichtergeist in deinem Körper?«

»Was für eine blöde Frage! Wir hatten keinen Sex. Wie auch? Er war ein Geist. Wir haben uns nur spirituell vereinigt, und das war mehr als genug. Viele Mädchen in dem Geschäft erleben nie die wahre Liebe. Sie nehmen sich Liebhaber und Patrone und hoffen, irgendwann Konkubinen zu werden, damit sie Zweite Frau, Dritte Frau oder, wenn sie ganz verzweifelt sind, sogar Zehnte Frau heißen können. Aber das ist keine Liebe. Damit wollen sie ihr Schicksal ändern. Bei Pan, dem Dichter, empfand ich nur Liebe, und er empfand das Gleiche für mich. Keiner konnte durch den anderen etwas gewinnen. Daher wussten wir, dass es echt war. Als ich den Verborgenen Jadepfad verließ, musste er bleiben, denn er war Teil des Hauses. Ohne ihn spürte ich kein Leben in mir. Ich wollte mich umbringen, um mit ihm zusammen zu sein … Du hältst mich für verrückt. Das sehe ich dir an. Hmm. Die kleine gebildete Miss America. Du hast doch gar keine Ahnung. Jetzt zieh dich an. Wenn du dich verspätest, bohrt dir Mutter Ma ein drittes Nasenloch ins Gesicht.« Sie hielt den Baumwollanzug hoch. »Sie möchte, dass alle Mädchen sie Mutter nennen. Mutter Ma. Es sind nur hohle Worte ohne Bedeutung. Sag sie dir immer und immer wieder vor, bis du sie schlucken kannst, ohne daran zu ersticken. Mutter Ma, Mutter Ma. Hinter ihrem Rücken nennen wir sie die alte Trappe.« Zauberkürbis machte einen großen, krächzenden Vogel nach, der mit den Flügeln schlug und Kreise zog, um seine Schar zu schützen. Und dann erklärte sie: »Mutter Ma hat dein Name Vivi nicht gefallen. Sie meinte, der ergibt keinen Sinn. Für sie waren das nur zwei Silben. Ich habe vorgeschlagen, sie soll das chinesische Wort für ›Veilchen‹ nehmen.«

Sie sprach es wie *zizi* aus, es klang wie das Summen einer Mücke. *Zzzzzz! Zzzzz!*

»Das ist nur ein Wort«, fuhr Zauberkürbis fort. »Es ist besser, wenn sie dich so nennen. Du bist nicht diese Person. Du kannst einen geheimen Namen haben, der dir gehört – deinen amerikanischen Spitznamen oder den Blumennamen, den deine Mutter dir gegeben hat. Mein Kurtisanenname ist Zauberkürbis, aber im Herzen bin ich Goldschatz. Den Namen habe ich mir selbst gegeben.«

Beim Frühstück folgte ich dem Rat meiner alten Freundin. »Guten Morgen, Mutter Ma. Guten Morgen, Blumenschwestern.«

Die alte Trappe freute sich, mich in meinen neuen Kleidern zu sehen. »Siehst du, das Schicksal ändert sich, wenn du die Kleider wechselst.« Sie benutzte ihre Finger wie eine Zange, um mein Gesicht nach rechts und dann nach links zu drehen. Ich fand es widerlich, von ihr angefasst zu werden. Ihre Finger waren kalt und grau, wie von einer Leiche. »Ich kannte mal ein Mädchen aus Harbin, das hatte eine ähnliche Farbe wie du«, sagte sie. »Die gleichen Augen. Sie hatte Mandschu-Blut in sich. Früher waren diese Mandschu wie Hunde, sie vergewaltigten alle Mädchen – ob russisch, japanisch, koreanisch, grüne Augen, blaue Augen, braune Augen, blonde oder rote Haare, groß oder klein –, wen auch immer sie erwischten, wenn sie auf ihren Ponys durchgaloppierten. Mich würde es nicht wundern, wenn es irgendwo eine Ponyherde gibt, die halb Mandschu ist.« Wieder nahm sie mein Gesicht zwischen ihre Leichenfinger. »Wer auch immer dein Vater war, er hat Mandschu-Blut in sich, das steht fest. Das sehe ich an deinem Kiefer und daran, wie sich deine Augen verjüngen, etwas länger, mongolisch, und außerdem sind sie grün. Angeblich soll eine der Konkubinen von Kaiser Qianlong grüne Augen gehabt haben. Wir sagen einfach, du stammst von ihr ab.«

Dann wurden pikante, süße und scharfe Gerichte aufgetragen – Bambussprossen und Lotoswurzeln in Honig, eingelegter Rettich und geräucherter Fisch –, lauter Leckereien. Ich war hungrig, aß aber nur maßvoll und so gesittet, wie ich es bei den Kurtisanen im Verborgenen Jadepfad gesehen hatte. Ich wollte ihr zeigen, dass sie mir nichts beibringen musste. Mit meinen elfenbeinernen Essstäbchen pickte ich eine kleine Erdnuss auf, hob sie an die Lippen und setzte sie mir auf die Zunge, als wäre es eine Perle, die auf ein Brokatkissen gelegt wurde.

»Man merkt dir deine Erziehung an«, sagte die alte Trappe. »Wenn du in einem Jahr dein Debüt machst, wirst du die Männer in den Wahnsinn treiben. Was sagst du dazu?«

»Danke, Mutter Ma.«

»Seht ihr?«, sagte sie zufrieden lächelnd zu den anderen. »Jetzt gehorcht sie.« Als Mutter Ma ihre Stäbchen zur Hand nahm, sah ich mir ihre Finger genauer an. Sie sahen aus wie verfaulte Bananen. Ich schaute ihr zu, wie sie an den restlichen Bissen in ihrer Schale herumpickte. Die hinterhältige Kurtisane Blütenblatt stand auf und tat der Bordellbetreiberin noch mehr Bambussprossen und Fisch auf, rührte aber den letzten Rest der Lotoswurzeln in Honig nicht an. Sie wartete, bis Frühlingsknospe sich das letzte große Stück nahm, dann schalt sie: »Gib das doch Mutter. Du weißt, wie gern sie Süßes mag.« Danach schaufelte sie theatralisch ihre eigenen Lotoswurzelstücke in die Schale von Mutter Ma. Die Bordellmutter lobte Blütenblatt dafür, dass sie sie wie eine richtige Mutter behandle. Frühlingsknospe verzog keine Miene und schaute niemanden an. Zauberkürbis warf mir von der Seite einen Blick zu und flüsterte: »Sie ist fuchsteufelswild.«

Als Mutter Ma sich erhob, schwankte sie, und Blütenblatt eilte zu ihr, um sie zu stützen. Die Bordellmutter verscheuchte sie missgelaunt mit ihrem Fächer. »Ich bin keine gebrechliche alte Frau. Das liegt nur an meinen Füßen. Diese Schuhe sind zu eng. Lass den Schuster kommen.« Sie hob den Rock. Die Knöchel waren grau und geschwollen. Ihre Füße sahen unter den Bandagen sicherlich noch schlimmer aus.

Sobald Mutter Ma den Tisch verlassen hatte, sagte Kamelie übertrieben höflich zu Zauberkürbis: »Liebe Schwester, ich muss wirklich sagen, deine pfirsichfarbene neue Jacke steht dir sehr gut. Ein neuer Kunde würde dich für mindestens zehn Jahre jünger halten.«

Zauberkürbis fluchte. Kamelie grinste und ging davon.

»Wir ziehen uns die ganze Zeit so auf«, sagte Zauberkürbis. »Ich mache ihr Komplimente über ihre dünnen Haare. Sie macht mir Komplimente über meinen Teint. Über unser Alter weinen wir nicht, wir lachen darüber. Die Jahre vergehen.« Ich war versucht, Zauberkürbis zu sagen, dass ihr der Pfirsichton nicht im Mindesten schmeichelte. Eine ältere Frau in den Farben einer jüngeren Frau sieht nur so alt aus, wie sie ist, dennoch glaubt sie, es wäre nicht so.

Überhaupt folgte ich den Hinweisen von Zauberkürbis. Ich tat, was die Mutter des Hauses von mir erwartete. Ich begrüßte sie demütig, antwortete höflich, wenn sie mich ansprach. Den Blumenschwestern gegenüber vollzog ich die Rituale der Achtung. Wie einfach es doch war, unehrlich zu sein. Zu Beginn bekam ich ein paar Ohrfeigen, wenn ich einen Gesichtsausdruck machte, den Mutter Ma als amerikanisch einstufte. Ich wusste nicht, was sie genau meinte, bis ich die Schläge spürte und sie mir drohte, mir alles auszutreiben, was sie an Ausländer erinnerte. Wenn ich sie anstarrte, während sie mich schimpfte, versetzte sie mir auch dafür eine Ohrfeige. Ich lernte, dass mein Gesichtsausdruck unterwürfigen Respekt zeigen sollte.

Nachdem ich fast einen Monat in der Halle der Beschaulichkeit verbracht hatte, verkündete mir Zauberkürbis eines Morgens, dass ich in ein paar Tagen in ein neues Zimmer umziehen würde. Das alte hatte mich nur erniedrigen sollen. Es war ein Lager für abgenutzte Möbel. »Du bekommst mein Boudoir«, sagte sie. »Das ist fast so hübsch wie mein altes im Verborgenen Jadepfad. Ich ziehe woandershin.«

Ich wusste, was das bedeutete. Sie zog an einen schlechteren Ort. Doch dann hätte ich keine Verbündete mehr. »Wir teilen uns das Zimmer«, schlug ich vor.

»Wie soll ich denn die Freier verführen, wenn du mit im Boudoir bist und mit Puppen spielst? Mach dir keine Sorgen um mich. Ich habe eine Freundin in der Japanischen Konzession. Wir mieten uns ein zweistöckiges Shikumen, so ein Backsteinhaus, und betreiben ein Opiumblumenhaus, nur wir beide, ohne eine Bordellmutter, die den Gewinn einstreicht und uns für jede kleine Schale mit Essen abkassiert …«

Sie würde sich erniedrigen und als gewöhnliche Prostituierte arbeiten. Sie und ein Freier würden zusammen ein paar Pfeifen rauchen, dann würde sie sich hinlegen und die Beine für ihn breitmachen, einem Mann wie Zersprungenes Ei.

Zauberkürbis hob die Augenbrauen, sie wusste, was ich dachte. »Hab bloß kein Mitleid mit mir. Ich schäme mich nicht. Wieso auch?«

»Es ist die Japanische Konzession«, sagte ich.

»Na und?«

»Die mögen dort keine Chinesen.«

»Woher willst du das wissen?«

»Von meiner Mutter. Deshalb hat sie keine japanischen Kunden in ihr Haus gelassen.«

»Die hat sie deshalb nicht eingelassen, weil sie wusste, dass sie ihr die besten Geschäftsverbindungen wegnehmen würden. Wenn die Leute sie nicht mögen, dann nur, weil sie die Japaner um ihren Erfolg beneiden. Aber was kümmert mich das alles? Meine Freundin hat mir erzählt, sie sind auch nicht schlimmer als andere Ausländer, und sie fürchten sich zu Tode vor der Syphilis. Sie untersuchen jeden, sogar in Häusern erster Klasse. Kannst du dir das vorstellen?«

Drei Tage später war Zauberkürbis weg – aber nur für drei Stunden. Sie kehrte mit einem Geschenk für mich zurück, das sie mir zu Füßen fallen ließ, wo es mit einem vertrauten weichen dumpfen Geräusch landete. Es war Carlotta. Ich brach in Tränen aus, nahm die Katze hoch und zerdrückte sie fast.

»Wie? Kein Dankeschön für mich?«, fragte Zauberkürbis. Ich entschuldigte mich und erklärte sie zu einer wahren Freundin, die ein warmes Herz habe und eine heimliche Göttin sei. »Das reicht, das reicht.«

»Ich muss sie irgendwie verstecken«, sagte ich.

»Ha! Wenn Mutter Ma herausfindet, dass ich sie hierhergebracht habe, würde es mich nicht überraschen, wenn sie rote Banner über die Tür hängt und hundert Salven von Feuerwerkskörpern loslässt, um diese Kriegsgöttin willkommen zu heißen. Zwei Nächte zuvor habe ich ein paar Ratten im Raum der alten Trappe ausgesetzt. Hast du sie nicht schreien gehört? Ein Diener dachte, Mutter Mas Zimmer stünde in Flammen, und rannte schon los, um die Feuerwehr zu holen. Ich tat entsetzt, als ich den Grund für ihr Geschrei erfuhr, und sagte: ›Zu dumm, dass wir keine Katze haben. Violet hatte früher eine, eine wilde kleine Jägerin, aber die Frau, die jetzt den Verborgenen Jadepfad betreibt, will sie nicht abgeben.‹ Die alte Trappe schickte mich sofort los, um Goldtaube zu sagen, dass sie für dich und für alles, was dir gehört, bezahlt hat, also auch für die Katze.«

Goldtaube war offenbar froh gewesen, die kleine Bestie loszuwerden, erzählte Zauberkürbis, und Kleines Meer weinte eine Flut von Tränen, ein Beweis dafür, dass sie Carlotta gut behandelt hatte. Aber Zauberkürbis hatte noch mehr mitgebracht als Carlotta. Sie hatte Neuigkeiten von Fairweather und meiner Mutter.

»Er war dem Glücksspiel verfallen, rauchte gerne Opium und hatte einen Haufen Schulden. Nicht weiter überraschend. Mit dem Geld, das andere in seine Firmen investiert haben, hat er gespielt, weil er dachte, er könnte damit seine früheren Verluste decken. Während sich sein Schuldenberg vergrößerte, machte er den Investoren weis, dass die Fabrik durch einen Taifun oder einen Brand beschädigt worden wäre oder dass eine lokale Größe die Fabriken übernommen hätte. Er hatte immer eine Antwort in der Art parat, und manchmal benutzte er auch dieselbe Ausrede für unterschiedliche Firmen. Er wusste nicht, dass der Investor eines Unternehmens Mitglied der Grünen Bande war, und ein weiterer Investor ebenso. Sie fanden heraus, wie viele Taifune es im letzten Jahr gegeben hatte. Es ist eine Sache, einen Gangster zu betrügen, aber ihn zum Idioten zu machen, das ist etwas ganz anderes. Sie wollten ihn an den Füßen aufhängen und den Kopf in glühende Kohlen tauchen. Aber er erzählte ihnen, er hätte eine Möglichkeit, ihnen das Geld zurückzuzahlen – indem er die amerikanische Betreiberin des Verborgenen Jadepfads vergraulte.

Ai-ya! Wie kann eine so kluge Frau nur so dumm sein? Diese Schwäche haben viele Leute – sogar die reichsten, die mächtigsten und die angesehensten. Für fleischliche Begierden und den Glauben, sie seien die außerordentlichsten Menschen auf der ganzen Welt, nur weil ein Lügner ihnen das erzählt, riskieren sie alles.

Sobald deine Mutter weg war, hat die Grüne Bande eine gefälschte Urkunde präsentiert, auf der stand, sie hätte den Verborgenen Jadepfad an einen Mann verkauft, der auch Mitglied bei ihnen sei. Das Dokument ließen sie von einem Befugten in der Internationalen Konzession ausstellen, der ebenfalls zur Bande gehörte. Was blieb Goldtaube schon übrig? Sie konnte nicht zum amerikanischen Konsulat gehen. Sie hatte keine Urkunde mit ihrem Namen darauf, deine Mutter wollte sie erst schicken, nachdem sie in San Francisco angekommen war. Eine der Kurtisanen erzählte Goldtaube, Wattewolke hätte damit geprahlt, dass Fairweather und sie jetzt reich wären. Fairweather hatte die Schiffspassagen nach San Francisco gegen zwei Überfahrten erster Klasse nach Hongkong eingetauscht. Dort wollten sie sich als Angehörige der feinen Shanghaier Gesellschaft präsentieren, die nach Hongkong gereist seien, um für Filmstars aus dem Westen in neue Unternehmungen zu investieren!

Goldtaube war fürchterlich böse, als sie mir das erzählte. *Oyo!* Ich dachte, ihre Augen würden gleich explodieren – und das taten sie auch, Tränen schossen heraus. Sie sagte, es gebe eine neue Bande, die zur Triade gehörte, zur organisierten Kriminalität, und diesen Leuten seien die Standards eines Hauses erster Klasse egal. Ihnen gehört ein Syndikat mit einem Dutzend Häusern, die hohe Profite bei niedrigen Kosten abwerfen. Unsere Schönheiten werden nicht mehr mit Muße umworben, es gibt keine Tändeleien mehr, sondern es geht nur noch um Geld. Die Wolkenschönheiten wollten weg, aber die Verbrecher gaben ihnen extra Geld, damit sie blieben, und jetzt stecken sie in einer Schuldenfalle. Die Bandenmitglieder machten Zersprungenes Ei zu einem gewöhnlichen Diener, und die Kunden, die jetzt kommen, sind prahlerische unbedeutende Beamte und Neureiche mit unwichtigen Unternehmen. Diese Männer genießen jetzt die Aufmerksamkeiten derselben Mädchen, die einst von viel wichtigeren Männern umworben wurden. Schneller lässt sich der Ruf eines Hauses nicht ruinieren, als wenn man den Handlangern gestattet, in dieselben Löcher einzudringen wie ihre Chefs. Das Wasser fließt immer ganz nach unten.«

»Sie haben nicht das Recht dazu«, wiederholte ich immer wieder.

»Nur Amerikaner glauben, sie hätten Rechte«, sagte Zauberkürbis. »Welche Gesetze des Himmels gestehen euch mehr Rechte zu und gestatten euch, sie zu behalten? Es sind Worte auf Papier, niedergeschrieben von Männern, die sie sich erst ausdenken und dann einfordern. Sie könnten eines Tages ganz einfach davonfliegen, einfach so.«

Sie nahm meine Hände. »Violet, ich muss dir von Schriftstücken erzählen, die zwischen hier und San Francisco hin und her geweht sind. Jemand hat deiner Mutter einen Brief geschrieben und vorgegeben, er wäre vom amerikanischen Konsulat. Darin stand, du wärst bei einem Unfall ums Leben gekommen – auf der Straße überfahren worden oder so etwas. Eine Sterbeurkunde samt Siegeln war dabei. Und dein richtiger Name stand darauf, nicht der, den Fairweather dir geben wollte. Deine Mutter hat Goldtaube ein Telegramm geschickt, um in Erfahrung zu bringen, ob das stimmte. Und Goldtaube musste entscheiden, ob sie deiner Mutter verraten sollte, dass die Sterbeurkunde eine Fälschung war, oder ob sie verhindern sollte, dass die Schönheiten, du und Goldtaube selbst, gefoltert, verstümmelt oder sogar getötet wurden. Sie hatte wirklich keine Wahl.«

Zauberkürbis zog einen Brief aus dem Ärmel, und ich las ihn mit angehaltenem Atem. Er war von meiner Mutter. In dem Schreiben faselte sie etwas von ihren Gefühlen, als sie meine Sterbeurkunde in Händen hielt, ihren Zweifeln, ihrer Qual während des Wartens auf eine Nachricht von Goldtaube.

Die Vorstellung, Violet könnte vor ihrem Tod geglaubt haben, ich hätte sie absichtlich zurückgelassen, quält mich entsetzlich. Diese schrecklichen Gedanken waren womöglich ihre letzten!

Ich kochte. Sie hatte sich dafür entschieden zu glauben, ich sei an Bord, weil sie so schnell wie möglich ihr neues Leben mit Teddy und Lu Shing beginnen wollte. Ich bat Zauberkürbis um Papier für einen Antwortbrief. Ich wollte meiner Mutter schreiben, dass ich mich von ihren Lügen und ihrer gespielten Trauer nicht mehr länger an der Nase herumführen ließ. Zauberkürbis erklärte, dass ein Brief von mir Shanghai niemals verlassen würde. Man konnte auch kein Telegramm schicken. Dafür würden die Verbrecher schon sorgen. Deshalb bestand der Brief, den Goldtaube meiner Mutter geschrieben hatte, aus den Lügen, die sie ihr diktiert hatten.

Ich wurde zu einem anderen Mädchen, einem verlorenen Mädchen ohne Mutter. Ich war weder amerikanisch noch chinesisch. Ich war weder Violet noch Vivi noch Zizi. Ich lebte jetzt an einem unsichtbaren Ort, der aus meinem eigenen schwindenden Atem bestand, und weil niemand außer mir diesen Ort sehen konnte, konnte mich auch niemand von dort herausreißen.

Wie lange stand meine Mutter am Heck des Schiffs? War es kalt an Deck gewesen? Vermisste sie die Fuchsstola, die sie in meinen Koffer gesteckt hatte? Wartete sie, bis ihr die Haut schmerzte, als würde man Stecknadeln in sie stechen, bevor sie nach drinnen ging? Wie lange brauchte sie, um ein Kleid für das erste Dinner auf See auszuwählen? Nahm sie das aus Tüll und Spitze? Wie viele Stunden saß sie in der Kabine, bevor ihr klar wurde, dass niemand anklopfen würde? Wie viele Nächte lag sie wach und starrte in die pechschwarze Dunkelheit? Sah sie dort mein Gesicht? Hatte sie das Schlimmste vor Augen? Blieb sie nur bis zum Sonnenaufgang im Bett liegen, oder blieb sie dort bis nach Mittag? An wie vielen Tagen war sie der Verzweiflung nahe, weil ihr bewusst wurde, dass jede Welle sie nur noch weiter von mir entfernte? Wie lange brauchte das Schiff bis San Francisco, ihre Heimat? Wie lange auf der schnellsten Route? Wie lange auf der langsamsten? Dachte sie daran, wann sie endlich Teddy in die Arme schließen konnte? Wie viele Nächte träumte sie von mir, wenn sie in ihrem Schlafzimmer mit den sonnengelben Wänden schlief? Stand das Bett immer noch vor einem Fenster, von dem aus man einen dicht verzweigten Baum fast berühren konnte? Wie viele Vögel zählte sie in dem Wissen, dass ich sie hätte sehen sollen?

Wie lange hätte ein Schiff gebraucht, um zurückzukehren? Wie lange auf der schnellsten, wie lange auf der langsamsten Route?

Während ich überlegte, welche Route sie wohl genommen hatte, gingen die Tage nur schleppend vorüber. Schließlich waren auch die langsamsten Schiffe alle in Shanghai eingetroffen – und wieder ausgelaufen.

Am nächsten Tag zog ich in das Boudoir von Zauberkürbis. Ich hatte mich bemüht, nicht zu weinen, als sie ihre Sachen zusammenpackte. Sie hielt das fliederfarbene Kleid meiner Mutter und die beiden zusammengerollten Bilder hoch und fragte, ob sie das alles mitnehmen dürfe. Ich nickte. Und dann war sie weg. Das Einzige, was mir aus meiner Vergangenheit noch blieb, war Carlotta.

Eine Stunde später platzte Zauberkürbis ins Zimmer. »Ich gehe doch nicht weg«, verkündete sie, »und das habe ich den Fingern der alten Trappe zu verdanken.« Sie hatte zwei Tage lang einen Plan ausgeheckt und offenbarte ihn nun stolz. Kurz bevor sie uns verlassen sollte, traf sie sich mit Mutter Ma im Gemeinschaftsraum, um ihre Schulden zu begleichen. Als Mutter Ma anfing, mit dem Abakus zu rechnen, schlug Zauberkürbis Alarm.

»›*Ai-ya!* Deine Finger!‹, sagte ich zu ihr. ›Die sind ja schlimmer geworden. Schrecklich. Du hast es nicht verdient, so krank zu sein.‹ Die alte Trappe hielt ihre Hände hoch und meinte, die schwärzliche Farbe käme von den Leberpillen, die sie einnehmen müsste. Ich gab mich erleichtert und meinte, ich hätte einen anderen Grund dafür vermutet und ihr schon von der Quecksilberbehandlung erzählen wollen. Sie wusste natürlich so gut wie jeder andere, dass man Syphilis mit Quecksilber zu heilen versucht. Also hat sie gesagt: ›Ich hatte nie Syphilis, setz bloß nicht solche Gerüchte in die Welt.‹

›Beruhige dich‹, sagte ich zu ihr. ›Ich habe mich doch nur so schnell verplappert, weil ich gerade eine Geschichte über Persimone gehört habe. Sie hat einmal in der Halle der Beschaulichkeit gearbeitet. Das war vor meiner Zeit, ungefähr vor zwanzig Jahren, aber du warst schon da. Ein Kunde hat ihr die Syphilis angehängt, aber sie wurde die Geschwüre wieder los. Doch dann kamen sie wieder, und ihre Finger wurden schwarz, genau wie deine.‹

Mutter Ma meinte, sie wüsste nichts von einer Kurtisane namens Persimone, die in der Halle der Beschaulichkeit ihren Dienst getan hätte. Das konnte sie natürlich auch nicht. Ich hatte sie mir ausgedacht. Ich fuhr fort zu erklären, dass sie dort nicht als Kurtisane, sondern als Hausmädchen gearbeitet hatte, deshalb sei es kein Wunder, dass sie sie nicht mit Namen kannte. Ich beschrieb ihr Äußeres: ein persimonenförmiges Gesicht, kleine Augen, breite Nase, kleiner Mund. Die alte Trappe beharrte darauf, dass ihr Gedächtnis besser als meines war. Doch dann lichtete sich der Nebel ihrer Erinnerung. ›Hatte sie dunkle Haut, ein molliges Mädchen mit Fujian-Akzent?‹

›Genau, das ist sie!‹ Ich erzählte weiter, dass ein bestimmter Kunde immer durch die Hintertür ins Haus kam, um sich ihre Dienste für billiges Geld zu erkaufen. Sie brauchte das Geld, weil ihr Ehemann opiumabhängig war und ihre Kinder hungerten. Mutter Ma und ich klagten ein bisschen über hinterhältige Hausmädchen. Und dann sagte ich ihr, dass Persimones Kunde genauso hinterhältig war. Er nannte sich Kommissar Li und war der heimliche Liebhaber einer der Kurtisanen. Da saß die alte Trappe plötzlich aufrecht. Unter den älteren Kurtisanen war es ein offenes Geheimnis, dass sich die alte Trappe den Kommissar als Liebhaber genommen hatte.

›Ach, du erinnerst dich an ihn?‹, fragte ich. Sie versuchte so auszusehen, als wäre ihr es egal.

›Er war ein wichtiger Mann‹, sagte sie. ›Jeder kannte ihn.‹

Ich stocherte noch ein bisschen nach. ›Er nannte sich Kommissar‹, sagte ich. ›Aber wo hat er gearbeitet?‹

Sie meinte: ›Das hatte irgendwas mit den ausländischen Banken zu tun, er hat viel Geld als Berater verdient.‹

Darauf ich: ›Das ist seltsam. Das hat er dir, aber niemandem sonst erzählt.‹

Sie meinte: ›Nein, nein. Das hat er nicht mir erzählt, ich habe es von jemand anderem gehört.‹

Ich schaute ein bisschen zweifelnd, bevor ich fortfuhr: ›Wer das wohl gesagt hat? Jedenfalls geht das Gerücht, dass alle dachten, er wäre zu wichtig, um ihn in Frage zu stellen. Eine der alten Kurtisanen erzählte mir, wenn er behauptet hätte, er wäre zehn Meter groß, hätten alle zu viel Angst gehabt, ihn zu korrigieren. Er saß breitbeinig am Tisch, so, und er machte ein finsteres Gesicht, als wäre er der Herrscher über Himmel und Berge.‹ Alle wichtigen Männer sitzen so da, deshalb konnte sie sich ihn natürlich gut vorstellen.

Die alte Trappe sagte: ›Warum sollte ich mich daran erinnern?‹

Ich legte meine Falle aus. ›Es stellte sich heraus, dass er nur ein Betrüger war und überhaupt gar kein Kommissar.‹

›*Wah!*‹ Sie sprang aus ihrem Sessel auf, dann tat sie gleich wieder so, als wäre das alles völlig bedeutungslos. ›Mich hat gerade etwas gestochen‹, sagte sie. ›Deshalb bin ich aufgesprungen.‹ Um diese Lüge zu unterstreichen, kratzte sie sich.

Ich gab ihr noch mehr zu kratzen: ›Er hat nie Freunde eingeladen und eigene Feiern ausgerichtet. Erinnerst du dich? Es wurde erwartet, dass er von anderen Gästen eingeladen wurde, sobald er kam. Welch eine Ehre! Alle wollten ihm gefallen. Eine der Kurtisanen war so beeindruckt von seinem Titel, dass sie ihm ihre Gunst schenkte, weil sie hoffte, er würde sie zur Frau Kommissar machen. Sie nahm ihn mit in ihr Boudoir und erfuhr nie, dass er sich bereits in Persimone gebohrt hatte, kurz bevor er sie besuchte.‹

Die alte Trappe bekam richtig große Augen, als ich das sagte. Langsam tat sie mir ein bisschen leid, aber ich musste weitermachen. ›Und es ist noch schlimmer‹, fuhr ich fort. Ich erzählte ihr, was ich über Kommissar Li gehört hatte, Fakten, an die sie sich deutlich erinnern würde. ›Immer wenn er das Bett seiner Kurtisane teilte, sollte sie ihm auf sein Geheiß ganze drei Dollar auf die Rechnung setzen – so viel kostet die Teilnahme an einer Abendveranstaltung, auch wenn er gar keine Feier veranstaltet hatte. Angeblich wollte er nicht, dass es sie Geld kostete, weil sie so viel Zeit mit ihm statt mit anderen Freiern verbrachte. Man hätte denken können, er sei großzügig über alle Maßen. An Neujahr schuldete er ihr fast zweihundert Dollar. Wie du weißt, ist es üblich, dass alle Kunden des Hauses an diesem Tag ihre Rechnungen begleichen. Er hat das nie gemacht. Er war der Einzige. Er ließ sich nie mehr wieder blicken. Und hat gevögelt für zweihundert Dollar.‹

Verbittert presste die alte Trappe den Mund zusammen. Ich glaube, sie bemühte sich, ihn nicht zu verfluchen. Ich sprach aus, was sie sicherlich dachte: ›Solchen Männern sollte der Schwanz einschrumpeln und abfallen.‹ Sie nickte. Ich fuhr fort. ›Es heißt, sein einziges Geschenk an sie waren Syphilisgeschwüre. Zumindest nahm man das an, denn das Hausmädchen hatte sie – eines am Mund, dann an der Wange und wer weiß wie viele an Stellen, die wir nicht sehen konnten.‹

Der alten Trappe wich das Blut aus dem Gesicht. Sie sagte: ›Vielleicht hat das Hausmädchen die Syphilis von ihrem Mann bekommen.‹

Mit dieser Antwort hatte ich nicht gerechnet, deshalb musste ich rasch nachdenken. ›Jeder wusste, dass der alte Opiumraucher kaum noch aus dem Bett kam, um zu pinkeln. Er war nur noch Haut und Knochen. Aber es ist doch unerheblich, ob er oder sie es zuerst hatte. Am Ende hatten beide die Syphilis, und alle dachten sich, dass er es an die Kurtisane weitergegeben haben musste, die wahrscheinlich gar keine Ahnung davon hatte. Persimone trank den ganzen Tag Ma-Huang-Tee, Meerträubeltee, vergeblich. Als ihr Eiter aus den Brüsten tropfte, rieb sie sich mit Quecksilber ein und wurde sehr krank. Die Geschwüre trockneten ein, und sie dachte, sie wäre geheilt. Vor sechs Monaten färbten sich ihre Hände schwarz, dann starb sie.‹

Die alte Trappe sah aus, als wäre ihr ein Topf auf den Kopf gefallen. Sie tat mir wirklich leid, doch ich durfte keine Rücksicht nehmen. Ich musste mich retten. Aber ich fuhr nicht fort. Eigentlich hätte ich sagen wollen, jemand hätte erfahren, dass der Kommissar der Lügen an der gleichen Schwarze-Hand-Krankheit gestorben sei. Ich sagte ihr nur, aus diesem Grund hätte ich mir Sorgen um sie gemacht, als ich ihre Hände sah. Sie brummte, das sei keine Krankheit, sondern es liege an ihren verfluchten Leberpillen. Ich sah sie mitfühlend an und meinte, wir sollten den Arzt bitten, ihr Chi zu überprüfen, damit sie dieses Leiden loswurde. Dann machte ich weiter: ›Hoffentlich denkt niemand, dass du Syphilis hast. Lügen verbreiten sich schneller, als man sie aufhalten kann. Und wenn die Leute sehen, wie du die Schönheiten mit deinen schwarzen Fingern anfasst, könnten sie behaupten, das ganze Haus wäre verseucht. Dann kommen die Bürokraten vom Gesundheitsamt, alle müssen sich testen lassen, und das Haus muss schließen, bevor wir beweisen können, dass wir gesund sind. Wer will das? Ich möchte nicht, dass mich jemand untersucht und mir mal schnell kostenlos unter den Rock schauen kann. Und selbst wenn du gesund bist, diese Mistkerle sind derartig korrupt, dass du ihnen Geld geben musst, damit sie den Bericht nicht zurückhalten.‹

Ich wartete, bis sich das gesetzt hatte, dann erst sprach ich aus, was ich die ganze Zeit sagen wollte. ›Mutter Ma, mir ist gerade eingefallen, dass ich dir helfen könnte, damit dieses Gerücht gar nicht erst aufkommt. Bis du die Leber wieder im Gleichgewicht hast, lass mich Violets Lehrerin und Dienerin sein. Ich bringe ihr alles bei, was ich weiß. Du erinnerst dich sicher, dass ich zu meiner Zeit zu den zehn Schönsten von Shanghai gehörte.‹

Die alte Trappe fiel darauf herein. Sie nickte schwach. Als Zugabe sagte ich noch: ›Du kannst dir sicher sein, wenn die Göre eine Tracht Prügel braucht, bekommt sie die von mir. Wenn du sie um Gnade rufen hörst, weißt du, dass ich gute Fortschritte mache.‹

Was hältst du davon, Violet? Ganz schön schlau, was? Du musst dich nur ein-, zweimal am Tag hinter die Tür stellen und laut um Verzeihung bitten.«

Es gab keinen einzigen Augenblick, in dem ich mich damit abfand, dass aus mir eine Kurtisane geworden war. Ich kämpfte nur weniger dagegen an. Ich war wie ein Häftling, der bald hingerichtet werden sollte. Ich warf die Kleider, die man mir gab, nicht mehr auf den Boden. Ich zog sie ohne Protest an. Als ich Sommerjacken und Kniehosen aus leichter Seide bekam, freute ich mich, weil sie angenehm kühl und bequem waren. Aber an der Farbe oder dem Stil hatte ich keine Freude. Die Welt war trüb. Ich wusste nicht, was außerhalb dieser Mauern vor sich ging, ob auf den Straßen noch protestiert wurde, ob alle Ausländer vertrieben worden waren. Ich war ein entführtes amerikanisches Mädchen, gefangen in einer Abenteuergeschichte, aus der die letzten Kapitel herausgerissen worden waren.

Eines Tages, es regnete heftig, sagte Zauberkürbis zu mir: »Violet, als du klein warst, hast du immer Kurtisane gespielt. Du hast mit Kunden geflirtet, hast deine Lieblinge geködert. Und jetzt erzählst du mir, du hättest dir nie vorgestellt, Kurtisane zu werden?«

»Ich bin Amerikanerin. Amerikanische Mädchen werden keine Kurtisanen.«

»Deine Mutter hat ein Kurtisanenhaus erster Klasse betrieben.«

»Sie war keine Kurtisane.«

»Woher willst du das wissen? Alle in China tätigen Mütter von solchen Häusern haben als Kurtisanen angefangen. Wie sollten sie sonst das Geschäft lernen?«

Allein bei dem Gedanken, sie könnte wirklich Kurtisane gewesen sein – oder schlimmer noch, eine gewöhnliche Prostituierte auf einem der Boote im Hafen –, wurde mir schlecht. Als keusch konnte man sie wahrlich nicht gerade bezeichnen. Sie nahm sich Liebhaber. »Sie hat sich ihr Leben selbst gewählt«, sagte ich schließlich. »Niemand hat ihr gesagt, was sie tun soll.«

»Woher weißt du, dass es ihre freie Entscheidung war, so zu leben?«

»Meine Mutter hätte nie zugelassen, dass jemand sie zu etwas zwingt«, sagte ich und dachte: Und was hat sie mir aufgezwungen?

»Blickst du auf andere herab, die sich nicht frei aussuchen können, wie sie leben?«

»Sie tun mir leid«, sagte ich. Ich weigerte mich, mich selbst als Teil dieser erbarmungswürdigen Gruppe zu betrachten. Ich würde entkommen.

»Hast du Mitleid mit mir? Kannst du jemanden achten, den du bemitleidest?«

»Du beschützt mich, und dafür bin ich dankbar.«

»Das ist etwas anderes als Achtung. Findest du, wir sind gleichberechtigt?«

»Du und ich, wir sind unterschiedlich … durch unsere Hautfarbe und durch das Land, zu dem wir gehören. Wir können nicht dasselbe vom Leben erwarten. Also sind wir nicht gleichberechtigt.«

»Du meinst, ich darf mir nicht so viel erhoffen wie du.«

»Dafür kann ich nichts.«

Plötzlich bekam sie ein rotes Gesicht. »Ich bin nicht weniger als du! Ich bin mehr. Ich kann mehr erwarten. Du wirst weniger erwarten. Weißt du, wie dich die Leute von jetzt ab betrachten? Sieh dir mein Gesicht an und stell dir vor, es wäre deins. Du und ich, wir sind nichts Besseres als Schauspieler, Opernsänger und Akrobaten. Das ist jetzt dein Leben. Das Schicksal hat dich einst zur Amerikanerin gemacht. Das Schicksal hat dir das wieder weggenommen. Du bist ein Bastard, zur Hälfte das, was dein Vater war – Han, Mandschu, Kantonese, wer auch immer er war. Du bist eine Blume, die immer wieder gepflückt werden wird. Du gehörst jetzt zum Bodensatz der Gesellschaft.«

»Ich bin Amerikanerin, und daran kann niemand etwas ändern, nicht einmal, wenn ich gegen meinen Willen festgehalten werde.«

»*Oyo!* Wie schrecklich für die arme Violet. Sie ist ja die Einzige, deren Lebensumstände sich gegen ihren Willen geändert haben.« Zauberkürbis setzte sich schnaubend hin und sah mich angewidert an. »Gegen ihren Willen … Ihr könnt mich nicht zwingen! *Oyo!* Wie sehr sie doch gelitten hat. Du bist das, was alle anderen hier auch sind, allein aus dem Grund, weil du jetzt die gleichen Sorgen hast. Vielleicht sollte ich tun, was ich Mutter Ma versprochen habe, und dich prügeln, bis du weißt, wo dein Platz ist.« Sie schwieg, und ich war froh, dass ihre Tirade vorbei war.

Doch dann begann sie wieder zu sprechen, mit sanfter und trauriger Stimme, als wäre sie ein Kind. Sie wandte den Blick ab und erinnerte sich, wie sich ihr Leben geändert hatte, immer wieder.

Zauberkürbis

Ich war erst fünf, ein ganz kleines Mädchen noch, als mein Onkel mich aus meiner Familie nahm und als Sklavin an die Frau eines Kaufmanns verkaufte. Mein Onkel erzählte mir, er würde nur die Anweisungen meines Vaters und meiner Mutter ausführen. Bis zum heutigen Tag glaube ich nicht, dass das die Wahrheit war. Wenn ich das täte, würde ich sofort verbittern und mein Herz würde erkalten. Vielleicht wollte mein Vater mich loswerden. Aber meine Mutter muss furchtbar gelitten haben, als sie entdeckte, dass ich nicht mehr da war. Ich bin mir ganz sicher. Ich kann mich sogar daran erinnern. Obwohl ich das doch gar nicht wissen kann, denn ich habe sie ja nicht mehr gesehen, seit ich gestohlen worden bin. Ich habe viele Jahre darüber nachgedacht. Wenn meine Mutter mich nicht haben wollte, warum hat mich der Mistkerl dann mitten in der Nacht entführt? Warum klammheimlich?

Ich weinte den ganzen Weg zum Haus des reichen Mannes. Mein Onkel handelte und verkaufte mich, als wäre ich ein Ferkel, das einmal dick und schmackhaft werden würde. Der Kaufmann hatte eine Frau über eine arrangierte Ehe und dazu drei Konkubinen. Die mittlere Konkubine wurde Dritte Ehefrau genannt, aber sie nahm den ersten Platz in seinem Herzen ein. Sie war die Frau, die mich als Hausmädchen nahm. Wie ich bald feststellte, fand der Kaufmann immer Ausreden, um öfter zu ihr ins Zimmer als zu den anderen zu gehen. Im Rückblick kommt es mir merkwürdig vor, dass sie eine solche Macht über ihn besaß. Sie war die älteste der Ehefrauen. Ihre Brüste und Lippen waren größer, als es dem Ideal entsprach. Sie hatte keine feinen Gesichtszüge. Aber sie hatte eine gewisse Art an sich, die ihren Ehemann faszinierte. Wenn sie mit ihrer leisen, melodischen Stimme sprach, legte sie den Kopf leicht schief. Sie wusste genau, womit sie seinen Geist beruhigen konnte, ihn zu erfrischen vermochte. Die anderen Konkubinen sagten, sie käme aus dem Bordellleben in Soochow und hätte die Beine schon um tausend Männer geschlungen und ihnen Hirn und Verstand ausgesaugt. Sie waren eifersüchtig auf meine Herrin, wer weiß, ob ihr Gerede stimmte.

Genau wie meine Herrin war auch ich nicht mit großer Schönheit gesegnet. Mein bestes Merkmal waren meine großen Augen, mein schlechtestes meine großen Füße. Sie waren gebunden worden, aber nachdem ich im Haus des Kaufmanns ankam, platzten die Bandagen. Weil ich auf Zehenspitzen ging, merkte niemand etwas davon, und ich band sie nicht neu ein. Im Gegensatz zu den anderen Mädchen war ich nicht nur gehorsam, sondern ich wollte alles tun, um meiner Herrin zu gefallen. Ich war stolz, dass ich das Hausmädchen der Lieblingsfrau des Kaufmanns war, derjenigen seiner Frauen, die er am meisten schätzte. Ich pflückte ihr Pflaumenblüten, damit sie sie sich ins Haar stecken konnte. Ich achtete immer darauf, dass ihr Tee kochend heiß war. Tagsüber brachte ich ihr gekochte Erdnüsse und andere Knabbereien.

Weil ich so aufmerksam war, beschloss meine Herrin, ich würde eines Tages eine geeignete Konkubine für einen ihrer jüngeren Söhne abgeben – nicht als Zweite Ehefrau, aber vielleicht als Dritte. Stell dir vor, ich als Dritte Ehefrau! Von da an behandelte sie mich freundlicher und gab mir bessere Sachen zu essen. Ich trug hübschere Kleider und besser genähte längere Jacken und Kniehosen. Um mir zu helfen, eine gute Konkubine zu werden, kritisierte sie mein Benehmen und meine Sprechweise. Und eine gute Konkubine wäre auch aus mir geworden, hätte der Meister, dieser schmutzige Hundearsch, mir nicht eines Tages befohlen, mich auszuziehen, damit er mich als Erster aufbrechen konnte. Ich war neun. Ich konnte mich nicht verweigern. Mein Leben bestand daraus, dem Meister zu gehorchen, weil meine Herrin ihm gehorchte. Als es vorbei war, blutete ich und konnte kaum stehen; ich wurde fast ohnmächtig vor Schmerzen. Er ließ sich von mir warme, feuchte Tücher holen. Ich musste ihn säubern und jede Spur von mir wegwischen.

Immer wenn er meine Herrin besuchte, stand ich draußen vor dem Zimmer und wartete. Ich hörte ihre hohe, neckende Stimme, sein leises Murmeln: »Das ist gut, das ist gut. Deine feuchte Furche ist wie weißer Lotos.« Er sprach ständig über seine und ihre Geschlechtsorgane. Dann stöhnte er, und sie stieß kleine Schreie aus, die sich nach einer Mischung aus Angst und mädchenhafter Freude anhörten. Darauf wurde es still, und ich lief los, um die feuchten Tücher zu holen, sodass ich sie sofort hineinbringen konnte, wenn sie danach verlangten.

Ich tat so, als könnte ich den Meister hinter dem durchscheinenden Bettvorhang nicht erkennen. Ich sah den Schatten meiner Herrin, während sie ihn wusch. Sie warf die schmutzigen Tücher auf den Boden, und ich beeilte mich, sie wegzunehmen, voller Abscheu vor dem Geruch der beiden. Danach musste ich zurückkommen und warten. Wenn meine Herrin sich verabschiedet hatte, ging ich hinein, dann legte er mich auf den Rücken oder den Bauch und machte mit mir, was er wollte. Manchmal wurde ich bewusstlos vor Schmerz. Es gehörte also bald zu meinem Leben, die Beine zu öffnen, ihm feuchte Tücher zu bringen, meinen Geruch von ihm abzuwaschen, wieder in mein Zimmer zu gehen und seinen Geruch von mir abzurubbeln.

Mit elf Jahren wurde ich dann schwanger, und dadurch entdeckte meine Herrin, dass ihr Mann mich beschlafen hatte. Sie machte mir keine Vorwürfe, und sie machte ihrem Mann keine Vorwürfe. Viele Ehemänner taten das mit Hausmädchen. Sie sagte schlichtweg, ich käme nun nicht mehr als Konkubine für ihren Sohn in Frage. Ein anderes Mädchen brachte mir eine Brühe, füllte sie in eine lange Glasröhre und steckte sie in mich hinein. Ich hatte keine Ahnung, was sie da tat, bis sie mich durchbohrte. Ich schrie und schrie, während mich die anderen Mädchen festhielten. Danach hatte ich zwei Tage lang schreckliche Krämpfe, bis eine blutige Kugel aus mir herausfiel und ich ohnmächtig wurde. Als ich aufwachte, hatte ich Fieber und schreckliche Schmerzen. Ich war wund und so geschwollen, dass ich dachte, das Baby wäre nicht herausgefallen, sondern würde wachsen. Später stellte ich fest, dass man mich mit Haaren aus dem Schweif eines Pferdes zugenäht hatte, damit ich wieder wie eine Jungfrau aufgebrochen werden konnte. Aber nun eiterte die Stelle, wo eigentlich ein Baby gewesen wäre.

Während des Fiebers konnte ich nicht aufstehen. Manchmal hörte ich andere reden, sie sagten, ich sei ganz grün und würde bald sterben. Ich hatte einmal eine grüne Leiche gesehen und stellte mir vor, dass ich genauso aussah. Ich hätte Angst vor mir selbst bekommen. »Grüner Geist, grüner Geist«, wiederholte ich immer wieder. Der Meister kam mich besuchen, und als ich ihn durch zusammengekniffene Augen sah, stieß ich einen Angstschrei aus. Ich dachte, er wollte mich wieder vergewaltigen. Er wirkte nervös und versuchte mich zu beruhigen. Er sagte, er hätte sich stets gut um mich gekümmert und ich solle daran denken, dass er mich nie geschlagen hätte. Er hielt mich für so dumm, meinte, dass ich ihm auch noch dankbar wäre, statt ihm nach meinem Tod als Geist zu erscheinen. Ich hatte das für mich schon beschlossen. Dann kam ein Arzt, und sie banden mir Arme und Beine fest, bevor er Beutel mit Medizin in mich hineinschob; sie fühlten sich an wie brennende Steine. Ich flehte sie an, mich lieber sterben zu lassen. Nach einer Woche sank das Fieber, und meine Herrin ließ mich noch einen weiteren Monat bleiben, bis ich langsam abschwoll und verheilte und man die Naht mit dem Rosshaar nicht mehr sah. Dann verkaufte sie mich an ein Bordell. Glücklicherweise war es das Haus erster Klasse, wo sie selbst gearbeitet hatte, bevor der Kaufmann sie zu seiner Konkubine gemacht hatte. Die Mutter des Hauses inspizierte mich von oben bis unten und stocherte an der Öffnung meiner Vagina herum. Sie war froh, dass ich noch nicht aufgebrochen war.

Sie gaben mir den Namen Tautropfen. Alle sagten, ich sei sehr klug, weil ich schnell singen und Gedichte vortragen lernte. Die Männer bewunderten mich, rührten mich aber nicht an. Sie sagten, ich sei wertvoll, eine kleine Blume – alle möglichen Sachen, die mich zum ersten Mal in meinem Leben wirklich glücklich machten. Ich war so ausgehungert nach Zuneigung, ich konnte nicht genug davon bekommen. Als ich dreizehn war, wurde meine Defloration an einen reichen Gelehrten verkauft. Ich hatte Angst, dass er die Wahrheit über meine Jungfräulichkeit entdecken würde. Was passierte wohl, wenn er merkte, dass ich zugenäht worden war? Er würde wütend werden und mich totschlagen, und die Mutter des Hauses würde zornig sein und mich ebenfalls totschlagen. Aber was konnte ich tun?

Als der Gelehrte mich an den Hüften nahm, presste ich die Beine zusammen, aus Angst, er würde bald die Wahrheit bemerken. Doch als der Gelehrte schließlich den Rosshaarfaden durchbrach, tat es genauso weh wie beim ersten Mal, und ich schrie und weinte echte Tränen. Blut lief heraus. Als der Gelehrte später den Schaden begutachtete, den er angerichtet hatte, zog er ein einzelnes Pferdehaar heraus. »Ah, schon wieder«, meinte er. Es war also nicht das erste Mal, dass man ihn mit diesem Trick hereingelegt hatte. Ich schlotterte vor Angst und weinte, und ich erzählte ihm, der Meister meines alten Hauses hätte mir befohlen, feuchte Tücher zu holen, als ich neun war, und meine Herrin hätte mich zugenäht, nachdem das Baby herausgefallen war. Ich brabbelte von meinem Fieber und dass ich beinahe ein grüner Geist geworden wäre.

Der Gelehrte stand auf und zog sich an. Das Mädchen brachte angewärmte feuchte Tücher, und er sagte, er würde sich selbst säubern. Er wirkte traurig. Nachdem er gegangen war, wartete ich darauf, dass die Mutter des Hauses hereinkam und mich schlug. Bestimmt würde sie mich hinauswerfen. Stattdessen trat sie zu mir und betrachtete das Blut auf dem Bett. »So viel!«, rief sie erfreut. Sie gab mir einen Dollar und sagte, der Gelehrte hätte ihn als zusätzliches Geschenk für mich dagelassen. Er war ein sehr freundlicher Mensch, und es tat mir leid, als ich ein paar Jahre später hörte, er sei an einem hohen Fieber gestorben.

So ist es also, entführt und später in die Unterwelt der Lebenden gebracht zu werden. Du bist nicht die Einzige. Und ob deine Defloration nun hier oder in den Armen eines Liebhabers oder Ehemanns vollzogen wird, du wirst wohl keinen Pferdeschweif für dein Ehebett brauchen.

Einen Monat nachdem Zauberkürbis Mutter Ma die Syphilisgeschichte erzählt hatte, ging es der alten Dame sehr schlecht, und alle waren sich einig, dass sie es womöglich nicht bis zum Frühlingsfest schaffen würde. Nicht nur blieben ihre Finger schwarz, auch ihre Beine färbten sich so. Wegen der Geschichte, die Zauberkürbis sich ausgedacht hatte, fürchtete sie ernsthaft, dass sie an Syphilis erkrankt war. Wir wussten nicht, was es wirklich war. Vielleicht waren es die Leberpillen. Vielleicht war es doch Syphilis.

Doch dann kam das Hausmädchen der alten Trappe zu uns in den Gemeinschaftsraum, als wir gerade beim Frühstück saßen. Sie erzählte, sie habe den Nachttopf ihrer Herrin ausleeren wollen, sei gestolpert, und dabei sei ihr etwas Urin ins Gesicht und in den Mund gespritzt. Er habe süß geschmeckt. Ein anderes Mädchen erzählte, eine frühere Herrin habe süß schmeckenden Urin gehabt und auch bei ihr hätten sich Hände und Füße schwarz gefärbt. Nun wussten wir also, dass sie an der Zuckerkrankheit litt.

Es kam ein Arzt. Trotz Mutter Mas Protest schnitt er ihr die Bandagen auf. Ihre Füße waren schwarz und grün und eiterten. Sie weigerte sich, ins Krankenhaus zu gehen. Also schnitt ihr der Arzt gleich vor Ort die Füße ab. Sie schrie nicht. Sie verlor den Verstand.

Drei Tage später rief sie mich zu sich. Ich sollte mich mit ihr in den Garten setzen, wo sie ihre fußlosen Beine lüften wollte. Ich hatte gehört, sie wolle jetzt allen Genugtuung leisten. Sie glaubte, ihre Krankheit werde durch ihr Karma verursacht und es wäre vielleicht noch nicht zu spät, um die Richtung zu ändern.

»Violet«, flötete sie zuckersüß, »du hast gute Manieren, sagt man. Iss nicht zu viele fette Speisen. Das ist nicht vorteilhaft für die Haut.« Sie tätschelte mir sanft das Gesicht. »Du bist so traurig. Man verlängert das Leiden nur, wenn man sich falsche Hoffnungen macht. Irgendwann wirst du alle Welt hassen und wahnsinnig werden. Ich war auch einmal wie du. Ich stamme aus einer Gelehrtenfamilie. Mit zwölf wurde ich entführt und in ein Haus erster Klasse gebracht. Ich habe mich gewehrt und geweint und gedroht, mich mit Rattengift umzubringen. Aber dann hatte ich zuvorkommende Kunden, freundliche Patrone, ich war der Liebling von vielen. Ich hatte viele Freiheiten. Als ich fünfzehn war, fand mich meine Familie. Sie nahmen mich aus dem Haus, und weil ich beschädigte Ware war, verheirateten sie mich als Konkubine an einen netten Mann mit einer bösartigen Mutter. Das war schlimmer, als Sklavin zu sein! Ich lief von dort weg und kehrte in das Kurtisanenhaus zurück. Ich war so glücklich, so froh, das gute Leben wiederzuhaben. Sogar mein Ehemann freute sich für mich. Er wurde einer meiner besten Kunden. Diese schöne Geschichte kannst du eines Tages einer jungen Kurtisane über dein eigenes Leben erzählen.«

Wie konnte ein Mädchen das nur für ein glückliches Leben halten? Doch ich musste zugeben: Wäre ich denn Chinesin und würde dieses Leben mit allen Möglichkeiten vergleichen, die sich mir boten, dann könnte auch ich mit der Zeit zu der Überzeugung gelangen, dass es ein Glück für mich war, hier zu sein. Aber ich war nur Halbchinesin, und ich hielt mich an meiner amerikanischen Hälfte fest. Ich glaubte, mir stünden noch andere Möglichkeiten offen.

Ein paar Tage später erschien erneut der Arzt. Er trennte Mutter Ma ein Bein ab, am nächsten Tag das andere. Sie konnte sich nicht mehr bewegen und musste auf einer kleinen Sänfte herumgetragen werden. Eine Woche später verlor sie die schwarzen Finger, dann die Hände, mithin ein Stück nach dem anderen, bis nichts mehr übrig war als Rumpf und Kopf. Sie erzählte allen, dass sie nicht sterben würde. Sie wollte am Leben bleiben, um uns besser behandeln zu können, wie Töchter. Sie versprach, uns zu verwöhnen. Je schwächer sie wurde, desto freundlicher wurde sie. Sie lobte alle. Zauberkürbis bescheinigte sie musikalisches Talent.

Bald wusste Mutter Ma nicht mehr, wer ich war. Sie wusste gar nichts mehr. Alles verschwand, wie Worte im Atem. Sie sprach im Traum, rief, dass die Geister von Persimone und Kommissar Li gekommen seien, um sie in die Unterwelt zu bringen. »Sie haben gesagt, ich bin jetzt fast so schwarz wie sie, und wir drei würden zusammen wohnen und einander trösten. Ich bin bereit zu gehen.«

Zauberkürbis hatte ein sehr schlechtes Gewissen, weil Mutter Ma ihre Lüge glaubte, sogar bis zum Ende. »Schsch«, machte sie. »Ich bringe dir eine Suppe, damit deine Haut wieder weiß wird.« Aber kurz darauf war die alte Dame tot.

»Schwere Umstände können selbst die besten Menschen verhärten«, sagte Zauberkürbis. »Violet, wenn ich einmal so werde, denk an das Gute, das ich für dich getan habe, vergiss die Verletzungen.«

Während sie Mutter Mas Leiche wusch, um sie für die Unterwelt vorzubereiten, sagte sie: »Mutter, ich werde immer daran denken, dass du gesagt hast, mein Zitherspiel sei ganz besonders gut.«

Eine Woche nachdem Mutter Ma gestorben war, kam Goldtaube ins Haus. Es war fünf Monate her, seit ich sie zuletzt gesehen hatte, und doch schien sie sehr gealtert zu sein. Zuerst war ich zornig. Sie hatte die Möglichkeit gehabt, meiner Mutter zu sagen, dass ich noch am Leben war. Sie hatte mir meine Chance genommen, gerettet zu werden. Fast hätte ich von ihr verlangt, meiner Mutter noch einmal zu schreiben, als mir klar wurde, dass ich mich benahm wie ein selbstsüchtiges Kind. Sie hatte niemals die Möglichkeit gehabt, mich zu retten. Seit ich in die Halle der Beschaulichkeit gekommen war, hatte ich viele Geschichten über Leute gehört, die umgebracht worden waren, weil sie sich gegen die Wünsche der Grünen Bande gestellt hatten. Ich fiel Goldtaube in die Arme und hatte ihr nichts zu sagen. Sie wusste, was für ein Leben ich mit meiner Mutter geführt hatte. Sie wusste, wie ich verwöhnt worden war. Sie wusste, wie sehr ich als Kind gelitten hatte, weil ich glaubte, meine Mutter hätte mich nicht mehr lieb.

Beim Tee erzählte sie uns, dass der Verborgene Jadepfad seinen Glanz verloren hätte. In den Ecken würde sich der Schmutz sammeln, an den Kronleuchtern würden Staubfäden hängen. Die Möbel hätten schon nach wenigen Monaten schäbig ausgesehen, und alles, was im Haus meiner Mutter ungewöhnlich und frivol gewirkt hätte, würde nun einfach nur noch seltsam erscheinen. Ich stellte mir mein Zimmer vor, mein Bett, meine Schatzkiste mit den Federn und Stiften, meine Bücher. Ich hatte das Studierzimmer vor Augen, wo ich durch einen Spalt im Vorhang der Glastüren beobachtete, wie meine Mutter und Lu Shing sich leise unterhielten und beratschlagten, was sie tun sollten.

»Ich gehe weg aus Shanghai«, sagte Goldtaube. »Ich gehe nach Soochow, dort ist das Leben freundlich zu denen, die alt werden. Ich habe ein wenig Geld. Vielleicht mache ich irgendeinen Laden auf. Oder ich tue nichts anderes, als mit Freundinnen Tee zu trinken und Mah-Jongg zu spielen wie die alten Matriarchinnen.«

Eines wusste sie ganz sicher: Sie wollte auf gar keinen Fall selbst ein neues Haus betreiben. »Heutzutage muss man dafür rücksichtslos und hinterhältig sein. Die Leute müssen Angst davor haben, was man tun könnte. Wenn man nicht rigoros ist, kann man auch gleich die Türen für die Ratten und die Gauner aufmachen, damit sie sich nehmen können, was sie wollen.«

Sie überbrachte Neuigkeiten von Fairweather. Er war das Lieblingsthema von Patronen und Kurtisanen auf Abendgesellschaften. Nachdem er meine Mutter hereingelegt hatte, betonten alle noch einmal, wie raffiniert und gut aussehend er war. Niemand fand, er hätte etwas sonderlich Schlimmes angestellt. Er war ein Amerikaner, der eine andere Amerikanerin betrogen hatte. Es verletzte mich, wie wenig die Leute mit meiner Mutter mitfühlten. Ich hatte nie gewusst, wie groß ihre Abneigung gegen sie war.

In Hongkong lebte er mit Wattewolke in einem großen Haus auf halber Höhe eines Berges. Innerhalb eines Monats ging ihnen wegen seiner Spielsucht und Wattewolkes Vorliebe für Opium das Geld aus. Wattewolke arbeitete wieder in einem Bordell, und Fairweather versuchte abermals, einen Geschäftsmann hereinzulegen, einen Großunternehmer, der Mitglied einer anderen Triade war. »Fairweather hat es nicht geschafft, dem Unternehmer Geld abzunehmen. Stattdessen hat er seiner Tochter das Herz und ihre Jungfräulichkeit abgenommen. Überall erzählte man sich das Gleiche: Fairweather wurde mit dem Kopf voran in einen großen Sack Reis gesteckt, und sie warfen ihn mit zappelnden Füßen in das Hafenbecken, wo er sofort unterging. Bei der Vorstellung wurde mir ein bisschen übel, aber ich bedauerte nicht, dass er einen schrecklichen Tod erlitten hatte.«

Als Zauberkürbis hinausging, um Tee und Knabbereien zu bestellen, sprach mich Goldtaube auf Englisch an, um mögliche Mithörer nicht mit Klatsch und Tratsch zu versorgen. »Ich kenne dich seit dem Tag deiner Geburt. Du bist deiner Mutter in allerlei Hinsicht sehr ähnlich. Oft siehst du zu viel, zu deutlich, und manchmal siehst du mehr, als wirklich da ist. Aber manchmal siehst du auch viel weniger. Du bist nie zufrieden mit dem Ausmaß oder der Art von Liebe, die du bekommst. Du willst mehr, und du leidest, weil du nie genug haben kannst. Und selbst wenn dieses Mehr vor dir liegt, du siehst es nicht. Jetzt leidest du sehr, weil du diesem Gefängnis nicht entfliehen kannst. Eines Tages wirst du es jedoch schaffen. Hier leidest du nur vorübergehend. Aber ich hoffe, du leidest nicht dein ganzes Leben, weil du wegen allem, was geschehen ist, keine Liebe an dein Herz lässt. Das hätte deiner Mutter passieren können, aber du hast sie gerettet, nachdem sie betrogen wurde. All die Liebe, die sie empfinden konnte, war nur da, weil du geboren wurdest und ihr verschlossenes Herz geöffnet hast. Wenn du diesen Ort eines Tages verlässt, komm mich in Soochow besuchen. Ich warte auf dich.«

»Zieh dir die Schuhe aus«, befahl mir Zauberkürbis. »Und die Strümpfe auch.« Sie runzelte die Stirn. »Mach die Zehen spitz.« Sie seufzte, schüttelte den Kopf und starrte die Zehen weiter an, als könnte sie sie allein durch den Gedanken zum Verschwinden bringen.

Die neue Mutter des Hauses sollte in zwei Tagen eintreffen, und Zauberkürbis wollte unbedingt erreichen, dass ich bleiben durfte, sodass auch sie bleiben konnte, als meine Zofe. Vom Schuster ließ sie ein Paar steife Schuhe anfertigen, die mich zwangen, nur auf den Fußballen zu stehen. Er fügte noch Manschetten hinzu, damit man die Fersen nicht sah, und band mir rote Bänder um die Knöchel. Durch die Schuhe entstand der Eindruck, ich hätte winzige, verkrüppelte Füße.

»Geh mal durch das Zimmer«, wies sie mich an.

Ich stakste wie eine Ballerina. Nach fünf Minuten humpelte ich steif wie eine Ente ohne Füße. Ich ließ mich in einen Sessel fallen und weigerte mich, es weiter zu versuchen. Zauberkürbis zwickte mich fest in den Arm, damit ich aufstand. Kaum hatte ich einen Schritt getan, kippte ich um und riss einen Blumenständer samt Vase mit.

»Deine Schmerzen sind nichts im Vergleich zu dem, was ich aushalten musste. Ich durfte mich nie hinsetzen. Ich durfte mir nie die

Schuhe ausziehen. Ich fiel hin, stieß mir den Kopf und verletzte mir den Arm. Und alles für nichts.« Sie hob einen ihrer unförmigen Füße hoch. Er war fast so groß wie meine natürlichen. Der Spann war ein Höcker. »Als ich an die Familie des Kaufmanns verkauft wurde, hat sich niemand die Mühe gemacht, mir die Füße weiter zu binden, und ich war damals froh darüber. Später wurde mir klar, dass meine Füße in zweierlei Hinsicht unglücklich waren – sie waren hässlich und immer noch groß. Als ich in diesem Geschäft anfing, war es wichtig, Lilienfüße zu haben. Wären meine Füße kleiner gewesen, hätte ich den ersten Platz der Schönsten von Shanghai machen können. Stattdessen trug ich Schuhe, wie du sie an deinen verwöhnten Füßen trägst, und wurde nur Nummer sechs.« Sie schwieg kurz. »Nummer sechs ist natürlich gar nicht so schlecht.«

Am Nachmittag färbte sie mir die Haare schwarz, ölte sie ein und band sie eng zurück, damit sie flach anlagen. Dabei redete sie.

»Niemand ist hier, um es dir recht zu machen. Das musst du nicht von mir erwarten. Du bist hier, um es anderen recht zu machen. Du solltest niemals jemandem missfallen – nicht den Männern, die dich besuchen, nicht der Mutter, nicht deinen Blumenschwestern. Na ja, den Dienern und den Hausmädchen musst du es vielleicht nicht recht machen. Aber sieh zu, dass du sie nicht gegen dich aufbringst. Wenn du anderen gefällig bist, erleichterst du dir das Leben. Das Gegenteil führt nur zum Gegenteil. Du musst der neuen Mutter des Hauses zeigen, dass du das verstanden hast. Du musst das Mädchen sein, das sie behalten will. Wenn du in ein anderes Haus geschickt wirst, wird das Leben schlechter, darauf kannst du Gift nehmen. Mit deiner Beliebtheit und den Annehmlichkeiten in deinem Leben würde es nicht bergauf gehen, sondern nur bergab. Auf und ab – daraus besteht unser Leben. Du betrittst die Bühne und tust alles, damit die Männer dich lieben. Später werden sie sich an diese Momente mit dir erinnern. Es sind aber keine Erinnerungen an dich, sondern an das Gefühl, dass sie unsterblich waren, weil du sie zu Göttern gemacht hast. Denk daran, Violet, wenn du von der Bühne trittst, wirst du nicht dafür geliebt, wer du bist. Wenn du abtrittst, wirst du vielleicht überhaupt nicht geliebt.« Sie puderte mir das Gesicht, und weiße Staubwolken stoben auf. Sie las mein Gesicht. »Ich weiß, du glaubst mir jetzt nicht.« Mit einem Kajalpinsel fuhr sie mir über die Augenbrauen und malte mir die Lippen an. »Ich werde dir das alles oft sagen müssen.«

Sie hatte unrecht. Ich glaubte ihr. Ich wusste, das Leben konnte grausam sein. Ich hatte den Niedergang vieler Kurtisanen mit angesehen. Ich glaubte, dass meiner Mutter etwas Grausames widerfahren war. Deshalb war sie so gefühllos und konnte niemanden wirklich lieben, nicht einmal mich. Sie konnte nur egoistisch sein. Ganz egal, wie es mir in der Zukunft ergehen würde, ich würde nicht so werden wie sie.

Zauberkürbis brachte mir einen Kopfschmuck. »Den habe ich getragen, als ich so alt war wie du. Das sind nur winzige Saatperlen, aber irgendwann wirst du einen eigenen Kopfschmuck haben, dann sind die Perlen vielleicht echt.« Sie legte ihn mir um den Hinterkopf, zog ihn mir über das Gesicht und steckte die losen Strähnen hinein.

»Es ist zu eng«, beschwerte ich mich. »Das zieht an den Augenwinkeln.«

Sie schlug mich leicht auf den Kopf. »*Oyo!* Kannst du nicht mal so ein kleines bisschen Schmerz aushalten?« Sie trat einen Schritt zurück und betrachtete streng das Ergebnis, dann lächelte sie. »Gut. Phönix-Augen, die schönste Form. Schau in den Spiegel. Mandelförmige Augen, die an den Enden nach oben laufen. Ganz egal, wie sehr ich mir die Haare an den Schläfen nach hinten ziehe, ich bekomme keine Phönix-Augen hin. Diese Augen hast du von der väterlichen Seite deiner Familie.«

Ich konnte den Blick gar nicht von meinem Spiegelbild abwenden, immer wieder öffnete und schloss ich den Mund und wandte den Kopf. Mein Gesicht, wo war mein Gesicht? Ich fasste mir an die Wangen. Warum sahen sie größer aus? Der Kopfschmuck bildete ein V an der Stirn und rahmte mein Gesicht ein, sodass es ein langes Oval bildete. Die Augenbrauen liefen an den Enden ebenfalls ein wenig nach oben. Die Lippen waren zu einem Schmollmund geschminkt, das Gesicht war weiß gepudert. Allein mit diesen wenigen Maßnahmen war meine westliche Hälfte verschwunden. Ich gehörte nun der Hautfarbe an, die ich einst als untergeordnet betrachtet hatte. Ich schmatzte mit den Lippen und hob die Augenbrauen. Ich hatte das Gesicht einer Kurtisane. Nicht schön, nicht hässlich, aber fremd. Nachts schrubbte ich mir das neue Gesicht ab, und als ich in den Spiegel schaute, sah ich, wie schwarz meine Haare waren. Mein wahres Gesicht war immer noch da, war immer schon da gewesen: die Phönix-Augen.

Am nächsten Tag zeigte mir Zauberkürbis, wie man Puder und Rouge auflegte. Die gleiche chinesische Maske kam wieder zum Vorschein. Ich war verdutzt, aber diesmal nicht schockiert. Mir war bewusst, dass alle Kurtisanen anders aussahen, nachdem sie sich die Gesichter für den Abend zurechtgemacht hatten. Sie trugen Masken. Den ganzen Tag über nahm ich immer wieder den Spiegel zur Hand und betrachtete meine Maske. Ich legte noch mehr Puder auf und zog den Kopfschmuck noch enger, damit die Augen höher zurückgezogen wurden. Niemand, nicht einmal meine Mutter, hätte mich wiedererkannt.

Die neue Mutter des Hauses hieß Li, und sie brachte eine Kurtisane mit, die sie gekauft hatte, als das Mädchen vier war. Unter Mutter Lis Vormundschaft war aus Zinnober eine bekannte Kurtisane erster Klasse geworden, die nun neunzehn Jahre alt war. Sie hatte sich die Zuneigung der Mutter des Hauses erworben, die sie »Tochter« nannte. Sie waren aus Soochow gekommen, wo Frau Li ein Kurtisanenhaus erster Klasse betrieben hatte. Allgemein wurden die Kurtisanen aus Soochow für die besten gehalten. Jedermann war dieser Meinung, nicht nur in unserer Welt. Die Mädchen aus Soochow hatten eine sanfte Art, bewegten sich ungezwungen, und ihre Stimmen waren lieblich und leise. Viele Blumen aus Shanghai warben damit, dass sie aus Soochow stammten. Aber die Lüge wurde sofort offensichtlich, wenn jemand in der Nähe war, der wirklich aus

Soochow kam. Frau Li glaubte, sie könnte in Shanghai noch größeren Erfolg haben, denn dort würde das Geld über das Meer fließen. Nachdem sie die Halle der Beschaulichkeit gekauft hatte, hielt sie sich an den Brauch, Häuser erster Klasse nach der Mutter des Hauses oder der berühmtesten Kurtisane zu benennen. Sie wählte zu Ehren ihrer Tochter deren Namen: das Haus von Zinnober. Es war außerdem eine gute Werbung. Alle Kurtisanen wurden weggeschickt. Ich war noch keine Kurtisane, daher musste ich nicht gegen den Ruf ankämpfen, zweitklassig zu sein. Unter den Blumenschwestern, die uns verließen, wurde viel geweint und geflucht, während ihre Koffer inspiziert wurden, um sicherzugehen, dass sie keine Pelze und Kleider mitnahmen, die zum Haus gehörten. Die Kurtisane Blütenblatt bedachte mich mit einem hasserfüllten Blick. »Wieso behält sie dich? Ein Mischling gehört auf die Straße, nicht in ein Haus erster Klasse.«

»Was ist mit der Kurtisane Brise?«, entgegnete ich. Zauberkürbis hatte mir kürzlich von Brise erzählt, um mir Mut zu machen. Sie war zu einem Teil Chinesin und zu einem Teil Amerikanerin.

»Wie hoch der Anteil jeweils ist, weiß man nicht«, sagte Zauberkürbis. »Und es gab noch andere Gerüchte – dass sie nicht nur Kurtisane war, sondern zu Anfang eine gewöhnliche Prostituierte. Wer auch immer sie war, sie hat sich Schritt für Schritt hochgearbeitet, um einen besseren Status zu erlangen. Genau nach Plan hat sie sich die Zuneigung eines wohlhabenden westlichen Mannes erworben, der sie zur Frau nahm. Jetzt ist sie zu mächtig, als dass jemand offen über ihre Vergangenheit sprechen würde. Das solltest du auch tun. Schritt für Schritt, immer höher.«

Frau Li lud drei Kurtisanen aus Spitzenhäusern ein. Sie lockte sie mit dem Versprechen, sie könnten ihren gesamten Verdienst der ersten drei Monate behalten, ohne dem Haus einen Teil davon abzugeben.

»Sehr klug von Frau Li«, meinte Zauberkürbis. »Diese Mädchen werden hart arbeiten, um etwas davon zu haben, und das Haus von Zinnober kommt schnell in Gang.«

Die billigen Möbel und Dekorationen im Salon wurden gleich am ersten Tag durch die neueste Mode ersetzt. Und die Boudoirs der Kurtisanen wurden aufwendig neu hergerichtet, mit Samt und Seide, bemalten Glaslampen, geschnitzten Stühlen mit hohen Rückenlehnen und Quasten sowie Wandschirmen mit Spitzenvorhängen, die die Toilette und die Badewanne vor Blicken schützten.

Mein Zimmer blieb, wie es war. »Du wirst frühestens in einem Jahr Gäste in deinem Zimmer unterhalten«, sagte Zauberkürbis, »und wir müssen Miete zahlen. Warum sollten wir unsere Schulden erhöhen?« Mir fiel auf, dass sie »unsere Schulden« gesagt hatte und damit klarstellte, dass sie auch »unser Geld« meinte. »Was ich in diesem Zimmer habe«, fuhr sie fort, »ist viel schöner als alles, was die anderen Mädchen hatten. Es ist noch modern, und außerdem ist alles bezahlt.« Die Möbel waren wenig elegant und schäbig.

Am zweiten Tag saßen wir mit Frau Li und Zinnober am Tisch. Zauberkürbis hatte mich bereits ermahnt, still zu bleiben, sonst würde sie mir ein Loch in den Oberschenkel zwicken.

»Weißt du, warum ich sie behalte?«, fragte Frau Li Zauberkürbis.

»Aus Mitgefühl für dieses unglückliche heimatlose Kind, und weil sie eine große Zukunft vor sich hat. Wir sind sehr dankbar.«

»Aus Mitgefühl? Pah! Ich tue meiner alten Blumenschwester Goldtaube einen Gefallen, sonst nichts. Sie hatte noch etwas gut bei mir, wegen einer Sache, die viele Jahre her ist. Und diese Schuld hat sie eingeklagt, als sie nach Soochow gezogen ist.«

Die Schulden gegenüber Goldtaube waren nun auf mich übergegangen. Frau Li starrte mich unverwandt an. »Du benimmst dich besser. Ich habe nicht versprochen, dass du für immer bleiben kannst.«

Zauberkürbis dankte ihr überschwänglich. Sie sagte, sie wäre eine würdige Lehrerin und eine zuverlässige Zofe. Sie plapperte weiter über ihre Erfahrung als Kurtisane erster Klasse und ihre Platzierung unter den zehn Schönsten von Shanghai.

Die neue Mutter des Hauses unterbrach sie. »Es reicht mit dieser Prahlerei. Das ändert alles nichts an der Tatsache, dass sie ein

Mischling ist. Und ich möchte nicht, dass Violet sich vor Gästen damit rühmt, dass sie Lulu Mimis Tochter ist. Alle lachen über die amerikanische Mutter eines Kurtisanenhauses, weil sie einem amerikanischen Liebhaber in die Falle ging, der nichts weiter war als ein verurteilter Verbrecher, der aus dem Gefängnis geflohen war, bevor er nach Shanghai kam.«

Fairweather war ein Sträfling? »Woher …«, begann ich, da zwickte mich Zauberkürbis ins Bein und sagte zu Mutter Li: »Man sieht doch jetzt schon, dass sie überhaupt nicht westlich aussieht. Niemand wird sie erkennen. Wir haben ihr den Namen Violet gegeben.«

Frau Li runzelte die Stirn. »Und kannst du auch ihre grünen Augen färben? Wie sollen wir das erklären?«

Zauberkürbis hatte bereits eine Antwort vorbereitet. »Das kann sogar ein Vorteil sein«, sagte sie übertrieben vornehm. »Der große Dichtermaler Luo Ping hatte angeblich grüne Augen, und er konnte bis ins tiefste Innere der Seele hineinsehen.«

Frau Li schnaubte. »Der hat auch Geister aus der Unterwelt gesehen.« Sie hielt inne. »Ich will nicht, dass in ihrem Zimmer Bilder von Dämonen hängen. Das würde jeden Mann in Schrecken versetzen.«

Zinnober mischte sich ein. »Mutter, ich schlage vor, wir sagen einfach, ihr Vater war ein Mandschu, dessen Familie aus dem Norden stammte. An der Grenze gibt es viele, die ausländisches Blut und helle Augen haben. Und wir können hinzufügen, dass ihr Vater ein hoher Beamter beim Außenministerium war und gestorben ist. Das ist sowieso recht nahe an der Wahrheit.«

Frau Li starrte mich an, als wolle sie überprüfen, wie gut die Lügen zu meinem Gesicht passten. »Ich kann mich nicht erinnern, dass Goldtaube uns das erzählt hätte«, meinte sie.

»Na ja, sie hat gesagt, die Mutter ihres Vaters sei zu einem Teil Mandschu, und der Beamte war ihr Großvater. Ihr Vater war einfach nur eine große Enttäuschung für die Familie. Die ganze Wahrheit gereicht ihr nicht zum Vorteil.«

Mandschu-Blut! Eine Enttäuschung für die Familie! Es verblüffte mich, dass Goldtaube ihnen von meinem Vater erzählt hatte. Mir hatte sie diese Einzelheiten nie offenbart.

»Sag nicht, dass er im Außenministerium gearbeitet hat«, fügte Frau Li hinzu. »Die Leute könnten Witze reißen und sagen, dieses Mädchen sei das Ergebnis seiner Beziehungen zu einer Ausländerin. Zinnober, hat sie dir je seinen Namen gesagt?«

»Das habe ich nicht aus ihr herausbekommen«, sagte Zinnober. »Aber diese Erklärung reicht schon aus, um deine Schuld gegenüber Goldtaube in einen Vorteil zu verwandeln. Einige unserer Kunden sind immer noch Qing-Loyalisten. Und weil die Qing-Kaiser und -Kaiserinnen Mandschu waren, könnte das mit dem Mandschu-Blut ganz nützlich sein. Außerdem haben die Mandschu-Frauen keine gebundenen Füße, das wäre eine einfache Erklärung dafür, dass ihre Füße nicht klein sind.«

»Wir brauchen noch eine Geschichte über ihre Mutter«, sagte Frau Li, »für den Fall, dass jemand die Wahrheit noch nicht gehört hat.«

»Wir könnten behaupten, sie sei zum Teil Mandschu«, sagte Zinnober.

»Wir können sagen, sie hätte sich nach dem Tod ihres Mannes umgebracht«, meinte Zauberkürbis. »Eine ehrenhafte Witwe, ein unschuldiges Waisenmädchen.«

Zinnober ignorierte sie. »Die übliche Begründung reicht. Nach dem Tod des Vaters hat sein jüngerer Bruder das Vermögen der Familie verspielt, sodass der Witwe und ihrer Tochter nur ein Leben in der Gosse blieb.«

Frau Li klopfte ihr leicht auf den Arm. »Ich weiß, du bist noch verbittert deswegen. Aber ich bin froh, dass deine Mutter dich an mich verkauft hat.« Frau Li wandte sich mir zu. »Hast du gehört, was wir über deinen Vater und deine Mutter gesagt haben? Kannst du das alles behalten?«

Zauberkürbis mischte sich rasch ein. »Ich kann sie prüfen und dafür sorgen, dass sie jedes Detail auswendig weiß und keine Fehler macht.«

»In einem Monat muss sie so weit sein, dass sie ihre erste Abendgesellschaft besuchen kann. Es wird nicht offiziell verkündet, dass sie unsere jungfräuliche Kurtisane ist, ein Auftritt genügt, damit es sich herumspricht.«

Ich fühlte mich, als hätte sie gesagt, ich würde bald sterben.

»Keine Sorge«, sagte Zauberkürbis. »Sie ist ein braves Mädchen, und alle schlechten Charaktereigenschaften, die noch übrig sind, prügle ich aus ihr heraus.«

Frau Li sah uns beide fest an, dann entspannte sie sich. »Ihr dürft Mutter Li zu mir sagen.«

Als sie ging, zwickte mich Zauberkürbis in den Arm. »Es gibt nichts Wichtigeres als einen guten Anfang. Willst du ein gutes Leben haben? Willst du erstklassig sein? Morgen fange ich mit dem Unterricht an, und wenn du dann eines Tages bekannt bist und die Juwelen an dir funkeln, dann wirst du zu mir sagen: ›Zauberkürbis, du hattest recht, ich danke dir, dass du mir ein glückliches Leben geschenkt hast.‹«

4
Etikette für die Schönheiten des Boudoirs

Zauberkürbis unterrichtet die junge Violet, wie man eine begehrte Kurtisane wird und dabei Geizhälse, falsche Liebe und Selbstmord meidet.

Shanghai, 1912
Zauberkürbis

Möchtest du mit sechzehn schon völlig zerstört sein? Natürlich nicht. Dann nimm dir diese Lektionen zu Herzen.

Solange du noch eine jungfräuliche Kurtisane bist, musst du alle Verführungskünste lernen, insbesondere die Spannung zwischen Vorfreude und Zurückhaltung beherrschen. Vor Neujahr, an deinem fünfzehnten Geburtstag, kommt es nicht zu deiner Defloration, und ich gehe davon aus, dass du viele glühende Verehrer hast, wenn die Zeit gekommen und Mutter Li bereit ist, deine Knospe zu verkaufen.

Du magst dir denken: *Was weiß meine alte Zofe Zauberkürbis schon über die Liebe?* Mit neunzehn gehörte ich zu den Zehn Schönsten von Shanghai. Und nicht allzu viele Kurtisanen können sich halten, bis sie zweiunddreißig sind. Du siehst also, ich weiß mehr als die meisten anderen.

Der gute Ruf

Denke immer daran, dass du eine Welt der Romantik und der Illusionen schaffst, kleine Violet. Wenn du Zither spielst, sollte das die schmerzvolle oder muntere Begleitung zu deinem Liedgedicht sein. Singe deinem Freier vor, als wäre niemand sonst mit im Raum, als hätte euch das Schicksal in diesem Moment, an diesem Ort zusammengeführt. Du darfst die seidenen Saiten nicht einfach irgendwie zupfen oder die auswendig gelernten Zeilen herunterleiern. Dann könntest du es gleich bleiben lassen und dich mit der Sänfte direkt in ein Bordell bringen lassen, wo sich niemand mit Fiktionen, Rollenspielen oder dem Auftakt eines Liebesakts herumschlägt.

Die meisten Schönheiten beherrschen während ihrer Laufbahn nur zehn Liedgedichte. Du wirst aber nicht so sein wie die meisten. Du wirst etwas Besonderes sein. Während des kommenden Jahres lernst du drei Weisen über einsame Berghütten, drei ländliche Balladen über junge Mädchen und Männer, die sich in den Bergen begegnen, drei klassische Liedgedichte über die Rückkehr aus dem Krieg und von der Tigerjagd, einen Sprechgesang, um deine Gäste zum Lachen zu bringen, einen fröhlichen Gassenhauer für lustige Abendgesellschaften und ein Abschiedslied über Gefährten, die bald fortgehen – das bringt am Ende einer Feier etwas Wärme und zieht eine neue Einladung nach sich, sich wieder gemeinsam zu betrinken.

Du bist ein gebildetes Mädchen, deshalb weiß ich, dass du schnell lernst, wenn du dir nur Mühe gibst. Wenn du zu den Zehn Schönsten von Shanghai gehören willst, muss dein Repertoire so groß sein, dass du für jeden Freier, der dich ehrt und zu einer Essensgesellschaft einlädt, ein anderes Lied parat hast. Wenn du es ihm vorsingst, soll er alle anderen Frauen vergessen. Naht dann die Zeit, in der die Kunden aller Häuser erster Klasse die Zehn Schönsten nominieren, rate mal, wer die meisten Stimmen erhält? Jeden Monat eignest du dir ein neues Lied an, und jedes muss natürlich und ehrlich klingen, als käme es direkt aus deinem tiefsten Inneren. Ich begleite dich auf der Zither, bis dein Getriller sich nicht mehr anhört wie zwei kreischende Katzen, die sich um eine tote Maus streiten.

Wir wählen deine Liedgedichte sorgfältig aus. Vergiss die über den Winter im Gebirge, die vermitteln immer eine kalte, öde Stimmung. Gedichte über den Frühlingstau sind zu favorisieren, denn darin geht es um Erneuerung und Überfluss, also um das Gegenteil von Tod und Einsamkeit. Lieder über den Sommer, der in den Herbst übergeht, sind annehmbar, besonders wenn man dabei von Früchten kostet, die deinem Freier schmecken. Pass aber auf, dass die Früchte nicht zu reif sind, das lässt an Würmer denken. Nistende Schwalben klingen verheißungsvoll, doch vermeide Lieder, die mit herannahenden Elstern oder wegfliegenden Phönixen zu tun haben, denn sie überbringen schlechte Nachrichten und künden vom Rückzug des Lebens.

Später, wenn deine Defloration näher rückt, lernst du ein paar Liedgedichte über den Tod eines schönen Mädchens. Du findest es sicher merkwürdig, traurige Lieder auszuwählen, aber die Tragödie lässt das wehmütige Herz aufgehen und verstärkt Sehnsucht, Leidenschaft und Verzweiflung. Jeder Mann wird alles tun, um seinen Kummer loszuwerden und seine Geliebte wieder in den Armen zu halten. Selbst wenn er noch nie einen Menschen verloren hat, den er wirklich liebte, so wird er doch so tun wollen und sich neben dich legen, um sich mit deinem dahingeschiedenen Geist zu vereinigen und noch einmal auf dem Höhepunkt der Leidenschaft zu schwelgen. Das Trinkgeld für die Zofen und die Hausmädchen fällt besonders hoch aus, wenn die Lieder tragisch sind, gar nicht zu reden von den Geschenken, die dir zu deinen göttlichen Füßen gelegt werden.

Dann werden wir deinen Darbietungen mit der Zeit Liedgedichte hinzufügen, die der Selbstgefälligkeit eines Mannes entgegenkommen. Ist er Gelehrter, Geschäftsmann oder Politiker? Lieder, die auf die Bedeutung eines Menschen anspielen, singst du dem Gastgeber vor seinen Freunden vor, und je mehr du von ihnen kennst, desto besser kannst du nicht nur einen Gelehrten lobpreisen, sondern auch den Präsidenten einer Universität, nicht nur einen Geschäftsmann, sondern auch den Leiter des Renji-Krankenhauses. Es gibt zudem viele große Wirtschaftsführer. Du musst dich mit den Branchen auskennen, gelegentlich musst du vielleicht sogar den Vorsteher eines Tempels unterhalten. Aber das ist bei ihm ganz einfach: Er liebt Lieder für die Götter. Wenn du in einem vertraulichen Flüsterton singst, klingen die Worte aufrichtig, und seine Brust schwillt an, denn er weiß, dass auch die anderen Gäste diese Lobgesänge hören. Sie wirken sich bei jedem Mann gleich aus: Er fühlt sich mächtiger, männlicher, und es verstärkt seine Eroberungsbereitschaft und Großzügigkeit, umso mehr, wenn er genügend Wein getrunken hat. Du musst darauf achten, dass du den Becher nachfüllst, sobald er zur Hälfte geleert ist.

Mutter Li hat gesagt, du wirst in einem Monat an deiner ersten Abendgesellschaft teilnehmen. Das ist nicht dein formelles Debüt. Sie möchte aber, dass du dabei bist, damit der Klatsch zur Moskitopresse durchdringt. Das Gerede der Männer, die auf der Gesellschaft waren, wird in anderen die Begierde wecken, selbst Gastgeber einer Debütfeier zu werden. Tu aber nichts, was zu bösartigem Klatsch führt. Was meinst du wohl, warum es Moskitopresse heißt? Durch jede Feier werden neue Geschichten im *Social Shanghai* im Umlauf sein. Wie du dich im nächsten Monat aufführst, kann die Weichen für deine Zukunft stellen. Ich möchte weder, dass du dich wie ein kleines Mädchen benimmst noch wie eine Verführerin. Und gib bloß nicht mit deiner tollen westlichen Erziehung oder deinen schlauen Ansichten an. Halte dir die Hand vor den Mund, wenn du lachst. Das vergisst du immer. Kein Mann auf dieser Feier will sehen, was du Hässliches im Mund hast. Wenn die älteren Männer unverschämt werden, sag Großpapa zu ihnen. Manche von diesen alten Männern werden versuchen, dich zu sich auf den Schoß zu ziehen. Mistkerle. Wenn das passiert, komme ich schnell zu dir und sage: »Herr Wu erwartet uns in der Östlichen Straße des Wohlstands.« Das werde ich immer sagen, wenn ich dich aus einer unglücklichen Situation befreien will. Sei dann nicht so dumm und frage mich, wer Herr Wu ist.

Die erste Feier ist für einen wichtigen Mann namens Loyalty Fang. Wichtig bedeutet in dem Fall, dass er sehr reich ist. Er lädt zu einem großen Bankett ein und möchte für jeden seiner acht Gäste zwei Kurtisanen. Das verrät dir auch, wie bedeutend er ist. Es ist gut für dich, dass du auf der Gesellschaft eines reichen Mannes anfängst. Du wirst schon merken, wie alle erbitterte Konkurrentinnen sind. Sämtliche vier Schönheiten des Hauses werden da sein, und zusätzlich zwölf aus anderen Häusern. Dieser reiche Mann hat gefragt, ob unser Haus eine jungfräuliche Kurtisane hätte, und Mutter Li war froh, sagen zu können, sie hätte eine neue, ganz frisch und naiv. Das war ihm sehr recht, denn er interessiert sich für eine Vielfalt, was das Alter der Schönheiten betrifft. Wer weiß, vielleicht hat er auch ein besonderes Auge für Jungfrauen. Trotzdem, versuch nicht, ihn zu bezirzen – Frau Li hat ihn als Ehemann für Zinnober ins Auge gefasst. Wenn du beim ersten Mal gelegentlich gegen die Etikette verstößt, wird dir das jeder nachsehen. Es könnte als Beweis für deine Reinheit und Unschuld aufgefasst werden. Wenn du dich jedoch ganz schrecklich tollpatschig, dumm oder hochnäsig aufführst, hast du die Chancen auf ein angenehmes Leben verspielt. Dann kannst du von Glück sagen, wenn Frau Li dich als Dienstmädchen behält, damit du deine Schulden begleichen kannst.

Es kann sein, dass man dich nicht bittet, etwas Besonderes zu tun. Aber glaube nicht, das bedeutet, dass du gar nichts tun musst. Zuerst einmal musst du gut aufpassen und auf meine Stichwörter reagieren. Begrüße die Gäste, frage den Kunden, hinter dem du stehst, ob er noch Tee oder mehr von einer bestimmten Speise möchte. Wenn das der Fall ist, dann lass es mich wissen. Ich bringe, was er bestellt hat. Ich bezweifle, dass der Gastgeber es sich wünscht, dass du ihn unterhältst, denn es werden mehrere Schönheiten anwesend sein, die beliebte und versierte Erzählkünstlerinnen sind. Aber ich habe schon häufiger Überraschungen erlebt, und das waren dann nicht die glücklichsten. Zu diesem Zweck habe ich mich einer Geschichte erinnert, die du dir im Lauf der nächsten Woche einprägen kannst. Ich begleite dich auf der Zither, während du sie vorträgst.

In ihr geht es um die ewige Jugend. Wenn sie richtig erzählt wird, wird sich jeder Mann, der sie hört, wünschen, dass deine Jugend auf ihn abfärbt. Hautkontakt findet aber natürlich erst nach deiner Defloration statt. Mit dieser Geschichte gibst du ein Versprechen für die Zukunft. Unsterblichkeit. Das Märchen verspricht schon seit über tausend Jahren Unsterblichkeit. Es heißt »Pfirsichblütenfrühling«, und jedes Kind kennt irgendeine Version davon.

Weil es so oft erzählt wird, musst du dich beim Vortrag ganz besonders anstrengen. Viel Ausdruck – Traurigkeit, Erstaunen, Überraschung, ehrliches Bedauern und so weiter. Du machst eine Pause, siehst in die Ferne, bewegst die Augen zur Seite, um die Spannung zu steigern. Als ich jünger war, sagten viele Männer, sie hätten sich der Unsterblichkeit nie näher gefühlt, als wenn sie mir zuhörten. Sogar die anderen Kurtisanen gaben mir das zu verstehen, und die schmeicheln einer anderen Schönheit normalerweise nicht, außer es ist unaufrichtig.

Meine Version ging ungefähr so: Ein armer Fischer schläft auf seinem Boot ein, das in eine versteckt liegende Grotte treibt. Auf der anderen Seite kommt er wieder heraus. Dort kleiden und unterhalten sich die Menschen im Stil einer vergangenen Zeit. Es gibt keinen Krieg und keine Sorgen, keinen Hass und keinen Neid, keine Krankheit und kein Alter. Es gibt nur eine einzige Jahreszeit, den Frühling. Die Mädchen sind alle Jungfrauen, der Wein schmeckt immer süß, stets blühen die Pfingstrosen. Auf allen Hügeln wachsen Bäume, deren Zweige schwer mit prallen Pfirsichen behängt sind.

»Wo bin ich hier?«, fragt der Fischer ein junges Mädchen. Sie antwortet: »In dem Land Pfirsichblütenfrühling«, und beglückt ihn dann, wie er es nie für möglich gehalten hätte. »Mit Wein und Gesang«, solltest du voller Unschuld hinzufügen. Du wirst großes Gelächter ernten. Auf jeden Fall: In diesem Himmel auf Erden vergeht die Zeit nicht. Sie erneuert sich, genau wie seine Unersättlichkeit. Schließlich kommt er wieder zur Besinnung, und ihm wird bewusst, dass zu Hause alle krank vor Sorge über sein Fernbleiben sein müssen. Beladen mit köstlichem Fleisch und Obst für seine Mutter, seinen Vater und seine Frau kehrt er nach Hause zurück. Er will seinen Freunden vorschlagen, mit ihm in dieses ideale Land zurückzukehren. Als er seinen Heimatort erreicht, ist das Boot ein leckes Wrack. Das halbe Dorf ist niedergebrannt, die Pagode ist eingestürzt, und die Leute erschrecken vor ihm, weil Bart und Haare lang und verfilzt sind. Er erfährt, dass zweihundert Jahre vergangen sind, drei Bürgerkriege verloren wurden und dass alle aus der Familie und von den Freunden längst gestorben sind. Traurig kehrt er zu seinem Boot zurück, setzt es instand und will erneut zu der Grotte fahren. Viele Jahre vergehen, und er sitzt immer noch im Boot, kann aber das Land Pfirsichblütenfrühling nicht finden.

Das ist die Geschichte, wie sie jeder kennt, ich möchte aber ein gutes Ende hinzufügen. Es geht so: Der Fischer will sich gerade ertränken, da entdeckt er am Flussufer genau das hübsche Mädchen von einst. Sie isst einen Pfirsich, der so groß ist, dass sie ihn mit beiden Händen an ihre kirschroten Lippen führen muss. Sie winkt ihm, und gemeinsam fahren sie durch die Grotte. Nichts hat sich im Land Pfirsichblütenfrühling verändert. Die Mädchen sind da. Die Pfirsichbäume. Das Wetter. Die Zufriedenheit. Der Fischer ist wieder jung und schön – und natürlich ähnelt er dem Gastgeber der Gesellschaft auffallend. Das Mädchen sieht aus wie du.

Immer wenn ich dieses Ende erzählt habe, erwähnte ich die erotischen Freuden, die der glückliche Mann genießen durfte. Jeder kennt sie. Mit den Goldfischen schwimmen, von der Wassermelone kosten, den Pfirsichbaum erklimmen. Oft waren es genau die, von denen ich wusste, dass der Gastgeber eine Vorliebe für sie hatte. Aber du solltest diese Details natürlich nicht mit einbauen, solange du noch eine jungfräuliche Kurtisane bist. Vielleicht nächstes Jahr. Wenn ich dich auf der Zither begleite, wird mein Spiel dich erinnern, was du als Nächstes sagen musst: ein wenig Glissando, um die überraschende Ankunft im Land des Pfirsichblütenfrühlings anzukündigen, Tremolo für die steigende Leidenschaft, und für die Rückkehr in die Vergangenheit wische ich über alle einundzwanzig seidenen Saiten. Während der nächsten paar Wochen bringe ich dir für jedes Wort die genaue Mimik und Gestik bei. Du musst dabei aber trotzdem natürlich und überrascht aussehen, als würde sich die Geschichte gerade vor dir entfalten und als wären alle deine Emotionen echt und unerwartet. Du wirst lernen, mit der melodiösen Stimme eines unschuldigen Mädchens vorzutragen, lieblich auf und ab zu trillern, gezielt zögerlich zu erzählen oder dich zu freudiger Erlösung zu steigern.

Zu einer hochwertigen Vorstellung gehört noch etwas anderes. Manche Mädchen tragen kunstfertig, aber ohne jedes Gefühl vor. Sie beherrschen vielleicht die Technik, aber vor lauter Konzentration runzeln sie die Stirn. Diesen Stil nenne ich »Auf den Pfeil schauen statt auf das Ziel«. Furchtbar langweilig. Nach drei Minuten hoffen die Männer, dass die Geschichte bald zu Ende ist, damit sie ausgelassen weiterfeiern können.

Ein anderer Stil heißt »Das eigene Herz rühren«. Die Schönheit schließt dabei die Augen und scheint in einer anderen Welt gefangen zu sein. Sie strahlt vor Freude, hebt vielleicht ein wenig die Augenbrauen oder lächelt in sich hinein, um zu zeigen, dass es ihr gefällt, wie sie die Musik spielt. Wie eingebildet.

Den dritten Stil nenne ich »Zusammen im Entzücken schwelgen«. Das ist der Stil, den du erlernen wirst. Denk an die Geschichte, während ich dir sage, was du tun sollst. Am Anfang hast du die Augen ein wenig geöffnet, die Lider sind noch schwer vom Träumen, und während du den Blick schweifen lässt, um deine Umgebung wahrzunehmen, trifft dein Blick den des Gastgebers. Versuch das jetzt mal. Nein, du sollst die Augen nur langsam bewegen. Wenn du das zu schnell machst, wirkst du misstrauisch. Als Nächstes siehst du ihn unverwandt an, voller Sehnsucht. Dann schließt du die Augen wieder halb – das ist zu viel, das sieht jetzt aus, als würdest du schlafen. Schau so, als wärt ihr gemeinsam ins Paradies eingetreten. Lass den Mund locker, öffne die Lippen – nicht so weit. Und jetzt lass den Blick auf ihm ruhen, während sich dein Gesicht rötet, so sehr genießt du es. Du kannst es nicht kontrollieren. Plötzlich schnappst du nach Luft – sanft, vor Lust, nicht vor Angst. Und du wirkst ein wenig unsicher – nein, nein, nicht die Stirn runzeln –, ein fragender Blick, der ausdrückt, dass du das Schicksal annimmst. Mit diesem Traum von ihm in deinen Augen wirst du von deinen Gefühlen fortgerissen. Du bist ein unschuldiges Mädchen, hast ein wenig Angst, weil du nicht weißt, wohin du gehst. Schließ die Augen, atme schnell, trällere instinktiv zum Tremolo der Zither. Dann sage »Ah!«, mit einer Ekstase, die deine Sinne vernichtet. Das heißt, deine Miene sollte ein wenig Schmerz ausdrücken, als wärst du gestorben, aber es ist nur ein kleiner Schmerz, ein vorübergehender Tod, also verharre nur ein paar Sekunden lang still. Beiß nicht die Zähne zusammen. Den Schmerz empfindest du im Herzen. Dann entspannst du das Gesicht, öffnest deine Augen wieder, und wenn dein verträumter Blick auf ihn trifft, wird er seinen Geldbeutel nicht schnell genug öffnen können, in der Hoffnung, er bekommt deine Defloration zugesprochen.

Du musst wissen, dass es in der Geschichte von dem Land Pfirsichblütenfrühling nicht einfach um den Wunsch nach Unsterblichkeit geht. Es geht auch um den geheimen Ort in der Vergangenheit eines Mannes, der ihm jetzt versagt bleibt, den Ort, wo er sich am lebendigsten fühlte. Wenn er daran denkt, wird ihm bewusst, dass sein jetziges Leben trist und einsam ist. Er ist sentimental und trauert um die verstrichene Zeit.

Vielleicht hat er wehmütige Erinnerungen an eine schmutzige Episode aus den Tagen seiner Jugend. Das ist typisch. Hat eine verheiratete Cousine eine romantische Liebesgeschichte mit ihm angefangen? Oder war es ein älteres Mädchen, das ihn verführt hat? Was sah er, als er sich den Finger anfeuchtete und ein Loch in das Papierfenster zum Zimmer seiner jungen Tante bohrte? War sie mit seinem Onkel, seinem Vater oder einem Jungen seines Alters zusammen? Was tat sie, als sie ihn erwischte? Bestrafte sie ihn? Genoss er die Bestrafung? Welche erotische Erinnerung benutzt er, um den Höhepunkt zu erreichen?

Denk auch daran, dass ein erwachsener Mann vielleicht leidvolle Sehnsucht nach seinem idealen Ich empfindet. Er sollte ein Erbe von hohen moralischen Maßstäben hinterlassen, damit seine Nachfahren ihn für den guten Ruf, den er sich aufgebaut hat, verehren können. Wenige Menschen schaffen es, das Ideal ihres Ichs zu bewahren. Wenn er ein Gelehrter ist, welche philosophischen Grundsätze opferte er dem Ehrgeiz? Wenn er bei einer Bank arbeitet, wem hat er entgegen dem Ehrlichkeitsgelöbnis unerlaubte Gefälligkeiten erwiesen? Wenn er Politiker ist, wurde sein staatsbürgerliches Engagement durch Bestechungsgelder beschmutzt? Du musst die sentimentale Glorifizierung seiner Moral weiter kultivieren und ihm helfen, den Mythos zu bewahren, den er um seine eigene Person inszeniert hat. Und wenn dir das gelingt, schafft er es mindestens ein oder zwei Saisons nicht, von dir zu lassen.

Du bist noch zu jung, um zu wissen, was Wehmut wirklich bedeutet. Es braucht Zeit, um sentimental zu werden. Aber um deines Erfolges willen musst du schnell lernen. Wenn du an die Wehmut eines Mannes rührst, gehört er dir.

Patrone und Geizhälse

Als Kurtisane musst du auf die vier Notwendigkeiten hinarbeiten: Schmuck, Möbel, einen Saisonvertrag mit Unterhaltszahlungen und einen angenehmen Ruhestand. Vergiss das mit der Liebe. Du wirst sie oft bekommen, aber sie ist niemals von Dauer. Du kannst sie nicht essen, nicht einmal, wenn sie in eine Ehe mündet. Wenn aus dir keine Berühmtheit wird, endest du als eine von vielen Konkubinen. Du wirst nicht die Zweite Ehefrau, sondern vielleicht nur die Vierte, die Fünfte, die Sechste oder noch schlechter. Du müsstest essen, was die Erste Frau des Mannes dir zuteilt. Wenn du an den Ruhestand denkst, solltest du überlegen, wie du dir noch ein bisschen von der Freiheit erhalten kannst, die du jetzt genießt. Du könntest nichts Besseres machen, als ein Haus wie das deiner Mutter zu betreiben. Du magst sie jetzt hassen, aber das hat nichts mit deiner Freiheit und Bequemlichkeit in späteren Jahren zu tun.

Um die vier Notwendigkeiten zu erreichen, musst du beliebt sein und von vielen Freiern begehrt werden, die dir teure Geschenke machen. Du musst klar und schnell denken und hart und raffiniert sein wie ein Geschäftsmann. Du bietest keine günstigen Gelegenheiten an, und du lässt dich niemals auf weniger ein als das, was du wert bist. Ein Jahr nach deiner Defloration werde ich dir sagen, was das ist. Wenn du meinem Rat nicht folgst, senkst du deinen Preis, und selbst mit meinen Bemühungen schaffe ich es nicht, ihn wieder in die Höhe zu treiben.

Meine Aufgabe ist es, die Konkurrenz zwischen den Freiern anzuheizen, bevor die Mutter des Hauses beschließt, wem das Privileg zukommt, dich zu entjungfern. Ich werde bei allen deinen Abendgesellschaften zugegen sein, bei all deinen Besuchen in anderen Häusern. Ich werde deinen Freiern gegenüber andeuten, dass andere um deine Gunst wetteifern, und ich erwähne vielleicht das Geschenk, das du trägst – eine Haarnadel aus Diamanten, einen Ring aus kaiserlicher grüner Jade. Mit jeder Woche wird dein Schmuck ein wenig wertvoller. Es kann sein, dass ich dir diese Stücke leihen muss. Ich sage etwa, dass deine Lieblingsfarbe grün ist, deshalb sind Jade und Smaragd deine Lieblingssteine. Widersprich mir nicht und behaupte, du magst Rosa. Eine solche Aufrichtigkeit ist schlichtweg dämlich und führt dazu, dass du Blumen geschenkt bekommst. Manche Freier muss man nach und nach ködern, ganz egal, wie wohlhabend sie sind. Selbst der reichste Mann hat womöglich einmal bescheiden angefangen. Angewohnheiten bleiben. Wenn er genügend Geschenke gemacht hat, um die Ernsthaftigkeit seines Interesses zu beweisen, bereite ich das Boudoir vor und lasse ihn wissen, dass er nach der Abendgesellschaft Tee mit dir trinken darf. Nur ernsthafte Freier werden geladen – und nur zum Tee, vielleicht noch zu einem Lied. Sie bekommen eine Andeutung der inneren Kammern zu sehen, wo sie den Verstand verlieren könnten.

Wir beide entwickeln eine eigene Sprache, nur für uns, mit Augen und Augenbrauen, kleinen Bewegungen der Finger auf Fächern und Kragen. Du wirst erkennen, wann du dich subtil und diskret verhalten musst, damit ich mich umso klarer ausdrücken kann. Wenn ich Herrn Wus Feier erwähne, bringe ich dich weg. Wenn ich Herrn Lu und die Kieselstraße erwähne, weißt du, dass der

Mann, der ein Auge auf dich geworfen hat, der Freier von Zinnober ist. Ich werde großzügige Männer für dich auswählen. Je mehr dich ein Mann begehrt, desto mehr schenkt er dir. Je wertvoller die Geschenke werden, desto wertvoller wirst du, und wenn du an Wert zunimmst, tun das auch die Gefälligkeiten, die Mutter Li dir zukommen lässt. Wenn du einen reichen Patron ins Haus bringst, nennt sie dich Tochter. Wenn du keinen Patron hast, keine Freier und überhaupt keine Besucher, erklärt sie dich zum Parasiten und droht, dich hinauszuwerfen.

Ich erzähle dir das alles, um dir Schmerzen zu ersparen. Die Wahrheit ist: Unsere Welt ist voller kurzlebiger Versprechungen und Hinterlist. Das muss so sein. Wir sind keine bösen Menschen, aber wir müssen so handeln, damit wir überleben. Erfolg und Versagen liegen nur wenig auseinander. Wenn du das begreifst, wirst du nicht so oft enttäuscht wie ich.

Unter den Männern, die um deine Knospe werben, wirst du Lieblinge haben: Manche sind charmant, andere sehen gut aus. Ich werde versuchen, sie zu halten. Aber die Mutter des Hauses wird denjenigen auswählen, der sich ihrer Meinung nach am besten eignet, denjenigen, der das meiste bietet. Wenn es ein Mann ist, den du widerwärtig findest, werde ich Mutter Li bitten, dass der nächste Freier jemand sein sollte, mit dem du ein bisschen Spaß haben kannst. Wenn also ein Mann abstoßend ist, wirst du dich erinnern, dass etwas Besseres nachkommt.

Denke daran, dass die erste Woche am meisten einbringt. Danach bist du keine Jungfrau mehr. Das Interesse an dir lässt nach, die Geschenke werden weniger. Das ist bei jungen Schönheiten immer so. Sobald sie ihre Unerfahrenheit verkauft haben, will kein Mensch mehr das, was von ihrer Unerfahrenheit noch übrig ist. Aber du wirst alle überraschen. Ich möchte dir nämlich eines beibringen: deinen Kopf so klug einzusetzen wie die Hüften und den Mund.

Im Haus von Zinnober sind alle Männer, die Feiern und Essensgesellschaften ausrichten, reich, so wie früher im Verborgenen Jadepfad. Was die Gäste betrifft – da wird es solche und solche geben. Hier kommt uns meine Erfahrung zugute. Ich kann das schnell herausfinden. Da wir einem neuen Blumenhaus angehören, sind wir zunächst von Zinnobers Ruhm und ihrem Gefolge abhängig, um unseren Ruf als Haus erster Klasse zu etablieren. Also nimm ihr niemals einen Patron weg, sonst reiche ich dir gleich einen seidenen Strick, an dem du dich aufhängen kannst. Die Moskitopresse hat schon über unser Haus berichtet, und Mutter Li wird dafür sorgen, dass noch mehr nachkommt. Die Boulevardzeitungen lieben aufregenden Klatsch – und Skandale noch viel mehr. Es gibt immer eine Geschichte von irgendeinem Provinzler, der behauptet, er wäre von einer betrügerischen Kurtisane geschröpft worden. Ich glaube ja, die meisten dieser Beschwerdeführer sind einfach nur Geizhälse, die glauben, sie könnten einen Dollar hinlegen und sich dann die Rute karessieren lassen wie bei einer billigen Hure in einem Opiumblumenhaus. Oder sie halten die Liebe in einem Kurtisanenhaus für wahre Liebe und behaupten danach, sie wären betrogen worden. Manche Kurtisanen sind allerdings wirklich Schwindlerinnen. Wenn sie erwischt werden, bedeutet es das Ende ihrer Karriere in Shanghai. Sie müssten in eine andere Provinz ziehen, um noch ahnungslose Kunden zu fangen. Ich verachte sie. Ihretwegen denken Männer, alle Blumen wären Diebinnen der Herzen. So eine Kurtisane wirst du in diesem Haus nicht finden, also werde bloß nicht selbst zu einer.

Ich verhelfe dir zu einem perfekten Start, indem ich interessante Gerüchte in der Klatschpresse streue. Der Herausgeber einer der beliebtesten Boulevardtageszeitungen in dieser Stadt ist ein ehemaliger Liebhaber von mir, und weil ich mehrmals von ihm kein Geld für ein Stelldichein verlangt habe, werde ich ihn bitten, ein gutes Wort für dich einzulegen. Es kann sein, dass wir uns am Anfang etwas ausdenken müssen. »Ein bekannter Schiffsmagnat machte die Äußerung, man solle sich die jungfräuliche Kurtisane im Haus von Zinnober frühzeitig ansehen, unbedingt noch, bevor sie ihr offizielles Debüt gibt.« Das weckt die Neugierde und macht deutlich, dass du in einem Haus erster Klasse bist, nicht in einem, das einen Dollar hierfür und zwei Dollar dafür verlangt. Das hat die alte Trappe nämlich so gemacht. Damit hat sie uns erniedrigt, unser Haus wurde zu einem zweiter Klasse, und die Kunden hat sie dadurch ermutigt, um Sex zu handeln. Aber unter der Führung von Mutter Li wird am Preis nicht gerüttelt. Eine Feier kostet drei Dollar, und ein Ritt auf der Rute gehört nicht dazu. Keine Diskussion.

Im Haus von Zinnober kosten die Extras ein wenig mehr als in den meisten anderen Häusern. Deine Mutter hat es genauso gemacht, und das ist eine gute Strategie. Wenn die Preise höher liegen und die Schönheiten höherklassig sind, fühlt sich ein Mann umso privilegierter. Hier zeigt man sich begeistert von französischem Wein und speziellen Pilzen, die die Manneskraft steigern. Ein guter Gastgeber würde seinen Gästen niemals einen exklusiven Wein verwehren, der gerade von seiner Kurtisane empfohlen wurde. Aber sie sollte die Kosten für einen Mann nie so in die Höhe treiben, dass er woanders hingehen muss, um seine Großzügigkeit zu zeigen – und sein Gesicht zu wahren. Einmal bezichtigte ein Mann der Presse gegenüber ein Haus als habgierig, und das hatte zur Folge, dass es die meisten seiner Kunden verlor und schließen musste. Nur unter einem anderen Namen konnte es wieder neu anfangen. Die Fabrik jenes Mannes brannte kurz darauf nieder, und zum Glück für das gerade eröffnete Haus konnte niemand beweisen, dass das Unglück auf einen Zwist zurückzuführen war.

Auf deiner ersten Abendgesellschaft im kommenden Monat werden, ich sagte es dir schon, zwei Schönheiten hinter jedem Gast stehen. Der Gastgeber oder Mutter Li werden das vorbereiten. Welchem Mann du auch zugeteilt wirst, denk daran, dass er keine besonderen Rechte auf dich hat. Wenn er versucht, heimlich dein Bein zu berühren, musst du zurückweichen und dich entschuldigen, dass du ihm zu nahe gekommen bist. Trotzdem solltest du gut darauf achten, was er braucht – mehr Wein oder mehr Tee. Männer erwarten es, verwöhnt zu werden, und es fällt auf, wenn du zu faul bist, diesem Wunsch Folge zu leisten. Wenn der Mann, dem du zur Seite gestellt wirst, bestimmte Glücksspiele mit anderen spielt und dabei verliert, kann es sein, dass er den Becher Wein, den er zur Strafe trinken muss, an eine Schönheit weitergibt.

Ich weiß, dass das im Haus deiner Mutter oft passiert ist. Aber weißt du, warum? Warum trinkt der Mann den Wein nicht selbst? Um einen klaren Kopf zu bewahren, während er spielt? Nein, er genießt es, dass an seiner Stelle eine Frau bestraft wird. Immerhin ist ein Becher Wein ja keine Tracht Prügel. Aber er schwächt sie, macht sie betrunken, sodass sie nicht mehr so berechnend ist, besonders im Boudoir nicht. Das glaubt ein solcher Mann zumindest. Er weiß nicht, wie schlau wir sind. Wenn die Schönheit den Becher entgegennimmt, tauscht sie ihn gegen einen leeren aus und schüttet den Wein in eine Vase. Hast du dich nie gefragt, warum es im Verborgenen Jadepfad so viele Blumengefäße und Spucknäpfe gab? Verstehst du jetzt, warum es unklug ist, sich die Schönheiten im Haus zu Feinden zu machen? Dieser Trick erfordert Geschicklichkeit, ihn solltest du viele Male üben. Ich möchte nicht, dass du betrunken wirst und es dir schlecht ergeht. Das würde einen bleibenden Eindruck hinterlassen, aber keinen guten.

Wenn du einen Gast mit deinen Augen betören willst, warte, bis er dich anschaut. Sieh erst an ihm vorbei, bevor du den Blick ganz kurz erwiderst. Wenn der Abend voranschreitet, lass deine Augen auf ihm ruhen, jedes Mal ein bisschen länger. Und lächle von Mal zu Mal mehr, sodass seine Zuversicht zunimmt. Vergiss den züchtigen Blick zum Boden, nur um so zu tun, als wärst du ganz verwirrt. Das hat vielleicht vor zehn Jahren noch funktioniert. Heutzutage bringt falsche Schüchternheit den Mann nur durcheinander. Du musst nicht unverfroren wirken, aber es sollte klar sein, was du willst. Manche meiner Kunden haben allein durch einen Blick den Höhepunkt erreicht. Hältst du das für einen Sieg? Ha! Sobald die Rute auf normale Größe geschrumpft ist, drängt der Mann nicht mehr. Er will nur noch nach Hause.

Hüte dich vor Geizhälsen. Sie können als Geladene der reichen Gastgeber in diesem Haus auftauchen. Es könnte ein Verwandter vom Lande sein, ein alter Schulfreund, jemand, der Häuser zweiter Klasse oder schlechtere frequentiert hat. Man erkennt sie sofort, weil sie die Regeln nicht beherrschen. Sie umwerben Kurtisanen, die schon Patrone haben. Sie denken, sie könnten eine Schönheit gleich am ersten Abend ins Bett bekommen. Sie machen sich nicht die Mühe, Zofen oder Hausmädchen ein Trinkgeld zu geben. Das sind die schlimmsten. Von solchen Abendgesellschaften werde ich dich schnell entschuldigen und verkünden, du wärst auf eine Feier des stets nützlichen Herrn Wu von der Östlichen Straße des Wohlstands gerufen worden. Manche Geizhälse sind eventuell neureich und kennen unsere Sitten und Gebräuche nicht. Für die habe ich ein Merkheft, das von vielen Schönheiten verwendet wird: Li Shangyins *Ratgeber für Besucher von Blumenhäusern.* Altbewährt seit Hunderten von Jahren. *Ein Mann sollte nicht mit der Größe seiner Rute prahlen. Er sollte keine falschen Versprechungen machen. Er sollte nicht vor den Augen der Kurtisane pinkeln.* Und so weiter. Ich fügte hinzu, obwohl schon erwähnt, dass ein Mann den Hausmädchen und Zofen großzügig Trinkgeld geben sollte. Warum sollte er das? Das spart Zeit und Peinlichkeiten.

Die Gäste, auf die du wirklich aufpassen musst, sind schändliche Mitläufer. Manche benehmen sich wie Hochgeborene, aber sie haben das Vermögen der Familie verspielt. Oder sie haben es buchstäblich verbrannt, in Opiumrauch aufgelöst. Sie bringen Schmuck, den sie ihren Müttern, Schwestern oder Frauen gestohlen haben. (Wenn sie damit bezahlt haben, kommt nichts mehr nach.) Noch schlimmer sind Diebe, die sich Kleinodien aus den Boudoirs der Schönheiten genommen haben – und die Schönheiten haben sie wiederum mit ihren Lügen geködert. Sie tragen gestohlene Armreifen und Ringe von einem Haus zum nächsten. Eine Freundin von mir hat ihre gesamten Altersrücklagen genau auf diese Weise an einen solchen Gauner verloren. Wir waren alle der Meinung, man sollte ihm die Rute abschneiden und an die Hunde verfüttern, und die Mutter des Hauses war der gleichen Ansicht. Sie beauftragte Bandenmitglieder, ihn ausfindig zu machen. Es sei nur gesagt: Die

Hunde bekamen viel mehr als die Rute des Mannes zu fressen. Ich werde immer Ausschau nach Schurken und Langfingern halten. Wenn ich dich von einem Mann wegbugsiere, könnte also das der Grund dafür sein. Hinterfrage nie, was ich tue, sonst musst du am Ende die Zeche zahlen und auf Knien vor den Lumpen und ihren Freunden herumkriechen.

Es gibt verführerische junge Männer – reich, gut aussehend, aber auch verdorben und herzlos. Sie geben vor ihren Freunden an. Sie werfen mit Geschenken um sich – mit Juwelen besetzte Haarnadeln für die eine Blume, Armbänder für die andere. Sie umwerben die Frauen so leidenschaftlich, dass die Schönheiten untereinander zu Konkurrentinnen werden, nur um sie bei sich zu behalten. In einer einzigen Nacht geben die Schönheiten ihnen alles, aber am nächsten Tag sind die jungen Männer schon wieder hinter einem anderen Mädchen her. Sie wollen nur so viele Blumen wie möglich zertreten. Sie wetteifern und prahlen damit, wie wenig Zeit sie gebraucht haben. Sie beschreiben die Scham der Frauen, als Beweis, dass sie so schnell ihre Tore geöffnet haben. Deshalb verlange ich, dass die Zeit des Werbens nicht kürzer als einen Monat dauert. Du hast sowieso nur drei oder vier intime Freier, und auch nur solche, die womöglich Patrone werden könnten. Diese drei oder vier halten dich genug auf Trab.

Es gibt noch einen weiteren Typus von Freiern, vor dem ich dich bewahren will. Sie sind wie Hengste und scheinen niemals zu ermüden. Sobald sie fertig sind, wollen sie dich schon wieder besteigen. Durch sie wirst du nicht die Kraft haben, rechtzeitig aufzustehen, um mit den Gästen, die zum ersten Mal kommen – für dich neue Gelegenheiten –, Tee zu trinken. Du wirst nicht gut aussehen, wenn du in der Kutsche ausfährst. Und du weißt, was die Moskitopresse schreiben wird. Ist die Blume Violet am Welken und geht bald ein?

Es kann vorkommen, dass sich ein Freier tadellos benimmt – bis er dann in deinem Bett ist. Einige Männer glauben nämlich, sie können sich jede Art von Sex bestellen, wie Gerichte auf einer

Speisekarte. Sie bringen ihre Bettlektüre mit und verlangen die absonderlichsten Stellungen, die sie auf die Rückseite des Buches gezeichnet haben. Eine Schönheit mit den Armen an das Ende des Bettes zu binden ist eine Sache, aber sie kopfüber am Kronleuchter aufzuhängen wie einen Affen, das ist etwas anderes. Männern, die so veranlagt sind, ist es egal, ob der Kronleuchter dabei heruntergerissen oder der Frau ein Arm ausgekugelt wird. Ich weiß von einem Mädchen, das auf den Kopf fiel. Danach zog es sich die Kleider verkehrt herum an und sagte keine zwei Wörter mehr, die noch Sinn ergaben. Das Haus konnte das Mädchen nicht mehr behalten, und ich habe keine Ahnung, wo man es hingeschickt hat.

Der gefährlichste Liebhaber unter allen ist der Liebhaber der markerschütternden Schreie. Er würde ein Schwein oder gar deine Mutter ohne zu zögern aufspießen, nur um sie schreien zu hören. Die meisten dieser Männer gehen zu Straßendirnen. Aber die Wohlhabenden unter ihnen können es sich leisten, eine berühmte Schönheit zu quälen. Sie lieben es, einer Frau Schmerzen zuzufügen – und zwar nicht durch ein paar Klapse auf den Po. Die eingebildeten Mädchen mögen sie am liebsten. Sie weisen diese Männer zunächst zurück, doch dann lassen sie sich von deren Geld ködern. Die unschuldigen Blumen sind von Beginn an hingerissen. Wer eine solche Neigung verspürt, fühlt sich nur dann befriedigt, wenn bei einer Schönheit die Augen hervortreten, weil sie nicht mehr genügend Luft bekommt, um um Hilfe zu rufen. Vor ein paar Jahren ist das einer Kurtisane im Haus der Lebenskraft passiert. Sie war jung und naiv, erst siebzehn. Dennoch glaubte sie, alles zu wissen – und ließ sich von niemandem etwas sagen. Der Teufel in Gestalt eines Freiers bestärkte sie in ihrem Hochmut. Er bat sie, ihr untertäniger Diener sein zu dürfen. Er kam beladen mit Geschenken und gab ein Festmahl zu ihren Ehren. Die Zofe lud ihn ins Boudoir der Blumenschönheit. Am Morgen fand sie ihre Herrin tot auf und wurde wahnsinnig. Ich will nicht beschreiben, was das Ungeheuer getan hat. Du bist schon genügend verängstigt, wie ich sehe.

Die Freier, die ich dir aussuche, werden dich behandeln wie eine

Lilie aus weißer Jade. Ein paar werden so übertrieben höflich sein, dass dir vor Langeweile die Tränen kommen, wenn sie dich für jeden kurzen Blick und jede Berührung um Erlaubnis bitten. Zu den besten Freiern und Patronen gehören manchmal reiche alte Männer. Sie haben Erfahrung, sind großzügig und wissen Trinkgeld zu geben. Sie genießen es, wenn man ihnen schmeichelt, brauchen aber nicht die ganze Nacht das Lob. Du erkennst sie daran, wie herzlich ich sie begrüße. »Komm her und setz dich«, sage ich dann. »Dein Lieblingsplatz am Fenster. Hier, deine Lieblingsnascherei. Trink diesen Wein, er macht dich munter. Violet singt dir dein Lieblingslied vor.« Im Boudoir behandeln sie dich wie die Göttin der Gnade in einem Tempel. Sie legen dir Opfergaben auf den Bauch, damit du ihrer Rute ein längeres Leben schenkst. Du musst vielleicht ein paar Kräuter anwenden, damit sich ihre Rute aufstellt, aber mein Zaubertrank funktioniert fast immer. Oft schläft er einfach ein und träumt von dem, was er nicht tun konnte. Erzähl ihm davon, was er getan hat und wie dich das bis in deine Träume hinein verfolgte. Alte Männer haben noch eine weitere Eigenschaft: Sie sind loyal. Sie rennen nicht einer Blume nach der anderen hinterher. Sie wollen kein neues Mädchen darüber aufklären, was sie nicht können. Das einzige Problem bei alten Männern ist, dass sie sterben, und zwar manchmal ganz plötzlich. Du hast womöglich einen als Patron, der dir ordentlich Unterhalt bezahlt. Es ist ein trauriger Tag, wenn du erfährst, dass seine Söhne am Familientempel Räucherwerk für ihn verbrennen. Du kannst dir nämlich sicher sein, dass dir seine Frau deinen Unterhalt nicht persönlich vorbeibringt.

Das alles bedenke ich, wenn ich die allerbesten Freier und Patrone auswähle, die verrückt nach dir sein werden. Nach meinem Plan sind unsere Schulden bei Mutter Li in höchstens drei Jahren abbezahlt. Sie hat viel Geld für dich hingelegt, Violet. Darüber hinaus stellt dir dieses Haus einige deiner Möbel und Kleider zur Verfügung, das ergibt hundertfünfzig Dollar – und zwar mexikanische Silberdollar, nicht das neue republikanische Geld. Und deine Monatsmiete musst du auch noch zahlen, vergiss das nicht, gar nicht zu reden von deinem Anteil am Essen und der Benutzung der Sänfte. Du siehst also, wir müssen sehr aufs Geld achten. Manche Mädchen haben nur Ausgaben und häufen Schulden an. Wenn sie gehen müssen, bleiben ihnen nur Tränen. Sobald du schuldenfrei bist, kannst du tun und lassen, was du willst, solange du deine Miete zahlst und Mutter Li einen Anteil an deinem Verdienst abgibst. Wenn du genügend Ersparnisse angesammelt hast, können wir selbst ein Haus mieten und ein eigenes Unternehmen aufmachen. Mir schwebt schon etwas vor, und es ist kein Opiumblumenhaus.

Ich möchte, dass du für deine Defloration ein ganzes Schmuck-Set erhältst. Die meisten Schönheiten sind mit den üblichen zwei goldenen Armreifen und einem Ballen Seide zufrieden. Wenn es nach mir geht, steht dir viel mehr zu. Ein teurer Ring oder eine teure Kette mögen ja genügen, aber sobald er dein Zimmer betritt, werde ich vorschlagen, dass er dir zur Feier des Tages den Rest der Garnitur schenkt. Nach deiner Defloration müssen wir hart daran arbeiten, noch mehr Sets zu bekommen. Womöglich müssen wir für den Anfang Schmuck von älteren Kurtisanen mieten, die sich irgendwie durchschlagen und Geld brauchen. An den vielen Ketten und Armbändern werden zukünftige Patrone erkennen, wie beliebt du bereits bist. Sobald ein Mann dein Patron ist, trage immer deine teuerste Garnitur. Lobe sie überschwänglich, aber füge eine leichte Kritik hinzu. Erkläre ihm, dass dunkle Rubine nicht gut zu deinem Teint passen. Erwähne, dass der Stil ein wenig altmodisch für ein so junges Mädchen wie dich ist. Sag, dass du eine Blumenschönheit gesehen hast, die eine modernere Schmuckkollektion trug und dass man daran den guten Geschmack ihres Patrons erkennen konnte. Jetzt hat er die Gelegenheit, dir Pretiosen anzubieten, die dir besser gefallen. Sagt er nichts, hat er dein Boudoir zum letzten Mal betreten – oder er wartet dann doch noch mit einer angemessenen Form der Bewunderung auf.

Bietet er an, mit dir zu einem Juwelier zu fahren, überzeuge ihn davon, dass es im Geschäft Acht Tugenden in der Straße des Glücks die beste Auswahl gibt, dass man dort sehr ehrlich ist. Nie wird einem dort vergoldetes Silber als pures Gold angedreht, ganz anders als im Wertvollen Garten an der Vierten Straße. Ich kenne den Inhaber von Acht Tugenden, Herrn Gao, und ihn würde ich vorab bitten, zwei Garnituren beiseitezulegen, eine ziemlich teure und eine weitere, die nicht ganz so kostspielig ist, aber auch hübsch. Wenn wir das Geschäft betreten haben, fragt Herr Gao deinen Freier, was ihm vorschwebt. Wenn er kein bestimmtes Schmuckstück verlangt, holt Herr Gao das exklusivere Set hervor – Armband, Halskette, Ring und Kopfschmuck. Du solltest dann leise murmeln, wenn du eine solche Garnitur hättest, würdest du den Schmuck, den du jetzt trägst, nicht mehr anrühren. Wenn der Freier dir sagt, du sollst die einzelnen Teile anlegen, nimm deinen alten Schmuck ab, wirf ihn auf die Theke und sage Herrn Gao, er solle ihn der Hilfsorganisation für keusche Witwen spenden. Keine Sorge, Herr Gao kommt später vorbei und gibt uns die Garnitur zurück. Da du jetzt deinen Schmuck ausrangiert hast, was bleibt deinem Freier übrig? Er sollte die Garnitur kaufen, die dir so gut gefällt, um dir zu zeigen, dass er dich mehr schätzt als jeder andere, und da du diese Garnitur mehr schätzt als jede andere, beruht dieses Gefühl auf Gegenseitigkeit. Das Mindeste ist, dass er dir ein Set kauft, das ein wenig mehr wert ist als jenes, das du den treuen Witwen geschenkt hast. Weniger kannst du nicht akzeptieren.

Du darfst aber auch nicht gierig wirken und deinen zukünftigen Patron beschwatzen. Ich hingegen kann mit Herrn Gao handeln, natürlich ganz im Sinne deines Freiers. Ich werde dich bitten, die neue Halskette abzunehmen, um sie zu begutachten. Ich lenke dann die Aufmerksamkeit auf einen Fehler in einem der Steine, eine kleine Schliere. Herr Gao sieht sich das kleine Malheur an, räumt es mit Bestürzung ein und bietet sofort einen günstigeren Preis an. Du kannst zugeben, dass dir die Garnitur immer noch gefällt, aber du zweifelst, ob sie wirklich das Richtige ist. Dann solltest du deinen Freier nach seiner Meinung fragen. Ist der Schmuck das noch wert? Gib Acht, wie die Frage formuliert wird. Du bittest ihn nicht, den

Schmuck zu kaufen – du fragst ihn, ob er das Geld wert ist. Wenn er nicht sofort antwortet, senkt Herr Gao den Preis noch einmal und bemerkt, er möchte nicht, dass jemand behauptet, seine Ware sei fehlerhaft. Er fügt hinzu, dass er bereit sei, die Garnitur für so einen geringen Betrag zu verkaufen, weil du ihm ja gesagt hättest, sie würde dir besser gefallen als alles, was du je besessen hättest. Und wenn andere dich damit sehen würden, könntest du ihnen dasselbe sagen. Sie werden außerdem denken, du hättest den vollen Preis bezahlt. Es profitieren also alle davon. Zu diesem Zeitpunkt wird dein Freier den Schmuck wahrscheinlich kaufen. Immerhin hat er ein gutes Geschäft abgeschlossen, ohne selbst handeln zu müssen.

Auf der anderen Seite könnte er sich weigern, die Garnitur zu kaufen, und jetzt hat er sogar einen Grund dafür, ohne das Gesicht zu verlieren. Die Garnitur ist schadhaft. Frage dann Herrn Gao, ob er vom Stil her etwas Ähnliches hat, nur makellos müsste es sein. Herr Gao präsentiert dann die zweite Garnitur, die ich ausgewählt habe. Sie kostet weniger als die erste, aber mehr als das reduzierte Set. Du kannst dich ruhig laut über diesen unglaublichen Preis wundern. Wenn der Freier nicht sofort sagt, dass er sie kaufen will – was bedeutet das? Was auch immer es bedeutet, um das Gesicht nicht zu verlieren, solltest du dir die Garnitur noch einmal ansehen und etwas anderes daran finden, das dir nicht so zusagt und das dir zuvor nicht aufgefallen war. Ich frage Herrn Gao, ob er nächste Woche neuen Schmuck bekommt. Er bejaht das, und ich schlage vor, dass wir noch einmal vorbeischauen sollten. Dann sehen wir, was passiert. Du könntest überrascht werden.

Eine Schönheit erzählte mir einmal, sie sei mit einer ähnlichen Situation konfrontiert worden, die ja letztlich auch etwas Demütigendes an sich hat, wenn sie nicht mit einer positiven Überraschung endet. Beim Hinausgehen wollte sie es mit einem letzten Geschenk versuchen und blieb im Juwelierladen stehen, um sich einen Kopfschmuck anzusehen. Er war mit kleinen Perlen verziert und teuer für einen Kopfschmuck, aber nicht über die Maßen. Der Freier meinte, es stünde ihr nicht. Sie war dabei, niedergeschlagen und mit leeren Händen das Geschäft zu verlassen, als der Mann Herrn Gao zurief, er solle den Kopfschmuck bringen, den er sich neulich angeschaut hätte. Als sie ihn sah, brach sie in Tränen aus. Er war mit Perlen und Diamanten besetzt und teurer als die gesamte erste Schmuckgarnitur, die dem Freier gezeigt worden war. Herr Gao war eingeweiht gewesen, und der Freier wusste um das Spiel der Kurtisanen. Aber er liebte diese Schönheit wirklich, und er zeigte ihr damit, dass es nicht ihre Tricks waren, mit denen sie sein Herz gewonnen hatte. Als er ihr Patron wurde, schenkte er ihr so viel Geld, dass sie ihre Schulden abbezahlen und ein eigenes Haus aufmachen konnte. Sie war ihm so verbunden, dass sie nach seinem unerwarteten Tod Selbstmord beging, um bei ihm zu sein. Das hat keine seiner Ehefrauen gemacht.

Wie du siehst, muss es sorgfältig geplant werden, wie man kostbare Gaben von einem Patron bekommt. Du willst schließlich nicht zu häufig mit leeren Händen in dein Haus zurückkehren. Deshalb sollte ich dich bei allen Besuchen beim Juwelier begleiten. Und bevor du einen Kopfschmuck von höchster Qualität bekommst, sieh dir den von Zinnober genau an. Er ist fast so schön wie der, von dem ich dir erzählt habe, ebenfalls besetzt mit Perlen und Diamanten, und seine Form betont die Rundung ihrer Stirn und den Winkel ihrer Phönix-Augen. Du solltest ihn vor allen Gästen bewundern. Sage laut, wie wertvoll er ist. Lobe den Patron, der ihn gekauft hat. Ihr wird deine Schmeichelei gefallen, denn das zeigt vor anderen Männern, wie viel sie wert ist und dass die Geschenke von ihren zukünftigen Freiern den gleichen Preis haben sollten wie ihr Kopfschmuck. Ihr Patron wird dadurch ermuntert, ihr noch einmal so ein schönes Präsent zu machen. Eines Tages wird Zinnober dasselbe für dich tun. Ihre Schmeichelei wird deinen Freiern außerdem eine Vorstellung davon geben, mit welcher Art von Aufmerksamkeit sie dein Herz erobern könnten. Und wenn du dann mit der Zeit beliebter wirst, solltest du irgendwann einen Kopfschmuck erhalten, der zehnmal so viel wert ist wie der, den ich dir gegeben habe.

Ich selbst habe den Fehler gemacht, etwas Geringeres zu akzeptieren. Du hast das Glück, aus meinen Fehlern Nutzen ziehen zu können.

Rollenspiele

Romantische Empfindungen hängen von der Bereitschaft eines Mannes ab zu glauben – und seine Bereitschaft hat ihren Ursprung in nicht ausgelebten Lüsten. Alle Träume, die du bei deinem Liebesspiel vermittelst, haben nur ein Ziel: Der Mann soll sich in dich verlieben. Wenn er das tut, bleibt die Zeit stehen, sobald er dich sieht. Er wird sich unsterblich fühlen und bereit sein, seine weltlichen Güter für dich aufzugeben.

Manchmal wünschen sich Männer besondere Rollenspiele. Eines nenne ich die Illusion der tragischen Liebe. Erinnerst du dich noch an die Lieder, die du lernen solltest? Das eine über Mädchen, die jung gestorben sind? Du könntest die Rolle eines Mädchens annehmen, um das er trauert, ein Mädchen, dem er heimlich seine Liebe geschworen hat. Du verwandelst dich in dieses Mädchen und erlaubst ihm entweder, den Schwur zu erfüllen oder davon befreit zu werden. Es kann sogar sein, dass er dich bittet, die Rolle der Kusine, die in dem Roman *Der Traum der roten Kammer* stirbt, oder die der Geliebten des Gelehrten in der Oper *Die Legende der weißen Schlange* zu spielen. Das rührt wirklich zu Tränen. Dafür brauchst du Kostüme, etwa wallende Kleider, und mehr weißes Puder im Gesicht, damit es geisterhaft wirkt. Du solltest Szenen aus dem Roman auswendig lernen, und deine Miene sollte Verrat und Vergebung ausdrücken können. Das ist schwerer, als du denkst. Du willst ja nicht blutrünstig aussehen oder wie eine Idiotin. Aber wenn du den tragischen Blick beherrschst, kannst du damit ein Vermögen verdienen. Wenn du wirklich jemanden verloren hast, so wie ich, musst du gar nichts vorspielen. Du musst dich einfach nur erinnern. Eines Tages erzähle ich dir alles von ihm. Ich kann nie von ihm sprechen, ohne dass mir Tränen aus dem Herzen und aus den Augen fließen.

Am häufigsten wird von Freiern nach der Rolle des edlen Fräuleins gefragt. In diesem Fall möchte der Mann, dass du geziert tust, gleich der Tochter eines Edelmanns, die er in ein unzüchtiges Abenteuer locken kann, ohne dass sich eine geschwätzige Schwiegermutter einmischt. Für die Rolle des edlen Fräuleins trägst du prächtige, theatralische Kleidung, vornehm, aber doch ein wenig gewagt. Vielleicht sind die Unterkleider knapp und in einem fröhlichen Rot gehalten.

Manche Kurtisanen werden gebeten, die Rolle des Abendschülers einzunehmen. Ein wenig Kajal, um die Augenbrauen dunkel zu färben, den Hut eines Ming-Philosophen, lange Roben. Wenn er einen Krieger will, werden die Haare eingeölt, auf zwei Seiten gescheitelt, über die Stirn gekämmt und am Hinterkopf zu einem festen Knoten gebunden. Die Rolle des Abendschülers ist derzeit recht beliebt, sogar in ein paar Häusern erster Klasse. Ich weiß nicht, ob die Kurtisanen hier das machen. Aber früher war diese Rolle nur in den Häusern zweiter Klasse üblich. Die alte Trappe hatte es in der Halle der Beschaulichkeit zugelassen. Der Kunde fragte sie nach einem Abendschüler, und sie rief die Kurtisane, die bekannt dafür war, dass sie diese Rolle mit einiger Begeisterung spielte. Ein Großteil ihres Enthusiasmus rührte daher, dass sie älter war und eine letzte Chance hatte, gutes Geld zu verdienen. Die Kunden mit diesem Wunsch häuften ein paar Tage die Geschenke an, dann öffneten sich die Tore zum Himmel. Mit dreißig wurde ich der Abendschüler, der am häufigsten verlangt wurde, obwohl ich gar nicht wie ein Mann aussehe. Wenn du es in deinem eigenen Boudoir machst, musst du dich für nichts schämen. In den Hallen der Geschichtenerzähler habe ich nicht damit geprahlt.

Die alte Trappe hatte sich noch eine andere Spezialität ausgedacht, um das Geschäft anzukurbeln: zwei Schüler. Ich spielte einen von ihnen, und wer auch immer gerade nicht viel zu tun hatte, spielte den anderen. Die Kunden begannen das übliche Liebeswerben, aber mit zwei Schönheiten. Eine von uns beschwerte sich dann: »Ich mache hier die ganze Arbeit. Warum soll sie genauso viel bekommen wie ich?« Dann beschwerte sich die andere in gleicher Weise. So arbeiteten wir zusammen, um mehr Geld zu erhalten. Aber für den Mann hat es sich gelohnt. Er betrat das Boudoir, bebend und kurz vor dem Zerspringen, da sah er zwei ernste konfuzianische Schüler vor sich. Ich hielt die Stricke, während die andere einen Gurt mit einer elfenbeinernen Rute trug. Ich warf ihm Seidenunterwäsche hin, die er anziehen sollte, und nannte ihn Hurenfrau. Während er mit der Wäsche beschäftigt war, setzten wir uns mit übereinandergeschlagenen Beinen an den Teetisch und rauchten westliche Zigarren. Wir befahlen ihm, einen Kopfschmuck anzulegen, sich das Gesicht zu pudern und die Lippen rot zu schminken. *Oyo!* Was für eine hässliche Kurtisane er doch abgab. Trotzdem schmeichelten wir seiner Schönheit, seiner Jugend und riefen ihn »Kleinen Lotos in Rosa«. Er musste uns »Die Herren Gelehrten« nennen, und ich band ihn im Sitzen an den Stuhl, die Beine baumelten über die Arme, die übliche Position, nichts Besonderes. Er weinte und flehte, aber nein, es nützte nichts, und die andere Schönheit kam mit der elfenbeinernen Rute über die Schwelle. Wo hinein?, fragst du. Wie kannst du so dumm sein? Wo könnte eine Rute denn sonst in einen Mann eindringen? In seinen kleinen rosa Lotos!

Einen besonders großzügigen Mann ließen wir ein wenig ausruhen, dann holten wir eine Rute hervor, und nun musste er uns »Meisterlehrer« nennen. Diesmal trug ich die elfenbeinerne Rute. Für die ganz außergewöhnlich Spendablen gab es eine dritte Rute, die meistens »Onkel« oder »Bruder« genannt wurde. So wurde das verlangt. Die Familie kam immer zuletzt, das war das Aufregendste.

Manche Männer mochten einfach ein bisschen Abwechslung. Einige waren heimliche Homosexuelle, die ihre wahre Veranlagung vor anderen Geschäftsleuten verbergen wollten. Ihnen war nicht klar, dass manche dieser Geschäftsleute das gleiche Geheimnis hegten. Wir waren sehr diskret. Wir wussten genau, wer mit den hübschen Opernsängern den Tanz in der hinteren Gasse aufführte, denn manche dieser Sänger waren unsere Liebhaber. Den Sängern machte ihre Arbeit keinen Spaß, aber sie verdienten gutes Geld damit. Als ich noch Kurtisane in der Halle der Beschaulichkeit war, hatte ich einen alten Mann, der die Elfenbeinrute gern in beiden Richtungen benutzte. Solche Kunden empfängt die Mutter eines Hauses zweiter Klasse. Ich musste mich als Gelehrten in der Nacht verkleiden und eine Salbe auftragen, die Himmelsschauer auslöst, damit sich der alte Krieger des Mannes aufrichtete. Und weil er immer recht schnell explodierte, wollte er das Ganze hinauszögern, indem er die Elfenbeinrute bei mir benutzte. Er gab mir ein Extrageschenk, aber mir gefiel es trotzdem nicht. Diese künstlichen Ruten werden nie weich. Es war zu viel Arbeit.

Ich erzähle dir das nur, damit du vorbereitet bist, wenn ein Mann diese Dinge von dir möchte. Wenn du weißt, was sie wollen, lässt du dich nicht durch zusätzliches Geld verlocken, sobald sie in deinem Boudoir sind. Ich will nicht, dass du die Rolle eines Mannes spielst. Du bist erstklassig. Du hast den Ruf einer jungen Schönheit. Wattewolke hat das vielleicht gemacht. Ha! Wahrscheinlich war sie verrückt danach. Aber wenn ein Mann andeutet, dass er deine Kleider tragen möchte, oder wenn er eine elfenbeinerne Rute an einem Gurt hervorzieht, dann solltest du hinter dem Wandschirm verschwinden und nach mir klingeln. Ein solcher Kunde weiß sehr wohl, dass er derartige Anfragen vorab an die Zofe richten muss. Ich werde ihm höflich erklären, dass der Abendschüler nicht verfügbar ist, dass ihm sein Lehrer aber gern die Lektionen geben kann, die er braucht. Wenn er es dringend nötig hat, wird er mein Angebot annehmen. Es macht mir nichts aus, das von Zeit zu Zeit zu tun. Viele Zofen, die früher Kurtisanen waren, führen die Sonderwünsche aus, für die sonst niemand zur Verfügung steht. Ich besitze immer noch einen Gurt und Ruten in unterschiedlichen Größen. Je höher das Trinkgeld, umso größer die Rute – so funktioniert das normalerweise. Zu schade, dass ich nie ein sonderliches Talent dafür hatte, den Schüler zu spielen. Ich war zu wenig leidenschaftlich.

Gelegentlich haben wir Kunden, die Anweisungen befolgen möchten. Die meisten von ihnen haben keine Erfahrung. Ehemalige fromme Mönche, Jungen, deren Väter hier Freier sind, oder Kunden, die gern das Geschick eines erfahrenen Liebhabers hätten, um die Frau eines anderen Mannes zu umwerben. Lass es mich wissen, wenn dir so jemand unterkommt. Die Initiation von Jungen war eine Spezialität von mir. Die Väter, die ihre Söhne mitbrachten, hatten sich daran erinnert, wie ich einst ihnen Mut gemacht hatte, als sie noch jung waren. Es rührt mich immer zu Tränen, wenn dieselben Jungen als erwachsene Männer zurückkehren und zu mir sagen: »Wegen dir sind meine Frau und meine Konkubinen stets zufrieden.« Oft bitten sie mich um eine Lektion, nur um der alten Zeiten willen. Solche Kunden solltest du immer mir überlassen. Ihnen ist es nicht so wichtig, wie alt die Kurtisane ist. Sie wollen ein Wissen, das ein Leben lang vorhält.

Egal, was ein Mann von dir verlangt, du solltest ihn niemals wegen seiner Lüste entwürdigen, aber du solltest dich auch selbst niemals entwürdigen lassen. Wenn er betrunken ist und dich anpinkelt, läute nach mir, dann bin ich sofort da und führe ihn hinaus. Nimm kein Geld dafür an, dass er solche Dinge tun darf. Du weißt, was einer Frau passiert, die sich erniedrigen lässt? Am Ende hat sie einen Zuhälter und liegt irgendwo auf dem Boden, wo Rikschafahrer und Arbeiter sie wund scheuern, einer nach dem anderen, hundert am Tag. Sie hat keine Chance, die Beine oder den Mund zu schließen, bis das rohe Fleisch zum Vorschein kommt und sie stirbt. Ich habe mich immer gefragt, warum sich diese Frauen nicht umbringen. Vielleicht denken sie, das sei ihr Schicksal, und wenn sie es ertragen, ergeht es ihnen im nächsten Leben besser. Ich würde mich lieber selbst töten und als Fliege zurückkehren.

Körper- und Kleidermode

Pass auf, dass du nicht zu dünn wirst. Kein Mann mag es, wenn er Knochen zu spüren bekommt. Und es ist schlecht fürs Geschäft, wenn ein Freier einem Mädchen versehentlich die Rippen bricht.

Kurz vor deiner Ankunft in der Halle der Beschaulichkeit ist das einer Schönheit passiert. Sie hat so laut geschrien, dass die Mutter des Hauses, die Zofe und zwei Diener in das Boudoir rannten, weil sie dachten, der Mann wolle das Mädchen umbringen. Die Diener warfen den nackten Mann hinaus auf die Straße. Die alte Trappe erfuhr später, dass er ein Beamter war, der die Gebühren für Geschäftslizenzen festlegte. Die Sache endete für keinen der Beteiligten gut.

Eine dicke Kurtisane ist genauso wenig reizvoll. Es schränkt die Positionen ein, die sie einnehmen kann, ohne die Rute des Mannes entzweizubrechen. Du hast im Moment eine gute Figur. Es kann sein, dass deine Brüste ein wenig größer werden, als ideal wäre. Als ich anfing, galten große Brüste nicht als attraktiv, und wer welche hatte, schnürte sie ein. Aber heutzutage finden jüngere Männer große Brüste aufregend. Das ist der Einfluss der pornografischen Postkarten aus dem Westen. Ich finde ja immer noch, dass große, wackelnde Brüste zu einer Säugamme gehören. Tu nichts, um absichtlich das Wachstum zu fördern.

Nun zu deiner Kleidung. Alles, was du trägst, sollte vermitteln, dass du eine hochklassige Kurtisane bist. Die besten Sachen solltest du in der Öffentlichkeit tragen – bei Ausfahrten, in Restaurants, im Theater. Dein Mantel wird so eng sein, dass jeder sieht, wie wohlgeformt du bist. Der Rock muss so gut sitzen, dass man keine Fantasie braucht, um deine Rundungen zu sehen. Dazu kommen unerhörte Kleinigkeiten aus dem Westen: Knöpfe statt Spangen, Rüschen und Plissee. Es können auch Männerhosen sein oder ein Rock im westlichen Stil. Hier musst du deine Fantasie benutzen. Wenn du mit deinem Freier in einer Kutsche ausfährst, stell dir vor, du stündest auf der Bühne, wie eine Schauspielerin. Alle Augen sind auf dich gerichtet. Deine Freier und Patrone sind stolz, mit dir anzugeben. Sie gewinnen dadurch an Bedeutung. Und sie genießen den Neid anderer Männer.

Manchmal wirst du die Kutsche mit einer anderen Kurtisane teilen müssen. Ich bemühe mich nach Kräften, dich nicht mit einer

Schönheit zusammenzubringen, die mehr Beachtung erhält als du. Du bist nicht die Schönste aller Blumen, noch nicht, und wer weiß, ob du es jemals sein wirst. Bei den Kutschfahrten, da sehen die Leute ein hübsches Äußeres und modische Kleidung, die Künste der intimen Verführung können sie höchstens erahnen. Um in der Öffentlichkeit Aufmerksamkeit zu erregen, braucht man deshalb andere Mittel.

Ich habe ein paar Ideen, die wir in den kommenden Monaten verwirklichen werden. Wir müssen sie aber geheim halten, damit die anderen Schönheiten sie uns nicht stehlen. Zunächst lasse ich dir ein Kostüm in den Farben der kaiserlichen Familie schneidern. In der Vergangenheit haben wir schon Goldgelb benutzt, aber nur für die Unterwäsche, und bei vielen Männern hat allein das schon Wolken und Regen ausgelöst. Jetzt ist der Kaiser ja nicht mehr da, und welche Gesetze verbieten es uns, Farben zu tragen, wie es uns gefällt? Stell dir vor, was eine Jacke in Kaisergelb und Kniehosen in Eisblau mit einem Freier anstellen werden, noch dazu mit jedem Loyalisten, der dich so sieht. Wir lassen auch Kostüme in einem kaiserlichen Violett schneidern, und ich hoffe, wir sind die Ersten, die sich in diesen Farbtönen sehen lassen. Das wird eine Meldung in der Moskitopresse: Die Kurtisane Violet trägt Violett!

Ich habe auch darüber nachgedacht, ob ich dir einen europäischen Hut besorgen soll. Einmal habe ich einen gesehen, der ziemlich ausgefallen war. Er war so groß wie ein Polsterkissen, und obenauf hatte er einen violett gefärbten Wedel aus Straußenfedern. Man würde dich aus einer Entfernung von mehreren Straßen sehen, und weil du ja auch so heißt wie die Farbe, würde es jedes Mal Thema in der Klatschpresse sein, wenn du ihn trägst. Es ist ein teurer Hut, vielleicht kann ich ihn nachmachen lassen. Andererseits, wenn wir uns nicht gleich entscheiden, gehen wir das Risiko ein, dass eine andere Kurtisane den Hut kauft und ihn als Erste trägt. Schließlich darfst du keine andere Kurtisane nachmachen. Auch das würde in den Boulevardzeitungen stehen.

Was bei den Abendgesellschaften getragen wird, hängt vom

Gastgeber und den anderen Kurtisanen dort ab. Wie gesagt, Zinnober kannst du nicht ausstechen. Aber für eine Gesellschaft zu deinen Ehren musst du deine besten Abendkostüme tragen. Zurzeit wird viel Augenmerk auf die Webart gelegt. Es ist immer ein Muster, das nur die geschicktesten Handwerker zuwege bringen. Wir werden ein bisschen warten müssen, bis wir uns das leisten können, was mir vorschwebt. Es sieht aus wie eine Schicht aus sich überlagernden Blütenblättern. Kleider aus solchen Stoffen kosten dich die Einnahmen von mindestens einem Monat. Iss niemals etwas auf einer Gesellschaft. Ein Fettfleck ruiniert alles, damit würdest du deine Gier teuer bezahlen. Manche Schönheiten haben sich ein Blumenmuster aufgestickt, um einen Fleck zu verbergen, aber jeder weiß, warum plötzlich ein Pflaumenblütenzweig über den Brüsten sprießt.

Im Winter muss die Seide dick sein und schimmern wie eine Perle. Der Kragen sieht am besten aus, wenn er mit russischem Polarfuchs oder Chinchilla gefüttert ist. Aber im ersten Jahr tut es auch Kaninchen. Im Sommer ist die oberste Seidenschicht zart und dünn wie Papier, vollkommen gleichmäßig gewebt, leicht, aber auch ein wenig steif. Du willst ja nicht verwelkt aussehen. Jedes Detail muss perfekt sein, von der Schließe am Hals bis zu den Rüschen am Saum.

Die Frauen auf der Straße werden dich um deine Kleider beneiden und sie wegen der raffinierten Feinheiten bewundern. Für viele junge Mädchen wird es die größte Aufregung ihres Lebens sein, wenn sie einen kurzen Blick auf dich erhaschen. Sie werden über dich sprechen, bis sie selbst ins Grab gehen. Reiche junge Mädchen werden achtgeben, wenn wir in Kutschen vorüberfahren, und dann gleich zu unseren Schneidern rennen und genau so ein Kostüm bestellen, wie es die berühmte Kurtisane Violet getragen hat. Einerseits ist es ärgerlich, dass sie uns imitieren, aber es schmeichelt uns auch. Wenn viele Mädchen aus reichen Familien deinen Stil kopieren, hebt das deinen Status. Männer sind nicht die Einzigen, die für unsere Bekanntheit sorgen. Sieh dir doch die Zehn Schönsten jedes

Jahr an. Sind sie wirklich die Schönsten? Nein. Sie sind diejenigen, die etwas von der menschlichen Natur verstehen, und zwar sowohl von Männern als auch von Frauen. Sie wissen, wie man Aufmerksamkeit und Neid erregt, und nutzen das zu ihrem Vorteil.

Sei nicht überrascht, wenn dich manche Ehefrauen anständig dafür bezahlen, dass sie dein Boudoir besuchen dürfen – um deine Garderobe und deine Schminke in Augenschein zu nehmen und sogar die ungewöhnlichen Stellungen zu lernen, an denen sich ihre Ehemänner erfreuen. Zeig ihnen alles. Sie denken, es geht nur um die Vereinigung, nicht um das hinausgezögerte Hofieren und die angestaute Lust zweier verschworener Liebender. Sie sind aber nicht mehr fähig, jemanden zu umwerben. Ihre Ehemänner stellen Forderungen, und sie fügen sich. Du musst also keine Angst haben, dass du deine Geheimnisse verrätst und deine Patrone von ihren Frauen so befriedigt werden, dass sie dich nicht mehr besuchen. Aber du musst von diesen Frauen unbedingt viel Geld verlangen, mindestens fünf Dollar.

Denk daran, dass der Neid einer der größten Makel der Menschheit ist. Der Neider wird rücksichtslos, und derjenige, der dich an seiner Seite weiß, vereinnahmt dich. Du kannst einen Freier dazu benutzen, um bei einem anderen die Leidenschaft zu steigern. Pass bloß auf, dass du das nicht mit zwei Brüdern machst oder mit Freunden, die zueinander stehen wie Brüder. Wenn sie sich streiten, werden die Leute sagen, du wärst ein so starkes Zugtier, dass du zwei Brüder auseinandergerissen hast.

Wenn du hier und in anderen Häusern bei ein paar Abendgesellschaften dabei warst, wirst du auch mehr von dem Neid unter Kurtisanen begreifen. Du hast es ja vielleicht schon im Haus deiner Mutter mitbekommen. Du wirst spüren, wie er dich beißt. Neid ist eine Giftschlange um deinen Knöchel. Es kann sein, dass du eine Konkurrentin oder deinen Freier hasst. Womöglich willst du sie, ihn oder dich zerstören. Achte auf diese Gefühle. Es könnte sein, dass eine andere Kurtisane dir gegenüber genau das Gleiche empfindet und alles tut, um deinen Niedergang zu betreiben. Aber wenn du überall Neid erregst, passiert etwas Seltsames. Dieser Neid verwandelt sich irgendwann in Respekt, und die anderen erkennen an, dass du ihnen überlegen bist. Du darfst aber nicht mit deinen Siegen prahlen. Sonst könnte es passieren, dass dich deine Rivalinnen am einen Tag noch beneiden und sich am nächsten über deinen Sturz freuen.

Da fällt mir ein: Wir müssen ein Erinnerungsfoto von dir machen lassen und einen Beinamen für dich wählen, durch den du dich von anderen abhebst.

Wenn wir nicht selbst einen aussuchen, geben dir die anderen einen, ohne zu fragen. Ich habe schon gehört, wie dich eine Kurtisane »weiße Taglilie« genannt hat. Diesen hübschen Namen bekommen viele Jungfrauen. Du willst ihn aber nicht für immer behalten, sonst wirst du irgendwann Zielscheibe des Spotts – »nicht mehr ganz weiß«, und so weiter. Dein Name muss einmalig sein. Ich kenne Schönheiten, die sich mit Vögeln verglichen haben. »Die Stimme eines Spatzen« nannte sich ein Mädchen, obwohl sie eine raue Stimme hatte. Spatzen sind außerdem sehr gewöhnlich und veranstalten morgens mit ihrem Gezwitscher einen Heidenlärm. Ein anderes Mädchen, das ich kannte, entschied sich für »Klassisch wie eine Trauerweide«. Ich glaube, sie wählte diesen Beinamen, weil der Hintergrund im Fotoatelier eine Weide und einen See zeigte. Was ist daran so besonders? Trauerweide – jemand, der aus Holz ist und weint, bis die Augen rot und groß wie Eier sind? Das sind keine Eigenschaften, die ein Mann schätzt. Für dich fände ich »Traum von einem Wasserfall« schön. Das klingt gut. Ein Mann kann sich das darunter vorstellen: sich verlieben, fortgetragen werden, sintflutartige Liebe. So etwas. Wir können später über die genaue Bedeutung nachdenken, wenn ich beschlossen habe, wer du wirklich bist.

Du bist jung und unerfahren, Violet. Heute beneidet dich kein Mensch um irgendetwas. Die Schönheiten sind viel hübscher und fintenreicher als du. Versuche erst gar nicht, mit ihnen zu wetteifern. Beobachte nur. Wenige Mädchen erhalten solche Ratschläge, wie ich sie dir gebe. Sie lernen es später, durch peinliche Fehler, so wie ich. Sie dachten, Schönheit, Poesie und eine hübsche Stimme würden für immer bleiben. Sie haben sich darauf verlassen. Sie haben nicht begriffen, dass es auf etwas anderes ankommt, auf eine Mischung aus Strategie, Gerissenheit, Ehrlichkeit, Geduld und die Bereitschaft, jede Gelegenheit beim Schopf zu packen. Darüber hinaus muss ein Mädchen immer bereit sein zu tun, was nötig ist.

Missgeschicke

Kleider sind wie ein Theatervorhang. Manche Kurtisanen halten den Vorhang geschlossen, bis sie die Bettvorhänge öffnen. Sie richten sich nach den alten Regeln. Keine Berührungen. Alles ganz schicklich, als wären sie eine schickliche Braut. Wie langweilig. Da könnte der Mann genauso gut mit seiner Ehefrau zusammen sein. So eine Sittsamkeit mag ja vor Jahren Brauch gewesen sein, aber wir leben doch in modernen Zeiten. Wenn du ihm einen kurzen Blick auf die Zukunft gewährst, minderst du dadurch nicht deinen Wert. Du hältst dich immer noch zurück. Je mehr du die Männer schauen lässt, umso mehr begehren sie, was du zurückhältst. Denk nur daran, dass da ein Unterschied besteht, ob du einem Mann einen flüchtigen Blick gestattest oder ob du ihn die Ware genau begutachten lässt.

Einige der besten Gelegenheiten zu einem flüchtigen Blick ergeben sich bei einem Missgeschick während eines Spaziergangs im Garten. Das muss völlig unschuldig wirken. Es könnte folgendermaßen gehen: Du trägst eine enge Jacke und eine Hose, deren Naht in der Furche deiner Scham versinkt. Ihr geht am Steingarten und am Teich vorbei und unterhaltet euch lebhaft. Plötzlich schreist du auf und tust so, als wärst du auf den spitzen Stein getreten, den ich zuvor heimlich dort hingelegt habe. Du setzt dich schnell auf einen Gartenhocker und schlägst die Beine übereinander, damit du die vermeintliche Verletzung betrachten kannst. Es ist so schmerzhaft, dass dir gar nicht bewusst ist, wie anzüglich du dasitzt. Wenn du merkst, dass der Mann auf deine Scham starrt, tu erst beschämt, dann kokett. Er wird den galanten Herrn spielen, der darauf besteht, die Verletzung zu untersuchen, damit du nicht dein Leben lang ein Krüppel bist. Diese Masche hat früher nur mit Mädchen funktioniert, deren gebundene Füße zehn Zentimeter lange Stummel waren. Aber heutzutage haben nicht einmal mehr Töchter aus Gelehrtenfamilien noch gebundene Füße. Du musst dich also nicht dafür schämen, dass du keine gebundenen Füße hast. Manche Männer werden enttäuscht sein, besonders die älteren. Wenn du vorzeitig bemerkst, dass der Mann durch kleine »goldene Lilien« erregt wird, dann ist es besser, die Masche mit dem verletzten Fuß gar nicht erst zu bemühen.

Ein anderer Trick besteht darin, deinen Freier zu bitten, dir eine Blume für die Haare zu pflücken. Wende dich von ihm ab, während du versuchst, sie dir hinter das Ohr zu stecken. Dann lässt du sie fallen. Um die Blume rasch wieder aufzuheben, bückst du dich, und die Jacke, die kaum deine Hüften bedeckte, hebt sich jetzt wie Mondnebel. Sorge dafür, dass er mindestens drei Sekunden lang dein Hinterteil zu sehen bekommt. Wenn du aufstehst und sein Gesicht siehst, halte dir die Blume vor den Mund und lache. Gucke durchtrieben und glücklich, als wärt ihr Verschworene. Wenn er neben dir steht, lege den Finger auf die Mitte der Blüte und weise ihn auf das dunklere Rot und den intensiveren Duft dort hin. Zu diesem Zeitpunkt wird er fast wahnsinnig sein, außer die heruntergefallene Blume hat ihre Blütenblätter verloren und ist ein schmächtiges kleines Ding.

Im Garten gibt ein paar ganz einfache Positionen, die du einnehmen kannst. Stell dich neben einen Baum, und während du sein Alter und seine Stärke bewunderst, drückst du dich mit leicht gespreizten Beinen dagegen. Das geht auch sehr gut mit Säulen.

Nach deiner Defloration leihe ich dir ein paar von meinen speziellen Röcken. Hier ist einer in deiner Farbe, einem satten kaiserlichen Violett. Weiße Haut hebt sich am besten von einem Rock in einer dunkleren Farbe ab. Die mittlere Stoffbahn verbirgt einen Schlitz, so wie der Spalt zwischen zwei Vorhängen. Du kannst den Schlitz mit Posamentenverschlüssen zumachen. Du kannst ihn aber auch auflassen, sodass man die Knie sieht oder die Oberschenkel oder die Scham. Dieser Rock ist nur für ganz besondere Freier oder Patrone, die es genießen, mit dir in der Öffentlichkeit anzugeben. Verringere nie deinen Wert, indem du zeigst, was unter dem Rock ist, auch wenn dein Freier gern einen Blick darauf werfen würde. Alles, was mit diesem Rock passiert, ist ein Missgeschick, das du in der Hand hast. Je großzügiger der Freier, desto mehr Missgeschicke sollten dir unterlaufen. Du kannst auch mit dem Rock an der Armlehne eines hufeisenförmigen Stuhls hängen bleiben. Der Schlitz öffnet sich, man sieht deine weiße Haut aufblitzen, und mit einem neckischen, überraschten Blick hast du deinem Patron zwei Sekunden Kitzel geschenkt. Man kann die Verschlüsse ebenso ganz locker annähen, sodass sie leicht aufreißen.

Auch im Theater kann dir ein derartiges Missgeschick mit dem Rock passieren. Patrone haben es besonders gern, wenn ihr in einer mit einem Vorhang abgeteilten Loge sitzt. Sobald er die Öffnung entdeckt, kannst du ihm erlauben, dich während der ganzen Aufführung zu streicheln, aber nur, wenn er dir an diesem Abend ein Geschenk gemacht hat. Bei Kutschfahrten, beim Ein- und Aussteigen, bieten sich ebenfalls gute Gelegenheiten, um Freiern, die nur noch einen kleinen Schubs brauchen, um Patron zu werden, die Sinne zu verwirren. Stürmische Tage sind ebenfalls von Vorteil. Hilf ein bisschen nach, wenn die Windstöße dir den Rock anheben. Wenn ein Mann bereits dein Patron ist, kannst du ihm noch andere Privilegien gewähren. Wenn er ein Festmahl zu deinen Ehren gibt, lass ihn unter dem Tisch mit der Hand zwischen deine Beine fahren, um vor seinen Gästen das Verbotene zu erkunden. Unterhalte dich munter, aber unterbrich dich immer wieder und schließe dabei die Augen ein wenig, so wie du es für deine Lieder gelernt hast. Die anderen wissen genau, was da vor sich geht. Nichts wird offen ausgesprochen, aber alle verfolgen das Spiel. Wahre dabei immer den

Anschein von Schicklichkeit. Auf diese Weise kannst du das quälende Begehren bei deinem Patron und seinen neidvollen Gästen steigern. Ich garantiere dir, diese Feier endet früher als gewöhnlich.

Die Vorbereitung des Boudoirs

Ich habe deinen Raum mit allen Annehmlichkeiten ausgestattet, um die Bühne für den Liebesakt vorzubereiten. Du hast gesehen, dass ich dein Bett mehr in die Mitte des Raums gerückt habe, damit ich den Wandschirm verschieben konnte, der die Toilette und die Badewanne verbirgt. Vorher war es so voll und unbequem. Und wie kannst du dich sauber fühlen, wenn die Badewanne aussieht wie ein alter Dreschkasten? Der Nachttopf war so niedrig, dass es alten Männern auf verrosteten Beinen schwerfallen würde, sich zu setzen und wieder aufzustehen. Ich weiß gar nicht, warum ich das nicht bedacht habe, als es noch mein Boudoir war. Jetzt haben deine Freier und du etwas mehr Platz, wenn ihr euch frisch macht. Der neue Nachttopf steht unter einem geschnitzten Stuhl mit Armlehnen. Und der Topf ist aus Porzellan, in einem hübschen Ochsenblutrot, leicht zu reinigen. Ich habe eine neue Badewanne bestellt, eine aus dem Westen, aus Kupfer, mit Löwenfüßen. Sehr modisch. Sie ist schon geliefert worden, aber ich kann sie erst nächste Woche zu dir ins Zimmer stellen lassen. Zinnober hat die gleiche entdeckt, und sie muss sie als Erste bekommen. Für deine Bademäntel wird es einen westlichen Kleiderständer geben, dazu eine gepolsterte Sitzbank und einen Tisch mit Salben, Parfums und Riechfläschchen mit anregendem Pulver darin. Wenn du die Diener zum Saubermachen brauchst, schlägst du nur die vier Stäbe des neuen Glockenspiels, das ich gekauft habe. Es ist das identische Instrument, mit dem in den feinen Eisenbahnen angekündigt wird, dass das Essen serviert wird.

Ich habe mir noch mehr Einrichtungsgegenstände und Luxusartikel einfallen lassen. Diese ganzen Dinge hätte ich bei meinen eigenen Freiern verwenden sollen. Ich habe mir mein Zimmer einmal eingerichtet und es dann nie mehr verändert. Je älter ich wurde, umso altmodischer wirkte mein Zimmer. Das erkenne ich jetzt erst. Aber die Qualität der Möbel ist immer noch gut, und ich kann sie sicher zu einem guten Preis verkaufen. Aber um die neuen Möbel erwerben zu können, die wir dringend brauchen, sind unbedingt Geldgeschenke nötig. Du siehst also, wie wichtig es ist, dass du dich bei den Abendgesellschaften von Beginn an gut machst. Wir können uns nicht endlos Dollars von der Mutter des Hauses leihen, sonst sind wir für den Rest unseres Lebens Sklaven. Ich habe zumindest vor, die Stühle und Sofas aufpolstern zu lassen, und ich lasse neue Vorhänge für das Bett fertigen. Seidenbatist in kaiserlichem Goldgelb mit aufgestickten blauen Schriftzeichen für Langlebigkeit. Auch habe ich gelbe und blaue Bänder gekauft und ganz viele kleine Glöckchen, sie werden am Bett und darüber angebunden. Bei dem leichtesten Wackeln deiner Hüften werden sie fröhlich klingeln, und der Mann weiß, er ist auf dem Weg zur himmlischen Ekstase. Das ist ein kluger Schachzug. Es könnte sein, dass ich selbst ab und an einen Kunden annehme, nur um dieses Klingeln zu hören.

Vier Wege, deine Karriere zu ruinieren

Es gibt vier Möglichkeiten, um für kurze Zeit, für lange Zeit oder für immer aus dem Geschäft auszusteigen.

Die erste ist deine Monatsblutung. Du möchtest nicht auf einer Gesellschaft von einem eleganten Stuhl aufstehen, um festzustellen, dass du eine rote Landkarte von der Insel Chongming auf dem Brokatpolster hinterlassen hast und eine weitere hinten auf deinem Rock herumträgst. Ich gebe dir ein paar spezielle Meeresschwämme, die du einführen kannst. Wenn du stark blutest, kannst du auch ein kleines Seidensäckchen mit Moos an den Eingang deiner Scham stecken. Während dieser Zeit darfst du nie eine intime

Beziehung mit einem Freier zulassen. Flirte auf den Feiern, aber sei zurückhaltend. Triff dich mit neuen Freiern zum Nachmittagstee. Mit einem Patron ist es eine andere Sache. Einige genießen vielleicht eine gespielte Defloration mit ein wenig Blutvergießen. In diesen Fällen werden wir um ein kleines Deflorationsgeschenk bitten, um diese Fantasie ein wenig realistischer wirken zu lassen. Du musst dich ein wenig sträuben, wenn dein Patron dich ausziehen will, und dann machst du einfach, was du während deiner echten Defloration gemacht hast, nur nicht so laut.

Wenn der Patron nicht an einer gespielten Defloration interessiert ist, bittet er dich vielleicht, ihn mit dem Mund zu erfreuen. Oder er möchte dir zusehen, wie du etwas mit dir selbst anstellst. Es gibt da noch viele andere Dinge, über die wir jetzt nicht reden müssen. Das macht dir nur Angst. Verlangt ein Patron etwas Ungewöhnliches von dir, so kann ich dir dann in dem Moment sagen, was du tun solltest und was nicht – und worüber man weiter verhandeln sollte.

Die zweite Möglichkeit, sich zu ruinieren, besteht darin, ein Kind zu bekommen. Du kannst das vermeiden, indem du jedes Mal, wenn du intimen Verkehr hast, sorgfältig meine Anweisungen befolgst. Ich bringe dir eine warme Suppe aus Moschus und *dong quai*. Du musst sie trinken, bevor du einen Mann in dein Boudoir mitnimmst. Ich werde dich daran erinnern, ein kleines Seidensäckchen mit meiner geheimen Kräutermischung einzuführen. Deine Scham wird dadurch weder Falten werfen, noch wird die Rute des Mannes einschrumpfen oder brennen. Ich habe gehört, dass spezielle Zubereitungen in anderen Häusern solche Auswirkungen hatten, entweder sofort oder mit der Zeit. Und höre nie auf eine andere Kurtisane, die dir empfiehlt, Persimonenstückchen zu benutzen. Das ist ein alter Streich, den sich Kurtisanen gegenseitig spielen. Das trocknet die Scham aus und macht das Eindringen für einen Mann unmöglich. Wenn dein Freier befriedigt ist, verschwinde rasch hinter dem Wandschirm und wasche dir die Scham mit Safranwasser aus. Wenn du vergisst, das Säckchen mit meinen geheimen Zutaten zu verwenden, gebe ich dir eine starke *dong quai*-Brühe, die Krämpfe auslöst und die alles beendet, was womöglich in Gang gesetzt wurde. Wenn zwei Monate ohne deine Blutung vergangen sind, rufe ich eine Frau, die sich dieses Problems annimmt. Sie ist ziemlich gut, allerdings haben ein paar Mädchen im Lauf der Jahre eitriges Fieber bekommen, und nicht alle von ihnen hatten so viel Glück wie ich und konnten dem Tod aus dem Weg gehen.

Der dritte Weg, um aus dem Geschäft auszusteigen, hat genau mit diesem eitrigen Fieber zu tun, an dem man sterben kann. Also werde nicht schwanger. Es gibt daneben aber noch viele andere Krankheiten. Geh nicht davon aus, dass ein todkranker Mann einfach zu Hause bleibt. Manche Männer, die wissen, dass sie nicht mehr lange auf dieser Welt sind, wollen eine letzte Freude. Hierbei leitet sie ihr Instinkt. Wenn ein Kunde hustet und spuckt und um Atem ringt, trink nicht aus demselben Becher Wein, egal, wie sehr er darauf besteht. Er könnte Tuberkulose haben. Wenn ein Kunde rote Augen hat und sich übergibt, muss das nicht daher kommen, dass er betrunken ist, sondern er könnte Typhus haben. Auf Geschlechtskrankheiten wie Syphilis musst du ganz besonders achten. Bei jedem Mann in deinem Bett solltest du sichergehen, dass er keine Geschwüre hat. Bewundere seine Rute, lobe ihn, während du ihn gründlich in Augenschein nimmst. Auch das kleinste Geschwür ist gefährlich. Wenn du eines entdeckst, tu so, als wäre dir plötzlich schwindelig geworden oder du müsstest dich übergeben, und dann ruf mich. Syphilis ist eine scheußliche Krankheit. Mit der Zeit entwickeln sich Geschwüre, die so groß aufblühen wie rote Pfingstrosen. Dann fressen die Giftblüten dein Fleisch weg und lassen dir das Hirn faulen. Du hast schon Bettler auf der Straße gesehen, die das haben, wovon ich gerade erzähle. Wenn du die Syphilis bekommst, höre bloß auf niemanden, der dir sagt, du sollst sie mit Quecksilber oder Rattengift kurieren. Viele Mädchen haben das falsch dosiert, und nachdem sie stundenlang vor Schmerzen geschrien haben, war es aus mit ihnen. Ich weiß von einer besseren Medizin, die manchmal wirkt. Ich verrate dir jetzt nicht, was es ist, denn du sollst nicht glauben, du könntest unvorsichtig sein, nur weil die alte Zauberkürbis ganz einfach deine Geschwüre heilen kann. Noch ein Letztes: Fass nie einen Ausländer an. Die haben die Syphilis nach China eingeschleppt, und ich bin mir sicher, dass viele von ihnen daran leiden.

Eine letzte Möglichkeit, nicht mehr im Geschäft zu sein, ist dann gegeben, wenn du dich um deinen Verstand bringst. Werde nicht opiumsüchtig. Du kannst dich nicht um deinen Kunden kümmern, wenn du die ganze Zeit schläfst. Betrinke dich nicht. Dann könntest du womöglich über die Unzulänglichkeiten des Mannes lachen. Heule nicht die ganze Zeit vor anderen. Wir alle haben einen Grund, traurig zu sein. Wenn du nur weinst, drückst du damit aus, dass du mehr Kummer hast als die anderen. Woher willst du das aber wissen? Wenn du vor Freiern weinst, werden sie das Gefühl haben, dass in der Zukunft nur Probleme vor ihnen liegen werden, sollten sie erfolgreich deine Zuneigung gewinnen. Ein paar Tränen vor deinem Patron sind etwas anderes. Er könnte auf diese Weise dazu bewegt werden, freundlicher und großzügiger zu sein. Aber du musst sparsam mit deinen Tränen sein, wenn du etwas bewirken willst. Ein Weinen kann auch von echten Empfindungen herrühren, und dein Patron hat es am liebsten, wenn du glücklich bist.

Die Vorbereitung der Scham

Morgen kommt Zinnobers Hausmädchen mit seinen Fäden und entfernt dir alle Haare von der Scham, unter den Armen und von der Oberlippe. Eine Jungfrau muss reinweiß sein. Und noch bist du so haarig wie ein Mann. Lockige Haare an der Scham sind unattraktiv, wie Seegras, gar nicht seidig. Wir müssen Zinnobers Mädchen einmal die Woche holen, damit dein kleiner Hügel eine weiße Tigerin bleibt. Lass dich nicht von Salben und Umschlägen verführen, die andere Kurtisanen empfehlen, weil sie angeblich das Haar dauerhaft entfernen. Derartige Maßnahmen haben manchen Frauen die Scham so schrumpfen lassen, dass sie aussah wie die Furche einer alten Frau. Ein angebliches Heilmittel hat einem Mädchen die Haut weggeätzt, danach hatte sie die Farbe von rohem Fleisch. Die Kurtisanen, die diese Mittel empfahlen, schwören heute, dass sie keine Ahnung hatten, dass sie einen solchen Schaden anrichten würden. Aber alle wissen, dass es Rache war. Wenn also eine Frau mit irgendwelchen Zaubertränken bei dir auftaucht – um dir die Haare zu entfernen, deine Lust zu steigern oder die deines Freiers –, dann kommst du auf der Stelle zu mir, sagst mir, was sie erzählt hat, und zeigst mir, was sie dir gegeben hat. Ich drohe ihr, es ihr ins Gesicht zu schütten, bis sie zugibt, dass es ein gemeiner Trick war.

Während des nächsten Jahres lernst du jeden Monat ein Dutzend Stellungen. Bleibe nie bei einer Position. Du musst mehrere Stellungen stets so kombinieren, dass es ihn immer wieder überrascht. Du solltest noch in der Nacht deiner Defloration das Unerwartete bieten. Unschuld und Verwirrung, das wird schnell langweilig. Du kannst nicht faul und hilflos erwarten, dass dein erster Liebhaber dich bedient, außer es ist eindeutig, dass er genau das möchte. Wenn ein Mann deine Defloration kauft, will er deine Unschuld, ein bisschen Zögern und Schmerzensschreie als Beweis, dass er der Erste ist. Gleichzeitig möchte er aber nicht die Unbeholfenheit eines unerfahrenen Mädchens und die ganze Nacht Geschrei. Welcher Mann will schon alle paar Minuten die verschränkten Arme und Beine eines Mädchens auseinanderdrücken, ohne Fortschritte zu machen? Männer sind romantisch. Was für sie als Ideal gilt, muss nicht für Frauen zutreffen. Im kommenden Jahr werden wir Variationen des Liebesspiels durchgehen, die deinen ersten Freier davon überzeugen, dass du den Preis wert bist, den er gezahlt hat. In Bordellen erzählt man sich mit Vorliebe einen Witz. Zwei Männer fragen einen Mann, der gerade ein Mädchen entjungfert hat: »Wie war der Kampf? Wie haben sich die Tore zum Pavillon öffnen lassen? War es so berauschend wie zehn Becher Wein?« Der befragte Mann antwortet: »Durch das Tor bin ich ganz leicht gekommen, aber es war nur ein halber Becher drin.« Ein halber Becher. Das sagen manche Männer, wenn sie für eine Enttäuschung teuer gelöhnt haben.

Du weißt ja Bescheid, wie ein Mann in voll erblühtem Zustand aussieht. Als ich noch im Verborgenen Jadepfad arbeitete, habe ich dich häufiger beobachtet, wie du durch mein Gitterfenster gelugt hast. Du warst wie ein kleiner Nachtfalter, und ich konnte dich nicht anschreien, ohne die Erregung des Mannes zu unterbrechen. Ich bin mir sicher, deine Neugier hat noch jahrelang angehalten, und jetzt wirst du selbst ausüben, was dich früher so interessiert hat. Ich habe einen jungen Mann von der Operntruppe engagiert. Er ist ein talentierter Schauspieler und kann alles ausüben, was ich ihm sage, sämtliche Positionen, die Dramen, die Rollenspiele – alles, ohne deine Knospe zu durchstoßen. Und es besteht auch gar nicht die Gefahr, dass er es versuchen wird. Er findet keinen Gefallen am Körper einer Frau, nur in der Schauspielkunst. Du gibst dem Schauspieler Namen, die zur Lektion gehören: Lord Yang, der Eremit, der Weise, der Marquis und andere, die ich mir ausdenke. Er nennt dich Fräulein Wonne, Frau Li, Witwe Li, Ehrenwerte Frau Li, Zauberfee, Sklavenmädchen und so weiter.

Keine Sorge: Ihr seid beide mit lockeren Baumwollanzügen bekleidet. Bloß manchmal werde ich ihn nur Bandagen tragen lassen, um seine Rute und die Beutel zu bedecken. Dann schnallt er sich den Gurt und die falsche Rute um, sodass du aufpassen kannst, wo was hingehört. Er wird dich natürlich nicht berühren, sondern nur in die richtige Richtung lenken. Dein Anblick wird ihn nicht erregen, daher bitte ich ihn, sich selbst zu streicheln, damit du auch die Veränderungen seiner Hautfarbe, seiner Atmung, seiner Pupillen und die Spannung und Entspannung seiner Gliedmaßen beobachten kannst. Die Bandagen werden fest gewickelt, es besteht also nicht die Möglichkeit, dass etwas herausguckt.

Zu Anfang lernst du die Vier Grundschritte: Umarmen, Öffnen, Durchstoßen und Rollen. Das liegt vermeintlich auf der Hand, aber jeder Schritt erfordert eine eigene Kunst, erfordert Rhythmus und

Anmut. Rhythmus und Anmut sind auch bei sämtlichen Stellungen entscheidend. Wir üben diese Kunst bei allen deinen Bewegungen ein – wie schnell du Arme und Beine einsetzt, wann du den Rücken biegen musst. Jede Kurtisane hat hundert Methoden zur Verfügung. Aufrecht rücklings, im Sitzen, im Stehen, die Füße an seinen Bauch gedrückt, die Beine in der Luft, das buckelnde Pferd, die sich wiegenden Bambussprösslinge, die Tigerin begegnet dem Drachen, Austern im Schildkrötenpanzer – alles, was in fünftausend Jahren der Liebeskunst, der Erregung und der Langeweile entwickelt wurde. Man lernt lebenslang. Um dein Ansehen zu steigern, erfinden wir noch ein paar Stellungen selbst.

Der Schauspieler zeigt dir die überzeugende Mimik, um die Neun Bedürfnisse zu unterstreichen – Stöhnen, Seufzen, Flehen und so weiter. Aber das musst du nicht alles gleich in der ersten Nacht anwenden. Doch in der zweiten Nacht wirst du schon bis zum achten Schritt gehen müssen, um zu beweisen, dass er das Mädchen in der Grotte erweckt hat. Dein Lehrer wird dir auch die Zwei Antworten des Mannes vorspielen: vor Lust stöhnen und dann befriedigt ächzen. Dankbarkeit sollte als Drittes folgen und ein hübsches Geschenk als Viertes.

Ich bereite dir fingerförmige Säckchen vor – ein paar dünne, ein paar dickere –, die mit ungekochtem Reis gefüllt sind. Damit kann er dir zeigen, wie man Männer erfreut, die Schwierigkeiten haben, weil sich ihre Rute nicht aufstellt. Manchmal schläft sie ein. Um deinem Freier Selbstvertrauen zu geben, musst du seine Rute immer als Krieger oder Drachenkopf bezeichnen. Darüber freut sich jeder Mann. Es kann passieren, dass du mit einem Mann zusammen bist, der auf der Abendgesellschaft noch sehr männlich wirkte, sich später aber schämt, dass sein Krieger eher ein Fußsoldat ist. Für beide Fälle zeigt dir der Schauspieler, wie du Ringe und Klammern anwenden kannst, dann siehst du, wie der Reis sich nach oben ausbeult und die Rute dick und gerade macht. Viele Kunden mögen auch unsere Bänder in Gold und Eisblau. Sie werden recht gebieterisch, wenn sie die Farben des Kaisers tragen. Jetzt, da der Kaiser abgedankt hat, werden sie vielleicht nicht mehr diese Wirkung entfalten. Ich statte dein Zimmer auch mit luststeigernden Mixturen aus. Benutze nur sie, niemals etwas, was dir eine andere Kurtisane gegeben hat. Das könnte nämlich alles Mögliche sein, von Essig bis Chili-Öl. »Glück im Pavillon«, das ist eine gute Marke, damit wird die Rute nicht in Flammen gesetzt, sodass dein Freier vor Schmerzen herumhüpft. Das ist mit anderen Artikeln schon passiert. Die Männer denken manchmal, je mehr sie von einem Elixier trinken, desto größer werden sie. Aber dann müssen sie sich nur übergeben oder die ganze Nacht den Darm entleeren. Achte deshalb auf die Dosis.

Ich möchte, dass du jeden Abend, wenn du im Bett liegst, versuchst, dich selbst zu erregen. Ich gebe dir einen Perlenschmeichler und eine Lotion, sie heißt »Weit offene Tore«. Wenn du nicht mehr aufhören kannst, weißt du, wovon ich rede. Wenn dich diese Dinge nicht zum Höhepunkt bringen, bitte ich den Schauspieler, dir zu helfen, die richtige Mimik zu üben. Er ist darin sehr professionell. Wenn ein Mann eine Frau sieht, deren Miene Verlangen ausdrückt, ist das wie Liebe für ihn. Du kannst dich auch an den Perlenschmeichler gewöhnen. Viele Freier bringen selbst eine Tasche mit Spielsachen mit, und Perlenschmeichler sind mit am beliebtesten bei den Männern, die gern zusehen, wie sich eine Schönheit windet und nach Luft schnappt wie ein Fisch, den man aus dem Wasser geholt hat. Du begreifst später, wovon ich rede. Im Lauf der Jahre habe ich einige von diesen Perlenschmeichlern geschenkt bekommen. Ehrlich gesagt, ein Ballen Seide wäre mir lieber gewesen.

Du könntest feststellen, dass es dir am Anfang wenig Spaß bereitet. Viele neue Schönheiten mögen keinen Sex. Das kann daran liegen, dass dein erster Freier grob ist, der Patron alt oder in der Liebeskunst nicht bewandert. Oder er ist verdorben und hat viele lächerliche Wünsche, sodass du dir eher wie das Kindermädchen eines anstrengenden Jungen vorkommst. Hab Geduld. Sie sind nicht alle so schrecklich. Ich erzähle dir nur deshalb von den schlimmen, damit du darauf vorbereitet bist. Wenn du keine romantischen Vorstellungen über diese Arbeit im Kopf hast, dann wirst du davon nicht erdrückt.

Wer weiß – nach deinem ersten Patron könntest du auch überrascht sein, weil dich dein zweiter so zärtlich behandelt, dass du womöglich denkst, dieser Beruf sei keine Arbeit, sondern nur ein Spiel. Bei den Ersten trifft das allerdings selten zu. Sie haben deine Defloration gekauft, und mit Zärtlichkeit dringen sie nicht durch deine Tore. Wenn du weinst, werden sie nicht aufhören und dich trösten. Und sie entschuldigen sich auch nicht.

Aber später, da wirst du Freier haben, die sich wie richtige Liebhaber benehmen, und vielleicht wollen sie dir sogar wirklich Genuss verschaffen. Ein solcher Mann liebt es, einer Frau zuzusehen, wie sie die unsterblichen Höhen erreicht. Es verleiht ihm Macht, wenn er eine Kurtisane mit genau den Listen verführt, die sie bei ihm anwendet. Bei derartigen Männern bist du versucht, dich nicht mehr wie eine Kurtisane zu fühlen. Du gibst dich freiwillig hin, ohne Geld zu erwarten, und du glaubst in deinem tiefsten Inneren, dass dieses Glück ewig andauern wird. Der Geruch dieses Mannes wird dich dazu bringen, alles außer Acht zu lassen, was ich dich gelehrt habe. Das wird dir nicht nur einmal passieren.

Und ich werde dann da sein, um dich wieder zur Vernunft zu bringen.

5
Die Erinnerung an das Begehren

Shanghai, 1912–1915
Violet

Auf der Abendgesellschaft von Loyalty Fang standen Zauberkürbis und ich an der Wand am gegenüberliegenden Ende eines langen Tisches, an dem lauter Gäste saßen. Mutter Li erklärte mir, ich würde auf dieser Feier nichts Besonderes darstellen, »nur ein kleines Ornament«, ich solle einfach freundlich schauen und lächeln. »Sonst nichts«, warnte sie mich und warf mir einen drohenden Blick zu. Sie war nervös, denn es waren mehr Personen anwesend als erwartet. Der Raum war zu klein, und die Kleidung und das Benehmen von ein paar der zusätzlich angeforderten Kurtisanen entsprachen nicht ihren Maßstäben für ein Haus erster Klasse. Mutter Li war verärgert, weil die Kurtisanen überdies ihre Zofen mitgebracht hatten, und erklärte ihnen, das sei nicht der richtige Ort, um nach neuen Geschäftsbeziehungen Ausschau zu halten, deshalb würden die Zofen draußen warten müssen.

Es war beinahe sechs Monate her, seit ich entführt worden war, und während dieser sechs Monate hatten sich meine Hoffnungen in schlichte Resignation verwandelt. Einzig mit der Tatsache, dass meine Mutter nicht zurückgekehrt war, konnte ich mich nicht abfinden. Ich schrieb es ihrer Gutgläubigkeit und ihrer Achtlosigkeit zu, dass sie mich der Hölle überlassen hatte. Während der ersten Monate hatte ich geschworen, meinem Ich standhaft treu zu bleiben – der Freidenkerin, der wissbegierigen Schülerin, dem amerikanischen Mädchen, das mit seiner Findigkeit jedes Problem löste. Doch dieses alte Ich hatte sich sehr schnell zurückgezogen. Zauberkürbis hatte recht: Mein starker Wille war nichts anderes als

Hochmut gewesen, und als man mir meine Unabhängigkeit genommen hatte, war ich nicht einmal mehr einer Kurtisane gleichgestellt. Ich war zufrieden damit, das kleine Ornament zu sein. Es würde keine Erwartungen und keine Kritik geben. Ich würde einfach den Abend verbringen, als wäre ich im Theater – wieder das siebenjährige Mädchen, das vom Balkon aus die Gäste im Verborgenen Jadepfad beobachtet.

Vor der Feier war Mutter Li mit den Kurtisanen die Namen der Gäste durchgegangen, erzählte ihnen von ihren geschäftlichen Tätigkeiten, ob sie verheiratet waren und Konkubinen hatten und womit man ihnen schmeicheln konnte. Loyalty Fang, der Gastgeber, war die beste Partie. Über ihn musste Mutter Li den anderen gar nichts berichten. Er war ein weithin bekannter Stammgast in Kurtisanenhäusern. Ich fragte Zauberkürbis, warum es so viel Aufsehen erregt hatte, als verkündet wurde, dass er zu einer Feier einlud.

»Er ist nicht nur wohlhabend«, begann sie, »er hat eine gute Ausbildung genossen und kommt aus einer gebildeten, modernen Familie mit hervorragendem Geschäftssinn. Mit vierundzwanzig hat er immer noch keine Frauen oder Kinder, was seiner Mutter große Sorgen bereitet. Jede Kurtisane würde natürlich gerne die Ängste seiner Mutter zerstreuen und ihr die nächste Generation schenken.«

»Ist er hübsch?«

»Nicht im üblichen Sinne gut aussehend. Aber wenn er den Raum betritt, merkt man an seiner Aura, dass er zur gesellschaftlichen Elite gehört. Sein Auftreten ist kultiviert, aber er ist kein Snob. In jeder nur erdenklichen Situation ist er völlig entspannt. Das unterscheidet ihn von diesen herausgeputzten Emporkömmlingen. Augen und Mund haben eine sinnliche Ausstrahlung – nicht wegen ihrer Form, sondern wie sie sein Vergnügen und seine sexuelle Fantasie zum Ausdruck bringen. Das sagen alle. Ich habe nicht überprüft, ob er das, was er darzustellen scheint, im Bett auch wirklich realisiert. Aber viele Frauen haben gesagt, sobald er sie ansieht, stellen sie sich schon vor, wie sie unter ihm liegen. Du wirst heute Abend selbst sehen, was für eine Wirkung er auf die Frauen ausübt.«

Mutter Li dirigierte uns wie ein Armeegeneral. Hinter jedem der acht Männer, die am Tisch saßen, sollten zwei Kurtisanen stehen. Mutter Li platzierte ihre Tochter Zinnober gegenüber jenem Platz, der für Loyalty Fang vorgesehen war. So würde er ihre besonderen Eigenschaften und ihre Anmut beobachten können, ihr lächelndes Gesicht und ihre sich graziös wiegenden Hüften. Und sie wiederum würde Gelegenheit haben, seine Aufmerksamkeit auf sich zu ziehen und in dem weichen, zärtlichen Soochow-Tonfall, den sie perfektioniert hatte, zu ihm zu sprechen. Mutter Li stellte eine Kurtisane aus einem anderen Haus Zinnober zur Seite, eine weit weniger aufreizende Erscheinung. Drei andere von unseren Kurtisanen, Kleiner Phönix, Grüne Pflaume und Frühlingsgras, waren gegenüber den Männern postiert worden, die neben Loyalty Fang als aussichtsreichste Kandidaten eingeschätzt wurden, Eminent Tang, Unison Pan und Perceptive Lu.

Von meinem Aussichtspunkt hatte ich die gesamte Szene bestens im Blick. Im Verborgenen Jadepfad hatte ich viele attraktive Männer betrachtet, Männer aus dem Westen wie auch Chinesen, Junge und Alte, solche, die sich wichtig machten, und andere, die es waren. Als Loyalty Fang eintrat, schien der Raum plötzlich wärmer und heller zu werden. Ich erforschte sein Aussehen genau, um zu sehen, warum er so gerühmt wurde. Westlich und modern war seine Kleidung. Aber das war typisch für viele Gäste. Seine Haare waren gut frisiert, und er hatte Pomade aufgetragen, so wie man es aus Modezeitschriften kannte. Daran war ebenfalls nichts Ungewöhnliches. Sein Gesicht war länglich und für meine Begriffe eher gewöhnlich. Doch das änderte sich nach ein paar Minuten. Ich konnte nicht genau festmachen, worin der Unterschied bestand, denn seine Mimik wandelte sich von einem Augenblick auf den anderen: Aufmerksam hob er die Augenbrauen, während er seinen Freunden lauschte. Wenn er lächelte, zeigten sich Fältchen. Seine

Augen wurden groß und dunkel, wenn er ein ernstes Gespräch führte. Nachdem ich ihn länger gemustert hatte, fand ich, dass er mir wie ein Adeliger vorkam, den ich auf einem Gemälde gesehen hatte. Ich beobachtete, wie er den Blick auf Frauen richtete und sie einfing. Bei jeder Schönheit bewegte er ebenfalls ein wenig die Augenbrauen nach oben, als nehme er ihre Anmut zum ersten Mal wahr, und das Lächeln, das darauf folgte, war schelmisch, geheimnisvoll und vielversprechend. Er schenkte ihr seine volle Aufmerksamkeit, aber nie mehr als ein paar Sekunden. Doch in diesen Sekunden war deutlich zu spüren, dass diese Kurtisanen ihn plötzlich begehrten. Selbst eine Kurtisane, die sonst kein großes sexuelles Verlangen nach Männern verspürte, schien geschmeichelt, dass er sie bemerkt hatte. Und dann fiel mir auf, dass er auch Zofen anschaute. Viele von ihnen waren in jüngeren Jahren Kurtisanen gewesen und hatten es lange nicht mehr genossen, dass jemand sie auf diese Art ansah. Er belebte sie neu.

Im Umgang mit Männern hatte er eine charismatische Art, die mehr mit seiner lockeren Umgangsweise zu tun hatte, damit, dass er jedem Mann zu vermitteln schien, er hätte ihn zu seinem engsten Vertrauten erwählt. Er versuchte jeden ins Gespräch einzubeziehen, niemand wurde außen vor gelassen. Er stellte Fragen, hörte gut zu, wies die Bescheidenheit der anderen zurück und zählte ihre Leistungen auf, ohne dabei schmeichlerisch zu wirken. Ich war fasziniert und glaubte, er war wirklich so, wie er sich zeigte.

Ich achtete genau darauf, welche Frau sein Interesse erregt hatte, auf wessen Gesicht sein Blick am längsten ruhte, wer ein Lächeln geschenkt bekam, das verschwörerischer war als das für die anderen. Wie erwartet war Zinnober diese Frau. »Ich war schon auf Hunderten von Abendgesellschaften«, sagte sie, »aber noch nie war das Essen so vorzüglich. Wir danken unserem Gastgeber für seine Großzügigkeit.«

Loyalty wiederum dankte Mutter Li dafür, dass sie das Festmahl arrangiert hatte. Ob er wohl durchschaute, dass Zinnobers Schmeichelei nicht ehrlich war? Sie hatte keinen Bissen gegessen.

Wir durften nichts von den Speisen kosten. Wenn ich Glück hatte, konnte ich von den Resten zehren, wenn der Abend vorüber war.

Ein betrunkener Gast rief mich: »Hey, kleine Blume! Iss! Genieß es!« Er nahm eine glänzende Jakobsmuschel mit seinen Essstäbchen auf, trug sie zu mir herüber, wobei er versuchte, meinen Mund als Ziel nicht aus den Augen zu verlieren. Ich konnte diesem Mann doch nicht die Gelegenheit verwehren, sich großzügig zu zeigen! In dem Moment, in dem die Jakobsmuschel meine leicht geöffneten Lippen berührte, entglitt sie dem Mann und glitt an der Vorderseite meiner neuen Jacke herunter, von der Brust in den Schoß hinein. Der Mann murmelte eine Entschuldigung, und während Mutter Li ihn zurück zu seinem Platz führte, versicherte sie ihm, es sei nicht seine Schuld, sondern das Mädchen habe sich ungeschickt angestellt. Zauberkürbis blieb der Mund offen stehen. Der ölige Fleck sah aus wie die Spur einer Nacktschnecke. »Ein ganzer Monatsverdienst«, brummte sie. Ich weigerte mich, schuldbewusst zu schauen. Ich konnte nichts dafür.

Kurz darauf wurde es unruhig. Zwei Kurtisanen – die beiden, die Mutter Li schon zuvor missfallen hatten – zankten sich. Am Tisch wurde getuschelt und gewispert, und ich erfuhr, dass sie um den beleibten Mann wetteiferten, hinter dem sie standen, und dass sie das seit zwei Jahren täten, immer wieder hätte dieser Gast die eine Rivalin gegen die andere ausgetauscht. Mutter Li führte die zornigen Frauen rasch aus dem Raum. Der massige Mann wandte sich um, als sie hinausgingen, und gab sich irritiert, als wäre er der Letzte, der wüsste, was da vor sich ging. Als Mutter Li zurückkehrte, trat sie auf Zauberkürbis zu. »Schnell, nehmt ihre Plätze ein, alle beide.« Zauberkürbis schubste mich vorwärts. Ich stellte mich auf die rechte Seite des korpulenten Gastes, Zauberkürbis stand links von ihm. Jetzt war ich Teil des Theaters und musste aufpassen, keine Fehler zu begehen. Das war am leichtesten zu bewerkstelligen, indem ich nichts machte.

Ich setzte mein naivstes Lächeln auf und war ganz zufrieden mit meiner Schauspielkunst, bis Zauberkürbis mich zwickte. Sie reichte mir eine Flasche Reiswein. »Los. Schenk ihm nach.« Dann kniff sie mich wieder. »Mach schon. Biete ihm an, noch Fisch auf seinen Teller zu legen.« Wieder stieß sie mich an. »Nimm die Gräten weg.« Sie knuffte mich immer wieder, damit ich schnell dies und jenes erledigte. Sie zwickte mich, weil ich sie böse anfunkelte, und da zwickte ich sie schließlich zurück, und zwar fest. Sie schnappte nach Luft. Die Männer grölten, die Kurtisanen murmelten amüsiert. Zauberkürbis erklärte, dass ich ihr auf den Fuß gestiegen sei. Zinnober und Mutter Li kniffen die Lippen zusammen, wie um zu verhindern, dass sie gleich vor Wut platzten. Mein Gesicht brannte, und als ich sah, dass Zauberkürbis mich anstarrte, weigerte ich mich, beschämt zu gucken. Ich schaute weg. Und da bemerkte ich, dass Loyalty Fang mich anstrahlte.

»Was für ein Temperament«, sagte er und fixierte mich. Meinte er das sarkastisch?

Mutter Li entschuldigte sich rasch. »Unsere jungfräuliche Kurtisane hat noch viel zu lernen. Wie man zweifellos erkennen kann, ist Violet sehr jung.«

»Hat sie schon gelernt, Geschichten zu erzählen oder Gedichte aufzusagen?«, fragte er.

»Sie ist gerade dabei.«

»Dann soll sie etwas zum Besten geben. Nichts Großartiges. Eine Geschichte, ein Lied, ein Gedicht. Sie kann es sich aussuchen.«

Mutter Li zögerte. Sie hatte mir neulich beim Üben zugehört und Zauberkürbis wegen meiner bislang viel zu schlechten Ausbildung gescholten. »Sie ist noch nicht gut genug«, sagte Mutter Li, »für deine Ohren reicht es nicht. Warten wir ein paar Monate. Heute Abend kann eine andere von unseren Schönheiten die Zither für dich spielen.« Mit strahlenden Augen wandte sie sich an Zinnober und nickte ihr kaum merklich zu, um ihr zu bedeuten, dass ihre große Chance gekommen sei.

Loyalty Fang aber tat, als hätte er ihre Worte nicht vernommen, und winkte mich dorthin, wo Zinnobers Zither wartete. »Nimm dir so viel Zeit, wie du willst, um dich vorzubereiten«, rief er. Dann sang er mit den Männern eine Ballade, in der es um die Jugend und um Tiger ging. Zauberkürbis kam zu mir und setzte sich selbst an die Zither. Sie sah aus, als würde sie gleich hingerichtet werden. »Wir tragen ›Pfirsichblütenfrühling‹ vor.« Ich protestierte, sagte, dass ich das nicht könne. Ich hatte das meiste schon wieder vergessen. »Achte einfach darauf, was ich auf der Zither spiele«, sagte sie. »Erbebe mit dem Tremolo, wiege dich mit dem Glissando, richte den Blick nach oben, wenn die Musik lauter wird. Vergiss nicht, dich natürlich zu bewegen. Und bereite mir keine Schande, sonst kannst du es dir zuschreiben, wenn wir heute Nacht auf der Straße schlafen. An diesem Abend hast du die Gelegenheit, dir einen Namen zu machen – ob einen guten oder einen schlechten, das hängt allein von dir ab.«

Es wurde still im Raum. Alle Augen waren auf mich gerichtet. Loyalty Fang lächelte breit, als wäre er jetzt schon stolz, eine talentierte Sängerin entdeckt zu haben. Zauberkürbis fuhr über die Saiten der Zither und zupfte die ersten Töne. Ich schloss die Augen und öffnete den Mund, um den ersten Satz aufzusagen. Kein Laut drang aus meinem Hals. Die Worte steckten fest. Ich versuchte es eine Weile immer wieder, wobei Zauberkürbis weiter über die Saiten strich und einzelne Töne hervorbrachte, die den Anfang der Geschichte anzeigen sollten. Schließlich brachte ich ein ersticktes Geräusch hervor, dann fragte ich mit zittriger Stimme: »Kennt jemand die Geschichte von dem Land Pfirsichblütenfrühling?« Natürlich kannten sie die. Jedes dreijährige Kind kannte sie. »Ich erzähle sie, wie sie noch nie erzählt wurde«, verkündete ich. Loyalty Fang strahlte, und als ihn seine Gäste ansahen, gratulierten sie ihm zu seiner Wahl der Unterhaltung. »Das ist wirklich etwas Besonderes. Eine sehr gute Wahl.«

Ein Wirrwarr von Worten sprudelte aus mir heraus, und als ich berichtete, wie das Fischerboot träge über den Fluss zum Paradies trieb, tat ich das mit einer solchen Flut von Wörtern, mit ihr hätte man das Boot zum Kentern bringen können. Zauberkürbis bedeutete mir, langsamer zu werden und dem Spiel der Zither zu folgen. Das tat ich, aber ganz steif, und ich setzte entweder zu spät oder zu früh ein. Außerdem war ich mir nie sicher, ob meine Mimik zu der Geschichte passte. Als ich die Ankunft des Fischers in dem Land Pfirsichblütenfrühling schilderte, wollte mir nicht einfallen, welcher Gesichtsausdruck angebracht war – der mit den halb geschlossenen Lidern, der mit den geöffneten Lippen oder der mit dem verzückt geneigten Kopf. Also machte ich alle drei hintereinander, bis ich Zauberkürbis ansah. Sie hatte die Augen panisch aufgerissen und spielte unablässig ein Tremolo. An diesem Punkt war ich so verwirrt, dass die Bruchstücke meiner Erinnerung zu einem einzigen Durcheinander geronnen und ich ein Brett vor dem Kopf hatte. Ich stolperte ins Paradies wie ein verängstigter Flüchtling. »Zweihundert Jahre später findet der Fischer seine Frau, sie ist immer noch am Leben … obwohl alle anderen tot sind … und das Dorf ist niedergebrannt. Sie steigen in das Boot und kehren gemeinsam ins Paradies zurück, wo ihn Jungfrauen begrüßen und ihn sofort erfreuen …«

Die Männer grölten. »Sofort erfreuen? *Wah!*« Oder: »In dieses Paradies will ich auch!« Oder: »Da muss man den Mädchen gar nicht erst lange den Hof machen.« Mit unsicherer Stimme fügte ich hinzu, dass der Genuss aus köstlichen Pfirsichen und Wein bestand – und dass der Fischer das auch mit seiner Frau teilte. Das führte nur zu noch mehr Gelächter. Zauberkürbis blinzelte, und der Mund stand ihr offen, als würde sie lautlos schreien. Zinnober und Mutter Li waren zu Statuen erstarrt. Ihre Mienen waren versteinert. Die Kurtisanen aus den anderen Häusern konnten ihre Freude kaum verbergen, denn sie wussten jetzt, ich würde in Zukunft keine große Konkurrenz darstellen.

Ich kehrte ans andere Ende des Tisches zurück, um wieder meinen Platz als »kleines Ornament« einzunehmen. Zauberkürbis stellte sich neben mich und murmelte vor sich hin: »Sie hat Schande über mich gebracht. Sie hat mich blamiert. Was wird jetzt mit mir passieren?«

Ich war aufgebracht. Schande über sie? War sie diejenige, die ausgelacht wurde, oder war ich das?

Ein Mädchen brachte mir eine Schale Wein. Was bedeutete das? Keine der anderen Frauen hatte Wein bekommen. Loyalty Fang stand auf und hielt seine Schale hoch. »Eine einzige Blüte, ein Schwarm Bienen, ein einziger Stich, zehntausend Tote.« Er verspottete mich, und es sollte sich so anhören wie eine klassische Sentenz, die tausend Jahre alt war. »Kleine Violet«, fuhr er fort, »mit einem einzigen Lied hast du heute Abend uns allen ins Herz gestochen, und wir würden uns gegenseitig in einer Schlacht umbringen, um dich zu gewinnen.« Die Männer stimmten ihm lautstark zu, und alle leerten ihre Trinkschalen. Zauberkürbis stieß mich an, damit ich es ihnen gleichtat. Wie grausam, mich auf meinen Misserfolg anstoßen zu lassen. Unter dem Jubel der Gäste schluckte ich die bittere Medizin auf einmal. Fertig! Ich lächelte. Es war mir doch egal, was sie dachten.

»Und nun, kleine Blüte«, sagte Loyalty, »komm her und setz dich neben mich.«

Was sollte das bedeuten? Ich schaute zu Mutter Li. Sie runzelte die Stirn und ließ einen Stuhl neben den Platz des Gastgebers stellen. Zinnober unterhielt sich mit dem Mann, hinter dem sie sich befand. Sie war eine so gute Schauspielerin, dass sie so tun konnte, als würde sie gar nicht merken, was da vor sich ging. Ich sah zum anderen Ende des Tisches, wo Zauberkürbis noch stand. Sie lächelte mich zaghaft an. Auch sie war verwirrt. Man half mir in den Stuhl. Zwei Schönheiten flüsterten und beäugten mich unverhohlen. Loyalty verlangte nach einer Kurtisane, die eine muntere Ballade singen sollte. Mutter Li wählte eines der neueren Mädchen im Haus dafür aus, das als gute Sängerin bekannt war. Alle gaben vor, als würden sie zuhören, aber ich wusste, dass ein Großteil der Aufmerksamkeit auf mich gerichtet war. Und mir war klar, was sie dachten: Wie merkwürdig, dass er so ein dummes Mädchen neben sich sitzen lässt. Es wurde lauter im Raum. Jedes Mal, wenn der Refrain kam, hoben die Männer die Trinkschalen, um sich zuzuprosten. Loyalty Fang ermutigte mich ein paarmal, an einer weiteren Schale zu nippen, die er mir gereicht hatte. Aber er forderte nicht von mir, dass ich sie leer trank. Ein mit Speisen beladener Teller wurde vor mich hingestellt. Loyalty Fang bedeutete mir zu essen. Ich warf einen Blick zu Mutter Li hinüber, sie nickte. Ich kostete von einem Gericht, dann von einem anderen. Der Fisch war saftig, die Krabben süß.

Ich spürte, wie sich Loyalty Fang nahe zu mir beugte. »Vor sieben Jahren war ich im Verborgenen Jadepfad. Ich war siebzehn und dachte, ich hätte eine Traumwelt betreten. Schöne Frauen. Westliche Einrichtung. Die Mutter des Hauses eine Amerikanerin. Westliche Gäste. Ich war noch nie einem Ausländer begegnet. Dann hörte ich ein freches Mädchen rufen, als eine Katze an mir vorbeisauste. Die Katze rannte unter das Sofa. Erinnerst du dich?«

Ich betrachtete sein Gesicht genauer, und nach ein paar Sekunden erkannte ich in seinen erwachsenen Zügen Spuren des unbeholfenen Jungen, der mich damals angestarrt hatte. »Du bist das!«, rief ich. »Aber ich habe gehört, du wärst tot!«

»Das sind ja schreckliche Neuigkeiten. Warum bin ich der Letzte, der das erfährt?« Der unbeholfene Junge war zu diesem sinnlichen und selbstsicheren Mann herangewachsen.

Jetzt erinnerte ich mich an den Rest des Vorfalls. Carlotta hatte ihn in die Hand gebissen und war dann an seinem Arm heruntergerutscht, wo sie lange, blutige Kratzer hinterlassen hatte. Er wollte so tun, als täten die scheußlichen Wunden nicht weh, aber Sekunden später wurde er käseweiß, biss die Zähne zusammen und verdrehte die Augen. Er sank auf die Knie und fiel vornüber. Andere Gäste versammelten sich um ihn, und jemand rief seinen Vater, er solle sofort kommen. Kurz darauf wurde sein schlaffer Körper von zwei Männern weggetragen. Am nächsten Tag erzählte eine der Kurtisanen, er sei gestorben. Ich hatte Angst, dass Carlotta als Mörderin und ich als ihre Komplizin beschimpft würden!

»Weißt du noch, was ich dich an dem Abend gefragt habe, kurz bevor ich gestorben bin?«, sagte er. »Nein? In meinem schlechten

Englisch habe ich dich gefragt, ob du Ausländerin bist. Und wie lautete deine Antwort? Erinnerst du dich?«

Ich erinnerte mich nicht an das Gespräch, aber die einzig mögliche Antwort damals war: »Ja, ich bin eine Ausländerin.«

Er fuhr fort: »Du hast auf Chinesisch gesagt, du hättest meine englischen Worte nicht verstanden. Dann hast du dich gebückt, um deine Katze zu suchen. Ich sah den Schwanz unter dem Sofa herauslugen und habe daran gezogen, um die Katze herauszuholen. Hier ist das Andenken an diesen Fehler.«

Loyalty Fang schob einen Ärmel hoch. »Violet Minturn«, sagte er in seinem noch immer unsicheren Englisch. »Schau dir an, was deine Katze mit mir gemacht hat.« Ich schauderte, als ich die bleichen Narben sah. Er sprach weiter, diesmal in seinem schönen Chinesisch. »Ich habe lange auf deine Entschuldigung gewartet, Violet. Und jetzt wurde ich für meine Schmerzen mehr als entschädigt.«

Er hatte also wirklich vorgehabt, mich zu demütigen. »Ich entschuldige mich für die böse Katze und für meine schlechte Darbietung heute Abend«, sagte ich knapp.

»So habe ich das nicht gemeint. Es hat mir gefallen, wie du die Geschichte erzählt hast. Ich weiß, dass es dein erster Vortrag war. Und er war für mich. Du warst wirklich bezaubernd.«

Ich glaubte ihm nicht.

Seine Miene wurde ernst. »Als ich siebzehn war, hat mich mein Vater in den Verborgenen Jadepfad mitgenommen, um mich in die Welt der Blumen einzuführen. Ich hatte das Gefühl, ich wäre in einem Traumreich aus Feen und Göttern gelandet. Er sagte, würde ich einmal viel Geld besitzen, könnte ich hierherkommen, so oft ich wollte. Allein in diesem Haus anwesend zu sein, erweckte eine unerträgliche Sehnsucht in mir, und ich ärgerte mich, dass mein Vater mir erst diese ganzen Freuden gezeigt, sie mir dann aber verweigert hatte. Ich war fest entschlossen, eines Tages reicher zu werden als er und all den schönen Blumen in diesem Traumland den Hof zu machen. Dieses Ziel hatte ich stets vor Augen. Innerhalb von ein paar Jahren wurde ich ein erfolgreicher Geschäftsmann und hatte alle hübschen Blumen, die ich mir nur wünschen konnte. Aber ich hatte das Traumland vergessen, das mich zu meinem Reichtum veranlasst hatte. Ich vergaß zurückzukehren und die Sehnsucht des siebzehnjährigen Jungen zu stillen. Ich war zufrieden, aber nicht ausgefüllt. Doch ich war zu beschäftigt, um zu merken, dass etwas fehlte.

Während der letzten zwei Jahre wurde mir ein bisschen langweilig, ich war irgendwie unzufrieden. Ich genoss mein Leben, aber ich hatte das Gefühl, es würde nichts vorwärtsgehen. Ich hatte kein neues Ziel vor Augen. Ich beschloss, dass ich mich aufraffen, lebendig werden musste – Körper und Geist dehnen. Aber wie? Ich wusste: Bevor ich das nicht herausgefunden hatte, würde mich das Unbehagen begleiten wie scheußliche Zahnschmerzen.

Vor ein paar Monaten war ich mit einem alten Schulkameraden, Eminent Tang, auf einer Feier – er sitzt hier am anderen Ende des Tisches. Er erzählte mir von den Unternehmen, die er entweder von den Japanern oder von der Grünen Bande übernommen hatte. Der Verborgene Jadepfad gehörte auch dazu. Sobald er diesen Namen ausgesprochen hatte, fielen mir der Traum und mein Gelöbnis, dorthin zurückzukehren, wieder ein. Voller Erwartung, die ich sieben Jahre in meinem Körper aufgestaut hatte, eilte ich zu diesem Ort. Aber das Traumland war verschwunden. Das Haus war nicht mehr dasselbe.

Ich erzählte Eminent von meiner Enttäuschung und fragte, was denn mit der amerikanischen Mutter des Hauses passiert sei. Er erzählte mir die ganze Geschichte. Ich bedaure wirklich sehr, was geschehen ist, Violet. Ich habe deine Mutter und die Welt, die sie geschaffen hat, sehr bewundert. Aber ich muss ehrlich sein: Als ich hörte, dass du jetzt im Haus von Zinnober lebst, war es, als würde ein Feuerwerk in meinem Kopf losgehen und die Rückkehr des Traums ankündigen. Ich weiß, du bist nicht freiwillig hier, doch ich versichere dir, dass die Rückkehr meines Traums nicht bedeutete, dass ich voller Lüsternheit an dich dachte. Immerhin warst du in meinem Kopf noch eine siebenjährige Göre. Aber mir wurde eines klar: Die Macht, die das Traumland einst über mich gehabt hatte, war dadurch entstanden, dass es mir vorenthalten worden war. So entstand Verlangen – und ich hatte ein Ziel. Um mein Ziel zu erreichen, musste ich mein Bestes geben: Fleiß, Intelligenz und Verständnis von mir und anderen. Ich musste Gelegenheiten und Moral, Ehrgeiz und Fairness gegeneinander abwiegen. Mein früher Entschluss, erfolgreich und unabhängig zu werden, kam von diesem Hunger der Begierde, der noch gestillt werden musste.

Wie ich erhofft hatte, kehrte die Erinnerung an das Begehren zurück, als ich dich da sah. Die Kraft des Verlangens, ja, Erregung durchfuhr meinen ganzen Körper, mir wurde schlagartig bewusst, du würdest mich wieder weiterführen – wohin, das weiß ich noch nicht. Ich spüre dich mit dem tiefen Schmerz einer neuen Begierde. Das Begehren ist der flüchtige Traum, der mich mit neuer Willenskraft erfüllt. Ohne diesen Willen sehe ich meine Zukunft nicht. Ich stecke in der Gegenwart fest, zähle die Tage, die Sterblichkeit starrt mir ins Gesicht.«

Mein Herz raste vor Stolz und Aufregung, aber ich war gleichzeitig verwirrt. Ich wollte keine Fehler machen, wenn ich ihm seinen Traum erfüllte – oder dazu gar nicht in der Lage war. »Möchtest du dir mich als jemanden vorstellen, der nicht real ist? Ist es das?«, fragte ich.

»Nein, du bist sehr real. Aber du kommst aus dem Traum, der mein Prüfstein war und der es immer noch sein kann. Du bist meine Erinnerung an das Begehren. Macht es dir etwas aus, wenn ich so von dir denke? Als jemand, nach dem ich mich ewig sehne, auf der Grundlage dessen, was ich von meiner Jugend in Erinnerung habe?«

»Ich kann dir bestimmt helfen, den Traum aufrechtzuerhalten. Was soll ich tun, um mich dir zu versagen? Soll ich dich ignorieren?«

»Ganz und gar nicht! Du sollst genauso bezaubernd sein, wie du es in Wirklichkeit bist. Du solltest sogar dein Möglichstes tun, um meine Begierde zu steigern. Mit meiner Willenskraft allein steuere ich die Entsagung. Strenge dich an, so gut du kannst. Je stärker mein Begehren, desto stärker meine Willenskraft, und desto stärker auch meine Entschlossenheit im Leben. Ich brauche das, um diese quälende Bequemlichkeit loszuwerden.«

Er wollte eine Romanze, die nicht vollzogen wurde. Ich war ein wenig enttäuscht. Ich stellte mir vor, was ihm verwehrt wurde – unsere Körper eng aneinandergeschmiegt, Arme und Beine verschlungen, zärtliche Schreie, der kurze Schlaf danach. In diesem Moment begehrte ich ihn – und dieser Gedanke zog gleich einen zweiten nach sich. Ich begehrte einen Chinesen, und bis zu dieser Sekunde hatte ich mir nicht überlegt, welche Hautfarbe er hatte. Wie merkwürdig! Auch hatte ich die Kunst der Verführung geübt, in dem Glauben, ich würde sie niemals anwenden müssen. Ich hatte mir außerdem nie vorgestellt, ich könnte einen der Kunden des Hauses begehren. Aber jetzt wollte ich eine Romanze mit Loyalty Fang, ich wollte ihn erkunden, unsere Körper spüren. Ich fühlte mich befreit, erleichtert und froh. Ich konnte loslassen. Die ganzen Jahre hatte ich dagegen angekämpft, dass die chinesische Hälfte in mir die Oberhand gewann. Ich ärgerte mich, dass sie überhaupt da war. Aber jetzt schwankte ich nicht mehr zwischen den beiden Hälften hin und her. Ich hatte eine Schwelle überschritten, die meine amerikanische und meine chinesische Hälfte voneinander trennte, nur um festzustellen, dass ich mir diese Linie nur eingebildet hatte. Ich war immer noch ich selbst, keinen Deut anders, doch ich musste jetzt nicht mehr verleugnen, wer ich war. Er verlangte nach mir, und nicht nach der einen Hälfte von mir. Und ich verlangte nach ihm. Was für eine Tragödie! Wir waren Mönch und Nonne füreinander. Indem wir das Begehren nicht befriedigten, halfen wir uns gegenseitig – wie hatte er noch gesagt? –, unsere Willenskraft zu stärken? Ich musste erst noch ein Ziel finden. Aber zumindest gehörte Loyalty Fang an diesem Abend mir, und jeder konnte das sehen.

Selbstbewusst saß ich neben ihm, während er sich mit seinen Freunden unterhielt. Ich bewunderte seine besonnene Art zu sprechen, typisch für kultivierte Familien. Seine Aussprache war perfekt, ohne den Hauch einer Verfärbung durch einen Dialekt, und seine Sätze schmückte er mit ein paar archaischen Redewendungen. Das war der Mann, der sich nach mir sehnte. Wie nebenbei erwähnte er Helden und Jungfrauen aus Romanen, um eine humorvolle Bemerkung zu unterstreichen. Er erzählte von seiner Arbeit mit einem Konsortium, das mit der neuen Regierung und den Vereinigten Staaten zu tun hatte. Er bat seine Gäste um ihre Meinung über den neuen Präsidenten und paraphrasierte jede Antwort so, dass es aussah, als wären sie besser informiert, als sie es in Wirklichkeit waren. Dieser Mann, der derart kenntnisreich die Ursachen diskutierte, weshalb die Kautschukfabriken bankrottgingen, verspürte eine unstillbare Sehnsucht nach mir. Er sprach zu seinen Freunden, warf mir aber oft einen Blick zu und lächelte. Ich war sein Traum.

»Kleine Violet«, sagte er plötzlich, »sag uns doch, was du denkst. Soll ich in japanische Gesellschaften investieren und sie neu aufstellen, wie es mir die Banken raten? Oder soll ich erfolglose chinesische Unternehmen aufkaufen und sie mit neuen Maschinen und einer neuen Geschäftsführung ausstatten? Wie kann ich genügend Geld verdienen, um mir dieses teure Festmahl leisten zu können?«

Zauberkürbis hatte mir gesagt, würde mich ein Gast nach meiner Meinung fragen, sollte ich einfach auf die genaueren Kenntnisse des Mannes verweisen. Ich sollte ihm zustimmen. Alles andere würde nur meine Einfalt signalisieren, denn es wäre naiv zu glauben, man wisse mehr als der mögliche Freier. Außerdem könnte das für ihn auch ein Zeichen sein, dass ich im Bett unangenehm geschwätzig sein würde. Aber ich war beschwipst und draufgängerisch, ermutigt durch sein Geständnis und zwei Schalen Wein. Ich hatte zahllose hitzige Diskussionen zwischen meiner Mutter und ihren Kunden über Auslandsinvestitionen mitverfolgt. Ich fand diese Gespräche immer langweilig. Die Gäste stellten stets die gleichen Fragen. Meine Mutter gab stets die gleichen Antworten, voller Fakten und Zahlen, Voraussagen und Prognosen. Sie hatte ihre Äußerungen öfter vor Goldtaube eingeübt, und Goldtaube riet ihr, die Hände dabei auf eine bestimmte Art und Weise zu bewegen. Ich lauschte im Boulevard an der Tür und trug die Sätze meiner

Mutter im Anschluss Carlotta vor. Die hörte mir jedes Mal ganz froh zu, schnurrte dabei.

Und so ahmte ich auch an diesem Abend meine Mutter nach. Ich erhob mich von meinem Platz, nahm eine aufrechte Haltung ein und sagte auf, was ich einst auswendig gelernt hatte, mit den entsprechenden Gesten dazu – und zwar viel ungezwungener als zuvor mit meiner traurigen Aufführung von »Pfirsichblütenfrühling«. Ich stellte mir vor, ich wäre sie, selbstsicher und mit erhobenem Kopf, während ich mit ihrer theatralischen, autoritären, stets optimistischen Stimme sprach: »Ich empfehle hier einen weitsichtigen Ansatz. Wer hat etwas davon, wenn deine Firma zur Expansion der japanischen Unternehmen, Gebäude und Ertragskraft beiträgt? Soll es zum Nachteil unserer jungen Republik sein? Ein Geschäftsmann kann seine Entscheidungen natürlich nicht ausschließlich auf nationalistische Gedanken gründen. Aber ich glaube, die neue Republik beschert uns eine noch nie da gewesene Gelegenheit. Für den Anfang solltest du die brachliegenden chinesischen Baumwollspinnereien kaufen, neue Partnerschaften mit amerikanischen Investmentfirmen bilden und die Richtlinien nutzen, die unter der Republik zum Tragen kommen. Dann kannst du die Baumwollspinnereien umbauen und neu ausstatten, eine bessere Geschäftsführung installieren und mehr Profite einstreichen, jedenfalls mehr, als du durch die Investition in japanische Firmen erhalten hättest. Das Wachstum der japanischen Unternehmen befördert nur das Wachstum der japanischen Macht, und wir alle sollten in die Zukunft blicken und wachsam sein. Du kannst ein Vorbild für den Handel in der neuen Republik sein: Du wirst als progressiv gelten, wenn deine Unternehmungen von Chinesen kontrolliert werden, wenn sie die Richtlinien für den Außenhandel unterstützen. So kannst du der Republik nützen.« Ich setzte mich wieder.

Loyalty Fang nickte bedächtig. Die Männer am Tisch schwiegen verblüfft. Keiner stimmte mir zu oder widersprach mir. Die Kurtisanen waren verdutzt, und ich ahnte, was sie dachten: War es gut, seine Meinung so offen darzulegen, oder würde es schaden?

Loyalty lächelte schließlich. »Was du gesagt hast, ist genau das, was ich vorhabe. Ich staune über dein Wissen und noch mehr über deine Wesensart, wie aufgeweckt du bist, so voller Überraschungen.«

Am Ende des Abends gab Loyalty Fang Zauberkürbis ein großzügiges Trinkgeld. Er entschuldigte sich für das Benehmen seines betrunkenen jüngeren Bruders, jenes Mannes, der die Jakobsmuschel auf meine Jacke hatte fallen lassen. Er legte noch einen Betrag dazu, der für drei neue Jacken reichte, um die eine mit den Flecken zu ersetzen. »Teichgrün«, sagte er. »Diese Farbe würde zu ihren Augen passen.« Und dann gab er Mutter Li zu verstehen, er wolle der Erste sein, der eine Feier zu Ehren der jungfräulichen Kurtisane Violet auszurichten wünsche.

»Ich hoffe, du bist nicht zu verschwenderisch«, scherzte ich, »denn du kannst mich ja nie haben.«

»Warum kann ich dich nicht haben?«

»Du hast gesagt, du wirst immer Sehnsucht nach mir empfinden, du willst den Traum weiterträumen.«

»Ah! Das stimmt. In dem Traum ist das so. Aber wir sind real und können unser Leben kontrollieren. Ich kann mich nach dir sehnen, ich kann dir den Hof machen, und mit deiner Erlaubnis kann ich mein Verlangen irgendwann in deinem Bett stillen – außer du hast immer noch diese Katze.«

Als wir wieder in unserem Zimmer waren, sprudelte Zauberkürbis über unseren Erfolg los. »Die Geschichte über das Land Pfirsichblütenfrühling muss natürlich noch aufpoliert werden. Und jetzt müssen wir auch nicht mehr verbergen, dass du eine westliche Hälfte hast. Alle reden nur gut über dein eurasisches Blut.«

Sie verwendete zum ersten Mal den Begriff *eurasisch.*

»Ich habe gehört, wie Loyalty und ein anderer Mann dich so bezeichnet haben. Sie meinten das nicht als Beleidigung. Es war eher, als wollten sie deinen Wert anheben. Deshalb hast du die Männer so gefesselt, als du die Geschichte vorgetragen hast. Du bist Eurasierin, sagten sie, und trotzdem sprichst du so gut Chinesisch. Und jetzt will Loyalty Gastgeber deines Debüts werden! Das heißt, dass er vielleicht deine Defloration kauft.« Ich erzählte ihr nicht, was Loyalty gesagt hatte. Sie würde es mit ihrer Interpretation dessen, was es bedeutete, nur kaputtmachen.

Ich nahm Carlotta hoch. Als sie schnurrte, erinnerte ich sie an den Jungen, den sie beinahe getötet hatte. Sie war genauso froh wie ich, dass er zurückgekehrt war.

Alle Boulevardblätter brachten die Nachrichten von der ersten Feier. »Sie ist Eurasierin und beherrscht beide Sprachen.« »Sie hat bezaubernd und natürlich erzählt, ohne dass es geprobt gewirkt hätte.« »Sie unterhielt wichtige Männer ganz selbstverständlich und konnte über alle Themen reden, selbst als es um das Problem der ausländischen Kontrolle ging.« Sämtliche Klatschblätter ließen die Namen der Berühmten und der Mächtigen fallen: Eminent Tang, der mit mehreren Banken eine Partnerschaft gebildet hatte, um den Bau neuer Häuser, die am Bund von Shanghai entstanden, zu finanzieren. Perceptive Lu, dessen Vater sich mit dem amerikanischen Generalkonsul getroffen hatte, um über Auslandskredite zu sprechen. Ein Mann hatte ein Verhältnis mit einer berühmten Schauspielerin. Ein anderer besaß eine beneidenswerte Sammlung wertvoller Rollbilder.

Der größte Teil des Tratsches drehte sich um Loyalty Fang, den Gastgeber. Die entsprechenden Kolumnen in der Moskitopresse erwähnten die Schifffahrtsunternehmen, die ihm gehörten, die günstigen Routen, die er aushandeln konnte. Sie führten seine Porzellanfabriken in Hongkong und Macao auf. Sie gaben kund, dass seine Familie zu den angesehensten in Shanghai gehörte und eine wichtige Rolle beim Aufbau der neuen Republik gespielt hatte. Und jede der Boulevardzeitungen berichtete, dass die jungfräuliche Kurtisane Violet ein chinesisches Gesicht und westliche grüne Augen habe, die sie von ihrer Mutter, der berühmten amerikanischen Kurtisanenhausbetreiberin Lulu Mimi, geerbt hatte. »Welch ein Glück, dass das Haus von Zinnober diese ungewöhnliche Blume einfangen konnte. Welche Geschenke wird Loyalty Fang ihr als Nächstes machen? Werden es Teetassen und Teller sein oder große Schüsseln mit dem Wappen einer ausländischen Familie? Etwa das ihrer amerikanischen Mutter?«

Das eurasische Aussehen war jetzt ein Vorteil und kein Makel mehr. Außer Loyalty richteten noch weitere elf Männer Debütfeiern für mich aus. Mutter Li prahlte damit, meinte, es sei übertrieben, bei mehr als zwei Feiern noch von einem Debüt zu sprechen. Keine Feier war jedoch aufwendiger als mein erstes Debüt, das Loyalty für mich ausrichtete. Ich saß neben ihm am Tisch. Die Kurtisanen durften sich hinter den Männern niederlassen, die Loyaltys Gäste waren. Das Festmahl beinhaltete noch ungewöhnlichere Gerichte als das letzte – Speisen, die noch nie jemand gegessen hatte, Speisen für die Götter. Er hatte Musiker engagiert, und zu meinen Ehren war auch ein Amerikaner dabei, der Banjo spielte, ein Instrument, das ich noch nie gehört hatte. Es hörte sich an, als würde ein Verrückter Zither spielen.

Ich ging davon aus, dass Loyalty mich nach dem Fest täglich besuchen und beschenken würde, um seine Sehnsucht in Vorfreude auf meine Defloration zu steigern. Stattdessen kam er nur alle fünf oder sechs Tage und war danach für ein, zwei Wochen fort, ohne dass er auch nur eine Karte schickte, um die Zwischenzeit zu überbrücken.

Zauberkürbis schickte ihm Nachrichten, mit allen möglichen Vorwänden: »Violet führt heute Abend ein neues Lied auf.« Oder: »Violet wird eine neue Jacke tragen, die sie dank deiner Großzügigkeit erstehen konnte.« Die Antwort lautete immer gleich: »Loyalty Fang hält sich gerade nicht in Shanghai auf.«

Ohne Ankündigung tauchte er dann an einem späten Nachmittag auf, wenn es ruhig im Haus war. Stets brachte er ein ungewöhnliches Geschenk mit. Einmal war es ein Goldfisch in einer großen Schale, deren Innenseite mit sieben Goldfischen bemalt war. »Dieser kleine Fisch ist der achte Glücksfisch. Bei so vielen aufgemalten Fischen fühlt er sich nicht einsam.«

»Du musst mir sieben Nachbildungen von dir mitgeben, damit

auch ich nicht einsam bin«, sagte ich. Danach hörte ich abermals zehn Tage nichts von ihm. Als er erneut auftauchte – natürlich unerwartet –, musste ich meine Verärgerung verbergen. Ich durfte mir nicht anmaßen, Forderungen zu stellen. Unsere Romanze war zudem durch eine geschäftliche Basis getrübt. Er gab Geld für mich aus, machte mir Geschenke, gab Zauberkürbis Trinkgeld. Unterdessen zählten Mutter Li und Zauberkürbis nach und rechneten aus, wie viel er sich das Vorrecht der Defloration wohl noch kosten lassen würde. »Wir können nicht davon ausgehen, dass sie so viel bekommt wie Zinnober«, meinte Mutter Li. Als wir in meinem Zimmer waren, sagte Zauberkürbis: »Du holst mehr als Zinnober. Und dann zeigen wir Mutter Li, dass sie uns nie unterschätzen darf.«

Zweieinhalb Monate vor meiner geplanten Defloration tauchte Loyalty im Haus von Zinnober auf, blieb aber nur eine Stunde. Er teilte Zauberkürbis und mir mit, er müsse aus geschäftlichen Gründen in die Vereinigten Staaten reisen. Das erzählte er völlig ungezwungen. Ich wusste, es würde einen Monat dauern, bis er überhaupt in San Francisco ankam! Wenn er fuhr, könnte es sein, dass er nicht rechtzeitig zurück war, um ein Angebot für meine Defloration abzugeben. Vielleicht würde er überhaupt nie mehr zurückkehren, so wie meine Mutter.

Ich hatte mir zu viel erhofft. Er wollte eine Liebesgeschichte, die nie vollzogen wurde. Ich war naiv. Ich verstand weder ihn noch chinesische Männer noch den Kauf sexueller Gefälligkeiten.

»Du wirst sehr lange weg sein«, sagte ich, »wahrscheinlich verpasst du meinen fünfzehnten Geburtstag am zwölften Februar.«

Er runzelte die Stirn. »Wenn ich zurück bin, gibt es eine Wiedergutmachung, ein hübsches Geburtstagsgeschenk.«

»Mutter Li geht davon aus, dass meine Defloration genau an diesem Tag stattfindet.«

Erneut legte er die Stirn in Falten. »Das war mir nicht bewusst … Die Zeitplanung ist wirklich ungünstig. Enttäuschend, ich weiß.« Er nahm meine Hand, sagte aber nicht, dass er seine Reise verschieben würde. Ich schwieg aus lauter Enttäuschung.

Zauberkürbis versuchte, Loyalty von der Reise abzubringen. Sie führte das eine oder andere Schiff an, das vor nicht allzu langer Zeit gesunken war. In diesem Jahr wüteten die Taifune besonders heftig.

Einen Monat später eröffnete mir Mutter Li, dass die elf Männer, die Abendgesellschaften für mich ausgerichtet hatten, gern meine Defloration kaufen wollten. Loyalty Fang war nicht darunter. Sanft tätschelte sie mir den Arm. »Ich habe angerufen. Ich habe seine Sekretärin gebeten, ein Telegramm zu schicken und ihn zu drängen, es sich zu überlegen. Sie meinte, es sei schwer, ihn zu erreichen, sogar per Telegramm. Aber sie wolle es versuchen.«

Mutter Li ging dann die Männer durch, die ein Gebot abgeben wollten. Zum ersten Mal wurde ich mit der Tatsache konfrontiert, dass einem dieser elf Männer das Privileg zukommen würde, mich aufzubrechen. Ich erinnerte mich an keinen einzigen, bei dem ich diese Vorstellung nicht abstoßend fand. Würde es der Wichtigtuer sein oder der alte Mann, der mein Großvater sein konnte? Oder derjenige, der selbst an den kältesten Tagen von einem schmierigen Schweißfilm überzogen war? Nicht zu vergessen der Dummkopf mit den lächerlichen Ansichten. Einer machte mir sogar Angst: ein dünner Mann mit kleinen Augen und durchdringendem Blick. Er lächelte nie. Ich hielt ihn für einen Gangster. Es gab ein paar, gegen die andere Kurtisanen nichts einzuwenden gehabt hätten. Es war ihnen egal, ob sic langweilig waren, Hauptsache, sie hatten Geld. Aber genau diese Männer fragten mich nicht nach meiner Meinung. Sie erwarteten nicht, dass ich den Gesprächen mit ihren Freunden folgen konnte. Sie machten mir keine Komplimente über mein Wesen. Sie interessierten sich nicht für mich, sondern nur dafür, was noch zwischen meinen Beinen war. Bei ihren Abendgesellschaften wollten sie einzig und allein, dass ich meine Version von »Pfirsichblütenfrühling« erzählte. Sie hatten davon in der Boulevardpresse gelesen.

Für meine Defloration wurde schließlich ein Datum festgesetzt: Es war tatsächlich der 12. Februar 1913, mein fünfzehnter Geburtstag und der Jahrestag, der an die Abdankung des Kaisers erinnerte. Ein doppelter Glückstag, den man feiern musste. Ich rechnete rasch nach. Es waren noch fünf Wochen bis dahin. War Loyalty auf dem Heimweg?

Noch mehr Feiern wurden mir zu Ehren ausgerichtet. Aber Mutter Li klagte, ich sei so teilnahmslos, jedem Mann müsste sie erzählen, ich hätte Kopfschmerzen.

Die Bewerber wurden zum Tee in mein Boudoir gebeten. Zauberkürbis war stets dabei, um sicherzugehen, dass mir kein Mann eine Kostprobe entlockte. Ich konnte das Unausweichliche nicht mehr ignorieren. Bei jedem Mann stellte ich mir vor, wie er meinen unberührten Körper anfasste. Allesamt waren es abstoßende Eindringlinge.

Die Tage gingen viel zu schnell vorüber. Erbarmungslos. Stets war ich mir dessen bewusst, dass Mutter Li die vorliegenden Angebote genau prüfen und bald ihre endgültige Entscheidung treffen würde. Ich flehte sie an, auf meine Gefühle Rücksicht zu nehmen und auf Loyalty Fangs Rückkehr zu warten. Bei keinem der jetzigen Kandidaten würde ich es schaffen, meinen Abscheu zu verbergen, erklärte ich, und sie würden sich betrogen vorkommen. Wäre der Mann vielleicht brutal veranlagt, würde ich womöglich nie den Schrecken des ersten Mals überwinden. Es würde mich für alle zukünftigen Kunden ruinieren. Ausnahmsweise wirkte sie ein wenig teilnahmsvoll.

»Bei meiner Defloration ging es mir genauso«, sagte Mutter Li. »Ich hatte auf einen bestimmten Freier gehofft, aber einen anderen bekommen, einen Mann, der alt genug war, um mein Großvater zu sein. Ich dachte daran, mich umzubringen. Als es so weit war, tat ich so, als wäre der Mann jemand anders. Ich tat so, als wäre ich jemand anders. Ich war an einem anderen Ort. Ich hielt meine Augen geschlossen. Als er durch meine Tore brach, schmerzte es so sehr, dass ich wirklich vergaß, wer ich war. Ich machte mir bewusst, dass es genauso wehgetan hätte, wenn es der gewünschte Freier gewesen wäre. Der Mann, der den richtigen Preis bezahlt hatte, erzählte mir nach meiner Entjungferung, gerade in dem Moment, als er Fortschritte machte, hätte ich ihm zugerufen, er solle sein Geld zurücknehmen. Und dann wäre ich ohnmächtig geworden. Das hätte ihm gefallen. Er meinte, das sei ein Beweis für meine Jungfräulichkeit gewesen. Du kannst so tun, als würdest du in Ohnmacht fallen. Aber das kann dir auch passieren, ohne dass du es dir vornimmst.« Ich konnte nicht behaupten, dass Mutter Lis Worte ein Trost für mich waren.

Eines Nachmittags – bis zu meiner geplanten Defloration waren es weniger als zwei Wochen – redete Mutter Li ohne Unterlass von einem Freier, der im Besitz von sieben Fabriken war, die Teile von einzelnen Gegenständen herstellten: Scheinwerfer für Automobile, Zugketten für Porzellantoiletten und andere Dinge. Jedes Jahr verdreifachte sich sein Vermögen. Er kam nicht aus einer geachteten Familie, aber im Shanghai von heute ließ sich Ansehen kaufen, außerdem legten die Leute nicht mehr so viel Wert auf die Herkunft. Sein Angebot, so meinte Mutter Li, läge so viel höher als die Offerten der anderen, dass es dumm wäre, es abzulehnen. Bis zu diesem Nachmittag hatte man mir nicht verraten wollen, wer bereit war, den höchsten Preis zu zahlen. Mit dieser Angelegenheit sollte ich mich nicht befassen. Der Fabrikant wollte sein Angebot noch drei Tage aufrechterhalten, dann würde er es zurücknehmen. Passierte das und die Nachricht sprach sich herum, würden die anderen Kunden ihre Preisvorschläge ebenfalls zurücknehmen. Die Abgabe von Geboten würde von vorne beginnen, aber sie würden niedriger ausfallen, weil die Männer ja wussten, dass es eine Zurückweisung gegeben hatte. Mit entschuldigender Miene teilte mir Mutter Li nun mit, dass der Mann, der sehr wahrscheinlich meine Defloration erwerben würde, der dünne Mann sei, der Mann, der nie lächelte.

»Das ist keine Tragödie. Wenn du ihm Freude bereitest, kannst du ihm ein Lächeln ins Gesicht zaubern«, sagte sie. »Dann sieht er weniger unsympathisch aus.«

Zwei Tage lang konnte ich weder schlafen noch essen. Ich bemitleidete mich. Am zweiten Tag hasste ich mich. Am Morgen des dritten Tages erinnerte ich mich daran, was Mutter Li gesagt hatte: Schließe die Augen und tue so, als seist du jemand anders. Ich wollte aber kein Mädchen ohne eigenen Kopf sein. Das war doch hirnlos, so irrsinnig wie lebende Tote. Ich wollte aber auch nicht wie ein Schmuckstück daherkommen und die ganze Nacht dümmlich lächeln. Ich wollte nicht, dass das größte Glück, das ich dabei empfand, Erleichterung war.

Ich dachte an die Worte, die meine Mutter häufig gesagt und die ich gehasst hatte: *zwingend notwendig*. Früher war ich davon ausgegangen, sie würde sie wie eine Abdeckplane über ihre egoistischen Wünsche werfen. In diesem Augenblick begriff ich, dass sie mit ihnen auch ungünstige Bedingungen akzeptierte, um ihrem Selbstbild nicht zu schaden. »Jede schwierige Situation unterliegt besonderen Umständen«, hatte sie gesagt, »und nur du kennst sie. Nur du kannst entscheiden, was notwendig ist, um zu einem bestmöglichen Ergebnis zu kommen.« Ich dachte über meine Umstände nach. Ich hatte keine Ahnung, was das bestmögliche Ergebnis sein könnte. Ich wusste nicht, was ich für notwendig erachten würde, um es zu erreichen. Aber ich beschloss, mich weder umzubringen noch mich aufzugeben. Danach bemitleidete ich mich nicht mehr, auch hasste ich mich nicht mehr. Ich war nicht mehr hilflos. Aber an meinem Abscheu vor dem knochigen Mann änderte das nichts.

Kurz bevor Mutter Li an diesem Nachmittag dem knochigen Mann ihre Antwort geben sollte, kam ein Telegramm von Loyalty, in dem er Mutter Li davon unterrichtete, dass an diesem Tag ein Brief von ihm eintreffen würde. »Es geht um das Vorrecht der Defloration von Violet. Bitte verzeiht mein spätes Angebot. Ich werde die Verzögerung persönlich erklären.«

Zwei Stunden lang lief ich auf und ab und fragte mich, ob seine Offerte wohl hoch genug war. Als der Brief gebracht wurde, nahm ihn Mutter Li mit in ein anderes Zimmer. Eine Minute später trat sie aus diesem heraus und nickte mir mit einem breiten Lächeln zu. »Alles, was du dir wünschst«, sagte sie.

Ich hätte jubeln müssen. Doch stattdessen packte mich die Angst. Wir hatten mit einer Romanze begonnen, wir wollten uns nach dem jeweils anderen sehnen, doch diese Sehnsucht sollte sich nie erfüllen. Vielleicht war das, was ich erhalten würde, doch nicht alles, was ich mir wünschte. Ich fürchtete mich davor, dem Glück zu vertrauen. Warum hatte ich so lange nichts von ihm gehört? Ich legte mich auf mein Bett, ich wollte allein sein, um darüber nachzudenken, was ich mir erhoffte. Mir kam ein ernüchternder Gedanke: Ich trat in das Leben einer Kurtisane ein – aus freien Stücken. Zuvor hatte ich keine andere Wahl gehabt. Und nun entschied ich mich dafür, mit Loyalty zusammen zu sein. Das war alles, was ich wollte. Aber ich wusste auch, was vor mir lag: all die Veränderungen, die ein Leben als Kurtisane mit sich brachte. Selbst wenn ich die Welt der Schönheiten und Blumen irgendwann verlassen konnte, nie würde ich ganz loswerden, dass ich einmal Kurtisane gewesen war, nicht in meinem Kopf und nicht in der Vorstellung anderer.

Zwei Tage vor der Defloration kehrte Loyalty zurück. Er bat um Vergebung für meine erlittenen Qualen. Er sagte, er hätte sein Gebot vor langer Zeit vorbereitet und seine Sekretärin hätte es abgeben sollen. Aber das hätte sie nie getan. Man hätte das Gebot auf ihrem Schreibtisch gefunden, unter einem Brief, den sie ihm geschrieben hatte. Er zeigte ihn mir:

Ich bin eine tugendhafte Frau und eine loyale Angestellte. Drei Jahre lang habe ich klaglos und fehlerlos alles getan, worum Sie mich gebeten haben. Es ist mein eigenes Unglück und meine eigene Schuld, dass ich Liebe für Sie empfinde, und es wurde zunehmend unerträglich für mich, dass Sie es nie bemerkt haben. Ich hätte heimlich so weiterleben können. Aber ich vermochte nicht mit anzusehen, dass Sie sich einem Geschöpf ohne Moral hingeben, das nichts von Ihrer Herzensgüte will, sondern nur Ihr Geld. Ich entschuldige mich dafür, dass ich nicht getan habe, was Sie von mir wollten. Es ist das einzige Mal, dass ich Ihnen nicht gehorcht habe.

»Sie hat sich in meinem Büro erhängt, nachdem alle gegangen waren«, sagte er. »So erfuhr ich, dass meine Offerte nie abgeschickt wurde.«

Ich war entsetzt. Ich stellte mir vor, was sie wegen ihrer unerfüllten Empfindungen ausgestanden hatte. Auch ich hegte Liebe für Loyalty. Ich hätte es nicht geschafft, das drei Jahre zu verbergen. Aber umgebracht hätte ich mich nicht.

Für meine Deflorationszeremonie wollte Mutter Li mit der Unterstützung von Zauberkürbis eine Hochzeit im westlichen Stil inszenieren. Loyaltys Gebot hatte einen Vertrag beinhaltet, in dem stand, dass er für ein Jahr mein Patron sein würde. Ich wollte glauben, nicht nur Braut, sondern auch seine Ehefrau zu sein. Ich sehnte mich danach, wirklich verheiratet zu sein.

Am Tag vor der »Hochzeit« erhielt ich ein Kleid, ein Geschenk von Loyalty. Es war ein amerikanisches Hochzeitsgewand, geschneidert in New York, aus elfenbeinfarbener Seide mit Saatperlen. Von der Brust bis zu den Knöcheln war es aus einem einzigen Stück Stoff, das um meine Figur gewickelt wurde. Loyalty hatte noch Satinschuhe mit kleinen Absätzen dem Karton, den er geschickt hatte, beigelegt. Auf seine schriftliche Anweisung hin sollte ich die Haare offen tragen, und der perlenbesetzte Organzaschleier sollte mir das Gesicht bedecken. Als ich in den Spiegel schaute, erkannte ich mich nicht. Ich war kein junges, naives Mädchen mehr. Ich sah kultiviert und modern aus, elegant und gestreckt. Ich drehte die Hüften, erst in die eine, dann in die andere Richtung. Der Schleier wehte nach oben, und es verschlug mir den Atem, als ich ein Gesicht sah, das nicht meines war. Und dann war es wieder weg. Ich drehte mich zur Seite und entdeckte abermals das andere Gesicht. Jetzt erkannte ich die Züge meiner Mutter. Ich hatte sie noch nie so deutlich wahrgenommen. So ein Kleid wie dieses hätte sie auch getragen. So hätte sie auch die Hüften gedreht. So hätte sie geschaut, in dem Wissen, dass ein chinesischer Mann – mein Vater – ihr bald beiwohnen würde.

Loyalty gefiel es, mich in dem Hochzeitskleid zu sehen. Er trug einen maßgeschneiderten englischen Anzug. Ich lehnte mich an ihn und flüsterte ihm zu, ich würde heute Nacht seine Zauberfee sein, die er im Verborgenen Jadepfad hatte umwerben wollen. Nach dem Festmahl aus zwölf Gerichten wurden seine Hochzeitsgeschenke herbeigeschafft, die es mir ermöglichen würden, mein Boudoir neu einzurichten: ein Esstisch mit Stühlen in der neuesten Mode aus dem Westen, ein Sessel, ein Sofa und eine Chaiselongue, drei Blumenständer, ein Schreibtisch, ein Bücherschrank, englische Romane, eine Kommode, zwei Schränke, ein Himmelbett im westlichen Stil, ein Perserteppich, drei Tiffany-Lampen sowie ein Tischgrammophon. Ganz am Ende der Zeremonie streifte er mir einen mit Jade und Diamanten besetzten Ring über. Diskret hinterließ er einen roten seidenen Umschlag auf dem Blumenständer, Mutter Li nahm ihn an sich.

Wir dankten den Hochzeitsgästen und machten uns auf den Weg in mein Boudoir. Als ich an Zauberkürbis vorbeiging, nickte sie mir ermutigend zu, trotzdem schaute sie besorgt drein. Oder war es Mitleid, weil sie wusste, was mich erwartete?

Die Türöffnung war mit Dutzenden roten Bannern verhängt, daneben standen Blumentöpfe. Im Inneren des Raums brannten zwei Lampen, und es duftete nach Rosen und Jasmin. Das Hochzeitsbett war mit goldenen Vorhängen aus Seidenbatist verhängt.

Zauberkürbis kam mit heißen, feuchten Tüchern und Tee. Sie hielt die Streichhölzer, die wir für das »Entzünden der Großen Kerzen« benutzen würden.

»Wir müssen diese altmodischen Bräuche nicht befolgen«, sagte Loyalty. Ich war enttäuscht. Mir gefielen die Rituale der inszenierten Hochzeiten, bei denen ich als Kind immer zugeschaut hatte. Er gab Zauberkürbis ein Trinkgeld, ein Zeichen, dass sie gehen sollte. Die Tür schloss sich, und wir waren zum ersten Mal allein.

»Meine kleine Gefangene«, sagte er und sah mich von Kopf bis Fuß an. Er küsste mich. Das hatte Zauberkürbis dem Schauspieler nicht erlaubt. Loyalty streichelte meinen Rücken, meine Schenkel und küsste mich auf den Hals. Mein Blick verschleierte sich. Er kehrte zu meinem Mund zurück. So fühlte sich Liebe an. Er knöpfte mein Kleid auf. Alles passierte so schnell, ich wusste gar nicht, was ich tun sollte. Ich war froh, dass er mich nicht gebeten hatte, ein Lied zu singen. Das Kleid fiel mir zu Füßen. Er zog mir den Slip aus, und während er mich von den restlichen Sachen befreite, küsste er jedes soeben enthüllte Teil von mir. Er untersuchte mich ganz nach Belieben, berührte meine Brüste. Das war Liebe.

Er bedeutete mir, zum Bett zu gehen. Ich schlüpfte hinter die Vorhänge und legte mich so anmutig wie möglich auf die Seite. Durch den goldenen Stoff betrachtete ich seinen Schatten, während er sich langsam auszog. Als er den Vorhang teilte, war er bereits erregt. Ich hatte eigentlich gedacht, das würde erst später erfolgen. Plötzlich bekam ich Angst. Ich wusste, was gleich passieren würde, das Aufbrechen der Wassermelone, die glühenden Steine, ich würde das Mädchen im Land des Pfirsichblütenfrühlings sein, aus dem Blut strömte. Er legte sich neben mich, betrachtete mein Gesicht, strich mir über Wange, Kinn, Nase und Stirn. Als er meinen zitternden Mund berührte, öffnete ich wie selbstverständlich ein wenig die Lippen.

»Lass den Mund zu. Mach ihn nicht auf, ganz egal, was ich mache. Gib kein Geräusch von dir.« Wieder spürte er den Konturen meines Gesichts nach, und ich schloss die Augen. Plötzlich bemerkte ich, wie sich seine Hand über meine Scham legte. Ich schnappte erschrocken nach Luft, dann bat ich murmelnd um Verzeihung.

Er lachte. »Ah, gut, das war nicht geprobt. Das bist wirklich du.« Er erinnerte mich daran, den Mund zu schließen. Sanft drückte er meine Scham, als wolle er die Reife eines Pfirsichs prüfen. Ich drückte die Augen fest zu, als er die Schamlippen teilte. »Da ist sie, die Perle, deine Mitte«, sagte er. »So ein schönes Hellrosa. Ich habe die Farbe deiner Perlenkette richtig gewählt.« Er zeigte mir die Kette und legte die Perlen an meinen Spalt. »Da«, sagte er, »Perlen zur Perle.« Plötzlich zog er die Kette nach oben, und ich schnappte wieder nach Luft.

»Mund zu«, verlangte er streng. Ich enttäuschte ihn. Ich presste die Lippen fest zusammen, aber trotz meiner Anstrengungen öffneten sie sich immer wieder. Er steckte mir Kissen unter die Hüfte, damit die Scham angehoben wurde. Ich geriet in Panik. War es das, was man als »Den Berg besteigen« bezeichnete? Er winkelte meine Beine an und drückte sie dann weit auseinander. Der zweiflügelige Vogel? Möwenflügel an der Felswand? Er kniete sich zwischen meine Knie. Ich spürte, wie sich seine Rute an meine Öffnung herantastete und er langsam die Spitze hineinschob. Ich machte mich auf den Schmerz gefasst. Aber jetzt wiegten wir uns leicht hin und her. Das herabstürzende Adlerpaar. Ich lächelte ihn an, dachte, er wäre bereits in mich eingedrungen. Er zog die Hüften ein Stück zurück. Ich nahm an, er gehöre zu den Männern, die es schnell hinter sich brachten. Egal. Die Defloration war ein Erfolg. Ich würde Zauberkürbis erzählen, dass sie unrecht gehabt hatte. Es tat gar nicht weh.

Dann stieß er plötzlich fest mit seiner Rute zu, in mich hinein, weiter diesmal, über meine Mitte hinaus. Es schien, als höhlte er mich aus. Trotz aller Verbote von Zauberkürbis schrie ich und versuchte, ihn wegzuschieben. Er drückte mir die Arme fest nach unten und starrte meinen Mund an. »Jetzt kannst du ihn offen lassen. Der andere Mund ist ebenfalls offen.«

Darauf hatte mich nichts vorbereitet. Die Anweisungen von Zauberkürbis, ihre Warnungen, seine Erinnerungen, mein Verlangen, die Lektionen des Schauspielers, unsere Sehnsucht, unerfüllt und erfüllt – alles war weg, während ich ihn anflehte aufzuhören.

Aber warum sollte er aufhören? Das war keine romantische Liebesgeschichte, keine Sehnsucht. Er hatte für meine Schmerzen bezahlt. Es war nichts als ein Geschäft.

Wiederkehrende Sehnsucht, unerfüllt

Alles, was ich mir gewünscht hatte, wurde in dem Moment, in dem er mich entjungferte, eine Illusion, und ich sah den Triumph in seinem Gesicht. Er hatte sich den Traum verwirklicht, den er als siebzehnjähriger Junge gehabt hatte – nämlich jede Blume im Verborgenen Jadepfad zu besitzen, die er begehrte. Ich hatte unsere Romanze für Liebe gehalten, aber es war das Kommerzielle, das uns zusammengebracht hatte und das auch während der Dauer seines Vertrags zwischen uns liegen würde.

Als ich schmerzverkrümmt dalag, murmelte er: »Du warst teuer, Violet, für dich habe ich fast doppelt so viel wie für eine andere begehrte Jungfrau bezahlt.« Er musste erwartet haben, dass ich mich über diese Schmeichelei freute. Stattdessen hatte ich das Gefühl, mich auf einen Schlag in eine Hure verwandelt zu haben. Er hatte mir den Hof gemacht, wie es jeder Freier bei seiner Lieblingskurtisane tun würde. Er wollte die Jagd und die Eroberung, die Selbstverleugnung und den gespielten Schmerz. Mein Schmerz jedoch war echt.

Zauberkürbis hatte mir eine Suppe mit speziellen Kräutern gebracht, die mein Leiden lindern und mich schlafen lassen würde. Erst da fragte Loyalty, ob ich Schmerzen hätte. Ihm war nicht aufgefallen, dass ich seine Ekstase nicht geteilt hatte. Er half mir auf und trug mich zum Diwan. Jeder seiner Schritte rüttelte meinen verwundeten Körper durch. Zauberkürbis zog die blutigen Laken ab. Loyalty betrachtete sie ernst und interessiert. »Ich habe gar nicht gemerkt, dass da so viel Blut war.«

Als ich am nächsten Morgen erwachte, kam es mir vor, als läge ich in einem Boot. Zauberkürbis war in der Nähe. »Ich habe dir zu viel Suppe gegeben«, sagte sie. Das Stechen war einem dumpfen Schmerz gewichen. Loyalty war zu einer Geschäftsbesprechung gefahren, und sie sollte dafür sorgen, dass das Abendessen auf mein Zimmer gebracht wurde, sollte er am Abend zurückkehren. Ein persischer Pyjama und ein Schlafrock lagen auf dem Bett.

»Ruh dich aus«, sagte sie. »Es tut mir leid, dass du so gelitten hast. Bei manchen Mädchen tut es nur ganz kurz weh, dann ist es gleich wieder vorbei. Andere sind wie du und ich. Dein Tor war mit zwei Riegeln verschlossen. Je schwerer es ist hineinzukommen, desto größer die Schmerzen. Morgen geht es dir besser.«

Ich glaubte ihr nicht. »Muss ich das heute Nacht noch einmal durchmachen?«

»Ich rede mit ihm. Ihr habt ein ganzes Jahr zusammen. Ich schlage ihm vor, dass er stattdessen deinen Mund erkundet. Vielleicht ist er auch freundlich und lässt dich einfach ausruhen.«

An diesem Abend war er freundlich. Er stellte viele Fragen über meine Schmerzen. Ob es stach oder brannte oder pochte … Er schien beinahe stolz zu sein, dass er mich verletzt hatte. Er legte sich auf das Bett und sah mich an. Jetzt war es nicht mehr nötig, zu flirten oder sich geheimnisvoll zu geben. Das war unsere Intimität, und ich wusste nicht, was sie ersetzen würde. Ich war nicht mehr die Jungfrau, und ich hatte keine Ahnung, wen ich nun darstellen sollte. Seine Gesichtszüge hatten sich jedenfalls leicht verändert, als wäre er der Bruder des Mannes, der sich einst nach mir verzehrt hatte.

»War es mein freier Geist, der dich glauben ließ, ich sei mehr wert als die andere Kurtisane?«, fragte ich.

Er lachte. »Dein Geist belebt mich – und immer ganz plötzlich.«

Sein Penis stand aufrecht wie ein Soldat. »Welchen Teil mochtest du davon am meisten?«, fragte ich knapp. »War es mein geschäftlicher Ratschlag? Hast du aufgrund dessen mehr Geld verdient, hast du deswegen auch mehr bezahlt?«

Er schwieg, dann drehte er mein Gesicht zu sich. »Ich habe dich falsch eingeschätzt, Violet. Du warst noch nicht bereit für dieses Leben, und jetzt findest du es erniedrigend, hier zu sein. Aber erniedrige nicht mich, als wäre ich ein rücksichtsloser Kunde.«

»Du hast für meine Knospe bezahlt, nicht für meinen Geist.«

»Was ich gesagt habe, war stets die Wahrheit. Du bist mein lebender Traum. Ich habe dich getroffen, als ich der unbeholfene Junge war, aus dem ein erfolgreicher Mann wurde. Du hast mich in meine Vergangenheit geführt, und wenn ich mit dir zusammen bin, habe ich das Gefühl, dass du mich kennst – oder kanntest, bis ich dein Patron wurde und dich dazu gebracht habe, diese Veränderung zu bereuen.«

»Bitte bring mich weg von hier.«

»Wie soll ich das anstellen? Wo würdest du denn hingehen wollen?«

»Zu dir nach Hause.«

»Jetzt verlangst du das Unmögliche.«

Er erklärte, ich sei nicht Teil seiner Gesellschaft. Er würde mich niemals als Ehefrau nehmen, und da er auch ansonsten keine hätte, könne er mich noch nicht einmal zu seiner Konkubine machen. Ich hätte mich sowieso verweigert.

»Wir haben ein gemeinsames Jahr, Violet. Wir haben uns Treue geschworen. Hier sind wir Liebende, wir sind zusammen in einer Welt wie in Pfirsichblütenfrühling. Wir können ungezwungen unsere Romanze und die dazugehörigen Freuden genießen. Du bist ein Jahr lang von Sorgen befreit. Lass uns glücklich sein.«

»Sorgenfrei zu sein ist Glück? Was passiert, wenn das Jahr vorbei ist?«

»Wenn der Vertrag abgelaufen ist«, sagte er bedächtig, »bleibt meine Zuneigung zu dir trotzdem bestehen. Die Erwartungen werden sich ändern. Aber ich will dich trotzdem noch besuchen, wenn du es gestattest.«

»Wirst du für eine andere auch Zuneigung empfinden und sie begehren?«

»Das Gespräch wird absurd! Du hast nahezu seit deiner Geburt in einem Kurtisanenhaus gelebt. Da hast gesehen, wie diese Welt funktioniert. Und doch kannst du nicht begreifen, dass das alles auch auf dich zutrifft. Das liegt an deinem Yankee-Privileg. Das aber ist nicht mein Problem. Und jetzt will ich nicht mehr darüber sprechen.«

»Hast du mein Denken und meine Worte auch gekauft?«

Er erhob sich, und als er in der Tür stand, sagte er überraschend sanft: »Du bist überreizt, und meine Anwesenheit macht es nur schlimmer. Denke darüber nach, was ich in den Monaten, seit wir uns kennengelernt haben, gesagt habe. Frag dich, ob ich jemals unehrlich war. Habe ich dich je getäuscht? Warum bin ich hier? Ich habe dein Herz erobert, weil du meines erobert hast.«

Ich hatte Angst, dass er für immer gehen und die Mutter des Hauses bitten würde, den Vertrag aufzulösen.

Doch dann sagte er: »Morgen bist du ausgeruhter und kannst klarer denken. Ich habe ein kleines Geschenk für dich, aber ich warte lieber, bis wir uns wiedersehen.«

Am folgenden Abend tat ich so, als wäre ich ruhiger. Ich entschuldigte mich und gab ihm recht, meinte, es würde mir schwerfallen, diesen neuen Abschnitt in meinem Leben zu akzeptieren. Er schenkte mir einen Armreif aus gedrehtem Gold. Als er dieses Mal in mich eindrang, tat es nur wenig weh. Er flüsterte mir zärtliche Worte zu, die für mein Herz und meinen Kopf eine Erleichterung darstellten: »Du bist mein immerwährender Traum. Im Geiste sind wir eins.« Er dankte mir liebevoll dafür, dass ich den Schmerz und sein Unwissen ausgehalten, dass ich so gelitten hatte.

Im Lauf des Jahres gerieten wir öfter aneinander. Zahlte er jeden Monat seinen großzügigen Unterhalt, war ich nicht dankbar, sondern fühlte mich daran erinnert, dass ich gekauft worden war. Er kam nicht jeden Tag. Manchmal sah ich ihn eine Woche nicht. »Geschäftlich in Soochow«, sagte er dann. Soochow – die Stadt der begehrten Kurtisanen mit den sanftesten Stimmen. Ich wollte, dass er mich mitnahm. Mutter Li hatte mir erlaubt, mit ihm Kutschfahrten aufs Land zu unternehmen, im Glauben, dass ich nicht weglaufen würde. Was sie nicht wusste: Ich wollte fort – aber zu ihm nach Hause, wenn er es nur zulassen würde. Ich hegte die Hoffnung, dass er eines Tages seine Meinung ändern würde. Natürlich war ich treu, doch ich nahm nicht an, dass er es war. Bei Feiern konnte ich beobachten, wie er anderen Frauen seinen verführerischen Blick zukommen ließ – sogar den Zofen. Mir gegenüber widersprach er zwar, er habe keine solchen »hypnotisierenden Augen«, wie ich es ihm vorwarf. »Ich habe zwei Augen wie jeder andere auch.«

Der Gedanke an seine Freuden mit anderen Frauen quälte mich. Sie würden den gleichen Genuss mit ihm haben wie ich. Sie würden seine zärtlichen Worte hören, seinen Mund, seine Zunge erleben, seinen Penis, sein Verständnis, seine Liebe. Sie würden ihn überzeugen, dass er nicht ohne sie leben könnte, darunter Frauen, die reine Chinesinnen waren und nicht das Stigma hatten, ehrlos erzogen worden zu sein. Mit jeder Welle des Glücks kam die Angst. Vielleicht war seine Liebe nur vorübergehend, dauerte nur eine Saison lang.

»Das ist die Eifersucht, vor der ich dich gewarnt habe«, sagte Zauberkürbis. »Es ist eine Krankheit, die alles zerstören wird. Du wirst sie daran erkennen, dass du sie nicht mehr loswirst.« Jeden Tag wiederholte sie ihre Warnungen, sie waren wie das Summen von Mücken in den Ohren.

Die Einflüsterungen verschwanden im Sommer aus meinem Kopf. Als wäre es ein Zeichen für unsere gemeinsame Zukunft, schmiegte sich Carlotta an Loyalty und ließ sich von ihm hochnehmen. Wir verbrachten eine ruhige Zeit, unterbrachen unsere Sorgen. Fast täglich übernachtete er bei mir. Auf den Feiern sah er nur mich an. Wir lachten und stritten nicht. Ich strengte mich an, ihm die ewige Freude zu zeigen, die wir ein Leben lang im Paradies namens Pfirsichblütenfrühling empfinden würden. Er war mir gegenüber aufmerksamer, und ich achtete nicht auf das, was ich als seine Fehler betrachtete.

An heißen Nachmittagen lagen wir nackt auf dem Bett und fächelten einander Luft zu. Wir gossen uns kühles Wasser in den Nacken, wenn wir zusammen in der Wanne lagen. An manchen Abenden neckte und verführte ich ihn, in anderen Nächten verführte er mich, und ich erlag ihm. Wir unterhielten uns über die Vergangenheit, über unsere Kindheit. Wir erzählten uns immer wieder, wie wir uns im Verborgenen Jadepfad kennengelernt hatten. Am nächsten Tag schmückten wir die Geschichte mit mehr Einzelheiten aus. Er stellte sich vor, was er alles hätte genießen können, hätte Carlotta ihn nicht verletzt. Was auch immer er sich vorstellte, erfüllte ich. Ich wiederum erzählte ihm von meiner Einsamkeit, weil sich sowohl meine Mutter als auch mein Vater von mir abgewendet hatten. Er lachte, während ich berichtete, was ich den Kurtisanen alles für Streiche gespielt hatte, als ich heranwuchs. Er fragte nach amerikanischen Einzelheiten meines Lebens, fragte nach der berühmten Lulu Mimi. »Sie war vom Erfolg berauscht«, sagte ich. »Wie du.«

Er zündete Räucherspiralen an, um die Mücken zu vertreiben, und ich wertete diese kleinen Gesten als Gesten der Liebe. Oft sagte er genau die Worte, die ich hören wollte: »Ich gehe völlig in dir auf.« Oder: »Ich verzehre mich nach dir.« Oder: »Ich bete dich an.« Oder: »Ich liebe dich.« Oder: »Du bist das Wertvollste in meinem Leben.« Noch nie zuvor hatte ich eine solch umfassende Liebe gespürt.

Dann aber setzte die Angst wieder ein. Auf einer Feier sah ich ihn mit seiner ehemaligen Lieblingskurtisane reden. Sie flirtete mit ihm, und darüber schien er sich sehr zu freuen. An diesem Abend stritten wir. Ich drängte ihn, mir zu erklären, worin sich seine Gefühle für mich von denen für andere unterschieden. Er weigerte sich, mir eine Antwort zu geben, meinte, das sei, als würde man Steine in einen tiefen Brunnen werfen. Er wusste, wie böse ich werden konnte. Dieses Wissen über mich würde er mitnehmen, sollte er mich verlassen, zusammen mit den Geständnissen über meine Kindheit, meine Einsamkeit und meine Dummheiten, die ich ihm anvertraut hatte. Er verstand meine Wünsche, und doch würde er sich zweifellos mit einer anderen Frau im Bett vergnügen, wenn ich in seinem Leben aus Eroberungen und Zahlungen eine ehemalige Lieblingskurtisane geworden war.

»Es tut mir weh, Violet«, sagte er, »dass ich die Ursache für deine Traurigkeit bin, wo ich doch einmal das Gegenteil für dich darstellte.«

Zwei Monate vor dem Ende des Vertrags, als wir wie üblich spätnachts bei Tee, Knabbereien und Streitigkeiten zusammensaßen, gab er kund, dass er nicht mehr an meinem Elend teilhaben wolle. »Dein freier Geist hat mich einst bezaubert, aber den hat die Eifersucht in dir abgetötet. Du lebst in einem Gefängnis aus Angst und Misstrauen. Ich habe dich verwöhnt, wie kein Patron es je getan hätte. Du sagst, meine Worte seien nie aufrichtig. Ein Patron muss nicht aufrichtig sein, ich war es trotzdem. Ich weiß, du wirst keineswegs mit deinen Tiraden aufhören, außer ich bitte dich, mich zu heiraten, und das werde ich niemals tun. Selbst wenn die Gesellschaft mich ließe, würde ich mich nicht an eine Frau binden, die mich beschimpft und sich vorstellt, ich hätte ihr einen Teil von mir vorenthalten, der nicht existiert. Da wir beide unglücklich sind, ist es wohl das Beste, wenn ich dich nicht mehr besuche. Du solltest diese zwei Monate darauf verwenden, dich darauf vorzubereiten, eine richtige Kurtisane zu werden. Du wirst den Unterschied noch begreifen, und ich hoffe, dass du mit der Zeit auch meine Gefühle für dich zu schätzen lernst.« Er nahm Hut und Mantel. »Nimm die Liebe an, Violet, wenn man sie dir anbietet. Erwidere sie mit Liebe, nicht mit Argwohn. Dann bekommst du noch mehr.«

Er zahlte weiter. Ich wartete darauf, dass sein Ärger nachließ, so wie bisher, und dass er zu mir zurückkehrte. Ich wartete zwei Monate. Er war immerhin so rücksichtsvoll, den Vertrag offiziell auslaufen zu lassen, bevor er einer populären Kurtisane den Hof machte. Als ich das hörte, weigerte ich mich, todunglücklich zu sein. Jeden Tag verbot ich mir das.

Drei Monate nach dem Ende des Vertrags wurde ich zu einer Feier eingeladen, die Loyaltys Freund Eminent Tang ausrichtete. Er sagte, er hätte sich gleich für mich interessiert, hätte das aber nicht zum Ausdruck bringen können, nachdem er gesehen hatte, dass Loyalty in mich vernarrt war.

Zauberkürbis beeilte sich, mich darüber aufzuklären, dass Eminent Tang ein guter Kandidat sei. Sie erinnerte mich, dass er derjenige war, der mit dem Bau der neuen Gebäude am Bund ein Vermögen verdient hatte. Mit dem Wachstum von Shanghai würde er noch reicher werden. Wie sie gehofft hatte, wurde Eminent zu meinem glühendsten Verehrer. Er war auch mein erster Kunde, nicht jemand, den ich liebte oder den ich begehrte. Wenn ich mir vorstellte, dass er mich berührte, verspürte ich weder Angst noch Erregung. »Lassen deine Augen nach?«, fragte Zauberkürbis. »Der

Mann sieht gut genug aus, um ihn den ganzen Tag anzuschauen, ohne blinzeln zu müssen. Wenn du einmal so wie ich am Boden gelegen hast, wirst du einen Kotau vor den Göttern machen, um endlich einen Kunden zu bekommen, bei dem du dir nicht vorstellen musst, er wäre jemand anders.«

Eminent Tang war zweiunddreißig, und jedes Mal wenn ich ihn traf, fiel mir auf, dass er Schuhe aus einem unterschiedlichen Leder trug – Lamm, Kalb, junge Schlange, Babyalligator, Babystrauß... Wie oft würde ich ihn sehen, bevor ihm die diversen Babytierhäute ausgingen? Seiner Schuhe wegen hielt ich ihn für exzentrisch. Ich hoffte, dass er nicht zur Grünen Bande gehörte. Dann würde ich ihn nicht berühren können. Ich hatte mein Leben in der Welt der Blumen akzeptiert, aber ich würde niemals akzeptieren, was diese Verbrecher getan hatten, um mich in dieses Haus zu bringen.

»Wenn du jeden Mann zurückweist, der etwas mit der Grünen Bande zu tun hat«, sagte Zauberkürbis, »dann hättest du nur halb so viele Kunden. Ihre Mitglieder sind Teil der Regierung und des Geschäftslebens. Sogar Polizisten in den obersten Positionen gehören dieser Organisation an. Nicht alle sind Unholde. In jeder Gemeinschaft gibt es gute und schlechte Menschen.« Sie wies auf Eminent Tangs gute Eigenschaften hin: Er war der Lieblingskunde vieler Kurtisanenhäuser in Shanghai und hatte schon eine Menge großer Schönheiten gehabt. Würde er mein Patron werden, sagte sie, erhöhe das meinen Status. Für mich klang das nicht wie eine Empfehlung.

»Er ist langweilig«, erwiderte ich.

»*Oyo!* Er ist nicht dazu da, dich zu unterhalten. Achte darauf, dass du nicht langweilig bist. Du bist diejenige, die etwas bieten muss, und zwar so, wie die Kunden es wollen, aber noch nicht kennen. Bei Loyalty Fang musstest du dich nicht so verhalten. Er war anders. Ihr wart ein Liebespaar. So etwas passiert nicht oft.«

Sie erlaubte es Eminent, mich in meinem Zimmer zum Tee zu besuchen. Das Boudoir lag hinter einem Wandschirm mit zwölf Paneelen, und Zauberkürbis hatte ihn so positioniert, dass man einen Teil des Bettes sehen konnte. Es schimmerte im Licht. Sie fand eine Ausrede, um sich zu entschuldigen, und ließ uns wissen, dass sie in zehn Minuten zurück sein würde. Das würde ihn davon abhalten, sich so zu verhalten, als wäre er schon mein Patron. Eminent beeilte sich mir zu versichern, wie sehr ich in seinem Kopf herumginge. Nie würde er vergessen, wie ich Loyalty bei seiner Feier im letzten Jahr geschäftliche Ratschläge gegeben hätte. Immer wenn er sich daran erinnere, würde seine Bewunderung für mich steigen. Das waren dieselben Worte, die Loyalty im Spaß verwendete, wenn er eine Erektion hatte. Doch Eminent Tang sagte das so ernst, es war klar, dass er wirklich nur die Bewunderung meinte.

Auf Feiern, die seine Freunde in anderen Häusern ausrichteten, verlangte er nach mir. Mit allen pflegte er einen geschäftsmäßigen Umgang, nur mit mir nicht. Wenn sich unsere Blicke trafen, strahlte er und wurde jungenhaft. Zauberkürbis hatte mir erklärt, dass jeder Freier, der in eine Kurtisane vernarrt war, sich in sein jugendliches Ich verwandelte und in das Stadium seines Lebens zurückkehrte, in dem seine sexuellen Bedürfnisse erwachten. Wurden Freier jungenhaft, waren sie leichtsinnig und anfällig dafür, großzügig zu sein.

Eminent Tang hatte mir während des letzten Monats kostspielige Geschenke gemacht, darunter einen wertvollen Ring aus kaisergrüner Jade und Diamanten. Ich erlaubte ihm noch zweimal, mein Boudoir zu besuchen – nur zum Tee. Er gestand, er sei verrückt nach mir und wolle nichts anderes, als mich zu erfreuen – und ich verstand, was er meinte: Er wollte mich in meinem Bett erfreuen. Mühsame Höflichkeit. Zauberkürbis riet mir, ihn einzuladen, die Nacht bei mir zu verbringen, nach der nächsten Feier, die er ausrichtete. »Gehe dabei genauso feinfühlig wie er vor. Lobe das Essen und sag, dass du gern mehr über die Shanghaier Kochkunst seiner Mutter erfahren würdest, und frag ihn, was seine Lieblingsgerichte sind. Dieses Thema ist für einen Mann immer wichtig. Bei solchen Gesprächen wird ihnen ganz warm ums Herz. Wenn er fragt, wann er dich sehen kann, dann antworte: ›Heute Abend, wenn du noch

Lust zu reden hast.‹« Wie Zauberkürbis prophezeit hatte, versetzten ihn die Erinnerungen an die Kochkünste seiner Mutter in eine erotische Stimmung. Die Feier war an diesem Abend früh zu Ende.

Zauberkürbis hatte mein Zimmer schon vorbereitet, indem sie Geschenke von anderen Männern so platziert hatte, dass er sie nicht übersehen konnte. Mückenspiralen waren angezündet, wodurch wir nackt sein konnten, ohne die ganze Zeit um uns schlagen und kratzen zu müssen. »In dieser ersten Nacht sind intime Gefälligkeiten erlaubt, anschließend muss er drei weitere Nächte warten. Dann gewährst du ihm eine zweite Nacht. Wenn nötig, müssen wir ihm eine dritte zugestehen. Aber in jedem Fall darfst du ihm nicht alles geben, was er fordert. Halte ihn hin, ohne dass es zu offensichtlich ist. Versprich ihm das nächste Mal mehr, aber lass ihn auch wissen, dass du am nächsten Abend einen anderen Freier empfangen wirst. Sehr wahrscheinlich bietet er dir dann an, dein Patron zu werden, damit niemand außer ihm deine Aufmerksamkeit bekommt.«

»Vielleicht verliert er aber schon nach einer Nacht das Interesse an mir, und es ist ihm egal, ob ich ihm noch etwas vorenthalte«, sagte ich. Ich war mir sicher, das vertraute Gefühl und die Erregung nicht vortäuschen zu können, die ich bei Loyalty empfunden hatte. Er würde nichts als ein Kunde sein.

Am frühen Abend, eine Stunde vor der Feier, erzählte mir Zauberkürbis, dass Loyalty ebenfalls an dem Fest teilnehmen würde. »Zweifellos verständlich, ist er doch ein Freund von Eminent Tang.«

»Es kann ihm kaum entgangen sein, dass er mich dort treffen wird. Jeder weiß, dass Eminent Tang mir den Hof macht.« Zauberkürbis fügte leise hinzu, dass er seine Lieblingskurtisane mitbringen würde. »Ist mir doch egal, was für ein kicherndes Ding er an seiner Seite hat.« Ich ärgerte mich, dass sie mir das erst erzählte und mich dann auch noch trösten wollte. Er war ein Kunde aus der Vergangenheit. Das war alles. Damals war ich unerfahren gewesen und hatte einfach zu viel erwartet.

»Es war nicht richtig von Mutter Li, als sie einem einjährigen

Vertrag mit Loyalty zustimmte. Du hattest die glänzenden Augen eines Mädchens, das wirklich glaubt, es wird heiraten. Loyalty hat das bewirkt, indem er zu gut zu dir war. Das hast du mit Liebe verwechselt. Wird Eminent Tang dein Patron, dann benimm dich wie eine echte Kurtisane und sorge dafür, dass er sich sorgenfrei und glücklich fühlt und den Leuten, die Klatsch und Tratsch verbreiten, nur Gutes berichtet.«

Eminent Tang begrüßte mich mit seinem liebestrunkenen, jungenhaften Gesicht. Er lud mich ein, mich neben ihn zu setzen. Er forderte mich auf, besondere Gerichte zu essen, die er bestellt hatte. Ich wollte ihn gerade einladen, über Nacht zu bleiben, als ich Loyalty mit seiner Lieblingskurtisane eintreten sah. Er kam auf mich zu. Aber er wollte nur, höflich wie er war, Eminent Tang begrüßen, den Gastgeber. Er machte mir ein Kompliment über meine Jacke, es war eine von den dreien, die ich von dem Geld anfertigen ließ, das er mir gegeben hatte, als Ersatz für die eine, die sein Bruder ruiniert hatte. Ich bedauerte es, sie gewählt zu haben, aber ich dankte ihm für das Kompliment.

»Die Farbe steht dir«, sagte er.

Ich musste mir gar nicht überlegen, was ich sagen sollte. Eine Kurtisane mit runden Wangen und großen Augen stellte sich neben ihn und berichtete fröhlich, in ihrem Haus würde nach Eminents Feier ein Trinkspiel stattfinden. Danach könne er die Nacht bei ihr verbringen. Sie stellte klar, dass er sehr wahrscheinlich ihr Patron werden würde. Er ging also zu einem Trinkgelage. Ich würde ein Gespräch über die Kochkünste von Eminents Mutter führen. Loyalty sagte noch ein paar zuvorkommende Worte, die er jedem gegenüber hätte äußern können, dann zog ihn seine Favoritin weg. Wie gingen andere Kurtisanen mit der Schmach um, wenn sie einen Liebhaber mit einer Schönheit sahen? Ein paar Minuten später lud ich Eminent Tang zu einem amerikanischen Kartenspiel in mein Zimmer ein. Er nahm die Einladung sofort an.

Wie er behauptet hatte, wünschte er sich nichts mehr, als mich zu erfreuen. Er fragte, ob er mich berühren dürfe: Gesicht, Arm, Bein,

Brust, Scham. Es war langweilig, aber ich war auch froh, dass ich vorher wusste, was er tun würde. Als ich mich auszog, war er eher dankbar als erfüllt von der Lust, die Loyalty und ich geteilt hatten. Ich hielt den Blick auf Eminents Gesicht gerichtet, um Loyalty aus dem Kopf zu bekommen. Eminent war freundlich, sanft und höflich. Er konnte unmöglich ein Gangster sein. Ich schloss die Augen, und jedes Mal, wenn ich sie aufschlug, musterte ich sein Gesicht. Er sah gut aus, und doch verspürte ich kein Verlangen. Ich gab die langsam erwachende Jungfrau. Mit gespielter Unsicherheit bekam ich immer größere Augen, während er sich an mich drückte. Ich machte die Augen zu und ließ ihn in mich eindringen. Seine vorhersehbaren rhythmischen Stöße trösteten mich, und ich begann zu weinen.

Bevor er am Morgen aufwachte, hatte ich schon gebadet und einen weiten Schlafrock angezogen. Er sah aus wie ein schlafender Junge. Selbst sein Körper war schlank und jugendlich. Ich wollte gerade das Frühstück kommen lassen, da zog er mich zu sich, und wir fingen von Neuem an. Ich passte auf, dass ich das richtige Gegengewicht bot: Ich war nicht mehr die erwachende Jungfrau, sondern eine, die neu erweckt wurde. Ich erinnerte mich an die Kurtisanen im Verborgenen Jadepfad, die wussten, was ihre Kunden mochten. Ich hatte einfach nachgeahmt, was sie zu ihren Freiern gesagt hatten. Ich fand es nicht unter meiner Würde, das jetzt zu tun. Ich war stolz auf mein Talent, und bei Eminent Tang wusste ich bereits, dass er das Gefühl haben wollte, er hätte mich aus der Reserve gelockt. Ich vermittelte ihm, es wäre ihm gelungen.

An diesem Nachmittag traf sich Eminent Tang mit Mutter Li und bot einen Vertrag für zwei Saisons an. Ich war etwas irritiert, dass ich ihm lediglich den Sommer und den Herbst wert war. Zauberkürbis versicherte mir, das sei ein gutes Angebot und besser als eines über mehrere Saisons. Sie sagte: »Wenn sich herausstellt, dass du einen Patron unerträglich findest, bist du nicht zu lange gebunden. Jetzt findest du vielleicht, dass er leicht zufriedenzustellen ist. Aber es könnte sein, dass er viel mehr will, sobald er einen Vertrag hat. Tu, was in deiner Macht steht, damit er in den beiden Saisons so lange wie möglich vernarrt in dich ist. Auf diese Weise musst du nicht so schwer arbeiten. Nach zwei Saisons ist er nicht mehr liebestrunken. Dann sucht er sich eine andere, um sich neu zu berauschen.«

»Hast du jemals einen Mann gekannt, dessen Liebe echt war und die mehr als nur ein paar Saisons gedauert hat?«, fragte ich.

»Jede Blume wünscht sich, sie würde so einen Mann finden. Am Ende lernen wir aber, dass wir uns das nicht wünschen sollen. Dennoch hat sich die Hoffnung für mich zweimal erfüllt. Einmal war es mit dem Dichtergeist. Du weißt von ihm. Der andere war kein Geist, sondern ein Mensch. Er war nicht so reich wie die meisten anderen Freier. Er besaß nur eine kleine Papierfabrik. Und er hatte bereits eine Ehefrau und zwei Konkubinen. Aber er erklärte, er würde mich lieben. Das hat er oft wiederholt, und er hat mir alle Gründe für seine Liebe aufgezählt. Es lag nicht an meinen Talenten oder meinen raffinierten Schmeicheleien, auch nicht an meinem Wissen über die unterschiedlichen Weisen, einem Mann Genuss zu verschaffen. Er liebte meinen starken Charakter, mein ehrliches Herz, meine schlichte, gutherzige Art. Ich habe viel von meinen Ersparnissen geopfert, um ihm eine goldene Uhr zu kaufen. Er erzählte mir, er würde sie jede halbe Stunde aus der Tasche ziehen, um zu überprüfen, ob seine Arbeiter auch ihr Tempo beibehielten. Eines Tages brachten ihn zwei Fabrikarbeiter um. Bevor sie hingerichtet wurden, sagten sie, sie hätten ihn sowohl wegen der Uhr als auch wegen seiner schlechten Behandlung umgebracht. Die Witwe meines Liebhabers nahm die Uhr an sich. Ich wollte sie sowieso nicht. Ich glaubte, diese Uhr hatte ihn umgebracht. Jedenfalls war das wahre Liebe. Es gibt sie.«

Im Lauf der nächsten paar Jahre stellte ich fest, dass sich die Männer in vielerlei Hinsicht ähneln. Sie mögen es, wenn man im Bett ihrer Persönlichkeit schmeichelt. Insbesondere wollen sie wegen ihrer Führungsstärke gelobt werden. Wie hart sie arbeiten. Wie ausdauernd und fleißig. Wie großzügig sie sind. Wie überlegen. Die meisten brauchen einen ständigen Fluss von schönen Reden, möglichst von vielen Frauen. Diese Tatsache war mir von Anfang an klar. Nach und nach begriff ich dann auch, dass an der Länge des Vertrags zu erkennen war, wie ausdauernd das Interesse eines Patrons sein würde. Nichts überraschte mich mehr, und daher machte ich mir schließlich keine weiteren Gedanken über den Vertrag – auch wenn ich in einigen Fällen froh war, wurde er noch um eine zusätzliche Saison verlängert. Bei manchen Freiern war aber auch das Gegenteil der Fall.

Jeder Mann hatte seine besonderen erotischen Fantasien, die oberflächlich vergleichbar zu sein schienen. Ein Streicheln über den Rücken konnte ich jedoch mit dem Finger, einer Zehe, der Brust, der Zunge, einem Federwedel, einer Fliegenklatsche oder einer Peitsche ausführen. Je geschickter ich darin wurde, diese feinen Unterschiede bei den Bedürfnissen zu erkennen, desto leichter konnte ich herausfinden, was ihm außerdem gefallen könnte – und dieses Wissen vorteilhaft anwenden. Ich konnte ihm das Vergnügen noch einmal bieten, dann vorenthalten, dann wieder zur Verfügung stellen, ohne Vorankündigung oder nachdem er mir ein Geschenk gemacht hatte. Ein Mann wusch gern meine Scham. Ein anderer schaute mir mit Vorliebe in den Rachen. Ein Dritter wollte, dass ich ihm ein Lied über Mädchen aus den Bergen vorsang, während ich mich entkleidete, jedoch mit dem Rücken zu ihm. Ein nächster Kunde wollte, dass ich mich mit dem Perlenschmeichler, den er mir geschenkt hatte, selbst erregte, während er sich hinter dem Wandschirm versteckte. Ich erzählte Zauberkürbis, was die Männer jeweils mochten, denn ich stellte mir vor, es würde vielleicht etwas geben, was sie noch nicht kannte. Doch sie sagte immer: »Mir ist es ganz genauso ergangen.«

Ich war stolz, als ich ihr endlich von einem Fetisch erzählen konnte, der ihr fremd war und der ihr auch fremd bleiben würde. Bei diesem Freier sollte ich sittsame westliche Kleidung tragen und auf Englisch sagen, ich würde die sexuellen Wünsche des Mannes nicht verstehen, die er dann auf Chinesisch wiederholte. Anschließend drückte er mich nach unten – mir war das Bett lieber als der Boden –, stürzte sich auf mich und spielte sich als großer Rammler auf, bis ich auf Chinesisch sagte, dass ich ihn jetzt perfekt verstehen würde. Sein verwegener Ritter, der durch meine Tore gekommen sei, hätte auch unseren Geist vereint.

Fast drei Jahre nach meiner Defloration schickte mir Loyalty eine Nachricht. Er wollte mich treffen. Ich überlegte, ob ich zusagen sollte.

Ich war nicht mehr naiv, kühn und dumm. Ich ließ meinen Gefühlen nicht mehr freien Lauf und hielt bezahlte Romantik für Liebe. Ich war eine begehrte Kurtisane und stolz darauf, jedem Mann eine überzeugende Romanze vorzuspielen, jedenfalls innerhalb eines begrenzten Zeitrahmens – sei es für eine Saison oder zwei. Nie nahm ich einen Vertrag über einen längeren Zeitraum an. Es war nicht klug, zu lange nicht mehr verfügbar zu sein. Ich baute mir einen Ruf als Kurtisane auf, die zu ihren Kunden ehrlich war. Wenn ein Freier Versprechungen machte, glaubte ich ihm nicht, doch ich ließ keine zynischen Bemerkungen über seine Schwärmerei fallen. An all das dachte ich, während ich mir Loyaltys Bitte, mich zu sehen, durch den Kopf gehen ließ. Trotzdem schlug mir das Herz bis zum Hals.

Gelegentlich hatte ich ihn auf Feiern gesehen – mit Kurtisanen, aber auch ohne Begleitung. Er war immer höflich, und ich wurde von Mal zu Mal gelassener, bis ich ihn schließlich mit der leisen Zuneigung einer früheren Freundin begrüßen konnte. Es schien, als wäre ich bereit, ihn ohne Bitterkeit oder Beschämung zu treffen. Denn wie Loyalty vorhergesagt hatte, betrachtete ich ihn als einen Patron, der mich viel besser als die meisten anderen behandelt hatte.

Ich erzählte Zauberkürbis von seiner Bitte. Sie spitzte den Mund und zog amüsiert die Augenbrauen hoch. »Könnte es sein, dass er vorhat, dir den Hof zu machen?«

Ich gestattete ihm, in mein Zimmer einzutreten. Ich war fest entschlossen, ihm keinen Gefallen um der alten Zeiten willen zu erweisen.

»Ich habe dich fast drei Jahre lang beobachtet«, sagte er, »und nicht ohne mir dabei zu wünschen, wir könnten einander noch genießen. Aber ich fürchtete, der alte Schmerz würde wiederkehren.«

»Ich war jung und naiv«, sagte ich.

»Du hast schnell gelernt und weißt mehr als die meisten anderen, schätze ich. Wie ich sehe, hast du dein Temperament wieder, deine Unabhängigkeit. Ich habe mich gefragt, ob du mir wirklich vergeben hast. Wenn wir uns doch nur erst jetzt kennengelernt hätten. Du hättest mich als Patron sehen und wir hätten unsere gemeinsame Zeit genießen können, ohne sie durch größere Erwartungen zu belasten.«

»Ich muss dir nichts vergeben. Du hast mir nichts getan. Ich sollte dich bitten, mir zu vergeben. Ich war unerträglich, nicht wahr? Wenn ich zurückdenke, frage ich mich, warum du überhaupt so lange geblieben bist.«

»Du warst fünfzehn.« Er sah mich mit dem vertrauten Blick an. »Violet, ich wäre gern eine Saison dein Patron. Könntest du das ertragen, in Anbetracht deines Unmuts in der Vergangenheit?«

Ich schwieg. Normalerweise hatte ich auf jede mögliche Anfrage eines Mannes eine Antwort parat. Aber dies hier betraf mein verletztes Herz. Ich hatte es vorsichtig wieder repariert. Dennoch war ich kein anderer Mensch geworden. Mein Verlangen nach ihm war weiterhin so stark, dass ich mich leicht verlieren konnte. Im nächsten Moment dachte ich: Warum sollte ich nicht einfach eine Saison mit ihm genießen? Ich müsste meine Ekstase nicht spielen, so wie mit den anderen Männern. Es wäre eine Auszeit von der Arbeit. Ich entschied: Was auch immer passieren würde, ob ich danach leiden müsste oder nicht, ich will die alte Sucht nach der Liebe spüren.

»Bevor du einen Entschluss fasst, muss ich dir noch etwas sagen«, meinte er. »Ich habe eine Ehefrau.«

Sofort war der Schmerz von früher wieder da.

»Wir haben nicht aus Liebe geheiratet«, fuhr er fort. »Unsere Familien kennen sich seit drei Generationen, und wir sind zusammen aufgewachsen, wie Bruder und Schwester. Schon als wir fünf Jahre alt waren, hieß es, wir sollten eines Tages heiraten. Sie zögerte die Hochzeit so lange wie möglich hinaus, und der Grund dafür wird dir gefallen. Sie ist an Männern sexuell nicht interessiert. Beide Familien nahmen an, sie sei der wiedergeborene Geist einer Nonne, und sie hatten gehofft, es würde mir gelingen, ihre ›religiösen Tendenzen‹ zu überwinden. Aber die Wahrheit ist: Sie liebt eine Frau, meine Cousine, die sie von Kindheit an kennt. Nachdem meine Frau einen Sohn geboren hatte, waren alle glücklich und zufrieden, und diese beiden wiedergeborenen Nonnen wohnen seitdem in einem anderen Teil des Hauses zusammen. Nichtsdestotrotz ist sie noch meine Ehefrau. Violet, ich erzähle dir das, damit du nicht denkst, eine andere Kurtisane würde versuchen, meine Frau zu werden. Ich habe eine Frau, und Konkubinen veranstalten mir zu viel Chaos.«

Seinem Wunsch entsprechend wurde er eine Saison lang mein Patron. Während dieser Zeit musste ich keine Rolle spielen. Ich gab mich einfach nur der Liebe und dem Vergnügen hin – und verdrängte, dass ich danach leiden würde.

Als die Saison vorbei war, machte Loyalty mir gegenüber ein anderes Gelöbnis.

»Ich werde dir für alle Zeiten ein treuer Freund sein. Wenn du in Schwierigkeiten steckst, kannst du immer zu mir kommen.«

»Auch wenn ich alt und runzlig bin?«

»Auch dann.«

Er hatte mir gerade eine lebenslange Freundschaft versprochen.

Er schenkte mir seine Loyalität, die Bedeutung seines Namens. Er würde mir stets helfen. War das nicht dasselbe wie Liebe? War das nicht viel wertvoller als eine einzelne Saison? Alle paar Wochen besuchte er mich ein oder zwei Nächte lang. Jedes Mal hoffte ich auf einen weiteren Vertrag. Ich drängte einen Freier ansonsten nicht dazu, Patron zu werden, damit war ich ja nur noch für ihn verfügbar. Dennoch schalt ich Loyalty freundlich: »Statt gelegentlich eine Nacht mit mir zu verbringen, wenn ich nichts zu tun habe, könntest du doch einen Vertrag mit mir machen, dann wäre ich jederzeit verfügbar, wenn du es möchtest.«

»Violet, meine Liebe, ich habe dir schon oft gesagt, dass du mich besser verstehst als jeder andere. Ich kann mich im Spiegel nicht wirklich sehen, aber du kannst es. Wenn ich bei dir bin, spüre ich die alte Sehnsucht, die Lebenskraft. Doch würde ich ihr nicht widerstehen, würde ich die Leere einfach füllen und mich nicht weiter anstrengen. Aber irgendwann würde ich merken, wie die Zeit vergeht, ich würde schreckliche Angst bekommen, mir könnte etwas Wichtiges entgangen sein, mein eigentlicher Zweck im Leben, den ich vor meinem Tod noch finden wollte. Ich würde spüren, wie die Tage verrinnen, wie das Ende des Lebens näher rückt. Mehr muss ich nicht sagen. Du kennst mich wahrlich besser, als ich mich selbst kenne.«

»Ich weiß, dass alles, was du gerade gesagt hast, nur ein Hundefurz ist. Wenn ich dich wirklich so gut kennen würde, würde ich dich einfach dazu bringen zu tun, was ich will.« Er lachte über meine Antwort.

Auf jede Frage, die ich stellte, gab er mir eine Erwiderung, auf die ich nichts entgegnen konnte. Er blieb ein Rätsel. Er hatte sich mir lebenslang versprochen, und doch wollte er mich nie allein für sich beanspruchen, daher mussten wir getrennt bleiben. Was ging in seinem Kopf vor? Was erwartete er von mir? Konnte ich nicht auch an seinen Ansprüchen scheitern? Und was war mit meinen Sehnsüchten? Ich hatte das Gefühl, in einem Labyrinth herumzuirren und etwas nachzujagen, das ich noch nicht sehen konnte, von dem ich aber wusste, dass es wichtig war. Fast konnte ich es greifen, doch dann verschwand es um die Ecke. Ich musste entscheiden, was ich als Nächstes tun wollte, wohin ich gehen sollte und was nötig war, damit ich aus diesem verwirrenden Ort wieder herausfand. Hörte ich auf zu rennen und blieb stehen, würde ich akzeptieren, dass ich niemals mehr besitzen würde als das, was ich hatte. Es gab dann auch keinen anderen Ort mehr, wo ich noch hinkonnte.

Mit der Zeit entdeckte ich, dass ich einer Fremden nachgelaufen war – meinem glücklicheren Ich, das alle meine Sorgen und meine Unzufriedenheit verscheucht hatte. Ich entschied, meine Sehnsüchte hinter mir zu lassen. Mit geschärftem Geist und klarerem Blick machte ich mich bereit, mich dem zu stellen, was vor mir lag.

6

Ein zwitschernder Sperling

Shanghai, März 1918

Violet

Das Frühlingsfest kam und ging, und Zauberkürbis beklagte sich, dass ich es schon wieder nicht unter die Zehn Schönsten von Shanghai geschafft hätte. Die Moskitopresse hielt nichts für erwähnenswert, was mich betraf, sagte sie. Ich hätte die falschen Farben getragen. Ich hätte mir keine einflussreicheren Kunden erobert. »Glaubst du denn, die Mädchen, die gewinnen, sind hübscher oder talentierter als du? Nicht im Geringsten! Aber sie liegen auch nicht faul herum, brechen Wassermelonenkerne auf und denken, mit ihrer Beliebtheit geht es immer nur nach oben und nie nach unten.«

Der Popularitätswettbewerb war reiner Schwindel, aber sie weigerte sich, das zu glauben. Die Kurtisanen, die gewannen, arbeiteten für von der Grünen Bande geführte Häuser, und deren Mitglieder gaben zehnmal so viele Stimmen ab wie andere. »Selbst wenn es beim Wettbewerb mit rechten Dingen zuginge«, sagte ich, »ich bin zwanzig, bin ein gepflückter Pfirsich, nicht mehr neu und interessant. Und dass ich eine eurasische Blume bin, ist auch nicht mehr von Vorteil.«

Zauberkürbis schnaubte abfällig. »Wenn du jetzt schon so denkst, dann solltest du dich besser gleich darum kümmern, wie du mehr Aufmerksamkeit erregst, sonst endest du womöglich noch als Zofe eines Mädchens, das genauso undankbar ist wie du.«

Die Welt der Blumen war voll mit eurasischem Unkraut – halbamerikanisch, halbenglisch, halbfranzösisch –, es gab unendliche Varianten. In den Häusern zweiter Klasse waren sie häufiger zu finden als in denen erster Klasse, und ihre Zahl erhöhte sich noch mehr in den Opiumblumenhäusern. In unserem Haus waren diese Neueinsteigerinnen ein Dorn im Auge. Genau beobachteten wir, ob sie sich nur vorübergehend bei uns aufhielten oder ob sie Wurzeln schlagen wollten und nach bestimmten Gelegenheiten Ausschau hielten. Sie veränderten Shanghai, um eine unersättliche Gier zu stillen. Die Japaner hatten noch mehr chinesische Unternehmen, Gebäude und Häuser übernommen. Sie besaßen kleine Läden und große Geschäfte. Ihre Geishas waren höher angesehen als unsere Kurtisanen erster Klasse, obwohl sie nur Musik, die wie Regentropfen klang, anboten und keinen Sex. Warum war das so beliebt? Würden unsere Blumen nichts weiter darbieten, dann würden sie ihre Melodien auf einer Bettlerschale aus Messing schlagen.

Letzte Woche staunten wir, als wir hörten, dass drei der besten Häuser mittlerweile Ausländer als Kunden akzeptierten. Im Verborgenen Jadepfad waren jeden Abend Ausländer gekommen, aber ins Kurtisanenhaus durften sie nicht, außer als Gast eines chinesischen Kunden. Und selbst dann durften sie nur zusehen und keine Blume berühren. Gerüchten zufolge richteten sich die westlichen Kunden, die Häuser erster Klasse besuchten, nicht nach den traditionellen Sitten und der Etikette. Sie besaßen nicht die Geduld, um eine Schönheit einen Monat lang zu umwerben. Sie konkurrierten nicht mit anderen Männern. Sie flirteten, spielten Spiele, aßen, tranken und lauschten dem Gesang der Kurtisanen. Die Männer, die energischer oder großzügiger auftraten als andere, wurden noch in derselben Nacht ins Boudoir eingeladen. Unserer Meinung nach waren diese Häuser erster Klasse unter das Niveau von solchen zweiter Klasse gefallen. Andererseits ließen die westlichen Männer schöne Geschenke da, meistens in Gestalt von Silberdollars. Insgesamt hatten die Kurtisanenhäuser in den letzten Jahren weniger Profit abgeworfen. Kein Wunder, dass sie immer mehr Ausnahmen zuließen. Der Schmuck, den chinesische Freier schenkten, mochte vielleicht mehr als diese Dollar gekostet haben, aber wenn die Kurtisanen ihn beim Juwelier oder im Pfandhaus einlösten, bekamen sie weniger dafür – und dann auch noch in chinesischen Yuan. Viele machten sich Sorgen, dass die Währung bei jedem allerkleinsten Problem zwischen den lokalen Machthabern und den Anhängern der Republik abgewertet wurde, aber es wäre unpatriotisch gewesen, das laut auszusprechen.

Was würde mit unserem Haus passieren? Was hatten wir zu bieten, wenn wir die Ausländer nicht aufnahmen? Es gab über tausendfünfhundert Häuser erster Klasse, und viele waren moderner eingerichtet, hatten mehr Kartenspiele, Radios und Phonographen in jedem Zimmer und auch zeitgemäße Toiletten, die alles mit einer einzigen Spülung durch ein Ziehen an einer Kette abtransportierten. Mutter Li sagte, sie könne sich nicht jedes Mal neue Möbel und Einrichtungsgegenstände bei einer aufkommenden frischen Brise leisten.

In den einfacheren Häusern und auf den Straßen erhielt man anzüglichen Sex jenseits aller Vorstellungskraft. Nichts war mehr heilig oder zu wertvoll, um nicht entweiht zu werden. Einige Prostituierte waren die Witwen von Adeligen – das behaupteten sie jedenfalls –, die Männern gestatteten, ihnen ihre »Goldauflage abzureiben«. Die Frauen, die sich als »halb offen« bezeichneten, hießen Besucher von morgens bis zum späten Nachmittag willkommen, wenn ihre Ehemänner nicht zu Hause waren. Eine alternde Frau behauptete, sie sei eine berühmte Sängerin. Sie hatte ihr Zimmer mit Plakaten aus der Zeit geschmückt, als sie auf dem Höhepunkt ihres Ruhms war. Wir hielten es nicht für möglich, dass sie wirklich die berühmte Sängerin war, die wir einst bewundert hatten. Aber als wir sie besuchten, stellten wir fest, dass sie es doch war. Für die Ausländer gab es eurasische Mädchen, die für sich beanspruchten, Diplomatentöchter zu sein, dann bleiche weiße Mädchen, die sich als Missionarstöchter feilboten, viele jungfräuliche Zwillingspaare sowie extrem hübsche Kurtisanen, die in Wahrheit Männer waren. Die Lügen zogen die Ausländer trotzdem an, die zu unwissend waren, um zu merken, dass sie hereingelegt wurden. Oder denen es zu peinlich war, um es später zu erzählen. Wir stellten uns vor, dass genau sie diejenigen wären, die uns besuchen würden.

Zinnober war fast fünfundzwanzig, ihre Blüte hatte sie hinter sich. Sie weigerte sich, das anzuerkennen. Sie hatte es weit gebracht und ein gutes Renommee, und sie zog immer noch Freier von der alten Schule an, die zu Gesellschaften einluden und wollten, dass sie Zither spielte und dazu sang. Aber die Freier mussten heutzutage nicht mehrere Wochen warten, bis Zinnober verfügbar war. Und nicht alle gehörten zu denen, die viel Macht und noch mehr Geld besaßen, auch wenn glücklicherweise einige unserer langjährigen Kunden ihr treu blieben.

Ihre Augen weiteten sich entsetzt, als Mutter Li eines Tages zur Sprache brachte, nun doch Ausländer zuzulassen – natürlich nur solche, versicherte sie, die ein gewisses Ansehen und Wohlstand mit sich brächten, keine Seeleute, auch keine Angestellten. »Mittlerweile ist das nicht nur akzeptabel, sondern sogar in Mode«, sagte ihre Mutter erstaunlicherweise. »Wir suchen uns unsere Kunden immer noch selbst aus. Ein ausländischer Gast müsste von einem langjährigen Besucher des Hauses vorgestellt werden, der für den Leumund des Ausländers bürgen kann.«

Zinnobers Augen schienen Funken zu sprühen. »Sie können sich nicht benehmen«, sagte sie, »und sie haben Gonorrhoe, Syphilis und Ungeziefer, sodass man hinterher von Kopf bis Fuß mit roten, juckenden Beulen überzogen ist. Willst du, dass ich, deine geliebte Tochter, über Nacht zu einer kranken Hure werde?«

Mutter Li kniff die Augen zusammen. »Wenn du einmal dieses Haus erben willst«, sagte sie, »dann nimmst du dir von jetzt an besser Gangster als Patrone.«

In der folgenden Woche teilte Loyalty Fang Mutter Li mit, dass er sich freuen würde, ihr jemanden vorzustellen. Sein ausländischer Gast wäre der Sohn einer angesehenen amerikanischen Familie, deren Spedition seit über fünfzig Jahren in China tätig sei. Loyalty sagte, er sei hochzufrieden mit der Dienstleistung dieser Familie. Ihre Firma würde sein Porzellan immer wohlbehalten nach Europa und Amerika transportieren. Dieses Lob bezeugte den guten Charakter des Vaters und offenbar auch des Sohnes.

»Der Sohn ist seit fast einem Jahr in China«, erzählte er mir beim Tee. »Er ist ein ernster Typ, aber er denkt sehr westlich. Er hat sich angeblich selbst Chinesisch beigebracht, allerdings muss ich sagen, dass jegliches Chinesisch, das er zu sprechen versucht, so grauenhaft ist, dass man kein Wort versteht. Ich rede deshalb Englisch mit dem Mann, nur sind meine Kenntnisse dieser Sprache ein wenig eingerostet, deshalb beschränken sich unsere Unterhaltungen auf das Wetter, das Land, in dem seine Familie lebt, seinen Gesundheitszustand, wann sein Großvater starb, was er in Shanghai gegessen hat und ob es ein bestimmtes Gericht gibt, das er zwar fremdartig fand, das ihm aber trotzdem geschmeckt hat. Es ist mühsam, sich so zu unterhalten. Alle paar Minuten muss ich dieses verdammte Chinesisch-Englisch-Wörterbuch aufschlagen, das du mir gegeben hast. Ich weiß, was *Gemüse*, *Fleisch* und *Obst* auf Englisch heißt. Aber wie lauten die Übersetzungen für *Kohl*, *Schweinefleisch* und *Kumquat*? Trotz dieser begrenzten Gespräche kann ich dir versichern, dass er höflich, bescheiden und schüchtern ist. Ha! Wirklich ungewöhnlich für einen Amerikaner, findest du nicht? Als wir uns das letzte Mal trafen, erzählte er, er würde gern eine Chinesin kennenlernen, die gut genug Englisch spricht, um mit ihr interessante Unterhaltungen führen zu können. Da bist du mir natürlich sofort eingefallen.«

»Ich bin jetzt also nicht mehr deine kleine eurasische Schönheit«, sagte ich. »Für deinen Freund bin ich zur Chinesin geworden?«

»Ach, du schämst dich dafür, Chinesin zu sein? Nein? Warum kritisierst du mich dann? Als wir uns das erste Mal begegneten, warst du Lulu Mimis eurasische Prinzessin. So haben dich alle gesehen. Seither habe ich dich nie einer oder zwei Hautfarben zugeordnet. Du bist einfach, wer du bist – eine hitzköpfige Frau, die mir nicht verzeihen will. Dabei habe ich nicht die geringste Ahnung, warum das so ist. Du sagst es mir einfach nicht.«

»Ich weiß gar nicht, warum ich mir überhaupt die Mühe mache, mit dir zu sprechen«, erwiderte ich.

»Bitte, Violet, lass uns nicht wieder streiten. Ich habe bald einen Termin, in dreißig Minuten. Jedenfalls hat dieser Mann gesagt, er möchte interessante Gespräche führen. Und ich hoffe, du wirst ihm nicht so eines liefern, wie wir es gerade haben.«

Ich war nicht mehr verliebt in Loyalty – und erkannte deshalb seine Fehler, seine Beleidigungen und seine Arroganz. Das Schlimmste war seine Achtlosigkeit gegenüber den Gefühlen, die ich früher für ihn gehabt hatte. Er begrüßte mich auf Gesellschaften mit einem vertrauten Blick, bestellte mich aber nicht auf seine nächste Feier. Bei einer Abendgesellschaft flirteten wir, und er erinnerte sich an meine Defloration. Ich nahm das als Zeichen, dass er die Nacht mit mir verbringen wollte. Als ich ihn dazu einlud, die Vergangenheit noch einmal zu erleben, entschuldigte er sich und sagte, er sei zu erschöpft, er sei gerade aus Soochow zurückgekehrt. Das war eine große Schmach für mich. »Aha, Soochow, das Land der schönen Kurtisanen«, hatte ich geantwortet. »Kein Wunder, dass du müde bist.« Er erwiderte, ich wisse nicht zu schätzen, dass er die Anstrengung unternommen hätte, mich zu besuchen. Ich ließ ihn wissen, er habe die Anstrengung unternommen, eine Feier zu besuchen, auf der zufällig auch ich sei. Als er dann wieder Interesse daran zeigte, die Nacht mit mir zu verbringen, gab ich vor, ich sei zu erschöpft, um Besucher zu empfangen. Da wurde er böse. Er wusste genau, warum ich ihm diese Antwort gegeben hatte. Wir zankten uns seit fast zwei Jahren, und doch konnten wir nicht voneinander lassen – bis jetzt. Ich hatte den Verdacht, dass er nur noch wenig für mich empfand. Nur so konnte ich mir erklären, dass er nicht zögerte, mir einen Amerikaner zuzuführen, obwohl er genau wusste, dass der Mann mit mir ins Bett gehen wollte, sobald er ein paar nützliche chinesische Ausdrücke gelernt hatte.

Am späten Nachmittag verkündete ein Diener, dass der Ausländer da sei. Er war erwartet worden, aber er kam eine Stunde zu spät, was uns den Eindruck vermittelte, dass wir nicht mit Respekt behandelt wurden. Ich war schlecht gelaunt, als ich den Salon betrat. Der Mann erhob sich. Ich schaute auf die Uhr, die auf der Anrichte stand, und sagte in gespielter Überraschung auf Englisch: »Ach, ist es schon vier? Ich hoffe, Sie mussten nicht warten. Wir hatten Sie um drei erwartet.« Ich deutete ein Lächeln an, in der Erwartung, er würde sich für seine Verspätung entschuldigen. »Sie müssen sich nicht entschuldigen. Loyalty Fang hat gesagt, ich soll um vier hier sein.« Der verdammte Loyalty mit seinem miserablen Englisch. Der Amerikaner starrte mich an, zweifellos enttäuscht darüber, dass ich nicht die exotische Blume war, die er sich erhofft hatte. »Ich bin Halbchinesin«, sagte ich unverblümt.

Mutter Li und Zauberkürbis waren ebenfalls anwesend und saßen bereits auf ihren Stühlen. Zinnober war nicht bei ihnen, aber das hatte sie ja angekündigt. Kurz darauf betraten die Schwestern Glanz und Heiterkeit den Raum. Sie waren neu hier – zuvor hatten sie in einem anderen Haus erster Klasse gearbeitet, bis dessen Mutter gestorben und es mit dem Haus schnell den Bach hinuntergegangen war. Mutter Li war der Ansicht gewesen, sie sollten sehen, wie sich Ausländer benahmen. Ich selbst war versucht gewesen, mich westlich zu kleiden, hatte dann aber beschlossen, mich, was mein Verhalten betraf, nicht von meinem Ärger über Loyalty bestimmen zu lassen. Meine Haare waren zu einem Chignon geknotet, und mein Kleid war chinesisch, aber modern, lang und gerade geschnitten, mit einem hohen Kragen.

Der verspätete Gast bekam einen Sessel zugewiesen, ich setzte mich ihm gegenüber. An der steifen Art der beiden Kurtisanen erkannte ich, dass sie es als verstörend empfanden, den ersten Ausländer im Haus anzutreffen. Seine Anwesenheit änderte unseren Status. Außerdem hatte er nicht das Auftreten eines eleganten Amerikaners oder das Gebaren wohlhabender Geschäftsleute, die meine Mutter unterhalten hatte.

Er hieß Bosson Edward Ivory III. Loyalty hatte mir erzählt, dass er wohl fünfundzwanzig war, er wirkte aber älter. Er war schmächtig und hatte die knochigen Gesichtszüge eines Angelsachsen. Sein Kopf besaß die Form einer Rübe – mit einem wuchtigen Haupt und einer breiten Stirn, wobei sich sein Gesicht zuspitzte und mit einem länglichen Kinn abschloss. Er hatte haselnussbraune Augen, sein sandfarbenes Haar war gewellt, fast wuschelig, genau wie sein

Schnurrbart. Schnurrbärte waren für mich nichts als Besen, die Essensreste aufsammelten. Er trug exzellent geschnittene Kleidung, nur sehr steif gestärkt, dann aber auch wieder an einigen Stellen zerknittert. Ein ungepflegtes Äußeres war immer ein Zeichen von Missachtung, außer man war ein notleidender Bettler.

»Bitte nennen Sie mich Edward«, sagte er und küsste in lächerlich galanter Manier jeder Kurtisane die Hand.

»Für Chinesen ist Edward schwer auszusprechen«, sagte ich. »Bosson ist viel einfacher.«

»Bosson ist der Name meiner verstorbenen Vorfahren und verpflichtet zu Erfolg und harter Arbeit, was ich beides nicht vorweisen kann.« Mir war klar, dass er das humorvoll meinte, aber ich übersetzte seine Worte so, als wären sie ernst gemeint. »Er ist zu ehrlich«, sagte Zauberkürbis.

»Wenn es einfacher für sie ist«, sagte der Ausländer, »dann würde ich mich natürlich freuen, wenn sie mich Bosson nennen würden.«

Ich übersetzte auf Chinesisch: »Bo-sen – das *bo* bedeutet ›Rettich‹ und das *sen* heißt ›riesig‹.« Riesenrettich! Sie lachten über meinen Witz.

Der Tee wurde mit einem kleinen Milchkännchen und einem Teller Butterkekse und Marmelade serviert. Mutter Li hatte vor dem Besuch gemeint, sie habe zum ausländischen Markt gehen müssen, nur dort habe sie Milch bekommen, mit der er sich den Tee verderben könne.

Ich sprach mit ihm über seine Zeit in China und fragte, was er schon alles gesehen hätte. Immer wieder übersetzte ich Kurzfassungen unserer Unterhaltung für die anderen. Er sagte, er sei schon vor einem Jahr hergekommen, habe aber bislang nicht so viel anschauen können, wie es seine Absicht gewesen sei, deshalb hätte er vor, noch eine Weile zu bleiben, vielleicht sogar noch ein paar Jahre. Er lehnte sich auf dem Sessel zurück und saß mit weit gespreizten Beinen da, als wäre er in einer Kneipe. Er wirkte gar nicht schüchtern, so wie ihn Loyalty beschrieben hatte. Im Gegenteil, eigentlich erschien er mir sogar zu ungezwungen.

»Ich besuche mit Vorliebe Orte, die die Leute normalerweise gar nicht zu Gesicht bekommen«, sagte er. »Die meisten Amerikaner sind keine Abenteurer und tauchen nicht gern in fremde Welten ein.«

»In China sind Sie der Fremde.«

»Ha! So ist es. Nach einem Jahr in diesem Land sollte man meinen, ich würde wissen, wie es hier läuft. Das stimmt aber nicht. Vielleicht kapiere ich es im Lauf der nächsten fünf Jahre.«

»Fünf Jahre sind eine lange Zeit für einen Besuch. Oder haben Sie vor, in China zu leben?«

»Ich bin völlig offen, was meine Entscheidungen angeht. Ich weiß lediglich, dass ich so bald nicht wieder aufbreche.«

»Gefällt es Ihnen da, wo Sie wohnen? Das ist bei einem langen Aufenthalt immer sehr wichtig. Sonst haben Sie nur Schlechtes über Shanghai zu berichten, und das wäre schade, denn die schönen Dinge sind in dieser Stadt so leicht zu entdecken.«

»Man verwöhnt mich, was das betrifft, grenzenlos. Ich lebe nicht weit von hier, in einem Gästehaus an der Bubbling Well Road. Es gehört einem alten Freund meines Vaters, einem Chinesen, Mr Shing. Er hat bei unserer Familie im Staat New York gewohnt, als er in Amerika studierte. Ich war zu klein damals, um mich genauer an ihn zu erinnern. Aber für mich gehörte er zur Alten Welt, er wirkte geheimnisvoll, obwohl er damals noch recht jung und außerdem sehr freundlich war. Ich glaube, er ist der Grund, weshalb mich China schon lange interessiert.«

Während er weitersprach, übersetzte ich wieder für die Schönheiten, kürzte aber im Lauf des Gesprächs immer mehr ab. Seiner Familie gehörte ein Schifffahrtsunternehmen, das sein Urgroßvater vor achtzig Jahren gegründet hatte.

»Es tut mir leid, das sagen zu müssen, aber die Familie Ivory hat ihr Vermögen mit Opium gemacht. Heutzutage transportieren wir Fabrikware, wie zum Beispiel Loyalty Fangs Teetassen und Teller.«

Seine Familie hatte ihn nach Shanghai geschickt, damit er das Unternehmen kennenlernte, eines Tages würde er es ja erben. Das

Interesse der Schönheiten wuchs, als ich es ihnen übersetzte. »Das war seine Version der Geschichte«, fügte ich hinzu. »Von Amerikanern weiß man, dass sie sich alles Mögliche ausdenken, wenn sie nicht in Gesellschaft von Menschen sind, die es besser wissen.«

»Die Wahrheit ist, ich habe überhaupt nichts über das Geschäft gelernt«, fuhr Edward Ivory fort. »Ich habe mich vor der Verantwortung gedrückt, und man würde mich besser als herumstreunenden Vagabunden bezeichnen. Ich würde China gerne aufs Geratewohl entdecken, nicht mit ausgearbeiteten Zeitplänen zur Besichtigung von Schreinen und Pagoden. Ich will keinen Reiseführer lesen und mir erzählen lassen, was ich sehe und dass ich mich *in die alte Zeit der ersten Könige versetzt* fühlen werde.« Er zog ein ledernes Notizbuch aus der Tasche. »Ich schreibe ein Reisetagebuch – eine Mischung aus unterschiedlichen Szenen, die ich mit einem Bleistiftstrich illustriert habe.«

»Wollen Sie das veröffentlichen?«, fragte ich höflich.

»Ja, wenn mein Vater einen Verlag kauft.«

Der Mann hatte keinen ernsthaften Gedanken im Kopf.

»Ich schreibe für mich selbst«, sagte er. »Ich würde meine ungeschliffenen kleinen Geschichten niemand anderem aufdrängen. Das wäre grausam.«

»Haben Sie dem Buch, die Sie nur für sich selbst verfassen, einen Titel gegeben?«

»*In der Ferne des Fernen Ostens.* Das ist mir letzte Woche eingefallen. Sie hören ihn als Erste. Vor diesem Titel hatte ich natürlich zig andere, und vielleicht fällt mir später noch einer ein. Das ist das Problem, wenn man weder ein Ziel noch eine Absicht noch Leser hat.«

»Wie weit in den Osten sind Sie denn bisher vorgedrungen?«

»Eigentlich noch gar nicht. Nur an die südwestlichen Grenzen von Shanghai. Aber mit der *Ferne* meine ich gar nicht die Entfernung, sondern eher einen Bewusstseinszustand. Kennen Sie *Grashalme* von Walt Whitman?«

»In Shanghai mögen wir ja vieles aus der ganzen Welt haben,

aber um Gottes willen nicht alle Bücher, die jemals in englischer Sprache erschienen sind.«

»Mr Whitman wird von allen bewundert. Seine Gedichte dienen mir sozusagen als Reiseführer, wie dieses hier zum Beispiel:

Nicht ich noch irgendwer kann diese Straße wandern für dich,
Du musst sie selbst gehen.

Sie ist nicht weit, sie ist in erreichbarer Nähe,
Vielleicht warst du auf ihr seit deiner Geburt und wusstest es nicht,
Vielleicht ist sie überall, zu Wasser und zu Lande.«

Ich hatte das Gedicht nie gelesen, und doch hatte ich den Schmerz durchlebt, der in diesen Worten steckte – die Einsamkeit, auf einer Straße zu einem unbekannten Ort zu sein, die dort ohne nachvollziehbaren Grund gebaut wurde. Es war wie das Gemälde von dem Tal zwischen den Bergen, mit den Wolken, die gleichzeitig dunkel und rosafarben waren, und dem leuchtenden Ort in der Ferne, der ein strahlendes Paradies oder ein brennender See war.

»Ihrem Gesichtsausdruck nach zu urteilen, ist das Gedicht nicht nach Ihrem Geschmack«, sagte Edward Ivory.

»Ganz im Gegenteil. Ich würde eines Tages gerne mehr lesen.«

Zauberkürbis mischte sich ein: »Frag ihn doch, ob er vorhat, eine Geschichte über seinen Besuch in diesem Kurtisanenhaus zu veröffentlichen.«

Er antwortete ihr direkt, als könne sie Englisch: »Würde ich über Sie schreiben, könnte ich allein schon deshalb mehr Ausgaben verkaufen.«

Ich übersetzte, und Zauberkürbis schnappte nach Luft: »Sag dem Lügner, er soll mich jung und schön machen.«

Edward Ivory lachte. Die Schwestern Glanz und Heiterkeit lächelten, obwohl sie nicht verstanden, was gesagt wurde.

»Hübsche Mädchen«, sagte er. »Die linke Schönheit ist ja fast noch ein Kind. So jung – und doch führt sie schon dieses Leben.«

Ich hatte einen Kloß im Hals. Was bildete er sich ein, uns zu bemitleiden?

»Ich betrachte mich nicht als gefallenes Mädchen«, erklärte ich.

Er verschluckte sich an seinem Keks. »Das war eine schlechte Wortwahl. Und natürlich meinte ich nicht Sie persönlich. Sie sind doch keine von denen.«

»Und ob ich eine von *denen* bin, wie Sie es ausdrücken. Aber Sie müssen uns nicht bedauern. Wir leben ganz hervorragend, wie Sie sehen. Wir haben unsere Freiheit, im Gegensatz zu den Amerikanerinnen, die keinen Schritt ohne ihre Ehemänner oder ihre Anstandsdamen gehen können.«

Ausnahmsweise schaute er einmal ernst. »Ich entschuldige mich hiermit ausdrücklich. Es passiert mir immer wieder, dass ich andere vor den Kopf stoße.«

Ich beschloss, dieser verunglückten Begegnung ein Ende zu setzen. »Ich glaube, wir haben uns für heute genug unterhalten, finden Sie nicht?« Ich stand auf, sodass er gezwungen war, sich ebenfalls zu erheben, und wartete darauf, dass er sich bedankte und verabschiedete.

Er blickte mich überrascht an, dann langte er in seine Westentasche, zog einen Umschlag heraus und reichte ihn mir. Er enthielt zwanzig amerikanische Silberdollar.

Loyalty, dieser Idiot! »Mr Ivory, offenbar hat Mr Fang es versäumt, Ihnen zu erklären, dass dies ein Kurtisanenhaus ist, kein Bordell mit Huren, die Sie sofort beschlafen können, sobald Sie mit ein paar klingelnden Münzen in der Tasche durch die Tür marschieren.« Ich schüttete die Silbermünzen auf den Tisch, ein paar fielen auf den Boden.

Mutter Li und Zauberkürbis fluchten. Die Schönheiten riefen, Zinnober hätte mit ihren Bemerkungen über Ausländer, dass sie kranke Köpfe und Körper hätten, recht gehabt. Sie gingen auf der Stelle hinaus.

Edward war verblüfft. »Ist das nicht genug?«

»Zwanzig Dollar, das verlangen Ihre Yankee-Huren auf den bemalten Booten im Hafen. Ich danke Ihnen, dass Sie dachten, wir wären genauso viel wert. Unser Geschäft ist heute aber leider geschlossen.«

An diesem Abend besuchte Loyalty das Haus von Zinnober, und Zauberkürbis führte ihn in mein Zimmer, damit andere meine Tirade nicht hörten. Ich wartete gar nicht erst, bis die Tür zu war, sondern legte gleich los: »Dein ausländischer Teufelsfreund hat mich behandelt wie eine Salzwasserhure! Erzählst du überall herum, dass wir ein Bordell sind, wo jeder kommen und gehen kann, wie er will?«

Er schaute gequält. »Es ist meine Schuld, Violet, und ich weiß, dass es dir nicht schwerfällt, das zu glauben. Aber es ist auch nicht, wie du denkst. Edward und ich haben uns auf Englisch darüber unterhalten, dass er gerne eine Frau treffen möchte, die Englisch spricht. Ich erzählte ihm, dass ich eine sehr ungewöhnliche Frau kenne, und beschrieb dich völlig der Wahrheit entsprechend – dass du perfekt Englisch sprichst und dass du schön, kultiviert, intelligent und gebildet bist …«

»Genug geschmeichelt«, sagte ich.

»Dann erzählte ich ihm, dass du Kurtisane bist, und fragte ihn, ob er denn wüsste, was ein Kurtisanenhaus erster Klasse sei. Zumindest nahm ich an, dass ich das gesagt hätte. Er bejahte jedenfalls. Ich fragte ihn, ob ihm die Sitten und Gebräuche vertraut wären. Doch dann stellte sich heraus, dass ich mit Hilfe des Englisch-Wörterbuchs, das du mir gegeben hast, den englischen Ausdruck für *Kurtisanenhaus erster Klasse* mit *Hurenhaus Nummer eins* übersetzt habe. Edward ging dann später in die American Bar und fragte einen Mann, der schon seit vielen Jahren in Shanghai lebt, wie es in einem Shanghaier Hurenhaus sei. Und dieser Mann sagte zu Edward, dass seine wildesten Träume dort wahr würden, nach ein bisschen Geplauder und ein, zwei Dollar für einen normalen Besuch und bis zu zehn mit speziellem Service. Als Edward demselben Mann von seinem Fiasko erzählte, lachte der und erklärte ihm, dass er wohl in einem Kurtisanenhaus gelandet sei und sicherlich nie mehr eines betreten dürfe. Edward kam sofort zu mir und berichtete mir alles. Violet, als du ihm zu verstehen gegeben hast, ihr hättet euch genug unterhalten, dachte er, du wärst bereit für seine wildesten Träume. Du kannst die Schuld weder Edward noch mir allein zuschreiben. Ein bisschen liegt es auch an diesem verdammten Chinesisch-Englisch-Wörterbuch, das du mir gegeben hast. Es ist nämlich nicht das erste Mal, dass ich dessentwegen peinliche Fehler gemacht habe. Ich kann es dir zeigen, wenn du mir nicht glaubst, was zurzeit anscheinend allzu oft der Fall ist. Wie wäre es mit einem Waffenstillstand?«

Loyalty legte zwei elegant verpackte Schachteln auf den Teetisch. »Edward hat mich gebeten, dir diese Geschenke zu bringen und dich um Verzeihung zu bitten. Er sorgt sich, dass du wegen ihm nun auch böse auf mich bist. Ich habe ihm gesagt: ›Mach dir deswegen keine Gedanken. Sie ist seit Jahren zornig auf mich.‹ Ach, Violet, kannst du nicht ausnahmsweise einmal lachen?«

Die größere Schachtel enthielt ein Buch mit grünem Ledereinband. Der Titel war in Gold geprägt: *Grashalme*. Um die Buchstaben wanden sich Weinranken und Schlingpflanzen, die sich dann weiter über das Leder zogen. Auf einem besonders kräftigen Blatt Büttenpapier entdeckte ich die Passage, die mir so vertraut vorkam.

Die kleinere Schachtel enthielt einen goldenen Armreif, der mit Rubinen und Diamanten besetzt war, ein sehr kostspieliges Geschenk von jemandem, der die Empfängerin vielleicht nie wiedersehen würde. Ich las den Brief dazu:

Liebe Miss Minturn, ich schäme mich zutiefst für mein unabsichtlich grobes Betragen. Vergebung kann ich nicht erwarten, aber ich hoffe, Sie glauben mir, dass es mir ernst mit meiner Entschuldigung ist. Ergebenst, B. Edward Ivory III.

Zauberkürbis ging mit Mutter Li zu Herrn Gaos Juweliergeschäft, wo sie in Erfahrung brachten, dass Edward für den Reif zweitausend Yuan bezahlt hatte. Herr Gao meinte, er hätte nur die Hälfte gekostet, wenn der Ausländer sich ausgekannt und ihn heruntergehandelt hätte. Trotzdem sollten wir würdigen, dass Edward Ivory uns diesen Respekt gezollt hätte.

»Der Armreif ist durchaus Vergebung wert«, sagte Zauberkürbis, »es war ja in erster Linie Loyaltys Fehler. Mutter Li und ich sind uns darin einig.« Sie fügte hinzu: »Der Ausländer soll nichts darüber hinaus erwarten – außer natürlich, du willst es, und in diesem Fall ist das Armband ein hübscher Anfang.«

Loyalty meldete sich zwei Tage später und fragte, ob er ein kleines Abendessen veranstalten und Edward dazu einladen dürfe. »Ich muss ehrlich sein, Violet, er hat mich gefragt, ob ich das tun würde. Er hat den Brief von euch bekommen, dass ihr ihm verzeiht, aber er ist immer noch in einem fürchterlichen Zustand. Er hat weder geschlafen noch gegessen. Er hat irgendwelchen Unsinn darüber erzählt, dass er jeden verletzt, der ihm begegnet. Ich habe ihm gesagt, das sei mein Fehler gewesen und nicht seiner. Das hat ihn gar nicht beruhigt. Vielleicht benehmen sich alle Amerikaner, die unter Melancholie leiden, so, als wären sie verrückt geworden. Aber ich dachte wirklich, er könnte sich in den Fluss stürzen, und ich möchte nicht, dass mich sein Geist heimsucht und mir ständig erzählt, wie leid es ihm tut.«

Seine Argumente waren wie immer zum Verzweifeln. »Stattdessen machst du mich dafür verantwortlich, wenn sich so ein Verrückter umbringt, ja? Wieso erzählst du mir das? Veranstalte dein Abendessen. Ich werde da sein, um seine Entschuldigung persönlich anzunehmen. Wenn er sich danach ertränkt, ist es nicht meine Schuld. Und was dich betrifft, du hättest dir von mir Englisch beibringen lassen sollen, als du die Gelegenheit dazu hattest.«

Loyalty brachte Edward und vier weitere Gäste mit, genügend Leute für eine lautstarke Feier, auf der getrunken und gespielt wurde. Edward war still und sprach zuerst nicht mit mir, außer um »bitte«, »danke« und »Sie sind sehr freundlich« zu sagen. Er hielt Abstand, als wäre ich ein Skorpion. Aber ich spürte, dass er mich beobachtete. Er war beflissen gegenüber Mutter Li, Zinnober und Zauberkürbis und außerordentlich höflich zu den anderen Schönheiten. Sie lächelten, als hätten sie alle seine englischen Worte verstanden. Am Ende des Abends gab er Zauberkürbis und den Hausmädchen ein großzügiges Trinkgeld, und mir präsentierte er ein weiteres Geschenk, eingeschlagen in grüne Seide. Er verbeugte sich feierlich, bevor er das Haus verließ. Als ich allein war, packte ich das Geschenk aus, ohne die bohrenden Blicke von Zauberkürbis. Diesmal war es ein mit Smaragden und Brillanten besetztes Armband. Auf der Karte stand:

Liebe Miss Minturn, ich bin dankbar, dass ich mich wieder Ihrer Gesellschaft erfreuen darf. Ergebenst, B. Edward Ivory III.

Ein solch kostspieliges Geschenk hatte ich seit fast zwei Jahren nicht mehr bekommen. Am nächsten Abend trug ich beide Armbänder auf drei Feiern, zu denen ich bestellt war. Schon nachmittags, als ich mit den Schwestern Glanz und Heiterkeit in der Kutsche eine Ausfahrt gemacht hatte, deutete ich immer wieder mit ausgestrecktem Arm auf hübsche Vögel und Wolken, damit die Passanten auf den Gehsteigen die funkelnde Beute an meinem Handgelenk sehen konnten.

Am Morgen darauf teilte mir Mutter Li mit, ich hätte einen Anruf von dem Amerikaner. Edward entschuldigte sich für die Störung und die Anmaßung, davon auszugehen, dass ich mit ihm reden würde. Sein Gastgeber, Mr Shing, hätte ihm zwar erklärt, Einladungen solle man schriftlich eine Woche vorher abgeben, aber ich hätte hoffentlich Verständnis für seine Eile. Der Geschäftsführer des Schifffahrtsunternehmens hätte zwei Plätze in seiner Loge im Shanghai Race Club reserviert, aber nun sei er an Grippe erkrankt und könne nicht hingehen. Er hätte die Plätze nun Edward angeboten. Zufällig würde auch Sir Francis May, der Gouverneur von Hongkong, anwesend sein, sein Platz sei nur zwei Logen entfernt.

»Ich dachte, ich versuche einfach mein Glück und sehe zu, ob ich Sie überreden kann …«

Eine Gelegenheit, den Gouverneur zu treffen! Ich bedauerte sofort, wie gemein ich Edward zuvor behandelt hatte. »Ich würde mich ebenfalls freuen, Sie wiederzusehen«, sagte ich, »damit ich Ihnen persönlich für Ihre schönen Geschenke danken kann.«

Da Chinesen im Race Club nicht zugelassen waren, meinte Zauberkürbis, es sei unbedingt notwendig, sicherzustellen, dass kein Zweifel an meinem Recht, mich dort aufzuhalten, aufkommen dürfe. Sie holte das fliederfarbene Kleid hervor, das meine Mutter im Shanghai Club getragen hatte. Es sah immer noch neu und modisch aus. Ich stellte mir meine Mutter vor, als sie es das letzte Mal angehabt hatte. Der alte Schmerz kam hoch, und der konnte sich rasch in Wut verwandeln. Ich sagte Zauberkürbis, es sei zu kalt für dieses Kleid. Ich fand ein anderes, das ich mit großem Anklang in einem westlichen Restaurant getragen hatte, ein Ausgehkleid aus himmelblauem Samt. Es hatte ein Cape und einen eng anliegenden Rock mit einer provokanten Faltenkaskade. Ich probierte einen Hut mit breiter Krempe und ein paar bescheidenen Federn aus. Aber als ich mir bewusst machte, dass ich unter lauter Ausländern sitzen würde, die alle um die Aufmerksamkeit des Gouverneurs wetteiferten, tauschte ich die Bescheidenheit gegen einen Federschmuck, der mir Selbstvertrauen verleihen würde. Ich trug die Haare locker zusammengebunden und befestigte einen Strang Perlen darin, jenes Geschenk von Loyalty in der Nacht meiner Defloration. Eine Stunde später kam Edward in einem langnasigen Automobil vorgefahren – welch ein Gegensatz zu den kastenförmigen schwarzen Autos, die stotterten und schnauften. Beinahe entschuldigend erzählte er, sein Vater hätte ihm diese Pierce-Arrow-Limousine zu seinem vierundzwanzigsten Geburtstag mit einem seiner Schiffe geschickt. Er war also vierundzwanzig, vier Jahre älter als ich. Auf der Fahrt zum Race Club merkte ich, dass ich überhaupt nichts tun musste, um Neid und Aufmerksamkeit zu erregen. Die Leute blieben auf der Straße stehen, wenn das Auto an ihnen vorbeifuhr.

Als der Gouverneur von Hongkong erschien, gab es einen Tumult, und die Umstehenden folgten ihm wie ein Schwarm Bienen. Wir sahen von unseren Plätzen aus dem Schauspiel zu, und als sich der Gouverneur in meine Richtung wandte, nickte er und lächelte. »Wie nett, Sie zu sehen, Miss Minturn.« Das führte zu einiger Verwunderung. »Wer ist sie?« »Ist sie seine heimliche Geliebte?« Ich war verblüfft, dass er meinen Namen kannte, und mir war ganz schwindelig vor Glück, ein kurzer Moment des Ruhms im Beisein von Ausländern. Edward war ebenfalls beeindruckt und schenkte mir immer wieder köstlichen kalten Wein nach, sodass mir ganz schummrig wurde. Bald fand ich alles, was uns umgab, ganz besonders schön: die Muskeln der Pferde, den strahlend blauen Himmel, das Meer von Hüten, von denen meiner der schönste war. In meinem beschwipsten Hochgefühl hätte ich noch den Geruch von Pferdemist für Parfum gehalten. Nach dem dritten Rennen stand der Gouverneur auf, blickte wieder in meine Richtung, lächelte und tippte sich an den Hut. »Einen schönen Nachmittag, Miss Minturn.« Diesmal wusste ich, wer er war. Er war ein Lieblingskunde meiner Mutter gewesen, ein freundlicher Mann, der immer herzlich mit mir sprach, wenn ich auf den Abendgesellschaften herumlief. Er hatte eine Tochter im selben Alter, die aber starb, wie mir meine Mutter später erzählte. Das hatte ich nicht gern gehört. Aber das unangenehme Gefühl von damals wurde nun durch die Begrüßung im Race Club wieder aufgewogen. Ich war zu einer wichtigen Persönlichkeit aufgestiegen. Edward verbreitete unter ein paar Leuten, die in der Nähe saßen, geschickt das Gerücht, der Gouverneur sei ein Freund der Familie. »Sie will es nicht bestätigen. Aber ich glaube, ihr Vater war vor Sir May Gouverneur.«

An diesem Tag fragte Edward, ob wir beide Freunde sein könnten. Er würde sich freuen, mir Gesellschaft leisten zu dürfen und mich an Orte zu begleiten, die ein amerikanisches Mädchen vielleicht sehen wolle, es aber nicht ohne ihre unverheiratete Tante tun könne. Ich ging davon aus, dass er mein Freier sein wollte. Wenn dem so war, würde er mein erster Ausländer sein.

Bald stellte ich fest, dass Edwards Angebot, mir Gesellschaft zu leisten, genau das und nichts darüber hinaus bedeutete. In der ersten Woche gingen wir durch den öffentlichen Park, aßen in einem Restaurant und besuchten amerikanische Buchläden. Ich wusste, dass er mich mochte, aber er machte keine Andeutung, dass er mehr sein wollte als ein Freund. Ich vermutete, dass er sich in Anbetracht unseres katastrophalen Anfangs scheute, weiter in mich zu dringen. Vielleicht wusste er auch, dass ich andere Freier hatte, und fand es unschicklich, zu rivalisieren. Vielleicht glaubte er, dass Loyalty zu ihnen gehörte.

In der zweiten Woche nahm er mich mit zu einem Tempel, aber gleich nach unserer Ankunft bekam er schreckliche Kopfschmerzen, sodass er rasch wieder umkehren musste. Er erzählte mir, seit seiner Kindheit würde er unter Migräne leiden. Aber ich machte mir Sorgen, dass er sich womöglich mit der Spanischen Grippe angesteckt hatte. Die Ivory Shipping Company gab nur zurückhaltend Informationen über drei Männer aus den Vereinigten Staaten heraus, die vermutlich krank in Shanghai eingetroffen waren. Fast umgehend erkrankte auch der Geschäftsführer der Shanghaier Niederlassung. Die Männer wurden wieder gesund, aber niemand konnte mit Sicherheit sagen, ob es die tödliche Grippe gewesen war. Während der gefährlichen Phase stellte die Ivory Shipping Company alle Angestellten unter Quarantäne – alle bis auf Edward, der streng genommen kein Mitarbeiter war. Sollte sich Edward in der Tat infiziert haben, konnte er auch mich anstecken. Damit bestünde Gefahr für sämtliche Bewohner des Hauses von Zinnober, und die Türen müssten geschlossen werden. Jeden Tag lasen wir schreckliche Berichte über die Todeszahlen in anderen Ländern. Sogar der spanische König wäre fast an der Spanischen Grippe gestorben. Wir rechneten jeden Tag damit, dass die Welle des Todes Shanghai erreichte. Bis zum jetzigen Zeitpunkt waren nur wenige Leute, die wir kannten, daran erkrankt, hauptsächlich Familien in ärmeren Teilen der Stadt. In unserem Haus tranken wir bittere Kräuteraufgüsse, und wir achteten darauf, ob Gäste erhitzt wirkten oder ob ihnen schwindelig war, ein Symptom, das leicht mit Trunkenheit verwechselt werden konnte. Wenn ein Mann hustete, hielt sich Mutter Li schnell ein Taschentuch vor die Nase, stand auf und bat den Gast, ein anderes Mal wiederzukehren. Niemand, der darum gebeten wurde, störte sich daran. Die Straßenbahnen wurden jeden Abend mit Kalkbrühe abgewaschen. Auch Mutter Li traf Vorsichtsmaßnahmen und ließ den Hof, der zum Haus führte, jeden Morgen von den Dienern mit einer starken Dosis dieser Brühe reinigen.

Edward erholte sich von seinem Migräneanfall, nur um ein paar Tage später einen weiteren zu bekommen. Er sagte, es fühle sich an, als wäre ein Gift in seinen Kopf eingedrungen. Es begann damit, als würde sich ihm eine Nadel ins Auge bohren. Dann drang sie in seinen Schädel ein, und das Gift verbreitete sich danach wie ein Feuer. Kurz vor einem solchen Anfall war Edwards Stimmung immer sehr düster, daran merkte ich auch, dass wieder eine Migräne drohte. Tagelang hörte ich dann nichts von ihm, und plötzlich stand er wieder gut gelaunt vor der Tür. Er erzählte, dass er in einem abgedunkelten Raum liegen müsste. Er könne fast nichts tun, nicht einmal denken. Aber sobald er in der Lage sei, sich aufzusetzen, wüsste er, dass es besser werden würde. Diese Zeit würde er nutzen, um sein Reisetagebuch zu schreiben, das helfe ihm dabei, sein Unwohlsein zu lindern, als würden die geschriebenen Worte das letzte Gift aus seinem Gehirn verschwinden lassen.

Als er vorschlug, eine ausgedehnte Spritztour mit dem Auto zu unternehmen, war ich mir nicht sicher, ob das klug war. Wenn er wieder einen Anfall bekam, wie sollten wir dann zurückkehren? Da beschloss er, mir das Autofahren beizubringen.

In meiner ersten Unterrichtsstunde fuhr ich langsam. Er war glücklich, die vorbeiziehende Landschaft betrachten zu können. Ich fand sie eintönig. Es gab keinen Flecken Land, der nicht umgepflügt und bepflanzt war. An jeder Kreuzung ließ Edward mich das Abbiegen üben. Er warf eine Münze, und bei Kopf bog ich rechts ab, bei Zahl links. Edward übernahm das Steuer, wenn wir den

Rückwärtsgang einlegen mussten, weil die Straße von Wasserbüffelkühen blockiert wurde oder von einem Steinhaufen. Es blieb mir ein Rätsel, aus welchen seltsamen Gründen Bauern Steine auf Straßen legten. Wo wir auch hinfuhren, erregten wir ihre Aufmerksamkeit, meist arbeiteten sie gebückt auf den Feldern. Edward hupte und winkte. Sie unterbrachen ihre Tätigkeit, stellten sich aufrecht hin und starrten uns an, ohne jemals zurückzuwinken. Hier und da sahen wir Häuserwände, die mit Kalk gewaschen worden waren. Wir kamen an Dörfern vorbei, wo Männer Baumstämme aushöhlten, um Särge daraus zu machen. Weiß gekleidete Menschen schritten in einer Reihe über die schmalen Pfade zwischen den Reisfeldern, unterwegs zu einem Friedhof auf dem kleinen Hügel. Je besser ich fahren konnte, desto mehr Gas gab ich. Sein mitgenommenes Buch klappte auf, und ein Brief flatterte heraus und war fort, bevor er ihn einfangen konnte. Ich fragte ihn, ob wir wenden sollten, aber er meinte, er müsse den Brief nicht wieder einfangen, er kenne den Inhalt gut genug. Es war ein Schreiben von seiner Frau, sie hatte ihm darin mitgeteilt, dass es mit seinem Vater gesundheitlich nicht zum Besten stehe.

Ich war enttäuscht, als ich hörte, dass er verheiratet war. Aber es war auch keine große Überraschung. Die meisten meiner Freier hatten Ehefrauen, und immer wenn ein Mann das erwähnte, erinnerte es mich daran, dass ich nur eine vorübergehende Ablenkung war, ein Zeitvertreib für die Gegenwart und nicht notwendigerweise für die Zukunft. Für viele Männer war ich eine Frau, die es nur an einem bestimmten Ort gab, wie ein zwitschernder Sperling in einem Käfig.

»Ist der Zustand deines Vaters bedenklich?«, fragte ich.

»Minerva stellt es immer so hin. Sie benutzt die manchmal labile Gesundheit meines Vaters, um mich wieder nach Hause zu locken, doch ich lasse mich nicht gern ködern. Das klingt gefühllos, aber ich weiß, wie weit Minerva geht, um ihre Ziele zu erreichen. Unsere Ehe war noch nie glücklich. Es war ein Fehler, sie zu heiraten, und ich sage dir auch den Grund dafür.«

Er erzählte ganz offen. Das taten viele Männer, denn sie gingen davon aus, dass Kurtisanen in Anbetracht dessen, was sie alles erfahren hatten, nicht schockiert sein würden. Aber gleichzeitig hatte ich das Gefühl, er vertraute sich mir als Freundin an, von der er hoffte, sie würde seine Sichtweise verstehen. Als er achtzehn war, erzählte er, lief er am Zaun einer Pferdeweide entlang. Ein blondes Mädchen winkte ihm und rannte auf ihn zu. Sie sah recht gewöhnlich aus und starrte ihn unverhohlen verliebt an. Sie kannte seinen Namen und seine Familie, was ihm merkwürdig vorkam. »Das war Minerva. Ihr Vater war der Tierarzt, der unsere Pferde behandelte. Sie hatte ihn zweimal zu uns begleitet.« Edward schlug ihr vor, über den Zaun zu springen, und führte sie in den Wald, der hinter der Weide lag, nicht sicher, was sie dort tun würden. Sie hob ihre Röcke und sagte, sie wisse, wie es gehe. Ohne dass ein einziges weiteres Wort zwischen ihnen fiel, schliefen sie miteinander. Er unterbrach, bevor er zum Ende kam, damit sie nicht schwanger wurde, doch sie meinte, er solle nur weitermachen, denn sie würde sich nachher auswaschen. Ihr Onkel habe ihr beigebracht, wie das gehe. Das sagte sie so fröhlich, als wäre es völlig normal. Zwei Jahre lang trafen sie sich im Wald. Sie brachte immer eine Spritztülle und ein Schraubglas mit einer Chininlösung mit, die ihr Vater benutzte, um Pferde mit Dummkoller zu behandeln. Sobald sie fertig waren, legte sie sich hin, spritzte sich die Lösung in die Vagina, stand auf und sprang eine halbe Minute auf und ab, um sein Sperma auszuspülen. Sie fand das gar nicht peinlich, aber er wandte sich meistens ab. Sie sprachen kaum miteinander, außer um sich für das nächste Mal zu verabreden.

Eines Tages saßen der Tierarzt, seine Frau und Minerva im Empfangszimmer der Familie Ivory und verlangten, dass Edward ihre schwangere Tochter heiratete. Edward war verblüfft, weil Minerva stets das Chinin benutzt hatte. Mr Ivory erklärte, sein Sohn könne unmöglich der Vater des Kindes sein. Er versuchte Minerva das Geständnis zu entlocken, dass sie auch mit anderen Männern verkehrt hätte. Um seinem Vater zu trotzen – und nicht um Minerva zu verteidigen –, sagte Edward, es sei in der Tat sein Kind. Daraufhin bot sein Vater der Familie einen hohen Betrag an, um sie loszuwerden, und das wiederum veranlasste Edward zu sagen, dass er Minerva heiraten würde. Das Mädchen weinte ungläubig, genau wie Edwards Mutter, und Edward war stolz, dass er seinem Vater die Stirn geboten hatte – bis zur Hochzeitsnacht eine Woche später. Er war entsetzt, das ihn vergötternde Mädchen auf dem Rücken jetzt in seinem Bett liegen zu sehen und nicht im Wald, ohne dass noch ein Schraubglas mit Chinin nötig war. Bald nach der Hochzeit erzählte Minerva ihrer Mutter, dass sie nicht schwanger sei und sich vor Edwards Reaktion fürchtete, würde er die Wahrheit erfahren. Ihre Mutter riet ihr, noch einen Monat zu warten und dann zu behaupten, sie hätte eine Fehlgeburt gehabt. Unter Tränen und schluchzend tat sie genau das. Er zeigte sich mitleidig und brachte sogar das Wort »Liebe« über die Lippen, um sie in ihrem Kummer zu trösten. Fälschlicherweise hielt sie das für echte Liebe, die nun endlich in ihm aufgekeimt war. Da gestand sie ihm, dass sie nie schwanger gewesen war, denn sie dachte, er wäre froh über diesen Vorwand. Er fragte sie, ob das außer ihm noch jemand wisse. Nur ihre Mutter, antwortete sie.

»Ich ging davon aus, ich hätte moralisch gehandelt, als ich sie heiratete«, sagte er, »und dafür wurde ich bestraft. Ich erklärte Minerva, dass ich sie niemals lieben würde. Sie entgegnete, würde ich versuchen, mich von ihr scheiden zu lassen, würde sie sich umbringen. Um zu beweisen, dass sie ihre Drohung wahrmachen würde, lief sie nur mit einem Nachthemd bekleidet hinaus in die eiskalte Nacht. Nachdem sie wieder bei Sinnen war, erklärte ich, dass ich weggehen würde und sie sich wegen mutwilligen Verlassens scheiden lassen sollte. Anderenfalls würde sie den Rest ihrer Tage wie eine unberührte, kinderlose Witwe verbringen. Ich kehrte ihr den Rücken und kam nur noch gelegentlich nach Hause zurück – immer wenn ich Briefe von ihr erhielt, in denen stand, dass mein Vater oder meine Mutter schwer krank seien. Das Ehebett teilten wir niemals mehr miteinander. Das war vor sechs Jahren. Meine

Mutter mag sie mittlerweile sogar ganz gern. Sie ermutigt mich, nach Amerika zu kommen, von wo auch immer es mich hinverschlagen hat, damit ich ein Kind mit Minerva zeuge. Es ist ein trauriges Arrangement, und wir alle haben eine Rolle dabei gespielt, dass es so ist.«

»Sogar ihr Onkel«, sagte ich.

Als es Zeit zum Umkehren wurde, hatte ich keine Ahnung, wie ich wieder zurück nach Shanghai finden sollte. Ich merkte, dass Edward einen untrüglichen Orientierungssinn hatte. Er war Kompass und Landkarte zugleich. Er erinnerte sich an sämtliche Kurven, die Umwege, die Schlaglöcher und die ungewöhnlichsten Orientierungspunkte – ein eingekerbter Baum, ein Felsbrocken und die Anzahl der gekalkten Wände in jedem Dorf. Er behauptete, sein unauslöschliches Gedächtnis erstrecke sich leider nicht auf das, was er las. Er habe sich sehr anstrengen müssen, um die Gedichte von Whitman zu behalten. Aber beherrsche er sie, könne er jede Stelle aufrufen, die perfekt zu einer Aussicht oder einer Stimmung passen würde.

Mittlerweile war mir Edward ans Herz gewachsen. Er verließ sich auf meine Gesellschaft, die ich ihm gern leistete, weil er mich wie eine Freundin behandelte. Trotzdem fürchtete ich, dass er eines Tages mein Freier werden wollte, und dann wären wir keine Freunde mehr, sondern Kurtisane und Kunde mit jeweils unterschiedlichen Erwartungen. Eine solche Intimität wäre der Freundschaft nicht zuträglich.

Wir unterhielten uns oft über den Krieg. Wir gingen zwei- bis dreimal am Tag die Bubbling Well Road entlang, in ein Café oder eine Bar, um die neuesten Berichte zu hören. Er bewunderte die Anführer der Republik China, Sun Yat-sen und Wellington Koo. Noch mehr bewunderte er Woodrow Wilson. Seiner Meinung nach hatten die drei Politiker das Zeug dazu, dafür zu sorgen, dass die Deutschen ihre Konzession und die Provinz Shandong endgültig an China zurückgaben. Er selbst wollte zum Militär. Wenn er in Shanghai kein Rekrutierungsbüro für die Navy fand, wollte er vielleicht auf einem Schiff mitfahren, das chinesische Arbeiter nach Frankreich brachte.

»Warum hast du dich nicht anwerben lassen, als du noch in New York warst?«, fragte ich.

»Das habe ich versucht. Aber meine Eltern wollten nicht, dass ich eingezogen wurde – und damit riskieren, dass ihr einziger Sohn getötet wurde. Mein Vater schickte einen Brief an einen einflussreichen General. Darin stand, dass mein Herz ungewöhnliche Geräusche machen würde, die man ernst nehmen müsse. Unterschrieben war der Brief von einem bekannten Arzt. Somit hatte ich keine Chance, zum Militär zu kommen.«

»Hast du wirklich diese Herzgeräusche?«

»Das bezweifle ich sehr.«

»Warum bist du dessen nicht sicher?«

»Mein Vater lässt Lügen wie eine Wahrheit erscheinen. Selbst wenn mit meinem Herz alles in Ordnung wäre, würde es der Arzt mir nicht sagen, sollte ich ihn danach fragen.«

Als er mich eines Nachmittags ins Haus von Zinnober zurückbrachte, fragte er, ob ich noch freie Abende hätte. Ich hatte die Anzeichen für diese Frage in seinen Augen gesehen. Die Zeit war gekommen, und ich war traurig, dass wir unsere Freundschaft gegen Geschäftliches austauschen würden. Er wusste, dass ich an den Abenden immer für Feiern gebucht war und dass ich Kunden hatte, die ich in mein Boudoir einlud. Er hatte genügend Geschenke gemacht, um bevorzugt behandelt zu werden. »Ich kann dir jeden Abend reservieren, den du gern hättest«, sagte ich.

»Wunderbar!«, erwiderte er. »Ich möchte mit dir in ein Theaterstück gehen, das der American Club aufführt.«

Irgendwie war ich enttäuscht.

Am ersten warmen Frühlingstag, zwei Monate nachdem wir uns kennengelernt hatten, fuhren wir zum Berg des Himmlischen Pferdes, südwestlich von Shanghai. Der Berg war nicht hoch, aber er breitete sich weit über das Land aus, anmutig umrandet von grünen

Bäumen, Sträuchern und wilden Blumen. Edward wollte mit mir zu einer Stelle spazieren, wo wir durch eine tunnelähnliche Höhle in eine andere Welt gelangen würden. Er war schon einmal allein dorthin gegangen. Als wir loszogen, dachte ich an das Gedicht, das er aufgesagt hatte, als wir uns das erste Mal getroffen hatten.

Nicht ich noch irgendwer kann diese Straße wandern für dich,
Du musst sie selbst gehen.
Sie ist nicht weit, sie ist in erreichbarer Nähe,
Vielleicht warst du auf ihr seit deiner Geburt und wusstest es nicht,
Vielleicht ist sie überall, zu Wasser und zu Lande.

Diesmal fühlte ich mich nicht quälend einsam. Ich war an der Seite eines Freundes, was mich gelassen stimmte. Gemeinsam schlugen wir uns durch einen Wald aus Bambus, Weißeichen und Sonnenschirmbäumen, der zudem mit Sträuchern und duftendem wilden Jasmin zugewachsen war. Als der Pfad schmaler wurde, ging ich hinter Edward her. Er trug einen Rucksack, und sein braunes, ledernes Notizbuch lugte oben heraus. Ich beobachtete, wie er sich mit langen Schritten fortbewegte. Der Weg wurde immer steiniger und steiler. Die Wanderung war anstrengender geworden, als ich gedacht hatte. Ich zog meine kurze Jacke aus. Die Bluse war bereits durchgeschwitzt. Mein Rock war schwer und störte. Als wir schließlich die Höhle erreichten, schlug ich vor, eine Rast zu machen. Wir setzten uns auf Felsblöcke und aßen unsere mitgebrachten Brote. Beim Verzehren dieser sah ich sein Reisetagebuch neben seinem Rucksack liegen und langte danach.

»Darf ich?«

Zuerst zögerte er, dann nickte er. Ich schlug es dort auf, wo sein Bleistift steckte. Er hatte eine schöne, gleichmäßige Handschrift, die einen sicheren Rhythmus verriet, als hätte er nie gezögert, seine Worte niederzuschreiben.

Als die Reisfelder überflutet wurden und sich die Straßen in träge Schlammflüsse verwandelten, sanken unsere Lastenträger – Menschen und Maultiere gleichermaßen – ein und steckten fest. Die Kutscher fluchten. Ich saß immer noch auf dem Wagen und sah, dass sich eine Holzplanke seitlich gelöst hatte, da begann der Wagen zu sinken. Sofort machte ich einen Plan. Die Holzplanke war gut anderthalb Meter lang, und ich legte sie auf den Schlamm. Ich wollte auf ihr bis zum anderen Ende gehen, sie herumdrehen wie einen Uhrzeiger und dann meinen Weg fortsetzen, bis ich das Maultier erreicht hätte. War das geschafft, wollte ich die Planke vor das Tier legen und ihm gut zureden, damit es den ersten Schritt tat. War erst ein Fuß befreit, hätte es genügend Schwung, um sich herauszuziehen.

Als ich auf das Brett stieg, hielt einer der Kutscher die Hände hoch und bedeutete mir, stehen zu bleiben. Ich ignorierte ihn. Mit skeptischer Miene sahen sie mir zu. Sie steckten die Köpfe zusammen und grinsten. Man musste kein Chinesisch können, um zu wissen, dass sie sich über mich lustig machten.

Ich tat den zweiten Schritt, dann den dritten. Mein Plan war großartig. Was für ein schlauer Kerl ich doch war! Mit der Findigkeit eines Yankee. Leser, ich bin mir sicher, dass du klüger bist als ich, denn du ahnst, was gleich passieren wird. Als ich in die Knie ging, um das Brett herumzudrehen, hörte ich plötzlich ein lautes Schmatzen. Danach kippte ich vornüber in den Schlamm und bekam einen ordentlichen Schlag auf den Hinterkopf. Auf diese Weise sollte ich endlich begreifen, den Rat eines Chinesen nicht noch einmal zu ignorieren.

Ich hatte beim Lesen die ganze Zeit gelacht, und ich merkte, wie er sich darüber freute. »Dummheit muss in aller Deutlichkeit geschildert werden«, sagte er.

Ich blätterte um, weil ich weiterlesen wollte, aber er schnappte sich das Buch.

»Ich würde es dir gern später vorlesen, wenn wir die Orte besuchen, die meine Worte inspiriert haben.«

Ich freute mich, dass er von zukünftigen Unternehmungen

sprach. Es gab noch viele Seiten, die zu lesen waren. Nachdem wir fertig gegessen hatten, nahm er meine Hand, und wir betraten die dunkle Höhle. Die Kühle im Inneren durchdrang meine verschwitzten Kleider. Nach einer Weile konnte ich Edward nicht mehr erkennen, obwohl er an meiner Seite war. Er musste meine Beklemmung gespürt haben, denn er drückte meine Hand. Mit gleichmäßigen Schritten ging er weiter, und ich war froh, dass ich mich auf ihn verlassen konnte. Ich fühlte mich in Sicherheit, empfand Vertrauen zu ihm, all das, wonach ich mich immer gesehnt hatte. Am liebsten wäre ich auf der Stelle stehen geblieben und hätte in der Dunkelheit nur Edwards Hand gehalten. Aber wir setzten unseren Weg fort, und bald kamen wir zu einer Öffnung, durch die ein warmes, grünliches Licht drang. Wir traten hinaus in einen schönen und lichten Bambuswald. Das war die andere Welt, ein friedlicher Ort, viel hübscher als das von Sex verdorbene Land Pfirsichblütenfrühling. Wir liefen weiter über einen rutschigen Pfad. Er flocht seine Finger noch fester um meine. Seine Hand war warm. »Vorsicht«, sagte er gelegentlich. Der Waldboden war dicht zugewachsen, ich konnte keinen Weg mehr erkennen. Ich war fest davon überzeugt, dass Edward uns sicher zurückbringen würde. In diesem Moment erfüllte mich Sehnsucht nach ihm. Das war nichts Sexuelles. Ich wollte das körperliche Wohlgefühl einer Umarmung. Ich wollte mich beschützt fühlen. Meinen Körper herzugeben, war für mich die einzige Art, meine Bedürfnisse auszudrücken. Doch sobald ich das getan hatte, war das kurze Gefühl der Geborgenheit, das der Mann vermittelt hatte, mir sehr bald schäbig vorgekommen. Es wurden nur sexuelle Bedürfnisse befriedigt, und am Ende fühlte ich mich einsamer denn je. Goldtaube hatte mich davor gewarnt, mein Herz nicht aus Bitterkeit zu verschließen. Loyalty hatte mir gesagt, ich solle Liebe und Freundlichkeit annehmen, wenn sie mir angeboten wurden. Hatte mir jemals jemand Liebe schenken wollen? Er behauptete es. Bedeutete ein Vertrag Liebe? Bedeutete Unbeständigkeit Liebe? Vielleicht gab es die Art von Liebe gar nicht, die ich mir wünschte. Vielleicht erwartete ich zu viel von der Liebe, und es gab niemanden, der mein unstillbares Verlangen danach befriedigen konnte. Ganz gewiss würde ich sie nicht bei einem Vagabunden finden, der für niemanden Verantwortung übernehmen wollte. Und doch sehnte ich mich nach seiner Umarmung.

»Es ist kühl im Schatten«, sagte ich fröstelnd. Das war keine Lüge.

»Ist dir kalt?«

»Könntest du mich umarmen, um mich zu wärmen?«

Ohne Zögern umschlang er mich. Ich legte das Gesicht an seine Brust. Wir standen in dem grünlichen Licht, ruhig und schweigend. Sein Herz schlug schnell. Ich spürte seinen warmen Atem im Nacken. Sein steifer Penis drückte gegen mich.

»Violet«, sagte er. »Ich glaube, du weißt, wie glücklich du mich machst.«

»Ja. Und ich bin auch glücklich.«

»Ich will für immer dein Freund sein.« Er unterbrach sich und schwieg. Sein Herz schlug schneller. »Violet, ich habe dir etwas vorenthalten, weil ich nicht möchte, dass du glaubst, meine Gefühle für dich als Freundin wären nicht echt. Aber jetzt hast du mir erlaubt, dich zu umarmen, und ich muss dir sagen, dass ich dich auch begehre.«

Ich war benommen, wusste, was gleich passieren würde. Ich blieb still stehen. Er hielt mein Gesicht hoch, und offenbar las er darin nicht das, worauf er gehofft hatte.

»Es tut mir leid. Ich hätte mir diese Worte nicht erlauben dürfen.«

Ich schüttelte den Kopf und trat einen Schritt zurück. Er schaute erst verwirrt, dann dankbar, als ich mir Bluse und Mieder aufknöpfte, sodass meine Brüste zu sehen waren. Er küsste mich auf beide Brüste, dann auf Mund und Augenlider. Danach umarmte er mich noch einmal. »Du machst mich so glücklich«, wiederholte er. Wir gingen tiefer in den Wald hinein, und als wir einen alten Baum mit einem dicken Stamm entdeckten, der sich seitlich neigte, gingen wir rasch darauf zu. Er lehnte mich sanft gegen den Baum und hob meine Röcke an.

Unser Liebesakt war einfach und notwendigerweise kurz, aufgrund der Tatsache, dass wir nur ein aufrecht stehendes Baumbett hatten, das wir mit Ameisen teilten. Kein wildes Begehren machte mich kopflos, wie ich es mit Loyalty erlebt hatte. Ich war beschwingt, weil unsere Freundschaft, die uns beiden so viel wert war, unversehrt die Schwelle zur Intimität überschritten hatte. Wir hatten dasselbe Bedürfnis gehabt. Wir ließen die Einsamkeit nur zu gern hinter uns. Wir waren glücklich, uns gegenseitig glücklich zu machen.

Auf dem Heimweg unterhielten wir uns ausgelassen über Orte, die wir zusammen besuchen wollten, darüber, was wir bei Sonnenaufgang und Sonnenuntergang empfanden, die Erwartungen an den neuen Tag, die Träumereien in der Dämmerung. Oft fielen wir uns dabei gegenseitig ins Wort. Aber als wir vor dem Haus von Zinnober standen, änderte sich unsere Stimmung. Wir waren beide verlegen. Es wurde Abend, und ich würde mich auf die Feiern vorbereiten müssen. Ich würde wieder zu einer Kurtisane werden, auf deren Aufmerksamkeiten und Gefälligkeiten im Bett die Kunden warteten. Ich beschloss, dass es an diesem Abend keine Freier geben würde.

»Kannst du später zu mir kommen?«, fragte ich. »Ich muss auf die Feiern gehen, aber ich werde allein bleiben.«

In dieser Nacht prägte er sich die Geografie meines Körpers ein: den zu- und abnehmenden Umfang meiner Arme und Beine, die Entfernung zwischen zwei geliebten Stellen, die Höhlungen, die Grübchen, die Kurven, die Tiefe unserer Herzen, die wir aneinanderdrückten. Wir vereinigten und trennten uns, damit wir uns voller Freude in die Augen schauen konnten, bevor wir wieder übereinander herfielen. Ich schlief eng an ihn gedrückt, er schlang die Arme um mich. Zum ersten Mal in meinem Leben hatte ich das Gefühl, wirklich geliebt zu werden.

Mitten in der Nacht spürte ich ein Beben. Ich wandte mich um. Er weinte.

»Ich habe so Angst, dich zu verlieren«, sagte er.

»Warum solltest du jetzt Angst davor haben?« Ich strich ihm über die Stirn und küsste sie.

»Ich möchte, dass unsere Liebe so tief ist, dass uns ihre Fülle schmerzt.«

Er hatte die Art von Liebe beschrieben, von der ich mittlerweile beinahe sicher war, dass es sie nicht gab, außer in dem spirituellen Zwilling meines eigenen Ichs.

Er wurde still, dann holte er tief Luft, stieg aus dem Bett und zog sich an.

»Gehst du?«

»Ich bereite mich darauf vor, dass du mich bittest, diesen Raum zu verlassen.« Er setzte sich auf einen Holzstuhl und vergrub das Gesicht in den Händen. Dann sah er mich wieder an und sagte mit hohler Stimme: »Ich bin beschädigt, Violet. Meine Seele ist beschädigt, und wenn sich unsere Seelen vereinigten, würde ich dich beschädigen. Es gibt da etwas, das du wissen solltest. Ich habe es noch nie jemandem erzählt. Aber wenn ich es dir verheimliche, würde ich mir niederträchtig vorkommen, weil ich deine Liebe angenommen habe. Sobald du aber erfährst, was ich verberge, würde es deine Seele vergiften. Das kann ich doch nicht zulassen! Ich liebe dich viel zu sehr.«

Sofort errichtete ich den alten Schutzwall um mein Herz und wartete. Ich wollte so gern glauben, dass nichts, was er sagen würde, so schlimm war, wie er meinte.

Er blickte mir ins Gesicht. »Ich habe dir erzählt, dass meine Familie reich ist. Ich wuchs privilegiert auf, wurde verwöhnt. Meine Eltern und Großeltern gaben mir alles, was ich haben wollte. Ich musste nie Verantwortung für etwas übernehmen. Sie taten so, als könnte ich nie etwas Falsches anstellen. Ich mache ihnen keine Vorwürfe für das, was ich später getan habe. Im Alter von zwölf Jahren hatte ich ein eigenes Gewissen. Ich hätte mich entscheiden können, das Richtige oder das Falsche zu tun.

Es passierte an einem schönen Sommertag. Ich war mit meinen Eltern in den Bergen unterwegs, wir wollten zu einer Stelle, die

Inspiration Point heißt. Von dort aus hat man einen guten Blick auf die Haines Falls. Mein Vater besaß ein Gemälde von den Wasserfällen. Na ja, er hatte viele Bilder von Wasserfällen, und das von Haines Falls war noch nicht einmal besonders gut. Bei der Ankunft sahen wir, dass der Aussichtspunkt bereits besetzt war. Eine Familie hatte den Platz eingenommen und ein Picknick vorbereitet. Mein Vater fluchte verhalten. Er konnte sich nicht dort niederlassen, von wo aus er die Wasserfälle betrachten wollte. Das war eine flache Felszunge, in sicherer Entfernung vom Abgrund. Der Mann und die Frau grüßten uns. Sie hatten einen Sohn ungefähr in meinem Alter und ein Mädchen von sechs oder sieben Jahren. Die Kleine hatte eine große Porzellanpuppe neben sich sitzen, die genauso aussah wie sie – das gleiche blaue Kleid und blonde Locken.

Ich hatte schon immer mit großem Vergnügen Streiche gespielt und anderen einen Schrecken eingejagt. Ich genoss es, wenn sie litten. An diesem Tag schnappte ich mir die Puppe des Mädchens und warf sie hoch in die Luft. Wie erwartet kreischte das Mädchen, dabei fing ich die Puppe rechtzeitig auf. Es war nichts passiert. Die Kleine war erleichtert und kam auf mich zu, um ihre Puppe zu holen. Ich warf sie wieder in die Luft. Abermals bat sie mich, ganz außer sich: ›Lass sie nicht fallen! Sie geht kaputt!‹ Sie fing an zu weinen. Ich wollte gerade aufhören, da stand der Junge auf und schrie mich an: ›Lass sofort ihre Puppe los!‹ Mich hatte noch nie jemand herumkommandiert. Ich antwortete: ›Und wenn nicht?‹ – ›Dann verpasse ich dir ein blaues Auge und eine blutige Nase.‹ Das Mädchen schrie nun: ›Gib sie zurück!‹ Jetzt drohte mir der Vater, ich verstand ihn aber nicht. Die ganze Aufregung veranlasste mich nur, einfach weiterzumachen. Ich rief: ›Wenn einer von euch auch nur einen Schritt näher kommt, lasse ich die Puppe auf den Felsen fallen.‹ Sie rührten sich nicht. Ich erinnere mich noch an das Gefühl der Macht, sie so bestürzt und hilflos zu sehen. Ich warf die schöne Puppe immer wieder in die Luft. In der Zwischenzeit war mein Vater zu der Stelle gegangen, die die Familie mittlerweile geräumt hatte, und beobachtete von dort aus die Wasserfälle durch sein Fernglas. Der Junge machte einen Schritt auf mich zu, und ich schwang die Puppe an einem Arm, damit sie noch höher flog. Doch da riss der Arm ab. Ich erschrak. Ich starrte den merkwürdigen kleinen Arm an und achtete nicht auf die Puppe in der Luft, bis ich den Jungen auf mich zurennen sah, das Gesicht nach oben gerichtet, die Arme ausgestreckt, damit er die Puppe auffangen konnte.

Ich habe noch ganz genau vor Augen, was als Nächstes passierte: Die Puppe fiel mit dem Kopf voran nach unten. Das Mädchen hatte vor Entsetzen den Mund weit aufgerissen. Der Junge machte ein wildes, heldenhaftes Gesicht. ›Ich fange sie!‹, rief er seiner Schwester zu, immer noch nach oben blickend. Doch die Puppe fiel diesmal nicht dort herunter, wo ich sie zuvor aufgefangen hatte. Wahrscheinlich war sie wegen des abgerissenen Arms ein Stück weiter nach rechts geschleudert worden, auf den Abgrund zu. Sie fiel an der Felskante vorbei in die Tiefe. Der Junge schaffte es, an der Kante stehen zu bleiben, seine Arme flatterten wie Hühnerflügel. Ich hoffte inständig, er würde nach hinten kippen und sich in Sicherheit bringen können. Doch stattdessen stürzte er nach vorne und gab einen schrecklichen Laut von sich – es war ein Stöhnen, das aus seinem Innersten kam. Dann war er verschwunden, und man sah nur noch den klaren blauen Himmel.

Der Vater des Jungen rief scharf: ›Tom!‹, als wolle er dem Jungen befehlen zurückzukommen. Seine Mutter rief: ›Tom?‹, als wolle sie fragen, ob er verletzt sei. Das kleine Mädchen schrie: ›Tommy! Tommy! Tommy!‹ Ich musste seinen Namen so oft hören. Seine Mutter und sein Vater liefen zur Felskante. Ich weiß nicht, ob er noch fiel und ob sie das sehen konnten. Sie riefen wieder und wieder seinen Namen, immer lauter und mit immer höheren Stimmen. Ich zitterte. Ich hoffte, dass unter dem Felsen ein weiterer Vorsprung war, dass er noch lebte. Langsam ging ich auf die Felswand zu. Aber mein Vater packte mich am Arm und führte mich weg, und meine Mutter war sofort bei uns. Als der Mann uns sah, brüllte er: ›Halt! Bleiben Sie stehen! So kommen Sie nicht davon!‹ Mein Vater drehte sich nicht um. Er rief: ›Er hat nichts Falsches getan.‹ Er schob mich vorwärts, damit ich schneller ging. Meine Mutter sagte zu mir: ›Es war ein Unfall.‹ Mein Vater fügte hinzu: ›Wer läuft denn auch auf einen Abhang zu, ohne hinzuschauen?‹ Und dann hörte ich die Frau heulen: ›Mein Junge, mein Junge! Er ist weg! Er ist tot!‹ Da wusste ich es. Mein Vater musste mich nicht mehr vorwärtsdrängen. Ich rannte, so schnell ich konnte.

Zu Hause wurde kein Wort mehr darüber verloren, was passiert war. Alles lief weiter wie zuvor. Aber ich spürte, dass sie noch darüber nachdachten. Ich ging in mein Zimmer und übergab mich. Ich hatte Angst, weil ich ständig das Bild von dem Jungen vor Augen hatte, wie er nach vorne kippte. Ich hörte ständig das Mädchen, das ihn rief – Tommy! Tommy! –, sodass er in meinem Kopf gleichzeitig lebendig und tot war. Er war tot, und ich lebte, aber ich war böse. Zwei Tage später sah ich, wie mein Vater eine Seite aus der Zeitung ausriss, sie zerknüllte und in den Kamin warf. Er zündete sie an, schaute aber nicht mehr zu, wie sie verbrannte. Er ging einfach weg, genau wie er von dieser Familie und dem, was ich getan hatte, weggegangen war. Er hatte an dem Aussichtspunkt gestanden, von dem aus er beobachtet haben musste, wie der Junge fiel. Wie konnte es ihn so wenig berührt haben, was er gesehen hatte? Er sagte nichts, und ich sagte auch nichts. Ich hasste mich dafür, dass ich nichts sagen konnte. Er hatte mich vor der Schuldzuweisung bewahrt, und ich war ein Feigling, weil ich das zugelassen hatte. Nie habe ich auch jemandem gestanden, was ich getan habe.

Dreizehn Jahre lebe ich jetzt damit, und ganz egal, wohin ich flüchte, die Erinnerung an diesen Vorfall ist immer bei mir. Es ist, als wäre dieser Junge mein ständiger Begleiter. In meiner Vorstellung sieht er mich an, ganz ruhig. Er wartet darauf, dass ich zugebe, ihn getötet zu haben. Im Geiste gestehe ich ihm, dass es meine Schuld war, dass ich grausam war. Er vergibt mir aber nicht. Er will, dass ich es allen erzähle, und das muss ich auch, aber ich kann es nicht. Jeden Tag verfolgen mich die Erinnerungen – da ist der klare blaue Himmel, ein kleines Mädchen, die Zeitung auf dem Tisch, da sind die Bilder von den Wasserfällen. Ich glaube nicht, dass es ein Unfall war. Ich wollte gemein sein. Ich habe das provoziert und es niemals zugegeben, dass es so war.«

Seine Augen kamen mir vor, als wäre kein Leben mehr in ihnen. Als er fertig mit seiner Erzählung war, stand ich auf der anderen Seite des Zimmers.

Ich stellte mir den Jungen vor. Ich war zu dem kleinen Mädchen geworden, das mit ansieht, wie seine Puppe und sein Bruder verschwinden. Sein Geständnis machte mich krank. Ich hatte zugelassen, dass ich ihm vertraute, und dieses Vertrauen war zu einem Gift in meinem Kopf geworden.

»Verdamme mich«, sagte er.

»Übertrage diese Last nicht auf mich«, erwiderte ich. Ich fröstelte, plötzlich war mir kalt. »Das Mädchen ist dein Richter. Suche sie.«

»Das wollte ich. Ich habe nach dem Zeitungsartikel geforscht. Ich habe Anwohner aus der Gegend befragt.«

Edward zog sich seinen Mantel an und sammelte seine Sachen zusammen. Wie würde es mit uns weitergehen? Er ließ mich mit einem Geständnis zurück. Er hatte mir sein Geheimnis anvertraut, und ich wünschte, er hätte es nie getan. Eigentlich hatte er nur das Mädchen ärgern wollen, der Tod des Jungen war trotzdem seine Schuld. Was er beabsichtigt hatte, war schlimm genug – zeigte seinen Egoismus, seine Missachtung anderer. Meine Mutter wollte nach San Francisco, um ihren Sohn zu sehen. Sie hatte vielleicht nicht vorgehabt, mich zurückzulassen. Vielleicht aber doch. Am Ende kam es auf dasselbe heraus, und sie musste die Verantwortung dafür allein tragen. Ganz egal, welche Ausrede sie hatte, auf welche Weise sie auch hereingelegt worden war, das minderte ihre Schuld nicht. Man musste sich dazu nur mein Leben ansehen. Ich konnte nicht mehr das Mädchen sein, das ich einst war, genauso wenig wie das Mädchen mit der Puppe es konnte. Ich würde mich immer hintergangen fühlen. Edward würde stets daran Schuld tragen, und so sollte es sein. Opfer und Schuldiger. Wir beiden litten unter einer Verletzung der Seele, und nur zwei versehrte Menschen konnten verstehen, was das bedeutete.

Er fragte, ob er gehen solle. Ich schüttelte den Kopf. »Ach, Edward«, sagte ich. »Und jetzt?« Ich ließ es zu, dass er mich umarmte. Seine Brust hob und senkte sich. Er wollte eine Liebe, die so groß war, dass uns ihre Fülle schmerzte. Mein Schmerz war es, dass ich wusste, sie würde weniger werden.

Während der nächsten Tage sprachen Edward und ich über unsere Verletzungen. »Ich hatte Wutanfälle«, erzählte ich ihm. »War ich gefangen in meinem Zorn, konnte ich mich nicht von ihm befreien, und mein ganzer Körper war voller Gift. Warum endet die Liebe so früh, und warum dauert der Hass endlos an?«

»Konntest du jemals hassen, ohne dass es dir wehtat?«, fragte er. »Gibt es keine Linderung? Könnte meine beständige Liebe dich nicht mit anderen Gedanken besetzen, sodass kein Platz für Wut mehr wäre?«

Edward fragte, ob ich ihm genügend vertrauen könnte, um die Welt der Kurtisanen zu verlassen und mit ihm zusammenzuleben. Er hatte um das gebeten, was ich mir schon so lange gewünscht hatte. Trotzdem war ich noch nicht darauf vorbereitet, ein Leben in Ungewissheit gegen ein anderes auszutauschen, das ähnlich unbestimmt war. Er war schon einmal rücksichtslos mit den Herzen und dem Leben anderer Menschen umgegangen. Statt darauf zu vertrauen, dass er mich beschützen würde, machte es mich schwach, dass ich ihn brauchte. Ich brauchte Ehrlichkeit, und ich hatte Angst vor seinem nächsten Geständnis. Ich musste mich voll und ganz auf ihn verlassen können, aber ich wurde meine Zweifel nicht los. Statt ihn einfach zu lieben, hielt ich mich zurück, konnte mich nicht einfach meinen Gefühlen überlassen.

In den kommenden Wochen gab ich langsam meiner Sehnsucht nach, mich der Liebe zu öffnen. Er beichtete mir jeden Fehler, den er je begangen hatte, um mir zu beweisen, dass er nichts vor mir geheim halten wollte. Nach seinen Offenbarungen blieb er für sich. In seinem Kopf tobten Stürme, genau wie bei mir, aber er selbst war so immens mit Schuld beladen, dass er fürchtete, wahnsinnig zu werden. Er hatte seine Vergehen niemals einem anderen Menschen gegenüber geäußert. Als seine Eltern Hauslehrer anstellten, die ihm seine Schulaufsätze schreiben sollten, ließ er das zu. Als er Minerva kennenlernte, schlief er mit ihr, ohne viel für sie zu empfinden. Er war bei Prostituierten. Er hatte Phasen, in denen er trank. Er masturbierte. Darüber musste ich lachen. Ich wiederum vertraute ihm an, wie einsam ich mich als Kind gefühlt hatte, welche schreckliche Angst ich gehabt hatte, dass ich halb chinesisch sein könnte. Ich erzählte ihm, wie mein Vater Emotionen in meiner Mutter ausgelöst hatte, die ich nie zuvor an ihr beobachtet hatte, von meinem Schrecken, als ich entdeckte, dass sie einen Sohn hatte, der ihr wichtiger war als ich. Ich sprach von ihrer Herzlosigkeit, weil sie mich in die Hände ihres Liebhabers gegeben hatte, eines Mannes, dem sie nicht hätte trauen dürfen und der sich schließlich als Tier entpuppte, das seine eigene Mutter fressen würde. Ich sprach von jenen Phasen, als ich noch glaubte, dass meine Mutter zurückkehren würde, und wie ich immer zwischen Hass und Hoffnung hin und her gerissen war, bis ich aufgab, und alles, was noch blieb, Hass war.

Er tröstete mich. Er wollte meine Traurigkeit und meine Wut verstehen. Aber wie kann jemand wirklich das Leid eines anderen Menschen begreifen, wenn er nicht gespürt hat, wie die Wunde beigebracht wurde, wenn er nicht den Moment erlebt hat, in dem das Vertrauen starb? Er konnte die Zeit nicht zurückdrehen und als Kind in meinen Kopf wohnen, als mein Herz noch unschuldig war und mich immer wieder die Ungewissheit packte, einen langen Tag nach dem anderen, eine lange Nacht nach der anderen. Wie konnte er jemals wirklich erfassen, wie es war, die Liebe fortziehen zu sehen wie einen Schwarm Zugvögel, sodass nur das Entsetzen darüber blieb, dass man nie geliebt worden war? Er spürte nur meine Schwermut, nur die Nachwehen des Erlebten. Das hätte vielleicht genügt, hätte ich nicht sein Geständnis vernommen. Jetzt existierten Vorbehalte, es gab kein blindes Vertrauen mehr. Unsere Liebe würde nie wachsen, indem wir uns mehr von uns selbst schenkten. Unsere Liebe würde aus Trost bestehen, aus unserer Gemeinschaft und dem vorsichtigen Heilen von Wunden.

Ich ging weiterhin auf Feiern und bezirzte Männer, die womöglich meine Freier werden konnten. Ich war eine gute Schauspielerin, gefangen im Zwiespalt zwischen Liebe und Notwendigkeit. Loyalty kam gelegentlich zurück und versuchte, wie er es nannte, die besseren Tage wieder aufleben zu lassen. »Soll ich es jetzt bedauern, dass ich dich dem Amerikaner vorgestellt habe?«

Die Feuchtigkeit und Hitze des Juni senkten sich herab, sodass ich mich schwer und lustlos fühlte. Ich holte meine leichten Kleider hervor. Eines war zu abgetragen, um es noch auf eine Abendgesellschaft anzuziehen, aber für träge Nachmittage war es gut genug. Ich schlüpfte hinein. Wie merkwürdig: Ich bekam die Schnallen des Mieders nicht zu. Hatte ich so viel zugenommen? Vielleicht lag es an dem eingelegten Salzgemüse, das ich gern gegessen hatte. Ich betrachtete meine Brüste. Die Brustwarzen waren größer geworden. Ein Gedanke folgte auf den anderen. Ich dachte daran, wann ich meine letzte Monatsblutung gehabt hatte: vor sieben Wochen, kurz vor einer großen Feier. Oder waren es acht? Kürzlich hatte ich mich beim Koch beschwert, er hätte verdorbenes Essen serviert, von dem mir schlecht geworden wäre.

Ich war schwanger. Zauberkürbis redete von einer Schwangerschaft, als wäre das eine Geschlechtskrankheit, die man sich von Männern holte. Das war Edwards Kind, mein Kind, und ich würde diesem Kind Liebe, Vertrauen und völlige Hingabe schenken. In dem Augenblick, in dem ich das dachte, wusste ich, dass es ein Mädchen sein würde. Ich sah meine Tochter vor mir, wie sie zum ersten Mal die Augen aufschlug. Sie waren grün, eine Mischung zwischen meinen grünen und Edwards haselnussbraunen Augen. Ich stellte sie mir mit vier vor, wie sie neben mir im Park herlief, auf Vögel und Blumen zeigte und mich fragte, wie sie hießen. Dann war sie sechs und las mir aus einem Buch vor. Sie war zwölf, lernte

Geschichte und Rhetorik und nicht, wie man einen Mann verführte. Ich stellte sie mir mit zwanzig vor, in meinem Alter, mit Männern, die versuchten, ihre Gunst zu erlangen – nicht um sie zu deflorieren oder mit ihr in einem Boudoir ins Bett zu gehen, sondern um ihr einen Heiratsantrag zu machen. Vielleicht würde sie auch nicht mit zwanzig heiraten, vielleicht sogar nie. Sie würde das Familienunternehmen der Ivorys leiten. Sie wäre Edwards einzige Erbin. Dieses kleine Mädchen würde Chancen im Übermaß haben. Aus ihr würde werden, was aus mir hätte werden sollen.

Als ich Zauberkürbis erzählte, dass ich schwanger sei, heulte sie und wollte sich meinen Bauch anschauen.

»*Ai-ya!* Hast du nicht die kleinen Kräuterbeutel in dich reingesteckt? Hast du nicht die Suppe getrunken? Oder hast du das gar absichtlich gemacht? Weißt du, in was für Schwierigkeiten du uns damit bringst? In der wievielten Woche bist du? Sag mir die Wahrheit. Wenn es weniger als sechs sind, kann ich dir noch die Kräuter einführen …«

»Ich will das Kind.«

»Was? Du willst aussehen, als würden dir eine Wassermelone im Bauch und zwei Wintermelonen als Brüste wachsen? Bald reicht dein Bauch bis hier, und nicht einmal ein Mann mit dem Schwanz eines Pferdes würde es schaffen, deine teure Pforte zu erreichen. *Ein Kind!* Welcher Mann will eine Frau mit triefenden Brüsten? Du verlierst deine Freier, dein Geld, deine Stellung im Haus, und bald fliegst du raus und endest als Hure …«

»… in einem schmutzigen Verschlag, wo ich die Beine für Hunde und Rikschafahrer breitmache. Das musst du mir nicht mehr erzählen.«

»Gut. Jetzt bist du wieder vernünftig geworden. Ich rufe eine Frau, die sich schon bei vielen um dieses Problem gekümmert hat. Und hör bloß nicht auf diese Mädchen vom Land, die dir erzählen, du sollst Kaulquappensuppe trinken. Das ist ein Rezept für Zwillinge.«

»Das Kind ist von Edward. Ich will es behalten.«

»*Wah!* Von Edward? Was macht das für einen Unterschied? Du kennst ihn erst seit vier Monaten, und jetzt willst du für einen verdorbenen Amerikaner, der seine Frau verlassen hat, deine Figur ruinieren und dein Leben wegwerfen? Hast du denn nicht oft genug erfahren, dass die Treue eines Mannes nicht länger als ein paar Verträge anhält? Sieh dir doch nur Loyalty an! Er hat gesagt, er kann nicht ohne dich leben. Er hat gesagt, du kennst ihn besser, als er sich selbst kennt. Er war vier Saisons lang dein Patron, dann kam er eine Nacht hier, zwei Nächte da, dann hat er noch eine Saison mit dir verbracht, dann kam er wieder eine Nacht hier, eine Nacht da, und jetzt heißt es *Wie geht's?* und *Bis später.* Du hast ihn geliebt, Violet. Du hast lange gebraucht, bis die Wunden verheilt waren. Und jetzt liebst du Edward, der seiner Frau gegenüber die Treue gebrochen hat.«

Ich bereute es, ihr diesen Teil von Edwards Geständnis erzählt zu haben. Das hatte ich nur getan, um ihr klarzumachen, dass er für eine Heirat nicht in Frage kam.

»Wie sieht es wohl in einem Jahr aus – oder in fünf –, wenn du weder dein jetziges Aussehen noch Freier hast? Und woher weißt du, dass das Kind von ihm ist? Was ist, wenn dein Baby mit schwarzen Haaren geboren wird und *wah-wah* auf Chinesisch schreit? Ist dein Edward so dumm zu glauben, dass er der Einzige ist, der Samen in dich hineinschießt?«

»Kein anderer Mann kommt als Vater in Frage«, sagte ich.

»Unsinn. Letzten Monat warst du noch mit Auspicious Liang zusammen. Wahrscheinlich warst du auch bei ihm zu faul, die Kräutersäckchen zu verwenden. Oder habt ihr euch nur gegenseitig Gedichte vorgetragen und den Mond angeschaut?«

»Wir haben andere Sachen gemacht. Er kann unmöglich der Vater sein.«

»Und wer soll sich um deinen jaulenden Yankee-Bastard kümmern? Geh bloß nicht davon aus, dass ich für deine Spinnerei hier die Amah spiele.«

»Ich stelle eine Amah ein. Ich will mit Edward zusammenleben. Er hat mich längst gefragt, bevor das passiert ist.«

»Hast du es ihm schon gesagt?«

»Ich mache es heute Abend.«

Zauberkürbis lief im Zimmer hin und her und führte Selbstgespräche: »*Ai-ya!* Kleine Violet, warum bin ich allein für die ganzen Sorgen zuständig? Natürlich will er, dass du mit ihm zusammenlebst. Warum soll er zahlen, wenn er dich auch umsonst bekommen kann? Du darfst niemals auf die Standhaftigkeit eines Mannes vertrauen. Wenn du dich von einem einzigen Mann abhängig machst, kannst du dich gleich einer Katastrophe ausliefern. Edwards Leben ist wie Seegras, das ziellos im Wasser herumtreibt. Er hat keinen Plan. Vielleicht treibt es ihn ja bald wieder nach Amerika zurück. Violet, wenn du dieses Haus verlässt, kann es sein, dass du nicht mehr zurückkehren kannst, wenn du deinen Fehler erkannt hast. Du bist zwanzig. In diesem Alter vergeht jedes Jahr schneller als das letzte. Und die Männer, die dich wollen, wenn du älter bist, sind oft die brutalen, die billigen Typen.«

Ein Mädchen gab Bescheid, dass mein Badewasser fertig war. Ich verschwand hinter dem Wandschirm und tauchte rasch in das Wasser ein. Ich würde entscheiden, was ich mit meinem Leben anfing, und nicht Zauberkürbis. Und ich hatte bereits entschieden, dass ich das Kind wollte. Doch sobald ich mir das gesagt hatte, bekam ich Angst. Die Befürchtungen von Zauberkürbis nahmen Gestalt an. Edward behauptete, er würde mich lieben. Aber sie hatte recht. Als Junge war er grausam und achtlos gewesen. Vielleicht war er so auf die Welt gekommen, und sein wahres Ich würde sich erst später mir gegenüber offenbaren. Vielleicht hatte er noch andere Geheimnisse, von denen er mir bislang nichts erzählt hatte. Auch gab es vieles, was er nicht über mich wusste – wie viele Männer mein Bett besucht hatten und was ich alles mit ihnen gemacht hatte. Womöglich lagen wir eines Nachts beieinander, und er würde sich plötzlich aufsetzen und fragen: »Wo hast du das gelernt? Wer ist schon alles in den Genuss deiner Talente gekommen? Was kannst du noch?« Die Wahrheit würde ihn schockieren und abstoßen. Sie könnte ihn so erschüttern, dass seine grausame Seite wieder zutage trat. Vielleicht würde er sich auch der Religion zuwenden. Das taten viele Amerikaner, wenn sie mit Kummer und Elend konfrontiert wurden. Vielleicht würde er, der verlorene Sohn, auch zu seiner Familie zurückkehren, wenn er pleite war. Sie würden ihn mit Geld locken, und er würde bei seiner Frau alles Geschehene wiedergutmachen – und sie würde ihm diesmal tatsächlich ein Kind schenken. Er wäre dann bei seinen Leuten, ein reifer Mann in seiner Gesellschaft. Sein Glück würde größer sein als das, was er jetzt mit mir empfand.

Ich schob diese scheußlichen Gedanken weg. Eine andere Zukunft tat sich vor mir auf. Ein Schiff. Es würde mich über das Meer bringen, dorthin, wo ich vor sechs Jahren hätte hinfahren sollen. Edward konnte mir ein Visum besorgen. Fairweather hatte gelogen. Meine Geburtsurkunde hatte wahrscheinlich die ganze Zeit über im Konsulat gelegen. Wenn wir schnell genug waren, würde das Baby vielleicht sogar in Amerika geboren werden, und in Amerika würde niemand wissen, was ich in der Vergangenheit getan hatte – außer meiner Mutter. Sie könnte aber unmöglich wissen, dass ich in diesem Land war. Sollte sie doch weiterhin denken, ich wäre in Shanghai gestorben. Aber wo würde ich in Amerika leben? Seine Familie würde mich nicht willkommen heißen.

Ich hatte die selbstgefällige Miene von Zauberkürbis wieder vor Augen. »Da siehst du es. Du passt nicht in diese Welt. Und das wirst du auch nie.« Sie würde das ebenfalls nicht. Was, wenn sie einfach so drauflosredete und damit prahlte, wie gut sie mir die Kniffe einer Kurtisane beigebracht hatte? Ich wäre für die Gesellschaft für immer verloren. Edward würde mich zuerst verteidigen, aber wie groß war seine innere Stärke? Es wäre gefährlich, Zauberkürbis mitzunehmen. Jedenfalls würde man ihr mit keinem Geld der Welt die notwendigen Papiere für die Ausreise nach Amerika beschaffen können. Und selbst wenn ich ihr ein Visum besorgen könnte, würde sie Shanghai niemals verlassen, um unter Fremden zu leben. Sie beklagte sich stets, wenn Edward Englisch mit mir sprach. Das war also eine klare Sache. Sie würde in Shanghai bleiben, und ich würde ihr Geld geben, damit sie sich etwas aufbauen konnte. Vielleicht konnte sie ein paar Zimmer in einem kleinen Haus mieten und eine dankbare jungfräuliche Kurtisane ausbilden. Ich würde dafür sorgen, dass sie es gut hatte. Edward würde dazu beitragen, das zu ermöglichen, dessen war ich mir sicher. Ohne Schuldgefühle haben zu müssen, konnte ich mir jetzt ein Leben ohne Zauberkürbis' endlose lästige Einmischungen vorstellen: ihre Kritik, ihre ungewollten Ratschläge, und noch mehr Kritik, wenn man nicht befolgte, was sie sagte. Ich würde ihre triumphierende Miene nicht sehen müssen, wenn die Gefahren, vor denen sie gewarnt hatte, wirklich eintraten. So schrecklich es sich auch anhörte, es würde eine Erleichterung sein, von ihr befreit zu sein.

Als hätte sie mich gehört, sagte Zauberkürbis: »Ich weiß, dass ich dir mit dem, was ich zu sagen habe, auf die Nerven gehe.« Sie klang müde und traurig. »Du denkst, dass das Baby in deinem Bauch die Leere ausfüllt, die deine Mutter hinterlassen hat. Aber hör mich an, Violet. Du würdest diesem Kind dein Unglück nur weitergeben, und dann würdet ihr beide dieselbe Leere empfinden. Sicher, du willst das nicht hören. Aber ich bin nur ehrlich, und wer sollte dir sonst die Wahrheit sagen?«

Ich gab ihr keine Antwort.

»Wenn du beschließt, das Kind zu bekommen und mit Edward zusammenleben zu wollen, dann sage ich nichts mehr. Es freut mich nicht für dich, aber ich werde immer da sein und dir helfen, wenn du merkst, dass du in Schwierigkeiten steckst, außer ich bin schon draußen auf der Straße zugrunde gegangen.«

Am nächsten Morgen erklärte ich Edward geradeheraus, dass ich schwanger sei. »Das soll keine Last sein, die du zu tragen hast«, sagte ich, »und es gibt nichts, was du entscheiden müsstest, denn ich habe mich schon entschieden.«

»Was hast du entschieden?«

»Ich behalte das Baby und ziehe es selbst groß.«

Sein anfänglicher Schreck verwandelte sich in Jubel. »Violet, du hast keine Ahnung, wie glücklich du mich machst. Wenn ich bis zum Mond springen könnte, um es dir zu zeigen, ich würde es tun.« Er schloss mich in die Arme und wiegte mich. »Ein schönes, unschuldiges Baby, das wir aus Liebe gezeugt haben. Sie ist ein Teil von uns, das Beste – und das heißt, sie ist mehr du als ich. Aber ich nehme für mich in Anspruch, was ich haben kann, einen Daumen, eine Zehe, ein Lächeln …«

Er sagte *sie.* »Woher weißt du, dass es ein Mädchen wird?«

Er hielt inne, überrascht von dem, was ihm über die Lippen gekommen war. »Ich habe sie vor meinem geistigen Auge gesehen, ein Abbild von dir … Wahrscheinlich, weil ich mir heute gewünscht habe, wir könnten unser Leben neu beginnen. Ich habe mir gewünscht, ich hätte dich dein und mein ganzes Leben schon gekannt.«

Was wäre wohl aus Edward geworden, wäre er als Junge nicht so grausam gewesen? Er wäre nicht nach China gereist. Er wäre zu Hause bei seiner Familie geblieben, hätte eine Frau geheiratet, die er liebt, hätte mit ihr ein Kind bekommen und hätte sie nie verlassen. Er hätte kein Bedürfnis nach zusätzlicher Gesellschaft gehabt. Er wäre nicht ins Haus von Zinnober gekommen und hätte keine zwanzig Silberdollar auf den Tisch geknallt. Ich hätte ihn nie kennengelernt. Aber wir hatten uns getroffen. Was uns zusammenbrachte, waren unser Schicksal und unsere Charaktere, mit Makeln und Wunden behaftet.

Edward nahm meine Hände und küsste sie. »Violet, ich weiß, dass du nicht absichtlich schwanger werden wolltest. Ich bin zutiefst dankbar, dass du beschlossen hast, das Baby zu behalten. Wir fangen von vorne an, ohne die alten Sorgen. Sie wird unsere Zukunft sein. Und wir lieben unser Kind mit ganzem Herzen, und vielleicht werden wir es schaffen, einander genauso mit ganzem Herzen zu lieben. Können wir zusammenleben, wir drei? Könntest du das ertragen? Ich weiß, ich kann dir nicht ohne jeden Zweifel beweisen, dass du mir vertrauen kannst. Aber wenn du mir eine Chance gibst, beweise ich es dir jeden Tag.«

Am nächsten Nachmittag kehrte Edward mit guten Nachrichten zurück. Er hatte seinen Gastgeber Mr Shing von seiner baldigen Abreise unterrichtet. »Ich habe ihm erzählt, dass wir heiraten werden. Das ist keine Lüge. Ich empfinde unsere Einigkeit als wahrhaftiger, als es die Ehe mit meiner rechtmäßigen Frau je war. In Shanghai wird kein Mensch von Minerva erfahren. Zugleich möchte ich stärker auf eine Scheidung drängen, in der Zwischenzeit bist du aber Mrs Ivory. Auch haben wir einen wunderbaren Ort, um unser Kind aufzuziehen. Mr Shing hat uns freundlicherweise sein eigenes Haus angeboten – nicht das Gästehaus, sondern das Herrenhaus. Ich wollte eigentlich nur seinen Rat, wo man ein passendes Haus zur Miete suchen kann. Er hat sofort darauf bestanden, dass ich in sein Haus ziehe – und keine Widerrede geduldet. Er meinte, er würde bald nach Hongkong aufbrechen und mindestens zwei Jahre fort sein. Wenn wir nach seiner Rückkehr weiterhin bei ihm wohnen wollen, würde er ins Gästehaus ziehen, was ihm sowieso lieber sei. Er findet das Haupthaus zu groß für einen Mann, der nur ein paar Wochen im Jahr in Shanghai zubringt.«

Mir war nicht wohl dabei. Ein Gefallen, den man als mehr als großzügig bezeichnen konnte, war mir nicht geheuer. Mr Shing war vielleicht ein Gangster, der wollte, dass Edward sich bei ihm verschuldete.

»Weiß Mr Shing, wen du heiratest? Ist ihm bewusst, dass ich eine Kurtisane bin?«

»Ich habe ihm von Anfang an von dir erzählt, gleich nach unserer ersten Begegnung, die schieflief. Ich habe ihm damals gesagt, du wärst Eurasierin und würdest als italienische Fürstin durchgehen. Mr Shing fand es interessant, dass ich mich in eine Kurtisane verliebt hatte. Er konnte das nachvollziehen, weil Kurtisanen meistens viel interessanter sind als Frauen, die ein beschütztes Leben führen und sich nur so verhalten, wie es die gute Gesellschaft von ihnen verlangt. Er hatte mir alle möglichen Fragen gestellt – aber sie waren allesamt schicklich. Dein Name, dein Alter, die üblichen Fakten. Dabei kam heraus, dass er von deiner Mutter gehört hatte. Er bestätigte, dass sie weithin bekannt war, aber ihm war nicht bewusst gewesen, wie es ihrer Tochter ergangen war.«

Edward kniete nieder. »Jetzt haben wir eine Schwelle, über die ich dich tragen kann, und ich hätte gern, dass du mich zu einem ehrenwerten Mann machst.« Er zog einen Ring aus der Tasche. Es war ein großer ovaler Brillant, umgeben von mehreren kleineren. »Violet«, begann er, dann brach er in Tränen aus.

Ich schämte mich, dass ich je an Edward gezweifelt hatte. Ich kannte die Größe einer solchen Liebe nicht. Zauberkürbis hatte mich beeinflusst, allem zu misstrauen, was ein Mann sagen könnte, um mein Herz zu rühren.

In dem Moment trat sie in den Raum. »Was ist hier los?«

»Edward hat mich gefragt, ob ich mit ihm zusammenleben will«, sagte ich. »Und er hat mir einen Ring geschenkt.« Ich hielt ihn hoch. Die Größe des Brillanten zeugte von seiner Bedeutung.

Ihre Miene wurde starr. »Ich freue mich sehr. Du hast mir gezeigt, dass ich mich getäuscht habe.«

Eine halbe Stunde später kam sie mit roten Augen wieder. Solch eine tiefe Empfindung hatte ich noch nie bei ihr gesehen, und ich wusste, wäre sie fähig gewesen, das zu verbergen, sie hätte es getan. Sie legte den Schmuck, den sie für mich verwahrt hatte, auf dem Bett aus. Dann warf sie die Geschenke, die ich ihr im Lauf der letzten Jahre gemacht hatte, auf den Diwan: die Jacke, den Hut, die Schuhe, die Kette, den Armreif, den Spiegel, den Koffer mit den Kleidern meiner Mutter und die beiden Gemälde. »Schau die Sachen durch und sag mir, ob das alles ist. Ich möchte später nicht den Vorwurf hören, ich hätte dich bestohlen.«

»Hör auf, solchen Unsinn zu reden.«

»Bald musst du meinen Unsinn nicht mehr hören.«

»Was ist hier los?«, fragte Edward. »Warum ist sie böse? Ich dachte, sie freut sich.«

Ich antwortete auf Englisch. »Sie wirft mir vor, dass ich sie im Stich lasse.«

»Na, das lässt sich leicht richten. Das Haus ist auf jeden Fall groß genug. Sie kann einen eigenen Flügel für sich haben, wenn sie will.«

Ich war verblüfft. Ich hatte keine Zeit gehabt, Edward zu erzählen, was ich für Zauberkürbis plante. Nun stand sie vor uns. Sie würde sich denken können, was ich sagte, und merken, dass sich Edward wunderte, weil ich sein Angebot ablehnte. Andererseits sollte ich übersetzen, was Edward uns angeboten hatte. Sie hatte einmal gesagt, sie würde sich weigern, mit einem Ausländer zusammenzuleben.

»Er hat leere Zimmer?«, fragte Zauberkürbis. »Du hast ein leeres Herz. Er hat vorgeschlagen, dass ich bei euch wohnen kann. Ich habe deine hinterlistige Miene gesehen, du hast überlegt, wie du mich loswirst. Keine Sorge. Ich werde nicht mit zwei Ausländern unter einem Dach leben wollen, selbst wenn sie mich darum bäten.«

Tat ich das nicht, wäre die Sache damit erledigt. Es wäre ihre Entscheidung, wegen der ich mir keine Vorwürfe machen musste. Edward hatte ein Angebot unterbreitet. Ich hatte übersetzt. Doch plötzlich bekam ich ein schlechtes Gewissen. Wenn ich nicht darauf bestand, dass sie zu uns zog, wäre das, als würde ich sie umbringen. Ich schuldete ihr Dankbarkeit. Mehr als Dankbarkeit, viel mehr.

Ich sah, was schon immer zwischen uns gewesen war. Sie war mehr als eine Zofe, mehr als eine Freundin, mehr als eine Schwester. Sie war mir eine Mutter gewesen. Sie hatte sich um mich gekümmert, hatte mich vor Gefahren beschützt, stets das Beste für mich gewollt. Sie hatte sich um meine Zukunft Gedanken gemacht, hatte jeden überprüft, ob er es wert war, in meinem Leben zu sein. Auf diese Weise war ich zu ihrem Lebenszweck geworden, ich verlieh ihrem Dasein einen Sinn. Sie hatte mir die ganze Zeit über Liebe geschenkt. Und als ich das begriff, war ich zu Tränen gerührt.

»Du kannst nicht einfach aus meinem Leben verschwinden«, sagte ich. »Wenn du nicht mitkommst, bin ich verloren. Niemand sorgt sich so um mich wie du. Niemand kennt mich besser, kennt meine Vergangenheit und weiß, was dieses neue Leben bedeutet. Ich hätte dir das schon längst sagen sollen.« Tränen traten mir in die Augen. Zauberkürbis kniff die Lippen zusammen, aber ihr Kinn zitterte. »Du bist der einzige treue Mensch in meinem Leben, der einzige Mensch, dem ich vertrauen kann.«

Tränen rollten ihr über die Wangen. »Jetzt weißt du es.«

»Wir sind uns von Herzen zugetan«, sagte ich lächelnd. »Trotz der Schwierigkeiten, die ich dir gemacht habe, bist du bei mir geblieben. Du musst mich geliebt haben wie eine Mutter.«

»*Wah!* Mutter? Ich bin doch nicht so alt, dass ich deine Mutter sein könnte!« Sie weinte und lachte gleichzeitig. An der Vehemenz ihres Protests merkte ich, dass ich genau das hatte begreifen sollen und dass sie genau das hatte hören wollen. »Ich bin nur zwölf Jahre älter. Wie soll ich denn da deine Mutter sein? Du könntest vielleicht sagen, ich war wie eine ältere Schwester für dich.«

Sie hatte sich noch jünger gemacht als das letzte Mal, als sie über ihr Alter gelogen hatte. »Du warst wie eine Mutter für mich«, wiederholte ich.

»Das kann nicht sein. Nein, nein, ich bin zu jung.«

Ich musste es ein drittes und letztes Mal wiederholen, damit sie es endlich akzeptierte und nicht daran zweifelte, dass ich es ehrlich meinte. »Niemand hätte mich mehr lieben können, außer einer Mutter.«

»Nicht einmal Edward?«

»Niemand. Nur eine Mutter, nur du.«

Zauberkürbis und ich mussten schnell entscheiden, welche unserer Habseligkeiten wir mitnehmen und wovon wir uns trennen wollten. Wir verkauften die Möbel, auch die Stücke, die mir Loyalty zu meiner Defloration geschenkt hatte. Zauberkürbis behielt ein paar Kleinigkeiten. Unsere schönsten Kleider konnten wir nirgendwo anders als in einem Kurtisanenhaus tragen. Ich musste sie sortieren, je nachdem, wie viel sie wert waren. Zuerst war es ganz einfach. Ich legte die Kostüme beiseite, die Flecke oder Risse aufwiesen. Danach übergab ich sie den Hausmädchen, damit sie sie so gut wie möglich flickten und reinigten. Zauberkürbis brachte sie ins Pfandhaus, aber man bot uns lächerlich wenig Geld dafür. Wir hatten keine Zeit, während der Woche ständig hin und her zu laufen und zu handeln. Also schenkten wir sie den Hausmädchen, die sie ausgebessert hatten. Ich hätte gedacht, sie wären vor Dankbarkeit zu Tränen gerührt, aber sie schauten ein wenig enttäuscht, als sie die Kleider entgegennahmen. Ich beruhigte sie und versicherte ihnen, sie würden zusätzlich noch das übliche Geldgeschenk bekommen. Daraufhin bewunderten sie die Kleider und lobten mich, weil ich großzügiger sei als andere Kurtisanen, die ebenfalls weggegangen waren, um als Konkubinen reicher Ehemänner zu leben.

Glanz schenkte ich ein sehr schönes Winterkostüm. Es war gut geschneidert, aus feiner Seide und hatte ausgestellte Ärmel, die an eine Lilie erinnerten. Heiterkeit bekam ebenfalls ein Kleidungsstück, ein auffälliges Kostüm für Ausfahrten in der Kutsche, mit einem hohen Pelzkragen. Es war wirklich schön, bis auf die Farbe, ein merkwürdiger Mauveton, der nicht zu meinem Teint passte. Angeblich war es ochsenblutrot, aber ich fand, die Seide hatte eher die Farbe eines blutenden Schweins. Immer wenn ich das Kostüm trug, hatte ich Pech mit Freiern gehabt. Meist zahlten sie nicht, oder Loyalty hatte mich wieder einmal gekränkt. Aber die Farbe betonte Heiterkeits bleiche Haut, deshalb würde ihr das Kleid wahrscheinlich mehr Glück bringen. Sie war überwältigt, als ich es ihr überreichte. Sie sagte, ich sei ein guter Mensch – und ich glaubte, das meinte sie ehrlich.

Der Mutter des Hauses schenkte ich ein Pelzcape und Zinnober einen langen Opernmantel. Meine Schulden bei Mutter Li hatte ich inzwischen beglichen, dazu gehörten der ursprüngliche Betrag, den man für mich bezahlt hatte, Zinsen und andere Auslagen, von denen ich gar nichts gewusst hatte, zum Beispiel auch ein Anteil an dem »Schutzgeld«, das die Grüne Bande kassierte. Hinzu kamen bestimmte Steuern, die die Verwaltung der Internationalen Konzession erhob. Meine Rücklagen für den Ruhestand schrumpften auf ein Viertel dessen zusammen, was ich mir ausgerechnet hatte. Ich verkaufte ein paar meiner Kleider an den Schneider, der sie gefertigt hatte und deren Zustand er noch für gut genug hielt, um sie als neu anzubieten. Wir einigten uns darauf, dass wir halbe-halbe machten, was auch immer er dafür bekam. Ich wusste, dass er mich um mindestens ein Viertel meiner Hälfte prellen würde, deshalb überredete ich ihn, mir einen guten Preis zu machen, wenn ich wiederkam, um neue Kleider im westlichen Stil in Auftrag zu geben. Als es so weit war, erklärte ich ihm, wie wenig Geld ich für die Sachen erhalten hätte, die er für mich verkauft hatte, und er senkte den Preis noch ein wenig mehr.

Von einem Kleid konnte ich mich nicht trennen, denn es brachte Glück. Es hatte mir viele Freier und Patrone verschafft, auch meinen zweiten Vertrag mit Loyalty. Es bestand aus grüner Moiréseide, das Oberteil war in chinesischer Tradition gearbeitet, mit Posamentenverschlüssen, die mit Perlen besetzt waren, und einem seidenen Goldfaden, der den Kragen verzierte und den Saum der Ärmel. Der hohe chinesische Kragen war ein wenig ausgestellt, damit ein bisschen von der Spitze zu sehen war, mit der man das Kleid, das wiederum im westlichen Stil geschneidert war, gefüttert hatte. Das Mieder war eng anliegend. Unterhalb der Taille ging es in einen üppigen westlichen Rock mit großen Plisseefalten über. Der Rock endete vermeintlich auf Kniehöhe, doch darunter kamen noch drei Schichten Seide in einem dunklen Smaragdton mit Muschelsaum zum Vorschein. Das Kleid warf Falten wie ein Theatervorhang, der hochgezogen wurde.

Das war meine größte modische Errungenschaft ohne die Mitwirkung von Zauberkürbis. Der Erfolg des Kleides war sensationell. Nachdem ich es zum ersten Mal getragen hatte, kopierten nur wenige Tage später einige Kurtisanen ein paar Elemente – die Spitze, den falschen Saum, die Muschelbögen und den ausgestellten Kragen. Aber die teuren Perlenverschlüsse oder die zarten Goldfäden konnten sie nicht imitieren, da diese in wochenlanger sorgfältiger Arbeit gefertigt oder aufgenäht worden waren. Aus diesem Grund sahen die Kleider der anderen Kurtisanen aus wie billige Imitate, was sie ja auch waren.

Dieses Kostüm hatte mir nicht nur Glück gebracht, sondern ich fühlte mich darin auch selbstsicher und gelassen, was meiner eigentlichen Natur entsprach. Ich fürchtete mich davor, das Kleid zurückzulassen. Trotzdem, es könnte mich in mein altes Leben zurückziehen, ob ich wollte oder nicht. In mir saß die Angst, dass ich aus einer Vielzahl von Gründen, die ich mir Hunderte von Malen ausgemalt hatte, zurückkommen müsste. Am Ende behielt ich das Kleid. Ich könnte es vielleicht ein bisschen abändern, überlegte ich, sodass es besser zu einem Leben ohne Freier passte.

Eine Ewigkeit dachte ich darüber nach, welches Kleid ich bei meinem Einzug in das Haus von Mr Shing anziehen sollte. Es sollte eines im westlichen Stil sein. Chinesen behandelten Ausländer aus dem Westen mit Respekt – oder zumindest voller Furcht. Aber das Kleid sollte auch nicht zu schick sein, denn es sollte nicht so aussehen, als hätte ich mich zu sehr bemüht, meine Stellung im Leben dadurch wettzumachen. Am Ende wählte ich ein dunkelblaues Ausgehkostüm.

Zauberkürbis erschien in der Tür, und ich musste mich zurückhalten, damit ich nicht laut lachte. Sie trug ein tristes braunes Kleid in westlicher Manier, mit einem Blouson, der Busen und Taille verbarg. Sie meinte, das Kleid sei zwar hässlich, aber es passe zu ihrem neuen Leben. Obwohl sich Zauberkürbis vor sechs Jahren als Kurtisane zurückgezogen hatte, achtete sie weiterhin auf ihre Vorzüge, ihre perfekte Haut und ihren anmutigen, wiegenden Gang, als würde ein Schalter umgelegt, wenn sie die Hüften von einer Seite zur anderen schwang. Als sie mich als jungfräuliche Kurtisane anlernte, demonstrierte sie mir diesen Gang, betonte dessen Raffinesse und Anzüglichkeit. Die Männer starrten sie an, wenn sie versuchte, sie mit ihren provozierenden Bewegungen zu verführen. Ohne den Gang wäre ihnen die Kurtisane im Ruhestand nicht aufgefallen.

»Ich bin jetzt zu alt für schöne Kleider«, sagte sie. »Ich bin schon fünfunddreißig.«

Jetzt hatte sie sich älter gemacht. In Wirklichkeit schätzte ich sie auf bald fünfundvierzig. Mit den Jahren war sie schneller gealtert, und ich verstand in diesem Moment, wie gut es ihr gelungen war, ihre berufliche Laufbahn zu verlängern.

Sie stellte einen Handkoffer auf dem Sofa ab. Darin befanden sich kleine Stoffbeutel mit Schmuck, von ihr und von mir. Sie suchte die Stücke heraus, von denen sie fand, dass ich sie verkaufen sollte: die knalligen und weniger wertvollen. Sie nahm einen Ring in die Hand, den mir Loyalty Fang einmal geschenkt hatte. Sie musterte mich. Wir wussten beide, dass ich damit offenbaren würde, was ich noch für ihn empfand. Behielt ich ihn, würde ich das als Untreue gegenüber Edward empfinden. »Verkauf ihn«, sagte ich.

Es gab zudem weitere Wertgegenstände, von denen sie das Gefühl hatte, sie wären zu wertvoll, um sie den Schrankkoffern anzuvertrauen: eine kleine Jadeschnitzerei, ein Hundepärchen aus Porzellan und eine kleine Kaminuhr. Sie hatte auch zwei in Tuch eingeschlagene Bildrollen dazugelegt. Aber es waren nicht irgendwelche Bildrollen, sondern jene, die meiner Mutter gehört hatten und die Lu Shing gemalt hatte.

»Ich dachte, die hätte ich weggeworfen«, sagte ich.

»Damals habe ich dir doch gesagt, dass ich sie für mich behalten wollte. Mir gefällt der Stil, und es ist mir egal, wer sie gemalt hat.«

»Achte nur darauf, dass du sie da aufhängst, wo ich sie nicht sehen kann.«

Zauberkürbis verzog die Stirn. »Du hast ein gutes Herz, und du hast ein hartes Herz. Jetzt hast du doch Edward und ein neues Leben, da kannst du dein Herz ein wenig weicher machen, kannst ihm Ruhe gönnen. Du musst nicht so werden wie ich.«

Der Wagen kam, um uns in unser neues Heim abzuholen. Edward war schon vorausgefahren, um sicherzustellen, dass alles in Ordnung war. Mein Herz schlug schnell, und ich hatte das Gefühl, ich müsste rennen, um mit seinem Rhythmus Schritt zu halten. Endlich verließ ich mein Leben als Kurtisane, und doch entdeckte ich überall Anzeichen dafür, dass es ein Fehler war: ein lachender Vogel, ein Riss am Rocksaum, ein plötzlicher Windstoß. Immer wenn ich mich anstrengte, dem Unglück aus dem Weg zu gehen, trat es trotzdem in Erscheinung. Und immer wenn ich die Anzeichen ignoriert hatte, fiel das Ergebnis nicht anders aus.

Durch ein großes Tor gelangten wir in den Hof. Es war ein hohes Haus, wie der Verborgene Jadepfad, aber durch die Steinmauern sah es aus wie eine Festung.

Edward kam in diesem Augenblick zum Auto gerannt und öffnete die Tür. Er half Zauberkürbis zuerst heraus. »Glaubst du, du kannst hier glücklich sein?«, fragte er mich schließlich und strahlte wie ein kleiner Junge.

Gegenüber dem Herrenhaus befand sich das Gästehaus. Links davon lagen Gärten und ein paar kleinere Gebäude in einem ähnlichen Stil. Es schien, als wären die früheren steinernen Flügel des Hauses abgebrochen und weggetrieben worden. Auf beide Seiten des Weges zum Haus hatte man Rosensträucher gepflanzt. Darunter wuchsen Veilchen mit lila-gelben Blüten. Diese Blumen sah ich nicht oft, und ich beschloss, sie als gutes Omen zu betrachten und damit aufzuhören, alles Ungewöhnliche als Zeichen eines bevorstehenden Unglücks zu verstehen.

»Ist Mr Shing da? Wir sollten uns gleich bei ihm bedanken.«

»Er ist schon weg«, sagte Edward. »Wir können ihm einen Brief schicken. Wenn du erst mal drinnen bist, siehst du, wofür wir ihm alles danken müssen.«

Durch Doppeltüren, die zweimal so groß waren wie wir, betraten wir einen kühlen Vorraum. Ein Diener trat zu uns und nahm uns die Mäntel ab. Den kleinen Koffer mit den Wertgegenständen wollte sich Zauberkürbis jedoch nicht aus der Hand nehmen lassen. Die Kälte erfasste erst meine Haut, dann kroch sie mir in die Knochen. Ich wollte gerade dem Diener rufen, er solle den Mantel wiederbringen, da führte Edward mich durch eine weitere Tür in einen großen, angenehm beheizten Saal. Gegenüber von mir war ein Kamin, darüber ein gewaltiger Spiegel, wie man ihn manchmal im Foyer von Hotels sieht. Ich ging darauf zu und betrachtete mein Gesicht. Sah ich wirklich so aus – ängstlich und verloren? Ich riss mich zusammen und zeigte die Selbstsicherheit, die ich als begehrte Schönheit immer ausgestrahlt hatte. Aber ich wurde das Gefühl nicht ganz los, dass ich nicht hierher gehörte und es auch nie tun würde. Das Haus war spärlich eingerichtet, aber jeder Sessel, jedes Sofa und jeder Tisch war sichtlich teuer und geschmackvoll. Es gab keine Spucknäpfe oder Samtvorhänge, die bis auf den Boden reichten. Die Luft roch scharf, und irgendwie erschien sie mir dünner. Zauberkürbis ging vorsichtig umher, als könnten die Fliesen unter ihren Schritten zerbrechen.

Ich fuhr mit der Hand über das Kaminsims. Die abgerundeten Marmorecken und die Kanten sahen aus wie Wachs, das zu sanften Wellen geschmolzen war. Die hohen Flammen der Feuerstätte leuchteten hell, und je wärmer mir wurde, desto wohler fühlte ich mich.

»Schau mal, wie der Diener dort drüben mich anstarrt«, zischte Zauberkürbis, »als würde er mir sagen wollen, dass ich ihm untergeordnet sei.« Sie betrachtete sich ebenfalls im Spiegel. »Das Kleid ist noch scheußlicher, als ich dachte. Es sieht billig aus.«

Edward bedeutete einem anderen Diener, die bemalten Wandschirme zusammenzuschieben, um den Blick auf ein Esszimmer freizugeben, dessen Möbel aus einem Holz bestanden, das wie Gold wirkte. In die Tisch- und Stuhlbeine waren die gleichen Wirbel geschnitzt wie beim Kamin. Hinter dem Essbereich befand sich ein chinesischer Teich mit einem Miniatursteingarten. Als Zauberkürbis und ich uns ihm näherten, schwamm ein ganzer Schwarm Goldfische mit offenen Mäulern auf uns zu wie bettelnde Hunde. »Die wollen uns bei lebendigem Leib fressen!«, rief Zauberkürbis aus. Sie ging zu einem Sessel und ließ sich fallen. »Ich bin ganz erschöpft von dieser ganzen Aufregung. Ich muss diese Sachen ausziehen. Wo ist mein Zimmer?«

Edward winkte einem Hausmädchen, das sogleich »Mousie!« rief. Ein etwa zehnjähriges Mädchen kam herbeigerannt und bot

Zauberkürbis an, ihren Handkoffer zu tragen. Als die sich weigerte, ihn loszulassen, schalt die Frau das Mädchen dafür, der lieben Tante nicht geholfen zu haben. »Das Hausmädchen hat mich Tante genannt«, sagte Zauberkürbis, »als wäre sie jünger als ich. Ich werde ihr erzählen, dass ich Frau Wang bin, die respektable Witwe eines reichen und gebildeten Mannes … und ziemlich gut aussehend dazu. Warum soll ich einen Ehemann erfinden, der alt und hässlich ist?«

Edward führte mich eine breite Treppe hinauf in eine Bibliothek, deren Wände voller Bücher waren. An einem Ende entdeckte ich einen Billardtisch mit gerundeter Unterseite und grün-rotem Rand, am anderen standen zwei braune Samtsofas einander gegenüber, dazwischen Sessel, Beistelltische voller Bücher und Leselampen.

Wir gingen zu einer geschlossenen Tür. Edward erklärte, das sei unser Schlafzimmer. Er machte die Tür auf, und ich trat in einen kleinen Raum mit nur einem schmalen Tisch. Ich war verwirrt, bis er mich weiter zu einer nächsten Tür begleitete. Edward öffnete sie langsam. Vor mir lag ein großer Raum, abgedunkelt von grünen Vorhängen. Er enthielt nichts, was zu viel war, er wirkte vornehm und drückte die Macht des Mannes aus, dem das Haus gehörte. Gegenüber der Tür stand ein riesiges Bett mit geschnitztem Kopf- und Fußbrett. Das war schlechtes Feng Shui, konnte zu Zwietracht führen und unser Glück vertreiben … Ich hörte auf damit. Ich sollte nicht mehr so denken. Schnell schaute ich mir den Rest an: mit grüner Seide bezogene Wände, ein dicker Perserteppich, ein Kamin aus rosafarbenem Marmor, abermals kleine Tische, tulpenförmige Wandleuchter. Edward beobachtete mich.

»Gefällt es dir?«

»Ja, natürlich. Aber ich fühle mich wie ein Eindringling. Es wird eine Weile dauern, bis ich das Gefühl habe, dass ich hierher gehöre.«

Er führte mich nun in eine große Ankleide mit einem Diwan und zwei Schrankwänden. Dahinter befand sich ein Badezimmer, dessen Boden und Wände aus weißem Marmor bestanden. Die glänzenden silbernen Wasserhähne sahen aus wie eine Pistolensammlung. Das Waschbecken ähnelte einem Vogelbrunnen, es saß sogar eine Marmortaube in jeder Ecke. Auf einer Seite des Badezimmers war noch eine Tür. Ich öffnete sie und betrat ein weiteres Schlafzimmer, es war in Rosatönen gehalten.

»Ist das für das Baby?«

»Das Kinderzimmer liegt ein Stück weiter den Gang entlang. Das ist dein persönliches Schlafzimmer.«

»Warum sollte ich ein Schlafzimmer haben, das von deinem getrennt ist?«

»Das ist ein lächerlicher Brauch sehr reicher Amerikaner. Je mehr Geld du hast, desto mehr Privatsphäre willst du. Du würdest natürlich nicht hier schlafen. Aber du kannst diesen Raum für deine persönlichen Gegenstände nutzen, deine Kleider und so. Ich habe ähnliche Räumlichkeiten auf der anderen Seite des Schlafzimmers.«

»Sieh dir nur den gewaltigen Lüster und diese Kommode an. Alles wirkt so stimmig, aber auch, als hätte hier noch nie ein atmender Mensch geschlafen.« Mein Blick fiel auf ein Gemälde an der Wand neben dem Bett. Es kam mir bekannt vor: das überschattete Land, die gezackten Berge, ein falscher Schimmer von Leben, das bald ausgelöscht wurde. Ich trat vor, um den Namen des Künstlers zu lesen: Lu Shing. Mein Herz klopfte schnell. In der anderen Ecke stand: *Das Tal der Verwunderung*. Jemand hatte es aus Zauberkürbis' Koffer genommen. Aber wie hatte man es so schnell gerahmt? Das ergab keinen Sinn. Jemand erlaubte sich einen Spaß mit mir, das konnte ich nur als schlechtes Omen deuten.

Edward stellte sich hinter mich. »Die Bilder von Mr Shing sind nicht so furchtbar, wie er behauptet hat.«

Ich erschrak zu Tode. »Mr Shing? Dieses Haus gehört Lu Shing?«

»Genau dem. Mich hat das Bild auch berührt. Wir hatten ein ähnliches bei uns zu Hause, nur viel größer. Er hat es gemalt, als er bei uns zu Gast war. Es ist der Blick nach Südwesten in das Tal, das wir von unserem Haus aus sahen. Dieses kleinere hier muss er als Studie für das größere angefertigt haben.«

Mein Atem ging hastig, ich bekam kaum Luft. Wie viele Ausländer hatte auch Edward den Fehler gemacht zu glauben, dass Lu Shings erster Name der Vorname war und der zweite der Familienname. *Mr Shing* hätte eigentlich *Mr Lu* sein sollen.

Warum wohnte Edward in diesem Haus? War das ein geheimer Plan?

In dem Moment trat Zauberkürbis zu ihnen. »Das Bett ist so weich, wie ein Haufen Herbstlaub. Der Kamin brennt noch nicht einmal richtig, trotzdem ist er heiß wie ein Ofen.« Sie starrte mich an. »*Ai-ya!* Was ist los? Ist dir schlecht? Ist es die alte Übelkeit, oder hast du Fieber?« Sie nahm mich am Arm und führte mich zum Bett. Da entdeckte auch sie das Bild. »*Eh!* Wie ist das denn hergekommen? Hat es mir jemand aus der Tasche gestohlen?«

»Dieses Haus gehört Lu Shing«, sagte ich. »Er ist Edwards Gastgeber, er hat ihn Mr Shing genannt.«

Ihre Augen wurden größer und größer. »Wie kann das sein? Bist du sicher, dass es derselbe Lu Shing ist?« Sie betrachtete das Bild genauer, ging von einer Ecke zur anderen und fuhr mit dem Finger über den Namen.

Edward verstand nichts von dem, was wir sagten. »Ich sehe, es gefällt ihr also auch.«

Ich bat Zauberkürbis, mich allein zu lassen. Sie verschwand schnell, nicht ohne Edward böse anzufunkeln.

»Ich weiß nicht, was Lu Shing für einen Plan hat oder was der Grund dafür ist, dass wir hier wohnen dürfen, aber ich kann in diesem Haus nicht leben.«

»Was ist denn los? Violet, du zitterst ja. Bist du krank?« Er führte mich zum Bett, wir beide ließen uns darauf nieder.

»Dein großzügiger Gastgeber, Mr Shing, wie du ihn nennst, ist in Wirklichkeit Mr Lu, mein Vater, der meine Mutter und mich sitzen ließ, als ich noch ein Baby war, und der dann meine Mutter dazu gebracht hat, Shanghai zu verlassen, um in Amerika ihren verschollen geglaubten Sohn zu suchen. Er ist der Grund dafür, dass ich in dem Kurtisanenhaus gelandet bin.«

Edward wurde still und starrte das Gemälde mit leerem Blick an. Mehrere Male begann er zu sprechen, unterbrach sich aber immer wieder.

»Hatte er etwas damit zu tun, dass wir uns kennengelernt haben?«, fragte ich. »War das ein Plan, den ihr zusammen ausgeheckt habt?«

»Nein, nein. Violet, wie kannst du das nur denken? Wenn Lu Shing einen Plan hatte, dann weiß ich nichts davon. Es macht mich krank zu erfahren, dass er wusste, wer du bist, und dass er es mit einer List schaffte, dass ich dich hierherbrachte. Hat er denn geglaubt, wir würden das nicht herausfinden?« Edward stand auf. »Natürlich müssen wir von hier fort. Ich rufe die Diener, sie sollen sofort unsere Sachen aus dem Haus bringen.«

Und genau das hätten wir getan, wäre Zauberkürbis nicht an der Spanischen Grippe erkrankt.

7
Die blaue Krankheit

Shanghai, Juni 1918
Violet

Ich hatte Zauberkürbis noch nie so hilflos gesehen. Sie stöhnte und jammerte, lieber wolle sie ins Haus von Zinnober zurückkehren, als im Haus eines Fremden zu sterben. Wenn ihr das Atmen schwerfiel, starrte sie mich mit hervortretenden Augen an, in denen Tränen glänzten.

Edward schickte nach einem Arzt aus dem amerikanischen Krankenhaus. Es kam ein beflissener, beleibter Mann mit Bart, ein Engländer. Er trug eine weiße Maske vor Nase und Mund und den misslichen Namen Dr. Albee, das klang wie die chinesischen Wörter für *ewiges Leiden*. Zauberkürbis sagte zu ihm: »König der Hölle, ich bin Chinesin. Schick mich nicht in die Feuergrube, wo für alle Ewigkeit Ausländer schmoren.« Später log sie, dass sie Christin sei und es verdient hätte, in den Himmel zu kommen. Sie zählte ihre guten Taten auf, die hauptsächlich darin bestanden, dass sie mit meiner überheblichen Art zurechtkommen, mich gut unterrichten und geduldig sein musste, wenn ich ihren Rat nicht befolgte. Ich war sehr zerknirscht, dass sie diese Welt mit dem Gedanken verlassen würde, ich sei ein undankbarer Schützling. Es tat noch mehr weh, als sie mich als ihre geliebte kleine Schwester bezeichnete und sich sorgte, wie es wohl mit mir weitergehen würde, wenn sie nicht mehr da wäre. Dann flehte sie Dr. Albee an, sie noch so lange leben zu lassen, bis ich einen Platz unter den Zehn Schönsten von Shanghai eingenommen hatte.

Dr. Albee meinte, man könne nichts tun, außer darauf zu achten, dass sie genug Wasser trank, und es ihr so angenehm wie möglich zu machen. Er riet allen Hausbewohnern, eine Maske zu tragen, und informierte uns bei seinem Weggang darüber, dass wir ab jetzt zwei Wochen unter Quarantäne stünden. Niemand dürfe das Haus verlassen. Erst da fiel mir wieder ein, dass ich sofort hatte ausziehen wollen, nachdem ich erfahren hatte, dass das Haus Lu Shing gehörte. Doch das war jetzt alles egal. Als das Fieber schlimmer wurde, hielt sie mich für ihre Mutter. Ihr Gesicht glühte, und sie erklärte, warum sie nicht früher in ihr Heimatdorf zurückgekehrt war, um ihre Mutter zu besuchen. Ich beteuerte, wie sehr ich mich freute, dass sie gekommen sei. Weinend hörte ich zu, als sie schreckliche Einzelheiten darüber erzählte, wie sie von dem Ehemann ihrer Herrin misshandelt worden war.

Als der chinesische Arzt erschien, bat ich ihn, sich Zauberkürbis mit einem chinesischen Namen vorzustellen, der wie »gute Gesundheit« klang. Er verabreichte ihr eine bittere Brühe und einen Kampferumschlag, den sie sich auf die Brust legen sollte. Bald atmete sie freier. Ich ging zu ihr und sagte: »Deine Mutter ist hier. Jetzt musst du wieder gesund werden und noch länger auf der Erde bleiben, damit du dich um mich kümmern kannst, wenn ich alt bin.« Sie blickte mich an und runzelte die Stirn. »Bist du verrückt geworden? Du bist nicht meine Mutter. Schau doch in den Spiegel. Du bist Violet. Und warum sollte ich mich um dich kümmern? Du solltest dich um mich kümmern, wegen der ganzen Schwierigkeiten, die du mir gemacht hast.« In dem Moment wusste ich, dass sie wieder genesen würde.

Der chinesische Arzt hieß die Bediensteten die Böden jeden Tag gründlich mit Kalkbrühe zu putzen, damit sich nicht alle anderen ansteckten. Doch an einem Abend bekam ich plötzlich Fieber, und gleichzeitig fröstelte ich. Ich hatte das Gefühl, meine Knochen würden im nächsten Augenblick brechen. Das Zimmer schwankte, Edward schrumpfte auf die Größe einer Puppe zusammen. Als ich wieder zu Bewusstsein kam, sah ich ein dösendes Mädchen neben dem Bett sitzen. Zuerst erkannte ich den Raum nicht und dachte, Fairweather hätte mich wieder entführt und in ein anderes Kurtisanenhaus gebracht. Wenigstens war es diesmal ein Haus erster Klasse. Und dann erkannte ich das Gemälde von Lu Shing und erinnerte mich, wo ich war. Sofort bekam ich Angst. »Wo ist Edward?« Das schlummernde Mädchen setzte sich abrupt auf und rannte hinaus. Gleich darauf erschien Edward. Er strich mir über die Stirn und flüsterte mir liebe Worte zu, während mir seine Tränen auf das Gesicht fielen. Ich wollte nicht, dass er mich berührte, damit er sich nicht ansteckte, doch er versicherte mir, dass ich nicht mehr ansteckend sei. Von den anderen war sonst niemand krank geworden. Sie alle hatten Tag und Nacht die bittere Brühe getrunken. »Ich weiß, wie scheußlich das Zeug schmeckt, denn Zauberkürbis hat es mir auch täglich verabreicht. Ich kam zu dem Schluss, wenn man den widerlichen Geschmack überlebt, stirbt man auch nicht an der Grippe.«

Als es mir wieder so gut ging, dass ich sitzen konnte, trug Edward mich in den Garten, wo man eine Chaiselongue in den Schatten eines Baumes gestellt hatte.

»Ich habe Lu Shing einen Brief geschrieben, in dem ich ihn verurteile, weil er dich im Stich gelassen hat und weil er mir nicht gesagt hat, wer er wirklich ist. Und ich habe unsere Abreise angekündigt, sobald du vollständig genesen bist. Er hat eine Antwort geschickt.« Ich bat Edward, sie laut vorzulesen, lehnte mich zurück und wappnete mich innerlich.

»Meine liebe Violet«, begann Edward. »Ich führe keine Entschuldigungen an, die mein unmoralisches Verhalten aufwiegen würden. Ich erwarte keine Vergebung. Ich kann niemals angemessen wiedergutmachen, was geschehen ist. Ich kann nur versuchen, dir das Leben angenehmer zu machen …« Er betonte, ich könnte in dem Haus bleiben, so lange ich es wünsche. Er würde die laufenden Kosten tragen und das Personal bezahlen. Er wolle mir das Haus gern vererben, aber dazu müsste ich anerkennen, dass er mein Vater sei. Falls ich das akzeptiere, würde er die notwendigen Unterlagen für sein Testament aufsetzen lassen. Am Ende schrieb er, dass ich ihn wissen lassen sollte, falls ich ihn jemals treffen wolle, und sei es auch nur, um meinem Ärger Luft zu machen. Doch solange ich das nicht ausdrücklich fordere, würde er das Haus nicht betreten, allein schon deshalb, um nicht noch mehr Aufregung zu verursachen. Der Brief war in Hongkong aufgegeben worden. Unterschrieben war er mit: »Dein Lu Shing.«

»Ich tue alles, was du willst«, sagte Edward.

»Mistkerl. Er hat nichts über meine Mutter gesagt. Kein Wort darüber, ob sie wusste, dass ich die ganzen Jahre am Leben war. Und auch nicht, ob ihm das bekannt war.« Ich war sehr erschöpft, und Edward brachte mich in mein Zimmer, damit ich schlafen konnte. Am nächsten Morgen erzählte er, er hätte Lu Shing noch einmal geschrieben und verlangt, mir diese Fragen zu beantworten. Er fand oft Wege, mir zu zeigen, dass er mich liebte und mich beschützen würde, wie er es versprochen hatte. Ich legte die Arme um ihn und hielt mich an ihm fest wie ein Kind.

»Ich will die Antworten eigentlich gar nicht wissen«, meinte ich. »Ich bin schon sämtliche Gründe durchgegangen, weshalb meine Mutter nicht zurückgekehrt ist, um mich zu retten. Aber keiner reicht als Erklärung aus, außer meine Mutter wäre gestorben, bevor sie amerikanischen Boden erreichte. Und selbst wenn er das behaupten würde, könnte ich nicht sicher sein, ob es die Wahrheit ist. Dieser Schmerz hat so lange an mir gezehrt. Ich möchte nicht, dass er mich wieder so überwältigt. Wenn ich irgendwann meine Meinung ändere, werde ich dich bitten, mir vorzulesen, was dieser Feigling dazu sagt.« Edward hielt sich an meine Wünsche und steckte Lu Shings zweiten Brief weg, nachdem er eingetroffen war.

Ich focht einen kleinen Krieg mit mir aus, was das Haus betraf. Mein erster Impuls war, sofort abzureisen und das Erbe abzulehnen. Ich versuchte, all den Komfort auszublenden, in dem wir lebten. Natürlich ließ ich als Erstes das verhasste Bild aus dem Schlafzimmer entfernen. Der äußeren Umstände wegen mussten wir bleiben, nur so war gewährleistet, dass ich mich von der Krankheit erholen konnte. Danach blieben wir wegen meiner morgendlichen Übelkeit und weil ein Umzug dem Kind schaden könnte. Ich machte mir Sorgen, dass die Grippe die Kleine gesundheitlich angegriffen hatte. Schließlich schloss ich meinen Frieden damit, schlichtweg aus Furcht hierzubleiben: Wenn Edwards Eltern vorhatten, die Zahlungen an ihn einzustellen, wie es schon einmal geschehen war, wären wir arm und hätten kein Dach über dem Kopf. Ich sagte Edward, dass wir uns keinen anderen Ort suchen müssten.

Später gab er zu, meine Entscheidung hätte ihn erleichtert, allein um des Kindes wegen. Wenn irgendetwas passierte, wenn er krank wurde oder er gar sterben würde – wo sollten das Kind und ich dann leben? Wir holten uns Auskunft bei einem Rechtsanwalt, der für die Reederei von Edwards Vater tätig war. Er sah ein wenig schrullig aus mit seinen buschigen Haaren auf dem Kopf, dem buschigen Bart und den Augenbrauen, die so dick waren wie die Schwänze von Eichhörnchen. Edward stellte mich als seine Frau vor, als »Mrs Ivory«, und erklärte, ich hätte einen exzentrischen amerikanischen Onkel in Soochow, der mir in einem Brief mitgeteilt habe, dass er mir sein Haus vererben wolle.

»Wir wollen nun nicht habgierig wirken und ihn bitten, das Vermächtnis in seinem Testament festzuhalten«, sagte Edward. »Würde der Brief ausreichen, wenn das Unvermeidliche eintritt?«

Der Anwalt hielt ein Testament für die beste Lösung, wenn der Brief aber datiert und in seiner Handschrift geschrieben sei und es außerdem keine anderen Nachkommen gebe, zum Beispiel irgendeinen Taugenichts von Sohn, dann könnte der Brief auch ausreichen. Als wir nach Hause zurückkehrten, überprüften wir, ob Lu Shings Briefe wirklich datiert waren. Das war der Fall. Dann verstaute Edward sie an einem sicheren Ort, wo sie niemand außer ihm finden konnte.

Wir lebten in unserer kleinen Welt, in der behaglichen Vertrautheit ehelichen Glücks. Wurde es draußen kalt, lagen wir eng umschlungen vor dem Kamin. Wir wussten, was der jeweils andere dachte, über das gegenwärtige Glück und das in der Zukunft, und dass wir uns gefunden hatten. Wir lasen uns gegenseitig in der Bibliothek vor – aus der Zeitung, einem Roman oder aus Edwards

Lieblingsgedichtband. Wenn es regnete, setzten wir die Victrola in Bewegung, den Phonographen, und tanzten, während uns Zauberkürbis zusah. Edward winkte ihr immer, ein paar Runden mit ihm zu drehen. Sie lehnte die erste Aufforderung stets ab, und erst wenn Edward auf mich gezeigt und ihr bedeutet hatte, dass mein Bauch zu dick sei, um zu so einem schnellen Lied zu tanzen, gab sie glücklich nach. Es war amüsant, die beiden zu beobachten, wie sie kommunizierten, mit Gesten und Mimik, was teilweise zu den schönsten Missverständnissen führte. Edward hatte einmal pantomimisch dargestellt, wie er an einem Eis am Stiel leckte und hineinbiss und wie wir zu dem neuen Laden gingen, wo es das zu kaufen gab. Zauberkürbis dachte, ein streunender Hund hätte ihm das Essen vom Teller gestohlen und wäre damit weggerannt. Ich musste schließlich übersetzen. Wir entdeckten Kisten mit diversen Spielen und Gegenständen zum Zeitvertreib, auch Tischtennisschläger waren darunter. Zauberkürbis erwies sich bei diesem Sport als flink und beweglich, und Edward war überraschend tollpatschig und langsam. Es war ihm egal, wie er den Ball bekam, sodass wir oft in Lachen ausbrachen. Später erfuhr ich, dass er eigentlich ein ganz guter Spieler war, er uns aber einfach so gern beim Lachen zugesehen hatte. Zweimal am Tag gingen wir in Cafés, wo die Gäste die neuesten Berichte über den Krieg diskutierten. Im Bett unterhielten wir uns über unsere Kindheit und erzählten uns alles, woran wir uns erinnerten, damit wir das Gefühl haben konnten, wir würden uns schon unser ganzes Leben lang kennen – und damit besser als die meisten anderen Menschen. Wir debattierten, ob uns das chinesische Schicksal oder die amerikanische Vorsehung zusammengebracht hatte. Dass wir uns begegnet waren, konnte nicht so zufällig geschehen sein wie zwei Blätter von zwei Bäumen, die durch den Wind einander berührten.

Der einzige Makel in unserem perfekten Leben war Lu Shing. Mein Zorn über meine Mutter und ihn blieb. Sie konnten mir nicht das Leben zurückgeben, das ich hätte haben sollen. Niemals würde ich Lu Shing verzeihen können. Dennoch lebte ich das Leben, das ich mir immer gewünscht hatte. Und zumindest machte ich mir, während ich so glückselig in seinem Haus wohnte, keine Gedanken mehr über seine abscheulichen Taten, die alles verändert hatten.

Im Sommer 1918 war die Epidemie vorüber. Und als im November auch noch der Weltkrieg endete, hatten wir einen zweiten Grund zum Feiern. Auch wenn die Internationale Konzession während der Kriegsjahre ihre Neutralität bewahrt hatte, waren nun überall Flaggen unterschiedlicher Nationalitäten gehisst, als Zeichen dafür, dass auf der Welt Frieden herrschte. Die Leute aus dem Westen entkorkten französischen Champagner, den sie aufgespart hatten, und auf der Straße tauschten Fremde Küsse aus. Sie tauschten aber auch Keime aus, und diesen Küssen schrieb man es später zu, dass eine neue Grippewelle ausbrach – und sie war schlimmer als die vergangene. Shanghai sei nicht so betroffen davon wie andere Orte auf der Welt. So stand es in der Zeitung, wo es auch hieß, dass junge Männer und Frauen am häufigsten erkrankten. Seltsamerweise erwischte es hauptsächlich diejenigen, die körperlich am kräftigsten waren.

Zauberkürbis und ich hatten die Grippe bereits gehabt, deshalb konnten wir uns nicht mehr anstecken. Edward war der ersten Welle aber entkommen. Ich war im siebten Monat schwanger, und aus Angst um unser ungeborenes Kind ordneten wir strenge Hygienevorkehrungen an. Wenn Edward und ich das Haus verließen, trug er eine Maske, und wir mieden volle Cafés und Restaurants. Trotz dieser Vorsichtsmaßnahmen erkrankte Edward, und ich pflegte ihn, nachdem ich mir angelesen hatte, wie man einen Patienten mit Spanischer Grippe zu behandeln hatte. Wir kochten Wasser mit Kampfer und Eukalyptus ab. Wir gaben ihm heißen Tee und bittere chinesische Kräuter zu trinken. Wir hielten feuchte Tücher bereit, um das Fieber zu kühlen. Edward verweigerte das meiste davon und meinte, die Symptome seien so schwach, daraus ließe sich schließen, er sei ein viel zu großer Schwächling, um zu der gefährdeten Kategorie der kräftigen Menschen zu gehören. Er blieb nur einen Tag im Bett und prahlte damit, dass die Grippe nicht schlimmer sei als ein ganz gewöhnlicher Schnupfen. Er erholte sich rasch, und wir machten uns keine Sorgen mehr. Nachdem nun auch er davor geschützt war, noch einmal an der Grippe zu erkranken, mussten wir nicht befürchten, unser Kind anzustecken.

An einem kalten, sonnigen Tag im Januar wurde unser kleines Mädchen geboren. Die Pariser Friedenskonferenz begann an diesem Januartag, was wir als Zeichen nahmen, dass sie ein ruhiges Kind sein würde. Das sollte sich bewahrheiten. Sie hatte eine sehr helle Haut und ähnelte Edward mehr als mir. Ihre Augen waren haselnussbraun, die Haare hellbraun. Den Wirbel an ihrem Hinterkopf nahm ich für mich in Anspruch, wie auch das schwache blaue Geburtsmal an ihrem Po, das viele chinesische Babys hatten. Die Rundungen und Läppchen ihrer zarten, blattgleichen Ohren passten zu Edwards. Ich behielt mir ihr rundes Kinn vor. Edward sagte, wenn sie im Schlaf die Stirn runzele, würde sie wie ich aussehen, wenn ich mir Sorgen machte. Ich fand, wenn sie die Nasenflügel blähte, ähnelte sie ihrem Vater in dem Moment, wenn das Essen auf den Tisch kam. Edward bezeichnete sie als »die perfekteste Nachbildung der perfektesten Frau aller Zeiten«. Auf dieses liebevolle Kompliment hin bat ich ihn, den Namen für die Kleine auszuwählen. Er dachte zwei Tage nach. Der Name würde Teil dessen sein, was unsere neue Familie ihr hinterließ, sagte er. Bosson würde sie nicht erben.

»Sie soll Flora heißen«, meinte er schließlich. »Violet und Klein Flora.« Er wiegte sie in den Armen und schmiegte sein Gesicht an ihren Kopf. »Meine kleine Flora.«

Ich war erschrocken, ohne dass ich es zeigte. In Kurtisanenhäusern nannte man uns »Blumen«. Ich hatte mein Leben lang gemischte Gefühle wegen meines Namens gehabt. Veilchen waren die Blumen, die meine Mutter liebte, sie hatten unscheinbare Blüten, man zertrampelte sie leicht, und sie brauchten nicht viel Zuwendung. Ich hatte im Lauf der Jahre immer wieder meinen Namen geändert, von Violet zu Vivi und Zizi, und dazwischen hatte ich viele Spitznamen gehabt. Jetzt war er als Violet zu mir zurückgekehrt. Das war wie das Schicksal. Ich konnte es nicht dauerhaft ändern. Neulich hatte ich in der Bibliothek eine Opernarie angehört, die schönste von allen. Ich las das Beiblatt, das in der Schallplattenhülle steckte. Die Arie wurde von der Figur Violetta gesungen, einer Kurtisane, hieß es, und dann stand noch dabei: »…und in diesem Stadium ihres Lebens eine gefallene Blume.«

Edward sang mit seiner Tenorstimme: »Flora! O süße kleine Flora! Tautropfen am Morgen, Rosenknospe am Nachmittag…« Danach sagte er: »Sieh dir nur ihre Augen an! Schau nur, wie aufmerksam sie guckt, wenn ich ihren Namen sage. Sie weiß schon, dass es ihrer ist. Klein Flora, Klein Flora.« Wie hätte ich ihn bitten sollen, einen anderen Namen zu wählen?

Wir wollten nicht von Klein Flora getrennt sein und beschlossen, dass sie in der Nacht lieber bei uns schlafen sollte als im Kinderzimmer bei der Amah. Ich wachte mitten in der Nacht von ihrem leisen Wimmern auf, hob sie aus dem Stubenwagen heraus und gab ihr die Brust. Leise sang ich: »Flora! O süße kleine Flora! Tautropfen am Morgen, Rosenknospe am Nachmittag…« Sie wurde still, und ihre Augen wanderten umher, bis sie meine fanden. Dann ließ sie den Blick auf mir ruhen. In diesem kleinen Moment des Erkennens bestand meine größte Freude.

März 1919

Im März kehrte die Spanische Grippe noch ein weiteres Mal zurück. »Der Krieg ist vorbei, und damit sollte es auch mit der Grippe vorbei sein«, sagte Zauberkürbis. Alle waren sich einig, dass diese Welle sogar noch heftiger war als die letzte, die ja auch heftiger war als jene davor. Es gab weniger Ansteckungen, aber wen es erwischte, der musste umfassender leiden und starb schneller.

Edward, Zauberkürbis und ich hatten die Grippe bereits überstanden, wir waren froh, dass für uns keine Gefahr bestand. Aber Klein Flora, die erst zwei Monate alt war, hatte noch nie eine Krankheit gehabt, und wir waren überaus vorsichtig. Wir verlangten von allen in unserem Haushalt, Gazemasken zu tragen, wenn sie das Haus verließen. Bevor sie es wieder betraten, mussten sie ihre gebrauchten Masken in einen Eimer neben der Tür werfen, damit sie später ausgekocht und in mit Kampfer versetztes Wasser getaucht werden konnten, um sie abermals zu benutzen. Wenn wir mit Klein Flora an die frische Luft gingen, legten wir ein mit Kampfer getränktes Gazetuch über den Kinderwagen. Wir hielten uns von Menschenmengen fern. Überall hingen Warnhinweise: Hohe Strafen drohten, wenn man an öffentlichen Räumen oder in Straßenbahnen beim Spucken, Husten oder Niesen erwischt wurde. Zwei Akademien für Jungen und eine für Mädchen mussten schließen, weil in den Wohnheimen die Grippe ausgebrochen war. An der Bubbling Well Road kamen wir an Läden und an Ständen vorbei, die Mittel zur Vorbeugung oder Heilung feilboten. Am besten konnte man die Krankheit vermeiden, wenn man achtmal am Tag Dr. Chus Elixier trank, mit Mrs Parker's Potion gurgelte oder ein heißes Zwiebelbad nahm. Wer dennoch krank wurde, sollte sich ausruhen und Alkohol trinken, am wirksamsten sei bester Whisky.

Zwei Wochen später hörten wir, dass in der Internationalen Konzession nur etwa hundert Ausländer gestorben waren, die Hälfte davon Japaner. Die Schulen öffneten wieder. An den Gehsteigen türmten sich dieses Mal keine Leichen, sondern nur Masken, die nicht verkauft worden waren. Wir gaben unsere Sorge und unsere Vorsicht auf.

Als Edward einige Tage darauf die Nase lief, sagte er, dass er Klein Flora besser nicht näher kommen wolle. Er hätte sowieso keinen Appetit und wolle nicht mit uns zu Abend essen.

Weil ich mich immer schnell erkältete, schliefen wir beide in dieser Nacht in unseren eigenen Schlafzimmern. Edwards Diener Kleiner Bock stellte ihm ein Glas Whisky auf den Nachttisch. Als ich am nächsten Morgen nach ihm sah, stellte ich mit Entsetzen fest, dass er rot geränderte Augen hatte und sein Gesicht bleich und verschwitzt war. Er behauptete, ihm sei warm, weil der Abend so feucht gewesen sei. Doch draußen war es kühl. Er hustete, als würde er gleich ersticken, und erklärte, dass an der Nanking Road lauter Staub in der Luft sei, weil dort Häuser abgerissen wurden. Er hatte Kopfschmerzen vom dauernden Husten.

»Das ist die Chinesenkrankheit«, scherzte er. Die Amerikaner und Briten bezeichneten alle möglichen Leiden als »Chinesenkrankheit«, von Magenbeschwerden bis hin zu allem, woraus sie nicht schlau wurden, besonders wenn es letztlich zum Tod führte.

Am Nachmittag begab ich mich erneut in Edwards Zimmer. Mit Schrecken sah ich, dass sein Fieber gestiegen war. Er hustete so heftig, dass er kaum Luft bekam und es ihm Mühe machte, das Gleichgewicht zu halten. »Ich habe es dir doch schon gesagt, es ist das Shanghaier Sumpffieber«, gelang es ihm zu witzeln. »Mach dir bitte keine Sorgen. Ich nehme ein kühles Bad.« Eine Stunde später bat er mich, einen Arzt aus dem Amerikanischen Krankenhaus zu rufen, aber nur, damit er ein Mittel gegen seinen Husten erhielt. Er musste sich von zwei Dienern helfen lassen, um aus der Wanne aufzustehen und sich wieder ins Bett zu legen.

Dr. Albee kam. Zauberkürbis erkannte ihn. »König der Hölle«, nannte sie ihn. Sie wollte auch nach dem chinesischen Arzt schicken, der mich und sie behandelt hatte, als wir krank waren. Wahrscheinlich hatte er eine bessere Medizin parat als Dr. Albee, der nur meinte, man könnte nicht viel mehr tun, als mit den Zehen zu wippen und Däumchen zu drehen.

Ich versicherte dem Engländer, Edward hätte die Grippe schon beim zweiten Ausbruch überstanden, deshalb müsste das eine andere Krankheit sein. Typhus? Er schaute Edward in den Mund, untersuchte mehrmals Nase und Ohren, tastete den Hals ab, klopfte ihm auf den Rücken und hörte ihn ab, dann sagte er mit großer Autorität: »Dieser Patient leidet an einer Mandelentzündung.« Er füllte eine abgemessene Menge Laudanum von einer größeren in eine kleinere Flasche. Edward sollte eine Kappe voll schlucken, damit ihm das Husten erleichtert wurde, und dazu ein Aspirin gegen das Fieber nehmen. Der Arzt verordnete auch frische Bettlaken, weil das dem Wohlgefühl zuträglich sei und eine schnellere Genesung befördere. Damit Edward leichter atmen konnte, entfernte er etwas Schleim mit einer Spritze. Während er seine Instrumente vorbereitete, sagte er zu Edward, er solle sich die lästigen Mandeln entfernen lassen, sobald sie nicht mehr entzündet seien.

»Das fördert die Gesundheit und einen klaren Kopf«, sagte er fröhlich. »Die Entfernung der Mandeln hilft auch bei Beschwerden wie Bettnässen, Appetitmangel und dem Nachlassen der geistigen Fähigkeiten. Jeder sollte sie sich wegmachen lassen. Wenn Sie und Ihre Frau sich dazu entschließen, gibt es keinen Besseren, um diese Operation durchzuführen, als mich. Ich habe sie schon Hunderten von Patienten herausoperiert.«

Er führte Edward eine Ballspritze in ein Nasenloch ein. Als der Arzt betrachtete, was er herausgezogen hatte, wirkte er plötzlich verwirrt und beunruhigt. Es war dick und enthielt Blut. Er beruhigte mich aber und behauptete, das sei nichts Ernstes. Edward hustete mit Auswurf. Auch darin waren Blutschlieren.

Der Arzt plapperte weiter, während Edward nun krampfartig hustete und versuchte Luft zu bekommen. »So ein blutiger Auswurf ist typisch«, sagte Dr. Albee schnell in professionellem Ton. »Das Gewebe ist gereizt und blutet.« Er empfahl uns, Edward viel Tee, aber ohne Milch zu geben. Ich war froh, als der allzu fröhliche Arzt wieder ging.

Ich setzte mich zu Edward ans Bett und las ihm aus der Zeitung vor. Eine Stunde später kamen blutige Schaumblasen aus seiner Nase. »Verdammte Mandeln!«, rief ich. »Verdammter Arzt!«

Zauberkürbis stürmte herein und sah Edward. »Was ist los mit ihm?«

Ich zitterte und keuchte so heftig, dass ich zwischen den einzelnen Atemzügen kaum sprechen konnte. »Edward hat uns letzten Herbst gesagt, dass er eine leichte Grippe hätte. Er meinte, es sei nicht schlimmer als eine gewöhnliche Erkältung. Ich glaube, es war genau das und nicht die Grippe. Er war nie immun dagegen.«

Ich wünschte mir so sehr, dass Zauberkürbis sagte, es gehe ihm schon besser und abends würde er wieder gesund sein. Doch sie riss vor Angst die Augen auf.

Der chinesische Arzt warf einen Blick auf Edward und sagte: »Es ist die Spanische Grippe, und zwar in einer heftigen Ausprägung.« Er fügte hinzu: »Wir hatten viel mehr Fälle, als die amerikanischen und englischen Ärzte mitbekommen haben – bisher fünfzehnhundert. Davon habe ich ein paar Hundert mit eigenen Augen gesehen. Es ist die Grippe, zweifellos.«

Er wies einen Diener an, Edward den Schlafanzug auszuziehen, der wegen des Fiebers ganz durchgeschwitzt war. Dann ließ er von einem Hausmädchen saubere Tücher bringen, große, insgesamt zwanzig Stück. Der chinesische Arzt wandte sich mir zu und sagte: »Wir können es versuchen.«

Versuchen? Was meinte er mit diesem schwachen Wort *versuchen*?

»Wenn es ihm morgen besser geht, hat er eine Chance.« Er teilte Medizin in Päckchen auf, die eine Stunde lang gekocht werden sollten. Dann steckte der Arzt haardünne Akupunkturnadeln in Edwards Körper. Bald wurde seine starre Grimasse weicher, als würde er sich gedankenlos hingeben. Er atmete regelmäßig, langsamer und tiefer. Er öffnete die Augen, lächelte und flüsterte heiser: »Viel besser. Danke, mein Liebes.«

Ich weinte erleichtert. Der Tag war neu, die Welt war anders. Ich nahm seine Hand und küsste ihn auf seine feuchte Stirn. Wir hatten die Krise überwunden. »Du hast mir Angst gemacht«, klagte ich sanft.

Edward rieb sich den Hals. »Hier steckt es fest«, flüsterte er.

Ich streichelte seine Hand. »Was denn?«

»Ein Stück Fleisch.«

»Du hast doch gar nichts gegessen, Schatz. Da steckt nichts in deinem Hals fest.«

Der Arzt sagte auf Chinesisch: »Das Gefühl, als wäre etwas im Hals stecken geblieben – darüber klagten viele.«

»Wie kann man das entfernen, was dort feststeckt?«

»Das ist ein Symptom.« Er schaute ernst, dann schüttelte er den Kopf.

»Es ist hier drin«, sagte Edward und rang nach Luft, während er auf seinen Hals zeigte. Er sah den Arzt an und sagte auf Englisch: »Herr Doktor, bitte seien Sie doch so nett. Bitte geben Sie mir irgendeine Medizin, damit ich schlucken kann.« Der Arzt antwortete auf Chinesisch: »Sie haben nicht mehr lange zu leiden. Seien Sie geduldig.« Zum Abschied sagte er noch, wenn sich Edwards Körper blau färben würde, sei das ein sehr schlechtes Zeichen.

Seine Haare waren so nassgeschwitzt von dem Fieber, dass es aussah, als hätte man ihm einen Eimer Wasser über den Kopf geschüttet. Er brannte nun nicht mehr, er fühlte sich kühl an. Seine Augenlider waren schlaff, eines hing weiter herunter als das andere. »Edward«, flüsterte ich. »Verlass mich nicht.« Er wandte den Kopf ein wenig, aber er fand mein Gesicht nicht. Ich legte die Hand auf seine. Er rührte die Finger. Ohne die Lippen zu bewegen, murmelte er etwas. Ich glaubte zu verstehen: »Meine Herzallerliebste.«

Wir legten ihm Umschläge auf den Körper, zogen mit heißen Tassen die giftige Luft aus seinen Lungen. Er nahm hundert winzige Pillen, sie rollten ihm über die Zunge hinunter. Er hustete sie sofort wieder aus, vermischt mit blutigem Schleim. Sein Atem ging ganz kurz, schnell und flach, und wenn er ausatmete, klang das, als würde Papier in seinem Brustkorb flattern. Wir setzten ihn auf und klopften ihm leicht auf den Rücken, dann schlugen wir fest zu und hämmerten mit den Fäusten darauf, um den Auswurf der teuflischen Grippe zu entfernen. Ich pflegte ihn, ohne selbst etwas zu fühlen, ich sah und hörte nichts als Edward. Ich wollte, dass er am Leben blieb. Ich sorgte dafür, dass er einatmete, noch einmal und noch einmal. Ich durfte nicht unaufmerksam sein, nicht einen Moment. Er war auf mich angewiesen. Ich blieb bei ihm sitzen, lobte ihn, wenn sich seine Brust hob. Er erwachte aus der Bewusstlosigkeit, schlug ab und an die Augen auf und sah mich dann überrascht an. Er murmelte: »Was für ein furchtloses Mädchen du bist«, und danach: »Ich liebe, ich liebe…« Aber schließlich versank er wieder in einen Dämmerzustand.

Am späten Nachmittag bekam Edward die hellblauen Flecken im Gesicht, vor denen wir uns so gefürchtet hatten. Seine Lippen waren kalt, seine Augen trocken. Zauberkürbis zog das Laken weg, um es durch ein sauberes zu ersetzen. Er hatte graue Flecken an den Beinen. Nach oben hin färbten sie sich immer dunkler. Ich sprach mit ihm, sagte ihm, er wäre am nächsten Morgen geheilt. »Glaubst du mir?« Ich hielt den Atem an, wenn er laut nach Luft rang. Ich konnte kaum ausatmen. Ich erstickte. Aber ich weigerte mich zu weinen; das hätte bedeutet, ich würde aufgeben. Ich erzählte ihm von all den wunderbaren Augenblicken, die uns verbanden. Ich redete ohne Unterlass, um den Faden zwischen uns nicht abreißen zu lassen. »Erinnerst du dich noch an den Tag, an dem wir aus der Höhle heraus in diesen grünen Himmel traten? Da habe ich dich geliebt. Wusstest du das? Edward, entsinnst du dich?«

Da merkte ich, dass ich ihn angeschrien hatte. Es war still im Raum, und mit entsetzlicher Deutlichkeit hörte ich das Gurgeln und Zischen, das leise Blubbern und Platzen von blutigem Schaum, der ihm aus der Nase, dem Mund und den Ohren kam. Abends, kurz nach Sonnenuntergang, als sein Gesicht so grau war wie die Schatten um uns herum, gurgelte er noch einmal, dann erstickte er.

Ich blieb die ganze Nacht bei ihm. Zuerst konnte ich seine Hand nicht loslassen. Vielleicht war noch Lebenskraft in seinen Adern, und ich könnte sie ihm zurückdrücken. Aber ohne Luft fiel er in sich zusammen, seine Wangen waren hohl. Seine Augen wurden leer, dann wurde sein ganzer Körper leblos. Seine Hand war kalt geworden. Ich konnte meine Wärme nicht auf ihn übertragen. »Du kannst doch nicht tot sein, das kann nicht sein«, murmelte ich. Dann jammerte ich: »Du kannst doch nicht von uns gehen!« Sein Gesicht war noch von den Qualen des Todes verzerrt, und ich war wütend. Wo war der friedliche Moment, der angeblich im Angesicht des Todes kommt? Ich weinte, erst voller Wut, dann voller Verzweiflung und Trauer. Ich bedeckte sein Gesicht und stellte mir vor, wie er war, als er noch lebte, nicht still, nicht ruhig.

Die Tür ging auf, Licht fiel herein. Zauberkürbis schaute betroffen. Ich sprang auf. Wie hatte ich Klein Flora vergessen können? »Ist sie krank?«, rief ich. »Hat sie mich auch verlassen?«

»Sie ist bei der Amah im anderen Flügel und kein bisschen krank. Aber du darfst erst zu ihr, wenn du dich von Kopf bis Fuß gewaschen hast. Wir müssen deine und auch Edwards Kleider verbrennen – und das Bettzeug, die Handtücher, alles, auch deine Schuhe.«

Ich nickte. »Pass auf, dass die Diener sich nicht die Kleider für sich selbst nehmen.«

»Die meisten sind weg.« Sie sagte das so nüchtern, dass ich sie zuerst gar nicht verstand. »Sie sind weggelaufen, nachdem Edward gestorben ist. Nur drei sind geblieben: die Amah, Heller Kopf und Kleiner Bock sowie der Fahrer. Sie hatten sich schon bei der ersten Grippewelle angesteckt, deshalb haben sie keine Angst. Ich lasse den Körper von den Männern waschen.«

Den Körper. Was für ein gefühlloses Wort.

»Sie sollen warmes Wasser nehmen«, sagte ich, als ich mir Wasser für mein eigenes, einsames Bad einließ. Tränen fielen hinein. Als ich mich wieder aus der Wanne erhob, wurde mir schwindelig, und ich setzte mich auf mein Bett. Ein Gedanke hielt mich vom Weinen ab: Ich muss ruhig wirken, wenn ich zu Klein Flora gehe. Ich schloss die Augen, um mich zu konzentrieren. Sie sollte immer die Gewissheit haben, dass sie sicher und geschützt war.

Sechs Stunden später, es war Nachmittag, wachte ich auf. Edward lag nicht mehr im Schlafzimmer. Seine Stimme war jetzt die Stille. Ich ging nach unten.

Zauberkürbis kam aus dem Esszimmer, wo Edward nun lag. Sie führte mich in den Salon. »Du musst dich schnell verabschieden. Heller Kopf hat gesagt, dass sie in der chinesischen Altstadt die

Leichen aufschichten und in ein Massengrab stecken. Die Familien können ihre toten Verwandten nicht mehr in die Dörfer ihrer Vorfahren bringen. Du kannst dir vorstellen, was das für ein Gejammer gab, als sie das hörten. Wir wissen nicht, was die Ausländer mit den Leichen machen, aber wir dürfen nicht riskieren, dass sie das für uns entscheiden.«

Es war zu früh für den endgültigen Abschied von Edward. Ich hätte das so lange wie möglich hinausgezogen, hätte Zauberkürbis nicht die Initiative ergriffen. Sie hatte Edward geliebt, und sie würde sich fürsorglich und klug verhalten, das wusste ich. Ich war dankbar, dass ich nicht darüber nachdenken musste, was zu tun war. Heller Kopf und Kleiner Bock hatten einen Sarg gezimmert, aus einem großen Schrank. Mit Kerzenwachs versiegelten sie ihn oben und auf allen Seiten. Sie hatten bereits den Teich ausgegraben, damit er als Grab dienen konnte. Das war die Stelle, an der Edward und ich an warmen Tagen gesessen hatten, wo wir uns unter der Ulme vorgelesen, die Füße in den Teich gesteckt und uns mit Wasser bespritzt hatten.

»Der König der Hölle ist vorbeigekommen, um nach Edward zu sehen«, sagte Zauberkürbis. »Hier ist der Totenschein. Ich kann nicht lesen, was dieser furzende Hund geschrieben hat.«

Lungenentzündung, in Folge einer Grippeerkrankung. Er hatte seinen Fehler zugegeben. Er musste Edwards Tod dem amerikanischen Konsulat und den Behörden in der Internationalen Konzession melden. Die Amah brachte mir Klein Flora. Ich untersuchte ihr Gesicht und fühlte ihr die Stirn. Ihre Augen waren klar, sie suchte meine. Ich betrachtete noch einmal ihr Gesicht, die Ohren, die Stirn, die Haare und die Augen – Edwards Vermächtnis.

Zauberkürbis führte mich ins Esszimmer, »jederzeit bereit, das Baby aufzufangen«, sagte sie, falls ich in Ohnmacht fiel. Den großen Tisch hatte man weggeräumt, an seiner Stelle stand der Sarg. Edwards Haut war immer noch grau. Er trug einen Anzug, den er häufig auf unseren Spaziergängen angehabt hatte. Ich strich ihm über das Gesicht. »Du bist kalt«, sagte ich. »Es tut mir so leid.«

Ich entschuldigte mich bei ihm für alle Zweifel, die ich jemals an seiner Güte, seiner Ehrlichkeit und seiner Liebe gehabt hatte. Ich sagte, ich hätte einmal geglaubt, ich wäre nicht fähig, ihm Liebe zu schenken, weil ich nicht wüsste, was das war, nur dass ich Liebe bräuchte. Er hatte mir gezeigt, wie natürlich es war, Liebe anzunehmen, und wie natürlich es war, Liebe zu schenken. Und jetzt war ich untröstlich, der Beweis, dass wir uns von ganzem Herzen geliebt hatten. Ich drehte mich so, dass er Flora sehen konnte. »Unsere Tochter, unsere größte Freude, durch sie habe ich erfahren, dass ich tiefe Liebe empfinden kann. Ich werde ihr erzählen, dass du sie jeden Tag in den Armen gehalten und ihr vorgesungen hast.« Der Mann mit dem blauen Gesicht sagte nichts. Das war nicht Edward. Ich wollte nicht, dass meine stärkste Erinnerung an ihn aus den quälenden Momenten der letzten zwei Tage bestand. Ich reichte Zauberkürbis das Baby und ging hinauf in die Bibliothek.

Ich setzte mich auf eines der einander gegenüberstehenden Sofas und erinnerte mich an unsere Gespräche – an seinen Witz, seine Ernsthaftigkeit, seinen Humor und auch an die düsteren Stimmungen, in die er manchmal verfiel, wenn wir darüber redeten, was er als seine Seele und sein moralisches Ich bezeichnete. Was war Erlösung? Wohin ging er, wenn er uns verließ? Ich entdeckte das Tagebuch, das er erst seit letzter Woche geführt hatte, und drückte es an meine Brust. Das war er. Aber auch wieder nicht. Es war eine traurige und zugleich schöne Erkenntnis, dass ein Mensch nirgendwo anders zu finden war als in seinem eigenen Geist. Niemand konnte ihn besitzen.

Bevor ich den Treppenabsatz erreichte, drangen tiefe Stimmen und das Kreischen eines Kindes herauf. Ich eilte nach unten. Zwei chinesische Polizisten standen im Gang. Sie hielten Mousie, die Tochter meines persönlichen Hausmädchens, an den Armen fest. Das verängstigte Mädchen war etwa zehn Jahre alt, bei jedem plötzlichen Geräusch, bei jeder heftigeren Bewegung zuckte sie zusammen. Zauberkürbis und ich vermuteten schon seit langem, dass ihre Mutter sie regelmäßig schlug. Die Polizisten schüttelten sie. Man sah das Weiß ihrer Augäpfel. »Meine Mutter hat mich damit in den Laden geschickt«, sagte sie mit klappernden Zähnen. »Sie wollte mich totschlagen, wenn ich es nicht mache.«

Einer der Polizisten erklärte, das Mädchen hätte eine wertvolle Kette zu einem Juweliergeschäft gebracht, das einem gewissen Herrn Gao gehörte. Der Juwelier hatte sofort Verdacht geschöpft, als er die Kette sah. Er wusste, wem sie gehörte. Er brachte sie zur Polizei, damit man ihm nicht vorwarf, er hätte sie gestohlen. Auch wenn er die Wahrheit zu sagen schien, wurde er auf der Polizeiwache festgehalten, bis man seine Behauptungen überprüft hatte.

»Bitte!«, rief Mousie. »Die dürfen mich nicht umbringen!«

»Jemand muss die Kette beschreiben«, sagte der strengere der beiden Polizisten.

Zauberkürbis ging in mein Zimmer, um nachzuschauen, was fehlte.

Sie kam zurück. »Die Kette müsste mit kleinen Smaragden besetzt sein. Zwei Kringel treffen auf einen dritten in der Mitte ...«

Der Polizist holte die Kette hervor. Zauberkürbis untersuchte, ob sie beschädigt war. Dann schimpfte sie das weinende kleine Mädchen.

»Sie wurde mit einem geringen Hirn geboren«, erklärte ich schnell den Polizisten. »Sie denkt wie ein kleines Kind ohne Vernunft. Wir haben die Kette zurück, deshalb ist kein Schaden angerichtet worden. Wir passen besser auf das Mädchen und den Schmuck auf. Und ich kann Ihnen versichern, dass wir Herrn Gao seit vielen Jahren kennen und ihn für sehr vertrauenswürdig halten.«

»Das Mädchen hat uns erzählt, ein Ausländer sei an der blauen Krankheit gestorben«, sagte einer der Männer ernst. »Wir kümmern uns nicht um Angelegenheiten, die Ausländer betreffen. Aber wenn es die Grippe war, muss ein westlicher Arzt den Toten untersuchen und die Todesursache feststellen, um es dann dem amerikanischen Konsulat zu melden.«

»Wir haben bereits einen Totenschein, unterzeichnet von Dr. Albee vom Amerikanischen Krankenhaus. Er hat Mr Ivory behandelt.«

Die Männer wollten Edward sehen, um zu verifizieren, dass es ein Ausländer war, der gestorben war, und kein chinesischer Bürger. Bevor sie bei Edward waren, blieben sie stehen. »*Ai!* Das blaue Gesicht«, murmelte der eine.

Eine Stunde später kam ein Detective von der britischen Polizei, gefolgt von einem amerikanischen Konsulatsbeamten. Sie sprachen mir kurz ihr Beileid aus und entschuldigten sich für die Störung.

»Wer ist der Verstorbene?«, fragte der Amerikaner.

»Bosson Edward Ivory III.« Die Worte klangen wie eine Totenglocke. Ich reichte ihnen den Totenschein. Sie untersuchten Edward und baten um seinen Pass. Ich ging zu Edwards Schreibtisch. Bevor ich ihnen den Ausweis gab, sah ich mir noch einmal sein Foto an. So traurig, so jung. Und dann entdeckte ich das Wort *verheiratet* unter seinem Namen. Unter den Worten *Name der Ehefrau* stand: »Minerva Lamp Ivory«. In diesem Moment wagte ich den Sprung in ein neues Leben.

Der Mann besah sich den Pass.

»Ich bin seine Frau, Minerva Lamp Ivory.«

Sie schrieben sich das auf. »Könnten wir Ihren Pass sehen?«, bat der Amerikaner.

Ich zögerte.

»Es ist nur eine Formalität.«

Ich entschuldigte mich und ging in mein Schlafzimmer, angeblich, um das nicht existierende Dokument zu holen. Um den Schein zu wahren, zog ich leere Schubladen auf und suchte gleichzeitig nach plausiblen Erklärungen.

Verzweifelt kehrte ich zurück. »Mein Pass ist weg. Ich habe überall gesucht, aber er ist nicht da. Wahrscheinlich hat ihn jemand vom Personal gestohlen.«

»Bitte machen Sie sich keine Gedanken. Wie gesagt, es ist nur eine Formalität. Wenn er nicht mehr da ist, können wir Ihnen helfen, einen Ersatz zu beschaffen. Möchten Sie, dass wir die Familie benachrichtigen?«

Ich musste schnell denken. »Es wäre besser, wenn ich das selbst mache. Es wird ein Schock für seinen Vater und seine Mutter sein. Ich muss genau die richtigen Worte finden, um das ein wenig abzumildern, und ihnen sagen, dass er nicht leiden musste. Ich wünschte, es wäre so gewesen. Sie werden außerdem ganz sicher Edwards Leiche zu ihnen nach New York überführen lassen wollen.«

»Es tut mir leid, aber das ist nicht möglich«, sagte der Konsulatsbeamte. »Die Leichen der Grippeopfer dürfen nicht aus der Stadt gebracht werden.«

»Das hatten wir schon gehört, deshalb habe ich privat vorgesorgt. Ich muss seinen Eltern ganz vorsichtig erklären, dass wir ihn hier zu Hause begraben, innerhalb der Mauern dieses Anwesens.«

»Sie können von Glück sagen, dass Sie ein Grundstück besitzen, auf dem Sie ihn beerdigen können. Bisher sind fünfzehnhundert Chinesen gestorben, sie kommen alle in ein Massengrab. Manche werfen die Leichen einfach in den Fluss. Wir haben Sorge, dass das Trinkwasser mit Grippekeimen verseucht ist. Kochen Sie Ihr Wasser gut ab. Ich empfehle Ihnen zudem, keinen Fisch zu essen.«

Klein Flora begann zu zappeln und zu jammern. Ich fühlte ihr die Stirn. Wurde sie auch noch krank?

Der britische Detective lächelte sie an wie ein Clown und verdrehte die Augen, um sie zum Lachen zu bringen. Stattdessen weinte sie. »Traurig, dass sie ihren Vater so früh verloren hat«, meinte er.

Eine Stunde nachdem sie gegangen waren, vergruben wir Edward im Garten unter dem großen Baum. Kleiner Bock und Heller Kopf sprachen Worte der Dankbarkeit an seinem Grab. Zauberkürbis stellte eine Schale mit Obst hin und zündete Räucherstäbchen an. Die beiden Männer füllten das Grab mit dunkler, feuchter Erde. Nachdem sie fort waren, grub ich die Veilchen aus, die den Weg zum Haus säumten, und pflanzte sie auf sein Grab.

Ich schlug eine vertraute Seite von *Grashalme* auf und las mit fester Stimme laut vor:

Nicht ich noch irgendwer kann diese Straße wandern für dich,
Du musst sie selbst gehen.
Sie ist nicht weit, sie ist in erreichbarer Nähe,
Vielleicht warst du auf ihr seit deiner Geburt und wusstest es nicht,
Vielleicht ist sie überall, zu Wasser und zu Lande.

8

Die beiden Mrs Ivorys

Shanghai, März 1919
Violet

Nach Edwards Tod setzte ich mich jeden Tag auf die Steinbank, um Klein Flora vorzulesen und ihr von der Liebe ihres Vaters zu ihr zu erzählen. Sie schaute mich dabei ganz konzentriert an, als verstünde sie, was ich sagte. Am vierten Tag klopfte jemand laut ans Tor. Ich legte das Buch weg und machte auf. Ein ernst dreinblickender Mann stand da, er sah aus wie ein Bestatter.

Er nahm den Hut ab und stellte sich als Mr Douglas von der Kanzlei Massey & Massey vor, die das Schifffahrtsunternehmen der Familie Ivory vertrat. »Mein tief empfundenes Beileid«, sagte er. »Ich bedauere es sehr, dass wir uns unter so tragischen Umständen wiedersehen.«

Ich dachte nach. Ich war mit Edward zu einem Anwalt der Reederei gegangen, um nachzufragen, ob Lu Shings Brief, in dem er mir dieses Haus angeboten hatte, genügend rechtliche Gültigkeit besaß, um später einmal Anspruch darauf erheben zu können. Doch der Mann damals hatte anders ausgesehen.

»Ich hätte schon früher kommen sollen«, sagte Mr Douglas. »Es hat ein wenig gedauert, die nötigen Dokumente zu beschaffen. Wie Sie wissen, hat Mr Ivory finanziell für Ihre Tochter und Sie vorgesorgt.«

Ich erfuhr, dass Edward einen Brief an seine Anwälte geschrieben hatte, den Kleiner Bock überbracht hatte. Am Datum war abzulesen, dass das sechs Tage her war, es war der Tag, an dem er erkrankt war und keinen Appetit gehabt hatte. Er hatte bereits gewusst, dass er sterben würde.

Der Anwalt legte mir die Dokumente vor. Edward hatte festgesetzt, dass im Fall seines Todes sein gesamtes Vermögen, das er in Shanghai auf der Bank hatte, sofort auf ein neues Konto für seine Tochter Flora Ivory überwiesen werden sollte. Seine Frau, die Mutter seines Kindes, sollte unterschriftsberechtigt sein. Jedes etwaige spätere Erbe sollte dazukommen.

Mr Douglas beugte sich über Klein Flora. »Ein hübsches Kind. Ich sehe die Ähnlichkeit zu Ihnen und dem verstorbenen Mr Ivory.« Er reichte mir ein mit Schreibmaschinenschrift ausgefülltes und mit handschriftlich eingetragenen Namen versehenes Blatt, auf dem der Betrag von 53 765 Dollar zu lesen war. »Sie müssen nur hier unterschreiben.«

Es war ein erstaunlicher Betrag, genug für ein ganzes Leben. Wie weise, dass Edward das Geld in Floras Namen angelegt hatte. Sie war seine Erbin, und man konnte ihr das Geld niemals wegnehmen. Ich starrte auf den Namen, der unter der Summe stand: Minerva Lamp Ivory. »Ich gehe davon aus, dass Ihr Name richtig geschrieben ist«, sagte der Anwalt. »So steht es in den Unterlagen der Anwälte des Schifffahrtsunternehmens. Wir müssen es lediglich mit Ihrem Pass abgleichen.«

Edward hätte Minerva niemals als die Mutter seines Kindes bezeichnet. Es hätte ihn wütend gemacht, genauso wie es mich jetzt wütend machte. Am liebsten hätte ich die Wahrheit gesagt, aber das wäre gefährlich gewesen.

»Der Name stimmt, Mr Douglas. Aber ich besitze im Augenblick keinen Pass, mit dem sich die Überprüfung anstellen ließe. Eine frühere Hausangestellte hat ihn gestohlen. Ich erwähnte das schon gegenüber einem Konsulatsbeamten. Zugleich hatte ich ihm mitgeteilt, dass ich bald ins Konsulat kommen würde, um einen neuen Ausweis anzufordern … aber das war in den vergangenen Tagen schwierig.« Ich weinte echte Tränen. Meine Stimme versagte.

»Können wir Ihnen vielleicht helfen und ihn für Sie abholen?«, fragte Mr Douglas. »Von einer Frau, die gerade Witwe geworden ist, kann man kaum verlangen, dass sie das Haus verlässt. Das Konsulat kann leicht die entsprechenden Einträge finden. Ich bräuchte nur ein Foto von Ihnen.«

»Das ist zu freundlich von Ihnen. Leider habe ich meinen Pass nie dort registrieren lassen. Als ich das Schiff verließ, konnte ich es kaum erwarten, meinen Mann zu sehen, und die lange Warteschlange am Zoll hatte mich abgeschreckt. Ich sprach einen Wachmann an und erzählte ihm, ich müsse unbedingt eine Toilette aufsuchen, weil mir wegen der Schwangerschaft übel sei, so konnte ich den Zoll umgehen. Das war nicht richtig von mir. Aber damals fand ich nichts dabei, dachte, es sei ja egal, ob ich mich nun sofort meldete oder erst später. Edward und ich wollten das nachholen – und dann auch gleich Klein Flora als amerikanische Staatsbürgerin registrieren lassen. Als wir beabsichtigten, das zu tun, stellte ich fest, dass der Pass nicht in der Schublade lag. Ich vermute, ein Hausmädchen, das uns einen Monat zuvor verließ, war die Diebin.«

»Dieses Problem begegnet uns nicht zum ersten Mal. Mit amerikanischen Pässen lässt sich eine Menge Geld machen. Mithilfe eines Konsulatsbeamten, den ich kenne, können wir einen neuen besorgen. Er weiß, dass man auf mein Wort zählen kann. Ich garantiere persönlich dafür, dass Sie wirklich Minerva Lamp Ivory sind. Ich war Zeuge, als Mr Ivory Sie mir als Mrs Ivory, als seine Ehefrau vorgestellt hat. Haben Sie übrigens weitere Schritte wegen Ihres Onkels und des Hauses unternommen, das er Ihnen hinterlassen will?«

Erst da begriff ich, dass Mr Douglas und ich uns wirklich schon einmal getroffen hatten. Seit unserer letzten Begegnung hatte er sich seine buschige Mähne abgeschnitten und den Bart abrasiert.

»Gleichzeitig lassen wir eine Geburtsurkunde ausstellen«, sagte der bartlose Mr Douglas. »Wie lautet der volle Name des Kindes?«

»Flora Violet Ivory«, antwortete ich, ohne zu zögern. »Mein Mann hat den Namen ausgesucht.«

»Ein sehr schöner Name. Wohlklingend und zart. Ich brauche nur noch ein Foto von Ihnen. Haben Sie zufällig eines da?«

Ich ging in mein Schlafzimmer und fand eine Erinnerungskarte für Freier und Patrone. Darauf trug ich ein schmales Etuikleid und lehnte aufreizend an einem Podest im Studio. Sorgfältig schnitt ich den Kopf aus und kam mit einem weniger anzüglichen Bild zurück, das die deutlich besser gestellte Minerva Lamp Ivory zeigte.

Nachdem der Mann gegangen war, setzte ich mich auf die Steinbank. Mir war ganz schwindelig von meiner Trickserei. Was die weiblichen Kniffe im Kurtisanenhaus anging, war ich eine gute Schauspielerin, aber nicht, was meine Trauer betraf und die Zukunft meines Kindes. Kleiner Bock brachte mir Tee. Ich fragte ihn, ob er gesehen hätte, wie Edward den Brief schrieb.

Er nickte. »Ich sollte es Ihnen nicht sagen. Er meinte, es würde Sie nur aufregen. Ich wusste nicht, was in dem Brief stand.«

»War er sehr krank, als er ihn schrieb?«

»Er hatte Fieber und Kopfschmerzen. Ich sollte ihm auch Aspirin bringen. Aber im Kopf war er noch ganz klar.«

In dieser Nacht hatte ich eine Vision von Edward, ich sah ihn, wie er den Brief aufsetzte. Zuerst leuchtete er, doch als er ihn beendet hatte, wurde seine Erscheinung immer schwächer, bis Edward fast ganz in einer Dunkelheit verschwand. Plötzlich kam er wieder, und er strahlte. Als sein Anblick dann abermals langsam verschwand, blieb ich mit einem friedlichen Gefühl in mir zurück. Es war ein Gefühl, von dem ich zehren konnte. Vielleicht war ich eingeschlafen und hatte alles nur geträumt. Es war aber letztlich nicht wichtig. Was ich empfand, hatte etwas Wahrhaftiges an sich.

Wenn er mir nur dabei helfen könnte, der Familie Ivory einen Brief zu schreiben, der sie über seinen Tod informierte. Seine Eltern hatten ihn vergöttert, ihren einzigen Sohn. Aber welche Rolle sollte ich annehmen? In welchem Ton sollte ich schreiben? Wie ein Arzt, etwa wie der wenig taugliche Dr. Albee? Oder wie ein

Beamter, der die Regeln und Bestimmungen im Falle eines Todes befolgte?

Zauberkürbis brachte mir einen Brief. »Der ist von Lu Shing. Wenn du willst, kann ich ihn wegwerfen.«

»Ich muss mich nicht vor etwas schützen, was Lu Shing zu sagen haben könnte. Das Schlimmste ist schon geschehen. Alles andere wird mir im Vergleich wie schlechtes Wetter vorkommen.« Also las ich ihn:

Liebe Mrs Ivory,
das Hinscheiden Ihres Ehemanns und des Sohnes von Freunden hat mich zutiefst betroffen gemacht. Ich kannte ihn seit über zwanzig Jahren. Ich hoffe, Sie bleiben weiter in dem Haus wohnen. Es wurden alle Vorkehrungen getroffen, damit Sie sich dort wohlfühlen können. Falls Sie in kleineren oder größeren Angelegenheiten Hilfe brauchen, zögern Sie nicht, es mich auf direktem Wege wissen zu lassen.
Ihr
Lu Shing

Er nannte mich Mrs Ivory und erkannte beides an: die Distanz zwischen uns als auch meinen neuen Status als Edwards Frau. Ich schickte eine Antwort, in der ich ihn bat, der Familie Ivory einen Brief zu schreiben – er war immerhin seit über zwanzig Jahren gut befreundet mit ihr. Lu Shing sollte sie darüber aufklären, dass ihr geliebter Sohn Edward der Grippe zum Opfer gefallen sei, in wenigen Tagen und ohne zu leiden. Außerdem bat ich ihn, Klein Flora oder mich nicht zu erwähnen.

Ich hatte ihn früher beschimpft, weil er mich nicht anerkannt hatte. Nun bat ich ihn, dieses Unwesen fortzusetzen.

Am nächsten Tag kam mein Pass, zusammen mit einer Geburtsurkunde für Klein Flora. Das, was im unteren Teil stand, war für mich kaum zu ertragen:

Flora Violet Ivory, geboren am 18. Januar 1919 in Shanghai, China
Vater: Bosson Edward Ivory III., Geschäftsmann
Alter: 26. Hautfarbe: weiß. Geburtsort: Croton-on-Hudson, New York
Mutter: Minerva Lamp Ivory, Hausfrau
Alter: 23, Hautfarbe: weiß, Geburtsort: Albany, New York

Ich widmete mich ganz der Zukunft von Klein Flora. Sie sollte nie von meiner Vergangenheit erfahren, nie von den Umständen ihrer Geburt. Ich erschuf mich neu als Edwards rechtmäßig angetraute Ehefrau und Witwe Minerva Lamp Ivory. Um diese Person überzeugend darzustellen und keinen Verdacht zu erregen, sprach die neue Mrs Ivory in der Öffentlichkeit nie Chinesisch. Sie trug eine neue Frisur, ließ sich einen Bob schneiden und eine Dauerwelle machen. Sie zog konservative Kleider an, jedenfalls waren sie nach meinen Maßstäben nicht modisch. Und sie ging in den American Club, wo sie an mühsamen Mittagessen für Ehefrauen teilnahm, Vorträgen über den Einkauf von Porzellan lauschte und sich freiwillig meldete, bei einem Wohltätigkeitsball mitzuhelfen, um Spenden für russische Flüchtlinge zu sammeln. Wiederholt und voller echtem Kummer erklärte sie, dass ihr Mann an der Grippe gestorben sei und sie nun allein mit ihrem einzigen Kind in einem Haus in der Bubbling Well Road leben würde. Der Straßenname verriet, dass Mrs Ivory wohlsituiert war.

Den Tag über ging ich mit Klein Flora in den Park, ins Kino für Ausländer, und wir fuhren am Bund entlang, vorbei an der Ivory-Reederei. In meiner neuen Rolle als Mrs Minerva Ivory war ich zuerst sehr nervös. Ich bildete mir ein, dass mich das Gesicht einer Frau aus der undeutlichen Menge heraus anstarrte. Jedes dieser kritischen Gesichter war anders, aber alle gehörten irgendwelchen Ausländerinnen, und sie schienen auszudrücken, dass sie wussten, dass ich nicht diejenige war, die ich behauptete zu sein. Meine Mutter hatte früher einmal gesagt, dass ich nicht auf die Leute achten sollte, die mich missbilligten. Ich hätte die Freiheit, für mich selbst zu denken. Aber das traf jetzt nicht mehr zu. Ich musste an Klein Flora denken.

Außer Zauberkürbis hatte ich keine richtigen Freunde. Seit Edwards Tod war sie zuvorkommender und legte eher Besorgnis als Kritik an den Tag. Sie hatte sich zuvor geweigert, Klein Floras Amah zu sein. Aber jetzt glaubte sie, die Amah würde nahezu taub sein. Zauberkürbis meinte, sie hätte neulich mehrfach nach ihr gerufen, mit abgewandtem Gesicht, aber sie hätte nicht reagiert. Was, wenn Klein Flora hinfiel und schrie? Sie bestand darauf, Klein Flora fortan auf unseren Ausgängen zu begleiten.

»Wenn du so tun kannst, als wärst du eine Frau, die du nicht sein willst«, sagte sie, »dann kann ich auch so tun, als wäre ich eine Amah.«

In den Läden kaufte sie guten Tee für uns und buntes Garn für die Amah. Die Amah strickte jetzt für Klein Flora, Tag und Nacht, wie es schien. Wenn Klein Flora aus etwas herausgewachsen war, lagen schon neue Sachen bereit. Die alten Kleider schenkten wir dem American Club, der eine ganze Liste von Wohltätigkeitsorganisationen für die Armen hatte, denen man abwechselnd spendete. Als ich erfuhr, dass eine Institution, die davon profitierte, das Waisenhaus für Mischlingskinder war, freute ich mich.

»Könnten denn manche dieser Mädchen als weiß durchgehen?«, fragte ich die Frau, die zuständig für die Spenden war.

»Ich habe schon welche gesehen, die auf den ersten Blick so weiß aussahen wie Sie oder ich«, meinte sie. »Aber auf den zweiten Blick erkennt man, dass die Augen leicht schräg stehen, die Lippen voller sind oder die Haut einen leichten Gelbton hat.«

An ihrer Antwort merkte ich, dass sie das chinesische Blut der Mädchen für minderwertiger hielt. Aus diesem Grund war ich ständig in Sorge, dass man mich als Chinesin entlarvte. Als Kind hatte ich gelitten, ich hatte mich geschämt oder Angst gehabt, beleidigt zu werden. Ich gehörte nicht zur guten Gesellschaft, weder in der amerikanischen noch in der chinesischen Welt. Klein Flora sollte niemals zweifeln müssen, wo sie hingehörte.

Eines Nachmittags kehrte ich nach Hause zurück und hörte Floras quiekendes Lachen aus der Bibliothek. Sie und Zauberkürbis knieten vor einem niedrigen Tisch mit einem Foto von Edward, Schalen mit Räucherwerk, Tellern mit frischem Obst und Süßigkeiten. Zauberkürbis hielt Stäbchen in der Hand, aus denen Rauch in Spiralen aufstieg. »Wenn nur dein Edward noch lebte, um meinen Dank zu hören«, sagte sie zu mir. »Wenigstens kann ich ihm meine Anerkennung schicken, wo auch immer er ist.«

Edward hätte diese Wertschätzung gefallen. Ich fragte mich, ob Klein Flora diese Gesänge für chinesische Geister wohl eines Tages für rückständigen Aberglauben halten würde.

September 1922

Dreieinhalb Jahre waren vergangen, seit Edward gestorben war.

Er verschwand immer mehr. Einen Monat nach seinem Tod hatte ich das Gefühl, er wäre schon lange weg, und gleichzeitig, es wäre erst einen Augenblick her. Die Monate, die verstrichen, markierte ich durch die neuen Kleider, die die Amah für Klein Flora strickte: grün und gelb im April, gelb und blau im Juli, lavendel- und rosafarben im September. Mir fiel auf, wann welche Blumen blühten, wann die Bäume die Blätter verloren und sich hellgrüne Knospen an den Zweigen zeigten. Ich zählte, wie oft Flora hochgehoben wurde, um mich anzulächeln, wann sie auf ihren kleinen Beinchen herbeigelaufen kam und meinen Namen rief – all das war aber genauso unzählbar wie die Tage, die Edward nicht mehr bei uns war.

Ich fand das Tagebuch, das er kurz vor seinem Tod angefangen hatte. Wie traurig, dass er nicht genügend Zeit gehabt hatte, um hundert weitere vollzuschreiben. Ich benutzte es, um es mit den neuen Wörtern von Klein Flora zu füllen, mit lustigen Sätzen und altklugen Ideen. Bald schaffte ich es nicht mehr, ich hätte den ganzen Tag damit zubringen müssen, aufzuschreiben, was sie so an Besonderem von sich gab. Ich mochte sämtliche Spielsachen, die sie liebte: die Stoffpuppe, die Kugeln, die in die Löcher in einem Holzbrett passten, und als sie drei wurde, die Wachsmalkreiden und den Zeichenblock, den sie mit bunten Farben und krummen Linien bemalte.

Ich behielt Edwards Angewohnheit bei, die Zeitungen zu lesen. Kleiner Bock brachte mir jeden Tag zwei, eine chinesische und eine westliche. Bis auf Zauberkürbis hatte ich niemanden, mit dem ich die Ereignisse des Tages diskutieren konnte. Zuerst interessierte sie sich gar nicht dafür. Aber dann gab es einen Skandal – ein weißes Kind war ermordet worden, und alle Ausländer in der Internationalen Konzession empörten sich. Zauberkürbis protestierte, meinte, tausend kleine chinesische Mädchen könnten umgebracht werden, ohne dass sich jemand aufregte. Ich stimmte ihr zu, aber ich machte mir auch Gedanken, dass der Mörder, den man nicht gefasst hatte, als Nächstes Klein Flora erwischen könnte. Danach hatte Zauberkürbis eine Meinung zu allem, wenn ich ihr die Nachrichten vorlas.

Shanghai veränderte sich außerhalb unseres Refugiums. Es gab von allem mehr – und dieses Alles war moderner, modischer, luxuriöser, bizarrer, aufregender. Die Villen wurden größer, die Autos zahlreicher, ein Zeichen dafür, wie reich man war. Und auf einmal gab es Filmstars. Was auch immer sie taten oder anzogen, wurde sofort populär. Die drei Filme, die Zauberkürbis und ich uns ansahen, gingen alle um junge, unschuldige Mädchen, die in die große Stadt gelockt und zur Prostitution gezwungen worden waren. Zauberkürbis weinte unentwegt während des ersten Films und flüsterte: »Das ist meine Geschichte.« Aber am Ende klagte sie: »So ein glückliches Ende, das gibt es doch in Wirklichkeit gar nicht.« Am Schluss eines der beiden anderen Filme sagte sie: »Viele Mädchen bringen sich aus dem gleichen Grund um.«

Was in Shanghai vor sich ging, sah ich mit den Augen einer Mutter. Um Klein Flora zu schützen, musste ich wissen, wo die Gefahren lauerten. An der Stadt wurde gezogen und gezerrt, es gab Spannungen, weil Ausländer und Chinesen Seite an Seite wohnten und einander geflissentlich missachteten. Es gab Tage, da dachten wir, die Luft zwischen ihnen könnte gleich explodieren. Die Studenten fanden immer mehr Gründe, gegen die Rechte von Ausländern und die schlechte Behandlung von chinesischen Arbeitern zu protestieren. Das Neueste war eine antichristliche Kampagne. Wir behielten sie im Auge und achteten auf Anzeichen dafür, dass sie sich ausbreitete und ernster wurde, wie es während des Boxeraufstands zwischen 1899 und 1901 passiert war. Ich hatte Angst, es könnte zu Gewaltausbrüchen kommen. Das Leben von Klein Flora durfte aber nicht gefährdet werden. Mein eigenes hatte sich geändert, als der Kaiser abdankte. Während der Revolution hatte es Helden und Feinde gegeben, aber es gab auch Ganoven, die sich schnappten, was immer sie zu fassen bekamen, während alle anderen noch kämpften. Bisher zogen die neuen Proteste zwar Streiks nach sich, aber keine Gewalt. Der längste Widerstand begann, kurz nachdem der Pariser Friedensvertrag unterzeichnet war.

»Wenn ich zur Schule gegangen wäre«, sagte Zauberkürbis, »dann wäre ich wahrscheinlich Revolutionärin geworden.«

Ich fragte mich, was Edward wohl jetzt von Woodrow Wilson halten würde. Statt die Provinz Shandong an China zurückzugeben, hatten die Alliierten beschlossen, sie lieber weiterhin von den Japanern besetzen und kontrollieren zu lassen. In den Vereinigten Staaten und in Europa feierte man den Friedensvertrag. In Shanghai riefen die Studenten ebenjene erwähnten Streiks aus. Arbeiter und Händler schlossen sich ihnen an, und alles machte dicht. Als sich die Demonstrationen über Monate hinzogen, scherzte Zauberkürbis, dass sie ebenfalls streiken könnte. Wir konnten nichts kaufen, nicht ins Kino gehen. Es gab kein Benzin für das Auto. Was ich bei den Mittagessen mit den Damen im American Club hörte, verstörte mich. Sie fanden nichts verkehrt daran, dass die Japaner die Provinz Shandong behielten. Immerhin hätten sich die Japaner dem Krieg gegen die Deutschen früher angeschlossen als die Chinesen, und außerdem seien sie sehr gute Führungskräfte. Die Damen verstanden gar nicht, wie die chinesische Regierung davon hatte ausgehen können, dass die Rückgabe der Provinz an sie so gut wie garantiert gewesen sei.

Ich staunte sehr über meine eigene Reaktion. Ganz egal wie amerikanisch ich war – oder sein wollte –, im Herzen war China meine Heimat. Meiner Meinung nach war alles, was die Alliierten mit China angestellt hatten, verkehrt. Das bedeutete, ich war keine amerikanische Patriotin. Ich fand nicht gut, was Woodrow Wilson gemacht hatte.

Was hätte Edward davon gehalten? Ich konnte das nicht mehr einschätzen. Früher errieten wir immer, was der andere gerade dachte. Jetzt war er schon länger tot, als wir uns gekannt hatten, und ich hatte das Gefühl, ich hätte ihn kaum gekannt. Ich wusste immer weniger von ihm, denn das, was ich gern gewusst hätte, war gewaltig angewachsen. Ich würde ihn immer lieben, den Romantiker, der mir das Leben gerettet hatte, den Menschen, der endgültig alle Zweifel beseitigt hatte, dass er mich wirklich liebte.

Durch Klein Flora kehrte er zu mir zurück. Ich dachte an ihn, wenn ich von kleinen Augenblicken überrascht wurde, die ich als seine Augenblicke empfand. An diesem Morgen war es eine Fliege gewesen, die auf Klein Floras Toast gelandet war. Sie fragte, warum ich einmal gesagt hätte, die Fliege sei schmutzig, wo sie sich doch die Hände wasche. Sie betrachtete etwas Alltägliches mit seinem Humor und konnte sogar über Unerfreuliches staunen. Edward hätte sich ausgeschüttet vor Lachen. Das konnte ich mir ganz genau vorstellen.

Vom Äußeren und vom Auftreten her war Klein Flora Edwards Kind. Ihr glattes Haar hatte die Farbe von reifem Weizen in den unterschiedlichsten Schattierungen. Es wippte hin und her, wenn sie mit ihren stämmigen Beinchen rannte. Ihre haselnussbraunen Augen lagen tief in den Höhlen. Sie hatte seine dünnen Ohren, fast durchscheinend rosafarben. Er hatte mich geneckt, dass sie ihre Mimik von mir habe: die sorgenvoll gerunzelte Stirn, ein anderes Stirnkräuseln, wenn mir etwas missfiel, das widerstrebende Lächeln, das steife, sture Kinn, der überrascht offenstehende Mund.

Eines Tages beobachtete ich, wie sie eine Hortensienblüte im

Garten pflückte und die unzähligen Blütenblätter inspizierte. Sie drückte sie mit den Handflächen, guckte hinein und hielt sie dann hoch, als hätte sie das Geheimnis des Lebens entdeckt. Edward hatte genauso geschaut, als er mein Gesicht untersuchte.

Ich wollte ihr meine besten Eigenschaften lehren – meine Ehrlichkeit, meine Beharrlichkeit und meine Neugier. Ich wollte nicht, dass sie meine schlechtesten erbte, die Widersprüche, die ich ebenfalls in mir trug: meine Unehrlichkeit, Hoffnungslosigkeit, Skepsis. Ich wollte nicht, dass sie wie ich einst schwankte zwischen dem, was sie für ihr wahres Ich hielt, und dem, was andere von ihr wollten. Sie sollte keine Gefangene in einem Gemälde sein, wie meine Mutter es gewesen war.

Vor ihrer Geburt glaubte ich, sie würde das Mädchen sein, das ich hätte werden sollen. Aber das war sie nicht. Sie war ein eigener Mensch. Was für ein Glück ich hatte.

An einem ganz gewöhnlichen Tag kamen drei unerwartete Besucher.

Es war der 16. September, an einem heißen Nachmittag. Wir waren gerade im Garten, im Schatten der Ulme. Kleiner Bock hatte einen Rasen rund um den Baum angelegt. Die Veilchen, die ich vor dreieinhalb Jahren auf Edwards Grab gepflanzt hatte, waren wild gewuchert, unter der Steinbank, um die Wiese und den Weg zum Haus hinauf. Wir hatten ein Sofa und zwei Korbstühle nach draußen gestellt, kleine Tische und eine Steppdecke. Unser Picknick war schon vorbei, und ich las auf dem Sofa einen Artikel in einer Zeitschrift. Klein Flora war mit dem Kopf auf meinem Schoß eingeschlafen. Sie trug zwei fliederfarbene Schleifen im Haar. Zauberkürbis fächelte sich wild Luft zu. Die Amah war eingeschlafen, die Stricknadeln und den Anfang von Klein Floras neuem Kleid noch in der Hand. Über dem Zirpen der Sommerinsekten knirschten plötzlich Reifen auf dem Kies, eine Tür schlug zu, und Stimmen waren zu hören. Kleiner Bock rief etwas und kam einen Augenblick später zu uns gerannt. Ihm blieb gerade noch so viel Zeit, um zu sagen, dass sich drei Personen Zutritt verschafft hatten und mich sofort zu sehen verlangten.

Da standen sie schon, drei westliche Ausländer, unpassend gekleidet für einen heißen Tag: ein großer Mann mit Brille und Schnurrbart, eine Frau mit männlichem Kinn und hoher, runder Stirn sowie eine jüngere Frau mit blondem Haar und ausdruckslosem Gesicht. Nervös schaute sie immer wieder zu mir und Flora. Ich bat sie nicht in den Schatten. Ich hob Flora hoch und drückte sie an mich. Sie wachte auf und protestierte leise, weil sie aus ihren Träumen gerissen wurde.

»Sind Sie Minerva Lamp Ivory?«, fragte der Mann. Und als ich das bestätigte, sagte die Frau mit dem kantigen Kinn: »Das ist eine Lüge. Das hier ist Minerva Lamp Ivory.« Sie zeigte auf die jüngere Frau. »Und Bosson Edward Ivory III. war ihr Ehemann.«

Edward hatte mit seiner Beschreibung von Minerva recht gehabt. An ihr war nichts, was ihn an sie gebunden hätte. Ihre Augen sprühten keinen Funken, verrieten keine Intelligenz, zeigten kaum einen anderen Ausdruck als Verwunderung und Unbehagen. Die Lippen hatte sie fest zusammengepresst wie ein Kind, dem man gesagt hatte, es solle still sein. Sie sah aus wie fünfunddreißig, aber sie war jünger und gekleidet wie ein Schulmädchen; sie trug eine weiße Bluse und einen grauen Faltenrock. Ein feuchter hellblonder Pony klebte ihr an der Stirn.

Der Mann stellte sich als Mr Tillman vor, amerikanischer Anwalt in Shanghai. Er reichte mir ein Dokument mit kleinen schwarzen Wortblöcken und verkündete mir emotionslos, was mir zur Last gelegt wurde:

UNRECHTMÄSSIGES AUFTRETEN ALS BOSSON EDWARD IVORYS EHEFRAU, MINERVA LAMP IVORY, VERUNTREUUNG, BETRUG UND DIEBSTAHL SOWIE DIE UNRECHTMÄSSIGE BESITZNAHME VON FLORA VIOLET IVORY, DER TOCHTER VON BOSSON EDWARD IVORY III. UND MINERVA LAMP IVORY.

Ich musste mich sehr beherrschen, um meinen Schrecken zu verbergen. Ich hatte diesen Tag erwartet, hatte ihn mir in vielen Versionen vorgestellt. »Sie sind ungebeten hier, und ich muss Sie bitten zu gehen«, sagte ich. »Falls Sie etwas besprechen wollen, können wir das gerne in Ihrer Kanzlei tun.« Ich zeigte zum Tor, informierte Zauberkürbis mit wenigen Worten, was vor sich ging, und sagte ihr, wir sollten schnell ins Haus gehen und von Kleiner Bock und Heller Kopf die Türen verriegeln lassen. Ich wollte mich bereits aufmachen, da stellte sich mir Mr Tillman in den Weg und herrschte mich auf Englisch an, dass ich das Kind nicht mitnehmen dürfe. Zauberkürbis richtete sich auf, als könnte sie so groß werden wie er, wenn sie sich streckte. »Scheiß auf deine Mutter und deinen Hund«, sagte sie auf Chinesisch. Klein Flora sagte Zauberkürbis auf Chinesisch, dass sie schlechte Worte benutzt hätte. Zauberkürbis deutete auf die drei Personen und sagte: »Das sind schlechte Menschen, und du solltest ihnen sagen, dass sie gehen sollen.«

Flora wandte sich um, um sie sehen zu können, und wiederholte Zauberkürbis' Worte auf Chinesisch. Die beiden Frauen waren verblüfft. Flora drehte sich wieder um, schlang mir die Arme um den Hals und klagte ein wenig über die Sonne. Ich flüsterte ihr zu, dass wir uns ein Eis holen würden, sobald diese Leute weg wären.

Flora blickte zu ihnen auf und sagte auf Englisch: »Geht weg.« Wieder verschlug es den Frauen die Sprache. Klein Flora besaß Zaubermächte. Die ältere Frau stupste die jüngere an.

»Flora«, sagte Minerva schwach und kam einen Schritt auf uns zu. Klein Flora beäugte sie misstrauisch.

»Wagen Sie sich nicht noch näher an mein Kind heran«, sagte ich. »Sie machen ihr Angst.«

»Wir können beweisen, dass Sie nicht die Mutter dieses Kindes sind«, sagte der Anwalt kurz und bündig. Er zog zwei Blätter hervor. »Das ist die Geburtsurkunde von Minerva Lamp Ivory.« Er reichte sie mir, aber ich ließ sie auf den Boden fallen. »Und das ist Minerva Lamp Ivory.« Er deutete auf die ausdruckslos guckende Minerva und hob das Blatt Papier wieder auf.

Die ältere Frau mischte sich ein. »Mein Name steht ebenfalls auf der Urkunde. Ich bin Minervas Mutter, Mildred Racine Lamp.« Sie lächelte. »Es besteht nicht der geringste Zweifel, dass ich nicht Ihre Mutter bin.«

»Das freut mich zu hören, Mrs Lamp.« Das brachte mir die gewünschte Reaktion ein.

Mr Tillman präsentierte noch ein anderes Dokument. »Das ist die Geburtsurkunde von Flora Violet Ivory.« Ich weigerte mich wieder, einen Blick darauf zu werfen. »Der Vater ist Bosson Edward Ivory III. Der eingetragene Name der Mutter ist Minerva Lamp Ivory. Ich glaube, Sie haben diese Urkunde schon einmal gesehen. Wir haben sie vom amerikanischen Konsulat bekommen.«

Ich richtete mich direkt an Minerva. Sie war die Schwachstelle. »Wollen Sie behaupten, dass Sie meine Tochter zur Welt gebracht haben, während Sie in New York waren? Kam sie aus Ihrem Schoß? Durch welches religiöse Wunder?«

Minerva hob zu sprechen an, aber ihre Mutter sagte, der Anwalt solle das für sie tun. »Hier geht es um eine rechtsgültige Eintragung, nicht um Biologie«, sagte Mr Tillman. »Bestreiten Sie, dass die Namen auf den Dokumenten nicht die sind, die eingetragen wurden? Wenn dem so ist, müssen Sie diese Behauptung auch vor dem amerikanischen Gericht in Shanghai tätigen.«

»Sie erklären hier, dass Sie mein Kind stehlen wollen.« Mir fiel auf, dass Mrs Lamp Ivory eine Kette mit einem kleinen silbernen Kreuz um den Hals trug. »Das ist ein Frevel, der von Gott verdammt wird.«

»Wer sind Sie, dass Sie uns Frevel vorwerfen?«, sagte Mrs Lamp. »Sie haben Minervas Namen gestohlen, um Edwards Geld zu stehlen. Minerva Ivory – das steht auf Edwards Pass, der Geburtsurkunde und auf dem Bankkonto. Minerva Ivory, die Frau von Bosson Edward Ivory III. Wir haben die Heiratsurkunde. Sie waren seine halbchinesische Geliebte – eine Frau, die ihn dazu verführt hat, sie als Konkubine zu nehmen. Das ist doch das Wort, das Sie hier gebrauchen, nicht wahr?«

»Eine informelle Beziehung«, sagte Mr Tillman, »zieht keinen rechtlichen Anspruch auf Geld nach sich. Alle Rechte gehören der Person auf der Urkunde.«

Ich entgegnete ihm mit zitternder Stimme: »Edward hat einen Brief geschrieben. Er ist in seiner Handschrift, und darin steht, dass es sein letzter Wunsch ist, dass seiner Tochter, Flora Ivory, Geld zur Verfügung gestellt wird, und er wollte, dass die Mutter seines Kindes unterzeichnungsberechtigt ist. Ich bin die Mutter seines Kindes. Daran können Sie mit Ihrem juristischen Hokuspokus nichts ändern.« Jetzt befand ich mich wieder auf sicherem Boden.

»Wir haben den Brief in der Kanzlei Massey & Massey. Mr Douglas hat ihn uns überlassen, als das hier zu einem Betrugsfall wurde, in den er ohne sein Wissen verwickelt wurde. Auf dem Brief steht kein anderer Name als der von Flora.«

»Sie haben ja nicht schlecht von Edwards und Minervas Geld gelebt«, sagte Mrs Lamp. »Ein prachtvolles Haus.« Sie beschrieb einen Bogen mit dem Arm. »Und mit Personal und einem teuren Auto, das Edward Ivory gehörte, Eigentum seiner Witwe, Minerva Ivory … der echten.«

»Das Haus gehört meinem Vater Lu Shing.«

»Wir haben noch nie von einem Lu Shing gehört.«

»Sie kennen ihn als Shing Lu. Das ist der Name rückwärts.«

Mr Tillmann nickte Mrs Lamp und Minerva kurz zu. »Es ist in China Sitte, dass der Familienname zuerst genannt wird.« Sie ärgerten sich, dass sie mir recht geben mussten.

Endlich hatte ich ein wenig mehr an Boden gewonnen. »Er hat mir das Nutzungsrecht zugesichert, solange ich möchte«, fuhr ich fort. »Außerdem werde ich das Haus erben. Ich habe das schriftlich.« Der Brief, wo war er nur? Edward wollte die beiden Briefe von Lu Shing irgendwo aufbewahren, wo sie niemand finden konnte. Aber wo nur?

»Chinesische Töchter von Konkubinen sind in China nicht erbberechtigt«, sagte Mr Tillman. »Vorrangig ist immer der männliche Nachfahre.«

»Wir haben sowohl das Recht als auch die moralische Verpflichtung«, sagte Mrs Lamp, »und Flora verdient es, mit Würde, Respekt, Recht und Bildung aufzuwachsen – und das alles ist von einer Prostituierten kaum zu leisten. Wenn Sie sie lieben, wie können Sie dann so egoistisch sein und sie bei sich behalten?«

Mr Tillmann fiel ihr ins Wort. »Wir müssten zuerst andere Angelegenheiten erledigen.« Er hatte erst einen Teil seiner Karten aufgedeckt, die er in der Hand hielt. Auf diese Weise wollte er eine Reihe von juristischen Fallen hintereinander aufstellen.

»Wenn wirklich ein von Mr Lu Shing ausgefertigter Brief existiert, dann zeigen Sie ihn mir. Erkennt er Sie darin als seine Tochter an, ob ehelich oder unehelich? Wir haben weder beim amerikanischen Konsulat noch bei diversen chinesischen Behörden einen Eintrag über Ihre Geburt gefunden. Es ist schwierig, wenn Sie Rechte geltend machen wollen, aber keinen Beweis haben, dass Sie existieren.« Mrs Lamp lachte.

Ich kochte vor Wut. Ich hatte eine Geburtsurkunde, aber meine Mutter sagte, sie sei ihr aus dem Schreibtisch gestohlen worden. Sie hatte mich unter dem Namen eines Mannes eintragen lassen, den sie geheiratet hatte, als ich geboren wurde, ein Name, der sich anhörte wie Tanner. Ich hatte ihn kaum verstehen können, als ich vom Boulevard aus lauschte. Und Lu Shings Brief – ich versuchte mich zu erinnern, was genau darin stand. Mein Beweis waren bruchstückhafte Erinnerungen.

»Noch etwas, was das Gericht in Betracht ziehen wird: Es war Edward Ivory, der zunächst eine enge Beziehung zu Lu Shing hatte. Er kannte die Familie Ivory seit zwanzig Jahren. Ein paar Jahre wohnte er bei ihnen als ihr Schützling. Sie tauschten freundschaftliche Briefe aus. Mr Lu Shing hatte Mr Ivorys Sohn Edward auf dieser Grundlage eine Unterkunft in Shanghai angeboten. Es gibt Briefe, die das bezeugen.«

»Sie können Mr Lu Shing persönlich fragen«, sagte ich. »Sprechen Sie mit ihm. Ich habe die Telefonnummer seiner Firma.« Ich hoffte, Lu Shings Reue würde die Lage retten.

»Wir haben Mr Lus Firma kontaktiert«, sagte Mr Tillman. »Mr Lu Shing ist nicht mehr Inhaber des Unternehmens. Es wurde vor zwei Monaten von einer japanischen Firma übernommen. Mr Lu Shing war bankrott und hat das Land verlassen. Die letzte Nachricht an seinen ehemaligen Geschäftsführer kam aus den Vereinigten Staaten.«

»Jetzt sagen Sie ihr, dass wir wissen, wie sie ihr Geld verdient hat«, sagte Mrs Lamp.

»Wir haben erfahren, dass Sie den Beruf einer Kurtisane ausgeübt haben. Das ist in der Internationalen Konzession nicht verboten, wie Sie wissen. Wir haben keine rechtliche Grundlage für eine Anzeige. Aber wir würden Ihre moralische Eignung in Frage stellen, und auch das Umfeld, in dem Flora würde leben müssen, falls Sie versuchen wollten, sie zu behalten.«

Zauberkürbis rief, ich solle die Polizei rufen und den Störenfrieden einen Tritt in ihren ausländischen Arsch versetzen.

»Seien Sie vernünftig, Miss Minturn«, sagte Mr Tillman. Er kannte sogar meinen Namen. »Die Familie Ivory hat Ihnen ein großzügiges Angebot zu machen. Sie lassen alle Anklagepunkte fallen und verlangen das Geld, das Sie vom Konto abgehoben haben, nicht zurück, wenn Sie uns Flora heute überlassen. Sie haben bald weder Geld noch ein Haus. Sie haben keine rechtliche Handhabe gegen diese Anklagepunkte. Sie würden verlieren und wegen Diebstahls ins Gefängnis gehen. Dann würde die Familie Ivory Flora sowieso bekommen. Falls Sie versuchen sollten, mit ihr wegzulaufen, würden Sie wegen der Entführung eines Kindes angezeigt, das rechtmäßig der Familie Ivory gehört. Vor dem Tor stehen bereits Polizisten. Aber wenn Sie heute auf sie verzichten, tun Sie das, was für das Mädchen am besten ist. Es wird in den Vereinigten Staaten ein privilegiertes Leben führen. Sie gilt als eheliches Kind und hätte die Chance auf ein anständiges Leben in einer aufrechten Familie.«

Zauberkürbis schimpfte weiter, ich solle die Eindringlinge hinauswerfen. Sie wusste noch nichts von der Katastrophe, die Klein Flora und mich erwartete. »Ich könnte mich mit Ihrem Vorschlag anfreunden, wenn es tatsächlich das Beste ist, was Sie vorschlagen. Aber ich frage mich, warum ich mein Kind genau den Leuten überantworten soll, die Edward verachtet hat? Er kam hierher, nach China, um ihnen und ihrer Seelenlosigkeit zu entfliehen. Sie, Minerva, haben Edward dazu gebracht, Sie zu heiraten, indem Sie eine Schwangerschaft vorgetäuscht haben – nur um in den Besitz des Geldes und des Ansehens der Familie Ivory zu gelangen. Ihre Mutter hat Ihnen vorgeschlagen, so zu tun, als hätten Sie eine Fehlgeburt gehabt. Sie beide haben intrigiert, manipuliert und gelogen, und Sie haben Edward dazu gebracht, das zu tun, was gut für Sie und das angeblich ungeborene Kind war. Er wollte ehrenhaft und moralisch anständig handeln, und als Sie ihm sagten, Sie hätten sich das alles nur ausgedacht, verhöhnten Sie seine Güte. Sie haben ihn in jeglicher Hinsicht abgewiesen. Und doch haben Sie perfide geplant, wie Sie ihn zu sich zurückholen können. Er hätte Sie aber niemals mehr angefasst.«

Mr Tillman warf einen verstohlenen Blick zu den beiden Frauen hin. Minerva war schockiert. Rasch, wie jemand, der versucht, die Wahrheit zu vertuschen, sagte Mrs Lamp: »Das sind alles Lügen, und ich will nichts mehr davon hören. Minerva, achte nicht auf sie. Nimm Flora, damit wir gehen können.« Minerva war wie erstarrt, und ihre Unterlippe zitterte.

»Du weißt, dass ich die Wahrheit gesagt habe. Er hat dich, Minerva, und er hat seine Mutter und seinen Vater verlassen, weil ihn euer Egoismus, eure Manipulationen abgestoßen haben. Ihr wollt mir Flora stehlen, und das beweist, dass ihr genau das seid, was er gehasst hat. Ihr habt Dokumente und Zertifikate mit euren Namen. Aber der Rest ist falsch. Edward hätte nie gewollt, dass seine Tochter bei den Menschen lebt, die er hasste und die er verlassen hatte. Wir beide haben dieses Kind aus Liebe zueinander bekommen. Ihr wollt Flora mit eurem Netz zudecken und eure Lügen um sie herumspinnen, bis ihr ihre Seele erstickt habt. Ich gebe sie euch nicht. Ihr könnt mich festnehmen und mich ins Gefängnis stecken. Aber freiwillig gebe ich sie niemals her.«

Ich ertrug ihren Anblick nicht, denn ich wusste, Klein Flora würde bald ihnen gehören. Ich drückte sie fester an mich, spürte ihr ganzes Gewicht. Sie vergrub das Gesicht an meiner Schulter. Und dann rannte ich los. Zauberkürbis folgte mir sofort. Auch Mrs Lamp eilte mir nach, aber Mr Tillman sagte: »Lassen Sie sie. Die Polizei erwischt sie sowieso.«

Klein Flora jammerte: »Ich habe Angst.« Mit brüchiger Stimme sagte ich: »Du musst keine Angst haben.« Ich lief zum hinteren Tor. Jemand rief, man sollte Männer auf diese Seite schicken. Eine Flucht war hoffnungslos. Wo sollte ich auch hin? Wo konnte ich mich verstecken? Aber ich wollte um sie kämpfen, solange es mir möglich war.

Nachdem ich das Tor erreicht hatte, packten mich zwei Sikh-Polizisten an den Schultern. Klein Flora kreischte, als sich ihre Hände von meinem Hals lösten, als ihr Körper hochgehoben und sie mir aus den Armen genommen wurde. Sie sah mich dabei unentwegt an.

Der Polizist, der sie an sich genommen hatte, entfernte sich zügig, während der andere mich festhielt. Ich konnte ihr Gesicht nicht mehr sehen, aber ich hörte sie weinen: »Nein! Lass mich los! Mama! Mama!« Ich antwortete: »Klein Flora! Klein Flora!« – und rief ihren Namen noch lange, nachdem sie längst fort war.

Ich weiß nicht mehr, wie lange ich da stand, bevor ich Zauberkürbis erlaubte, mich wegzuführen. Ich war völlig durcheinander, und mir fiel nichts anderes ein, als hier stehen zu bleiben und zu warten. Sie brachte mich zurück zum Haus, und ich ging in Klein Floras Zimmer. Ich hatte die stille Hoffnung, dass Kleiner Bock sie retten und mir sicher in die Arme legen würde. Ohne sie war es nur lautlos und stickig im Raum. Zauberkürbis kam herein, sie atmete schwer. Kleiner Bock sagte, er hätte gesehen, wie Mrs Lamp und Minerva in ein schwarzes Auto gestiegen und über die Nanking Road weggefahren seien. Er wäre dem Wagen hinterhergerannt, bis er ihn nicht mehr hatte sehen können. Er sagte auch, er hätte beobachtet, dass ein Polizist Edwards Auto bewachen würde.

Zauberkürbis biss sich auf die Lippen und weinte, während sie in Klein Floras Zimmer herumging. Sie fand ein silbernes Armkettchen, das sie Klein Flora zur Geburt geschenkt hatte. Es sollte sie an die Erde ketten. Sie sagte: »Ich hätte darauf achten sollen, dass sie es trägt.«

Gerade erst hatte Klein Flora mit dem Kopf in meinem Schoß gelegen, und ich hatte ihr übers Haar gestrichen. Mrs Lamp und Minerva hatten Klein Flora nie mit mütterlichem Blick betrachtet. Für sie war Klein Flora nicht bedeutsamer als ein juristisches Dokument. Ich war so naiv gewesen, die Gefahr nicht erkannt zu haben. Sie war Edwards Tochter, sein einziges Kind. Und Edward war das einzige Kind der Ivorys gewesen, ihr geliebter Sohn, der nichts falsch machen konnte. Klein Flora war jetzt das eheliche Kind von Edward und Minerva und die Erbin. Minerva würde ihr helfen, das Geld auszugeben. Klein Flora würde ihren Platz im Stammbaum der Ivorys beanspruchen, genau wie die falsche Mutter.

Ich ging in Edwards Zimmer und schloss die Tür. Ich wetterte gegen die amerikanischen Gesetze, gegen Gott, der taub zu sein schien, gegen das Schicksal, das sich wie eine Blinde gebärdete, und die Grausamkeit der Menschen. Ich bat Edward, mir zu sagen, dass diese Ungeheuer Klein Floras Herzen keinen Schaden zufügen würden. Ich lief im Zimmer herum und flehte ihn an, als wäre er der wahre Gott, als wüsste er alles und könnte Versprechungen erfüllen und Verfügungen treffen. Mach, dass Klein Flora nicht ihre Neugier verliert. Mach, dass sie durch Minervas Einfluss nicht geistig abstumpft. Mach, dass Mrs Lamp tot umfällt. Bring mir Klein Flora sofort zurück. Mach, dass ich sie finde. Sag mir, wie.

Ich fuhr über die weichen Borsten eines Rasierpinsels, der früher jeden Tag Edwards Kinn umspielt hatte. Ich sah ihm oft dabei zu. Wie konnte es sein, dass er weg war, während sein Rasierpinsel blieb? Ich nahm Edwards goldene Uhr an der schweren Kette auf. Ich fand Manschettenknöpfe, die er in eine Westentasche gesteckt hatte. Er war gleichzeitig penibel und nachlässig gewesen.

Welche meiner Angewohnheiten hätte Klein Flora wohl übernommen, wenn sie bei mir geblieben wäre? Durch welches Kaleidoskop hätte sie die Welt betrachtet? Besaß sie Edwards Gewissen, seine Bescheidenheit und seinen Humor, seine Art, eine tiefere, umfassendere Liebe auszudrücken? Ich wollte wissen, wer sie in zehn Jahren sein würde. Lass sie interessiert sein, lass sie einen starken Willen haben. Wenn ich ihr etwas geben konnte, dann das Wissen, dass sie geliebt wurde und dass auch sie die Fähigkeit hatte zu lieben.

Ich stellte nun ein Bild von ihr neben das von Edward und betrachtete ihr Gesicht. Und da sah ich, dass sie das herzförmige Medaillon trug, das Edward und ich kurz nach ihrer Geburt für sie gekauft hatten. In seinem Innern befanden sich zwei kleine Fotografien, die von Edward und mir. Ich hatte es verschließen lassen, sodass unsere drei Herzen nie getrennt waren, wenn Klein Flora es trug. Sie liebte dieses Medaillon und würde laut brüllen, wenn jemand versuchte, es ihr wegzunehmen. Ich hoffte, sie würde in diesem Fall ihre falsche Mutter laut anschreien und um sich schlagen.

Ich küsste die Aufnahme von Edward und dankte ihm für seine Liebe und für Klein Flora. Ich küsste das Bild von Klein Flora und dankte ihr, dass sie mir gezeigt hatte, wie tief und wie unbeschwert ich lieben konnte. Ich sagte ihr die Worte von Whitman vor, die Edward zitiert hatte, das Gelöbnis, das ihn befähigt hatte, seine Familie zu verlassen und sich selbst zu finden. »Widersteht viel, gehorcht wenig.«

Ein paar Tage später erhielten wir den Räumungsbefehl, zweifellos vorangetrieben von dem umfassenden Plan der Familie Ivory, mich loszuwerden wie ein Unkraut. Ein Vertreter der Spedition Ivory konfiszierte das Auto. Jemand machte eine Liste von allem, was zum Haus gehörte. Als man auch die Bilder von Lu Shing beanspruchte, die Zauberkürbis einst hatte behalten wollen, zeigte sie auf die Widmung auf der Rückseite. Die bewies, dass die Gemälde Geschenke an meine Mutter waren.

Mit der Hilfe einer freundlichen Frau aus dem American Club

fand ich Anstellungen für die Amah, für die Bediensteten Kleiner Bock und Heller Kopf. Sie hatte sie Neuankömmlingen aus San Francisco empfohlen. Zauberkürbis und ich suchten alles zusammen, was von Wert war: meinen Schmuck, die Kleider, die Schnitzereien, alles, was wir verkaufen konnten, und wir erstellten selbst eine Liste, in welcher Reihenfolge wir uns von den Sachen trennen wollten. Die Dinge, die ich mit Klein Flora und Edward verband, wollte ich keineswegs hergeben. Ich hätte es nie übers Herz gebracht, sie zu verkaufen. Aber ich konnte sie auch nicht zurücklassen, nur damit ein anderer sie veräußerte oder wegwarf. »Wenn die Zeit kommt«, sagte Zauberkürbis, »finde ich Verwendung für sie, und du wirst es nicht erfahren.«

Am allermeisten wollte ich Edwards ledernes Tagebuch bei mir haben, seine Worte und Gedanken, seine Sicht von der Welt und von sich selbst. Ich hatte danach gesucht, seit er tot war. Ich musste es unbedingt finden. Zauberkürbis und ich durchsuchten seine Schubladen und schauten unter das Bett, das wir geteilt hatten und in dem er gestorben war. Wir sahen hinter den Möbeln nach und verrückten sogar den schweren Schrank. Wir begutachteten jedes Buch in der Bibliothek und tasteten den Platz hinter den Werken ab. Wegen des braunen Ledereinbands, das es besaß, ließ es sich aber kaum von den tausend anderen Büchern unterscheiden. Doch trotz all unserer Mühen entdeckten wir es nicht. Ich hatte schon seine Füller, Bleistifte und Löschwiegen, die schöne, in grünes Leder gebundene Ausgabe von *Grashalme*, die er mir kurz nach unserer ersten Begegnung als Entschuldigung geschenkt hatte, und das zerlesene Exemplar, das er sich selbst als Ersatz gekauft hatte, beiseitegelegt. Ich nahm es. Ich hielt sein Buch in Händen. Ich weinte, als ich es aufgeschlagen hatte und sah, was in seinem Inneren lag. Hintere Seiten waren herausgeschnitten worden, so war ein Geheimfach für sein Tagebuch entstanden. Hier lag es nun vor mir: Hier hatte er seine Worte, seine Gedanken und Gefühle festgehalten. Ich blätterte darin und war nun nicht mehr traurig, sondern erinnerte mich freudig an die Augenblicke, in denen er mir daraus vorgelesen hatte. Es war die Geschichte seiner Heldentaten, bei der er am Ende mit dem Gesicht im Schlamm lag. Weiter hinten entdeckte ich einen Eintrag, der sich von den anderen Bemerkungen unterschied. Es fehlte ihm der Humor, und ich fürchtete, es gab einen Grund, warum er ihn mir vorenthalten hatte. Enthielt er am Ende ein Geständnis, dass er anders für mich empfunden hatte, als er es nach außen hin darstellte?

Violet fuhr langsam. Sie saß zum ersten Mal hinter dem Steuer und hielt den Blick auf die Straße gerichtet, während ich die Landschaft genoss. Wir rollten an Dörfern vorbei, und ich sah die bedrückten Gesichter der Bauern, die noch nie etwas so Schnelles gesehen hatten. Wir strahlten Lebenskraft und Freude aus. Doch dann bemerkte ich die weiß gekalkten Häuser, wo der Tod die Farben des Lebens gebleicht hatte. Ein Trauerzug in Weiß erklomm einen Hügel. Die Krankheit verbreitete sich wie eine schwarze Seuche, die über die Landschaft kroch. Ich drängte Violet, schneller zu fahren, um den Wind des Lebens zu spüren, der mit der Geschwindigkeit aufkommen würde. Ich wollte das Leid hinter mir lassen, an einem Tag, wo ich mit der Frau zusammen war, die ich liebte.

Er hatte mich damals schon geliebt. Er hatte seine Gefühle sorgfältig vor mir verborgen. Als ich umblätterte, sah ich nur noch verschwommen, weil mir Tränen in die Augen stiegen. Im hinteren Teil des Tagebuchs steckten zwei Briefe. Sie waren von Lu Shing. Edward hatte mir versprochen, sie aufzubewahren, wo sie niemand finden würde, bis ich ihm sagte, dass ich bereit sei, sie zu lesen. Ich machte einen davon auf. Er war schlicht an »Violet« adressiert. Das war der Brief, in dem er mir das Haus angeboten hatte. Darin stand auch, dass er dafür sein Testament ändern müsste, und das wiederum erforderte, dass ich ihn offiziell als Vater anerkannte. Er bat um meine Erlaubnis dafür. Ich hatte nie geantwortet. Der zweite Brief war der, den ich nicht hatte lesen wollen:

Meine liebe Violet,

ich wollte dir dies schon seit vielen Jahren sagen. Ich schäme mich dafür, dass es so lange gedauert hat, bis es dich erreichte. Ich gebe dir die Antworten als Geständnis, nicht als Erklärung, ohne Entschuldigungen dafür, dass ich es versäumt habe, für dein Glück und deine Sicherheit zu sorgen.

Vom Tag deiner Geburt an habe ich dich geliebt, aber ungenügend. Ich habe deine Mutter geliebt, aber ungenügend. Weil es mir an Charakter und an Mut fehlte, behauptete ich mich nicht gegenüber meiner Familie. Ich gab ihren Forderungen nach, meine Pflichten als der älteste Sohn zu erfüllen. Als deine Mutter unseren Sohn bekam, nahm ihn meine Familie ihr weg. Er war der erstgeborene Sohn der nächsten Generation. Sie wusste nicht, wo sie ihn suchen sollte, und ich konnte es ihr nicht sagen, weil meine Familie drohte, in dem Fall würde ich ihn nie mehr sehen.

Als mein Vater 1912 starb, konnte ich deiner Mutter endlich erzählen, dass ihr Sohn in San Francisco war. Sie wusste nichts von dem Unglück, das dich erwartete. Sie wurde hereingelegt, deshalb ging sie an Bord des Schiffes. Und weil sie später wieder hereingelegt wurde, glaubte sie, du wärst tot.

Ich gestehe dir nun, was ich dir Schlimmes angetan habe. Vor fünf Jahren war ich zu Gast auf der Feier, die mein Freund Loyalty Fang ausgerichtet hat und wo du zum ersten Mal deine Geschichte vom Land Pfirsichblütenfrühling zum Besten gegeben hast. Da erfuhr ich, dass du am Leben warst. Ich war entsetzt, dass ich die Ursache dafür war, dass du dieses Leben führen musstest. Aber dann sah ich, wie verliebt du in Loyalty warst. Mehrere Männer bemerkten, sie hätten Loyalty noch nie so vernarrt in jemanden gesehen, und es wäre keine Überraschung, wenn Loyalty dein Patron oder sogar dein Ehemann würde. Ich konnte dir diese Chance doch nicht nehmen! Das war die innere Welt, die du kanntest, und wenn ich dich mit in die äußere Welt genommen und gesagt hätte, dass du meine Tochter bist, hätte man dich gemieden. Ich glaubte wirklich, du würdest mit Loyalty dein Glück finden.

Das war beschämenderweise ein Grund für mich, wieder keine Verantwortung für dich zu übernehmen. Bevor ich Shanghai verließ, erzählte ich niemandem, dass ich dein Vater bin.
Bevor ich zurückkam, vergingen einige Jahre. Wie du weißt, hat mich die Familie Ivory darum gebeten, mich um ihren Sohn zu kümmern. Edward kannte niemanden und sprach auch nicht Chinesisch. Ich stellte ihn Loyalty vor, der ein wenig Englisch konnte. Loyalty stellte dir Edward vor. Den Rest kennst du. Ich bin über alle Maßen dankbar, dass du das Glück gefunden hast, das du schon immer verdient hast. Ich weiß allerdings auch, dass es mich nicht von meinen moralischen Defiziten entlastet, dass du glücklich bist.
Deine Mutter habe ich seit unserem Treffen in Shanghai weder gesehen noch gesprochen. Sie hat sich nicht mit mir in San Francisco getroffen, wie es geplant war. Nachdem ich ihr zahlreiche Briefe geschrieben hatte, hat sie mir einen einzigen zurückgeschickt. Sie sagte, sie hätte weder den Wunsch mich zu sehen noch ihren Sohn. Sie habe nur ein einziges Kind und trauere jeden Tag. Dieses einzige Kind, das warst du. Wenn du möchtest, dass ich Kontakt zu ihr aufnehme, bemühe ich mich nach Kräften darum. In der Zwischenzeit sage ich nichts, für den Fall, dass du keine Türen öffnen willst, die du vielleicht schon für immer geschlossen hast. Ich hoffe, dieser Brief hat dir die Antworten gebracht, die du gebraucht hast. Ich fürchte allerdings, er hat noch mehr Unruhe verursacht.
Bitte lass mich wissen, was du dir wünschst. Ich bin nun bereit, dir als dein Vater und als dein Schuldner zu dienen.
Dein
Lu Shing

Sein Brief war eine dünne Zusammenfassung seiner eigenen Seelenqualen. Wie wollte er mir als Schuldner dienen, wenn ich ihn nicht erreichen konnte? Überraschend war allerdings, dass meine Mutter ihren Sohn gar nicht getroffen hatte. Es war unfassbar, dass sie mich für nichts zurückgelassen hatte. Lu Shing lieferte halbwegs die Antworten auf die Fragen, die mich während all der Jahre gequält hatten. Aber abgesehen von diesen letztlich dennoch unzureichenden Fakten kannte ich nun den Charakter zweier Menschen, die ich so viele Jahre geschmäht hatte. Sie waren schlichtweg schwach, egoistisch und nahmen keine Rücksicht auf andere. Ich wollte nicht mehr über sie nachdenken. Mein Kummer ließ keinen Platz für sie. Und jetzt musste ich rasch entscheiden, wie die nächsten Schritte aussehen sollten. Zum ersten Mal, seit ich vierzehn war, konnte ich frei handeln. Ich wollte meine Möglichkeiten prüfen, die Gelegenheiten, die sich boten, und sie dann vergleichen. Ich war intelligenter als die meisten. Ich war hartnäckig.

Doch schon bald musste ich einsehen, dass sich die Welt wegen dieser Eigenschaften nicht anders drehte. Ich bewarb mich für eine Stelle als Englischlehrerin an einer Schule für chinesische Übersetzer. Die Schüler waren Männer, und aus diesem Grund konnte man keine Frau einstellen. Ich bewarb mich als Gouvernante. Im American Club hatte es sich herumgesprochen, dass ich Kurtisane gewesen war und mich für eine Witwe ausgegeben hatte. Sie waren entsetzt bei der Vorstellung, eine ehemalige Prostituierte würde ihre Kinder unterrichten. Ich fragte an Schulen, die unter kanadischer oder australischer Leitung standen, nach einer Anstellung, vielleicht hatte man an ihnen noch nicht von meiner Vergangenheit gehört. Wenn dem doch so war, verbargen sie es, indem sie vorgaben, niemanden einstellen zu können, der keine Erfahrung als Lehrerin hätte.

Die einzige Chance, die ich hatte, bestand in der Rückkehr in die Welt der Kurtisanen. Aber jetzt fühlte ich mich wie damals mit vierzehn. Ich würde mich entehren, indem ich mich Männern anbot. Es kam mir vor, als würde ich Edward betrügen. Selbst wenn ich wieder als Kurtisane lebte, würde ich es nur noch wenige Jahre tun können. Und dann? Erschrocken begriff ich, dass ich keine andere Wahl hatte. Ich musste die Niederlage hinnehmen.

Zauberkürbis meinte, wir könnten selbst ein kleines Kurtisanenhaus eröffnen. Ein privates Teehaus, sodass wir uns von den Opiumblumenhäusern absetzten. Jedenfalls hörte sich die Bezeichnung »privates Teehaus« kultiviert an, es klang nach einem Haus, in dem nur Männer mit einem Benehmen eingelassen wurden und in dem wenigstens eine gewisse Zeit des Werbens erforderlich wäre – wenn auch vielleicht nicht ganz so lange wie in einem Haus erster Klasse. Die Zeit des Werbens sollte aber selbst in Häusern erster Klasse sehr reduziert worden sein. Wir könnten vier Zimmer mieten, fuhr Zauberkürbis fort, eines für sie als Mutter des Hauses, eines für mich als Unterhalterin und Kurtisane. Die anderen Zimmer wären für die beiden Kurtisanen, die wir anstellen wollten. Ich hörte mir ihren Plan an, fand es aber zu früh, darüber nachzudenken. Sie sagte mir, ich solle nicht so trübsinnig sein und mich lieber ausruhen. Dann zog sie los, um ein geeignetes Haus zur Miete zu finden. Sie schrieb auf, wie viel Schutzgeld an die Grüne Bande gezahlt werden musste und wie viele Steuern in der Internationalen Konzession erhoben wurden. Wir rechneten zusammen, was es kosten würde, ein elegantes Teehaus einzurichten. Wir ließen unseren Schmuck von Herrn Gao schätzen. Und am Ende mussten wir einsehen, dass wir uns gerade eine Teetasse leisten konnten.

Zauberkürbis kam noch auf eine andere Idee: »Loyalty Fang hat dir etwas versprochen – wenn du jemals in Schwierigkeiten steckst und Hilfe brauchst, kannst du dich an ihn wenden.«

»Das ist sieben Jahre her«, sagte ich. »Wahrscheinlich erinnert er sich nicht daran, was er zu welchem Mädchen gesagt hat.«

»Er hat dir einen wertvollen Ring geschenkt, als Pfand, dass sein Versprechen ernst gemeint war.«

»Er hat vielen Blumen einen Ring für das eine oder das andere geschenkt, und für einen Augenblick war das auch ernst gemeint. Du selbst hast gesagt: Mit der Zeit wird der Ring kein Versprechen mehr sein, sondern ein Souvenir.«

»Erinnerst du dich, als ich gefragt habe, ob wir den Ring behalten oder ihn mit dem anderen Schmuck verkaufen sollen? Ich habe den Blick in deinen Augen gesehen. Du hast ein bisschen zu lange gezögert, bevor du gesagt hast, ich solle ihn verkaufen. Also habe ich es nicht gemacht.«

»Dann solltest du es jetzt tun.«

»Dich hält nur dein Stolz davon ab, dich an ihn zu wenden. Du musst ihn ja nicht um Geld angehen. Bitte ihn, uns Einlass in ein Haus erster Klasse zu verschaffen. Zwei Füße in der Tür, deinen und meinen, das ist alles. Es würde ihn zwei Minuten kosten, einen Anruf, ein bisschen Schmeichelei gegenüber der Mutter des Hauses.«

Ich hatte Loyalty nie dafür gedankt, dass er mir Edward vorgestellt hatte. Am Anfang gab es auch keinen Grund für einen Dank. Er war derjenige, der sich bei mir für Edwards ungehobeltes Benehmen entschuldigt hatte. Ich hätte zu Loyalty und seiner Frau freundlich sein sollen, hätte sie vielleicht einmal zum Essen einladen können. Aber das war mir erst später eingefallen. Ich tat es nie, weil es mich an meine Vergangenheit erinnert hätte. Ich sagte das Edward, und er verstand. Und jetzt würde mich Loyalty nicht nur an meine Vergangenheit erinnern, sondern auch an die Zeit, in der ich seinetwegen völlig am Boden zerstört war. Er hatte mein Innerstes gekannt, sexuell und emotional. Er kannte meine Schwächen und wusste, wie er mich zum Aufgeben bringen konnte. Ich hatte für ihn nie eine so tiefe Liebe empfunden wie für Edward. Aber wenn ich ihn sah, kam womöglich ein bestimmter Ausdruck von ihm, der mich früher glauben machte, er liebe mich. Oder der mich wütend gemacht hatte oder mich an gewisse erotische Nächte denken ließ. Zauberkürbis hatte recht. Ich war zu anmaßend. Es wäre dumm von mir, ihn nicht sehen zu wollen, einfach nur, weil ich nicht an meine Vergangenheit mit ihm erinnert werden wollte. Das Schlimmste, was passieren konnte, war, dass er sich nicht seines Versprechens entsann. Es wäre peinlich für mich, aber das war alles. Ich konnte mir in meiner Situation keinen Stolz leisten.

Als ich schließlich das Telefon in die Hand nahm und Loyalty anrief, entschuldigte ich mich, meinte, die Jahre seien vergangen, ohne dass ich ihm gedankt hätte. Ich war ehrlich und erklärte, ich hätte mein früheres Leben hinter mir lassen wollen. Kurz erzählte ich ihm von Edwards Tod.

»Als ich das erfuhr, tat mir das sehr leid für dich«, erwiderte er. »Wirklich. Ich stellte mir vor, wie du trauerst.« Dann berichtete ich ihm von Klein Floras Entführung. Er stöhnte auf. »Davon hörte ich noch nichts, und ich kann gar nicht genug ausdrücken, wie sehr ich das bedaure. Ich kann nur sagen, wenn das mit meinem Sohn passiert wäre, würde ich die Leute suchen, die das getan haben, und sie in der Luft zerreißen. Ich bin froh, dass Zauberkürbis dir noch Gesellschaft leistet. Sie war dir so viele Jahre lang eine gute Freundin.«

»Wie eine Mutter«, sagte ich.

»Ach ja, hast du übrigens noch die Katze, die damals meinen Arm fressen wollte?«

»Das hast du mich schon vor sieben Jahren gefragt. Carlotta ist gestorben.« Ich bekam einen kleinen Kloß im Hals.

»Ist das wirklich schon so lange her?«

»Es ist so viel Zeit vergangen, dass du auch etwas vergessen haben könntest, was du vor sieben Jahren gesagt hast. Wenn dem so ist, will ich dich nicht daran erinnern …«

Er unterbrach mich. »Ich kann vermuten, weshalb du dich an mich wendest.«

Ich verstand das als Kritik.

»Ich weiß, dass du deinen Stolz und alte Verletzungen hintanstellen musstest, um mich anzurufen.«

»Du bist nicht verpflichtet, mir zu helfen. Es ist viele Jahre her.«

»Ach, Violet, du lässt immer noch keine Freundlichkeit zu. Ich würde gerne helfen, wenn ich kann. Sprich doch ganz offen mit mir.«

»Ich muss meine frühere Arbeit aufnehmen. Ich weiß nicht, ob mich das Haus von Zinnober wieder einstellen würde. Ich bin fast fünfundzwanzig Jahre alt, und du kannst mich nicht mehr jung machen, ganz egal, wie sehr du mich lobst. Kummer und Sorgen haben ihre Spuren hinterlassen, wo es das Alter nicht schon getan hat. Aber wenn du ein gutes Wort für mich einlegst, würde man es wenigstens in Betracht ziehen. Ich bin realistisch. Ich würde alles begrüßen, was du tun kannst, ohne dass du lügen müsstest, zumindest nicht zu viel.«

Er schwieg ein paar Sekunden. Ich war mir sicher, er suchte nach einer taktvollen Erklärung, weshalb er mir nicht seine Unterstützung zusichern konnte.

»Lass mich noch etwas länger darüber nachdenken. Kannst du morgen in mein Büro kommen?«

Wahrscheinlich wollte er mit eigenen Augen betrachten, wie sehr ich gealtert war, um einzuschätzen, welches Haus mich aufnehmen könnte. Am nächsten Tag schickte er mir seinen Fahrer. Ich war überrascht, wie einfach und unordentlich das Zimmer war: ein Schreibtisch, zwei Stühle, ein kleines Sofa, ein Sessel und Beistelltische.

Er gab mir einen Handkuss. »Violet, ich freue mich, dich zu sehen.« Er bedachte mich mit seinem berühmten Blick. »Du siehst so hübsch aus, wie eh und je.«

»Danke. Und du schmeichelst wie eh und je.« Ich lächelte ihn an, freundlich, aber ohne die Absicht, mit ihm flirten zu wollen. Mir fiel auf, dass er mein Äußeres kritisch begutachtete.

Er bot mir einen der beiden Stühle an, dann setzte er sich selbst auf den zweiten und lehnte sich zurück. Er schlug die Beine übereinander und zündete sich eine Zigarette an. Die geschäftsmäßige Pose strahlte Überlegenheit aus. »Ich habe viel darüber nachgedacht, was ich für dich machen kann. Ich habe folgenden Vorschlag: Ich gehe zu Zinnober – ihr gehört das Haus jetzt. Ich erwähne, dass du beschlossen hast, als Kurtisane zurückzukehren und dass du dir bald ein Haus auswählst. Dann sage ich, dass ich sehr gerne dein Freier werden würde, und weil das Haus von Zinnober mein Lieblingshaus ist, wird sie hoffentlich alles tun, was in ihrer Macht steht, um dich davon zu überzeugen, wieder zu ihnen zu kommen.«

»Das ist sehr großzügig.« Ich versuchte zu verstehen, was er wirklich wollte.

»Bei einer geschäftlichen Verhandlung ist es immer besser, dem

Gegenüber glaubhaft zu machen, dass er mehr davon hat als du. Werte dich nicht ab, Violet. Du bist hübsch und kannst dich gut in Männer hineinversetzen, und du bist nachsichtig gegenüber ihren Mängeln. Ich weiß, dass du wegen deiner Gefühle für Edward zögerst. Mein eigentliches Angebot besteht darin, dass du mir in deinem Zimmer Englischunterricht gibst. Ich meine das ernst. Ich hätte mein Englisch schon vor Jahren verbessern sollen. Ich brauche das fürs Geschäft. Ich muss mich auf Übersetzer verlassen und weiß nicht, ob sie wirklich das sagen, was ich ausdrücken will. Ich schlage vor, dass ich dich zwei-, dreimal pro Woche in deinem Zimmer besuche. Du musst eine strenge Lehrerin sein und mich zum Üben zwingen. Keine Ausreden. Ich zahle für den Unterricht, und zwar so viel, wie du von einem Freier bekommen würdest. Wenn ich nicht genügend übe, kannst du mir eine Strafe auferlegen. Da ich natürlich kein echter Freier bin, werde ich weiterhin anderen Frauen den Hof machen – in anderen Häusern, versteht sich. Damit steht es dir zu, Kunden zu empfangen, wenn du dich wieder an das Leben im Haus gewöhnt hast. Es muss uns beiden klipp und klar sein, dass die Vereinbarung genau so lautet und nicht anders. Ich habe keine versteckte Botschaft. Ich will dir nur als alter Freund helfen. Und ich will so viel Englisch lernen, dass ich kein Wörterbuch mehr benutzen muss, das mir sagt, dass man in einem Kurtisanenhaus Huren für zehn Dollar findet.«

Loyalty war ein schlechter Schüler und musste oft Strafe zahlen. Nach zwei Wochen waren wir wieder da, wo wir aufgehört hatten, und lernten uns in meinem Bett neu kennen. Ich hatte das Wohlgefühl vermisst, mit jemandem zusammen zu sein, und er war mir vertraut. Nach weiteren vier Wochen stritten wir jeden Abend wegen der gleichen Missverständnisse, wenn wieder einmal etwas anders ausgedrückt wurde als gemeint war. Er machte Ausflüchte, wenn er mich gelegentlich nicht sehen konnte. Ich erfuhr, dass er zu einer anderen Kurtisane ging.

»Wenn du das früher gewusst hättest«, sagte er verzweifelt, »wärst du auch früher wütend auf mich gewesen. Auf meine Art warst du zwei Wochen länger mit mir glücklich.«

»Es ist mir egal, ob du noch zu einer anderen gehst. Aber beleidige mich nicht durch deine Unehrlichkeit.«

Einst, als ich noch in ihn verliebt war, konnte er reichlich Unordnung in meiner Gefühlswelt anrichten. Jetzt ärgerten mich seine Eskapaden nur noch. Ich war nicht mehr in ihn verliebt, und sein Egoismus war lästig. Ich sehnte mich nach Edward und Flora. Ich wollte sie wiederhaben. Die Sehnsucht, die ich nach Loyalty gehabt hatte, war die einer fünfzehnjährigen Jungfrau gewesen, die älter wurde, aber weiterhin glaubte, sie würde den Mann heiraten, der sie entjungfert hatte. Ich war froh, diesem Irrglauben nicht mehr zu unterliegen.

»Wir werden uns nie verstehen«, sagte ich. Ich war weder zornig noch traurig. Ich äußerte das, als würde ich etwas aufsagen, was ich gerade gelernt hatte. »Wir sollten uns eingestehen, dass du dich niemals ändern wirst, genauso wenig wie ich. Wir machen einander unglücklich. Es wird Zeit, dass wir damit aufhören.«

»Einverstanden. Vielleicht sind wir ja in einem Monat beide vernünftiger …«

»Wir werden nie vernünftig sein. Wir sind, wer wir sind. Ich will aufhören. Und ich werde meine Meinung nicht ändern.«

»Du bist mir zu wichtig, Violet. Du bist diejenige, die mich kennt. Ich mache dich nicht immer glücklich, das weiß ich. Aber in der Zeit, in der wir uns nicht streiten, bist du glücklich. Das hast du mir gesagt. Lass uns doch versuchen, öfter glücklich zu sein und weniger aneinanderzugeraten …«

»Ich kann aber so nicht weitermachen. Das setzt mir zu sehr zu.«

»Du willst mich überhaupt nicht mehr sehen?«

»Als Schüler schon, du kannst immer von mir in Englisch unterrichtet werden.«

Ruhe überkam mich nach diesen Worten. Ich spürte keine Bitterkeit gegenüber Loyalty. Viele Jahre hatte ich auf einen Liebesbeweis von ihm gewartet. Ich konnte so viel Geduld aufbringen, wie ich wollte, es war vergebens. Ich konnte keine Liebe entdecken, abgesehen von der Unzufriedenheit, weil ich sie selbst nicht besaß. Niemals würde ich mit Loyalty eine dauerhafte Liebe finden. Und seine Liebe hielt gerade einmal so lange, wie ich an seiner Seite war. Ich wollte eine tiefere Liebe, mit dem Gefühl, wir könnten niemals genug voneinander wissen – von unserem Innersten, unserem Denken und von dem, wie wir die Welt sahen. Das letztendlich zu begreifen, war ein Sieg über mich selbst.

9

Treibsandjahre

Shanghai, März 1925
Violet

Loyalty richtete im Haus von Lin eine große Feier aus, um die fünfzehnjährige Kurtisane Rubinhimmel und ihre bevorstehende Defloration zu feiern, für die er noch mehr Geld bezahlt hatte als damals für meine. Wie bei der Feier, auf der ich ihn kennenlernte, hatte er sieben Freunde eingeladen – und es gab zu wenige Kurtisanen. Wie üblich verlangte er mich, und wie üblich war ich froh über das Geschäft.

Während der letzten Jahre hatte ich hart an meinem Zitherspiel gearbeitet, und ich hatte auch geübt, westliche Lieder zu singen. Loyalty machte seine Gäste auf mein ungewöhnliches musikalisches Talent aufmerksam, damit ich von anderen auf ihre Feier bestellt wurde. In Wahrheit gab ich aber nur eine passable Vorstellung ab. Trotz seiner Empfehlungen stapelten sich die Anfragen nicht auf meinem Schreibtisch. Wer von den jüngeren Kunden wollte schon langsames Zithergezupfe hören, wenn man mit dem Phonographen flottere Lieder abspielen konnte? Ihnen war etwas Modernes lieber, denn in Shanghai drehte sich gerade alles um Modernität. Ich hatte immerhin noch einen musikalischen Pluspunkt, indem ich ein paar westliche Melodien sang, bei denen die Zither nur die Akkorde lieferte. Ein Gast, der die Vereinigten Staaten besucht hatte, meinte, das höre sich an, als würde ich ein amerikanisches Banjo spielen. Danach warb ich für mich als Banjo-Sängerin, »sehr gefragt für Feiern mit ausgelassener Atmosphäre«.

Die Mutter des Hauses von Lin war die ehemalige Bauschwolke im Verborgenen Jadepfad. Sie begrüßte mich voller Begeisterung.

»Bin ich froh, dass du heute Abend keine Verpflichtungen hattest«, rief sie, bevor die anderen kamen. »Ich sollte dich öfter zu mir holen. Unsere Mädchen sind jeden Abend besetzt.« Früher wäre ich beleidigt gewesen, weil sie damit unterstellte, dass ich keine Stammkunden mehr hatte. Jetzt hingegen erklärte Zauberkürbis Bauschwolke, dass sie immer an mich denken solle, wenn sie eine Feier etwas lebhafter gestalten wollte. Als ich den Bankettraum betrat, sah ich Loyalty mit seinem hüftschwingenden neuen Liebling. Er betrachtete sie mit demselben zärtlichen Gesichtsausdruck, mit dem er mich bedacht hatte, als ich seine Jungfrau war und er behauptet hatte, kein anderes Mädchen hätte jemals so unbekannte und überraschende Empfindungen in ihm ausgelöst.

Loyalty kam zu uns herüber und begrüßte Zauberkürbis und mich auf die vornehme britische Art – ein Handkuss und eine leichte Verbeugung. Ich gratulierte ihm zu der hübschen neuen Blume, zu deren Ehren er geladen hatte. Sie warf mir einen misstrauischen Blick zu. Zauberkürbis hatte über Magenprobleme geklagt, aber sie hatte trotzdem darauf bestanden, zu der Feier zu gehen, weil sie das Gefühl hatte, ich würde eine neue Eroberung machen.

Als die Feier zur Hälfte fortgeschritten war, bat Loyalty darum, dass ich etwas zum Besten gab. Ich fing mit zwei gefühlvollen chinesischen Liedern an, gefolgt von den Stücken »Always«, »Tea For Two« und »Swanee River« im Banjo-Stil. Das letzte war mein größter Erfolg, denn ich scherzte, dass *suh-wan-nee* auf Chinesisch »Ich denke daran, dich anzufassen« bedeutet und *fa fa e wei,* wenn es das erste Mal gesungen wurde, »um dir die schönen aufziehenden Wolken zu zeigen« – und beim zweiten Mal »um dir meinen Hunger nach deinem wütenden Feuer zu zeigen«. Nach »Swanee« endete die Feier immer in Hochstimmung, mit großzügigen Trinkgeldern für mich und gelegentlich einem neuen Freier.

Loyalty sprang auf. »Danke, Maestro!« Er benutzte die traditionelle Bezeichnung, die für die berühmten Sänger in den Hallen der Geschichtenerzähler reserviert war. »Wir geraten in Verzückung, wenn wir dich hören, du heiterst uns auf. Wir müssen dir Anerkennung zollen.« Er brachte einen Trinkspruch aus und schob mir einen Umschlag mit Geld zu, als Zeichen für die anderen, es ihm gleichzutun. Dann erhob Loyalty noch einmal das Glas. Wieder gab es pflichtgemäß Beifall und anerkennendes Gegröle.

Ein Mann, der am Ende des Tisches gegenüber von Loyalty saß, war besonders überschwänglich. »Ich habe noch nie eine solche Kombination von zarten und kraftvollen Tönen auf der Zither gehört! Wie Ihre Finger das spielten! Noch dazu als Ausländerin!«

Schon wieder dieser leidige Vergleich mit Ausländern. »Nur zur Hälfte«, sagte ich entschuldigend. »Trotzdem versuche ich, Eindruck zu hinterlassen.«

»Ich wollte damit nicht andeuten, dass Ihr Talent etwas mit auf die Hautfarbe zurückzuführenden Mängeln zu tun hätte. Ich meinte, es ist ein zusätzlicher Gewinn, dass Sie auch auf Englisch singen können. Wirklich. Ich habe noch nie eine so überwältigende Banjo-Aufführung erlebt.«

Das war das gewohnte, banale Kompliment. Ich bezweifelte, dass er jemals von einer anderen Kurtisane Banjomusik gehört hatte, aber ich antwortete mit der üblichen Bescheidenheit. »Meine Fingerfertigkeit lässt noch zu wünschen übrig, aber es freut mich, dass es Ihnen trotzdem gefallen hat.«

»Meine Bewunderung ist ehrlich. Ich versuche nicht, mich einzuschmeicheln, um in Ihr Boudoir gebeten zu werden. Ich sage das aus Respekt und als Kunstkenner.« Er sah aus wie dreißig, aber er machte die ernste Miene eines ehrfürchtigen Jungen, der zum ersten Mal ein Kurtisanenhaus besucht. Jungen wollten die Kunst im Bett kennenlernen. Der Blödsinn, den dieser Mann redete, war nur eine Masche, die ich schon oft gehört hatte. Er stellte sich als Perpetual vor, ein Abkömmling der Familie Sheng aus der Provinz An-hwei und ein Verwandter von Mansion, der mit Loyalty befreundet war.

Obwohl er aus An-hwei war, sprach er Han-Chinesisch ohne den Akzent der Provinz, er war also gebildet. Im Vergleich zu

Loyalty war er nicht unattraktiv, aber er war nicht der Mann, auf den man zuerst ein Auge werfen würde, wenn man sich in einem Raum nach möglichen Freiern umsah. Während er mich weiterhin mit Lob überhäufte, führte mich das dazu, dass ich ihn auf einmal etwas attraktiver fand. Ich fand ihn immerhin ansprechend, aber auf gewöhnliche Art, und das hieß, dass er keine der Merkmale hatte, die mir nicht gefielen. Er hatte nicht die zusammengekniffenen Augen eines Geizhalses. Er hatte nicht die großen Nasenlöcher eines Aufschneiders. Er hatte nicht die dicken Lippen, die vulgäre Absichten verrieten. Ihm fehlten auch keine Zähne, was darauf schließen ließ, dass sich seine Hygiene auch auf weniger sichtbare Körperteile ausdehnte. Er hatte nicht die groben Gesichtszüge eines Menschen mit zweifelhafter Moral. Er hatte nicht die gelichteten Augenbrauen eines Syphiliskranken. Sein Haarwuchs war üppig, aber die Haare waren nicht so struppig dick wie bei Angehörigen eines Volksstamms. Sie waren nicht einfach abgesäbelt wie bei einem Dorfbewohner, sondern akkurat geschnitten und mit glänzender Pomade nach hinten gestrichen. Mit allem, was er nicht war, und ein wenig von dem, was er war, fand ich ihn irgendwie attraktiv.

Es war schwer zu sagen, ob er wohlhabend war. Er war als Mansions Gast gekommen. Seine Kleidung war sauber, aber ein wenig zerknittert, allerdings war das bei westlichen Leinenanzügen immer ein Problem, wenn es warm war. Seine Fingernägel waren geschnitten, und er hatte sich den Nagel des kleinen Fingers auch nicht lang wachsen lassen, wie es Opiumabhängige tun, um damit den klebrigen Rest aus einer Pfeife oder den Schmalz aus den Ohren zu kratzen. Er sprach ernst weiter: »Ihre zarten Finger tanzten wie Feen und machten die Musik noch verführerischer.«

Das war zu viel. »Gehören Sie zu einer der Shanghaier Gelehrtengesellschaften?«

»Wollen Sie herausfinden, ob ich Ihrer Gesellschaft wert bin?« Jetzt lächelte er, aber nur mit dem Mund und nicht mit den Augen. Ich ließ mich nicht aus der Ruhe bringen und wartete geduldig auf seine Antwort. »Ich suche nicht die Gesellschaft ähnlich gesinnter Intellektueller«, sagte er. »Ich bin ein Malerdichter, dem die Einsamkeit lieber ist. Wissen Sie, ich habe Launen, die man besser nicht in der Öffentlichkeit preisgibt. Diese finsteren Stimmungen verleihen meinen Bildern einen finsteren Charakter, der bei den meisten Sammlern nicht beliebt ist.«

»Die meisten Sammler halten Beliebtheit für einen Stil«, sagte ich.

»Jeder kann einen ganz eigenen Stil haben«, meinte er. »Und doch hat ihn niemand wirklich. Wir werden beeinflusst von denen, die vor uns da waren, angefangen bei den Malern, die vor Tausenden von Jahren die Natur nachgebildet haben.«

Was für ein eingebildeter Tölpel. »Warum entschuldigen sich Gelehrte immer für Unwissenheit?«, fragte ich.

»Sie bestehen weiterhin darauf zu wissen, ob ich aus einer Gelehrtenfamilie stamme … Ach, jetzt habe ich Sie verärgert, das sehe ich.«

»Nicht im Mindesten«, sagte ich freundlich. »Wir Kurtisanen mögen spielerische Sticheleien. Das gefällt ihnen, und ich mache gern dabei mit.« Ich wandte mich zu Zauberkürbis um, die ein kleines Stück hinter mir stand. »Es ist warm. Ich brauche meinen Fächer.« Wenn ich mir den Fächer später auf den Schoß legte, war das das Zeichen für Zauberkürbis, mich zu rufen und mir mitzuteilen, dass mir jemand eine wichtige Nachricht geschickt hätte. Aus diesem Grund hatte sie immer einen Zettel in der Tasche. Ich war mir jetzt sicher, dass dieser Kandidat nicht wohlhabend war. Falls er überhaupt Geld hatte, würde ich mich dafür ziemlich ins Zeug legen müssen. Ich war nun schon über zwei Stunden auf der Feier, und es war unwahrscheinlich, dass von den anderen Gästen noch eine weitere finanzielle Anerkennung kommen würde.

Ich wandte mich wieder an Perpetual. »Sind Sie jetzt bereit zu gestehen? Haben Sie ein Schiff aus Gold? Sind Sie der Beamte, den wir schmieren müssen?«

»Ich gestehe, dass ich in der Tat aus einer Gelehrtenfamilie stamme – und dass ich ein Verschwender bin.«

»Haben Sie das gesamte Vermögen durchgebracht? Ist nichts mehr für mich übrig?«

»Ich habe etwas anderes als Geld verschwendet. Meine Bildung. Ich habe die Prüfungen des dritten Grades vor fünf Jahren bestanden, da war ich sechsundzwanzig, seitdem habe ich aber nichts mehr vorzuweisen.«

»Mit sechsundzwanzig! Ich weiß von keinem Mann unter dreißig, der diesen Grad bestanden hat, und da sind auch die Schwindler mit eingerechnet.«

»Von dem Moment an, in dem ich den Mutterleib verließ, lernte ich, um die Prüfungen auf nationaler Ebene zu bestehen. Während ich noch an der Mutterbrust hing, erstellte mein Vater einen Plan für mein Leben, wie es in der Qing-Dynastie damals üblich war: einen hohen Beamtenposten in einem kleinen Bezirk annehmen, sich streng an die Sitten und Gebräuche halten und am Ende der zweijährigen Anstellung Ämter in immer wichtigeren Präfekturen und Provinzen besetzen. Genau das hat mein Vater gemacht.«

»Und was kam dann nach der Muttermilch?«

»Ich zeichnete mich in den sechs Künsten aus. Finanzen und Steuern brachen mir das Genick. Ich konnte mich nicht mit einem System beschäftigen, das die Armen bestahl und die Reichen noch reicher machte.«

»Da bin ich Ihrer Meinung, das sind keine anregenden Themen.« Ich legte mir den Fächer in den Schoß. Bald war ich von diesem Langweiler erlöst.

»Das Qing-System war ungerecht. Und das neue? Jetzt sind es bloß andere Hände, die das Geld nehmen.«

Was für ein Idiot. Die Männer hier im Raum könnten genau die Positionen innehaben, die er gerade schlechtmachte.

Mansion rief: »He, mein Junge, quälst du sie mit deinem üblichen Revolutionsgerede? Lass uns doch für heute Abend die ganzen Ungerechtigkeiten vergessen. Du kannst das morgen alles richten.«

Perpetual hielt den Blick weiter auf mich gerichtet. »Wegen meiner Kritik am alten System erhielt ich keine Anstellung. Wie viele, die keine Arbeit haben, bezeichne ich mich als Malerdichter. Und jetzt haben Sie Ihre Antwort. Ich bin zu arm, um Ihr Freier zu sein. Ich hätte es mir nicht leisten können, hierherzukommen, wenn mich mein Cousin nicht eingeladen hätte.«

»Ich bin nicht ganz so geldgierig, wie Sie mich hinstellen«, sagte ich. Das war einer der Sprüche, die ich am häufigsten benutzte. »Sagen Sie mir doch zum Ausgleich für meine Zeit ein Gedicht auf.«

»Hören Sie dem Straßenverkäufer zu, der gerade vor dem Fenster ruft – sein Lob auf fermentierte Reissuppe. Das ist eines meiner Gedichte.«

»Sie sind unendlich bescheiden. Ich lasse Ihnen keinen Frieden, bis Sie mir ein Gedicht aufgesagt haben. Aber bitte wählen Sie eines aus, das nichts mit Bürokraten oder fermentierter Reissuppe zu tun hat.«

Er schwieg kurz, dann sagte er: »Hier ist eines, das zu Ihnen passt.« Er sah mir dabei unverwandt in die Augen.

Endlos viel Zeit verging, bis wir uns trafen, doch noch viel mehr, seit sie verschwunden ist.
Ein Wind bläst vom Osten her, weht hundert Blumen in die Luft,
und die Frühlingsseidenraupen beginnen zu spinnen, spinnen fort, bis sie verenden.
Morgens im Spiegel sieht sie, wie der Lichthof aus ihren Haaren die Farbe ändert,
und doch spottet sie dem kalten Mondlicht mit ihrem Abendlied.
Am späten Abend weinen die Kerzen unter ihren Dochten.
Es ist nicht weit, nicht sehr weit zu ihrem verzauberten Berg.
Ihr Rotkehlchen, lauscht ihren Worten aufmerksam und tragt sie her zu mir.

Fast kamen mir die Tränen. Das Gedicht rührte an die Traurigkeit, die ich wegen der Trennung von Klein Flora empfand. Wir waren auseinandergerissen worden, die Zeit verging, und sie lebte irgendwo anders. Der Mann hatte mich aus der Trägheit meiner Routine und Bedeutungslosigkeit geweckt.

»Das ist großartig«, rief ich aus. »Wirklich. Ich will jetzt nicht höflich sein. Es ist plastisch, aber nicht zu sehr, und so natürlich, dass es ohne Anstrengung geschrieben zu sein scheint. Der Stil, die Wirkung – nichts kommt mir krampfhaft vor. Es entspringt echten Gefühlen. Ich spüre den Wind, sehe die Kerze. Das Gedicht erinnert mich an die Werke von Li Shangyin. Ja, es ist genauso gut.«

In diesem Moment trat Zauberkürbis zu mir, um mich wie geplant von meiner dringenden Nachricht zu unterrichten. Wir gingen außer Hörweite. »Ich will bei ihm bleiben. Er ist interessant, und das Gedicht, das er mir gerade aufgesagt hat, ist überraschend bewegend. Ich möchte es heute Abend vortragen. Vielleicht steigert es das Interesse an mir.«

»Kommt er als Freier in Frage?«

»Er hat so wenig in den Taschen wie ein Gelehrter aus dem letzten Jahrhundert. Aber vielleicht trägt er zu meiner Unterhaltung bei.«

»In meinem Magen geht es drunter und drüber, ich gehe nach Hause.«

Ich kehrte zu Perpetual zurück, und er hob die Augenbrauen. »Was war das? Sie suchen doch hoffentlich keine höflichen Entschuldigungen, um mich zu verlassen?«

»Ich möchte noch mehr von Ihren Gedichten hören.«

»Das wage ich nicht. Sie haben zu gute Ohren. Das erste hat Ihnen gefallen, aber es könnte sein, dass Sie finden, das nächste hört sich an wie das Gefasel von irgendwelchen Sängertruppen. Es würde mich sehr treffen, wenn Sie eine schlechte Meinung von mir hätten.«

»Kritik, der Tod durch tausend Schnitte.«

»Bisher haben nur sehr wenige Leute meine Gedichte gehört. Die meisten sind Verwandte, die genauso darüber schimpfen wie über Furunkel und schlechtes Wetter. *Ai!* Das kann man ja kaum aushalten. Meine Frau war meine beste Kritikerin. Sie hatte eine starke Meinung und erkannte das Gute und das Schlechte in dem, was ich schrieb. Wir konnten uns offen über alles unterhalten, weil wir ähnlich dachten. Sie hieß Azur, wie der blaue Himmel, wo sie jetzt wohnt.« Er wurde still und wandte den Kopf von mir ab. »Sie ist vor fünf Jahren an Typhus gestorben.« Er schwieg wieder, und ich wollte ihn nicht unterbrechen. »Es tut mir leid«, sagte er schließlich. »Ich sollte Ihnen nicht meine Traurigkeit aufbürden. Sie kennen mich noch nicht einmal.«

»Es gibt nicht viele Menschen, die den Verlust tiefer Liebe nachvollziehen können«, sagte ich. »Mein Mann ist vor sechs Jahren gestorben, und meine Tochter wurde mir vor drei Jahren weggenommen. Edward und Flora.«

»Sie waren Ausländer?«

»Edward war Amerikaner. Flora wurde in Shanghai geboren.«

»Mir ist etwas an Ihnen aufgefallen – ein Teil Ihrer Seele fehlt. Ihre Augen sehen, aber sie schauen nicht mehr hin. Die Trauer.«

So viel Verständnis war ungewöhnlich für einen Mann.

»In meinem Fall«, so fuhr er fort, »wurde die Trauer mit der Zeit nicht weniger. Sie erneuerte sich jeden Morgen, wenn ich aufwachte und feststellte, dass meine Frau nicht neben mir lag. Es war, als würde ich in dem Moment erst erfahren, dass sie tot war. Ich erklomm jeden Tag den Hügel und ging zu ihrem Grab, um mich daran zu erinnern, dass sie für immer gegangen war. Ich sagte meine Gedichte vor ihrem Grabstein auf, dachte daran zurück, wie ich sie ihr vorgelesen hatte, als sie noch neben mir im Bett atmete.«

»Ich spreche auch mit meinem Mann. Es tröstet mich, wenn ich an ihn denke, aber wenn er keine Antwort gibt, bin ich wieder am Boden zerstört.«

»Ich habe oft überlegt, mich umzubringen, damit ich wieder bei meiner Frau sein kann. Nur mein kleiner Sohn bindet mich noch an die Erde. Mein Verwandter hat mich gezwungen, ihm hierher zu folgen. ›Komm mit und schau dir schöne Frauen an statt Gräber‹, sagte er. Und nun wissen Sie, mir steht gar nicht der Sinn nach irgendwelchen Vergnügungen, selbst wenn ich sie mir leisten könnte. Aber heute Abend haben Sie einen abgestumpften Teil von mir wiederbelebt – meine Seele. Sie sprechen so offen über alles. So war Azur auch veranlagt.«

»Ihre Trauer macht das Gedicht so tiefgründig. Es rührt mich an. Darf ich es heute Abend unseren Gästen vortragen?«

»Das ist sehr freundlich, dass Sie das fragen. Aber ich glaube, die anderen würden es nur als Störung empfinden.«

»Die Stimmung ist gerade etwas eingeschlafen, und es ist meine Aufgabe, dem Fest durch Unterhaltung etwas Glanz zu verleihen. Werde ich die erste Kurtisane sein, die dieses Gedicht öffentlich vortragen darf?«

»Meine Frau in ihrem Grab ist die Einzige, die es je gehört hat.«

Ich ging zu Loyalty und fragte ihn, ob ich Perpetuals Gedicht als Teil des Unterhaltungsprogramms vortragen dürfe. Als ich es vorlas, verspürte ich eine tiefe Sehnsucht nach Edward und Klein Flora. Ich stellte mir vor, wie Klein Flora auf mich wartete. Perpetual staunte, wie gut ich seine Absicht erfasst hatte.

An diesem Abend bekam ich mehr Lob und Geldgeschenke als in vielen Jahren davor. Ich wurde sofort auf zahlreiche Feiern eingeladen, die in der nächsten Woche stattfinden sollten, und während sich die Anfragen stapelten, musste ich meinen Gastgebern sagen, dass ich wegen meiner vielen Engagements nur kurz vorbeikommen könne. Ich war in die Zeit zurückversetzt, als die Männer um meine Gunst wetteiferten und mir entsprechende Geschenke machten. Drei Männer zeigten besonderes Interesse an mir.

Am Ende der zweiten Woche ging einer dieser Freier zu einer anderen Schönheit. Nach einer weiteren Woche hatte sich die Leidenschaft, die ich vorübergehend entfacht hatte, verbraucht, und mittlerweile hatten ein Dutzend Kurtisanen Perpetuals Gedicht vorgetragen. Ich lebte wieder mit der Angst, dass keine Besucher mehr kommen würden, nicht einmal gelegentlich. Diejenigen, die nach mir fragten, mussten mir nur kurze Zeit den Hof machen, nur Tage und nicht Wochen. Heutzutage hatte ein Mann zu viele

Möglichkeiten und würde nicht warten, bis eine Blume ihn einem anderen vorzog. Er konnte umsonst moderne Studentinnen treffen, denen Skandal und Schamgefühl egal waren. Zur Verhütung hatten sie sich sogar Schwämme an die Unterwäsche gesteckt, die sie einführen konnten, sobald sich eine Gelegenheit ergab. Als ich einmal einem Mann gleich in der ersten Nacht seinen Willen ließ, schimpfte mich Zauberkürbis aus und meinte, ich würde mich nicht besser benehmen als ein Mädchen in einem Opiumblumenhaus. Am nächsten Abend kamen zwei Männer und erwähnten, sie seien Freunde des Mannes, der in der Nacht zuvor bei mir gewesen war.

»Siehst du!«, meinte Zauberkürbis. »Du ziehst Geizhälse an wie verfaultes Obst die Fliegen. Schneller kann man sich seinen Ruf nicht ruinieren.«

Wenigstens erhielt ich weiterhin Anfragen für Auftritte bei Feiern, zuletzt von Perpetuals Cousin Mansion. Er feierte zu Ehren zweier wichtiger Männer, Vertraute des Präsidenten der Republik. Angeblich mochten sie die amerikanischen Lieder besonders gern.

»Kommt auch dein Verwandter Perpetual?«, fragte ich Mansion. »Ich möchte ihm noch einmal für sein Gedicht danken. Es hat für einigen Aufruhr gesorgt.« Ich hoffte außerdem, er würde mich noch ein weiteres Gedicht vortragen lassen.

»Wenn ich ihn das nächste Mal sehe, lade ich ihn ein. Er kommt und geht. Ich glaube, er hat außerhalb von Shanghai irgendetwas Geschäftliches zu tun. Vielleicht hat er auch etwas mit einer Kurtisane in einem anderen Haus angefangen. Hah! Er ist ein ziemlicher Geheimniskrämer.«

Etwas Geschäftliches. Also war er nicht so arm, wie er sich darstellte. Aber ich wusste, dass er nicht in einem Kurtisanenhaus war. Armer Mann.

Ein paar Abende später war Perpetual Mansions Gast bei einer kleinen Feier mit Getränken und Spielen im engeren Freundeskreis. Zauberkürbis eilte zu mir und wollte, dass ich ihm noch ein Gedicht entlockte.

»Glaubst du denn, ich wäre so dumm und hätte nicht selbst schon daran gedacht?«

Ich begrüßte Perpetual mit echter Herzlichkeit. Nach meinem Auftritt setzte ich mich neben ihn. »Ich freue mich, dass Mansion Sie gezwungen hat, wiederzukommen.«

»Da war nicht viel Überzeugungskraft nötig. Ihre Musik hat meine Laune gehoben, und ich habe unser Gespräch sehr geschätzt.«

Mansion und seine Freunde vertrieben sich die Zeit mit Glücksspielen. Perpetual weigerte sich mitzumachen. Er mochte keine solchen Spiele. Wir sahen den anderen amüsiert ein paar Runden zu. Aber dann fiel mir auf, dass seine Miene ernst wurde. Er wandte sich mir zu und sah mich mit gehetztem Blick an.

»Ich hatte eine schwere Zeit, seit ich Sie das letzte Mal gesehen habe. Ich war froh, dass ich offen über meine Frau sprechen konnte, aber gleichzeitig wurde ich von fast unerträglicher Trauer überkommen. Ich musste diesen Schmerz unbedingt lindern, und so ging ich stundenlang durch die Straßen, bis ich mich in einem Opiumblumenhaus wiederfand. Es war dunkel im Inneren, und der Schatten einer Frau führte mich zu einem Diwan. Ich hörte andere Männer und Frauen. Ich nahm zwei Züge von der Pfeife, bald ließ der Schmerz nach, und ich betrat das Himmelreich des blauen Rauchs. Alle Freude, die ich in meinem gesamten Leben je erlebt hatte, kam in einem Schub wieder. Ich dachte, ich könnte keine größere Glückseligkeit erfahren – bis ich eine Hand auf meinem Arm spürte. Azur saß neben mir. Ich schwöre, es war so lebendig, wie ich Sie hier vor mir sehe. Ich küsste sie und streichelte ihr Gesicht, um sicherzugehen, dass sie echt war. Sie versicherte mir, sie sei es. Sie legte sich auf den Diwan, ihre Kleider verschwanden, und ihr schöner, bleicher Leib schlängelte sich voller Begehren nach mir. Wir waren wieder vereinigt, im Geiste, im Herzen, mit dem Körper, mit der Seele. Sie stieß die gleichen freudigen Schreie aus, begleitet vom Klingeln winziger Glöckchen, die sie um die Fesseln trug. Wir wirbelten schwerelos durch Seide und Luft. Wir stiegen in Höhen hinauf, höher als wir je gewesen waren, und nach jedem Höhepunkt fingen wir von Neuem an. Jedes Mal, wenn ich in sie eindrang …« Er unterbrach sich. »Verzeihen Sie mir. Was mir so teuer ist, muss sich für Sie obszön anhören.«

»Mich schockiert gar nichts«, sagte ich. Auch ich hatte insgeheim schon überlegt, Opium zu rauchen, um Edward zurückzuholen, wenn auch nur als Illusion.

»Die Freude hält nicht lange genug vor«, sagte er. »Der blaue Rauch verschwindet bald, und die Wirklichkeit kommt wieder zum Vorschein, viel brutaler als zuvor. Gerade noch lag ich mit meiner Frau zusammen und seufzte zufrieden, im nächsten Augenblick starrte ich einem Vampir in die Augen. Dieses Mädchen war nicht älter als zwanzig, etwa so alt wie meine Frau, als sie mich verließ. Andere Männer hätten sie für hübsch gehalten. Aber mich stieß es ab, dass meine Frau durch dieses hohlköpfige Mädchen ersetzt worden war. Ich sah mich nach meinen Sachen um, damit ich so bald wie möglich gehen konnte. Doch dann spürte ich ihren festen Griff um mein Gemächt. Ich war angewidert und wollte ihr gerade befehlen aufzuhören, und gleich darauf war ich noch angewiderter von mir selbst, weil mein Penis in ihrer Hand steif geworden war. Ich bin ein normaler Mann, und es war fünf Jahre her, seit ich eine Frau berührt hatte, abgesehen von der Illusion meiner Frau. Das Mädchen legte sich auf den Diwan, zog sich das Kleid hoch und spreizte die Beine. Ich kam nicht gegen den Drang an. Ich stieß in sie hinein – und dann, dann habe ich …« Seine Brust hob und senkte sich, als würde er ein Schluchzen unterdrücken. Er richtete den Blick zum Boden. »Ich habe etwas Abstoßendes getan, und mir wird übel, wenn ich nur daran denke.« Er schüttelte den Kopf.

Ich wartete darauf, dass er fortfuhr. Aber er stand auf.

»Ich kann nicht mehr darüber sprechen.« Er sah sich um. »Wenn mich jemand außer Ihnen gehört hätte, würde er denken, ich wäre geisteskrank. Ich glaube, ich habe Ihnen schon genug von meinem elenden Leben erzählt. Es ist außerordentlich freundlich von Ihnen, dass Sie mir zugehört haben.«

»Sie müssen sich nicht entschuldigen. Wirklich nicht. Man muss all das Schlimme, was die Trauer mit sich bringt, wegwischen. Vielleicht gelingt Ihnen das, indem Sie mehr Gedichte schreiben.«

»Das habe ich. Vieles davon ist sentimentaler Unsinn. Wenn mich mein Verwandter das nächste Mal einlädt, bringe ich Ihnen welche mit. Da haben Sie etwas zu lachen. Keine von diesen düsteren, ausschweifenden Erinnerungen mehr.«

»Sie müssen nicht warten, bis er Sie einlädt.« Ich dachte schnell nach. »Kommen Sie doch morgen am späten Nachmittag. Ich kann mir Ihre Gedichte ungestört in meinem Wohnzimmer anhören und Tee mit Ihnen trinken.«

Sobald er gegangen war, eilte Zauberkürbis herbei. »Hat er dir ein Gedicht gegeben?«

»Morgen Nachmittag. Ich werde mit ihm Tee trinken.«

»Wenn er dir ein Gedicht schenkt, lässt du ihn dann in dein Bett?«

»Was? Damit er mich für eine Prostituierte hält?«

Als er am nächsten Tag auftauchte, war er chinesisch gekleidet. Ich war ein wenig überrascht. Manche unserer Kunden zogen sich noch im chinesischen Stil an, aber es waren eher die älteren. Andererseits stammte er aus An-hwei. Als wüsste er, was ich dachte, sagte er: »Was die Bequemlichkeit angeht, kann westliche Kleidung nicht mit der langen chinesischen Robe mithalten. Sehen Sie mich an. Finden Sie nicht, dass ich jetzt eher wie ein Dichter aussehe?« Das tat er, und ich fand auch, dass er besser aussah als in einem westlichen Anzug, vielleicht weil er entspannter wirkte.

Ich lud ihn ein, sich in den Sessel zu setzen. Ich nahm auf dem Sofa Platz und wartete auf einen geeigneten Zeitpunkt, um ihn nach einem Gedicht zu fragen. Doch er erzählte mir erst von den neuen Problemen, die sich Shanghai stellten. Er berichtete von den Ungerechtigkeiten gegenüber Arbeitern und Bauern. Ich versuchte eine interessante Gesprächspartnerin zu sein, aber ich war auch ungeduldig. Ich bat Zauberkürbis, Wein statt Tee zu bringen. Das Gespräch kehrte schließlich irgendwann zu seinem Elend und seinen Qualen zurück. Er sprach undeutlich.

»Gestern habe ich noch gezögert, Ihnen zu erzählen, was im Opiumblumenhaus geschehen ist, denn ich hatte Angst, ich wäre wahnsinnig geworden. Ich weiß, ich kann offen zu Ihnen sprechen, aber wenn ich Ihnen sage, was passiert ist, würden Sie mir dann ehrlich zu verstehen geben, ob Sie glauben, dass ich den Verstand verloren habe oder ein böser Mensch geworden bin?«

Ich sah ihn so verständnisvoll wie möglich an und versprach ihm, unverstellt meine Meinung zu äußern.

»Ich habe Ihnen schon von meiner Frau und dem Mädchen erzählt. Wie gesagt, das Mädchen lag auf dem Rücken, und ich war auf ihr, ich drang nur wegen eines instinktiven Verlangens in sie ein. Sie lächelte. Plötzlich konnte ich es aber nicht mehr ertragen, ihr Gesicht zu sehen. Ich bat sie, sich abzuwenden und die Augen zu schließen. Und dann ertrug ich es nicht mehr, ihren Körper zu spüren, der sich rhythmisch mit meinem bewegte, als wären wir eins. Also sagte ich ihr, sie solle sich nicht mehr bewegen, sondern nur noch still daliegen. Sie durfte kein Geräusch machen. Ich schloss die Augen und stellte mir vor, dieser reglose Körper wäre die Leiche meiner Frau. Ich weinte vor Freude und aus Scham, weil ich mich wieder mit meiner Liebe vereinigt hatte, nur war sie jetzt tot. Ich stieß immer fester und fester in sie hinein, als könnte ich sie mit Leben erfüllen. Aber sie blieb eine Leiche, und das erfüllte mich mit neuem Schmerz, deshalb hörte ich auf. Ich bat das Mädchen um die Pfeife. Bald war ich im Himmelreich des blauen Rauchs und hatte die Illusion, dass meine Frau wieder lebendig wäre. Welch eine Freude, als ich in diese vertrauten, weichen Falten und in ihre geheime Kammer eindrang. Ich vereinigte mich mit diesem imaginierten lebenden Körper. Stunden später war ich wieder bei Sinnen und sah die Prostituierte, und wieder ließ ich sie die Rolle der Leiche meiner Frau annehmen. Ich war drei Tage dort. Ich konnte nicht aufhören, weil das Glücksgefühl die Qual steigerte, und die Qual das Bedürfnis nach Erleichterung … Sind Sie schon angewidert?«

»Nein, gar nicht«, log ich. Seine Fantasien waren ekelerregend. Trotzdem war es bewundernswert, dass ein Mann so sehr um seine Frau trauern konnte, dass er auf derartig schauerliche Mittel zurückgriff, um mit ihr zusammen zu sein. Eine tote Ehefrau könnte sich geschmeichelt fühlen, würde sie davon erfahren.

Dankbar nahm er meine Hände. »Ich wusste, Sie würden das verstehen. Sie haben mir ja selbst schon erzählt, dass Sie sich Ihren Ehemann vorstellen, wenn ein anderer Mann Sie penetriert.«

Das hatte ich nicht gesagt – und was für eine derbe Art, das auszudrücken – »Sie penetriert«. Wenn ich mir Edward vorstellte, dann nur, wenn ich allein war, wenn ich die ruhige Zeit, die wir hatten, vermisste, und wenn ich daran zurückdachte, was er gesagt hatte.

Perpetual sah sich im Zimmer um und beglückwünschte mich zu der geschmackvollen Einrichtung. »Wenn Sie sich Ihren Mann vorstellen, haben Sie dann nur sein Gesicht vor sich?«

»Am deutlichsten erinnere ich mich an seine Stimme«, sagte ich, »an bestimmte Gespräche, die wir führten. Ich sehe auch sein Lächeln, das sehr unterschiedlich sein konnte, sein zufriedenes Lächeln, sein erleichtertes, sein überraschtes Lächeln, oder das, wie er unsere kleine Tochter ansah, als sie geboren wurde.«

»Die Mimik. Das ist interessant. Was ist mit dem Geruch, dem Geruch seines Körpers und seines Atems?«

»Wenn ich mich anstrenge, so wie jetzt, dann erinnere ich mich schwach daran. Er taucht nicht von allein auf.«

»Ich erinnere mich an alles, besonders an den Geruch, den wir beim Sex ausströmten. Das ist meine Dichternatur, dass ich mich besonders an das Verbotene erinnere. Das Leiden ist die Quelle meiner Gedichte.«

Hier war endlich meine Chance. »Wussten Sie, dass mir Ihr letztes Gedicht eine Menge Anfragen aus anderen Häusern eingebracht hat?«

»Mansion hat es mir erzählt. Das freut mich. Ich habe Hunderte durchgesehen, die ich geschrieben habe, und ich habe mir überlegt, was Ihnen wohl noch gefallen könnte.«

Hunderte. Meine Karriere war gerettet.

»Ich habe ein neueres Gedicht ausgewählt, es ist Teil einer Sammlung, der ich den Titel ›Stadt der zwei Millionen Leben‹ gegeben habe. Sagen Sie mir bitte ganz offen Ihre Meinung darüber. Ich verbessere meine Gedichte stetig.« Er räusperte sich:

»Die Macht der Reichen steigt an wie ein überflutender Fluss,
und spült die Ehre der Menschen mit dem Strom weg.
Mit den Wellen des Ozeans landen die Ausländer
Und höhlen die Küste unserer Heimat aus.
Ihre Hymnen werden unsere Begräbnislieder
Für unsere Vorfahren, die in ihrer steigenden Flut ertranken.
Sie nehmen unsere Helden mit ins Bett
Und rufen aus: ›Shanghai ist unser Sklavenbastard!‹«

Ich war sprachlos. Das hatte nichts mit dem schönen Gedicht zu tun, das er zuvor vorgetragen hatte. Es klang wie eine Rede jener Studenten, die mit schwarzen Armbinden an der Nanking Road standen. Nieder mit dem Imperialismus! Schafft die Hafenverträge ab! Nehmt die Konzessionen zurück!

»Es ist sehr kraftvoll«, brachte ich heraus, »inspirierend … ein hervorragender Kommentar über die Probleme, denen unser Shanghai entgegensieht.«

»Sie dürfen es jederzeit verwenden«, erlaubte er mir voller Stolz. »Wenn Sie möchten auch gleich heute Abend. Mein Cousin hat mich wieder eingeladen. Ich habe ihm schon gesagt, dass ich ein neues Gedicht habe.«

Ich musste ihm die Wahrheit sagen: »Für unsere Gäste wäre dieses Gedicht nicht so gut geeignet. Unsere Kunden sind die Leute, die Sie in Ihrem Gedicht schmähen.«

»Wo ist nur mein Kopf? Ich suche andere heraus, die besser passen. Was wünschen Sie sich denn?«

»Vielleicht eines über sehnsüchtige Liebe«, sagte ich, »wie das letzte, über den schmerzhaften Entzug dessen, was man so sehr begehrt. Auch etwas über die Jugend ist gut. Unsere Gäste erinnern sich gerne an ihre erste Liebe.«

In der folgenden Woche brachte mir Perpetual ein neues Gedicht, das sich angeblich um sehnsüchtige Liebe drehte.

Durch das Fenster meines Ateliers
Sehe ich die Pfingstrosen, noch nicht geöffnet.
Ich sehe den Pfad, die Brücke, nicht überschritten.
Wie sehne ich mich danach, noch einmal ihre Schritte zu hören, ihre kleinen Füße zu halten!
Wie sehne ich mich danach, sie zu umarmen,
zu sehen, wie ihr Gewand sich öffnet!
Doch ach, mein Atem beschlägt das Fenster
und trübt jede Erinnerung bis auf den Tag,
an dem sie die Brücke zur Unterwelt überschritt.

Wenigstens hatte es nichts mit einer verkommenen Gesellschaft zu tun. Zauberkürbis schlug vor, die Wörter *zur Unterwelt* herauszunehmen, damit es sich so anhörte, als hätte sich die Dame in dem Gedicht vielleicht verspätet und wäre nicht tot. Wider besseres Wissen trug ich das Gedicht an diesem Abend so vor, wie es geschrieben worden war, und die Stimmung war mit einem Mal dahin. Nur ein Mann war begeistert. Seine Lieblingskonkubine hatte sich gerade umgebracht.

Perpetual fühlte sich durch meinen falschen Bericht, dass es gut angenommen worden war, ermutigt. Er brachte mir ein weiteres Gedicht, das noch sehnsüchtiger war als das letzte.

Einst zitterte das Laub, so wie mein Herz.
Die kahlen Zweige sind nun beladen mit Schnee.
Die Seidenraupen sind dahin,
doch ihre Seidenrobe liegt noch neben ihrem leeren Bad.
Unter kaltem Mondlicht, nicht mehr golden,
sondern weiß wie ihr Leichnam auf ihrem neuen Bett aus Stein.

Ich war fassungslos. Der Leichnam seiner Frau war zurückgekehrt. Ich brachte überschwängliches Lob auf, bemerkte, wie schön die ruhigen, mit Schnee beschwerten Zweige mit dem zitternden Laub kontrastierten, wie ergreifend er das weiße Bild von Seidenraupen neben das kalte Bild vom Schnee und das von einem Leichnam gestellt hatte.

Zauberkürbis und ich überlegten hin und her, ob ich das Gedicht vortragen sollte. Wir waren uns schließlich einig, dass es so schlecht war, dass ich nur Gelächter dafür ernten und meiner Karriere schaden würde. Ich würde wieder lügen und behaupten, es sei ein großer Erfolg gewesen.

Zauberkürbis war enttäuscht, aber nicht entmutigt. »Wenn er wirklich Hunderte hat, wie er behauptet, dann kann er sie dir ja vielleicht alle geben, damit du die besten heraussuchen kannst. Dichter sehen einfach nicht, was an ihren Gedichten gut oder schlecht ist, dafür sind sie blind. Du kennst ihn schon über einen Monat. Du solltest es mittlerweile geschafft haben, ihm ein paar gute Gedichte zu entlocken. Schmachtende Liebe, sehnsüchtige Liebe, erfüllte Liebe, alles, bloß keine tragische Liebe. Ich glaube, der beste Weg ist, wenn du ihn zu dir ins Bett nimmst. Bring ihn auf neue Gedanken, damit er sich nicht immer die leidige Inspiration von seiner Frau holt.«

»Ich habe Angst davor, dass ich geistig verkümmere«, sagte ich ein paar Tage später zu Perpetual, als er von einer Geschäftsreise, wie ich annahm, nach Shanghai zurückkehrte. »Würden Sie mir vielleicht Unterricht in Kalligrafie geben? Vielleicht könnte ich üben, indem ich Ihre Gedichte abschreibe. Das wäre Inspiration und eine Übung in Disziplin zugleich.«

Wie erwartet, fühlte er sich geschmeichelt, und er war sofort bereit zu helfen. Ich hatte zuvor schon die Pinsel, Tusche und einen dicken Stapel Reispapier gekauft. Er nahm seine Rolle als Lehrer recht ernst. Ich sollte mich geistig vorbereiten, sollte die Tusche vorbereiten und sollte mich auf jedes einzelne Zeichen vorbereiten, indem ich mir die Abfolge der benötigten Pinselstriche ausmalte. Ich bereitete mich darauf vor, ihn zu verführen.

»Ein Zeichen darf man nicht so setzen, als bestünde es aus einzelnen Bruchstücken, die zusammengeklebt werden«, sagte er nach meinem ersten Versuch. »Man macht es rhythmisch und ruhig. Die Hand darf nicht zittern und auch nicht steif sein.« Er zeigte mir, wie man den Pinsel senkrecht zum Papier zu halten hatte, ich hielt ihn aber absichtlich schräg. Er legte seine warme Hand um meine und leitete mich. Ich machte absichtlich ruckartige Bewegungen, sodass er sich hinter mich stellen musste, um mir die Hand zu führen. Ich ließ die Hüften im Rhythmus seiner Führung kreisen und streifte dabei seinen Oberschenkel. Die meisten Männer wären hart geworden und hätten diese subtile Einladung, den Unterricht im Bett zu beenden, sofort angenommen. Perpetual, der treue Witwer, wich zurück.

Das Gedicht, das ich abschrieb, war die schwülstige Schmährede aus der Sammlung, die er »Die Stadt der zwei Millionen Leben« genannt hatte. Shanghai ist unser Sklavenbastard! Perpetual hatte gesagt, wahre Liebe entstehe, wenn man dieselben hohen Ideale hatte, und dieses Gedicht enthalte eine gewichtige Auswahl davon. Ich musste Interesse an ihnen zeigen, wenn ich mit einer toten Ehefrau konkurrieren wollte, die bereits zu fünf Jahren Keuschheit Anlass gegeben hatte. Er sagte: »Die Menschen sollten sich hohe Ideale zum Lebensziel machen – Altruismus, Aufopferungsbereitschaft, Ehre und Rechtschaffenheit. Sie sollten nicht aufgeben und einfach nur sagen: ›Ach, das ist unmöglich, deshalb mache ich einfach weiter mit und bin gierig wie alle anderen.‹«

»Aber die Menschen müssen auch pragmatisch sein. Von Idealen wird man nicht satt, und sie fördern auch nicht den Fortschritt.«

Das spornte ihn an zu erklären, was er meinte. Nach zehn Minuten hörte ich ihm nicht mehr zu, und er redete noch eine Stunde lang weiter. Meine Pläne, ihn zu verführen, waren fehlgeschlagen. Er war erregt, aber nicht auf die von mir geplante Art und Weise. Ich schlug vor, den Unterricht für heute zu beenden und am nächsten Tag wieder aufzunehmen.

»Das hat mir Kraft gegeben. Es tut gut, laut über seine Ideen und Ideale zu sprechen. Mit meiner Frau habe ich das die ganze Zeit gemacht.«

Später erzählte ich Zauberkürbis, dass nichts, wozu mich seine Gedichte inspirieren könnten, mit der Kombination seiner hohen Ideale und seiner toten Ehefrau konkurrieren konnte. Es war sinnlos – und außerdem teuer, in Anbetracht der Tatsache, wie gern er die kleinen Mahlzeiten zum Tee hatte. Als Perpetual das nächste Mal vorbeikam, erklärte ich ihm, dass mich am Nachmittag ein neuer Freier besuchen wolle. Ich würde ihn wissen lassen, wann wir unsere Kalligrafie-Stunden wieder aufnehmen konnten. Er konnte seine Enttäuschung nicht verbergen.

»Es war viel zu freundlich von Ihnen, so viel Zeit mit mir zu verbringen«, sagte er formell.

Die Nachmittage vergingen ohne Besucher. Ich las einen Roman, dann noch einen. Ich schickte einen Diener los, um Zeitungen zu kaufen, eine auf Chinesisch, eine auf Englisch. Während mir bei Perpetuals politischen Tiraden oft langweilig geworden war, las ich nun doch die Nachrichten von seiner fortschrittsfeindlichen Warte aus: mehr Schiffe, mehr Gebäude, mehr Einweihungen, mehr Handschläge zwischen zwei Magnaten, die damit besiegelten, dass sie noch reicher wurden. Ich dachte an meine Mutter, die zu jedem Kunden sagte: »Auf Sie habe ich mich ganz besonders gefreut«, ein Satz, der einer neuen Verschmelzung von Macht voranging. Während ich die Nachrichten las, fragte ich mich, wessen Sicht der Dinge besser war – die von meiner Mutter oder die von Perpetual? Welche war eigennützig? Welche schadete denen, die zurückblieben?

Als Perpetual zwei Wochen später wiederkehrte, freute ich mich ehrlich, ihn zu sehen. Ich hatte mich einsam gefühlt. Er meinte, ihm sei klar, dass ich zu tun hätte, er wollte mir nur sagen, dass ich ihn zu neuen Gedichten inspiriert hätte, die mehr dem ähnelten, das er mir an dem Abend gezeigt hatte, an dem wir uns kennenlernten.

»Gedichte entstehen aus der Kraft der Gefühle«, sagte er. »Die neuen sind ein Ergebnis unserer Trennung. Ich stellte fest, dass mir Ihre Gesellschaft fehlte, und ich sehnte mich nach ihr. Nach einer Weile wurde ich wehmütig, und da sprudelten die Gedichte nur so aus mir heraus. Aus diesem Grund bin ich froh, dass wir uns nicht sahen. Aber ich muss auch etwas gestehen, das Sie womöglich schockieren wird. Ich war nicht wahrhaftig zu Ihnen. Ich habe Ihnen erzählt, dass die Trauer um meine Frau jegliche Begierde nach anderen Frauen unterbunden hätte. Kurz nachdem ich Sie traf, stellte ich fest, dass meine Illusionen nicht mehr mit dem Leichnam meiner Frau verbunden waren. Sie waren es, auf die sich mein Verlangen richtete. Daher waren sowohl meine Sehnsucht nach Ihnen als auch meine schändliche Unehrlichkeit die Quelle der stärksten Gedichte, die ich seit vielen Jahren geschrieben habe. Sie sind bestimmt noch ziemlich schlecht, aber wenn Sie wollen, zeige ich mich damit bei Ihnen erkenntlich für die poetische Inspiration und dafür, dass Sie Gefühle der Liebe in mir erweckt haben, von denen ich glaubte, sie nie mehr wieder empfinden zu können. Natürlich verlange ich von Ihnen keine Erwiderung meiner Empfindungen. Ich werde Sie weiterhin bewundern, da ich zu arm bin, Sie zu erobern. Im Lauf der Jahre wird der Schmerz der unerfüllten Liebe zu noch kraftvolleren Gedichten führen.«

Ich hatte ja schon einige verschämte Männer gehabt, aber seine Art zu sagen, dass er mit mir schlafen wollte, war mit Sicherheit die seltsamste von allen bisher. Man stelle sich das vor: Ich war begehrenswerter als der Leichnam seiner Frau! Nichtsdestotrotz wollte ich die Gedichte, zu denen ich ihn inspiriert hatte, gern hören. »Wenn ich Ihnen geben würde, wonach Sie sich sehnen, würden Sie dann Ihre Inspiration verlieren?«

Er verzog das Gesicht, die Qual seines sexuellen Begehrens war nicht zu übersehen. »Die Gedichte würden anders werden, aber nicht weniger intensiv. In Anbetracht des Ausmaßes meiner Liebe wären sie vielleicht sogar noch stärker.«

Ich schwieg, während ich über diesen möglichen Liebhaber nachdachte: Wenn ich ihn in mein Bett ließ, hätte ich Gespräche, die meine ansonsten einsamen Nachmittage ausfüllen würden. Ich würde eine Flut von Gedichten zur Auswahl bekommen. Es gab genügend Gründe, und dazu noch einen weiteren. Ich würde auch meine eigene Sehnsucht nach Liebe befriedigen – und dabei ging es nicht um ihn. Ich wollte spüren, dass ich wieder geliebt wurde, und zwar von jemandem, der sich nach mir verzehrte.

»Ich würde gerne die Gedichte sehen, die Sie seit unserer Trennung geschrieben haben«, sagte ich, »und auch die, die dann anders werden.«

Ich legte mich auf das Bett und überließ mich den neuen Versen.

Die Gedichte über seine Sehnsucht nach mir waren akzeptabel, aber sie waren trotzdem nicht gut genug, um sie vorzutragen. Wenigstens gingen sie nicht über Politik. Drei-, viermal die Woche besuchte er mich nachmittags. Nachdem ein Monat vorüber war und keine nennenswerten Gedichte dabei herausgekommen waren, meinte Zauberkürbis, Perpetual wäre als Dichter wohl eher eine Eintagsfliege und ein Rohrkrepierer. Sie bereute es, mir geraten zu haben, ihn zu verführen. »Wie viel Zeit du verschwendet hast – und er hat noch nicht einmal den Tee und die Häppchen bezahlt, ganz abgesehen von den Nachmittagen, an denen er sich glücklich und zufrieden in deinem Bett gewälzt hat.«

Ich war natürlich enttäuscht über meine Unfähigkeit, ihm bessere Gedichte zu entlocken. Es war eine Frage des Stolzes. Ich empfand diese vertrauten Nachmittage aber nicht als Zeitverschwendung. Zum einen hatte sich meine Kalligrafie sehr verbessert. Er nannte meinen Stil »literarisch, von einem Blitz verzerrt«. Zum anderen hatte mir auch gefallen, bei Diskussionen über Themen, bei denen ich mich wenig auskannte, als gleichwertige Gesprächspartnerin angesehen zu werden: Antifeudalismus, sozialer Realismus, die Arbeiter- und Bauernklasse und so weiter. Jetzt, da ich aktiv mitdiskutierte, waren die bislang eher langweiligen Themen lebendiger geworden. Weiterhin fand ich es schmeichelhaft, dass ich seine fünf Jahre währende Keuschheit besiegt und den Leichnam seiner Frau zur Ruhe gebettet hatte. Jede Kurtisane wusste, eine Heirat, die einem die Stellung als Erste Ehefrau zusicherte, wäre das ideale Ende einer Karriere. Doch eine Ehe mit Perpetual würde bedeuten, ich müsste irgendwo in der Provinz An-hwei leben, denn ich konnte ihm keine Informationen darüber entlocken, ob das Heim seiner Familie fünfzig oder hundertfünfzig Meilen von Shanghai entfernt lag. Über seine finanzielle Situation hielt er sich immer noch bedeckt. Er behauptete, arm zu sein, aber Mansion meinte mehrmals, er hätte Geschäfte zu tätigen. Mit Außenhandel hatte er offenbar nichts zu tun, aber wenigstens existierte eine Möglichkeit, Geld zu verdienen. Und eine Familie, in der es seit zehn Generationen Gelehrte gab, musste im Lauf der Jahre einen gewissen Wohlstand angesammelt haben.

Hätte ich eine tiefe, wilde Liebe für ihn empfunden, dann wäre es mir völlig egal gewesen, wie weit sein Heimatdorf von Shanghai entfernt war. Aber ich liebte ihn nicht. Ich empfand etwas für ihn, das der Liebe ähnlich war. Diese liebesähnlichen Gefühle waren weit von dem ungestümen, blinden Schwindel entfernt, den ich für Loyalty empfunden hatte. Sie waren etwas völlig anderes als das, was Edward und ich miteinander geteilt hatten. Diese Art von Liebe war eher eine, die mit der wachsenden Zufriedenheit verbunden war, den Rest meines Lebens angehimmelt zu werden. Dass der Sex mit Perpetual nicht sehr aufregend war, machte mir nichts aus. Er war unerfahren, hatte er doch bisher nur mit einer Frau geschlafen. Ich konnte ihm etwas beibringen, ohne dass er es merkte. Zudem hatte ich auch nichts gegen Nächte mit weniger anstrengendem Sex. Nach jahrelanger Arbeit hatte der Ruhestand etwas für sich, so wie die aphrodisierend wirkenden Worte *Zehn Generationen erfolgreicher Gelehrter*, die in meinem Geiste die Macht von zehn Generationen wichtiger und respektierter Männer erstehen ließ.

Perpetual und ich waren gerade mit einer unserer Diskussionen über höhere Ideale beschäftigt, als der Torwächter unseres Hauses rief: »Die Schweine haben ihn erschossen!« Wir rannten zum vorderen Hof, wo sich fast alle versammelt hatten.

»Ist er tot?«, fragte Zinnober.

»Das weiß niemand sicher«, sagte ein Diener.

Aus der Ferne erklangen immer lauter werdende Stimmen. Zauberkürbis erklärte uns, die Leute wären wütend, beinahe schon am Durchdrehen, weil die britische Polizei an der Louza-Wache in eine Menge aus demonstrierenden Studenten geschossen hatte. Die Studenten hatten die Polizeiwache umstellt und die Freilassung ihres Anführers verlangt, der den Protest gegen die Ausländer organisiert hatte. Niemand von uns wusste, wie viele verwundet oder tot waren, nur dass unser Diener Kleiner Ochse ausgegangen war, um eine Besorgung zu machen, und nach der angekündigten Zeit noch nicht zurückgekehrt war. Fünf Minuten vorher hatte ein Diener aus dem Haus an der gegenüberliegenden Straßenseite Alter Kiefer erzählt, dass Kleiner Ochse auf der Straße liege. Er wusste nicht, ob er tot war. Alte Kiefer war der Onkel von Kleiner Ochse, er hatte ihn von frühester Kindheit an großgezogen. Der alte Mann stöhnte: »Er muss einen Umweg über die Nanking Road genommen haben, um sich ein Bild von den Demonstrationen zu machen. Warum sonst? Diese Mistkerle!«

Wir öffneten das Tor und schauten hinaus. Ein Strom von Menschen, die Parolen skandierten, zog vorbei. Mit jeder Sekunde wurde es lauter.

»Wir müssen ihn finden!«, rief Alte Kiefer und lief mit der Menschenmenge mit.

»Ich helfe ihm«, sagte Perpetual. Er sah mich an, und mir war klar, dass er mich bat, mitzukommen. Dieser Augenblick war Ausdruck vom allem, worüber wir gesprochen hatten: Gerechtigkeit, Anstand, Geschlossenheit bei der Einführung von Veränderungen. Ich überlegte vielleicht drei Sekunden, dann nahm ich seine Hand.

»Geh nicht!«, rief Zauberkürbis. »Dummes Mädchen. Willst du neben Kleiner Ochse liegen?«

Perpetual und ich gelangten zu einem Platz, wo es so voll war, dass sich niemand mehr rühren konnte. Es war, als würden wir uns zwischen den Seitenteilen eines Akkordeons befinden, umgeben von einer unendlichen Wut. Perpetual rief: »Lasst uns durch! Mein Bruder wurde angeschossen!« Wir drängen uns hindurch.

Ich entdeckte Kleiner Ochse zuerst, er lag mit dem Gesicht nach unten auf der Straße. Ich erkannte ihn an der sichelförmigen Narbe auf dem Hinterkopf. Als Alte Kiefer bei ihm war, fiel er auf die Knie und drehte den Kopf seines Neffen um, um sein Gesicht zu sehen, dann erklang sein Wehklagen. Schimpfworte wurden gerufen, und ein andächtiges Raunen ging durch die Menge. In dem Moment ließ eine Explosion den Boden erzittern, und ich wurde von fliehenden Protestierenden mitgerissen. Ich spürte eine Hand auf dem Rücken. Zauberkürbis rief: »Fall nicht! Fall nicht!« Ich konnte mich nicht umdrehen, aus Angst, dass mir genau das, wovor sie mich gewarnt hatte, passieren und ich zertrampelt würde. Also ließ ich mich von diesem Tausendfüßler forttragen. Ich war umgeben von Studenten mit Armbinden, Arbeitern mit entblößtem Oberkörper, Dienern in weißen Jacken, Rikschafahrern und Straßenmädchen. Ich konnte mit diesen Fremden sterben. Wie betäubt akzeptierte ich mein Schicksal – und war seltsam erschrocken darüber, als ich mir ausmalte, man würde mich in meinem Kleid, das mir nie richtig gefallen hatte, tot auffinden. Erst da bemerkte ich, dass Perpetual nirgendwo zu sehen war.

Entlang den Gehsteigen warfen Demonstranten mit Steinen die Schaufenster mit japanischen Schriftzeichen ein und gingen in die Läden, um sie zu plündern. »Raus mit den Japanern!« »Nieder mit den Briten!« »Werft die Yankees hinaus!«

Als ich mich dem Haus von Zinnober näherte, stellte ich erleichtert fest, dass Alte Kiefer neben unserem Tor stand. Er blickte nach oben, zu einem brennenden Bildnis mit einem Schild, auf dem stand, dass der Abgebildete der Polizeipräsident sei.

»Diesem Mistkerl haben sie die letzte Lektion seines Lebens erteilt.«

Mit der Zeit waren seine Augen immer schlechter geworden. Aus drei Metern Entfernung hätte er einen Sikh mit weißem Turban nicht von einem weißhaarigen Missionar unterscheiden können. Er war ganz geknickt, als ich ihm sagte, der Polizeipräsident sei nicht verbrannt und würde in seinem Leben noch einige Lektionen lernen müssen. Wir hämmerten gegen das Tor. Zinnober fragte ängstlich, wer wir seien, bevor sie den Riegel wegschob. Wir eilten in die große Empfangshalle. Meine Blumenschwestern drängten sich in einer Ecke zusammen. Ich wollte ihnen gerade die traurige Nachricht von Kleiner Ochse überbringen, als ein Stein durch ein Fenster flog und alle auf die Rückseite des Hauses rannten. Jubel erscholl. Alte Kiefer erklärte, die Leute glaubten, unser Haus werde von einem britischen Diplomaten bewohnt. Sie wollten das Tor stürmen. Zwei Tage zuvor hatte der Diplomat einen Pfannkuchenverkäufer mit seinem Stock geschlagen, weil dieser sich geweigert hatte, aus dem Weg zu gehen, und eine wütende Menge hatte sich zur Vergeltung auf ihn gestürzt und ihm die Beine gebrochen. Als es sich herumsprach, dass der Pfannkuchenverkäufer aufgrund der Schläge gestorben war, steigerte sich die Wut zum Wahnsinn. Und nun das! Ein Gerücht, dass der verdammte Diplomat in unserem Haus wohnte.

Die Mädchen liefen auf ihre Zimmer, um ihren Schmuck aus den Verstecken zu holen, falls sie fliehen mussten. Wo sollten sie hin? Was würde passieren, sollten sie mit diesen schwerverdienten Schmuckstücken erwischt werden? Ich war froh, dass meine in einem flachen doppelten Boden unter dem Bett verborgen waren. Nur Zauberkürbis wusste, wo die Schachteln waren und welche Bretter sie zuerst wegschieben musste. Erst da wurde mir bewusst, dass ich sie zuletzt auf dem Platz gesehen hatte. Ich war davon ausgegangen, dass sie zum Haus zurückgekehrt war.

»Wo ist Zauberkürbis?«, rief ich laut und suchte nach ihr. »Ist sie zurückgekommen?« Ich ging zu Alte Kiefer. »Hast du sie gesehen?«

Er schüttelte den Kopf. Natürlich hatte er sie nicht gesehen. Er war fast blind! »Mach das Tor auf! Ich muss sie finden.« Er weigerte sich. Er meinte, es sei zu gefährlich.

»Weg hier!«, rief Zauberkürbis jetzt auf der anderen Seite des Tors. »Seid ihr so blind und dumm, dass ihr das Schild hier nicht seht? Lest es. Das Haus von Zinnober. Seid ihr alle Landeier und könnt nicht buchstabieren? Du da drüben, du schaust aus wie ein Student. Weißt du, was das hier ist, oder hängst du noch an der Mutterbrust? Das ist ein Kurtisanenhaus erster Klasse. Wo steht, es ist das Haus des britischen Diplomaten? Zeig es mir!« Jemand hämmerte gegen das Tor. »Alte Kiefer, du kannst mich jetzt reinlassen.« Als es aufging, standen nur noch ein paar schüchterne junge Männer draußen. Sie reckten die Hälse, um einen Blick in den Hof zu werfen.

Plötzlich tauchte Perpetuals gepeinigtes Gesicht auf. Er packte mich und umarmte mich so fest, dass ich dachte, er würde mir alle Rippen brechen. »Du bist in Sicherheit! Ein Glück! Ich wollte mich schon umbringen, denn ich war überzeugt, du bist tot.« Er ließ mich los, dann sah er mich verdutzt an. »Hast du dir gar keine Sorgen um mich gemacht?«, fragte er.

»Natürlich«, sagte ich. »Ich hatte eine Heidenangst um dich.« Insgeheim fragte ich mich, warum ich mir keine Gedanken um ihn gemacht hatte. Ich zerrte an seinem zerrissenen Ärmel herum und hielt den Kopf gesenkt. Ich spürte seinen Blick auf mir ruhen. Als ich aufschaute, starrte er mich an, enttäuscht, fast verärgert. Natürlich hätte ich in Tränen der Erleichterung ausbrechen müssen, als ich sah, dass ihm nichts passiert war. Uns beiden war das klar.

Während der Woche der Aufstände kehrte Perpetual nicht zurück. Ich ging davon aus, dass es zu gefährlich war, draußen herumzulaufen, wenn es jederzeit ohne Vorwarnung gewaltsame Auseinandersetzungen geben konnte. An einem Tag hieß es, der Polizeipräsident hätte die Louza-Wache einem Untergebenen überlassen, um selbst den Nachmittag im Shanghai Club und beim Pferderennen zu verbringen. Der Mann war in Panik geraten, als sich die Studenten Einlass verschafften. Er befahl seinen Männern zu schießen, und es gab zwölf Tote und viele Verletzte. Jedem war bewusst, es würde eine Weile dauern, bis sich in der Gegend alles wieder beruhigt hatte.

Die Feiern wurden abgesagt. Zinnober hatte zwar unsere besten Patrone angerufen, einen nach dem anderen, und behauptet, alles sei wieder zur Ruhe gekommen und sie würde ein großes Bankett veranstalten, um den neuen Frieden zu feiern. Meine Blumenschwestern und ich nahmen wiederum Kontakt zu unseren Freiern und ehemaligen Patronen auf. Alle antworteten jedoch, es sei gerade ungelegen. Es lief nicht gut. An einem Morgen hatte uns jemand die Leiche eines alten Mannes vor die Tür gelegt. Zinnober wollte nicht, dass er sein Nachleben als Geist in unserem Blumenhaus genoss. »Soll er doch in die Halle der Freudentore gehen«, sagte sie. Alle lachten, außer Alte Kiefer, der die Aufgabe hatte, die Leiche zu entfernen.

Aber er weigerte sich. »Ich lasse meinen Körper nicht vom Geist dieses Mannes einnehmen, damit er mit meinem Schwanz die Mädchen vögeln kann.«

Auf der anderen Straßenseite sah ich einen Bettler. »Hey, alter Großvater! Zehn Cent, wenn du diese Leiche wegschaffst.«

»Scheiß auf deine Mutter«, lallte der Betrunkene. »Ich war mal Bürgermeister hier. Gib mir einen Dollar.« Nach einigem Hin und Her bezahlten wir den Dollar.

Mit der Zeit kamen Gerüchte auf, dass einige unserer Patrone verarmt seien. Die Banken holten sich Darlehen zurück. Fabriken brannten nieder. Manche kümmerten sich um ihre vernachlässigten Geschäfte in anderen Provinzen. Immer wieder wurde erzählt, dass die Japaner dieses Chaos zu ihrem Vorteil ausnutzten, bald würde hinter jeder Tür ein japanischer Hausbesitzer stehen, als gäbe es nicht längst schon zu viele. Was passierte da gerade? Die Welt war verrückt geworden.

Zinnober rechnete durch, wie es um die Finanzen des Hauses

stand. Sie listete die Feiern auf, die gebucht und abgesagt wurden, die Kurtisanen, deren Patrone ein regelmäßiges Einkommen brachten. Sie kalkulierte, was das finanziell für jedes Mädchen und für ihre eigene Tasche bedeutete. Betrübt hörte ich zu, wie sie meine Freier unter den am wenigsten erfolgreichen und zuverlässigen aufzählte. Weil niemand mehr zu Feiern einlud, bekam ich auch keine Anfragen mehr, auf der Zither zu spielen und Lieder im Banjo-Stil vorzuführen. Perpetual hatte sich nicht mehr blicken lassen. Wahrscheinlich war er mir böse. Aber ich konnte mir jetzt keine Gedanken um ihn machen. Er würde mir finanziell keine Hilfe sein. Er hatte nur ein einziges gutes Gedicht abgeliefert.

Als die letzten Aufstände vorbei waren und sich wieder Besucher im Haus zeigten, waren es nicht mehr dieselben mächtigen Männer wie zuvor. Diese Kunden hatten zwar Geld, aber sie überhäuften uns nicht damit. Sie wollten weniger Zeit damit verbringen, uns den Hof zu machen, und sie wollten im Boudoir mehr Beweise dafür, dass wir besser waren als die Kurtisanen in anderen Häusern. Obwohl das Geschäft nicht mehr gut lief, erwartete Zinnober von uns, dass wir voll für die Miete und die laufenden Kosten aufkamen. Allerdings sah sie schnell ein, dass ihr keine Kurtisanen mehr übrig bleiben würden, wenn sie jede hinauswarf, die nicht genügend Geld hatte. Ich teilte mir meine Ersparnisse ein, um mein Zimmer zu behalten.

Ich war sehr erleichtert, als Zinnober einen neuen Kunden für mich hatte. Mansion hatte gesagt, er wolle bei sich zu Hause eine private Feier zu Ehren eines Gastes abhalten, ein Geschäftspartner mittleren Alters namens Endeavor Yan. Der Gast hätte besonderes Interesse an einer Kurtisane bekundet, die sich im Geschichtenerzählen hervortun würde. Zinnober sagte, niemand sei so erfahren in den literarischen Künsten wie ich. Ich fühlte mich geschmeichelt und dankte ihr, dass sie mich ausgewählt hatte.

Natürlich fragte ich mich, ob sich Perpetual anlässlich der Feier wohl in Mansions Haus aufhielt. Nahm er an der Feier teil, wäre das eine gute Gelegenheit, ihm heimlich meine Zuneigung zu zeigen. Vielleicht konnte er mir so vergeben, dass ich mir während des Höhepunkts der Aufstände nicht genügend Sorgen um ihn gemacht hatte. An diesem Abend zog ich chinesische Kleidung an, die westliche Anklänge hatte, eine Mischung aus neu und alt. Ich holte auch meine Zither hervor. Ich freute mich, als ich sah, dass Perpetual anwesend war, und ich warf ihm immer wieder zärtliche Blicke zu, während ich mich um den Ehrengast kümmerte. Als die Zeit zum Geschichtenerzählen gekommen war, wurden meine Vorschläge einfach abgetan. Endeavor Yan bat mich, eine Szene aus dem *Jin Ping Mei*, *Die Pflaumenblüte in der goldenen Vase*, vorzulesen. Ich war verblüfft. Das war ein pornografischer Roman. In Kurtisanenhäusern war er beliebt, aber erst, nachdem ein Freier ins Boudoir geladen worden war. Ich war nie gebeten worden, Passagen aus ihm vor einer Gruppe von Männern während einer Abendgesellschaft vorzutragen. Perpetual wandte den Blick ab. Allen wurde Wein nachgeschenkt. Mansion kam zu mir und sagte leise, er hätte Endeavour Yan davon überzeugt, dass ich ihm in seinem Zimmer eine Auswahl vorlesen solle.

»Er bleibt nur drei Nächte«, sagte Mansion. »Ich habe vorgeschlagen, dass er dir für diese Gefälligkeit den Gegenwert von Geschenken für einen Monat gibt, fünfzig Dollar. Es kann sein, dass er am nächsten Abend noch einmal um einen Vortrag bittet. Ich weiß, Violet, vielleicht verlange ich zu viel. Vergib mir, wenn du das als Beleidigung auffasst.«

Bevor ich ihm antworten konnte, trat Perpetual zu Mansion, um ihm eine gute Nacht zu wünschen. Zu mir sagte er, dass er sich gefreut habe, mich zu sehen, dann ging er. Ich verstand seinen Aufbruch als Missbilligung dessen, was ich tat. Dieser Wichtigtuer! All die Monate hatte er meine Aufmerksamkeit genossen und nichts dafür bezahlt. Ich sagte Mansion, es wäre mir eine große Freude, seinen Geschäftspartner zu unterhalten. Zum Glück war Zauberkürbis nicht da und bekam nicht mit, was ich hier ohne einen einzigen Abend der Werbung versprochen hatte. Ich hatte schon zuvor Szenen aus dem Buch nachgespielt – aber nur für Patrone. Die

Entscheidung des heutigen Abends war ein Hinweis dafür, dass es mit meiner Karriere rasant bergab ging.

Endeavor war sehr um mein Wohlbefinden bemüht. War es zu kalt? Mochte ich Tee? Wir unterhielten uns ein paar Minuten über nichts Besonderes, dann brachte er mir das Buch. Er wollte, dass ich aus der Passage vorlas, in der die Figur Goldlotos ihrem Herrn Hörner aufsetzt, indem sie sich zu einem wollüstigen Rendezvous mit dem jungen Gärtner trifft. Er wollte nacheinander die Rolle des Gärtnerburschen und die des Hausherrn spielen. Er holte eine Haarbürste mit einem langen, sich verjüngenden Griff hervor, mit der ich, die Goldlotos mimen sollte, den ungezogenen, aber gefügigen Burschen züchtigte. Nach ein paar Schlägen dankte er mir und zog eine Peitsche heraus. Nun war er der Hausherr. Wütend bezichtigte er mich der Untreue. Ich tat so, als weinte ich, während ich erklärte, dass nichts zwischen mir und dem Gärtnerjungen vorgefallen sei, außer dass er mich im Anlegen von Beeten unterrichtet hätte. Doch im Fortgang der Geschichte erwiesen sich meine Einsprüche als haltlos. Endeavor schwang die Peitsche, ich lieferte die passenden Schreie und flehte ihn an, mir zu vergeben, bevor er mich tötete. Die Peitsche war so konstruiert, dass es nicht zu sehr wehtat. Was allerdings Schmerzen bereitete, war die Demütigung, als Endeavor mich bat, mich noch mehr zu krümmen und realistischer und lauter zu schreien. Am Ende meiner Vorstellung gab er sich wieder besorgt und fragte, ob mir kalt sei. Dann verlangte er, mich am nächsten Abend wiederzusehen.

Am folgenden Abend führte ich das erkaufte Gekreische besonders real aus. Mansion gab mir ein extra Geschenk und bekundete überschwänglich seine Dankbarkeit, dass ich so entgegenkommend gewesen sei. Zinnober freute sich, dass alles gut verlaufen war. Ich vermutete, sie hatte von Anfang an gewusst, was mich erwartete. Zauberkürbis erzählte ich erst davon, nachdem ich beide Nächte hinter mich gebracht hatte. Sie war nur böse, weil ich es ihr nicht gesagt hatte. Sie war meine Zofe, und es war ihre Aufgabe, auf mich aufzupassen. Ich hatte ihr ihren Lebensinhalt weggenommen. Aber damit wusste ich, dass sie einsah, dass man alles tun musste, was notwendig war.

Zwei Tage später kam Perpetual am Nachmittag vorbei. Er sagte nichts zu dem Abend bei Mansion. Wir unterhielten uns angeregt über die üblichen Themen. Ich war ihm ebenbürtig und dankbar, dass er mir meine Selbstachtung wiedergegeben hatte. Ich musste nicht kreischen und mich erniedrigen. Ich ließ ihn in mein Bett, und während ich in seinen Armen lag, schenkte er mir ein neues Gedicht. Er bat mich, es laut vorzulesen, damit er sehen konnte, wie die Wörter aus meinem schönen Mund kamen.

Unberührtes Papier ist der farblose Himmel.
Streifen es Pinsel, entstehen Krusten,
gewaltige Berge erheben sich feucht vor trockenen Wolken.
Mit einem einzigen Haar und spärlich Tusche,
werde ich zum Einsiedler in einer uralten Felswand,
der die Götter fragt, wo sich die Unsterblichkeit verbirgt.
Doch Bergschatten und Felsen
Halten jetzt den Blick vom Himmel fern.

Ich weinte. Es war ein meisterhaftes Gedicht. Seine Begabung war wieder da. Ich hatte schon Zweifel bekommen, aber damit war es nun vorbei. Ich überbrachte Zauberkürbis die Neuigkeiten. Sie sollte sich hinsetzen, während ich es ihr vortrug.

»Das ist überheblich«, sagte sie, als ich fertig war. »Was hast du denn darin gesehen? Bist du nach dem Sex ein bisschen wirr im Kopf? Es geht doch nur darum, für wie wichtig er sich hält – so groß wie der Berg und der Himmel, den er mit seinem Pinsel geschaffen zu haben glaubt. Das soll ein richtiger Gelehrter sein? Langsam glaube ich, dass er das erste Gedicht, das er dir gegeben hat, nicht selbst geschrieben hat.«

Ich ärgerte mich, weil sie ihn schlechtmachte. Was wusste sie schon über gute oder schlechte Gedichte? Sie war nicht gebildet. Und ihr Misstrauen gegenüber seinem Charakter war lächerlich.

Ich hatte noch nie einen Mann kennengelernt, der so mitteilsam war. Seine Geständnisse über seine Frau waren ergreifend ehrlich gewesen.

»Antworte bloß nicht sofort, wenn er dich bittet, dich zu heiraten«, sagte sie. »Du weißt fast nichts über ihn, bis auf sein Gerede über irgendwelche sinnlosen Ideale – und dass er nur ein einziges gutes Gedicht geschrieben hat. Warum wohnt er denn bei Mansion? Wo liegt sein Heimatdorf? Er sagt, er kommt aus An-hwei, aber wo genau? Und woher hat er sein Geld?«

»Er hat ein Geschäft«, sagte ich.

»Mansion hat *vermutet*, dass er ein Geschäft hat. Jetzt sagst du es, als sei es sicher. Aber wo ist der Beweis?«

»Er kann nicht arm sein. Er kommt aus einer Gelehrtenfamilie mit zehn …«

»Zehn, zehn, zehn. Diese Zahl liebst du, was die Generationen betrifft. Mir ist er immer weniger geheuer. Ich spüre mit dem Bauch, was du mit dem Herzen spürst. Er behauptet, ein Mann mit hohen Idealen zu sein. Ideale sind wie Luft. Was macht er denn mit seinen Ideen und Idealen? Er tut seine Meinung kund und fühlt sich wichtig, und du bist sein Publikum, das ihm im Bett applaudiert. Er kritisiert seine eigenen Gedichte. Trotzdem gibt er dir die schlechten und hält sie auch noch für einen Vortrag geeignet. Und die Trauer um seine Frau, bis er dich kennengelernt hat – fünf Jahre lang kein Sex? Allein diese Behauptung zeigt, dass bei ihm etwas im Kopf nicht stimmt – auch wenn es wahrscheinlicher ist, dass das abermals eine Lüge ist. Und denk mal nach: Er hat dir nie etwas gegeben, kein Geld für den Tee und die Speisen, die er hier erhielt. Zinnober hat mir gesagt, sie hätte gehofft, er würde die Kosten mit ein paar Gedichten begleichen. Aber jetzt will sie es uns in Rechnung stellen, weil sie von ihrer vorübergehenden Großzügigkeit nichts hatte. Violet, komm ja nicht auf die Idee, diesen Mann zu heiraten. Er ist nicht die Antwort auf die Frage nach deiner Zukunft.«

Bevor Zauberkürbis gegen ihn agierte, hatte ich selbst Zweifel gehabt, was meine Gefühle für ihn betraf. Aber ich tat jeden Verdacht, den sie aufkommen ließ, ab, und meine Liebe wurde aus reiner Sturheit stärker. Ich fand meine Gespräche mit Perpetual über hohe Ideale viel besser, als einem Mann zuzuhören, der über Hafenverträge und Steuern sprach. Er bewunderte meinen Verstand, der mich ausmachte, während die meisten Männer nur Schmeicheleien über ihre Männlichkeit hören wollten. Würde ich verblühen, hätten diese Männer keinerlei Interesse mehr an mir. Perpetual würde mich lieben, ob ich neben ihm im Bett schlief oder in einem Grab. Zauberkürbis wollte, dass ich wartete, bis mich irgendein widerwärtiger reicher Mann als eine seiner Konkubinen aufsammelte. Ihr wäre es lieber, dass ich entwürdigende Szenen aus pornografischen Romanen aufführte, als dass ich Gedichte vortrug.

Am nächsten Tag erhielt ich einen Brief von Perpetual und ein neues Gedicht. Das Gedicht war wieder ein Meisterwerk.

Dunstige Wolken verhüllen den Berg,
Der klare Teich spiegelt seine Erhabenheit.

Er sagte, er sei der Berg, den niemand verstand, und ich sei der Teich, dessen Gefühlstiefe ihm seine besten Eigenschaften zeigen konnte. Diese beiden Zeilen waren Perpetuals Liebeserklärung und sein Wunsch, dass ich seine Frau würde. Ich wartete drei Tage, bis ich Zauberkürbis mitteilte, ich hätte beschlossen, ihn zu heiraten. Ich wollte nicht, dass sie mir mit ihren unheilvollen Warnungen mein neues Glück gleich zerstörte. Sie kamen früh genug.

»Er hat deinen gesunden Menschenverstand mit seinen durchsichtigen Lügen also völlig eingewickelt«, sagte Zauberkürbis. »Dunst, Erhabenheit? Was soll das denn für ein Gedicht sein? Er hat dich in den Teich gesetzt und hält sich deswegen für groß und erhaben. Wenn du dieses Gedicht für ein Meisterwerk hältst, dann ist das nur der Beweis dafür, dass du Wolken in deinem Kopf hast und nicht mehr klar denken kannst.«

Am nächsten Tag kam ein Brief:

Geliebte Spiegelung meiner Seele,
in Mondteichdorf wirst du vom Verfall Shanghais nicht mehr belästigt. Du wirst nicht mehr täglich die neuen Schiffsladungen mit arroganten Ausländern ertragen müssen, mit ihren rüden Gewohnheiten, ihren Forderungen und Beleidigungen. Du wirst keine Männer ohne Moral mehr unterhalten müssen. Es gibt keine hinterhältigen Bordellmütter mehr, keine halsabschneiderischen Konkurrentinnen.
In meinem Heimatdorf geht es friedlich zu. Du wirst mit ähnlich gesinnten Menschen zusammen sein. Jeden Abend kannst du den Sonnenuntergang sehen, im Moment seiner flammenden Pracht vor einem rosafarbenen Himmel, der nicht von den säulenartigen Gebäuden, die die Ausländer erbaut haben, verdeckt wird.
Stell dir vor, mein Liebling, zusammen werden wir alle Reichtümer haben, die wir brauchen, die Schönheit der Berge, das Wasser im Teich und die Weite des Himmels. All das hat die Gedichte inspiriert, die ich für dich geschrieben habe. Als Ehefrau in einem Gelehrtenhaushalt bringt man dir Respekt entgegen, und fünf Generationen einer Familie leben harmonisch unter einem Dach.
Wir werden ein einfaches Leben führen. Du bist an ein Leben gewöhnt, das aufregender ist. Aber da ist noch mehr. Genau dieses Mehr ist es, was ich dir schenken will, es ist weit mehr als die Entsprechung dessen, was du mir geschenkt hast, als du mich aus dem Tal der Trauer herausgeholt hast und ich wieder Freude empfinden konnte. Ich werde dich mit Gedichten zu deinem Lobe überhäufen, und ich lese sie dir vor, bevor du einschläfst, wenn du aufwachst und wenn wir jeden Tag neu unsere Liebe teilen.

Zauberkürbis hob eine Augenbraue. »Na, schmeicheln kann er. Ganz mühelos. Und das ruhige Dorfleben, mit dem er so prahlt – *oyo!* Ich wusste gar nicht, dass die Langeweile dort, wo sich Fuchs und Hase gute Nacht sagen, so viel für sich hat! Natürlich werden dich diese fünf Generationen ziemlich auf Trab halten. Du musst es vielen recht machen, musst mit vielen streiten, genau wie in einem Kurtisanenhaus. Und du wirst den ganzen Tag Räucherwerk anzünden und dich verbeugen müssen, um zehn Generationen von Gelehrten hintereinander zu ehren. Ihr Altartisch muss zehn Meter lang sein. Antworte ihm nicht.«

»Das habe ich schon. Ich habe ja gesagt.«

»Dann musst du noch einmal zu ihm gehen und sagen, dass du es dir anders überlegt hast.«

»Wieso glaubst du eigentlich, dass du Entscheidungen für mein Leben treffen kannst?«

»Weil ich heute mit Mansion gesprochen habe. Ich habe nach Perpetuals Geschäft gefragt. Er meinte, er wüsste nicht, ob er ein Geschäft habe, weil er nie davon erzähle. Dann erkundigte ich mich nach seiner Familie. Mansion sagte, er kenne sie überhaupt nicht, er wüsste nur, dass Perpetual ein entfernter Cousin ist, weil die Frau des Bruders seiner Mutter die Schwester von einer von Perpetuals Tanten ist. Er meinte, seine Mutter hätte vielleicht mehr über die Familie sagen können, aber sie starb, bevor er Perpetual traf. Ich habe auch gefragt, ob er etwas über Perpetuals verstorbene Frau in Erfahrung gebracht hätte. Er war überrascht zu hören, dass Perpetual überhaupt verheiratet war. Er hätte nie eine Frau erwähnt. Mansion sagte dann, Männer würden nicht daran denken, ihren Verwandten solche Fragen zu stellen. Das wäre, als würde man sie beschuldigen, etwas zu verbergen. Und genau das scheint bei Perpetual der Fall zu sein.«

Sie konnte mich nicht umstimmen. Was würde aus mir werden, wenn ich diese Gelegenheit nicht ergriff? Was würde von meiner Selbstachtung bleiben? Auf etwas Besseres zu warten, das war ein Luxus, den sich junge Mädchen leisten konnten. Ich hatte eine Chance, auch von anderen respektiert zu werden. Ich konnte die Tage verbringen, ohne mir Sorgen machen zu müssen, wo ich im nächsten Monat oder im nächsten Jahr oder wenn ich alt war leben würde. Ich hätte die Muße, in einem Garten zu sitzen und mir Gedanken über mich und meine Erinnerungen an Edward und Flora zu machen. Ich konnte mir Meinungen bilden und meinem Mann als ebenbürtige Gesprächspartnerin von ihnen erzählen. Kein Mann war vollkommen. Ich war nicht vollkommen. Wir beide konnten zusammen lernen, einander zu vergeben und Unzulänglichkeiten und Fehler zu akzeptieren. Wir würden unsere Schmerzen teilen und uns gegenseitig trösten. Wir würden uns unsere persönlichen Hoffnungen offenbaren, manche unerfüllbar, manche sentimental, und wir würden die ausmachen, die wir gemeinsam wahrmachen konnten. Vielleicht würden wir sogar ein Kind haben. Wenn er auch nicht sehr wohlhabend war, gab es da immer noch die gleiche Gesinnung, und so etwas konnte man nicht für Geld kaufen. Und wir hätten eine Liebe, die zwar nicht mit der, die ich mit Edward hatte, vergleichbar war, aber eine, die unsere eigene war. Diese Liebe würde andauern und uns befähigen, alle Schwierigkeiten durchzustehen, die uns bevorstehen konnten.

Ich wusste sehr zu schätzen, was Zauberkürbis in all den vergangenen Jahren für mich getan hatte. Sie war wie eine Mutter für mich gewesen. Aber ich brauchte ihre Einwilligung nicht. Sie hatte schon damit gedroht, dass sie mich nicht zum Wohnsitz meines Ehemanns begleiten würde. Über die Jahre hatten sich ihre Drohungen immer als leer erwiesen. Aber diesmal könnte sie sie wahrmachen, wenn sie, so wie ich vor kurzem, erfuhr, dass Perpetuals Familie in einem kleinen Dorf namens Mondteich wohnte, das dreihundert Meilen entfernt war.

10

Mondteichdorf

Von Shanghai nach Mondteichdorf, 1925

Violet

Die Sommerhitze drang in meinen Körper ein, stieg von meinem Gesicht auf wie ein feuchtes Fieber und verwandelte den Staub auf meiner Haut in schmutzige Tränen. Dann kam wieder Regen, verdünnte die Tränen, weichte die Straßen auf und vertiefte die Spurrillen, bis wir ein weiteres Mal stecken blieben.

Wir hatten unsere Reise nach Mondteich vor drei Wochen angetreten. Perpetual hatte uns eigentlich begleiten wollen, um für unseren Schutz und unsere Bequemlichkeit zu sorgen. Aber nur wenige Tage vor der Abfahrt musste er fort aus Shanghai. Er hatte irgendwo im Süden geschäftlich zu tun, wichtige Angelegenheiten, sagte er. Er würde auf einer anderen Route nach Mondteich kommen, und mit etwas Glück würde er sogar vor uns dort sein. Er versicherte uns, dass wir uns auch dann sicher fühlen konnten, wenn wir allein unterwegs wären. Der Weg dorthin sei nicht beschwerlich, und er hätte noch nie von Problemen mit Wegelagerern oder Dieben gehört. »Das Schlimmste, was passieren kann«, hatte er gesagt, »ist, dass euch langweilig wird.«

Er hatte recht. Ich war des Reisens schon müde und wusste nicht, wie ich das noch länger aushalten sollte. Auf einer Zickzackroute, die kein Teufel nehmen würde, waren wir immer weiter nach Westen und ins Landesinnere gefahren – an Großstädten vorbei, an Kreisstädten und dann an immer kleiner werdenden Marktflecken, bis es weder Züge noch Wagen, weder Dampfschiffe noch Beiboote, weder Lastkähne noch Fischerboote mit Staken mehr gab, die uns von einer Gabelung zur nächsten bringen konnten. In der letzten Stadt am Fluss fand Zauberkürbis einen Mann mit einem Karren, der am Hafen auf Kunden wartete, letztlich Dummköpfe. Er hatte ein ehrliches Gesicht und nannte sich Alter Springer, ein Name, der versprach, dass er fleißig und erfahren war. Er behauptete, er hätte die beste Kutsche von fünf Bezirken, sie hätte einmal einem Mann gehört, der eine hohe gesellschaftliche Position bekleidete. Zauberkürbis verhandelte um diese wertvolle Kutsche, ohne sie überhaupt gesehen zu haben. Dazu gehörten auch zwei Esel, ein zusätzlicher Karren, die Dienste des Mannes und die Schultern von zwei starken Männern, die zufällig seine hohlköpfigen Söhne waren. Und nun holperten und rumpelten wir über Spurrillen und Schlaglöcher auf einer gefederten Bank, die wohl tatsächlich aus der Kutsche eines reichen Mannes stammte – jetzt war sie jedoch nichts weiter als ein einzelner kaputter Sitz, der ausgedient hatte und auf einem Maultierkarren festgebunden worden war, mit einer zerfledderten Überdachung aus Wachstuch und mottenzerfressener Seide. Der Wagenführer bestand immer noch darauf, dass sein zusammengeschustertes Gefährt das allerbeste sei, und wenn Zauberkürbis das für eine Lüge hielt, sollte sie doch alle fünf Bezirke zu Fuß durchqueren.

Jeden Morgen verfluchte sie Alter Springer und seine beiden Söhne aufs Neue für ihre Vergehen jenseits ihrer Unehrlichkeit – zum Beispiel wenn sie lächelten, obwohl es gar keinen anderen Anlass dafür gab als den, sich über Zauberkürbis lustig zu machen. »Das sind genau die Idioten, die in einem Ort wohnen, der nach einem Teich benannt ist«, schimpfte sie. »Du hast keine Ahnung, wie das Dorfleben aussieht, Klein Violet. Du änderst vielleicht deine Meinung, aber mehr wirst du auch nicht ändern können. An solchen Orten bringen sich Frauen um, weil sie keine andere Möglichkeit haben, ihnen zu entkommen.«

Heute war es windig, und um den Staub abzuwehren, wickelte sie sich einen Schal um Hals und Gesicht. Man sah nur ihre zusammengekniffenen Augen. Sie sah aus wie eine einbandagierte Mumie. Der Wind wurde stärker und blies den Schal davon. Nur wenige Momente zuvor war der Himmel noch voller blumenkohlartiger Wolken gewesen. Jetzt war dort ein Meer aus wogenden schwarzen Pilzen. Ich hatte gedacht, wir würden all unsere Probleme hinter uns lassen, aber vielleicht holten wir sie gerade ein. Es deutete schon vieles darauf hin, dass wir umkehren sollten. Vorgestern hatte sich ein Wagenrad gelöst, und die Reparatur dauerte zwei Stunden. Wieder eine Verzögerung. Gestern hatte es so ausgesehen, als würde ein Esel lahmen. Mehrere Stunden lang weigerte er sich, sich von der Stelle zu rühren. Der Wind fuhr mir in die Haare und blies sie mir ins Gesicht, blattgroße Regentropfen fielen uns auf den Kopf. Bevor wir herausspringen konnten, um unter dem Karren Schutz zu suchen, schlugen Blitze in die Reisfelder ein. Das gelbgrüne Gras neigte sich in die eine Richtung und dann in die andere, als wäre das Feld ein lebendiges Wesen, das tief ein- und ausatmete, während es sich von Gelb zu Grün färbte. Nach einem weiteren grellen Blitz fing es auf einmal heftig zu schütten an. Der Regen wusch mir mein schmutziges Gesicht ab und durchnässte meine Kleider. Innerhalb von Minuten weichte der Regenguss auch die Spurrillen auf, die daraufhin tiefer wurden, sodass wir beim Versuch, uns weiterzubewegen, einsanken und stecken blieben. Edward hatte in seinem Reisetagebuch eine ähnliche Zwangslage beschrieben. Er hatte Bretter benutzt und sie wie Uhrzeiger gedreht, dann war er mit dem Gesicht voran in den Schlamm gefallen. Ich lachte laut auf, als ich mich daran erinnerte, und Alter Springer dachte, ich machte mich über seine Bemühungen lustig, uns wieder zu befreien.

Zauberkürbis zog den Fuß aus ihrem Schuh und dann den Schuh aus dem Schlamm. »Vielleicht ist das ja dein Schicksal, aber warum ist meines damit verknüpft? Was habe ich dir in einem früheren Leben angetan? Sag es mir, damit ich es wiedergutmachen und mich dann verabschieden kann. Ich habe keine Lust, im nächsten Leben als dein Esel wiedergeboren zu werden, ich will nicht, dass du mir auf den Hintern schaust und mich antreibst.«

Als wir schließlich wieder vorankamen, sagte sie: »Warum haben wir es überhaupt so eilig, dieses Dorf Mondteich zu erreichen? Um einen Haufen Landeier mit literarischen Ambitionen zu treffen?«

Bevor wir Shanghai verließen, hatte Zauberkürbis alle möglichen Bedenken vorgebracht, damit ich es mir noch einmal überlegte.

»Die sind konfuzianisch bis in die Fingerspitzen«, sagte sie, »genau die Leute, die dir die Haare ausreißen, wenn du nicht schnell genug gehorchst. Du musst jedem Familienmitglied, von alt bis jung, in der richtigen Reihenfolge und mit dem richtigen Maß an Ehrerbietung huldigen. Und deine Position ist ganz unten, gleich der von Hühnern. Du findest, Mutter Ma war grausam? Warte nur ab, bis du wie eine Sklavin für deine Schwiegermutter arbeitest! Du kannst dir das noch nicht einmal vorstellen. Ich habe das überlebt, mit knapper Not. Mein Süßholz raspelnder Schurke hat gesagt, ich müsste im Alter und auf dem Weg in den Himmel nie mehr Sorgen haben. Er hat nicht gesagt, dass ich zuvor einen Umweg über die Hölle im Dorf seiner Vorfahren machen würde. Ich habe es nicht einmal einen Monat ausgehalten. Ich habe gedacht: Warum soll ich für die Mutter dieses Idioten sterben? Lieber bin ich Straßendirne als eine Konkubine.«

»Ich bin die Ehefrau, keine Konkubine.«

»*Oyo!* Du glaubst doch nicht, die würden dich besser behandeln, eine schicke Frau aus Shanghai mit einem amerikanischen Gesicht? Schau dir doch nur deine großen Füße an. Die Leute vom Land werden erschrecken, wenn sie die sehen. Und diese eidechsengrünen Augen. Sie halten dich für ein Fuchs-Mädchen. Sie stürzen sich auf jeden Fehler, den du begehst. Du wirst schlucken müssen, dass sie dich zu Unrecht beschuldigen, du darfst nur wenig reden und dich niemals beschweren, du musst alles mögliche Gerede über dich anhören, ohne Ärger zu zeigen, und du musst voller Überzeugung beteuern, dass die alten Traditionen die besten sind.« Dann fügte sie mit gestellt einfältiger Stimme hinzu: »Ja, Schwiegermutter, es ist klug von dir, mich zu schlagen, damit ich lernen kann.«

Mit den Händen ahmte sie nach, wie ich zurückwich. »Du solltest schon mal üben.«

Sicherlich gab es die unterschiedlichsten Schwiegermütter, die einen waren nett, die anderen dumm. Aber selbst wenn sich herausstellen sollte, dass Perpetuals Mutter grausam war, konnte ich doch nach und nach verändern, was mir nicht gefiel. Ich war klug. Es würde einfach nur ein bisschen dauern. Außerdem würde eine Schwiegermutter nicht ewig leben. Die größte Angst hatte ich davor, es könnte mir alles fad erscheinen.

Für meine Rolle als Perpetuals Ehefrau hatte ich einen Schneider aufgesucht und ihn gebeten, mir Kleider anzufertigen, die zur Ehefrau eines Gelehrten und zu einer fähigen Schwiegertochter passten.

»Ehefrau! *Oyo!*«, krähte er. »Du willst den anderen Kurtisanen wohl Eifersucht in den Bauch pflanzen. Ich selbst habe erst sehr wenige Kleider für Frauen gemacht, die zu einer Position wie der deinen aufgestiegen sind.«

»Ich werde auf dem Land wohnen, in An-hwei – dort befindet sich der Wohnsitz der Gelehrtenfamilie, in die ich einheirate. Zehn Generationen. Wusstest du, dass viele berühmte Gelehrte aus Anhwei kommen? Es ist vielleicht nicht so glamourös wie Shanghai, aber kultiviert, eher zu vergleichen mit dem Ruhesitz eines Gelehrten. Die Kleider sollten nicht zu schick oder modern werden. Keine Anklänge an die westliche Mode, so wie in der letzten Saison. Ich schätze, sie sind ein bisschen traditionell dort. Das heißt natürlich nicht, dass meine Sachen hoffnungslos altmodisch sein müssen.«

»Ich lasse sie ein bisschen historischer wirken – wie die Kleider der Heldinnen in Liebesromanen.«

»Aber nicht im Stil der tragischen Heldinnen«, sagte ich. »Ich will nicht als lebende Erinnerung an ihr unglückliches Schicksal herumlaufen.«

Der Schneider fertigte vier schicke Jacken an, für jede Saison eine. Er arbeitete wie gewöhnlich gut, verwendete nur die beste Seide, die geschmeidig, aber nicht rutschig war, glatt, aber nicht glänzend. Aber meiner Meinung nach fehlte ihnen alles Historische. Sie waren unelegant, nicht unähnlich den Sachen, die treue Witwen trugen, um keine Lust zu erwecken, und so voluminös, dass ich noch zweimal hineingepasst hätte. Der Schneider versicherte, ich sehe aus wie der Inbegriff einer Dame von nobler Geburt. Außerdem nähte er noch drei einfache Kostüme für den täglichen Gebrauch, ganz ohne Stickerei. Die Winterjacken waren mit Seide gefüttert statt mit dicker Baumwolle. Die Sommersachen mit einer Baumwolle, die so zart war wie Babyhaar, und das Oberteil darunter bestand aus dem gleichen leichten Stoff. Die Knopfleiste war einfach, es fehlte jegliche Raffinesse. Die Jacke hatte einen fast identischen Schnitt wie jene, die ich vor Jahren einmal hatte machen lassen; Zauberkürbis hatte den Stil damals »windig« genannt. Oben saß sie enger, unten wurde sie weiter. Die Schlitze an der Seite reichten mir bis über die Hüfte und wurden mit kleinen Posamentenverschlüssen locker zusammengehalten. Die Sachen wirkten trotzdem noch gesetzt und würden sich zweifellos für ein Leben in Müßiggang und mit Träumereien im Garten eignen. In letzter Minute packte ich zudem ein paar von meinen traditionellen *chi-paos* ein. Unter diesen engen chinesischen Kleidern wählte ich die aus, die keinen zu hohen Kragen hatten und deren Schlitz an der Seite eine gewisse Länge aufwies. Es konnte sich ja herausstellen, dass Mondteichdorf weniger provinziell war, als ich mir einredete.

Perpetual hatte an dem Abend, bevor er auf seine Geschäftsreise ging, meinen neuen Namen ausgewählt: Xi Yu, »Feiner Regen«, entnommen den berühmten Zeilen des Tang-Dichters Li Shangyin, den wir beide bewunderten. Diese Wahl deutete an, dass ich aus einer gebildeten Familie stammte, was in mancher Hinsicht ja stimmte. Meine Mutter war in Amerika zur Schule gegangen, und sie und meine Hauslehrer hatten mich sowohl im Chinesischen wie im Englischen unterrichtet. Aber das würden wir seiner Familie nicht erklären. Später verwünschte ich die Wahl, es fiel mir nämlich ein, dass Li Shangyin dafür berühmt war, dass er die verbotene Liebe romantisiert hatte. Wenn seine Familie wirklich gelehrt war, könnte sie den Namen auf seinen Ursprung zurückführen. Nun war es zu spät, um Perpetual zu sagen, dass wir uns für einen anderen entscheiden müssten.

Abgesehen von dem unpassenden Namen machte ich mir Gedanken über die Reaktion seiner Familie auf mein leicht westliches Aussehen. Perpetual wollte sich eine gute Erklärung dafür ausdenken. Wenn sie Einwände hatten, würde es mir, davon war ich überzeugt, bestimmt gelingen, sie für mich zu gewinnen. Ich hatte Perpetual von den möglichen Mandschu-Vorfahren erzählt, die entfernt mit dem Königshaus verwandt waren und aus einem nördlichen Teil Chinas stammten, wo vor tausend Jahren Eindringlinge aller Hautfarben unterwegs waren. Um die Geschichte glaubhafter zu machen, färbte mir Zauberkürbis die Haare schwarz.

Gerade als ich ein Problem gelöst hatte, war Zauberkürbis mit einem weiteren angekommen: »Seine Mutter wird sich fragen, warum du so alt bist, ohne je geheiratet zu haben. Für mich ist es einfach. Ich kann behaupten, ich wäre die Witwe eines angesehenen Bürokraten, der nie Bestechungsgeld angenommen hat. Als Frau mit bescheidenen Mitteln habe ich deshalb ein traditionelles, ruhiges Leben geführt und getrauert. Wie es die Tugend verlangt, habe ich niemals Männern nachgegeben, die mich verleiten wollten, noch einmal zu heiraten.«

»Wenn du deine Launen nicht im Griff hast und dich weiter so unflätig ausdrückst, wirst du es schwer haben, sie zu überzeugen.«

»Und du erzählst besser nicht, dass du Witwe bist. Du musst auch dein Verhältnis zu mir erklären.«

»Mutter und Tochter?« Ich wartete darauf, dass sie mir wieder ein neues Alter nannte.

»*Chh!* Ich bin doch niemals alt genug, um deine Mutter zu sein! Wir sind nur zwölf Jahre auseinander. Ich bin höchstens deine ältere Schwester.« Sie korrigierte sich schnell. »Das heißt, *falls* ich mich entscheide, mitzugehen. Ich erinnere mich nicht, dass du mich überhaupt gefragt hättest.«

Sie machte mir unablässig Vorwürfe, weil ich dummerweise ihr gegenüber geäußert hatte: »Wo solltest du denn sonst hin?«

Sie beschuldigte mich, Mitleid mit ihr zu haben und sie als Bittstellerin zu betrachten. Ich beteuerte, ich hätte Perpetual schon mehrfach zu verstehen gegeben, dass ich unmöglich ohne sie in sein Dorf kommen konnte – als Begleiterin, nicht als Bittstellerin. Sie meinte, eine Begleitung könnte jeder sein, sogar eine Katze. In meinem neuen Zuhause würde ich viele Begleiter finden.

»Du gehst als Perpetuals Frau dorthin«, fuhr Zauberkürbis fort. »Du hast ein Ziel. Ich habe kein Ziel, es hat also wenig Zweck, wenn ich dir folge. Ich will nicht erst so weit reisen, um dann letztlich zu begreifen, dass es für mich keinen Sinn macht. Ich kann meinen eigenen Weg im Leben gehen. Du musst mich nicht bedauern.« Ein paar Minuten später sagte sie: »Aber wenn es einen Grund gibt und ich doch beschließe, mit dir zu kommen, dann brauche ich ebenfalls einen neuen Namen.« Sie zählte laut einige Möglichkeiten auf. Manche waren kokett, manche für ihren Bildungsgrad zu gelehrt. Schließlich wählte sie den Namen Wan Xia, »Dämmerungsleuchten«, was ich nur lächerlich fand. An ihr war nichts, das nach und nach verblasste. »Blitzschlag« oder »Unwetter« hätten besser zu ihr gepasst.

Zauberkürbis hatte bis zum Tag vor der Abreise gewartet, bis sie eine Begründung für ihre Begleitung darbot, bei der sie ihr Gesicht wahren konnte: »Kleine Violet, gerade habe ich eine schreckliche Geschichte von einem Hausmädchen gehört. Sie hat vor fünfundzwanzig Jahren für eine chinesische Gelehrtenfamilie gearbeitet. Ein amerikanisches Mädchen wurde die Konkubine des ältesten Sohnes. Er brachte sie mit nach Hause, und seine Mutter behandelte das Mädchen wie eine Sklavin. Ganz egal, was das amerikanische Mädchen anstellte, sie konnte es niemandem in der Familie recht machen, auch nicht ihrem Ehemann. Schon bald nach ihrem Einzug prügelte ihre Schwiegermutter sie zu Tode, und niemand unternahm etwas. Amerikanische Verwandte meinten, sie könnten sich nicht in chinesische Familienangelegenheiten einmischen.

Nicht umsonst riet man Amerikanern ja davon ab, Chinesen zu heiraten. Von chinesischer Seite war zu hören, sie hätte es verdient, sie sei überheblich gewesen.« Zauberkürbis blickte mich ernst an: »Das ist die Wahrheit! Das Mädchen starb, weil es amerikanische Überheblichkeit im Blut hatte, und es war niemand da, um es zu schützen.«

Sie war auf meine Reaktion neugierig. Ich selbst hatte ihr diese Geschichte vor Jahren erzählt. Ich hatte einmal mit angehört, wie meine Mutter und Goldtaube sich darüber unterhalten hatten. Dadurch wusste ich, was ich zu sagen hatte. »*Ai-ya!* Ich freue mich so, dass du mitkommst! Du musst mich beschützen, falls etwas Vergleichbares passiert. Das tust du doch, oder?«

Auf unserer Reise gab mir Zauberkürbis oft weise, schwesterliche Ratschläge, die mir helfen sollten, mich an mein neues Leben zu gewöhnen.

»Bald brauchst du dieses Buch, das du da liest, nicht mehr. Du wirst genug damit zu tun haben, Taschentücher zu besticken, bis deine Augen austrocknen und du blind wirst. Und das Essen, das du dir wünschst, kannst du auch vergessen. In der Provinz gibt es kein Restaurant, niemanden, der dir holt, worauf du gerade Appetit hast. Du kannst die Suppe nicht zurück in die Küche schicken, nur weil sie ein bisschen zu fett ist. Du bekommst das Essen von gestern, das niemand angerührt hat, weil es schon verdorben war. Und jetzt das Schlimmste! Du musst jeden Tag in der Morgendämmerung aufstehen. Bisher hast du die Sonne nur aufgehen sehen, wenn du noch nicht im Bett warst. Aber ein Leben auf dem Land erfordert ein frühes Arbeiten. Ich weiß das noch.«

Zauberkürbis wurde von dem schallenden Gelächter der beiden Söhne unterbrochen, die sich Witze erzählten. »…Dieser Idiot aus dem Hundeschwanzdorf hat dem Betrüger geglaubt. Er hat zwei Cent für Flugfedern bezahlt und ist damit vom Felsen gesprungen. Er hat sogar bezweifelt, dass die Federn funktionieren, aber er wollte die zwei Cent nicht zum Fenster rauswerfen.«

Der alte Kutscher kam herbei und schlug seine Söhne mit einer Gerte. »Ich hau euch die Köpfe auf und hole dann sämtliche Scheiße aus eurem Hirn, damit ihr endlich kapiert, was es heißt, hart zu arbeiten.«

»Siehst du!«, sagte Zauberkürbis. »Das ist der vulgäre Sprachgebrauch, den du von jetzt an zu hören bekommst.«

Es schien, als würde sie verrückt werden. Es war, als würde es sie an einer Stelle jucken, an der sie sich nicht kratzen konnte. Ständig kam sie mit Warnungen und Geschichten von Selbstmorden daher, auch kündigte sie an, dass ich ebenfalls in absehbarer Zeit den Verstand verlieren würde.

»In Shanghai waren wir so frei«, sagte Zauberkürbis wehmütig. Sie fing wieder mit den Argumenten an, die sie vorgebracht hatte, als wir noch in Shanghai waren, und sie benutzte die identischen Worte: »Du hättest meinem Rat folgen und mit deinen Ersparnissen ein eigenes Haus eröffnen sollen. Wir hätten in eine andere Stadt gehen können, wo die Miete geringer ist und wo es weniger Konkurrenz gibt. Aber stattdessen wolltest du eine angesehene Ehefrau werden. Hast du ihm dein ganzes Geld gegeben? Was ist mit deinem Schmuck? Und wofür hast du das alles getan? Um an einem Ort angesehen zu sein, wo Einsiedler zum Sterben hingehen? Mit unseren beiden hellen Köpfen hätten wir uns etwas ausdenken können …«

»Mit unseren beiden hellen Köpfen? Diese Ideen sind hirnlos, genauso dämlich wie mein Traum von der Ehe. Was wäre passiert, wenn wir deinen Plan verfolgt hätten? Was wäre aus dir und aus mir geworden, wenn wir gescheitert wären? Wir sind zu alt, um von vorne anzufangen. Du bist schon fast fünfzig.«

»*Wah!* Fünfzig? Rechnest du ein paar Jahre dazu, um mich zu beleidigen?«

»Wäre ich in Shanghai geblieben, hätte ich mich bald in einem billigen Bordell in der japanischen Konzession verdingen und die Beine breitmachen müssen, sobald ein Kunde meinen Namen ruft. War das dein Plan, bevor ich dich zu meiner Zofe machte?«

Zauberkürbis lehnte sich zurück. »*Oyo!* Du hast mich zu deiner Zofe gemacht?« Sie schnaubte und stieg aus der Kutsche aus. »Keine Dankbarkeit! Wenn du mir nicht zuhören willst, bitte schön. Ich rede nie mehr davon. Mein ganzes Leben werde ich nichts mehr zu dir sagen. Was mich betrifft, bist du ein Geist. Sobald wir die nächste Stadt erreichen, mache ich mich auf den Rückweg und verschwinde aus deinem Leben. Das verspreche ich dir. Für immer. Hörst du? Dann werden wir beide glücklich und zufrieden sein!«

Im Lauf der Jahre hatte sie mich häufig mit Tagen des Schweigens belohnt. Leider brach sie ihr Versprechen diesmal schon nach zwei Stunden und fing erneut mit ihrer Tirade an.

»Eines Tages stehst du weinend an meinem Grab und sagst: ›Zauberkürbis, du hattest recht, ich war dumm. Hätte ich auf dich gehört, würde ich nicht in einem billigen Schuppen im Mondteichdorf liegen und die Bauern für zwei Cent ranlassen. Ich wäre immer noch ein Mensch mit einem Namen und einem Verstand, der sich erinnert, wer ich hätte sein können …‹«

Ich hörte ihr nicht mehr zu. Ich hatte mir diese ganzen quälenden Fragen schon selbst gestellt – und darüber hinaus noch weitere. Ich hatte mein Leben so häufig verändert, ich hatte so oft die Bühne betreten, um eine Illusion von der Liebe zu erzeugen, dass ich nicht mehr wusste, was wirkliche Liebe war. Ich betrachtete den Ring, den Perpetual mir geschenkt hatte: ein dünner Reif, der leicht zerdrückt werden konnte. Ich legte dreihundert Meilen zurück, um so zu tun, als wäre ich jemand, der ich nicht war, um mit einem Mann zu leben, bei dem ich mich erst davon überzeugen musste, dass ich ihn liebte. Ich jagte dem Glück nach, einer falschen Erlösung, bis an einen trostlosen Ort. Es könnte sein, dass ich es nicht fand. Und wenn doch, dann könnte es schlichtweg ein Wunschbild sein, das ich mir in meinem Kopf geschaffen hatte. Und wenn ich so tat, als sei es echt, würde ich selbst nur noch als Teil dieses Wunschbildes existieren.

Ich hatte einst befürchtet, genau das könnte auch bei Klein Flora passieren. Früher betrachtete ich jeden Abend die Bilder von ihr und Edward, bis Perpetual sagte, es störe ihn, dass ich an Edward denken könnte, während er mit mir schlief (aber auch zu jedem anderen beliebigen Zeitpunkt) – und ihn mit Edward verglich und mir wünschte, ich wäre bei Klein Flora. Deshalb steckte ich die Fotos weg. Trotzdem sagte ich Klein Flora die Worte vor, die ihr Kraft geben würden, bis ich sie gefunden hatte: »Widersteht viel, gehorcht wenig.«

Während die Tage langsam vergingen, bedauerte ich es, dass ich mir keine Kleider hatte machen lassen, die für Sonnenhitze und Regenschauer geeignet waren. Von meinen einfachen Sommerjacken hatte ich die ausgewählt, die ich am liebsten mochte, aus dünner, grüner Seide. Es tat mir weh, als ich erste Schmutzflecke auf den Ärmeln entdeckte. Die Nähte sahen aus wie Begräbnisfahnen, die der Wind zur Seite bläst.

Zauberkürbis war wehmütig. Sie zählte alle Annehmlichkeiten auf, die wir zurückgelassen hatten: die Hallen der Geschichtenerzähler, die Musik, den Gesang, die Freiheit zu lachen und unsere anzüglichen Kleider, um die uns reihenweise die Frauen beneideten, die sich selbst als ehrenwert bezeichneten. Und was war mit den Wetten, die wir für unsere Patrone am Spieltisch einsetzten, und dem Geld, das wir bekamen, wenn wir Glück gehabt hatten?

»Denk doch an die Kutschfahrten mit unseren Kunden«, sagte sie, »was für ein Spaß es war, wenn wir durch die Stadt fuhren und den frommen Frauen zuwinkten, die ihre Opfergaben an den Tempeln darbrachten? Weißt du noch, wie wir gelacht haben, wenn uns Ausländerinnen finstere Blicke nachgeworfen und ihre Männer uns anzüglich angeschaut haben? Denk daran, wie viele Männer dich bewundert, für dich geschwärmt und dich mit Geschenken überhäuft haben. Das war eine schöne Zeit, und jetzt ist sie vorbei …«

Ich schloss die Augen und tat so, als würde ich dösen.

Der Karren hielt an, und als ich die Augen aufschlug, merkte ich, dass ich wirklich eingenickt war. Auf der rechten Seite des Wegs war ein steiler Abhang. Links ragte eine Felswand auf. Etwa dreißig

Meter vor uns hatte ein Erdrutsch einen anderen Karren weggeschoben – nur wenige Minuten zuvor, erzählte uns ein Junge. Eine ganze sechsköpfige Familie war abgestürzt, als ihr Karren sich in ein Boot verwandelte, das sie in einem Wasserfall aus Schlamm in den Tod trug. »Man sieht sie gar nicht mehr«, sagte er, »nur einen Arm und den Teil eines Kopfes. Der Arm hat vor kurzem aufgehört zu winken.« Er bedeutete uns, auch einen Blick hinunterzuwerfen. Alle taten es, sogar Zauberkürbis, nur ich blieb im Wagen. Warum sollte ich das Unglück anderer Menschen ansehen? Um mich zu freuen, dass mir das nicht passiert war? Um mir Angst zu machen, dass es mir noch bevorstehen könnte?

Die Straße sei nicht passierbar, verkündete Alter Springer. Wir mussten umkehren, aber er kannte eine Abkürzung, die uns Zeit sparen würde. Bald stellten wir fest, dass die Abkürzung noch nicht einmal ein Weg war, eher ein Pfad durch ein Rapsfeld und kaum breit genug für die Räder des Wagens. Während wir uns vorankämpften, lobte sich Alter Springer selbst. »Seht ihr? Welche Bücher hätten euch jetzt den richtigen Weg gezeigt?« Ein paar Stunden später fluchte Alter Springer, und die Esel blieben stehen. Die vor uns liegende Strecke war völlig zerfurcht, sodass Räder und Beine der Esel unweigerlich in den Rillen keinen Halt finden würden. Wir kehrten um und fuhren durch ein anderes Feld, bis wir Stunden später auf gewaltige Felsbrocken stießen. Um sie wegzuräumen, hätte man zehn Mann gebraucht. Wir nahmen wieder einen anderen Pfad. Der Bauer, durch dessen Land er führte, hatte ein Labyrinth von Löchern gegraben. Wer da hineinfiel, landete auf den Ziegelscherben, mit denen er die Löcher zu füllen versucht hatte. »Hass macht die Menschen klug«, brummte Alter Springer. Wir waren jetzt drei Tage hinter unserem Zeitplan und rollten rückwärts, weil wir den Karren nicht wenden konnten. In diesem Tempo würde Perpetual wahrscheinlich vor uns da sein. Das wäre mir auch lieber.

»Gute Nachrichten«, verkündete Alter Springer ein paar Tage später. »Bald sind wir in der Ortschaft Prachtkanal. Von dort aus überqueren wir mit der Fähre den Fluss, und dann sind es nur noch zwei Tage bis zum Mondteichdorf.« Prachtkanal sei eine betriebsame Hafen- und Kreisstadt. Auf dem Fluss würden sich Sampans drängen, flache, breite Boote, die Lebensmittel aller Art transportierten. Wir hätten Dutzende von Gasthäusern zur Auswahl. »Es ist so sauber, dass es sogar euch gefällt«, sagte er und sah Zauberkürbis dabei an. »Ich war zuletzt als junger Mann da, aber ich weiß es noch, als wäre es gestern gewesen. Freilufttheater und Akrobaten, kleine Jungen, die sich zu Türmen aufbauen. Noch nirgendwo hatte ich so hübsche Mädchen gesehen. Nett waren sie und schüchtern. Und die würzigen Leckereien, ich erinnere den Geschmack noch heute ...«

Die Leckereien sollten auch eine Erinnerung bleiben. In Prachtkanal gab es keinen Kanal, keinen Fluss, noch nicht einmal ein Rinnsal. Es war eine versandete Fläche. Alter Springer rannte hin und her und fluchte. »Ich muss die falsche Straße erwischt haben.« In einem dunklen Eingang stand ein Mann. Er sagte: »Es ist derselbe Ort.«

Wir erfuhren, dass der Fluss vor zwanzig Jahren über die Ufer getreten war und seinen Lauf geändert hatte. Viele Dörfer waren überflutet worden. Als die Flut zurückging, blieb eine farblose Geisterstadt. Die einzigen Einwohner waren alte Leute, die in der Nähe ihres Wohnsitzes begraben werden wollten, neben den Familienmitgliedern, die ertrunken waren.

»Welches Schicksal hat mich hierher verschlagen?«, fragte Zauberkürbis. »Warum nur?«

Alter Springer schnauzte: »Mach mir keine Vorwürfe! Glaubst du, ich weiß von jeder Katastrophe, die in den letzten zwanzig Jahren passiert ist?«

Eine Straße war noch erhalten, die Gebäude waren bedeckt mit dem Ruß von Kochfeuern, wodurch der Eindruck erweckt wurde, dass die Stadt nahezu heruntergebrannt wäre. Ein völlig schief stehendes Teehaus wurde von einem abgesplitterten Holzbalken gestützt. Ging man hinein, um Tee zu trinken, wurde das Ganze vermutlich zum Sarg. Die Bühne des Akrobatentheaters war eingestürzt, und in dem Hohlraum befand sich, was die Flut mit sich geführt hatte – kaputte Eimer, Sicheln und Hocker. Mir graute bei dem Gedanken, dass die Besitzer dieser alltäglichen Dinge unter dem Haufen liegen könnten.

Der Wirt des einzigen Gasthauses freute sich über die Maßen über unseren Besuch, wir waren seine ersten Gäste seit zwanzig Jahren. Als er uns zu unserem Zimmer führte, prahlte er mit einem Herzog, der auf der Durchreise einmal beinahe nach Prachtkanal gekommen wäre. »Wir hatten einen großen Torbogen gebaut und ihn rot und golden angemalt. An den Ecken waren geschnitzte Drachen. Wir hatten anlässlich seines Besuchs auch die Straße verbreitert, Bäume gepflanzt, den Tempel auf Vordermann gebracht, die Götter herausgeputzt und sie repariert … Aber dann kam die Flut.«

Als er die Tür zu unserem Zimmer öffnete, wirbelte Staub auf, als wäre ein Geist erwacht. In dem skelettartigen Holzbett verbarg sich ein Nest mit toten Mäusen, und die Zudecke bestand aus nichts als zerfledderten Fetzen. Das war nicht das Schlimmste, was ich bisher auf unserer Reise gesehen hatte. Manchmal waren die Mäuse noch am Leben. Zauberkürbis und ich räumten den Schmutz weg und säuberten den Boden. Unsere Matten legten wir auf die blanken Holzbretter des Betts. Ich schlief unruhig. Zauberkürbis schrie öfter auf und weckte mich. Einmal behauptete sie, sie hätte die Augen aufgemacht und eine Ratte gesehen, die mit den Schnurrhaaren zuckte, als könne sie sich nicht entscheiden, welches Ohr von Zauberkürbis sie zuerst abnagen sollte. Dann schrie auch ich, weil ich über uns eine Ratte sah, wie sie einen Balken entlanglief. Am nächsten Morgen unterhielt sich Alter Springer mit einem Bauern, einem Mann mit hübschen Gesichtszügen, die jedoch von der Sonne so verwittert waren, dass er zwischen dreißig und fünfzig sein konnte. Er beäugte mich, und Alter Springer erklärte ihm, dass ich zwar ausländisch aussähe, aber Chinesin sei.

»Gute Neuigkeiten«, sagte Alter Springer schließlich lächelnd. »Dieser Mann weiß genau, wie man von hier nach da kommt. Vor uns liegt eine feste Lehmstraße. Die Flut hat die Steine weggespült und die Schlaglöcher gefüllt, und die Dürre hat den Lehm schön festgebacken. Kaum jemand benutzt die Straße, deshalb gibt es auch kaum Spurrillen.«

»Wenn sie so gut ist, warum fährt dann keiner darauf?«, fragte ich.

»Man nennt sie die Geisterstraße«, antwortete der Bauer, »weil weiter oben ein ganzes Dorf den Berg hinuntergespült wurde – Häuser, Menschen, Kühe. Alles wurde zerquetscht und irgendwo angespült, wo diese traurige Masse zu einer glatten weißen Straße wurde. Zumindest erzählen sich das die Leute.«

Alter Springer lächelte nun nicht mehr. »Warst du mal auf dieser Straße?«

Der Mann hielt für einen Moment inne. »Ich habe keinen Grund, in diese Richtung zu fahren«, sagte er dann. »Nach Osten kann man eine andere Straße nehmen, aber der Umweg kostet einen Tag. Auch ist die Strecke nicht so eben, und in den letzten Jahren gab es hier einige Überfälle von Straßenräubern. Ich habe jedoch gehört, dass sie in diesem Jahr weniger Leute umgebracht haben. Wegen der Hungersnot war es in der Vergangenheit viel schlimmer. Man kann diesen Leuten kaum einen Vorwurf machen. Auch sie wollen überleben. Wenn ihr euch entscheidet, diese Strecke zu wählen, solltet ihr euch nicht allzu große Sorgen machen. Die Räuber benutzen ein paar alte Musketen von ausländischen Fallenstellern, die gestorben sind, und die feuern nur jeden zweiten Schuss ab. Die Entscheidung liegt nun bei euch.«

Alter Springer nickte unsicher. »Wir nehmen die kürzeste Strecke.«

»Das ist die Geisterstraße. Und jetzt hört gut zu. Ihr nehmt diese Straße Richtung Westen, und im nächsten Dorf, wenn sich der Weg gabelt, fahrt ihr wieder nach Westen. Das ist ungefähr zwei Tagesreisen von Prachtkanal entfernt. Dann kommt ihr zu dem weißen Abschnitt mit den Knochen, von dem ich erzählt habe. Das dauert noch einmal zwei Tage. Wenn ihr eine Stelle erreicht, wo ihr entweder weiter nach Westen fahren könntet oder auf einem holprigen Weg nach Norden, entscheidet euch für den Weg nach Norden. Zwei weitere Tage geht es dann bergauf. Ihr gelangt ein weiteres Mal zu einer Gabelung. Dort fahrt ihr nach links, auf die Wogenden Hügel zu. Ihr könnt sie nicht verfehlen. Sie sehen aus wie Pobacken und Brüste. Ihr könnt das ein paar Tage genießen, während ihr euch da hindurchschlängelt.« Er warf einen Blick zu Zauberkürbis und zu mir. »Verzeihung.« Er grinste Alter Springer an. »Begebt euch durch einen schmalen Spalt zwischen zwei Hügeln. Sobald ihr die hinter euch habt, schaut ihr hinunter auf ein langes, schmales Tal und einen Fluss. Am Ende des Tals erheben sich fünf Berge. Mondteich liegt am Fuß dieser Berge. Ihr wisst, dass ihr da seid, weil die Straße dort endet. Es sind hohe Berge, also glaubt nur nicht, dass ihr schon fast angekommen seid. Ihr braucht einen vollen Tag, nur um die Kurven zu meistern. Ihr solltet eure Karren an den Seiten mit genügend Seil ausstatten. Der Weg bergab ist steiler, als er aussieht. Haltet euch daran fest, damit eure Ladung die Esel nicht über den Abgrund zieht. Unten gibt es ein Dorf. Dort könnt ihr übernachten oder noch sieben, acht Stunden bis Mondteich weiterziehen.«

Zwei Tage später erreichten wir die Geisterstraße. Zauberkürbis, Alter Springer und seine Söhne wurden still. Sie starrten auf den weißen Boden. Für mich sah es aus, als würde der Weg aus ganz normalem Lehm bestehen.

»Er ist heller«, meinte Zauberkürbis, »wie Knochen, die von Grabräubern ausgegraben wurden. In dem Dorf, wo ich bei der gemeinen Schwiegermutter wohnte, habe ich Knochen gesehen. Sie hatten diese Farbe.«

Wir rollten weiter. Eines der Räder quietschte wie ein verwundetes Tier. Jedes Mal, wenn wir Geräusche aus dem nahen Wald hörten, schnappte Zauberkürbis nach Luft und packte mich am Arm. Ein kalter Schauer lief mir über den Rücken, doch ihr sagte ich, sie solle sich nicht so lächerlich aufführen. Alter Springer ließ die Esel nur kurz ausruhen. Sie protestierten, als ihnen das Wasser zu früh weggenommen wurde.

»Du kannst doch diesen Geisterunsinn nicht ernsthaft glauben«, sagte ich zu Zauberkürbis.

»Was in Shanghai Unsinn ist, ist auf dem Land nicht auch Unsinn. Wer nicht auf die Warnungen hört, lebt nicht lange genug, um zuzugeben, dass das eine Dummheit war.« Als die Nacht hereinbrach, stritten Alter Springer und seine Söhne, ob es besser sei, weiterzufahren oder zu übernachten und einen von ihnen als Wache zu bestimmen. Die Esel bockten und trafen damit die Entscheidung für uns. Starben sie an Erschöpfung, würden wir für immer auf dieser Straße festsitzen. Raschelte es im Gebüsch, fingen die Söhne laut zu brüllen an und stachen mit ihren langen Messern in die Luft – als könnten sie einen Geist, der bereits tot war, umbringen.

Kurz vor Anbruch der Morgendämmerung brachen wir wieder auf, und am Vormittag rumpelten die Räder wieder laut über Kuhlen und Steine. Wir hatten die Geisterstraße verlassen und befanden uns nun auf dem unebenen Weg Richtung Norden. Wir fuhren durch die Wogenden Hügel. Kurz bevor am nächsten Tag die Sonne unterging, erreichten wir die Öffnung zwischen zwei größeren Anhöhen. Wir sahen das Tal dahinter und einen Fluss, der sich durch das Tal schlängelte. Es wurde von flachen Hügeln gesäumt, auf denen Terrassen mit Reisfeldern angelegt waren, die sich kurz vor der Ernte goldgrün färbten. Am anderen Ende konnte man die dunklen Schatten von vier Bergen ausmachen, die hintereinander aufragten. Zwischen dem zweiten und dem dritten Berg hing eine dunkle Gewitterwolke mit einem rosafarbenen Euter. Sonnenlicht strahlte hindurch und ließ das Land darunter erglühen. Mondteich lag in diesem Licht.

Es war ein schöner Anblick, und doch stieg ein unheilvolles Gefühl in mir auf. Auf einmal wusste ich, warum. Oft hatte ich ein Tal wie dieses gesehen, und zwar auf den Bildern, die Lu Shing meiner Mutter und Edward geschenkt hatte. Ich betrachtete das Tal der Verwunderung. War ich dazu bestimmt hierherzukommen? Heimlich hatte ich das Bild unzählige Male genauer betrachtet. Edward war der Meinung gewesen, das Tal werde frühmorgens von der aufgehenden Sonne beleuchtet. Ich hatte behauptet, es sei die Abenddämmerung am Ende des Lebens. Er hatte die Ansicht vertreten, die dunklen Wolken zögen ab und das Unwetter sei vorüber. Ich glaubte, es würde erst gleich losgehen. Und so hatten wir beide recht und unrecht. Es war die Abenddämmerung, und das Unwetter zog ab.

»Das sind nur vier Berge, nicht fünf«, sagte Zauberkürbis. »Dieser Bauer kann nicht zählen.«

Vier Berge. Auf dem Bild waren fünf zu sehen, zwei auf der Seite der goldenen Öffnung, drei auf der anderen. In diesem Augenblick veränderte sich der Himmel, die Gewitterwolke setzte sich ein wenig in Bewegung, und da entdeckten wir den fünften Berg, es war ein gewaltiger und dunkler Berg, der gleich hinter den anderen lag. Das Bild war ein Omen gewesen. Ich suchte nach Unterschieden – und fand sie auch. Das Tal in der Realität war länger, und auf den Hügeln gab es Terrassen mit Reisfeldern. Der Kamm der Berge auf dem Bild war wiederum zerklüfteter. Ja, bis auf die fünf Berge, ein Flusstal und Unwetterwolken existierten kaum Ähnlichkeiten. Auf dem Bild leuchtete etwas im Hintergrund. Hier waren nur die Berge zu sehen.

Das Tal nahm nach und nach Form und Farbe an. Es ist nicht düster, redete ich mir ein. Die Abenddämmerung würde meine Vergangenheit abschließen und sie als Geheimnis hinter mir lassen. Morgen würde ein neuer, strahlender Anfang sein. Ich würde zur Ehefrau werden. Perpetual würde da sein, um mich willkommen zu heißen, und wir würden das ruhige Leben von Gelehrten im Ruhestand führen. Wir würden in den Bergen wandern, würden inspiriert sein, Gedichte zu schreiben. Wer weiß, vielleicht würden wir sogar ein Kind bekommen. Auf einmal überkam mich Traurigkeit, als ich an Klein Flora dachte. Ich würde sie niemals finden, wenn ich so weit vom Meer entfernt lebte. Ich würde Perpetual gegenüber darauf bestehen müssen, dass ich gelegentlich nach Shanghai zurückkehrte, um zu sehen, ob es Nachrichten gab.

Wir stiegen vom Karren ab, und Alter Springer führte die Esel abwärts. Die Sonne ging unter, der Rauch von Kochfeuern stieg auf. Wir gingen durch eine von Häusern gesäumte Straße am Fluss und kamen zu einem kleinen Marktplatz mit einem Tempel. Ein Mann rief aus dem dunklen Schlund eines Weinladens, dass wir anhalten sollten, um unseren Durst zu stillen. Alter Springer nahm die Einladung gern an. Wir stellten uns in den kühlen Schatten einer Steinmauer. Männer, Frauen, Kinder und sogar Hunde starrten uns an. Ich sah zu, wie der Weinverkäufer Alter Springer den Weg wies. Er deutete auf eine unbekannte Stelle weiter vorne, neigte den Kopf in eine Richtung, dann stellte er sich auf die Zehenspitzen, als würde er in einen Abgrund schauen, in den wir stürzen könnten. Während er weiter in eine unbestimmte Tiefe blickte, knirschte er mit den Zähnen, fiel auf die Knie und sprang schließlich wieder hoch. Die Hände bewegten sich wie ein zappelnder Fischschwanz. Plötzlich wurde er ganz ruhig. Die Arme schossen geradeaus nach vorne, und er kniff ein Auge zu, als würde er durch ein Teleskop schauen. Am Ende seiner Vorstellung ließ er die Arme seitlich hängen und sah Alter Springer zufrieden an, um auszudrücken, dass wir sicher in Mondteich angelangt seien. Alter Springer wiederholte die Gesten, und der Mann nickte oder korrigierte ihn. Zufrieden kaufte Alter Springer dem Mann eine kleine Flasche Wein ab, und wiederum deutete der in die Richtung, in die wir gehen mussten. Seine Hand schoss nach vorne, als würden wir jetzt noch schneller unterwegs sein. Zwei junge Männer traten aus dem Laden, wohl die Söhne des Weinhändlers, und starrten mich anzüglich an. Sie machten keine Anstalten, leiser zu sprechen, während sie mein ausländisches Aussehen kommentierten und sich fragten, wie ich wohl im Bett wäre.

»Scheiß auf eure Mutter«, sagte Zauberkürbis.

Sie lachten.

Alter Springer kehrte zurück, nachdem er bezahlt hatte. »Gute Nachrichten …«, begann er.

Zauberkürbis unterbrach ihn. »Hör auf, ständig deine guten Nachrichten anzubringen. Das ist wie ein Fluch.«

»Na gut, ich sage es der Braut.« Er wandte sich mir zu. »Da gibt es eine Witwe, die nach dem Tod ihres Mannes verrückt geworden ist. Sie muss ständig Wände und Böden putzen, außer wenn sie Übernachtungsgäste hat.«

An diesem Abend nahm ich ein kühles Bad. Während ich mir die Schlammklümpchen aus den Haaren wusch, holte die Verrückte noch eine kleine Holzwanne herbei, in die sie sauberes Wasser einließ. Danach ließ sie mich in diese hineinsteigen. Die andere Wanne leerte sie aus. Das machte sie noch zweimal, bis ich beteuerte, dass es nichts mehr gab, was ich noch von meiner Haut abwaschen könnte.

Am nächsten Morgen wachten wir früh auf. Ich zog mich rasch an. Die Verrückte hatte meine Sachen ausgeschüttelt. Es war die blattgrüne Jacke und eine Hose. Zauberkürbis zog eine dunkelblaue Jacke an. Wir hatten bisher noch nie so unelegante Kleidung getragen, aber als die Witwe uns sah, bekam sie große Augen, und ihr Mund stand offen. Zum ersten Mal hörte ich sie sprechen. »Jetzt kann ich in Frieden sterben«, sagte sie mit ländlichem Akzent, »denn ich weiß, die Frauen der Götter haben in meinem Haus gebadet.« Ich freute mich, dass wir diesen Eindruck hinterlassen hatten. Das waren die Sachen, in denen ich meiner neuen Schwiegermutter und dem Rest des Clans zum ersten Mal gegenübertreten würde. Und ich würde Perpetual sehen. Durch die Verzögerungen lagen wir eine Woche hinter dem Zeitplan zurück.

Als wir auf die Karren stiegen, drang augenblicklich die Hitze in meinen Körper ein. Die Wagenräder drehten sich auf ein Neues und staubten unsere Gesichter und Kleider erneut ein. Gelegentlich klopften wir uns gegenseitig den feinen Schmutz aus den Kleidern, sodass kleine Wölkchen aufstiegen. Wind kam auf, und wieder klebte der Dreck an uns. Während wir uns Mondteichdorf näherten, wurde uns der Blick auf den Himmel von der Wand des Himmelsbergs und seinen vier Söhnen nahezu verwehrt. Wir bewegten uns jetzt in ihrem Schatten vorwärts.

»Je näher wir kommen, desto weniger sehen wir«, murmelte ich.

»Bis wir dort eintreffen, sind wir blind«, antwortete Zauberkürbis.

Die restliche Strecke schwiegen wir. Ich wurde immer nervöser. Ich stellte mir Perpetuals Familie vor, gelehrt und doch altmodisch, freundlich auf eine betuliche Art, besorgt wegen der vielen Widrigkeiten, die wir auf dem Weg zu ihnen überwinden mussten. Ich stellte mir ein prächtiges Hofhaus vor, den schönen Teich mit der Spiegelung der Berge. Die Straße führte am Fluss entlang, und zu beiden Seiten ernteten Bauern den Reis und breiteten die Rispen aus. Sie unterbrachen ihre Arbeit, um uns mit ausdruckslosen Mienen anzustarren.

Wir kamen zu einer schmalen, baufälligen Brücke. Das musste der gefährliche Teil unserer Reise sein, vor dem man uns gewarnt hatte. Das Wasser floss rasch dahin und wirbelte mit einer solchen Kraft zwischen den großen Felsbrocken hindurch, dass wir laut rufen mussten, um einander zu verstehen. Auf der anderen Seite erreichten wir die Straße, die ins Dorf führte. Sie verengte sich bald zu einem schmalen Weg, der zwischen den Außenmauern von Häusern hindurchführte. Ein paar Minuten später öffnete er sich auf einen Marktplatz mit einem rot lackierten Säulentempel, von dem die Farbe abblätterte. Es war eine Stunde vor Sonnenuntergang, und die meisten Händler waren bereits weg, aber es gab immer noch ein paar Stände, wo Körbe, Begräbniszubehör, Wein, Salz, Tee und einfarbige Stoffe verkauft wurden. Mit jeder Sekunde wandelte sich mein Leben zum Schlechteren. Als wir den Platz überquert hatten, mussten wir durch eine weitere enge Gasse. An ihrem Ende lag ein großer runder Teich vor uns. Er war nicht klar und blau, sondern grün und voller Algen. Er war auch nicht gesäumt von Bäumen, und das Ufer war nicht mit Gras bewachsen, wie ich es mir vorgestellt hatte. Um ihn herum standen ärmliche Häuser, die nicht zueinanderpassten. Sie sahen aus wie schiefe Zähne am Ober- und Unterkiefer eines gähnenden Mundes. An dem Punkt, der am weitesten entfernt war, befand sich ein zweistöckiges Haus, dessen dunkles Dach über festungsartigen Mauern aufragte. Im

Vergleich zu den anderen Gebäuden war es herrschaftlich. Aber es war viel kleiner, als ich gedacht hatte – viel kleiner als das Haus von Lu Shing, das ich mir, wie mir jetzt klar wurde, als mein zukünftiges Zuhause vorgestellt hatte. Ich schaute Zauberkürbis an. Sie machte große Augen.

»Sehe ich hier einen Traum aus meiner Vergangenheit?«, sagte sie. »Ich hoffe, die Straße führt noch weit an diesem Ort vorbei, zu einem anderen Teich und einem anderen Haus.«

Mein Mund wurde trocken. »Ich sterbe fast vor Durst«, sagte ich zu Zauberkürbis. »Sobald wir da sind, sag doch bitte den Dienstboten, sie sollen uns sofort Tee bringen und warme, feuchte Tücher.«

»*Oyo!* Ich bin deine ältere Schwester, nicht deine Untergebene. Bald musst du mir dienen, als Strafe dafür, dass du mich hierhergebracht hast.«

Zauberkürbis' vom Wind zerzauste Haare sahen aus wie ein verlassenes Schwalbennest. Ich musste ähnlich schlimm ausschauen. Ich bat Alter Springer, sofort anzuhalten, und holte unter meinem Gepäck ein Köfferchen mit Schminkutensilien hervor. Als ich es öffnete, klappte ein Spiegel heraus. Nachdem ich den gröbsten Schmutz weggewischt hatte und meine staubgefüllten Falten betrachtete, schnappte ich unwillkürlich nach Luft. Zweieinhalb Monate, in denen ich Sonne und Wind ausgesetzt war, hatten mich zu einer alten Frau werden lassen. Heftig zog ich die kleinen Schubladen auf, um den Topf mit der Perlmuttcreme zu finden. Ein paar der hinzugekommenen Jahre wurden weggewischt. Zauberkürbis und ich halfen uns gegenseitig, uns die Haare glatt zu streichen und im Nacken fest zusammenzubinden. Schließlich waren wir fertig. Ich hieß Alter Springer, einen seiner Söhne vorauszuschicken, um unsere Ankunft anzukündigen. So konnte die Familie einen Willkommensgruß für uns vorbereiten.

Kurz darauf erreichten wir die Außenmauern des Wohnsitzes der Familie Sheng. Der weiße Putz hatte Risse, und an manchen Stellen waren die nackten Lehmziegel zu sehen. Warum war das Haus so heruntergekommen? Man brauchte nicht viel Geld, um Türen zu schleifen und Scharniere zu reparieren. Vielleicht waren die Diener faul geworden, weil sie nicht von einer Ehefrau angeleitet wurden.

Schließlich hielt der Wagen an, die Räder drehten sich nicht mehr. Wir waren vor den Eingangstoren angelangt. Sie waren so groß wie zwei Mann. Niemand war da, um uns zu begrüßen. Eine Weile hörte ich nur das Schnaufen und Schnauben der müden Esel und das Klopfen meines Herzens.

Alter Springer rief: »Hallo! Wir sind da!«

Die Tore blieben geschlossen. Der Torwächter musste eingeschlafen sein. Alter Springer fuhr mit den Fingern über die bronzenen Riegel. An den beiden Holztüren waren nur noch ein paar Flecken mit roten Lacksplittern. Er blickte hoch zu einer gemeißelten Steintafel, die oben am Tor angebracht war. Es stand etwas darauf, aber die Tafel war zu schadhaft, um es lesen zu können. »Nicht schlecht«, meinte Alter Springer. »Da sieht man, dass hier früher einmal wohlhabende Leute mit Stil gelebt haben.«

Nach dem dritten Mal wurde unser Ruf von einem Mann erwidert, und die Riegel wurden kratzend aufgeschoben. Als das Tor offen war, wurden keine Feuerwerkskörper gezündet, keine roten Banner wehten im Wind. Offenbar war das hier nicht Brauch. Wo war Perpetual?

Sechs Frauen und sechs Kinder standen stocksteif und schweigend in dem kargen Hof. Wahrscheinlich waren sie nur aus Respekt so reserviert, wie es früher üblich war. Ihre Kleidung war gut geschneidert, aber der Stoff hatte fade Farben. Die gedeckten Blau-, Braun- und Grautöne wiesen, was ich schon befürchtet hatte, auf den Stil von Witwen und alten Frauen hin. Sogar die jüngeren Frauen waren so angezogen. Die Kleider, die wir mitgebracht hatten, waren in Shanghai kaum modisch zu nennen, aber hier waren sie völlig fehl am Platz. Mit unseren Jacken waren wir Pfaue unter Krähen. Schmuddelige Pfaue. Vielleicht warteten sie darauf, dass ich als Erste das Wort ergriff, wie es einst Sitte war. Hatte Zauberkürbis nicht gesagt, die Traditionen der ländlichen Bevölkerung wären Tausende von Jahren alt? Und was hatte Perpetual erzählt?

Fünf Generationen lebten unter einem Dach. Ich musterte rasch die Gesichter derer, denen meine unterwürfigen Worte zugedacht sein würden. Die älteste Frau musste die Urgroßmutter sein. Ein solch ausgetrocknetes Gesicht hatte ich noch nie gesehen. Ihre Augen wirkten stumpf, wie bei Menschen, die bald aus dem Leben scheiden. Eine andere alte Frau hatte weniger Falten. Die Großmutter, schloss ich, und die Frau, die seine Mutter war, war wahrscheinlich diejenige mit der starrsten Miene und der aufrechten Haltung, die Schwiegermutter, die ich für mich gewinnen und erobern musste. Jetzt musste ich jedenfalls erst einmal freundlich tun. Dann waren da noch zwei Frauen, eine jünger als ich, die andere ein bisschen älter. Deren Frisuren waren vor mehreren Jahren in Shanghai Mode gewesen: in der Mitte gescheitelt, und zwei geschwungene Locken rahmten das Gesicht ein. Ich warf ihnen nur einen flüchtigen Blick zu, weil sie weniger wichtig waren. Ich suchte Perpetuals Sohn. Es gab fünf Jungen und ein älteres Mädchen, doch bald erkannte ich seinen vierjährigen Sohn an den Ohren, Augen und Augenbrauen. Er betrachtete meine nicht gebundenen Füße.

Meine neue Schwiegermutter sprach schließlich, in einem barschen Ton. »Du bist also da. Was hältst du von deinem neuen Zuhause? Bist du überrascht? Gefällt es dir?«

Ich sagte die Sätze auf, die ich geübt hatte – ich lobte das Ansehen der Familie, die zehn Generationen der Tugend, welche Ehre es für mich sei, als Erste Ehefrau ihres ältesten Sohnes zu ihnen zu kommen, und fast hätte ich noch gesagt, dass ich diese Position gar nicht verdiene.

Sie wandte sich an eine der Frauen mit der Lockenfrisur und sagte etwas. Die Frau reckte daraufhin das Kinn und lächelte mich höhnisch an, als hätte ich sie beleidigt. Mir fiel auf, dass sie ziemlich gut aussah.

Zauberkürbis schwatzte einfältig los: »Wir fürchteten die ganze Reise über, dass ihr ungeduldig werdet. Die Straßen, das Wetter, und beinahe wären wir von einem gefährlichen Erdrutsch mitgerissen worden …«

Die Schwiegermutter unterbrach sie. »Wir wussten, wann wir mit euch rechnen mussten. Wir kannten sogar die Farbe eurer theatralischen Kleider.«

Theatralisch! Wollte sie uns beleidigen? Zwei Männer am anderen Ende des Hofs winkten uns zu. Die lüsternen Söhne des Weinhändlers.

Alter Springer brüllte wiederum seine Söhne an, unsere Sachen abzuladen. Sie sprangen auf den Boden und wurden dabei von einer Staubwolke umgeben. Ein Diener blickte die Schwiegermutter skeptisch an.

»Bringt sie im Nordflügel unter«, sagte die.

Im Norden! Das war der Trakt eines Hauses, der kaum Sonne bekam und kaltem Wind ausgesetzt war. Perpetuals Zimmer lagen bestimmt nicht dort. Oder war es Tradition, eine Braut bis zur offiziellen Hochzeitszeremonie weit entfernt vom Hauptflügel unterzubringen?

»Und steckt die Sachen ihres Hausmädchens ins Zimmer daneben.«

Zauberkürbis legte den Kopf schief und brachte ein unechtes Lächeln zustande. »Verzeihung, wenn ich das erwähne, aber ich bin ihre ältere Schwester, nicht ihr Hausmädchen …«

»Wir wissen, wer ihr seid«, unterbrach die Schwiegermutter, »und was ihr beide in Shanghai gemacht habt.« Sie schnaubte. »Es ist nicht das erste Mal, dass Perpetual sich eine Hure als Konkubine mitgebracht hat.« Sie sah mich an. »Aber du bist die erste ausländische Mischung.«

Ich war zu verdutzt, um denken oder sprechen zu können. Zauberkürbis plapperte aufgeregt: »Sie war keine gewöhnliche Hure. Sie war …« Gerade noch rechtzeitig unterbrach sie sich. Zauberkürbis richtete sich auf, sammelte sich und sagte mit autoritärer Stimme: »Sie ist als Ehefrau gekommen, nicht als Konkubine. Das wurde ihr versprochen. Weshalb hätten wir sonst die ganze Strecke auf uns genommen? Ihr müsst mit Perpetual reden, um dieses Missverständnis auszuräumen.«

»Ein Hausmädchen hat mir nicht zu sagen, was ich zu tun habe. Ich prügele dich bewusstlos, wenn du das noch einmal versuchst.«

Ich kam wieder zu Bewusstsein und packte Zauberkürbis am Arm. »Egal. Wenn Perpetual zurückkehrt, regeln wir das.« Endlich verstand ich, was es mit der schlechten Behandlung durch eine zukünftige Schwiegermutter auf sich hatte. Glaubte dieses Miststück von Landei, ich würde mich einschüchtern lassen? Ich hatte den Intrigen von Kurtisanen und Bordellmüttern trotzen können, und auch Perpetuals Mutter würde mir nicht gewachsen sein. Ich würde einfach nur Geduld haben müssen und in Erfahrung bringen, was ihr am wichtigsten war. Dort lag ihre Schwachstelle, die ich freilegen und in der ich herumbohren würde.

»Wir sind müde«, sagte ich. »Bitte zeigt uns unsere Zimmer.« Die Frau mit dem hübschen Gesicht erklärte gegenüber der Schwiegermutter, dass sie uns hinbringen würde. Die Schwiegermutter lächelte sie daraufhin merkwürdig an.

Als wir durch das Haus gingen, fiel mir die merkwürdige Kombination aus neuen und schlecht erhaltenen alten Möbeln auf. Der Altartisch war groß und von guter Qualität, aber die Oberseite wies Brandspuren auf. Die Bilder der Ahnen waren teils zerrissen und unbeholfen zusammengeklebt. Wir querten die Gänge von zwei Höfen, bis wir schließlich einen vernachlässigten kleinen Hof erreichten, der eher an einen Durchgang erinnerte. Es gab nur zwei Sträucher, einen dürftigen Gelehrtenstein, der neben einem ausgetrockneten Teich stand, und zwei mit Flechten bewachsene Bänke. Ein Spinnennetz hing über der Tür, als wolle es mich am Eintreten hindern. Ich wischte es weg und öffnete die Tür. Es war schlimmer, als ich erwartet hatte – die Einrichtung bestand aus einem Bett mit wackeligem Gestell, ohne Vorhänge an den Seiten, einem Kleiderschrank aus billigem Holz, einem niedrigen Hocker, einer Bank und einem kleinen hölzernen Nachttopf unter dem Bett. Das Zimmer war ausgekehrt worden, aber die Ecken waren schmutzig. Wenn ich mich in die Mitte des Zimmers stellte, konnte ich jeweils nur einen Schritt gehen, bevor ich gegen die Möbel stieß.

Zauberkürbis schaute von der Tür aus in ihr Zimmer. »*Oyo!* Ich wohne in einem Hühnerstall. Wo sind die Eier?« Der Raum enthielt nur ein schmales Bett, einen Hocker und einen Nachttopf. Sie fluchte mehrmals. »Was haben die Leute hier für ein Benehmen? Man bietet uns weder Tee noch etwas zu essen an, sondern serviert uns nur Beleidigungen. Als Dienstmädchen haben die mich bezeichnet!« Sie wandte sich zu der hübschen Frau um. »Warum bist du noch da? Um dich an unserem Elend zu weiden?«

Die Frau rief ein Mädchen, das gerade durch den Gang lief. »Bring Tee, Erdnüsse und Obst.« Unser Gepäck wurde gebracht. Ich wollte mir gar nicht erst die Mühe machen, die Taschen auszuräumen. Perpetual konnte jeden Tag eintreffen, und dann würden meine Sachen in sein Zimmer gebracht werden. Ich würde zusehen müssen, was ich für Zauberkürbis und ihre Unterbringung ausrichten konnte. Ich konnte nicht alles auf einmal lösen. Wir setzten uns in den Hof, und als der Tee kam, tranken wir ihn gierig und verzichteten auf die gezierten kleinen Schlückchen, die bei einer belanglosen Plauderei üblich waren. Wieso sollte ich mich bemühen, mit meinen Manieren bei dieser Frau Eindruck zu schinden?

»Wer bist du?«, fragte ich sie.

»Ich bin die Zweite Ehefrau«, antwortete sie schlicht.

Ich staunte, dass sie den Shanghaier Dialekt sprach. Sie musste die Konkubine von Perpetuals Bruder, Onkel oder Cousin sein.

»Das macht dich zur Nummer drei«, sagte die Frau. »Du kannst dich später vor mir verneigen.«

Wer war diese Person aus Shanghai? »Du magst ja die Ehefrau Nummer zwei oder Nummer sechzehn von irgendjemandem in diesem Haus sein«, sagte ich. »Aber ich bin Ehefrau Nummer eins von Perpetual.«

»Soll ich dir den Gefallen tun und dir erzählen, in was für einen Haushalt du gekommen bist? Das erspart dir die vielen Prügel und den Kummer, den ich erleiden musste. Euer Entsetzen und eure Fassungslosigkeit dienen nur der Unterhaltung anderer in diesem Haus.«

»Was für ein Unsinn«, brummte Zauberkürbis. Sie saß stocksteif da, ein Zeichen dafür, dass sie nervös war. »Bestimmt denkst du dir alle möglichen Lügen aus, um uns zu vertreiben. Wenn wir weggehen, dann nur, weil wir uns selbst dafür entscheiden.«

»Das würde ich nicht tun, liebe Tante«, sagte sie zu Zauberkürbis.

Zauberkürbis schoss zurück: »Ich bin weder deine Tante noch das Mädchen von jemandem, *Ältere* Schwester.« Diese Beleidigung saß nicht so recht. Die Frau war mindestens zehn Jahre jünger.

»Selbst wenn ich euch verjagen wollte, wie sollte das gehen? Der Mann mit dem Karren ist weg. In diesem Dorf findet ihr keinen anderen. Und warum sollte ich lügen? Ich habe nichts zu verbergen. Jeder in diesem Haus wird euch das Gleiche sagen. Du bist Perpetuals Dritte Ehefrau, bloß eine weitere Kurtisane aus Shanghai, die hierhergekommen ist, um angenehm leben zu können.«

Mein Herz und mein Kopf pochten.

»Hat Perpetual dir von einer Ersten Ehefrau erzählt?«, sagte sie. »Azur. Seine wahre Liebe, bevor er dich kennengelernt hat. So klug wie ein Gelehrter. Mit siebzehn gestorben. Oder mit zwanzig? Eine traurige Geschichte, nicht wahr?«

»Das hat er mir erzählt«, erwiderte ich. »Zwischen Ehemann und Ehefrau gibt es keine Geheimnisse.«

»Und warum hat er dir dann nicht von mir erzählt?«

Was für eine Falle stellte sie da nun wieder auf?

»Du glaubst mir immer noch nicht?«, sagte sie mit gespielter Enttäuschung. »Lass mich mal raten. Hat er dieses Gedicht rezitiert: ›Endlos viel Zeit verging, bis wir uns trafen, doch noch viel mehr, seit sie verschwunden ist.‹ Hat er dir dabei vielleicht verschwiegen, dass Li Shangyin das geschrieben hat?« Am liebsten hätte ich ihr eine Ohrfeige versetzt, damit sie still war.

»Siehst du!«, sagte Zauberkürbis. »Ich wusste, dass der Mann ein Betrüger ist.«

»Bei diesem Gedicht verlieren viele Frauen ihr Herz«, sagte die Zweite Ehefrau. »Aha, ich sehe schon, ihr zweifelt bereits weniger an mir und mehr an ihm. Das Messer der Erkenntnis bohrt sich in euren Kopf. Es braucht Zeit, bis sich das gesetzt hat, aber sobald ihr euren Platz kennt, werden wir gut miteinander auskommen. Aber wenn ihr gegen mich ankämpft, werde ich euch das Leben schwermachen müssen. Vergesst nicht, dass wir alle Kurtisanen waren und die Kunst, uns gegenseitig zu zerstören, beherrschen. Wenn wir an das Ende unserer goldenen Tage im Blumenhaus gelangen, ändern wir unseren Charakter nicht. Wir müssen uns immer noch davor hüten, zertrampelt zu werden.«

Zauberkürbis grinste spöttisch. »Was weiß eine Straßendirne von goldenen Tagen?«

»Sagt euch der Name Saftiger Pfirsich nichts mehr?«

Es hatte eine gefeierte Kurtisane mit diesem Namen gegeben, die mehrere Male im Haus meiner Mutter bei Abendgesellschaften ausgeholfen hatte. Das war dann stets etwas Besonderes gewesen. Aber das konnte unmöglich diese Frau sein. Die Kurtisane mit dem Namen Saftiger Pfirsich, die ich kannte, hatte feste runde Wangen und eine fröhliche Art, als würde sie alles amüsieren, was sie sah. Die Frau vor mir hatte einen stumpfen Teint. Sie strahlte eher die Schroffheit der Mutter eines Kurtisanenhauses aus, die keinen Spaß verstand. Sie stand auf und ging vor uns auf und ab. Dabei verwandelte sie sich in eine alterslose Schönheit, sie demonstrierte uns ihren Gang von früher, der »wie fließendes Wasser« war. Alles an ihr war weich und locker, sie wiegte sanft die Hüften, die Schultern bewegten sich entsprechend, und der Kopf kippte ganz leicht vor und zurück, in einem vollkommenen, ungezwungenen Rhythmus. Ihr Blick war der einer Verführerin, einer versierten und doch ergebenen Frau. Dafür war Saftiger Pfirsich berühmt gewesen. Niemand konnte sie nachahmen, obwohl wir es alle versucht hatten.

Sie lächelte triumphierend. »Jetzt nennt man mich Pomelo – diese Frucht ist ein bisschen trockener als ein Pfirsich. Ich bin aus dem gleichen Grund gekommen wie du. Ein paar Gedichte, eine angesehene Ehefrau in einer Gelehrtenfamilie, die Angst um meine Zukunft. Als ich eintraf, erfuhr ich, dass seine Frau noch lebte. Ihr habt recht gehört. Sie ist nie gestorben. Das hat er nur gehofft. Ihr seid ihr schon begegnet. Die Frau, die euch bei eurer Ankunft angesprochen hat.«

»Ich habe nur mit der Schwiegermutter geredet.«

»Das war Azur, die Erste Ehefrau. Sie ist ganz gesund, das habt ihr ja gesehen.«

Ich empfand das Gleiche wie damals, als meine Mutter mich verlassen hatte, nicht quälende Verzweiflung, sondern Wut. Ich war abermals hereingelegt worden. Was würde ich noch alles erfahren?

»Ich glaube, für den Moment habt ihr genug gehört«, sagte Pomelo. »Es ist zu viel, um alles auf einmal zu begreifen. Denkt nur daran, wir sind nicht die Einzigen.«

»Es gibt noch andere ehemalige Kurtisanen hier?«, fragte ich.

»Noch zwei – mindestens zwei –, aber sie leben nicht mehr. Ich kannte aber nur die eine von beiden. Kommt morgen Nachmittag in meinen Hof. Auf der Westseite. Wir können zusammen zu Mittag essen, und ich erzähle euch mehr über dieses Haus und wie wir hier gelandet sind.«

Ich war sprachlos. Ich erwartete, dass Zauberkürbis alle ihre Warnungen wieder aufzählte, alle ihre Gründe, Perpetual nicht zu trauen. Sie hätte mir die dumme Entscheidung vorwerfen können, wegen der sie in diesem Irrenhaus gelandet war, ich hätte es verstanden. Stattdessen sah sie mich mit traurigem Mund und schmerzvollen Augen an.

»Zum Henker mit seiner Mutter«, sagte sie, »und zum Henker mit seinem Onkel und der widerlichen Fotze von seiner Ersten Frau. Was er dir für einen Haufen Mist erzählt hat. Er soll sich selbst den Arsch lecken, denn da kam alles her. Und danach sollen ihn ein Hund und ein Affe ficken.«

Ich ging in mein Zimmer. Ich zog die Seidenjacke aus und wischte damit den Schmutz aus den Ecken, während ich ihn die ganze Zeit über verfluchte. »Zum Henker mit seiner Mutter, zum Henker mit seinem Onkel …« Ich öffnete die Reisetasche, in der ich die Sachen aufbewahrte, die mir am wichtigsten waren. Ich nahm seine Gedichte heraus, die von zwei festen Kartons geschützt wurden. Ich spuckte sie an und zerriss sie in Fetzen, dann warf ich sie in den Nachttopf und pinkelte darauf. Ich nahm die Bilder von Edward und Klein Flora und legte sie auf das Bett. Ich sagte zu ihnen: »Ich habe nie jemand anderen geliebt«, und das war die Wahrheit.

Am nächsten Tag erzählte mir Zauberkürbis, dass die Wand zwischen unseren Zimmern dünn sei und sie hören konnte, dass ich vergessen hätte zu sagen, dass ein Hund und ein Affe Perpetual in den Arsch ficken sollten. »Außerdem hast du nicht geweint«, sagte sie.

»Hast du nicht gehört, wie ich mich übergeben habe?« Die ganze Nacht über hatte ich alles, was geschehen war, zusammengefügt, all das, was er mir berichtet hatte, was ich ihm angeboten hatte, was er genommen und was er abgelehnt hatte, bis ich es ihm wieder angeboten hatte. Ich verglich diese Bruchstücke mit allem, was wir bisher erfahren hatten, und das reichte aus, dass mir übel wurde. Ich wusste nicht einmal, wer er war.

»Wir müssen weg von hier«, sagte ich.

»Wie? Wir haben kein Geld, auch keinen Schmuck. Weißt du nicht mehr? Wir sollten alles in eine einzige Schatulle legen, die er für dich transportieren wollte. Und dann trennten sich unsere Wege.«

Ein Hausmädchen erschien und kündigte an, die Familie würde sich zum Frühstück versammeln. Ich sagte, uns sei schlecht, und zeigte auf den Nachttopf. Zauberkürbis pflichtete mir bei. Wir wollten die anderen erst sehen, wenn wir mehr in Erfahrung gebracht hatten. Mittags begaben wir uns in den Hof von Pomelo im Westflügel. Wir setzten uns draußen unter einen Pflaumenbaum. Sie lud uns nicht in ihr Zimmer ein, aber der Anzahl der Fenster nach zu urteilen, war es viel größer als unsere Räumlichkeiten.

Das Mädchen brachte uns Mittagessen, aber ich hatte keinen Hunger. Pomelo hatte zwar ein ehrliches Gesicht und eine offene Art zu sprechen, aber ich wusste nicht, ob ich überhaupt jemandem in diesem Haus trauen konnte. Während sie redete, achtete ich mit einem Ohr besonders auf mögliche Lügen.

Als sie aus Shanghai hier eintraf, war Perpetual auch nicht anwesend gewesen. Der Feigling verzichtete darauf, da zu sein, wenn sie die Wahrheit erfuhr. Als er schließlich aufkreuzte, erzählte er, er wäre wirklich davon ausgegangen, dass seine Frau mittlerweile tot sein würde. Er versicherte ihr, dass sie nicht mehr lange durchhalten würde. Bald würde Pomelo seine rechtmäßige Ehefrau sein.

»Warum habe ich ihm nur geglaubt?«, sagte sie. »Wir Kurtisanen sind Expertinnen darin, die Lügen und Halbwahrheiten der Männer auszumachen. Sie lassen Einzelheiten weg, und zwar die wichtigsten. Wir können sie trotzdem durchschauen. Aber Perpetual hat mich an der Nase herumgeführt. Warum? Als ich in dieses Haus kam, war Azur wirklich krank. Er nahm mich mit in ihr Zimmer. Ich sah eine Frau, die an ein Skelett erinnerte. Sie lag reglos auf dem Bett, die Augen waren offen und starrten nach oben wie bei einem toten Fisch. Ihre Haut lag über den Knochen wie ein Leichentuch. Ich war entsetzt, aber gleichzeitig froh darüber, dass Perpetual die Wahrheit gesagt hatte. Azur würde bald sterben. Trotzdem fand ich es merkwürdig, dass er nicht an ihr Bett trat und ein paar zärtliche Worte sprach. Hatte er ihre Liebe nicht als Wiedersehen aus ihren früheren Leben bezeichnet? Und was hatte er nicht alles über ihr gemeinsames Schicksal gesagt … Ihre Seelen seien wie Zwillingssternbilder, fest am Himmel stehend bis in alle Ewigkeit! Mein Herz war weit und offen, ich hätte ihm sogar geglaubt, wenn er gemeint hätte, er sei der Gott der Literatur und ich die einfache Milchmagd.«

Mit der Zeit stellte Pomelo fest, dass Perpetual die Wahrheit in ihr Gegenteil verkehrte. Nach und nach fand sie heraus, was keine Lüge war. Als Zehnjähriger hatte man ihn an einen Ehevertrag gefesselt, der wegen der hohen Mitgift nicht mehr zu lösen war. Seine Familie brauchte das Geld. Was weiß ein Junge in diesem Alter schon über das Heiraten, über die Bedeutung der Mitgift und wer seine Braut hinter dem Schleier sein könnte? Perpetual sah sie mit sechzehn zum ersten Mal. Er war fassungslos, dass sie eine dürre

Frau war, zehn Jahre älter als er, mit einem Schielauge und einem großen Mund mit vorstehenden Zähnen am Oberkiefer. Am Unterkiefer waren die Zähne so krumm und verfärbt wie die Körner einer schlechten Ähre. Er war wütend – nicht auf seine Familie, obwohl sie die Mitgift an sich genommen hatte, sondern auf Azur, weil sie so hässlich war. Er besuchte das Zimmer seiner Frau nur, um seine Pflichten zu erfüllen und Nachkommen zu zeugen. »Sobald sie unseren Sohn geboren hatte«, sagte er zu Pomelo, »musste ich die Furche nicht mehr einsäen.« Danach reiste er in andere Dörfer und befriedigte sich mit Prostituierten.

»Furche!«, sagte Zauberkürbis. »Welcher Mann benutzt solch einen Ausdruck für die Mutter seines Kindes? Ein Esel sollte seinen Arsch einsäen!«

»Mir hat er erzählt, er hätte drei Jahre lang in Keuschheit getrauert«, sagte Pomelo.

»Bei Violet waren es fünf.« Zauberkürbis schnaubte. Mir war es nicht sehr recht, dass sie Pomelo mitteilte, dass ich eine noch größere Närrin gewesen war.

»Als ich herkam, konnte ich das alles nicht einordnen. Auch konnte ich nicht sagen, wie alt Azur war oder wie sie aussah. Sie war eine Geistererscheinung, deren Leben an einem seidenen Faden hing. Aber es war merkwürdig und sehr unangenehm zu beobachten, wie wenig Gefühle Perpetual ihr entgegenbrachte. Und natürlich erinnerte ich ihn nicht an seine keuschen Jahre. Genau wie er wartete ich darauf, dass Azur starb, und ich war sicher, das würde in der nächsten Woche passieren, und wenn nicht, dann in der Woche darauf.«

Perpetual war alle paar Tage zu ihr ins Zimmer gegangen, um nachzusehen, wie sehr sie vom Fleisch gefallen war, ob ihre Augen noch feucht oder ob sie stumpf geworden waren und anzeigten, dass der Tod kommen würde.

»Es war, als würde man eine alte Schildkröte betrachten, die sich nie rührte«, sagte sie. »Ich hätte ja Mitleid mir ihr gehabt, wenn sie jeden Tag schwächer geworden wäre, bis sich ihr Gesicht grau gefärbt hätte. Aber sie sah immer gleich aus. Es war zum Verrücktwerden.«

Eines Tages beschloss Pomelo, ihre Rolle als zukünftige Ehefrau zu übernehmen. Sie ging in Azurs Zimmer und nahm sich einen Anteil von ihren Möbeln und sonstigen Habseligkeiten. Sie schrieb auf, was sie haben wollte und was nicht, und kritisierte laut den Schmuck oder die Kleidung. »Billiges Zeug. Darin würde selbst eine schöne Frau noch schrecklich aussehen.« Sie setzte sich vor den Schminktisch und zwickte sich in die Wangen, damit sie im Spiegel rosig und gesund aussahen. Sie übte den richtigen Gesichtsausdruck für jede Situation – liebenswürdig, vertrauensvoll, willig, pflichtbewusst, erfreut und dankbar. Den verliebten Blick übte sie besonders. Sie zog eine Schublade auf und nahm eine Kette heraus, die seit Hunderten von Jahren im Besitz von Perpetuals Familie war, eine Art Mosaik aus Perlen, Rubinen und Jade, das aus miteinander verbundenen Stäbchen bestand, mit einem großen Anhänger aus rosafarbenem Topas. Sie legte sich das Geschmeide um den Hals und blickte abermals in den Spiegel. Die Kette war recht grob, und die Steine waren nicht von der besten Qualität. Aber es war das Familienerbstück, das die Frauen über Generationen getragen hatten.

Gerade als sie die Kettenschließe lösen wollte, hörte sie jemanden rufen. »Zweite Frau, Zweite Frau.« Es war ein raues Flüstern, wie von einem Geist. Sie erschrak zu Tode, denn sie dachte, Azur würde sie kurz vor ihrem Tod mit ihrem letzten Atemzug verfluchen, weil sie die Kette trug. Doch dann sprach Azur weiter, und sie bewegte tatsächlich die Lippen. »Er kann grausam sein«, sagte sie zu Pomelo. »Er kann nichts dafür. Er hat eine Krankheit im Kopf. Du solltest fliehen, bevor du darunter leiden musst.«

Pomelo lief es kalt über den Rücken, denn sie ahnte, dass Azur die Wahrheit sagte. Aus welchem Grund sollte eine sterbende Frau lügen? Wenn er wirklich krank im Kopf war, würde sie ihn aber nach Azurs Tod heilen. Aber Azur starb nicht. Pomelo gab ihr einen Grund zu leben. Sie war nicht das dürre Zweiglein, das ganz leicht abgebrochen werden konnte. Ihre Kraft rührte von ihrer Liebe zu ihrem Sohn. Sie wollte nicht, dass er eine ehemalige Kurtisane als Mutter liebte. Und sie wollte nicht, dass er wurde wie Perpetual. Er hatte das Wesen seines Vaters, aber sie würde dafür sorgen, dass er nicht seinen Charakter bekam. Sie wollte einen Sohn, der der Familie Sheng wieder Ruhm und Ehre brachte. Und so begann Azur wieder zu essen. Innerhalb einer Woche konnte sie aufrecht sitzen und sprechen. Innerhalb einer weiteren Woche stand sie im Hof und ahmte Vogelgezwitscher nach. Während ihrer Krankheit waren die meisten ihrer Zähne verfault und ausgefallen. Sie ließ alle verbliebenen ziehen und durch große falsche Zähne ersetzen, sodass sie recht grimmig aussah, besonders wenn sie lächelte. Sie war stark, nicht nur was ihren Körper betraf, sondern auch in ihrem Willen. Sie fügte sich nicht mehr den Wünschen anderer, nicht einmal denen Perpetuals. Ihre Schwiegermutter war bereits tot, und Azur regierte das Haus konkurrenzlos. Mit einer Behauptung über sie hatte Perpetual recht. Sie war klug. Sie konnte über alles genauso vernünftig und logisch diskutieren wie ein Mann. Und sie hatte noch drei weitere Vorteile gegenüber allen anderen. Vorteil Nummer eins war ihre Familie, die fünfzig Meilen entfernt wohnte. Sie war wohlhabend, und Perpetual profitierte auch von den regelmäßigen Zuwendungen, die von ihr kamen. Zweiter Vorteil war ihr Sohn, er war der Erstgeborene. Ihr Sohn würde den Reichtum ihrer Familie erben, und damit machte sie Perpetual ihrem Willen untertan. Ihr dritter Vorteil bestand in ihrer Fähigkeit, klar zu denken, ohne durch Eifersucht beeinträchtigt zu sein oder von schönen Lügen geblendet. Sie erlag seinem Charme nicht.

Pomelo hatte uns ihr Wissen geschenkt, aber es war ein beunruhigendes Wissen. Uns beide verband derselbe Verrat. Wir hatten in Shanghai anspruchsvoll gelebt. Wir sprachen die gleiche Sprache, und wir hatten charmante Männer gekannt. In ein paar von ihnen waren wir verliebt gewesen, aber wir hatten auch eine große, vernichtende Liebe erlebt, bevor wir Perpetual kennenlernten. Bei ihm waren wir in dieselbe Falle gegangen, getrieben von unserer eigenen Angst, in der Hoffnung einer vermeintlichen Sicherheit, einer idealen Übereinkunft und einer vornehmen Existenz auf dem Ruhesitz eines Gelehrten. Wir waren gleich dumm gewesen, daher konnten wir ehrlich zueinander sein. Aber wir vertrauten einander nicht völlig. Wir waren beide schon zu oft von zu vielen Menschen hereingelegt worden.

Ohne Geld lebten wir in einem Gefängnis. Zauberkürbis und ich gingen Perpetuals Lügen durch und verglichen sie mit dem, was er in Shanghai zu uns gesagt hatte. Sein angeblicher Verwandter Mansion war zweifellos genauso hereingelegt worden. Wer war Perpetual in Wirklichkeit? Wem würde ich begegnen, wenn er kam?

Bis dahin war Azur die Person, vor der ich mich in Acht nehmen musste. Sie war stark, sie hatte mich angesprochen, als ich zum ersten Mal im Hof stand, mit meinen schicken Seidenkleidern, völlig erschöpft nach einer fast dreimonatigen Reise. Sie war diejenige, die mich als Hure bezeichnet hatte. Sie wollte, dass Zauberkürbis und ich unsere Mahlzeiten auf unserer Seite des Hauses einnahmen. Das war uns genauso recht wie ihr. Mit dem Rest der Familie hatten wir wenig zu tun, mit der senilen Urgroßmutter, der melancholischen Großmutter, mit den beiden Frauen von Perpetuals toten Brüdern und den diversen Blagen dieser Frauen. Azur schlug mich nicht. Aber sie fand Wege, mich zu erniedrigen. Doch das Schlimmste war, dass wir in dem verfallenen Nordflügel wohnen mussten, wo es im Winter am kältesten und im Sommer am heißesten war.

Vor Perpetuals Ankunft bereitete ich mich auf weitere von seinen Lügen vor. Ich überlegte mir jede nur mögliche Ausrede. Ich würde die Schnüre durchtrennen, die diese Ausreden zusammengehalten hatten. Ich würde ganz nüchtern verlangen, dass er mir ein getrenntes Haus zur Verfügung stellte, damit ich in diesem Haushalt die Erste Ehefrau werden konnte.

Er kam mit einem Monat Verspätung. Mittlerweile ging es mir so elend, dass ich kaum das Bett verlassen konnte. Ich war die Dritte Ehefrau eines Niemands, trostloser konnte mein Leben kaum noch werden. Wo waren die Gelehrten, wo waren die Achtung, die friedvollen Gärten, in denen ich meine maßgeschneiderten Kleider tragen und den Wind darin spüren konnte? Einst hatte ich gedacht, ich könnte mit jeder Art von Ungemach fertig werden. Aber nichts von dem, was ich wusste oder glaubte zu wissen, war hier wichtig. Ich konnte mich nirgendwo festhalten. Zauberkürbis versuchte mich aufzumuntern, aber auch sie hatte resigniert.

Ich verfluchte ihn, als er mein Zimmer betrat. Ich weigerte mich, ihm zuzuhören. Aber er kannte mich, er wusste, wo meine schwächste Stelle war. Und bald nahm ich ihm jede kleinste Ausrede ab, in der Hoffnung, dass seine Liebe zu mir echt war. Sie waren doch der Beweis dafür, dass ich wichtig war. Meine Intelligenz, mein gesunder Menschenverstand, meine Entschlossenheit waren wie Sand, der durch seine Finger rann. Er entschuldigte sich, bat um Verzeihung, behauptete, er hätte mich nicht verdient. Ich wollte ihm das glauben, also glaubte ich es. Er gab zu, dass er gelogen hatte, aber nur aus der quälenden Angst heraus, mich sonst zu verlieren. Er erklärte, er hätte mir die Geschichte von seiner Ehefrau erzählt, um mir zu zeigen, dass er mich mit übermäßiger Hingabe lieben konnte. Er behauptete, die Gefühle, die er ausdrückte, seien wahr, wie sonst könnte eine Frau, die mit so vielen – mit Hunderten – Männern Erfahrungen gesammelt hatte, von ihnen überzeugt sein. Er meinte, ich solle ihn ruhig den Rest seines Lebens hassen, er würde dafür meine Charakterstärke bewundern. Er würde mich zu seiner Ersten Frau machen, wenn er die Ordnung des Universums ändern könnte, die der Kaiser einst verfügt hatte. Er wollte mich zurück nach Shanghai bringen und mir ein Haus kaufen, wo ich seine Ehefrau sein würde – es müsste nur der Tag kommen, an dem er das Geld dafür hatte.

Bis es so weit war, würde ich die Erste Ehefrau des Nordflügels sein. Dort hätte er die Freiheit, mich als die Begehrteste von allen zu lieben. Wenn er mich besuchte, fütterte er mich mit einem Elixier aus Worten, und zeitweise erinnerte ich mich sogar nicht mehr daran, dass der Wind in unseren Räumen durch die Ritzen blies und die Sonne kalt war. Er hatte alles gesagt, was ich hören musste, um meinen Selbsthass zu überwinden und mich wieder wichtig zu fühlen. Dadurch wurden auch meine anderen Sinne wiederbelebt. Er liebte mich nicht, ich liebte ihn nicht – und hatte es nie getan. Aber jetzt war ich wie ein Vogel, ich hatte einen Wind aus Lügen unter den Flügeln. Ich würde mit diesen Flügeln schlagen, um in der Höhe zu bleiben, und wenn der Wind plötzlich erstarb oder mich herumwirbelte, dann würde ich weiter mit diesen starken Flügeln schlagen.

11

Der Himmelsberg

Mondteich, September 1925
Violet

In Shanghai hatte mir Perpetual mit Gedichten seine Liebe erklärt, und in einem davon versprach er mir, dass die Schönheit von Mondteich alle Erinnerungen, die ich vielleicht noch an Shanghai hätte, auslöschen würde. Nach sieben Wochen ließ mein Gedächtnis allerdings immer noch nicht zu wünschen übrig. Im Gegenteil, ich dachte ständig an Shanghai, und ich überlegte, wie ich aus Mondteich fliehen und dorthin zurückkehren konnte. Ich hätte die düstereren Gedichte von Perpetual als Hinweis darauf lesen sollen, was mich hier erwartete.

Häufig fragte ich mich, warum er die Einsamkeit, ein karges Leben und sentimentale Gedanken über den Tod so glorifizierte. Als ich nach Mondteich kam, musste ich feststellen, dass er nicht allein lebte; er hatte noch zwei weitere Frauen. Seine Armut war auch nicht selbst gewählt, er hasste sie. Und was den Tod betraf, da glaubte ich ihm längst nicht mehr. Überhaupt musste ich, was seine hohen Ideale betraf, umdenken lernen. Die ganze Zeit über hatte er nach Reichtum, Ruhm und Respekt gestrebt, dabei hatte er immer so getan, als wären ihm diese Dinge nicht wichtig. Die Überraschungen, die seinen Charakter betrafen, schienen kein Ende zu nehmen. Es war schockierend, was ich herausfand – gar nicht zu reden davon, was ich über die zehn Generationen von Gelehrten erfuhr. Von dem Moment meiner Ankunft an verfolgte mich eine böse Ahnung. Es schien, als wäre ich hinters Licht geführt worden. Immer wenn die Sprache auf Vorfahren oder Gelehrte kam, herrschte plötzlich Schweigen.

Schließlich erfuhr ich die Wahrheit, als ich meinen Schmuck und mein Geld suchte, das Perpetual in Gewahrsam genommen hatte. In einer Dokumentenkassette hinten in einem Schrank fand ich seine persönliche Schilderung der Familiengeschichte:

Als ich neun war, starb mein Großvater an Gelbsucht und wurde in der Empfangshalle aufgebahrt. Ich hatte Angst vor seinem ledrigen, gelben Körper und fürchtete, an der gleichen Krankheit zu sterben. Mein Vater nutzte diese Gelegenheit, um mir eine Lektion zu erteilen. Ich passte gut auf. Er war ein großer Gelehrter, der ein hohes Richteramt in der Provinz innehatte. Wenn ich die Fünf Klassiker auswendig lernte, sagte er, würde ich bald einen Einsiedler treffen, der mich um einen Schluck Wein bat, und wenn ich ihm den Wein gab, würde ich unsterblich werden. Danach lernte ich wie ein Besessener. Innerhalb von zehn Jahren hatte ich das ganze Buch der Lieder auswendig gelernt: sechzig Volkslieder, hundertfünf Festlieder und vierzig Hymnen und Oden. Außerdem hatte ich mir viele Reden des Kaisers aus dem Buch der Urkunden *gemerkt, eine so mühsame Beschäftigung, dass ich fast wahnsinnig geworden wäre.*

Eines Tages beschloss Ehefrau Nummer sechs, meinen Vater zu überraschen, indem sie aufmerksamer war als seine anderen Ehefrauen. In einer Truhe hatte sie eine Glücksrobe gefunden, die jeder Gelehrte, von Generation zu Generation, während der kaiserlichen Prüfung getragen hatte. Sie brachte sie zum Schneider, damit er die ausgefransten Säume an den Ärmeln reparierte. Als sie meinem Vater erzählte, was sie getan hatte, war es zu spät. Der Schneider hatte im Futter der Säume dünne Seidenpapiere gefunden, auf die die schwierigeren Abschnitte der Fünf Klassiker geschrieben waren. Mein Vater hatte das Pech, dass zu seiner Zeit wegen der Häufung von Betrugsfällen bei den Prüfungen ein kaiserliches Edikt erlassen worden war: Alle Betrüger sollten geköpft werden. Ein paar Tage später führten zwei Männer meinen Vater auf den Platz, wo sich schon eine jubelnde Menge aus unterschiedlichen Bezirken versammelt hatte. Mein Vater war nämlich dafür bekannt, dass er geringe Vergehen mit harten Stra-

fen ahndete, deshalb war er weithin unbeliebt. Ein Soldat trat ihm von hinten in die Knie, damit er vor einem Haufen mit den heiligsten Besitztümern unserer Familie zu Boden ging: Schriftrollen mit Ehrungen der Gelehrten in unserer Familie, Tausende Gedichte von unseren Vorfahren, Hunderte Erinnerungstafeln und Ahnenporträts, dazu unser Familienaltar und alles, was zur Durchführung der Riten gebraucht wird. Mein Vater wurde gezwungen zuzusehen, wie diese Schätze zertrümmert und angezündet wurden. Baumhohe Flammen loderten auf. Er rief aus: »Ich habe nicht betrogen. Ich schwöre es. Ich war ein armer Student und habe die Robe in einem Pfandhaus gekauft.« Ich war entsetzt, dass mein Vater sogar noch in diesem Moment unehrlich war. Ein Mann hielt seinen Zopf in die Höhe, ein anderer hob das Schwert. Einen Augenblick später rollte sein Kopf auf den Boden, und der Körper fiel nach vorne auf die Erde. Der Ruf unserer Familie war auf der Erde und im Himmel zerstört. Als wir in unser Haus zurückkehrten, mussten wir feststellen, dass Dorfbewohner es angezündet hatten. Dreiste Diebe stahlen unsere Möbel und zerstörten alles, was sie nicht mitnehmen konnten.

Ganz egal, wie viel ich lernte, ich würde immer der Nachfahre von Scharlatanen sein. Es würde kein Einsiedler kommen und mich um einen Schluck Wein bitten. Dennoch weigere ich mich, das Erbe von Schimpf und Schande anzutreten. Ich trotze jedem, der auf den Boden spuckt, wenn ich vorbeigehe. Ich werde aus eigener Kraft wachsen und den Anfang für die nächsten zehn Generationen bilden. Ich werde bekommen, was ich verdiene.

Das war das hohe Ansehen, dem ich nachgejagt war. Wie sein Vater überdeckte er die ersten Lügen mit immer weiteren. Er rechtfertigte sie sogar. »Wenn ich dir die Wahrheit gesagt hätte«, fragte er mich, »wärst du dann gekommen?« Natürlich nicht. Und jetzt, wo ich da war, würde ich ihm auf keinen Fall helfen, die nächsten zehn Generationen von Lügnern zu gründen. Ich würde nicht bleiben. Aber es erwies sich als schwierig, von hier wegzugehen. Das Anwesen war wie ein Gefängnis und das Dorf nur eine größere

Ausgabe davon. Perpetual, dieser Mistkerl, er wusste, dass wir in der Falle saßen.

Von der ersten Woche an suchten Zauberkürbis und ich nach Fluchtwegen aus Mondteich. Wir liefen das Dorf in einer halben Stunde in seiner ganzen Länge und Breite ab. Der Marktplatz entpuppte sich als nichts anderes als ein offener Platz mit festgetretener Erde. Als wir an einem Vormittag hinkamen, hatten die Bauern ihre Waren schon wieder eingepackt. Es gab auch nur eine einzige Straße mit Ständen – und die Händler boten alle das Gleiche an: Sie reparierten Töpfe, Eimer, Meißel, Sägen und Sicheln, alles, was ein Bauer für seine Arbeit brauchte. Ansonsten gab es noch Zubehör für Beerdigungen zu kaufen. Das Beste aus dem Angebot war ein Papierhaus, das so groß war wie zehn Menschen. An den verblichenen Farben konnte man sehen, dass es schon viele Jahre im Angebot war. Das Dorf am anderen Ende des Tals war eine halbe Tagesreise entfernt. Man würde uns entdecken, noch bevor wir hundert Meter weit gekommen wären. Es gab Wege hinauf in die Berge – zu Terrassen mit Reisfeldern und zu den Wäldern, wo alte Frauen Kleinholz hackten und es gebündelt auf dem Rücken in die Ebene hinuntertrugen. Vor Tagesanbruch sahen wir die Bauern zu ihren Feldern hinaufmarschieren, mit dem letzten Licht der Abenddämmerung kehrten sie wieder zurück. Einige Pfade verwandelten sich durch plötzliche Regenschauer in Wasserfälle. Wir merkten sie uns alle – und strichen diejenigen von unserer Liste, die mit größter Sicherheit keinen Fluchtweg boten. In der zweiten Woche wurde uns klar, dass wir schlichte Kleidung brauchten, um keine Aufmerksamkeit zu erregen. Ich tauschte eine meiner hübschen Jacken und einen Rock gegen vier einfache blaue Oberteile, Hosen und Kappen, wie die Frauen im Dorf sie trugen. Zu welchem Anlass nur, überlegte ich, würde die Frau, die mit mir getauscht hatte, ihre neue elegante Jacke anziehen? »Wenn sie die anhat, kann sie träumen, sie sei an einem Ort, wo solche Jacken selbstverständlich sind«, sagte Zauberkürbis. »Da wollen wir auch hin. Aber dorthin gelangen wir nur in einem Traum.« In der dritten Woche sah es so aus, als könne man nicht weg, ohne einen Mann mit Karren zu mieten. Und dafür hatten wir kein Geld.

Als Perpetual von einer seiner Geschäftsreisen zurückkehrte, fragte er mich, ob ich mit ihm einen Herbstspaziergang zu einem Aussichtspunkt machen wolle, der ihn zu vielen Gedichten inspiriert habe. Natürlich wollte ich. Bevor wir aufbrachen, trug er laut eines der durch diese Stelle animierten Gedichte vor, damit ich die Wichtigkeit des Ortes, zu dem er mich brachte, auch richtig einzuschätzen wusste.

Wo der Einsiedler in den Mantel der Nacht gehüllt, ist ein halbvoller Weinschlauch sein einziger Freund.
Er ist nicht größer als der Felsbrocken, auf dem er ruht,
und weiß, dass mit dem Verstreichen der Zeit
er selbst und auch der Fels
gleich weit fallen werden, er in den Tod.
Und die Sterne leuchten dabei
gleichgültig, wie sie es auch heute tun.

Das Gedicht machte mich argwöhnisch.

Perpetual sprach von einem Bergpfad, den wir nehmen müssten, um zum Ziel zu gelangen. Er aber dirigierte mich über die Hauptstraße durch das Dorf. Merkwürdig. Von der Straße aus konnte ich einen Weg hinauf in die Berge sehen, der sicherlich sinnvoller gewesen wäre. Aber bald wurde mir klar, warum er den Weg durch Mondteich gewählt hatte. Es war der beste Ort, um sich mit mir zu zeigen, um seine neueste Kurtisane aus Shanghai zu präsentieren. Stolz lief er mit mir am Arm durch die Gasse. Mir fiel auf, wie sehr er die Aufmerksamkeit genoss. Die Frauen glotzten uns an und machten launige Bemerkungen. Die Männer schmatzten und schauten lüstern. Wenn Zauberkürbis und ich allein unterwegs waren, machten die Dorfbewohner das nie.

Gleich hinter der Brücke kamen wir schließlich auf den Weg, der auf den Himmelsberg führte. Nach einem Aufstieg von nur zehn

Minuten verkündete Perpetual, dass wir die Stelle erreicht hätten. Ich betrachtete die Landschaft: die Ziegeldächer der Häuser, Reisfelder, kleine Schuppen. Ich sagte, dass ich nicht müde sei und wir noch weiter hinaufgehen sollten.

»Der Fußweg ist von Erdrutschen und Steinschlag blockiert«, gab er zu bedenken. »Das ist zu gefährlich.«

»Warum hast du mir dann versprochen, mir wundersame Schönheiten zu zeigen?«

»Wir müssen nicht höher hinauf, um die wundersamen Höhen zu erreichen«, sagte er. »Wir können uns gleich hier lieben, und du kannst so laut sein, wie du willst. Kein Mensch hört dich.« Er klopfte sich auf den Unterleib. »Siehst du, was du mit mir machst? Mein Schwert ist scharf. Es hat sich schon aus der Scheide erhoben und will mit seiner mächtigen Gestalt ganz in dich eindringen, mit deinem Po als Knauf.«

Ich musste mich zusammenreißen, nicht zu lachen.

»Dieses heftige Verlangen spüre ich nur bei dir«, fuhr er fort. »Mit Pomelo war ich noch nie hier oben.«

»Pomelo hat gebundene Füße«, bemerkte ich. »Sie kann gar nicht so weit laufen.«

»Daran hatte ich nicht gedacht. Und die Tatsache, dass ich es vergessen habe, beweist, dass ich nie den Wunsch danach verspürt habe. Schnell, zieh dich aus. Ich halte es kaum mehr aus.«

Ich zeigte auf die spitzen Steine in der Umgebung und meinte, sie würden ein schlechtes Bett abgeben.

»Ihr Mädchen aus Shanghai seid wirklich verwöhnt. Dann dreh dich um und stütze dich mit dem Hinterteil zu mir gegen den Felsen. Ich dringe von hinten in dich ein. Bist du schon feucht?«

In Shanghai war seine Herangehensweise an die körperliche Liebe zurückhaltend bis linkisch gewesen. Aber wie er jetzt über sie sprach, das war widerlich. »Ich habe meine Monatsblutung«, log ich. »Ich habe mich zu sehr geschämt, um es dir zu sagen.«

»Aber du sollst mir doch alles sagen«, erwiderte er sanft, »jederzeit, ganz egal, was es ist. Wir wollten doch alles miteinander teilen – Geist, Körper, Herzen.« Plötzlich klang er finster. »Du darfst keine Geheimnisse vor mir haben, Violet, überhaupt keine. Versprich mir das auf der Stelle.« Ich nickte, damit er nicht noch wütender wurde, und sofort zeigte er wieder seine freundliche Seite. Ich sollte nun auf die Knie gehen und ihm mit dem Mund dienen. Innerhalb weniger Augenblicke war er fertig.

Auf dem Rückweg zeigte er mir ein paar Sehenswürdigkeiten, die ich beim Aufstieg nicht wahrgenommen hatte: ein Kirschapfelbaum mit sauren Früchten, der Stumpf eines Riesenbaums, Grabhügel, die den Berghang überzogen. Ich tat interessiert, während ich gleichzeitig eine bestimmte Straße suchte, von der Zauberkürbis gerade über Azurs Hausmädchen erfahren hatte. Alle Mädchen tratschten über ihre Herrinnen, und weil sie dachten, Zauberkürbis wäre mein Hausmädchen, bekam auch sie mit, was geredet wurde. Laut diesem Hausmädchen hatte Perpetual seiner Frau Azur erzählt, dass er sich alle drei, vier Wochen ein Pony und einen Wagen leihen müsste, um sein Sägewerk zu inspizieren, das angeblich zwanzig Meilen entfernt lag. Azur mahnte ihn jedes Mal, er solle nicht noch eine weitere Kurtisane in Augenschein nehmen und mit nach Hause bringen. Das Mädchen sagte, sie hätte die Stadt, in der sich das Sägewerk befinde, noch nie gesehen. Überhaupt, sie hätte Mondteich noch nie verlassen. Aber ein Diener, von dem wir alle wussten, dass er ihr gar nicht so heimlicher Liebhaber war, hatte ihr angeboten, sie eines Tages dorthin mitzunehmen. Sie fasste das als Heiratsantrag auf. Ihr Liebhaber wiederum hatte gehört, es sei einfach, dort hinzugelangen. »Du nimmst die Hauptstraße durch Mondteich, bis kurz hinter die Brücke, dann weiter, bis du auf eine recht breite Straße kommst. Danach fährst du Richtung Westen der blendenden Sonne entgegen, bis die Straße aufhört, und dann bist du bald dort: in der Stadt Wang.« Der Diener behauptete zudem, es gäbe dort sogar Läden, Bordelle und einen Hafen für kleinere Boote. Ob das alles wirklich stimmte, konnte er aber nicht sagen. Er war selbst noch nicht dort gewesen. Aber ein-, zweimal im Jahr käme jemand durch Mondteich, der in die Stadt Wang wollte oder sich vor kurzem in ihr aufgehalten hatte. Die Durchreisenden würden gerade lange genug in Mondteich bleiben, dass er ihnen möglichst viele Informationen über die Welt jenseits der einen, die er kennen würde, entlocken konnte.

Immer wieder stellte ich mir die Boote vor. Es war mir egal, wohin sie fuhren. Ich würde jedes nehmen, Hauptsache, das Ziel war möglichst weit weg. Vielleicht würde man nochmals in eine andere Stadt kommen, und in der würde es abermals Boote und Wasserstraßen geben. Auf diese Weise würde ich mich immer weiter von Mondteich entfernen, ich würde mich stattdessen aber dem Meer nähern, Shanghai nähern. Aber für ein solches Unterfangen brauchte ich Geld, und das würde ich erst haben, wenn ich herausfand, wo Perpetual unseren Schmuck und unser Geld versteckt hatte. Einmal sagte ich ihm, dass ich gern meinen Armreif tragen würde. Er antwortete, es sei nicht erforderlich, in Mondteich vornehm zu tun. Ich würde dadurch nur arrogant wirken, und hier sei auch niemand, dem gegenüber man sich so zu verhalten hätte.

Es blieb mir keine andere Wahl: Ich musste mir zurückstehlen, was mir gehörte. Als ich Zauberkürbis von meinem Plan erzählte, erklärte sie mir, worin seine Schwierigkeiten bestanden. »Wie weit würdest du auf der Straße hinter der Brücke kommen, bis dich jemand entdeckt? Jeder Idiot wird dich erkennen. Und selbst wenn du es bis zur östlichen Straße schaffen würdest, Perpetual würde dich bald mit einem Ponywagen einholen und dich an deiner Mähne nach Hause zerren. Wir müssen uns etwas anderes überlegen.«

Ich dachte mir weitere Fluchtmöglichkeiten aus. Dabei stellte ich mir auch wichtige Fragen. Was war schlimmer: in einem Opiumblumenhaus zu arbeiten oder am Ende der Welt als Perpetuals Konkubine zu leben? Die Antwort lautete immer gleich: Sterben wollte ich lieber in Shanghai.

Azur gab sich zufrieden damit, in Mondteich zu leben und begraben zu werden. Sie hatte Vorbereitungen für ihren Platz im Himmel getroffen, auch wenn ihr Tod nicht so nah war, wie Perpetual gehofft hatte. Sollte er einmal eintreten, wären wir gezwungen, ihr als Mutter von Perpetuals Sohn täglich Räucherwerk, Obst und Tee zu opfern. Wir alle wären gezwungen, ihr unsere Ehrerbietung zu erweisen. Sie hatte für Perpetual und sich Ahnentafeln aus bestem Kampferholz machen lassen. Für Perpetuals Vorfahren gab es keine, da sie ja in Ungnade gefallen und es nicht wert waren, verehrt zu werden. Deshalb brachte sie die Schriftrollen, Tafeln, Texte und Porträts ihrer Vorfahren in dieses Haus, damit ihr kleiner Sohn die Rituale lernen konnte.

Kokett fragte ich Azur, warum man keine Geistertafeln für Perpetuals Vorfahren entdecken könne. Sie seien bei einem Feuer verbrannt, erklärte sie. Sie verriet nicht, was der Grund für das Feuer gewesen war. Dann fragte ich, ob die Tafeln bald ersetzt würden. »Sobald Geld für das Kampferholz da ist«, antwortete sie. »Wenn wir dich nicht durchfüttern müssten, wäre es eher früher als später so weit.« Selbst wenn ich Perpetuals Bericht über »Die große Schande« nicht gelesen hätte, sie wäre mir nicht verborgen geblieben. Es war ein offenes Geheimnis, Diener erzählten immer wieder Bruchstücke davon, auch von Pomelo erfuhr ich einiges, nicht zu vergessen die Halbwahrheiten, die Perpetual selbst in die Welt setzte. Eines Tages berichtete ich ihm, was ich wusste. Eine Woche hatte ich danach Magengrimmen, so sehr hatte ich mich über mich selbst geärgert, weil ich dem schlechten Ruf einer Gelehrtenfamilie bis zu dem fauligen Teich nachgejagt war.

Zweimal täglich, einmal am Morgen und einmal am Abend, mussten wir in den Tempel gehen, der gerade repariert wurde, uns auf den Steinboden knien und Azurs Familie murmelnd unseren Respekt erweisen. Ich hatte diese Rituale zuvor nie vollziehen müssen. Meine Mutter hatte das für Hokuspokus gehalten, und Edward hatte nichts von Ahnenverehrung gewusst. Ich kannte ein paar Kurtisanen, die sich, wenn sie allein in ihrem Zimmer waren, verneigten und beteten. Aber die meisten Mädchen wussten nicht, aus welcher Familie sie gestohlen worden waren. Kein Vorfahre wünschte sich, dass eine Kurtisane, die einmal in der Unterwelt landen würde, ihm mit ihren zwielichtig erworbenen Banknoten einen besseren Platz in der Hölle erkaufte.

Jetzt, in der Regenzeit, fielen uns durch das undichte Dach des Tempels Tropfen auf den Kopf und löschten das Räucherwerk. Ich fand es dumm von Azur, Geld für die Ausstattung im Inneren des Tempels auszugeben, ohne zuerst das Dach auszubessern. Als mir eines Tages die Regentropfen über das Gesicht liefen, beschloss ich, mit Perpetual zu sprechen und ihm klarzumachen, dass auch ich gute Ideen hatte.

Nachdem sich Perpetual noch an diesem Abend in meinem Bett befriedigt hatte, lobte ich Azur für ihre hingebungsvolle Ahnenverehrung. Ich äußerte meine Wertschätzung, lobte jedes Detail – die Säulen, den Tisch, das Podest für den Buddha. Wie klug von ihr, die Geistertafeln für seine Familie aus teurem Kampferholz zu machen. Ich sagte: »Billigeres Holz würde Insekten anlocken, und das Schlimmste wäre, wenn dein Name von Käfern aufgefressen wird. Das ölhaltige Kampferholz hält sie fern.«

Dann erzählte ich ihm, was ich an diesem Morgen mit angehört hatte. »Ein paar Bauern haben vor meinem Fenster über das undichte Dach eines Nachbarn gesprochen, der selbst Bauer ist. Alle wussten, dass seine Frau jahrelang an ihren Mann hingeredet hatte, weil er das Dach reparieren sollte. Dieses Jahr scherzte er, dass die Regengüsse gut zum Kochen und Waschen seien. Warum beklagte sie sich eigentlich? Angeblich soll jetzt vor ein paar Tagen das Dach des Bauern eingefallen sein und das Nahrungsmittellager gleich unter den Dachsparren zerstört haben. Ratten fraßen das Fleisch, die getrockneten Maiskolben wurden von den Hennen aufgepickt, die Schweine tranken von dem ausgeflossenen Reiswein, rannten nachher torkelnd durch das Dorf und fielen in den Fluss. Am schlimmsten aber war, dass der Bauer sich bei diesem Unglück einen Arm und ein Bein gebrochen hat, sodass er seine Felder nicht mehr bestellen kann. Seine Eltern, seine Frau und die Kinder suchten Hilfe bei den Nachbarn, aber der Mann hatte sich mit allen zerstritten, und nun muss die Familie Hunger leiden.

Ich habe richtig gezittert, als ich die Geschichte hörte«, sagte ich. »In unserem Haus musst du nur nach oben schauen, und du siehst so viele Löcher, wie das Sternbild Pfau Sterne hat. Ein paar Tropfen auf den Kopf sind ja kein Problem. Aber was ist, wenn das Dach einstürzt und alles zerstört, was Azur mit so viel Mühe wiederhergestellt hat? Mit dem vielen ölhaltigen Kampferholz könnte alles blitzartig in Flammen aufgehen, und das ganze Haus würde brennen, zusammen mit deinen Gedichten.«

Der letzte Halbsatz ließ ihn aufhorchen. Ich wollte noch hinzufügen, dass Azur dabei ums Leben kommen könnte, aber das wäre vielleicht genau das, worauf er hoffte. »Meiner Meinung nach«, fügte ich hinzu, »sollte das Dach so bald wie möglich repariert werden.«

Er lächelte breit. »Für ein Stadtmädchen hast du eine Menge gelernt.«

Ich triumphierte wie eine Kurtisane, die einen Freier für sich gewonnen hatte, den eine andere wollte.

»Ich will mich nur nützlich machen«, sagte ich, »auch wenn ich nur die Dritte Ehefrau bin.«

Wenn ich meinen niedrigen Rang als »nur die Dritte Ehefrau« erwähnte, entschuldigte er sich nicht mehr dafür, dass er mich als Erste Ehefrau hierhergelockt hatte, und ich beschwerte mich nicht mehr – nicht laut. Das hatte mir nichts als Ärger von ihm eingebracht, und den zeigte er vor den anderen Ehefrauen, um mich zu beschämen. Ich schämte mich nicht. Es war mir egal, was er oder die anderen dachten. Aber wenn er sich ärgerte, dann würde er wahrscheinlich Azur bitten, mich zu bestrafen, indem sie mir das Leben noch beschwerlicher machte. Wir bekämen nur kalte Reste zu essen. Die Wäscherin würde unsere Kleider mit Flecken zurückgeben.

»Das Dach ist schon viele Jahre ein Problem«, fuhr Perpetual fort. »Pomelo hat bereits letztes Jahr vorgeschlagen, es reparieren zu lassen. Das hielt ich zuerst für eine gute Idee. Aber dann erklärte Azur, dass ihre Vorfahren so glücklich darüber seien, dass der Tempel im inneren Bereich repariert wird, das würde mich vor einem Unglück und einem zu kurzen Leben schützen. Das Dach wird also nicht einstürzen, solange sie den Tempel herrichtet.«

Er glaubte den Argumenten einer Verrückten, die mit einem Fuß in der Nachwelt lebte. Ich fragte mich, ob er Pomelo und mich gegeneinander ausspielen wollte, indem er mich darauf hinwies, dass sie bereits denselben Vorschlag gemacht hatte. Immerhin war auch sie Kurtisane gewesen und wusste, wie sie kleine Tricks als Waffe einsetzen konnte. Sie hatte mir bereits klargemacht, dass sie mir schaden konnte, wenn ich nicht wüsste, wo mein Platz sei, und der sei ja ganz unten.

Bisher hatte ich noch nichts davon gemerkt, dass sie mir Schwierigkeiten bereiten wollte. Sie kam gelegentlich zu uns in den Hof, immer unter dem Vorwand, mir an einem kalten Nachmittag heißen Tee zu bringen, um mich aufzuwärmen. Ich freute mich nicht über ihre Besuche, aber ich konnte sie auch nicht zurückweisen. Es war schwierig, Gespräche zu vermeiden, von denen ich das Gefühl hatte, das, was ich sagte, könnte gegen mich verwendet werden. Ich war höflich, bot ihr aber wenig, außer bedeutungslosen Beobachtungen.

»Wenn es regnet«, sagte ich, »ziehen die Ameisen in einer großen Prozession über den Boden.«

»Hast du sie mit Chilipfeffer bestreut?«

»Ja«, sagte ich. »Am liebsten mögen sie aber Szechuanpfeffer.«

Ich mochte ihre Besuche auch aus einem anderen Grund nicht. Mein Hof und die davon abgehenden Zimmer spiegelten meinen Rang wider, und ich war mir sicher, dass alle insgeheim über mich lachten. Zauberkürbis und ich hatten vor kurzem unsere Zimmer vergrößert, indem wir die Wände von zwei Verschlägen einrissen. Aber viel mehr konnten wir nicht tun. Unser Hof lag am weitesten vom Haupthaus entfernt, und um von dort aus zum Tempel zu gelangen, mussten wir durch einen finsteren Durchgang gehen, der mit grünem, glitschigem Moos bewachsen war. Schon zweimal war ich deswegen auf dem Hinterteil gelandet. Von dem Durchgang aus mussten wir durch Flure, deren Überdachungen in dem großen Feuer verbrannt waren. Im Spätherbst blieb der nördliche Hof kalt und feucht, sogar tagsüber, und ich musste eine Kohlenpfanne benutzen – leider gab es für mich nur eine, die gerade groß genug war, um einen Teekessel zu erhitzen oder mir die Hände zu wärmen. Zauberkürbis' Kohlenpfanne war noch kleiner als meine. Häufig stellten wir unsere Pfannen nebeneinander, damit wir beide etwas mehr Wärme abbekamen. Als wir eines Tages deren kleine Mäuler mal wieder mit Kohle fütterten, erinnerte sich Zauberkürbis an die Zeit, als ich noch die verwöhnte Tochter einer amerikanischen Kurtisanenhausmutter war. In dem Moment hatte ich endgültig genug von der Kälte, dem Elend und der schlechten Behandlung. Ich marschierte hinüber zu Azurs Zimmer. Dort war es warm und trocken. »Wir erfrieren bald«, sagte ich, »und der Boden ist gefroren, sodass man uns nicht einmal begraben kann. Wir wollen ein größeres Kohlebecken.«

»Ich habe keines«, antwortete sie und zeigte auf ihres, das auf dem Boden stand. »Meines ist nicht größer als deines.«

»Das kann schon sein, aber du hast unter deinem *kang* auch Heizrohre, und der Ofen, der sie wärmt, brennt Tag und Nacht.« Sie hätte nackt auf ihrem Ofenbett sitzen können und hätte immer noch nicht gefroren.

Sie tat besorgt. »*Ai-ya!* Du hast keinen *kang*? Das wusste ich nicht. Kein Wunder, dass du frierst. Ich lasse dir sofort Ziegel für einen Ofen und Rohre in deinen Hof schicken.«

Ich war mir sicher, dass sie log. Aber am nächsten Morgen stellte ich fest, dass ich mich getäuscht hatte. Ein Haufen zerbrochener Ziegel blockierte meinen Eingang. Ich musste die oberen Steine einzeln herausschieben, um ein Loch zu bilden, das groß genug war, um aus diesem Grab herauszukommen. Zauberkürbis meinte, selbst wenn ich einen *kang* aus Ziegeln hätte, wäre keine Kohle für den Ofen da, und Azur würde ganz gewiss keine von ihrer eigenen entbehren. »Und erwarte bloß nicht, dass ich Feuerholz für dich mache«, sagte sie. »Ich verwandle mich nicht in eine von diesen buckligen Frauen, die eine Machete und zwanzig Kilo auf dem Rücken tragen.«

Die vergitterten Fenster in meinem Zimmer waren nicht verglast. Sie waren während der Großen Schande zerbrochen. Wir hatten bloß Fensterläden, die aber Tag und Nacht geschlossen bleiben mussten, weil der nördliche Hof nur einen Steinwurf von der Mauer entfernt war, die das Anwesen von der Straße trennte. Es war die Hauptverkehrsstraße – und damit ein Umschlagplatz für Klatsch und Tratsch. Bei Tagesanbruch waren herzliche Begrüßungen zu vernehmen, den ganzen Tag über wurde gestritten, und Hunde kläfften aufgeregt. Zauberkürbis sagte, die Nachbarn stellten sich immer vor die Mauer des Anwesens, wenn Perpetual mich besuchte. »Die wissen genau, wann er abspritzt.« Sie imitierte das Wiehern eines Esels und gab ein paar Grunzlaute von sich, die an Schweine denken ließen. »Ich muss die Jungen verjagen, die über die Mauer klettern, um zwischen den Latten der Fensterläden hindurchzuschauen. Saubande. Heute habe ich ihnen mit dem Messer gedroht und gesagt, ich würde ihnen ihre kleinen Ruten abschneiden!«

Die Fensterläden gaben mir das Gefühl, in einem Kuhstall zu wohnen. Spät in der Nacht kam der Nachtwächter und rief: »Nehmt euch in Acht vor dem Feuer! Passt auf eure Feuer auf!« Er lief so oft an meinem Fenster vorbei, dass ich mich schon fragte, ob Pomelo oder Azur ihn bezahlt hatten, damit er mich aus dem Schlaf riss. Es machte mich nervös, dass er so nah an meinem Fenster vorbeiging. Um sich Licht zu machen, trug er zwei Pfannen mit brennenden Kohlen an einer Stange über den Schultern. Er musste nur einmal stolpern, und diese Pfannen gerieten ins Schaukeln und schleuderten Feuerbälle durch die Gegend. Das war schon einmal geschehen. Einen Monat zuvor war ein Haus gegenüber von meinem Zimmer in Brand geraten, einschließlich des Getreidelagers. Perpetual sagte, er wünschte, alle Gebäude um uns herum würden niederbrennen.

Ich war deswegen nervös, denn Zauberkürbis hatte von Azurs Hausmädchen eine Geschichte über eine Konkubine gehört, die an einer Rauchvergiftung gestorben war, nachdem ihr Kohlebecken umgekippt war. Das alles hatte sich in meinem Zimmer ereignet, und es war nur ein schwacher Trost, dass die Frau vor über hundert Jahren ihr Leben aushauchte. Geister alterten nicht.

»Du hast doch früher gespürt, wenn der Dichtergeist kam«, sagte ich zu Zauberkürbis. »Nimmst du jetzt auch irgendeinen Geist wahr?«

»Ich könnte den kalten Atem eines Geists nicht mehr von dem Nordwind unterscheiden, der durch dieses Fenster bläst.«

Jeden Abend, wenn ich ins Bett ging, stellte ich mir vor, ich würde meinen Körper in die Geistermulde jener Frau legen, die an der Rauchvergiftung gestorben war. Mit Argumenten westlicher Art versuchte ich mich davon zu überzeugen, dass es keine Geister gab. Wer immer diese Frau gewesen sein mochte, sie war vielleicht am Ende durch einen Unfall gestorben. Oder man hatte diese Geschichte erfunden, um mir Angst zu machen. Aber wenn ich schläfrig wurde, trieb meine westliche Vernunft davon, und die Geisterfrau mit ihrem aschfahlen Gesicht kroch herein. Ich träumte, dass sie sich auf meine Seite des Bettes setzte und zu mir sagte: »Du und ich, wir sind beide gleich, nicht wahr? Genau wie dir ging es mir so elend, dass ich dachte, ich würde den Verstand verlieren. Die einzige Möglichkeit, hier wegzukommen, waren Rauchwolken. Die anderen Konkubinen – sie hatten nicht so viel Glück.«

Wenn ich aufwachte, war mir klar, dass es ein Albtraum gewesen war, aber ich musste trotzdem ständig daran denken, was die Geisterfrau aus dem Traum gesagt hatte: »Die anderen Konkubinen – sie hatten nicht so viel Glück.« Was bedeutete das? Zauberkürbis suchte nach Hinweisen, und Azurs Mädchen flüsterte ihr zu: Es hätte noch zwei weitere Konkubinen gegeben, die gestorben sind, und beide hätten Perpetual gehört. Mehr konnte sie aber nicht sagen.

Ich lebte nun seit fast drei Monaten in Perpetuals Haus, und alles beunruhigte mich. Ich musste stark bleiben und durfte meiner Angst nicht nachgeben. Wie würde mein Geisteszustand in drei

Monaten aussehen? In drei Jahren? Wenn das Leben noch schlimmer wurde als jetzt, wäre ich dann versucht, Rauchwolken einzuatmen?

Nein. Ich war fest entschlossen, nicht schwächer zu werden. Klein Flora war mein Grund, um weiterzuleben. Wegen ihr würde ich stark bleiben. Ich würde alles tun, um sie zu finden, und dafür konnte und wollte ich alles ertragen. Zauberkürbis und ich würden unsere klugen Köpfe einsetzen und eine Fluchtmöglichkeit finden. Wir wussten, nach welchen Gelegenheiten wir Ausschau zu halten hatten, wussten, wonach wir suchen mussten, konnten Risiko und Notwendigkeit gegeneinander abwägen. Wir mussten darauf vorbereitet sein, fraglos jedes Schlupfloch wahrzunehmen, sobald sich plötzlich eines auftat. Was hatten wir bisher an Anhaltspunkten? Eine Straße in die Stadt Wang. Mein Geld und mein Schmuck, beides irgendwo versteckt. Eine Konkubine, die an einer Rauchvergiftung gestorben war. Zwei weitere Konkubinen, die Perpetual gehört hatten und nicht mehr hier waren. Was noch? Ich hatte das Gefühl, ich würde alle Knöpfe einsammeln, die im Lauf der Jahre von meinen Blusen abgesprungen waren, Knöpfe, die unter das Bett oder eine Kommode gerollt waren und die aufzuheben ich mir nicht die Mühe gemacht hatte, weil ich die Bluse einem Hausmädchen zum Flicken geben konnte. Jetzt suchte ich nach jedem kleinsten Hinweis – und so fand ich den Knopf, der vom Handschuh meiner Mutter abgegangen war, kurz vor unserer Trennung. Sie hatte sich nicht die Mühe gemacht nachzusehen, wohin er gerollt war. Sie hatte einfach die Handschuhe ausgezogen. Aber ich hatte ihn wahrgenommen, er war neben meinem Fuß liegen geblieben, ein kleiner Perlmuttknopf, der über all die Jahre in meinem Gedächtnis geblieben war. In dem Moment beschloss ich: Ich würde keine meiner Chancen wegwerfen, nur weil ich wütend auf sie war. Ich wusste noch nicht, wie ich sie erreichen konnte. Aber ich würde es schaffen, und wenn es so weit war, würde ich ihr sagen, dass sie Klein Flora für mich finden musste.

Eines Nachmittags kam Pomelo vorbei und bestand darauf, dass wir zu ihr ins Zimmer gingen, um Mah-Jongg zu spielen und auf ihrem Phonographen Musik zu hören. »Keine Ausreden mehr«, sagte sie mit gespielter Strenge. »Perpetual ist zwei Wochen weg, und niemand hat uns heute Abend zu einer Feier nach Shanghai bestellt. Ich sehne mich nach Gesellschaft. Du und Zauberkürbis, ihr habt euch, aber ich bin allein, und mir sind die interessanten Themen ausgegangen, die ich mir selbst erzählen kann. Nach vielen Jahren der Einsamkeit wünscht sich ein Gefangener Gesellschaft jeglicher Art, ob Ratte oder Halunke. Ihr seid keines von beiden, aber ich würde gern einen gemeinsamen Nachmittag mit euch genießen.«

»Hast du dir schon einmal überlegt, Azur oder Perpetuals Schwester einzuladen?«, fragte Zauberkürbis – ziemlich unhöflich, wie ich fand.

Pomelo reagierte nicht beleidigt. »Perpetuals Schwester spricht über die Verdienste ihres Sohnes, und das ohne Unterlass. Ich war schon so oft versucht, ihr zu sagen, dass die kleine Blage faul, schlecht erzogen und dumm sondergleichen ist. Das wäre mein Untergang gewesen. Und was Azur betrifft, da wisst ihr genauso gut wie ich, dass sie sich nur mit der Gesellschaft von Götterstatuen und den Geistertafeln ihrer Vorfahren umgibt. Ich habe keine Lust, mich den ganzen Tag in dem Tempel, den sie wieder herrichtet, zu verbeugen. Sie betet um einen zweiten Sohn.«

Zauberkürbis schnaubte. »Das ist Unsinn. Wie kann ein Baby aus ihrem Schoß kommen, wenn Perpetual sie nie besucht?«

»Doch, doch, das tut er, mindestens einmal die Woche. Es überrascht mich, dass ihr das nicht wusstet. Es ist doch offensichtlich. Ihre Familie gibt ihr Geld, damit sie den Haushalt führen kann. Ohne dieses Geld wären alle längst verhungert. Ihre Eltern wohnen in einer großen Stadt und sind wohlhabend.«

Ich warf einen raschen Blick zu Zauberkürbis hinüber. Wir dachten beide das Gleiche: die Stadt Wang.

»Ihre Mutter ist in sie vernarrt«, erzählte Pomelo. »Und weil sie ihr einziges Kind ist, wird Perpetuals Sohn alles erben. Ein zweiter Sohn würde doppelt sicherstellen, dass Perpetual den Reichtum der Familie erbt, wenn Azur stirbt. Und er rechnet damit, dass es jeden Moment so weit sein kann. Sie war nie bei guter Gesundheit. Kommt heute Nachmittag vorbei, dann erfahrt ihr mehr.« Sie lächelte uns schelmisch an und ging.

Ich konnte mir Azur und Perpetual nicht zusammen im Bett vorstellen. Sie hatte ihm gegenüber niemals Zuneigung oder Begehren gezeigt, und das galt umgekehrt genauso. Verlangte er von ihr, dass sie sich im Bett wild gab? Oder vereinigten sie sich pflichtgemäß, wie ein Namenssiegel, das man in Zinnoberpaste drückt, bevor es auf eine Schriftrolle gestempelt wird?

Am späten Nachmittag begaben Zauberkürbis und ich uns in Pomelos Hof. »Meine Blumenschwestern«, begrüßte sie uns. »Ich freue mich, dass ihr beschlossen habt, zu mir zu kommen.« Sie klang aufrichtig. Sie bedeutete uns, uns an einen Tisch zu setzen, auf dem die Mah-Jongg-Ziegel und die Leisten schon bereit lagen.

»Lasst uns offen zueinander sein«, sagte sie. »Ich weiß, dass ihr noch nicht sicher seid, ob ihr mir trauen könnt. Ich bin euch gegenüber wahrscheinlich genauso auf der Hut wie ihr mir gegenüber. Aber eines verspreche ich euch: Ich werde euch nicht schaden, wenn ihr mir nicht schadet. Habt ihr in Shanghai je ein schlechtes Wort über mich gehört? In allen Häusern, in denen ich gearbeitet habe, bin ich immer mit jedem ehrlich umgegangen. Ich habe keiner Kurtisane den Patron gestohlen. Ich habe keine Gerüchte verbreitet. Deshalb haben die anderen auch mir keinen Patron gestohlen. Wenn du einer Schwester wehtust, zögert niemand, dir wehzutun. Heute Nachmittag sollten wir unser Misstrauen beiseitelegen und uns stattdessen ein bisschen amüsieren.«

Pomelo hatte genau wie ich nur wenige ihrer Habseligkeiten aus Shanghai mitnehmen können. Ihre Mah-Jongg-Ziegel und eine kleine Victrola waren ihr einziger Luxus. Ich hatte mir dummerweise einen tragbaren Schminktisch mitgenommen, der die Reise mit einem zerbrochenen Spiegel und einem kaputten Scharnier überlebte. Er verhöhnte mich täglich aufs Neue. Pomelo zog den

Phonographen auf, und eine Opernarie erklang. Die Musik erinnerte mich an meine Zeit mit Edward, die so kurz war und so lange her. Die alte Trauer überkam mich wieder, und ich tat so, als würde mir der Rauch des Kohlebeckens in den Augen brennen. Als ich mich dann aber im Zimmer umsah, erblasste ich vor Neid. Alle Möbel waren poliert und wiesen keine Schadstellen oder Brandspuren auf – weder Stühle, Hocker, der Tisch noch der Schrank. Die Böden waren mit dicken Teppichen bedeckt. Vor Pomelos Bett hingen Streifen von gelben und roten Seidenvorhängen. An der Decke waren vier Lampen, die aus allen Ecken die Dunkelheit vertrieben.

»Ich habe hart für diese Sachen gearbeitet«, sagte sie.

»Das kann ich mir vorstellen«, kommentierte Zauberkürbis.

»Das sind keine Geschenke von Perpetual.« Sie erzählte, dass sie die Möbel im Schuppen gefunden hatte. Sie waren während der Plünderung des Hauses zerschlagen und verbrannt worden. Pomelo tauschte das kaputte Bein eines Stuhls gegen ein intaktes von einem anderen Stuhl aus und klebte es mit dem dickflüssigen Harz einer Kiefer fest. Die Dellen auf den Tischen füllte sie mit Sägemehl, Holzsplittern und Leim, dann polierte sie das Holz mit wachsartigen Blättern von Bäumen, die in der Nähe des Wegs zum Himmelsberg wuchsen. Um die Teppiche von Flecken und Kot zu reinigen, rührte sie einen Brei aus feinem Staub und Wasser an, schmierte die Läufer damit ein und ließ sie trocknen. Dann klopfte sie diese fünf Tage lang aus. Um die Brandlöcher auf ihnen zu flicken, zog sie an manchen Stellen einen Wollfaden heraus, bündelte schließlich die Fäden und klebte sie auf den Löchern fest. Die Seidenvorhänge für das Bett stammten von zwei mondänen Kleidern, die sie törichterweise aus Shanghai mitgenommen hatte. Die Hängelampen hatte sie gebastelt, indem sie junge Zweige zu einem Viereck gebogen und sie mit Unterwäsche aus dünnem Baumwollgewebe überzogen hatte. Sie verkündete stolz, dass sie alles in dem Raum, sogar die Vasen und einzelne Mah-Jongg-Ziegel, repariert oder aus nutzlosen Sachen aus ihren Schrankkoffern oder den früheren glorreichen Zeiten der Familie gefertigt hatte. Ich betrachtete den Raum jetzt mit anderen Augen. Die Vorhänge waren schlecht gesäumt, die geflickten Stellen in den Teppichen uneben, und die Flecken auf dem Tisch deutlich sichtbar. Ich beneidete Pomelo nicht mehr. Stattdessen bewunderte ich ihren Einfallsreichtum.

Sie schaute mich schief an. »Wenn ich noch hundert Jahre lebe, kann ich dieses Zimmer in das verwandeln, was ich im Blumenhaus hatte. Ich hatte ein schönes Boudoir, auf das ich stolz war. Ich habe mir meinen gesunden Menschenverstand durch Stolz verbaut. Ich wartete darauf, dass mich jemand heiratete. Ich hatte Patrone, die mir Heiratsanträge machten, aber ich dachte immer, ich könnte noch einen besseren Mann finden, der reicher und mächtiger war. Einer meiner Patrone entpuppte sich als Gangster. Er drohte, jeden Mann umzubringen, der mich auch nur ansah. Das sprach sich herum. Ein paar Monate später fing der Gangster etwas mit einer anderen Kurtisane an. Aber alle alten Freier gingen mir aus dem Weg, weil sie noch Angst hatten. Alle außer Perpetual. Und nun seht ihr, wohin mich mein Ehrgeiz gebracht hat – hierher. Es ist gefährlich, Stolz und Ehrgeiz zu kombinieren.«

»Dafür gibt es hier gar keine Gelegenheit mehr«, brummte Zauberkürbis, »außer dein Ehrgeiz liegt in einem Grab auf einem höheren Berg.«

»Im Schuppen sind noch mehr Stühle und Teppiche«, sagte Pomelo zu mir. »Ich kann dir helfen, sie instand zu setzen. Glaube nicht, dass ich dir einfach einen Gefallen tun will. Aber ich wäre lieber ein Zimmermann, statt aus Langeweile und Stumpfsinn geistig zu verkümmern.«

Gerade als ich ihr dankte, stieg Angst in mir auf, die mich kaum atmen ließ. Dieser Raum mit seinen schäbigen Verschönerungen verströmte eine große Traurigkeit, dazu kam Resignation. Besser würde das Leben nicht mehr werden. Pomelo hatte akzeptiert, dass sie für immer in diesem Haus bleiben würde. Sie würde all ihre Zeit damit verbringen, aus Müll minderwertigen Luxus zu machen, und in diesem Trümmerhaufen würde sie bis ans Ende ihrer Tage leben, ihren letzten Atemzug tun und Menschen ins Gesicht sehen, die sie nicht mochte. Oder empfand sie noch genügend Zuneigung für Perpetual, um alles andere zu ertragen? Ich nicht.

»Ich sehe dir an, dass du zögerst«, sagte Pomelo. »Machst du dir Sorgen, dass ich später von dir Geld verlange? Das werde ich nicht. Mein Angebot steht.«

Es wurde düster. Sie zündete die Lampen an und nahm das Mah-Jongg-Zubehör zur Hand. Als wir die Ziegel mischten, versetzte mich das Klackern zurück nach Shanghai: die heißen Nachmittage, während wir darauf warteten, dass die Feiern anfingen und unsere Freier kamen. Durch vertraute Geräusche konnte ich in Erinnerungen diesem Ort hier entfliehen.

Pomelo unterbrach meine Gedanken. »Ist Perpetual jemals mit dir hinauf zum Himmelsberg gegangen, um dir einen Aussichtspunkt zu zeigen? Ach, ich sehe dir schon am Gesicht an, dass er es getan hat. Hat er dir versprochen, dich zu seinen Dichtergrotten zu führen? Nein? Das kommt noch. Ich habe Schmerzen gelitten, um diesen Weg zu bewältigen. Perpetual hat mir nicht angeboten, mich zu tragen. Meine Fußbandagen waren blutig, als ich wieder in meinem Zimmer war.«

»Hast du es bis zu den Grotten geschafft?«, fragte ich.

»Ich bin mir nicht sicher, ob es sie wirklich gibt. Er hat mir erzählt, der Fußweg sei im Jahr zuvor von einem Erdrutsch blockiert worden.«

»Ja, das hat er Violet auch erzählt«, sagte Zauberkürbis.

»Selbst wenn der Weg breit und gangbar wäre«, sagte Pomelo, »würden die Leute aus Mondteich nicht hinaufgehen. Sie glauben, dass der Himmelsberg verflucht ist. Wenn ich in Shanghai wäre, würde ich sagen, dass es eine ausgedachte Geschichte ist, mit der man den Leuten nur Angst machen will. Aber ich wohne jetzt seit fast fünf Jahren hier. Und ich gebe zu, wenn ich nur daran denke, euch die Geschichte zu erzählen, läuft es mir vor Angst kalt den Rücken herunter.«

Pomelos Geschichte von der Hand Buddhas

Oben auf dem Berg gibt es eine weiße Felskuppel, die geformt ist wie eine hohle Hand. Von oben führen steile Rinnen hinunter, die vier Finger und einen Daumen bilden. Vor dreihundert Jahren verirrte sich dort ein Mönch auf Pilgerschaft und stieg den falschen Berg hinauf. Als er oben ankam, sah er ein kleines Tal und die wie eine Hand geformte Kuppel, aber keinen Tempel. Würde er wieder hinabsteigen, würde er nur Schimpf und Schande für seinen Irrtum ernten. Kaum hatte er das gedacht, fing die Kuppel an zu leuchten, und er wusste, dass ihm die Hand Buddhas sagte, er solle einen Tempel errichten und dadurch einen Irrtum in einen heiligen Schrein verwandeln. Durchdrungen von heiligen Kräften ging er in den Wald und fand dort hohe Bäume mit goldfarbenem Holz. Nur mit einem scharfkantigen Stein fällte er fünf Bäume und rollte die Stämme in die Mitte des Tals. In sieben Tagen erbaute er den Tempel, dann brauchte er noch einen weiteren Tag, um eine Buddhastatue zu schnitzen, die doppelt so groß war wie ein Mensch. Die nach oben gerichtete Handfläche sah genauso aus wie die auf der Kuppel. Er schlug eine Steinplatte ab, um eine Widmung an die Hand Buddhas darauf zu verfassen. Er fügte auch eine Beschreibung seines handwerklichen Meisterstücks hinzu. Jeder, der hierherpilgerte, so war zu lesen, dessen Gebete würden erhört werden, sobald er die Hand Buddhas berührte. Dann stieg der Mönch in den Himmel auf, ohne zu sterben, und kehrte daraufhin noch einmal kurz zurück, um das Ende der Geschichte zu schreiben.

Bald darauf kam ein Hirte auf der Suche nach seiner verirrten Wasserbüffelkuh in das Tal mit der Kuppel. Die Kuh stand bei dem goldenen Tempel, und als der Hirte sie holen wollte, sah er die Buddhastatue durch die offene Tür. Er wollte eine Opfergabe darbringen, aber er hatte in seinem ganzen Leben noch keine zwei Münzen gleichzeitig besessen. Er konnte nur seinen Maiskuchen anbieten, von dem er sich die nächsten drei Tage ernährt hätte. Er steckte dem Buddha den Maiskuchen zwischen Daumen und Zeigefinger. Kurz darauf erfüllte sich sein dringendster Wunsch: Er konnte lesen, schreiben und reden wie ein Gelehrter. Er weinte, als er mühelos die Inschrift auf der Steintafel las. Er korrigierte sogar einen kleinen Fehler bei einem der Schriftzeichen. Als er hinabstieg, erzählte er in gesetzten Worten von dem Tempel und von der Hand Buddhas.

Bald wurde der Tempel zur heiligsten Stätte in drei Bezirken, und viele pilgerten dorthin. Dem Ruf des Tempels war es auch zuträglich, dass er so schwer zu erreichen war. Man konnte sich leicht verirren. Der Weg begann in Mondteich, und nach einer halben Meile teilte er sich in zwei Pfade, die in entgegengesetzte Richtungen führten. Eine Meile danach teilten sich die beiden Pfade in jeweils drei, manche führten nach oben, manche nach unten. Nach zwei weiteren Meilen trennte sich jeder der sechs Pfade in vier, und diese Pfade führten ebenfalls nach oben und nach unten, vor und zurück. Insgesamt gab es nun also gut über tausend unterschiedliche Wege, die sich über den Berg schlängelten, auch wenn es nie klar war, wer sie wirklich alle gezählt hatte. Die Leute nannten dieses Gewirr die »Adern einer alten Frauenhand, die einen zur Hand Buddhas führen«. Alles in allem betrug die Entfernung acht Meilen. Ein Mann musste sich einen Tag lang den Gefahren aussetzen, um von Mondteich zur Hand Buddhas zu gelangen. Eine kräftige Frau brauchte zwei Tage. Viele, die während der Monsunzeit aufbrachen, wurden weggefegt. Auch plötzliche Winde forderten viele Opfer. Zu Beginn des Sommers kamen giftige Tiere zum Vorschein. Im Spätherbst jagten Tiger und Bären nach Beute, um den Winter zu überstehen. Wer sich nicht verirrte und alle Gefahren überstand, dem wurde sein dringendster Wunsch erfüllt – allerdings nur, wenn er jegliches Begehren aus seinem Denken verbannte und sich dem Buddha mit der richtigen Einstellung nähern konnte. Wünschte man sich einen Sohn, durfte man nicht an einen Sohn denken. Wollte man Wohlstand, durfte man sich keine Goldhaufen mehr vorstellen. Leider dachte man immer noch an seine Wünsche, wenn man sich ermahnte, nicht daran zu denken. Deshalb wurden nur wenigen ihre Wünsche erfüllt.

Zwei Pfade führten zur Hand Buddhas. Einer ging auf der Südseite des Himmelsbergs los. Das war die Vorderseite des Berges, wie man an den zehenförmigen Ausläufern sieht. Der andere Pfad begann auf der Nordseite, der Rückseite des Himmelsbergs, die man an den beiden fersenförmig gebildeten Ausläufern erkennt. Der Felsenpfad war der in Mondteich. Niemand wusste, wie schwer es war, auf der einen Seite hinauf- und auf der anderen Seite hinunterzukommen. Die einzigen Menschen, die es hätten erzählen können, kehrten nie zurück.

Der Ruf des Tempels hielt sich über zweihundert Jahre. Vor hundert Jahren stahl dann aber ein gieriger Mann, dessen Wunsch nicht erfüllt wurde, dem Buddha den Daumen. Der Tempel wurde sofort mit einem Fluch belegt, der Mann verwandelte sich in Stein, und die Pilger, die es bis zum Tempel schafften, wurden vom Unglück verfolgt. Jede Familie konnte Geschichten darüber erzählen: Eine alte Frau, die sich noch einen Enkelsohn wünschte, stellte bei ihrer Rückkehr fest, dass ihr erster Enkelsohn ohne ersichtlichen Grund gestorben war. Eine junge Frau, die wollte, dass die gelähmten Beine ihres Mannes geheilt wurden, kam mit umgedrehten Füßen heim. Die Leute berichteten von fallenden Felsbrocken, von Sturzfluten, abbröckelnden Felswänden und diversen Bären und Tigern. Alle Geschichten wurden in den Familien derer weitergereicht, deren Vorfahren ein solches Unglück ereilt hatte.

Ein junger Mann wurde nicht Opfer des Fluchs. Er behauptete, als er den Tempel erreichte, er hätte Geister gesehen, die sich im Kreis bewegten. Er sprach sie an, darauf gaben sie ihm ein Geheimnis preis. Danach konnte nur er zu dem Tempel gehen, ohne dass er oder seine Familie von einer Katastrophe heimgesucht wurde. Dieser junge Mann war Perpetuals Urgroßvater. Das Geheimnis der Geister gab er an Perpetuals Großvater weiter, und sein Großvater erzählte es seinem Vater. Der starb aber, bevor er es Perpetual weitergeben konnte. Perpetual sagt, ohne diese Worte würde er es nicht wagen, den Berg zur Hand Buddhas hinaufzusteigen.

»Diese Geschichte ist Unsinn«, sagte Zauberkürbis mit einer solchen Entschiedenheit, dass ich wusste, sie hielt sie wohl für wahr.

»Du kannst niemanden davon überzeugen, dass es Unsinn ist, wenn es in der Familie weitergereicht wurde«, sagte Pomelo. »Perpetual erinnert die Leute oft an das Unglück, das jeden erwartet, der dumm genug ist, die Hand Buddhas suchen zu wollen. Er beschreibt die Felsbrocken, die auf all jene heruntergekracht sind, die nicht auf die Warnungen gehört haben. Aber ich habe mich gefragt: Warum schreibt er Gedichte über betrunkene Einsiedler in den Bergen? Hat er dir auch welche vorgetragen? Sein Vater verfasste viele über das gleiche Thema. Genau wie sein Großvater und sein Urgroßvater. Dort oben ist etwas, und es ist kein Fluch. Perpetual bewahrt seine Gedichte in einem Kästchen neben dem Altar auf. Hast du das Kästchen gefunden? Nein? Und was ist mit der Geschichte aus seiner Kindheit, in der beschrieben wird, wie seine Familie in Ungnade gefallen ist?«

Pomelo musste auch aus irgendeinem Grund herumgeschnüffelt haben. Suchte sie ihren Schmuck?

»Nachdem ich ungefähr ein Jahr hier war, fiel mir auf, dass Perpetual immer in der Nacht, bevor er aufbrach, um die Sägemühlen zu inspizieren, ein neues Gedicht schrieb. Eines Morgens stand ich früh auf und spionierte ihm nach. Er kopierte Wörter von einem Blatt Papier auf ein anderes. Dann rollte er die kopierten Blätter zusammen und steckte sie in eine Dolchscheide. Kurz darauf hörte ich, wie einer der Diener mit meinem Hausmädchen sprach. Es ist derselbe, der ihr auch von der Stadt Wang erzählt hat, ihr Liebhaber. Er sagte, dass Perpetual gar nicht den Weg gleich hinter der Brücke nimmt. Er geht noch ein bisschen weiter zu einem schmalen Pfad, der von Gestrüpp verborgen wird. Und er nimmt immer einen vollen Weinschlauch mit. Ich glaube, ich kenne den wahren Fluch der Hand Buddhas.«

»Was sagst du da? Raus damit«, sagte Zauberkürbis.

»Ich habe eine Vermutung«, sagte Pomelo. »Jetzt seid ihr dran.«

»Ihm ist der Weg mit der schöneren Aussicht lieber«, meinte ich, »und er betrinkt sich auf dem Weg zu seiner Sägemühle.«

»Und die Gedichte?«, fragte Pomelo.

Zauberkürbis runzelte die Stirn. »Er verführt irgendeine naive Kurtisane, die keinen Sinn für gute Gedichte hat. Ist sie in Shanghai? Und wenn ja, schafft er es in zwei Wochen dorthin und wieder zurück? Gibt es einen Zug?«

»Es gibt keine Geliebte und keinen Zug«, sagte Pomelo. »Wir können uns morgen über unsere Vermutungen austauschen. So will ich euch herlocken, damit wir wieder Mah-Jongg spielen.«

In dieser Nacht konnte ich wegen Pomelos Rätsel und den dazugehörigen Puzzleteilen kaum schlafen: die Sägemühle, der Tempel und der Fluch, der Weinschlauch, die Lügen über Erdrutsche und abbröckelnde Felswände, die Gedichte über einen Einsiedler. Da in seiner Familie gern gelogen wurde, hatte ich den Verdacht, dass sein Urgroßvater sich die Geschichte ausgedacht hatte. Durch den Fluch konnte er Menschen, die auf ein Wunder hofften, davon abhalten, auf den Gipfel des Berges zu steigen. Es gab keine Erdrutsche, und es gab keinen Fluch. Dort oben war etwas, aber kein tanzendes Geistervolk.

Ich rätselte, warum mir Pomelo das alles erzählte. Sie hätte sich eigentlich sorgen müssen, dass ich es an Perpetual weitergab. Aber sie wusste, dass ich das nicht tun würde. Sie wollte, dass ich es wusste, und zwar nicht aus Schwesternliebe. Sie teilte mir dieses Geheimnis mit, weil sie dadurch etwas gewinnen wollte, und sie fürchtete wohl, ich würde es ihr sonst vielleicht nicht geben.

Jetzt wurde mir bewusst, dass Pomelo über ihre Gefühle zu Perpetual und seine Gefühle zu ihr vielleicht gelogen hatte. Vielleicht hatte sie ihn einmal geliebt – oder sich eingeredet, dass sie es tat, genau wie ich. Ich konnte mir nicht vorstellen, dass sie seine Aufmerksamkeiten im Bett genoss. In Shanghai war er im Bett vorhersehbar und langweilig gewesen. Seit wir hier waren, hatte ich festgestellt, dass er nicht mehr so rücksichtsvoll war. Er war fordernd, derb und absichtlich grob. Andererseits war ich auch nicht so leidenschaftlich, wie ich es ihm einst vorgespielt hatte.

Perpetual und ich führten keine angeregten Gespräche mehr. Hier draußen im Hinterland gab es nichts zu diskutieren. Das Einzige, was in Mondteich passierte, waren belanglose Streitigkeiten und der Ausbruch von Krankheiten. Stünde Shanghai in Flammen, wir würden es nicht wissen. Doch Perpetual hatte einmal gesagt, er bewundere meinen Verstand, die Meinungen, die ich mir gebildet hatte, weil ich in der Welt meiner Mutter gelebt hatte, mit ihren Männern und deren Unternehmen. Auch das war eine seiner Lügen gewesen. Aber ich kam auf die Idee, dass ich ihn öfter dazu bringen sollte, mit mir zu reden. Ich könnte ihm falsche Geständnisse machen und ihm dadurch das Gefühl geben, ich würde ihm alles erzählen. Er würde mir mehr vertrauen. Er würde vielleicht über meine Geständnisse sprechen, mir Ratschläge geben, und ich würde mich dankbar zeigen und ihn in Ekstase versetzen, wie es die anderen nicht konnten. Und während dieser widerwärtigen Momente der Intimität würde ich weinen, weil er so oft weg war. Ich würde ihn fragen, wann er zurückkehrte und ob er mir Süßigkeiten oder einen Stoff mitbringen würde. Vielleicht verriet er dann unabsichtlich ein paar nützliche Informationen. Es gab nichts, was ich nicht tun würde, um fliehen zu können.

Als er von seiner nächsten Reise wiederkehrte, stellte ich Tee und Knabbereien für seinen Besuch in meinem Zimmer bereit. Während er hungrig aß, machte ich ihm mein erstes falsches Geständnis: Ich hätte ihn ganz fürchterlich vermisst und mir Sorgen gemacht, dass er mich vielleicht nicht mehr so liebte, wie er mir früher gegenüber immer beteuert hatte. Während seiner Abwesenheit hätte ich noch einmal die Gedichte gelesen, die er für mich geschrieben hatte, damit ich ihn sozusagen in mir behielt. Ich hätte sie erotisch gefunden, auch wenn das nie seine Absicht gewesen wäre. Als ich sie las, hätte ich mich daran erinnert, wie er sie mir vorgetragen hatte, bevor er mich ins Bett führte und mir andere Arten poetischer Freuden bereitete. Meisterhafte Worte und meisterhaftes Liebesspiel wären untrennbar miteinander verbunden. Er sei der Berggipfel und ich der Teich mit seinem Bild in mir, sich kräuselnd vor Erregung. Wenn ich die Gedichte allein las, sagte ich, könnte ich nicht anders, als mir seinen Gipfel vorzustellen. Er freute sich, dass ich das sagte. Seine Liebe zu sich selbst war so groß, dass er diese haarsträubende Lüge glaubte. Er wischte sich die Krümel vom Mund und erfüllte meine falschen Fantasien, indem er ein Gedicht über einen betrunkenen Einsiedler vortrug, während er sich in mich hineintrieb.

Als wir danach einander gegenüberlagen, gestand ich ihm noch etwas. Ich begehrte ihn angeblich so sehr, dass ich mir Sorgen machte, er hätte eine andere gefunden, die er traf, wenn er wegging. Ich wüsste natürlich, ich sollte seine Treue nicht in Frage stellen. Aber das seien die besitzergreifenden Gedanken einer Frau, die in Liebe entbrannt ist und die ihn bereits mit zwei anderen Ehefrauen teilen müsste. Ich sagte, ich sei sein Liebling, seine Kaiserin des nördlichen Hofs.

»Warum müssen wir so viele Tage voneinander getrennt sein?«, fragte ich gequält. »Bitte nimm mich mit. Dann könnten wir unterwegs immer miteinander schlafen. Weißt du noch, als wir beim Aussichtspunkt waren?«

Er erklärte mir sanft, dass das nicht ginge. Er sei mit Dingen beschäftigt, die seine volle Aufmerksamkeit verlangten, und die Verlockungen meines Körpers würden ihn nur ablenken.

Ich tat schüchtern und neckte ihn: »Was verlangt denn mehr Aufmerksamkeit, als ich mir von dir wünsche?«

Plötzlich wurde er eisig. »Stell mir keine Fragen über mein Geschäft. Das geht dich nichts an.«

Ich wusste, dass es riskant sein konnte, ihn zu sehr zu drängen, etwas preiszugeben. Ich tat entsetzt, weil ich ihn verärgert hatte, und bat um Verzeihung. Ich wandte mich ab und vergrub das Gesicht in den Händen, als wollte ich meine Tränen verbergen. Nach einer Weile fragte ich ängstlich: »Ist es zu viel verlangt, wenn ich dich um mehr Gedichte bitte für die Zeit, in der du nicht da bist? Meine Lieblingsgedichte gehen über den Einsiedler. Es schockiert dich vielleicht zu wissen, dass ich mir vorstelle, dass du der Einsiedler bist und ich deine Grotte.«

Gern willigte er ein, mir mehr Gedichte zu geben. Eines sagte er mir vor, eine Variation derer, die er schon verfasst hatte.

»Stellst du dir auch eine Grotte vor, wenn du deine Gedichte schreibst? Ist es eine, die du öfter besuchen willst als meine?« Langsam öffnete ich die Beine.

»Deine ist besser.« Er rollte sich auf mich.

»Hast du denn eine echte Grotte gesehen, wie die in deinen Gedichten?«

Er starrte mich an. »Warum stellst du heute so viele Fragen?« Er rollte herunter von mir und befahl mir, ihm Tee nachzuschenken. Ich entschuldigte mich und behauptete, ich wollte nur, dass wir alles füreinander seien, wie er es einmal gesagt hatte. Ich wolle nicht neugierig sein. Ich schlüpfte in meinen Morgenrock, aber er wollte, dass ich ihn wieder auszog. Während der Arbeit in den Blumenhäusern hatte ich längst jede Schüchternheit verloren. Aber jetzt fühlte ich mich verwundbar, als könne er mir ansehen, ob ich log oder die Wahrheit sagte. Als Kurtisane hatte ich gelernt, Männern anzusehen, was sie dachten und was sie wollten. Ich versuchte mich zu entspannen. Er setzte sich im Bett auf und betrachtete mich, während ich ihm den Tee servierte. Er biss in eine Teigtasche und verzog das Gesicht.

Dann hielt er mir die Teigtasche an die Lippen. »Findest du, das schmeckt alt?«, fragte er. Er stopfte sie mir in den Mund, bevor ich antworten konnte.

Ich wandte mich ab und hielt mir die Hand vor den Mund, während ich kaute. Ich nickte. Sie war gummiartig. Als ich den letzten Bissen heruntergeschluckt hatte, versuchte ich ein weiteres Geständnis anzubringen, nämlich dass ich mir ein Kind von ihm wünschte.

»Aber natürlich«, sagte er und schob mir noch einen Bissen in den Mund, diesmal fester. »Ist das hier auch alt?«

Ich nickte. Er hatte etwas vor. Ich musste ihm schmeicheln, um ihn in eine bessere Stimmung zu versetzen.

»Dann spuck es aus«, sagte er. Ich war froh, dass ich es nicht aufessen musste. Er drückte meine Schultern nach unten. Ich sollte auf die Knie gehen, und sobald ich das getan hatte, füllte er mir den Mund mit seiner Rute.

Als sich seine Erregung steigerte, rief er: »Mach ihn weiter auf, du Hure!«

Ich befreite mich. »Wie kannst du so etwas zu mir sagen?«, rief ich und tat verletzt.

Er runzelte die Stirn. »Kann ich etwas dagegen tun, was mir über die Lippen kommt, wenn ich den Verstand verliere?« Er füllte meinen Mund erneut, und wieder beschimpfte er mich. »Schneller, du schleimige Fotze.«

Als er fertig war, legte er sich schläfrig und befriedigt aufs Bett. Er schlief ein. Ich setzte mich an die andere Seite des Zimmers. Was war los? Ich war eindeutig auf wichtige Hinweise gestoßen. Es gab eine Grotte, und er wollte nicht, dass ich etwas darüber erfuhr. Es könnte eine Weile dauern, mehr Informationen darüber zu bekommen. In der Zwischenzeit würde ich ihn bitten, mir zu geben, was er mir versprochen hatte: Er sollte mir bessere Räume in einem anderen Bereich des Anwesens bauen, weiter weg von der lauten Straße, dort, wo es wenigstens ein bisschen Sonne gab. Damit wollte ich mir das Leben an diesem Ort nicht angenehmer machen. Ich hoffte ja, nicht so lange bleiben zu müssen, bis der Bau fertig war. Bei meinen Kunden hatte ich festgestellt, dass sie mich umso mehr wertschätzten, je mehr sie für mich bezahlten. Ich war jetzt ganz unten, und er würde mich mit wenig Rücksicht behandeln, wenn ich nicht meine Stellung im Haushalt verbesserte. Ich sollte wenigstens mit Pomelo gleichgestellt sein.

Als ich mich bei seinem nächsten Besuch nach einer erfolgreichen ekstatischen Einlage in seine Arme kuschelte, sprach ich von der Kälte und der Erniedrigung, sehr viel unbequemer untergebracht zu sein als der Rest der Familie. »Der steinerne Durchgang verstärkt unsere Stimmen wie ein Grammophontrichter. Jeder kann hören, was wir tun.«

»Jetzt übertreibe nicht«, sagte er.

»Doch, es ist so. Zauberkürbis sagt, die Nachbarn stellen sich vor die Mauer, um uns zuzuhören, als wären wir eine Operntruppe.«

Er lachte. »Lass sie doch zuhören. Etwas Aufregenderes kriegen sie nicht in ihrem Leben. Warum sollten wir es ihnen nehmen?«

Ich erklärte ihm, dass ich keinen ganzen neuen Flügel bräuchte. Es würde reichen, diesen Hofflügel auszubauen, so würden meine Zimmer auf der Innenseite liegen, sowohl von der Straße als auch von dem widerhallenden Durchgang entfernt. »Es ist mir peinlich, dass Pomelo und Azur uns hören können.«

Ein paar Sekunden lang war er still. »Bei mir hat sich noch nie jemand über Lärm beschwert.«

»Die Geräusche treiben auch in meine Richtung.« Ich stellte meine Stimme weinerlich. »Ich höre, wie du Pomelo unbeschreiblich glücklich machst. Deine Schreie verraten mir ganz genau, was du gerade machst, ob sie auf dem Rücken liegt oder auf dem Bauch oder ob du sie durch die Luft wirbelst.«

Er lachte abermals. »Du hast aber Fantasie.«

»Wie soll ich denn schlafen, wenn ich höre, wie du ihr sagst, dass du zu ihr gehörst und dass sie deine Lieblingsfrau ist?«

»Ich habe nicht gesagt, dass sie meine Lieblingsfrau ist.«

»Du merkst nicht, was dir über die Lippen kommt, wenn du Wolken und Regen erreichst!« Ich steigerte meine Pein. »Wie soll ich schlafen, wenn mein Herz so gekränkt ist?«

Er lachte weiter. »Meine schlaflose Frau. Ich lasse alle wissen, dass du mein Liebling bist. Dreh dich um und hab keine Hemmungen.« Er war von Anfang an grob. Seine Finger waren wie die harten Wurzeln abgestorbener Bäume. Er packte meine Brüste, sodass ich nach Luft schnappte. Er biss mich in den Hals, ins Ohr, in die Unterlippe, und jedes Mal, wenn ich vor Schmerz aufschrie, rief er: »Sag mir, dass ich dir gehöre. Sag mir, dass du mich willst! Lauter!«

Nachdem diese Tortur vorbei war, drehte ich mich auf die Seite. Ich hatte die falsche Taktik angewandt. Er strich mir über die Haare und meinte, jetzt würde Pomelo wissen, wie viel ihm an mir lag. Er zählte auf, was ihm am meisten gefallen hatte, und ich blendete seine abstoßenden Worte aus. Ich sagte nichts. Er zog mich zu sich. Seine Pupillen waren groß und dunkel, wie bei einem Tier. Ich senkte den Blick. Er schob mein Kinn hoch.

»Schau mich an«, sagte er. »Du hast so schöne Augen. Sie sind wie Eingänge in deinen Geist.« Er küsste mich auf die Augenlider. »Selbst wenn du nichts sagst, kann ich dir in die Seele sehen, bis dahin, wo sich deine wahren Gefühle verstecken. Soll ich in deine Augen hineinschlüpfen und nachsehen? Was empfindest du wirklich für mich?«

Seine Pupillen waren zwei schwarze Monde. Es fühlte sich wirklich so an, als wäre er durch die Augen in mich eingedrungen. Ich spürte einen beklemmenden Druck im Kopf. Ich konnte kaum denken. Er erstickte meine Gedanken, meinen Willen. Ich musste meinen Willen stärken. Er hielt mein Kinn weiter fest. Ich wollte meine Nervosität auf keinen Fall zeigen. Ich senkte die Augenlider ein wenig, um verträumt auszusehen.

»Mach sie ganz auf«, befahl er mir. »Ich will alles von dir wissen. Ich sehe es jetzt. Da sind sie, deine teuren Gedanken. Und hier ist meiner: Ich lasse dich niemals gehen.«

Ich zuckte zusammen, und er musste gespürt haben, wie ich verkrampfte.

»Was ist los, mein Liebes?«, sagte er. Er drehte mein Gesicht wieder zu sich. »Sieh mich an. Sag mir, warum du Angst hast.«

Zuerst brachte ich kein Wort heraus. »Ich hätte nie gedacht, dass du mir das einmal versprichst. Ich war überrascht, und jetzt hoffe ich, dass es wahr wird.«

Er starrte mir weiter in die Augen und zwang mich, in seine zu schauen. »Du gehörst mir. Für immer. Gehöre ich dir?«

Wieder spürte ich seine erdrückende Anwesenheit in meinen Gedanken. Ich musste den gesamten Rest meiner Willenskraft aufwenden, um gegen meine Angst anzukämpfen.

»Du gehörst mir«, sagte ich.

Ich spürte, was er dachte. Er war wütend, weil ich gelogen hatte. Deshalb wiederholte ich es noch einmal mit sanfter, zärtlicher Stimme und zwang mich, freudig zu schauen und über mein Glück zu staunen, dass es wahr war.

Zauberkürbis sagte, sie führe das Leben einer buddhistischen Nonne. Unterwürfigkeit gegenüber Trotteln und Idioten steigere ihren Wert in der nächsten Welt. Mit dem Hauspersonal zusammen zu sein, habe auch seine Vorteile, sagte sie. Dadurch brachte sie in Erfahrung, was gerade ausgeheckt wurde – Azur war krank. Azur tat so, als wäre sie wieder krank. Azur log, dass Perpetuals Sohn krank war. Pomelo war krank. Pomelo tat so, als wäre sie wieder krank. Pomelo beschwerte sich über das Essen. Azur schimpfte sie, weil sie sich über alles beschwerte. Pomelo schenkte Perpetual irgendeine Art von Sex, die er mochte, und er schenkte Pomelo einen Armreif. Azur sagte, sie könne den Armreif für die zukünftige Braut seines Sohnes nicht finden. Pomelo war wütend, als sie den Armreif zurückgeben musste. Perpetual ging weg, um die Sägemühlen zu begutachten, und uns allen stand eine friedliche Woche bevor.

Zauberkürbis und ich unterhielten uns leise. Sie musste sich dabei in Zurückhaltung üben. Sie traute Azurs Hausmädchen nicht, denn sie hatte es schon einmal beim Herumschnüffeln entdeckt. Damit sie nicht vor unserem Fenster lauschte, verbreitete Zauberkürbis das Gerücht, sie hätte in unseren Zimmern den Geist einer Frau gesehen, deren Augen aussahen, als wäre sie erdrosselt worden. Trotz dieser Vorsichtsmaßnahme flüsterte sie. Vielleicht hörten ja andere Hausmädchen zu – womöglich diejenigen, die die Familie auf der anderen Seite des Hauses bedienten? Ich machte mir Sorgen wegen Pomelos Hausmädchen. Doch dann wurde sie von einem alten Mann in Mondteich schwanger, und der alte Mann bezahlte Perpetual Geld für sie. Azur würde dieses Geld sicherlich nicht dafür verwenden, um Pomelo Ersatz zu beschaffen.

Während Perpetual weg war, war unserem alltäglichen Leben die Last genommen. Zauberkürbis, Pomelo und ich erzählten von alten Zeiten, manchmal wehmütig, manchmal lachend. Wir erzählten uns Geschichten von unseren favorisierten Kunden. Erniedrigungen ließen wir aus. Über fast jeden Freier, Patron und Liebhaber, über jede Kurtisane und jede Mutter eines Hauses hatten wir etwas zu berichten. Wir konnten uns aussuchen, über wen wir ausgiebig plaudern wollten: Männer, die Flegel waren, andere, die sich großzügig zeigten, die gut gelaunten und diejenigen, die endlosen Sex verlangten. Jede von uns hatte einen Kunden gehabt, bei dem uns die Arbeit ganz leicht gefallen war, den wir liebten und heiraten wollten und wegen dem wir uns später davor hüteten, jemals wieder Liebe zu empfinden. Ich erzählte Pomelo von Loyalty.

Ich hatte mir einmal geschworen, nicht mehr an ihn zu denken. Aber es war unmöglich, die Erinnerungen ganz zu unterdrücken. Er hatte mich gekannt, seit ich sieben war, und hatte meine Entwicklung von der Zeit an beobachtet, als ich noch ein verwöhntes amerikanisches Mädchen war. Er wusste, was ich von ihm gewollt hatte, was ich von jedem Mann gewollt hatte. Er hatte unter meinem Misstrauen gelitten, meinem ständigen Drängen nach mehr von ihm, nach Ehrlichkeit. Ich erinnerte mich, wie er mir gesagt hatte, ich solle Freundlichkeit annehmen, wenn sie mir angeboten wurde, und ich solle Liebe erkennen. Im Rückblick sah ich, wie sehr er mich auf seine Weise geliebt hatte, aber ich hatte mehr verlangt. Die guten Erinnerungen an ihn waren jetzt Geschenke.

Die schönsten Momente gehörten natürlich Edward und Flora. Auch die traurigsten. Unsere Geschichten, die von großem Kummer erzählten, schätzten wir drei am allermeisten. Sie waren ein Beweis für die Liebe, und ich konnte mit vielen Berichten aufwarten, die schmerzten.

An einem Nachmittag hatte ich viel wegen Klein Flora geweint.

Es war der 18. Januar, ihr siebter Geburtstag. Zauberkürbis und ich sprachen über den Tag ihrer Geburt. Edwards Gesichtsausdruck, als er sie im Arm hielt. Der Tag, als sie die kleine Fliege sah, die sich die Hände wusch? Ich hoffte, dass sie glücklich war. Ich fürchtete, dass sie gar keine Erinnerung mehr an mich hatte. Plötzlich nieste jemand vor meinem Fenster, und ich öffnete rasch die Läden. Azurs Hausmädchen sauste davon. Sie hatte meine Tränen gesehen.

In Shanghai hatte ich offen über Edward gesprochen, jedenfalls bevor ich merkte, dass Perpetual mir den Hof machte. Immerhin hatte er auch seiner Trauer um Azur freien Lauf gelassen. Ich hatte ihm erzählt, dass die kleinen Momente mit Edward in meiner Erinnerung immer ganz groß seien – ein Gespräch über die Wachsamkeit von Vögeln, die wechselnden Farben unserer Augen, eben derartige Kleinigkeiten. Perpetual hatte Edwards einstige Hingabe mir gegenüber gelobt – »dein geliebter Ehemann« – und mich ermutigt, mehr preiszugeben. Wir seien Gefährten in der Trauer, sagte er, und ich hatte nicht begriffen, wie gefährlich es war, einem zukünftigen Liebhaber gegenüber zu verkünden, dass ich niemals jemanden mehr lieben würde als den Mann, der gestorben war.

Nachdem Perpetual und ich ein Liebespaar waren, fragte er immer wieder behutsam nach, ob ich noch an Edward dachte. Ich gab es zu, fügte aber schnell hinzu, dass ich nun öfter an Perpetual dachte. Perpetual hatte geweint, als er das hörte. Nach und nach spürte ich, dass er nicht wollte, dass ich mich an etwas aus der Vergangenheit erinnerte. Deshalb vermied ich es, über Edward zu sprechen. Mit der Zeit musste ich so tun, als hätte ich alle Erinnerungen an jeden glücklichen Augenblick, den ich je mit jemand anderem erlebt hatte, verloren. Er wollte, dass es so aussah, als hätte mein Leben mit ihm begonnen, und er hätte alle meine Emotionen freigesetzt. Aber Azurs Hausmädchen hatte die Wahrheit gesehen: die vielen Tränen. Sie würde es Azur verraten und dafür eine Belohnung bekommen.

»Azur hat mir erzählt, du hast geweint«, sagte Perpetual in dieser

Nacht, als er zu mir ins Bett kam. »Bist du traurig, meine Liebe?« Er schaute besorgt.

»Warum sollte ich? Vielleicht hat sie mich heute Nachmittag singen gehört. Es war ein trauriges Lied.«

»Sing es mir vor.«

Ich war ratlos. »Das ist mir zu peinlich. Ich kann nicht annähernd so gut singen wie früher im Kurtisanenhaus. Ich muss üben, sonst ist mein Gekrächze nur eine Strafe für deine Ohren.«

»Alles, was du machst, ist bezaubernd. Wenn es nicht ganz perfekt ist, umso mehr.« Er schlang die Arme um mich. »Sing. Vorher lasse ich dich nicht los.«

Ich überlegte fieberhaft. Zum Glück fiel mir ein albernes amerikanisches Lied ein, das ich früher gehasst hatte. Die Blumenschwestern spielten es immer auf dem Phonographen und tanzten Foxtrott dazu, und die Melodie blieb mir noch tagelang im Kopf. Jetzt sang ich Perpetual den englischen Text vor, so traurig wie möglich.

Lonesome little lovesick Chinaman,
Packing up his grip, ready for a trip,
on a great big ship.
How he hates to leave his native land.
After all these years,
Time for sailing nears.
He sings through his tears,
»Good-bye, Shanghai«.

Perpetual klatschte. »Deine Stimme ist immer noch schön. Aber was bedeutet der englische Text? Ich habe nur *Good-bye, Shanghai* verstanden.«

»Es geht um ein trauriges Mädchen, das seine Familie in Shanghai verlässt.«

»Hast du es gesungen, weil du Shanghai vermisst?«

Wo führte mich dieses unselige Lied denn jetzt bloß hin? »Ich vermisse es kaum«, sagte ich.

»Kaum? Dann musst du es doch ein bisschen vermissen. Was fehlt dir denn am meisten? Die Partys, die schönen Kleider, das köstliche Essen?«

Ich suchte nach etwas Harmlosem. »Die Fische aus dem Meer vermisse ich, das ist alles.«

Er strich mir über das Gesicht, und als ich ihn anschaute, fragte er: »Vermisst du die Männer?«

Ich setzte mich auf. »Wie kannst du so eine Frage stellen?«

»Ist es dir peinlich, das zuzugeben, meine Liebe?«

»Ich sehne mich nicht nach meiner Vergangenheit«, sagte ich schroff. »Ich war nur überrascht, dass du so etwas fragst.«

»Warum hast du gerade den Blick abgewandt?« Er drehte mein Gesicht zu ihm. »Ich glaube, du denkst gerne an manche von diesen Männern, an ganz bestimmte.«

»Nein. Das war rein geschäftlich.«

»Ein paar musst du doch gemocht haben, die gut aussehenden, die charmanten. Loyalty Fang. Er war dein Erster, oder?«

Ich hielt den Atem an. Woher wusste er das? Hatte Loyalty ihm gegenüber geprahlt? Hatte Azurs Mädchen das gehört? »Ich empfinde nichts Besonderes für ihn«, sagte ich.

»Eine Frau mag ihren ersten Mann immer besonders gern«, sagte er. »Du musst ihn über Jahre willkommen geheißen haben, ohne dass es sich geschäftlich angefühlt hat. Er ist viel erfolgreicher als ich und muss dir schöne Geschenke gemacht haben. Schau mir ins Gesicht. Sieht er besser aus als ich?« Er hielt meine Arme niedergedrückt und starrte mich an. Ich wandte das Gesicht ein wenig ab. »Denkst du jetzt an ihn? Hast du deshalb weggeschaut? Möchtest du so tun, als wäre mein Schwanz seiner? Dreh dich um, dann musst du mein Gesicht nicht sehen.«

Bevor ich antworten konnte, rollte er mich herum, vögelte mich wie ein wahnsinnig gewordener Affe und ächzte und schrie dabei. Er war verrückt geworden.

Am nächsten Abend war er ruhig, aber ich war auf der Hut. Wir sprachen über seinen Sohn und wie groß er geworden war. Perpetuals Stimme war ganz sanft. Er lobte den Lerneifer seines Sohnes. Er wiederholte kluge Dinge, die er gesagt hatte. Er war unbeschwert, als er mich auszog und ins Bett holte. Aber innerhalb weniger Augenblicke änderte er sich. Er schlang sich um mich und starrte mir in die Augen. Er sagte nichts, aber ich spürte, wie er meine Gedanken umkreiste, sie entfernte und durch seine ersetzte.

»Was denkst du gerade, meine Liebe?«, fragte er. »Denkst du an Edward?«

Ich war vorbereitet. »Ich beantworte keine Fragen über Edward.« Ich versuchte mich ihm zu entwinden, aber er lockerte seinen Griff nicht, im Gegenteil. »Ich verstehe nicht, warum du das fragst. Edward ist nicht mehr da. Du bist hier.«

»Warum lügst du? Die Lüge trennt uns voneinander. Die Lüge bedeutet, dass du ihn versteckst und dass er noch da ist. Ich weiß, dass du ihn vermisst, und das ist keine Schande.«

Das stimmt, dachte ich bei mir, jetzt mehr denn je. Aber ich wusste, dass ich nichts sagen durfte.

»Damit ich dich voll und ganz lieben kann«, sagte er flehend, »musst du ihn loslassen und ihn als das sehen, was er war. Er war ein Ausländer, der gesagt hat, er hätte dich geheiratet, damit er eine Fotze hat, für die er nicht bezahlen muss. Wieso zitterst du? Wegen ihm? Erinnerst du dich daran, was er dir angetan hat, dass er dich gefickt hat wie eine Hure? Er ist noch da, oder? In diesem Bett liegt eine Leiche zwischen uns.«

Ich widerstand dem Drang, ihn anzuschreien. Ich sprach ganz ruhig. »Ich will nicht mehr darüber reden.«

»Komm schon, meine Liebe, sag mir die Wahrheit. Was war das für ein Gefühl, als er dich das erste Mal berührt hat? Gänsehaut? Wolltest du ihn sofort in dir haben? Du warst eine erfahrene Frau. Frauen wie du halten ihr Begehren nicht zurück. Das habe ich gespürt, als wir uns kennengelernt haben. Du wolltest mich. Aber ich habe mich zurückgehalten. Ich habe dich warten lassen, bevor ich dich genommen habe.« Er umarmte mich grob. Sein Gesicht war so ausdruckslos, dass es unheimlich war. »Wie lange hast du auf ihn gewartet? Hat er dich von hinten genommen wie ein Hund? Können Ausländer das am besten?« Er drehte mich um und rammte sich in mich hinein. »Hat er das gemacht? Fester? Schneller? Bist du für ihn auf die Knie gegangen? Warum wehrst du dich? Zeig mir, was du für ihn getan hast, was du mit mir noch nie gemacht hast. Ich will alles, was er auch hatte. Ich will, was du diesen Männern gegeben hast, bei denen es nur ums Geschäftliche ging. Ich will, was du keinem dieser Mistkerle bisher gegeben hast.«

Während er in mich hineinstieß, bekam ich nicht genügend Luft, um zu sprechen. Er drückte sich mit seinem ganzen Gewicht auf mich. Er zerquetschte mich. Ich versuchte ihn wegzuschieben. Er feuerte mich an, als wäre ich erregt. Ich musste ihm geben, was er hören wollte. Deshalb rief ich, dass er mir gehöre und ich ihm. Ich rief, dass er mehr von mir nehmen solle, alles. Er wurde ein wenig lockerer.

Als er fertig war, legte er sich zufrieden und erschöpft zurück. Er wurde wieder zärtlich.

»Du bist mir so wichtig, meine Liebe. Was ist los? Du siehst so unglücklich aus?«

»Ich habe keine Luft mehr bekommen. Ich dachte, ich würde ersticken.«

»Hab ich dir wehgetan? Beim Liebesakt verliere ich die Kontrolle, das weißt du doch. Ich fühle mich losgelöst und frei, und ich dachte, dir würde es genauso gehen. Aber jetzt sehe ich, dass das gar nicht stimmt. Hast du an diesen verlogenen amerikanischen Mistkerl gedacht?«

Die alte, unkontrollierbare Trauer wallte wieder in mir auf. Ich empfand nichts als Hass für Perpetual. »Natürlich denke ich an ihn. Du kannst meine Erinnerung an ihn nicht ins Unanständige ziehen.«

Er stand auf, ging zum Tisch und stierte mich an. Die Lampe beleuchtete sein Gesicht von unten, und seine Augen schienen tiefe Löcher zu sein. Sein Antlitz war zu einer Fratze verzerrt. »Ich kann nicht glauben, dass du das sagst, nach dem, was wir gerade erlebt haben.«

Er schüttelte mich so fest, dass ich kaum zu verstehen war, als ich brüllte: »Ich werde ihn immer lieben! Er hat mir Achtung und Liebe geschenkt. Er hat mir meine Tochter geschenkt. Und sie ist wichtiger als jeder andere Mensch auf der Welt.«

Perpetual ließ mich los. Er schlang die Arme um sich, und sein Gesicht war schmerzverzerrt. »Du liebst sie beide mehr als mich?«

Ich freute mich darüber, dass ich ihn verletzt hatte. Ich würde ihn noch mehr verletzen, bis er mich hasste und mich zwingen würde zu gehen. »Ich habe dich nie geliebt«, sagte ich. »Du solltest mich gehen lassen.«

Er erhob sich vom Bett und kam auf mich zu. Sein Gesicht war hart wie grauer Fels. »Ich weiß nicht mehr, wer du bist«, sagte er.

Und dann schlug er mich.

Meine eine Gesichtshälfte wurde kurz taub, bevor es zu pochen anfing, als würde ich immer weiter geschlagen. Ich sah ihn verschwommen, ein nackter Mann, der vor und zurück taumelte, den Mund vor Entsetzen aufgerissen, weil er mich verletzt hatte. Er streckte den Arm nach mir aus, und ich schickte ihn weg. Ich nahm meinen Morgenmantel, und während er sich entschuldigte, brüllte ich ihn weiter an, dass er gehen sollte. Er packte mich am Arm, aber ich schüttelte ihn ab. Da traf mich ein Tritt in den Rücken, sodass mir schlecht wurde, und ich fiel vornüber. Bevor ich Luft holen konnte, trat er mich noch einmal, dann packte er mich an den Haaren und schlug mir mit den Knöcheln immer wieder seitlich auf den Kopf. Mit hoher Stimme rief er: »Hör auf, hör auf, du musst aufhören«, als wäre er derjenige, der geschlagen wurde. Er war verrückt und würde mich umbringen. Ich spürte die dumpfen Tritte und Schläge, der Schock verschob sich von meinen Schultern zum Oberschenkel und zum Magen. Zauberkürbis schrie ihn an. Er ließ einen Augenblick von mir ab, dann heulte sie vor Schmerzen auf. Danach bearbeitete er wieder mich mit den Fäusten. Nach jedem Schlag sah ich kleine weiße Kreise, die erst größer wurden und dann verblassten, um sein schreckliches Gesicht zu offenbaren. Ich spürte eine Explosion am Hinterkopf, dann wurde alles schwarz.

Er hatte mich blind gemacht. Er schubste mich weg. Ich hatte das Gefühl, nach hinten zu fallen, wartete, bis mein Körper den Boden berührte. Ich fiel und fiel und wartete und sah durch meine blinden Augen nur noch schwarz.

Als ich aufwachte, erblickte ich eine grässliche fremde Fratze über mir. Ich schnappte nach Luft. Es war Zauberkürbis. Sie hatte ein blaues Auge, das zugeschwollen war. Ihr Gesicht war zur Hälfte lila und rot.

»Dem schneid ich seine kleine Nacktschnecke ab«, sagte sie. »Dieser Abschaum! Glaubst du, ich mache Witze? Wenn alle schlafen, suche ich mir das schärfste Messer in der Küche. Wenn er dich umbringen will, können wir ihn genauso gut zuerst umbringen.«

Sie klang wie durch einen Nebel, die Worte trieben auf und ab. Sie hatte mir Opium als Arzneimittel gegeben, erklärte sie. Ich schaukelte auf Luftkissen.

»Ich kenne diese Typen. Sobald er einmal seiner Brutalität freien Lauf gelassen hat, kann er sie nicht wieder im Zaum halten. Er hat gesehen, wie viel Angst du hattest, und das hat ihn erregt. Wenn du vor Schmerzen schreist, wird er zärtlich und liebevoll. Und dann – buff – ändert er sich und will, dass du dich vor ihm duckst, damit er wieder zärtlich sein kann. Gewalttätige Männer sind süchtig nach der Angst des anderen. Wenn sie einmal davon gekostet haben, brauchen sie mehr.« Sie verfluchte Perpetual. Ich hörte sie nicht mehr und glaubte, ich sei wohl taub geworden.

Als ich die Augen wieder aufschlug, bewegte sich Pomelos verzerrtes Gesicht in Wellen vor mir. Einen Augenblick dachte ich, ich wäre untergegangen und würde sie von unterhalb der Wasseroberfläche sehen. Ich war vielleicht tot, aber wenigstens nicht blind. Erst schaute sie streng, dann nachsichtig. Warum musste sie mit mir Nachsicht üben? Ich wollte sie fragen, hörte aber nicht, was ich sagte.

Die Wirkung des Opiums ließ nach, und ich erwachte mit schrecklichen Schmerzen. Ich blickte verzweifelt um mich, suchte

Perpetual. Ich konnte ihm nicht entfliehen. Meine Arme und Beine waren steif, und als ich versuchte, mich zu bewegen, schoss mir ein stechender, heißer Schmerz durch den ganzen Körper. Pomelo legte mir Kräuterumschläge auf die Blutergüsse, aber allein das Gewicht verstärkte die Schmerzen noch mehr.

Ich weiß nicht, wie viele Tage vergangen waren, bevor Perpetual mit rot geränderten Augen, reuevoller Miene und einem Geschenk hereinkam. Trotz meiner Schmerzen schob ich mich weg von ihm. Wenn er mich jetzt umbrachte, sollte es eben so sein.

»Wie konnte ich das nur tun?«, heulte er. »Jetzt hast du Angst vor mir.« Er behauptete, er wäre betrunken gewesen, und Liebe, Verzweiflung und Wein wären die Ursache dafür gewesen. Er fürchtete auch, dass ihn der Geist seines Vaters besessen hatte. »Die ganze Zeit über hatte ich nicht das Gefühl, ich wäre ich selbst. Was da passierte, machte mir Angst, aber ich konnte mich nicht daran hindern.«

Ich erinnerte mich an sein Wimmern. *»Hör auf. Hör auf. Du musst aufhören.«*

Er begutachtete die Striemen an meinem Kiefer, die Blutergüsse an Schultern, Armen und Beinen. Er küsste jeden einzelnen, worauf mir aufs Neue schlecht wurde. Er beschrieb die Blutergüsse mit den Farben von Früchten – Pflaumen, Kumquats und Mangos. »Wie konnte ich das deiner schönen Haut nur antun, meine Liebe?«

Er legte ein seidenes Beutelchen neben mich auf das Bett. Ich wollte es nicht anrühren. Er öffnete es und holte eine Haarnadel daraus hervor, ein Phönix aus Goldfiligran mit eingesetztem Türkis und einem gefächerten Schwanz aus Perlen. »Sie hat meiner Großmutter gehört«, sagte er. »Siehst du, wie viel du mir bedeutest.« Er ließ sie auf dem Bett liegen.

Er kam jeden Tag vorbei und setzte sich ein paar Minuten zu mir ans Bett. Meine Angst hatte sich mittlerweile in Abscheu verwandelt. Er brachte Obst und Süßigkeiten. Ich aß nichts davon. Er verlangte nichts weiter von mir. Zwei Wochen nachdem er mich verprügelt hatte, fragte er, ob er mit mir schlafen könne. Er versprach, sanft zu sein. Er wollte mir nie mehr wieder wehtun. Was blieb mir übrig? Wo sollte ich hin? Was würde er mir später antun, wenn ich mich weigerte?

»Ich bin deine Frau«, sagte ich. »Es ist dein Recht.« Mein Körper erschauerte, als er mich berührte. Ich verspürte immer noch den Drang, aufzustehen und wegzulaufen. Als ich endlich stillhalten konnte, fühlten sich seine Hände wie steinerne Gewichte auf meinem toten Fleisch an. Er war nicht glücklich über meine mangelnde Leidenschaft, aber er verstand, dass es eine gewisse Zeit dauern würde, bis wir einander wieder in vollem Maße lieben konnten. Als er ging, musste ich mich übergeben. Kurz darauf hörte ich ihn in Pomelos Zimmer vor Erregung schreien. Er brüllte sie an, und sie rief laut, dass sie ihm gehöre, jeder Teil von ihr. Wenn sie ihn so sehr begehrte, konnte sie ihn jede Nacht haben. Ich würde ihr helfen. Ich würde darauf bestehen.

Etwa einmal die Woche wurde Perpetual wütend und schlug mich. Es war nicht wie das erste Mal, als ich dachte, er würde mich umbringen. Er fing an zu toben, und ich schrie ihn an, wissend, was das auslöste. Zauberkürbis erzählte, die Nachbarn säßen dann vor ihren Fenstern und knackten Erdnüsse, während sie unsere Opernvorstellung genossen. Er achtete darauf, mich nicht ins Gesicht zu schlagen. Stattdessen schlug er mich auf den Hinterkopf, ging um mich herum und trat mich in Oberkörper und Beine. Er drückte mich gegen die Wand und zwang mich, ihn anzusehen, dann riss er mich an den Haaren und stieß mich zu Boden. Wenn ich das nicht weiter aushalten konnte, weil es mich anekelte, rollte ich mich zu einer Kugel zusammen. Zauberkürbis hatte mit ihrer Vorhersage über Perpetuals Lust, brutal zu sein und sich dann in Reue zu üben, recht gehabt. Ich verabscheute ihn und würde ihm meine Angst nicht zeigen.

Wenn er in meinem Bett war, ließ ich ihn mit Hilfe meines Gedächtnisses verschwinden. Meine Gedanken konnte er weder sehen noch hören, und ich holte eine Erinnerung nach der anderen hervor, bis er mein Bett wieder verlassen hatte. Ich besuchte die Orte, die ich liebte. Den großen Salon, wo ich Carlotta gejagt hatte. Ein zusammengeknotetes Taschentuch meiner Mutter diente ihr als Ball. Ich war auf einer Straße, wo ich mit der Kutsche ausfuhr. Ich winkte Männern zu. Ich lief durch eine Gasse mit Läden, in denen es Bücher, Medaillons und Uhren gab. Ich kaufte Süßigkeiten. Ich ging zu Edward. Wir saßen im Auto, und ich fuhr. Ich schrie auf, weil ich beinahe eine Ente mit ihren Jungen überfahren hatte. Ich kehrte zu einem Nachmittag zurück, an dem es zu heiß war, um etwas anderes zu tun als auf den Diwanen zu liegen, die in der Bibliothek standen. Er las … *Die goldene Schale*. Hör zu, sagte er. Was las ich? Einen Ausschnitt aus seinem neuen Tagebuch. Sein Tagebuch. Ich las die Passage laut vor. Ich fuhr wieder den Wagen. Ich kehrte in unser Schlafzimmer zurück und sah Edward mit Klein Flora in den Armen dastehen. Der Tag brach gerade an, der Raum war von warmem sepiafarbenen Licht erfüllt und wurde immer heller und farbiger. Ich sah sie beide ganz deutlich, Edwards Gesichtsausdruck, während er Klein Flora ins Ohr flüsterte, was für ein Wunder sie sei. Ich spürte den Augenblick, als er mich ansah und sagte: »Sie ist die Liebe in Vollkommenheit, rein und unversehrt.«

Warum hatte er das Wort *unversehrt* verwendet? Das hatte ich ihn fragen wollen, wenn Flora eingeschlafen war. Es gab so vieles, was ich ihn noch fragen wollte, und die einzigen Antworten, die ich je darauf bekommen würde, waren die, die ich gern glauben wollte. Ich wusste, was er damit meinte. Ich würde sie beschützen, und alles Leid, das mir zugefügt worden war, würde heilen, bis ich wieder rein war, ohne Hass im Herzen, allein Liebe darin.

Zauberkürbis und ich gingen zwei- bis dreimal die Woche in Pomelos Hof, um Mah-Jongg zu spielen. Wir waren alte Blumenschwestern geworden, hatten unser Misstrauen aufgegeben und versprochen, uns nicht gegenseitig zu untergraben. Eines Tages erwähnte sie ein Gericht, das sie in Shanghai gegessen hatte. Ich flüsterte ihr zu, Azurs Hausmädchen könnte das hören und Perpetual petzen, dass sie an ihr altes Zuhause dachte.

»Azurs Hausmädchen?«, sagte sie. »Die kleine Spionin wagt es nicht, irgendetwas über mich zu berichten. Ich habe sie in der Hand. Sie und der junge Diener sind ein Liebespaar, und ich weiß ganz sicher, dass er ihr öfter Essen gibt, das er aus der Speisekammer gestohlen hat. Aber sie bekommt von Azur immer noch ihre Belohnung, weil sie dir nachspioniert. Ich würde vorschlagen, du lässt ihr die Belohnung. Wenn du weißt, dass sie gerade lauscht, dann erzähl von deiner unsterblichen Liebe für Perpetual und wie sehr du Azur bewunderst. Soll das Hausmädchen doch deine Lügen weitererzählen.«

Pomelo legte eine Platte auf die Victrola. »Das Mädchen hört uns nicht, wenn die Musik spielt.«

Unsere Unterhaltung beim nächsten Mah-Jongg-Nachmittag begann sie mit einer Beschwerde. »Ich wollte dir sagen, dass du mich in meiner Zuneigung für Perpetual nicht übertreffen kannst.«

Ich beäugte sie und fragte mich, was sie wohl vorhatte.

»Ich höre quer über den Hof, was du mit Perpetual treibst. Du hörst, was ich mit ihm treibe. Ich klinge überzeugender als du. Du bist etwas lustlos geworden, was die Wertschätzung seines Schwanzes angeht. Ich finde, du solltest an deinen schauspielerischen Fähigkeiten arbeiten. Ich dachte, wir könnten vielleicht einen kleinen Wettbewerb anstrengen, wer ihm am besten etwas vormacht. Wir könnten um einen Mann, den wir nicht wollen, wetteifern – wie die Shanghaier Blumenschwestern aus unserer Vergangenheit. Schreie vor Lust. Erkläre, dass du für immer sein bist. Sag ihm, dass du ihn liebst, und nur ihn. Tu es für den Stolz, den wir früher auf unseren Beruf hatten.«

»Ich lasse mich lieber schlagen.«

»Das hat eine der anderen Konkubinen auch gesagt. Sie war stark, so wie du.«

Ich hielt den Atem an. Ich hatte darauf gewartet, dass sie mir das erzählte. Bis jetzt hatte sie sich immer geweigert, mehr von Perpetuals anderen Konkubinen preiszugeben. »Hat sie in meinem Zimmer gewohnt?«

»Sie war in meinem Zimmer. Ich war in deinem, bis ich aufstieg. Sie hieß Verdant«, sagte Pomelo. »Sie hat Perpetual früher wirklich geliebt, sogar noch, nachdem sie hierhergekommen war und sah, dass er gelogen hatte. Aber als ich auftauchte, wurde sie verrückt. Sie beschimpfte ihn für seine Unaufrichtigkeit, verhöhnte ihn, weil er an einem so armseligen Ort wohnte. Sie brachte ihm keine Zuneigung und keine Leidenschaft mehr entgegen. Und sie wollte sich nicht unterwerfen. Er prügelte ihr fast das Hirn aus dem Schädel. Er schlug ihr zwei Zähne aus und verletzte sie an einem Auge, sodass sie das Augenlid nie wieder öffnen konnte. Eines Nachts schrie sie noch lauter als gewöhnlich. Am nächsten Morgen war sie verschwunden. Ich fürchtete natürlich, dass Perpetual sie umgebracht und die Leiche aus dem Haus geschafft hatte, damit niemand sehen konnte, was er getan hatte.«

»Ai-ya!«, sagte Zauberkürbis.

Ich schnappte nach Luft, und mein Magen krampfte sich zusammen. *Perpetual, ein Mörder.* Das gleiche Ende könnte auch mir drohen.

»Es stellte sich dann aber heraus, dass sie weggelaufen war«, sagte Pomelo.

Ich atmete wieder. Jetzt wollte ich unbedingt erfahren, wie sie das gemacht hatte.

»Sie hat den Pfad am Fluss entlang genommen. An der ersten Biegung sahen zwei Frauen, die auf den Feldern arbeiteten, wie Perpetual und Verdant kämpften. Sie konnte sich befreien, rannte in den Fluss und lief taumelnd über die glatten Steine des Untergrunds weiter. Das Wasser war an den Ufern nur knietief, und sie muss geglaubt haben, dass es leicht sei, auf die andere Seite zu gelangen. Aber das Moos auf den Steinen war rutschig, das Wasser strömte schnell, und sie fiel ein paar Mal hin. Dann wurde es tiefer, und in der Mitte reichte ihr das Wasser bis an die Oberschenkel. Ihre Kleider wickelten sich ihr um die Beine, und sie musste kämpfen, um aufrecht stehen zu bleiben. Jedes Mal, wenn sie hinfiel, bewegte sie sich ein bisschen weiter flussabwärts, bevor sie es schaffte, sich wieder aufzurichten. Doch dann ging ihr das Wasser plötzlich bis zur Taille und trieb sie fort wie ein Blatt. Es gelang ihr, das Ufer anzusteuern, und sie hielt sich an den Wurzeln eines Baums fest. Perpetual fand einen kräftigen Ast und streckte ihn ihr entgegen. Sie hielt sich daran fest. Die Frauen, die das beobachteten, waren erleichtert. Als Perpetual sie ans Ufer zog, rief er ihr etwas zu. Sie rief zurück. Die Frauen verstanden die Worte nicht, weil das Wasser so schnell und laut floss. Aber eine sagte, Perpetual habe wütend ausgesehen und den Ast plötzlich losgelassen. Verdant wurde mitsamt dem Ast in der Hand davongetrieben. Ihr Kopf tauchte noch zweimal auf, bevor ihr Körper über einen kleinen Abhang glitt und unterging. Die Frau sagte, Perpetual hätte so freudig geschaut wie ein Mann, der einen großen Fisch gefangen hatte.«

Ich war wie betäubt, als ich mir das Unglück im Geiste vorstellte.

»Die zweite Frau erzählte eine andere Version. Sie sagte, als die beiden einander anbrüllten, hätte Verdant einen wahnsinnigen Blick in den Augen gehabt. Sie schrie ihn ein letztes Mal an, schleuderte den Ast weg und ließ sich von den Wellen davontragen. Die Frau sagte, Perpetual hätte geschaut wie ein Mann, der einen großen Fisch gefangen hatte, nur um mitansehen zu müssen, wie er ihm entwischte und davonschwamm.

Verdants Leiche wurde am nächsten Tag eine Meile flussabwärts gefunden, an einen Felsbrocken gespült. Die Strömung war so stark, dass man die Leiche erst im Sommer befreien konnte, als der Wasserpegel sank. Wie auch immer es passiert war, die Leute waren der Meinung, Perpetual könne die Schuld an ihrem Tod nicht zugeschrieben werden. Immerhin wäre sie davongelaufen. Sie wäre ins Wasser gegangen. Wenn ihr mich fragt, ich glaube, sie war diejenige, die den Ast losgelassen hat. Sie war so eine Frau. Sie war wie du.«

Mir zog sich die Kehle zusammen. »Du hast gesagt, es gab noch eine weitere Konkubine. Ist sie auch gestorben?«

»Das ist diejenige, von der ich euch die ganze Zeit erzählen wollte. Charm kam nach mir hierher und ging ein Jahr vor deiner Ankunft. Sie hat in deinem Zimmer gewohnt.«

Ich hoffte, Pomelo würde mir nicht erzählen, dass Charm auch eines grausamen Todes gestorben war.

»Charm und ich standen uns bald nahe, so nah wie Schwestern. Wir vertrauten uns an, wie sehr wir Perpetual hassten. Wir überlegten, wie wir fliehen konnten. Sie hatte zwei gute Füße, ich hatte zwei schlechte. Sie hatte den Verdacht, dass Perpetual, wenn er behauptete, zu den Sägemühlen zu gehen, in Wahrheit den Himmelsberg hinaufstieg. Einmal versteckte sie sich frühmorgens an der Stelle, wo der verborgene Pfad losgeht, und wartete. Er kam wirklich und marschierte strammen Schrittes hinauf. Als er nach Hause zurückkehrte, gab sie ihm viel Wein und ein paar Tropfen Opium und erschöpfte ihn mit wildem Sex. Als er in einen tiefen Schlaf fiel und schnarchte, durchsuchte sie die Taschen der Hose, die er auf der Reise angehabt hatte. Sie zog einen kleinen Lederumschlag heraus und fand ein Stück Papier darin, das er fünfmal zusammengefaltet hatte. Es war offenbar ein Gedicht über die Landschaft des Himmelsbergs. Es beschrieb einen Baum mit einem Ast, der geknickt war wie der Arm eines Menschen, einen Stein in Form einer Schildkröte – viele unterschiedliche Landmarken, auch Felsbrocken auf dem Weg, über die ein Mensch klettern konnte, aber kein Pferd. Es kamen auch Anweisungen vor wie *links, rechts, geradeaus, hoch, hinunter, die dritte Gabelung, die zweite.* Ihr wurde klar, dass sie die Wegbeschreibung zum Gipfel des Berges vor sich hatte, zur Hand Buddhas.«

Mein Herz machte einen Luftsprung. Eine Fluchtmöglichkeit. »Hast du die Antworten auch aufgeschrieben?«

»Lass mich fertig erzählen. Als sie aufbrach, sollte Perpetual nicht herausfinden, wohin sie gehen würde. Sie zerriss eine Jacke und eine Hose und zeigte sie mir. ›Lass ihn glauben, dass ich Verdant in ein nasses Grab gefolgt bin.‹ Sie versprach, mir Bescheid zu geben, wenn sie einen sicheren Ort erreicht hatte. Nachdem sie Perpetual in dieser Nacht mit ihrer Mischung aus Alkohol und Sex wieder ausgetrickst hatte, brach sie auf. Sie nahm die Wegbeschreibung mit, die zerrissenen Kleider und einen kleinen Beutel mit

Essen und Wasser. Perpetual fand am nächsten Tag die Kleiderfetzen im Fluss. Er war wirklich untröstlich. Ich jubelte innerlich, dass Charm entkommen war, indem sie es geschafft hatte, den Himmelsberg hinaufzusteigen. Doch nachdem ich zwei Monate nichts von ihr gehört hatte, dachte ich, sie wäre gestorben. Ich trauerte um sie und hoffte, dass sie keinen schmerzhaften Tod erlitten hatte.«

Es hatte also doch einen Geist in meinem Bett gegeben. Charm.

Pomelo zog eine Schublade auf und holte ein kleines, zusammengefaltetes Blatt Papier hervor. »Vor zwei Tagen erhielt ich den Beweis, dass sie am Leben ist. Ein reisender Flickschuster klopfte ans Tor und brachte mir Schuhe, angeblich von meiner Schwester. Die Schuhe kamen mir bekannt vor, und ich nahm sie an. Sie hatten Charm gehört. Sie hatte ihre Schuhe in alle Einzelteile zerlegt und sie so wieder zusammengenäht, dass sie meinen gebundenen Füßen passten. Die Nähte waren perfekt, und ich suchte eine Öffnung im Futter – so wie wir Kurtisanen es machen, wenn wir Geld oder Nachrichten unserer Liebhaber verstecken wollen. Vorsichtig schnitt ich die hintere Naht des linken Schuhs auf.« Sie reichte mir den Zettel:

Benutze die Wegbeschreibung, um den Himmelsberg zu besteigen. Ganz oben siehst du das Tal und die Felskuppel, die geformt ist wie die Hand Buddhas. Blicke vom Bergkamm hinunter, dann hast du den Ort Bergblick vor dir. Gehe zum Haus von Charm, dort heiße ich dich willkommen.

Ich stellte mir eine Stadt vor, die in dem Tal oben am Berg lag. Zauberkürbis und ich umarmten uns vor Glück. »Wann wollen wir los?«, fragte ich Pomelo.

»Ihr solltet euch so bald wie möglich auf den Weg machen. Ich bleibe zurück, um ihnen weiszumachen, ich hätte gehört, dass ihr Richtung Fluss fliehen wolltet. Wenn ihr nach Bergblick kommt, schickt mir eine Nachricht in einem weiteren Paar Schuhe, damit ich weiß, wie beschwerlich der Weg dorthin ist.« Sie zeigte auf ihre gebundenen Füße. Sie waren zwar nicht besonders klein, aber es war deutlich zu erkennen, dass sie diese ganze Strecke niemals allein zurücklegen konnte. Wir verbrachten ein paar Minuten damit, hin und her zu argumentieren. Zauberkürbis und ich bestanden darauf, dass wir als drei Schwestern gehen sollten.

Zauberkürbis hob ihre eigenen Füße. »Siehst du? Meine waren auch einmal gebunden, und ich will es versuchen.«

Pomelo schob sie weg. »Deine wurden nicht mehr gebunden, seit du ein kleines Kind warst. Sie sind so groß wie die von Violet, wenn nicht noch größer.«

Wir stritten weiter. Wir wollten eine Möglichkeit finden, ihr zu helfen. Sie insistierte, dass sie nur eine Last sein würde. Wir betonten, dass sie uns die Wegbeschreibung und den Brief von Charm gegeben hatte. Am Ende sagte sie: »Ihr seid beide zu gut zu mir. Ich habe noch nicht einmal Möbel für eure Zimmer hergerichtet.«

Nach diesem Abend betrachtete ich das Leben mit anderen Augen. Die ruppigen Begrüßungen der Bauern am Morgen wirkten freundlicher. Alte Männer auf den Straßen schmauchten ihre Pfeifen. Ein Rudel Hunde jaulte und bellte, der Lärm nahm ab, als sie wegrannten, und ich rannte im Geiste mit.

Es war Frühling, und die Knospen trieben schon aus. Endlich regnete es nicht mehr, und die Tage wurden wärmer. Pomelo hatte sich bereits Krücken aus abgebrochenen Stuhlbeinen gebastelt. Sie hatte sich steifes Leder an die Schuhsohlen geklebt und Kräutersäckchen gegen Schwellungen vorbereitet. Sie übte, indem sie jeden Abend, an dem sie nicht mit Perpetual zusammen war, in ihrem Zimmer auf und ab lief, sobald die Hausmädchen im Bett waren.

Wir suchten noch andere Holzstücke aus dem Schuppen mit den kaputten Möbeln zusammen. Damit bauten wir uns Puppen, die uns darstellen sollten, damit unsere Abwesenheit nicht so schnell bemerkt wurde. Aus den Sitzflächen kleiner Hocker wurden unsere Köpfe, ein halber Teetisch wurde zu einem Rumpf, Tischbeine verwandelten sich in Arme und Beine. Zauberkürbis bestand darauf, Gesichter zu basteln. Sie rührte eine Masse aus Schlamm und Lehm zusammen und setzte kleine Häufchen auf die Sitzflächen der Hocker, dann steckte sie Steinchen und Stifte in unterschiedlichen Größen hinein, um Augen, Nase und Lippen zu bilden. Unsere Gesichter waren ziemlich gruselig.

Zauberkürbis und ich hatten Essen gehortet, damit wir zu dritt drei Tage durchhalten konnten. Es gab nichts, wovon ich mich nicht trennen konnte. Alles wäre eine Last, entweder für mein Herz oder den Rücken. Ich würde nur die Kleider mitnehmen, die für warme Tage und kalte Nächte am geeignetsten waren. Doch dann fiel mir etwas ein, was ich keineswegs zurücklassen konnte: Edwards Tagebuch und die Fotos von ihm und Klein Flora. Ich erinnerte mich an den schrecklichen Tag, an dem mir Flora weggenommen wurde. Ich hatte ihr Foto betrachtet und gesagt: »Widersteht viel, gehorcht wenig.« Ich war diesem Rat gefolgt. Ich nahm die Bilder aus den Rahmen und schob sie in das Tagebuch.

Zauberkürbis legte mir eine westliche Bluse und einen langen Rock auf das Bett.

»Warum bringst du mir diese Sachen?«, fragte ich.

Sie lächelte listig. »Damit du dich in deine westliche Hälfte verwandeln kannst. Eine Frau aus dem Westen, die ohne Ehemann reist, wird nicht ausgefragt. Die Leute wissen, dass Ausländer verrückt sind und überall herumstreunen, wie es ihnen gefällt.«

»Und wenn mich jemand fragt, warum ich einen Berg hochsteige, was sage ich dann?«

»Du antwortest auf Englisch, dass du Malerin bist. Du reist herum, um Landschaften zu malen. Ich übersetze das ins Chinesische.«

Ich runzelte die Stirn. »Wo sind meine Farben? Wie soll ich beweisen, dass ich Malerin bin?«

Aus ihrer Tasche zog sie zwei Rollen Leinwand. »Du musst sie mir nicht zeigen«, sagte ich. Ich wusste, was es war: Lu Shings Bilder, das Porträt meiner Mutter, das andere von dem Tal. Jedes Mal, wenn ich die Bilder wegwerfen wollte, hatte Zauberkürbis sie an sich genommen.

»Wir müssen es wenigstens versuchen«, sagte sie. »Ich trage sie. Sie sind so gut wie jedes Dokument, in dem steht, dass du Amerikanerin bist. Außerdem sind sie sehr gut ausgeführt.«

Wir warteten, bis Azur mit einem nächtlichen Besuch von Perpetual an der Reihe war. Es war Halbmond. Nachmittags, als Azurs Hausmädchen in der Nähe war, lud uns Pomelo betont auffällig zum Mah-Jongg-Spiel ein. Wir lehnten erst ab, sagten dann aber doch zu, nachdem sie zweimal darauf gedrungen hatte. Wir hatten unsere Habseligkeiten im Lauf der letzten Woche schon Stück für Stück in ihr Zimmer gebracht. Um sieben gingen wir zu Pomelo, um Mah-Jongg zu spielen. Als um zehn alles ruhig und Azurs Hausmädchen bei seinem Liebhaber war, zogen wir die einfachen Kleider der Bauersfrauen an. Auf den Boden an der gegenüberliegenden Wand drapierten wir unsere drei Puppen, in hübschen Kleidern. Leise legten wir den Tisch und die Stühle auf die Seite, als wären sie umgefallen. Wir verteilten die Mah-Jongg-Ziegel und die Teeschalen auf dem Boden, als wäre unser Spiel plötzlich unterbrochen worden. Mitten in diesem Haufen stand eine Öllampe. Wir gossen vorsichtig Öl auf die Bettdecken, die Seidenvorhänge, die in Gaze gehüllten Lampen und den Teppich. Ja, wenn das Feuer erst einmal brannte, würde niemand mehr hereinkommen können, um uns zu retten – diese hässlichen Puppen mit Steinen als Augen. Pomelo und ich gingen zum hinteren Tor hinaus, gleich hinter Pomelos Hof. Zauberkürbis zog die Victrola auf, legte eine traurige Arie auf, stieß Kohlenpfanne und Öllampe um, zündete die Bettvorhänge an und eilte zu dem Tor, wo wir auf sie warteten.

Wir nahmen den oberen Pfad entlang den Bergausläufern. Nach fünf Minuten erklangen Rufe auf der Hauptstraße unter uns. Ich stellte mir die entsetzten Blicke derer vor, die unsere armen Abbilder unerreichbar in dem Inferno liegen sahen, so verkohlt, dass man sie nicht mehr erkennen konnte. Azur würde allen den Befehl geben, den Tempel zu retten. Und was würde Perpetual tun? Was würde er empfinden? Wie lange würde es dauern, bis jemand das Zimmer betrat und die Leichen mit der Haut aus verbrannter Rinde untersuchte?

Der Pfad führte aufwärts. Wir warfen oft einen Blick über die Schulter und sahen, wie hoch die orangefarbenen Flammen loderten. Ich fragte mich, ob wohl das ganze Haus brannte. Würde auch das Dorf niederbrennen? Bei dem Gedanken bekam ich Gewissensbisse. Wir unterhielten uns tapfer, aber unsere Stimmen verrieten uns. Wir hatten Angst. Ich hatte das Gefühl, dass Perpetual gleich vor uns aus dem Gebüsch springen würde. Als sich das Dorf immer weiter entfernte und wir den Rauch über den niedrigen Ausläufern des Gebirges nicht mehr sehen konnten, waren wir erleichtert.

Wir liefen drei Stunden. Pomelo musste sich oft ausruhen, weil ihre Arme wegen der Krücken müde wurden. Dann wurden wir aufgehalten. An einer Stelle lagen Steinbrocken auf dem Weg. Man konnte zwar hindurchkommen, aber es war dunkel, und wir wollten es nicht riskieren, dass eine von uns stürzte, deshalb suchten wir uns einen Platz hinter Sträuchern und schliefen, immer zwei zur selben Zeit.

Dann brach der neue Tag an. Wir waren ergriffen von der Schönheit des weiten Himmels, der Abhänge und Schluchten des Bergs. Ich fühlte einen Frieden in mir, wie ich ihn noch nie empfunden hatte. Als wir auf den Pfad zurückkehrten, sah ich, dass eine Behauptung von Perpetual wirklich stimmte. Es hatte einen Erdrutsch gegeben, und der Weg war voller Geröll. Zauberkürbis und ich hätten von einem Felsbrocken zum nächsten springen können, um die Stelle zu überqueren. Aber wir blieben neben Pomelo, die bei jedem Schritt vorsichtig ihre Krücken aufsetzte. Bei den größeren Brocken wankte sie, und wir mussten jederzeit bereit sein, sie aufzufangen. Als sie die andere Seite erreicht hatte, war sie erschöpft, genau wie wir. Wir gönnten uns eine Stunde Rast und eine Mahlzeit. Nur langsam kamen wir voran. Pomelo dankte uns immer wieder überschwänglich und entschuldigte sich gleichzeitig.

»Der Welt ist der Kummer anderer egal, wenn sie selbst Schmerzen leidet«, sagte sie.

Jemand hatte einmal zu mir gesagt: Wenn du einen Menschen rettest, selbst wenn du es ungern tust, dann fühlt man sich das ganze Leben lang miteinander verbunden. So ging es uns mit Pomelo. Zauberkürbis fragte sie oft, ob sie ausruhen wolle. Ich fragte sie, ob ihr die Füße wehtaten. Und sie fragte, ob wir wirklich weiterhin den kleinen Beutel mit ihren Sachen für sie tragen wollten. Wir protestierten laut, dass nichts davon eine Last sei, und das war es auch wirklich nicht.

Am Nachmittag waren wir schon so weit aufgestiegen, dass der Weg durch einen Wald führte, wo es angenehm kühl war. Doch wir hatten Angst, dass uns ein Tiger oder ein Bär anfallen könnte. Ich gestand, dass ich noch schlimmere Befürchtungen hatte: dass Perpetual auftauchen könnte.

»Wie denn?«, fragte Zauberkürbis. »Er braucht doch sicherlich eine Weile, um zu merken, dass diese falschen Leichen nicht wir sind. Und dann würde er bestimmt zuerst am Fluss suchen. Warum sollte er in die Berge gehen?«

Wir liefen durch den Kiefernwald und sahen bald Teile des Himmels und bald auch den ganzen Himmel. Die drückende Angst hob sich sofort von meiner Brust. Doch sie kehrte bald zurück, als der Weg sich zu einem schmalen Pfad verengte. Mir wurde schwindelig, als ich sah, wie tief es hinunterging, seitlich an einem Felshang. Ich erinnerte mich an Edwards Geschichte von dem Jungen, der abgestürzt war, als er versuchte, eine Puppe zu fangen.

»Sieh nach vorne und nicht nach unten«, warnte Zauberkürbis. »Wo du hinblickst, da läufst du auch hin.«

»Laut der Karte nähern wir uns der Grotte«, sagte Pomelo. »Sie muss irgendwo da drüben sein.« Sie zeigte auf die andere Seite der Kluft. »In ein paar Stunden sollten wir sie erreicht haben.« Pomelo hatte den Verdacht, dass unser Schmuck dort versteckt war. Ich stellte mir einen Einsiedler vor, der in der Höhle saß, wie in den Gedichten beschrieben. In meinem Kopf war der Einsiedler immer

Perpetual. Die Vorstellung, wir könnten in der Grotte auf ihn stoßen, ließ mich erschauern.

»Schaut!«, sagte Pomelo. Sie zeigte nach unten. Weit unterhalb von uns war eine kleine Gestalt zu sehen, die sich bewegte. Wir waren uns einig, dass es kein Tiger und kein Bär war. Die Gestalt lief auf zwei Beinen und konnte niemand anders sein als Perpetual. Er war der Einzige, der wusste, dass auf dem Himmelsberg kein Fluch lag.

Wir beeilten uns, den gefährlichen schmalen Pfad hinaufzusteigen, in der Hoffnung, einen Wald zu finden, der uns als Versteck dienen konnte. Nach einer halben Stunde sah ich an Pomelos schmerzverzerrter Miene, dass sie Qualen litt. An Armen und Händen hatte sie Blasen von den Krücken. Und die Füße taten ihr nicht weniger weh. Sie schwankte über einen schmalen Pfad, der kaum breiter war als ihre Hüften. Wenn sie stolperte, würde sie die Felswand hinunterstürzen. Zauberkürbis stellte sich hinter sie und hielt sie an der Jacke fest, um sie zu halten, wenn sie schwankte. Ich zwang mich, nicht nach unten zu schauen. Vor uns lauerten Gefahren, und von hinten drohte eine andere Gefahr. Schließlich erreichten wir einen breiteren Pfad, der von der Felswand wegführte. Zauberkürbis und ich stiegen ihn rasch hinauf, um eine bessere Sicht zu haben und herauszufinden, wo Perpetual mittlerweile war. Es verschlug uns beiden den Atem, als wir sahen, dass er weit näher gekommen war, als wir es für möglich gehalten hätten. Die Strecke, für die wir Stunden gebraucht hatten, schien er in Windeseile zurückgelegt zu haben. Er hatte es eindeutig eilig. Jagte er uns? Oder wollte er aus anderen Gründen in die Grotte?

Der Weg führte im Zickzack nach oben, sodass es uns vorkam, als würden wir vor- und zurücklaufen, ohne Fortschritte zu machen. Ich bekam vor lauter Angst kaum Luft.

Nach einer weiteren Biegung schaute ich nach vorn und verlor alle Hoffnung. Ein weiterer Erdrutsch versperrte uns größtenteils den Weg. Schon der letzte hatte uns fast eine Stunde gekostet, und bis wir diesen überwunden hatten, konnten wir uns nirgendwo verstecken. Meine Schläfen pochten. Wir sahen uns an. Eine von uns musste entscheiden, was zu tun war. Bei seinem Tempo würde Perpetual uns in weniger als einer Stunde erreicht haben. Ich vermutete, dass er ein Gewehr oder eine Spitzhacke hatte, etwas, das es ihm leichter machte, uns drei zu fangen – oder zu töten.

»Geht ihr voraus«, sagte Pomelo. Sie hatte starre, hohle Augen.

»Unsinn«, sagte Zauberkürbis. »Für wen hältst du uns eigentlich?«

Ich stimmte ihr zu. Aber ich wusste auch, wenn wir blieben, gaben wir jede Chance zu entkommen auf. Ich stellte mir vor, was für Prügel wir alle beziehen würden. Sobald er uns zurückgebracht hatte, würde er uns in einen verkohlten Käfig stecken und uns den Rest unseres Lebens das Zehnfache leiden lassen. Das wäre unser gemeinsames Schicksal, aber unsere Geschlossenheit würde es erträglich machen.

»Geht weiter!«, sagte Pomelo wütend. »Nach unserer ganzen Planung und all der Anstrengung würdet ihr mir nichts Gutes tun, wenn ihr hierbleibt. Ich finde einen Weg. Vielleicht ist weiter vorne irgendwo ein Busch. Dahinter kann ich mich verstecken.«

Das war unwahrscheinlich, und wir wussten das. Vor ein paar Monaten hätte ich sie ohne einen weiteren Gedanken darauf zu verwenden dort zurückgelassen. Aber wir waren jetzt alte Blumenschwestern geworden und hatten hart zusammengearbeitet, um einander zu retten. Wir konnten sie nicht allein zurücklassen! Pomelo beharrte weiterhin darauf und sagte streng: »Ich empfinde es als Sieg, wenn irgendwer von uns von diesem Mann befreit ist. Ihr könnt die Hoffnungen, diesen Mistkerl irgendwann zu überlisten, Hoffnungen, die ich die ganzen Jahre hatte, nicht einfach zunichtemachen.« Sie weinte und bat um ein paar Minuten Rast.

»Wir gehen weiter«, sagte Zauberkürbis, »aber nur, um zu sehen, ob es dort ein Versteck gibt. Wenn ja, dann kommen wir wieder und holen dich. Dann hast du dich ein wenig ausgeruht.« Ich fragte mich, ob Zauberkürbis wirklich glaubte, dass es eine Chance für ihren Plan gab. Wir verabschiedeten uns nicht. Wir sagten, wir würden sie nicht allein zurücklassen.

»Geht, geht«, sagte sie. Sie winkte uns weg, als wären wir Plagegeister. Und wir sprangen über die Felsen. Gelegentlich drehte ich mich um und sah sie auf Knien, wie sie sich an einem Felsbrocken festhielt. Mein Herz krampfte sich zusammen. Auch wenn sie uns weggeschickt hatte, ich wurde das Gefühl nicht los, ich hätte sie im Stich gelassen. Nach einer Stunde ertrug ich es nicht mehr.

»Wir müssen umkehren«, sagte ich.

»Ich habe gerade dasselbe gedacht«, erwiderte Zauberkürbis. »Er erwischt uns nachher sowieso. Wir können uns nicht für immer im Wald verstecken.«

»Wir könnten versuchen, sie über die Steine zu tragen«, schlug ich vor. »Gemeinsam geht das vielleicht.«

»Es ist egal, ob wir es können oder nicht. Wir werden zusammen sein.«

Staub wirbelte hinter uns auf, als wir den Pfad wieder hinuntersausten. Ich hatte eine solche Angst, dass ich dachte, mein Herz würde zerspringen. Endlich entdeckten wir Pomelo. Sie saß auf einem Felsbrocken. Wir schauten nach unten. Perpetual war jetzt schon so nahe, dass wir sein Gesicht erkennen konnten, die dicken Augenbrauen. Beim Gehen schwang er mit voller Kraft die Arme und trieb sich vorwärts. Er musste Pomelo bereits entdeckt haben. Er rief ihren Namen. Sie reagierte nicht. Sie hatte aufgegeben, war zu müde, sich auch nur einen Zentimeter weiterzubewegen. Ich entdeckte einen blutigen Striemen auf ihrer Stirn. Sie musste gestürzt sein. Sie schüttelte den Kopf, als wäre sie benommen.

Perpetual hatte nur noch zwei kurze Biegungen vor sich, bevor er Pomelo erreichte. Er blieb stehen und hob wieder die Arme. »Ich schlage euch tot, ihr Drecksstücke!«

Pomelo wich zurück, indem sie die Füße gegen einen Steinbrocken vor ihr stemmte und diesen dabei löste. Der Stein rollte los und grub sich in die weiche Erde, bevor er auf den Pfad traf. Sie drückte sich gegen einen weiteren Stein, und wir merkten, dass sie das absichtlich tat. Sie trat mehrere kleinere Steine los, die hinunterpurzelten und in die Luft flogen. Ein paar trafen auf größere Felsen darunter, prallten in eine andere Richtung ab und sausten pfeifend nach unten. Sie kamen Perpetual nicht einmal nahe, aber er sah, was sie machte, fluchte und rannte noch schneller. Sie schob die Steine mit den Krücken an, mit den Füßen, den Händen. Sie flogen kreuz und quer Richtung Perpetual. Er befand sich mittlerweile direkt unterhalb von ihr. Sie schubste jetzt die Steine so schnell sie konnte, und einige walnussgroße Brocken prallten auf Felsen, die sich direkt unter ihr befanden, und flogen in eine andere Richtung. Einer der Steine sauste sechs Meter vor Perpetual vorbei. Er blieb stehen und drehte sich um, dann schaute er wieder nach vorne und hinauf zu Pomelo. Mit entschlossener Miene stürmte er bergauf.

Vor Anstrengung hatte Pomelo ein rotes Gesicht. Sie stützte sich auf beide Arme und schob sich kraftvoll weiter. Ich hielt den Atem an. Unzählige Steine, daumen- bis faustgroß, rollten in Staubwolken nach unten, sprangen hoch und lockerten andere Steine. Perpetual wich den fliegenden Steinen aus, doch als er zu einem Felsbrocken rannte, um dort in Deckung zu gehen, gab es gleichsam eine Explosion in Rot. Sein Kopf wurde zur Seite und dann nach hinten gedreht. Sein Körper schien keine Knochen zu haben, als er nach hinten fiel. Zauberkürbis und ich rührten uns zuerst gar nicht, aber Pomelo stolperte auf Perpetual zu. In diesem Moment rannten wir zu ihr, um sie aufzuhalten. Wir waren fast gleichzeitig bei ihm. Sein Kopf war ein roter Brei, ohne Augen, Nase und Mund. Rumpf und Gliedmaßen waren in die falsche Richtung gedreht. Um ihn herum setzte sich der Staub. Unter ihm breitete sich das Blut aus wie ein Banner.

Zauberkürbis stupste mich und zeigte auf Pomelo. Sie saß auf dem Boden. Sie schien sich hämisch darüber zu freuen, was sie getan hatte. Sie legte den Kopf zurück und lachte hemmungslos. Es war schockierend. Als wir zu ihr gingen, wurde mir jedoch klar, dass sie heulte wie eine Verrückte. Hilflos und entsetzt drehte sie sich zu uns um und streckte die Arme nach uns aus. Wir setzten uns neben sie und weinten wortlos. Sie jammerte weiter. »Du Schwein! Warum hast du mich gezwungen, das zu tun?« Schluchzend erklärte sie uns, dass sie ihn immer noch hasste. Sie musste ihn töten, um uns zu retten. Sie musste immer mehr Steine lostreten. Doch in dem Moment, als einer von ihnen ihm das Gesicht zertrümmerte, konnte sie es kaum ertragen. Es war kein Verbrechen, was sie getan hatte, es war Selbstschutz gewesen. Sie wusste, einen anderen Menschen zu töten – ob mit einem Stein oder indem man ihn über einen Abgrund leitete – würde immer den eigenen Geist vergiften und würde einen von den Menschen trennen, die nie getötet hatten. Dabei hätte jeder von uns das tun können. Ich war dankbar, dass sie uns vor Perpetual gerettet hatte und wir nicht seine Henker sein mussten. Ich stellte mir ihre Qualen vor, wenn sie sich den Rest ihres Lebens immer wieder vor Augen rief, was sie getan hatte. Ich erinnerte mich an Edwards Worte: »Wenn man einen anderen Menschen tötet, übt man gleichzeitig Gewalt gegen sich selbst, und diese Verletzung trägt man bis ans Ende seiner Tage mit sich herum.«

Pomelo wollte, dass wir ihn begruben. Sie fand es nicht ehrbar, ihn den Geiern und Wölfen zu überlassen. Wir überzeugten sie vom Gegenteil. Sollte ihn jemand finden, würde man glauben, er sei durch Steinschlag zu Tode gekommen, die Steinbrocken seien vom Schicksal losgetreten worden und nicht von ihren Füßen.

Jenseits des Waldes wand sich der Weg um den Berg herum, und als wir auf der anderen Seite herauskamen, stießen wir auf einen schattigen Hain, einen kleinen Teich und eine Quelle, die ihn speiste. Wir setzten sofort unsere Bündel ab und tranken das süße Wasser, bevor wir uns die Gesichter wuschen. Weiter vorne war eine weitere Quelle, in einer dunklen Grotte. Das musste Perpetuals Versteck sein. Zwanzig Meter davor blieb ich stehen, denn ich machte den Rücken eines sitzenden Mannes aus: der Einsiedler. Einen Augenblick glaubte ich, er würde sich gleich umdrehen, und es wäre Perpetual. Ich hob einen Stein vom Boden auf, Zauberkürbis ebenso.

»Hallo!«, rief Zauberkürbis. Die Gestalt antwortete nicht. Zauberkürbis näherte sich ein paar Schritte und rief noch einmal. Nichts rührte sich. Dann kam sie wieder zu uns zurück.

»Das habe ich mir schon gedacht. Unser Mönch hat so lange meditiert, dass er zu einem Felsblock geworden ist.«

Rasch liefen wir hin, gingen um den »Einsiedler« herum und standen plötzlich in der Grotte. Auf einer Seite lief Wasser aus einem Spalt auf einen Felsblock, der mittlerweile zu einer Schale ausgehöhlt war. Sonst war nichts dort. Keine Schatzkiste. Noch nicht einmal etwas zum Hinsetzen.

Zauberkürbis fiel ein Steinhaufen neben der Grotte auf. Sie stieß ihn kurzerhand um. Dahinter befand sich eine kleine Höhle, die halb so hoch war wie wir. Am Eingang lag ein Seil. Sie zog daran, dann zogen wir zu dritt – und zerrten etwas Schweres herbei. Ich hoffte, dass es keine Leiche war. Zuerst sahen wir nur bleiche Spinnen, die über eine Kiste huschten. Wir schreckten zurück. Zauberkürbis wischte die Tiere weg.

Die Kiste enthielt Bücher und viele kleine Schriftrollen. Wir waren enttäuscht. Wo war unser Schmuck – die Ringe, Armreife und Ketten, die Perpetual uns weggenommen hatte? Pomelo öffnete eine Schriftrolle. Es war ein Gedicht. Sie zog ein Buch heraus. Es enthielt die Erlässe des Kaisers Qianlong. Da entdeckte ich noch etwas am Boden der Kiste. Wir holten schnell die restlichen Bücher heraus und stießen auf zwei flache Kästchen.

Ein Kästchen bestand aus gehärtetem Leder und war länger als ein Buch. Auf dem Deckel war in Gold eine Hofanlage samt ihren Bewohnern geprägt. Pomelo hob ihn hoch, es gab kein Schloss. Ich hielt den Atem an – da war er, unser Schmuck. Ich betastete meinen goldenen Armreif, eine Perlenkette und den Ring aus Jade und Diamanten, den mir Loyalty geschenkt und den Zauberkürbis gegen meinen ausdrücklichen Wunsch nicht verkauft hatte. Sie hatte gesagt, der Ring sei wie ein Bankkonto. Ich müsste Loyalty lediglich damit winken, und schon würde Geld fließen.

Zauberkürbis hatte ihren silbernen Armreif und zwei goldene Haarnadeln gefunden. Pomelo besaß mehr: eine diamantbesetzte Haarnadel, zwei goldene Armreife, mehrere Ringe und Ohrringe aus Jade und Diamanten.

»Charm hätte sich unseren Schmuck einfach nehmen können«, sagte Pomelo. »Sie hätte sich sagen können, niemals würden wir so weit kommen, um ihn an uns nehmen zu können. Aber sie hat nur ihre eigenen Wertsachen mitgenommen. Sie ist ein guter Mensch.«

Das andere Kästchen bestand aus einfachem Holz und hatte einen Messingverschluss. Es war schwer. Als wir den Deckel aufklappten, schnappten wir alle drei gleichzeitig nach Luft. Im Inneren befanden sich zwölf kleine Goldbarren und dreiunddreißig mexikanische Silberdollar. Würde ich die Stadt bei der Hand Buddhas erreichen, würde ich genug Geld für Essen, eine Unterkunft und Respekt haben.

Wir beschlossen, die Nacht in der Grotte zu verbringen. Ich wachte mehrmals auf, weil ich träumte, dass Perpetual über mir stand. Pomelo stöhnte: »Er ist gekommen, um mich zu holen.« Ich beruhigte sie und sagte ihr, sie habe nur schlecht geträumt. »Ich will nicht wieder einschlafen«, sagte sie. »Ich spüre, dass er ganz in der Nähe steht.«

Vor Sonnenaufgang brachen wir auf. Laut der Karte hatten wir nur noch wenige Stunden bis zum Gipfel, außer der Weg war sehr steil oder es gab noch einen Erdrutsch. Wir wurden jetzt nicht mehr gejagt, sondern von der Hoffnung angetrieben, bald ein besseres Leben in der Stadt führen zu können.

»Es ist seltsam, dass niemand aus Bergblick jemals hinunter nach Mondteich gekommen ist«, meinte Zauberkürbis.

»In drei Bezirken wusste jeder von dem Fluch und den Geistern, die dort oben tanzen«, sagte Pomelo. »Warum sollte jemand das Risiko auf sich nehmen, um so einen scheußlichen Ort wie Mondteich aufzusuchen? Er hatte keinen guten Ruf.«

»Manche Leute sind dumm, die gehen überallhin«, sagte Zauberkürbis. »Oder sie sind mutig, so wie wir.«

Ich hatte noch nie von einer Stadt oben an einem Berg gehört, außer in Märchen. Aber in ihrer Nachricht hatte Charm von einer solchen Stadt berichtet. Wenn wir den Kamm erreicht hätten, würden wir sie sehen können. Ich stellte mir Bergblick genauso vor wie das betriebsame Shanghai – mit Süßigkeitengeschäften und Restaurants, Zeitungsständen und Buchläden, Straßen und Straßenlaternen, einem Kaufhaus, Kino, Kutschen, Straßenbahnen und Automobilen. Die Leute wären gebildet und modern gekleidet. Es würde sogar einen Fluss und einen Hafen geben, wo geschäftig gehandelt wurde – nur alles oben auf einem Berg.

Dieses Shanghai war kein Ort, sondern ein Gefühl der Zufriedenheit. Ich kehrte ungebrochen zurück – Knochen, Geist und Seele waren heil. Ich hatte meinen Stolz abgelegt, diese sinnlose Last der Selbstgefälligkeit, die ich mit mir herumgetragen hatte wie meinen tragbaren Schminktisch mit dem zerbrochenen Spiegel. Perpetual und ich hatten unseren Stolz miteinander gemessen, und ich wäre fast gestorben, um zu beweisen, dass ich ihm überlegen war. Und hätte ich den Beweis gehabt, hätte er dann gesagt: »Violet, du bist besser als ich«? Lieber wollte ich leben und das machen, was wichtig war – Klein Flora finden, um sie wissen zu lassen, wie sehr ich sie liebte. Ich würde alles tun, was nötig war.

Als wir noch zwei Biegungen vom Gipfel des Bergs entfernt waren, zogen wir unsere Bauernsachen aus und schlüpften in unsere Kleider. Ich wurde in eine moderne westliche Frau verwandelt. Keine von uns sagte etwas, als wir durch den Wald liefen. Wir gingen stetig voran, denn es würde bald dämmern und dann dunkel werden. Ich war mir sicher, dass Pomelo die Füße und die Arme wehtaten, aber sie sagte kein Wort.

Wir traten aus dem Wald, gingen an einer Lichtung entlang und sahen viel Himmel. Vor uns war ein Hügel aus Fels. Genau wie es in Charms Brief gestanden hatte. Danach würden wir auf dem Kamm stehen. Zauberkürbis und Pomelo hatten die eifrigen und unschuldigen Gesichter von jungen Mädchen. Wir kletterten über die Anhöhe – und waren angekommen. Gegenüber war eine weiße Kuppel in Form einer Hand. Unter uns lag ein kleines, mit Gras bewachsenes Tal. Aber wo war die Stadt? Das Tal war zu klein dafür. Nicht einmal Mondteich hätte dort hineingepasst.

»Charm hat behauptet, dort ist eine Stadt«, sagte Pomelo, »also ist dort eine.«

Die Sonne senkte sich, und die Hand Buddhas färbte sich golden. Ich befand mich an einem Ort, der fremd und vertraut zugleich war. Ich dachte an das Bild, das meiner Mutter gehört hatte, *Das Tal der Verwunderung*. Hier sah es nicht aus wie auf dem Bild. Aber das Gefühl war dasselbe, ein Rätsel über mich selbst. War dieser Ort schlechter als der, den ich hinter mir gelassen hatte? Ich war mir sicher. Aber gleich darauf schwankte ich wieder zwischen Zweifeln und Sicherheit.

Schweigend bewegten wir uns am Rand des kleinen grünen Tals entlang. Pomelo keuchte vor Erschöpfung und Schmerzen. Was für eine starke Frau. Unten in dem Tal entdeckten wir einen Tempel. Es war also nicht nur ein Mythos. Aus der Entfernung sah der Tempel ausgeschlachtet aus, nichts weiter als ein skelettartiger Sitz für Aasvögel. Es tanzten keine Geister darum herum. Ich wusste, dass auch Zauberkürbis und Pomelo nach ihnen Ausschau gehalten hatten.

Die Luft wurde kühler, die Sonne würde bald verschwunden sein. Die weißen Finger der Hand Buddhas färbten sich rosa. Wir gingen weiter den Kamm entlang. Das grüne Gras im Tal wurde dunkler, und der Tempel sah aus wie eine verbrannte Hülse. »Ha! Dieser Tempel ist bloß ein Kuhstall«, sagte Zauberkürbis. »Seht ihr irgendwelche Geisterkühe herumtanzen? Der Kopf narrt das Auge. Das Auge macht uns zu Narren.« Sie schwieg wieder.

Wir befanden uns in dem Teil der Zeit, in dem was einen Augenblick noch friedlich zu sein schien im nächsten bedrohlich wirken konnte. Die Sonne ging immer weiter unter, die Finger der Hand Buddhas nahmen ein leichenhaftes Grau an. Alles um uns herum wurde undeutlich und verblasste. Dann war mit einem Mal die Sonne weg, und wir waren mit unseren Gedanken allein. Die Stadt musste nah sein. Wir waren so weit gekommen.

Pomelo bat um eine Pause und ließ sich auf einen Stein nieder. Der Halbmond ersetzte die Sonne. Schwach funkelnde Sterne waren am Himmel zu sehen. Als Pomelo wieder stehen konnte, war der Himmel ein schwarzes Sieb, und die Sterne, die es durchlöcherten, strahlten hell. Wir halfen Pomelo auf. Sie wimmerte, als wir sie auf die Füße stellten. Mit kleinen, vorsichtigen Schritten gingen wir den unebenen Kamm entlang. Er beschrieb einen Bogen nach links und brachte uns näher zur Hand Buddhas. Wie merkwürdig, dass die Sterne so weit unten leuchteten, dachte ich. Sie schienen sehr nah zu sein, auch strahlten sie nicht, sondern sie glommen. Wir spürten ihre Wärme, die zu uns aufstieg.

Gleichzeitig riefen wir: »Bergblick!«

Charm hatte recht gehabt. Bei der Hand Buddhas mussten wir lediglich vom Kamm nach unten schauen.

Es war zu dunkel, um irgendetwas anderes als die entfernten Lichter von Bergblick zu erkennen. Im Geiste waren wir aber schon fast dort. Es konnte Stunden dauern, bis wir es erreichten, vielleicht auch einen Tag, vielleicht noch länger, wenn Steine auf dem Weg lagen und das Gehen schwierig wurde. Doch das kümmerte uns jetzt nicht. Wir konnten nicht bis zum Morgen warten. Wir mussten jetzt sofort los.

Wir nahmen Pomelo in die Mitte, und sie legte uns die Arme um die Schultern. Ich war überrascht, wie leicht sie war, wie leicht ich mich fühlte. Gemeinsam taten wir den ersten Schritt und begannen unser neues Leben.

12
Das Tal der Verwunderung

San Francisco, 1897
Lucia Minturn

Ich war sechzehn, als plötzlich bei uns in der Tür ein Mann stand, der aussah wie ein chinesischer Kaiser, es war, als wäre er einem Märchenbuch entstiegen. Er trug eine lange Robe aus dunkelblauer Seide und eine mit Figuren und Schriftzeichen bestickte Weste. Sein Gesicht war glatt, doch nicht konturlos. Sein chinesischer Zopf reichte ihm vom Scheitel bis zur Taille hinab.

»Guten Abend, Mrs Minturn, Professor Minturn, Miss Minturn.« Er warf mir nur einen ganz kurzen Blick zu. Er sprach ein makelloses Englisch mit einem wunderschönen britischen Akzent. Sein Auftreten war formell und doch ungezwungen. Schloss ich die Augen, hörte er sich an wie ein englischer Gentleman. Schlug ich sie auf, sah ich wieder den Mann, der zur Welt meiner Märchen gehörte.

Ich wusste selbstverständlich von Anfang an, dass er kein Kaiser war, auch wenn ich wenigstens auf etwas so Glanzvolles und Erhabenes wie einen Mandschu-Mandarin gehofft hatte. Mein Vater stellte ihn als Mr Lu Shing vor, »chinesischer Student der amerikanischen Landschaftsmalerei, der über Hudson Valley, New York, zu uns gekommen ist und ursprünglich aus China stammt«.

»Aus Shanghai«, sagte er. »Wir Menschen aus dieser Stadt machen da gern einen Unterschied.« Er wirkte selbstgefällig und strahlte Zuversicht aus, und ich merkte, dass er stolz darauf war, sich von anderen zu unterscheiden. Auch ich war anders als die anderen, das hatten wir also gemeinsam. Ich hatte darauf gewartet, dass irgendwann mein spiritueller Zwilling in Erscheinung trat.

Zwar hatte ich mir nicht vorgestellt, dass es ein Chinese sein würde, aber ich wollte trotzdem alles über ihn wissen. Bevor ich noch ein weiteres Wort zu ihm sagen konnte, ging er mit meinen Eltern in den Salon, um die anderen Gäste kennenzulernen, und ich blieb allein in der Diele zurück. Sie nahmen das Beste immer für sich.

In diesem Moment wollte ich ihn sofort besitzen: sein chinesisches Herz, seinen Geist und seine Seele, alles, was anders war, auch das, was sich unter diesem blauen Seidengewand befand. Ein unerhörter Gedanke, ich weiß, aber ich hatte schon seit fast einem Jahr immer wieder wechselnde Partner, vom Verlangen zum Vergnügen war es daher kein großer Schritt.

Im Alter von acht Jahren hatte ich mich entschlossen, meinem Ich treu zu sein. Dafür war es natürlich erforderlich zu wissen, woraus mein Ich bestand. Den Entschluss fasste ich an dem Tag, an dem ich erfuhr, dass ich einst an jeder Hand einen zusätzlichen Finger gehabt hatte, Zwillinge der kleinen Finger. Meine Großmutter hatte empfohlen, die zusätzlichen Gliedmaßen amputieren zu lassen, bevor ich das Krankenhaus verließ. Die Leute sollten nicht glauben, in der Familie gebe es eine Tendenz, Oktopusse zu gebären. Meine Mutter und mein Vater waren Freidenker, ihre Ansichten basierten auf Vernunft, klaren Schlussfolgerungen und eigenen Meinungen. Meine Mutter, die niemals einem Ratschlag folgte, den meine Großmutter glaubte erteilen zu müssen, sagte: »Sollen wir ihr die zusätzlichen Finger entfernen, nur damit sie Handschuhe aus dem Laden tragen kann?« Sie nahmen mich mitsamt den angewachsenen Fingern mit nach Hause. Doch dann überzeugte sie Mr Maubert, ein alter Familienfreund meines Vaters, der später auch mein Klavierlehrer wurde, meine ungewöhnlichen Hände in gewöhnliche zu verwandeln. Er war einmal Konzertpianist gewesen, doch früh in seiner Laufbahn, während der Belagerung von Paris durch die Preußen, hatte er seinen rechten Arm verloren. »Es gibt nur wenige Klavierkompositionen für eine Hand«, sagte er zu meinen Eltern, »und gar keine für sechs Finger. Wenn sie ein Instrument erlernen soll, wäre es schade, wenn sie zum Tamburin greifen müsste, weil es sonst keine geeigneten Instrumente gibt.« Mr Maubert war derjenige, der mich im Alter von acht Jahren davon in Kenntnis setzte, dass er diese Entscheidung mit beeinflusst hatte.

Nur wenige können das Entsetzen eines kleinen Mädchens nachvollziehen, das erfährt, dass ein Teil von ihm als unerwünscht betrachtet und deshalb gewaltsam entfernt worden war. Ich hatte Angst, dass man ohne mein Wissen und ohne meine Erlaubnis noch andere Teile von mir austauschen könnte. So begann meine Suche danach, welche meiner vielen charakteristischen Merkmale und Eigenschaften ich schützen musste, und dieser Gesamtheit gab ich den wissenschaftlichen Namen »Mein reines Ich«.

Meine Liste wurde nach und nach vervollständigt, am Anfang hielt ich auf ihr meine Vorlieben und Abneigungen fest, meine starken Gefühle für Tiere, meine Feindseligkeit gegen jeden, der mich auslachte, mein Ekel vor allem, was klebrig war, und noch mehrere Sachen, die ich jetzt vergessen habe. Ich sammelte auch Geheimnisse über mich, hauptsächlich, was mich zutiefst verletzt hatte. Allein die Tatsache, dass ich diese Dinge geheim halten musste, waren Beweis dafür, dass sie zu meinem »reinen Ich« gehörten. Im Lauf der Zeit fügte ich der Liste noch meine Intelligenz hinzu, meine Meinung über andere, wovor ich mich fürchtete, was ich verabscheute sowie das quälende Unbehagen, das ich später dann als Sorgen kennenlernte. Ein paar Jahre weiter, als in meiner Unterwäsche schon Blutflecken waren, erklärte mir meine Mutter »die Biologie, die zu meiner Existenz führte« – im Wesentlichen bestand diese Menschwerdung daraus, dass ich zu Beginn ein Ei war, das durch einen Eileiter rutschte. Bei ihr hörte sich das an, als wäre ich ein hirnloses Kügelchen gewesen, das bei seinem Eintritt in die Welt erst durch die Führung meiner Eltern Persönlichkeit angenommen hatte.

Äußerlich konnte ich die Biologie nicht gänzlich außer Acht lassen. Ich erbte eine Kombination von ihnen beiden, grüne Augen, dunkle lockige Haare, kleine Ohren und so weiter. Aber das

Schlimmste war das gerötete Gesicht meiner Mutter, wenn sie verärgert war. Bei mir äußerte sich das durch Flecken, die sich über dem Hals und den Brüsten ausbreiteten, und es war auch kein hübsches Erröten, eher konnte man von Brandflecken sprechen. Sie verrieten mich, wenn ich besonders aufgeregt war. Im schlimmsten Fall stand mein ganzes Gesicht in Flammen, sodass ich in mein Zimmer fliehen musste. Meine Mutter hatte gelernt, ihre Gefühle so gut zu kontrollieren, dass man ihr selten etwas ansah, außer dass sie manchmal sehr plötzlich eine gesunde Gesichtsfarbe bekam. Ich strengte mich ungemein an, meine Empfindungen ähnlich perfekt zu beherrschen, aber das war genauso schwer wie den Atem anzuhalten, besonders wenn meine Eltern mich vor anderen Leuten blamierten und Dinge sagten wie: »Lucia bekommt Gefühlswallungen, wenn sie streunende Katzen sieht«, »Lucia hat eine unnatürliche Abneigung gegen Blumen mit Dornen«, »Lucia hat Launen. Wartet nur eine Stunde, dann hat sie vergessen, was ihr gerade eben nicht gepasst hat«. Sie verletzten mich mit ihren Äußerungen, schienen es aber nicht zu merken. Doch das soll keine Entschuldigung sein.

Meine Eltern waren exzentrisch, und dieser Meinung war nicht nur ich. Mein Vater, John Minturn, war ein recht angesehener Geschichtsprofessor und Spezialist für Kunstgeschichte. Er war bekannt für seine Kenntnisse in der Figurenmalerei. Aber die Figuren, die er am liebsten mochte, waren Akte, Göttinnen, wie er sagte, deren durchscheinende Gewänder ihnen auf die elfenbeinfarbenen Knöchel gerutscht waren. Er sammelte auch Fetischobjekte aus dem Fernen Osten – und in seinem Arbeitszimmer hatte er ein erotisches Gemälde aus Japan gut sichtbar an der Wand hängen, das ein ineinander verschlungenes Paar mit irrsinnigem Gesichtsausdruck zeigte. In einer Glasvitrine bewahrte er dünne Peitschen aus Elfenbein und Rosshaar auf, mit denen die chinesischen Gelehrten Fliegen verjagten. Und in derselben Vitrine lagen Schuhe von Mandschu-Frauen, die im kaiserlichen Palast gewohnt hatten, im Liebesgarten der Klaren Wellen. Allein bei dem Namen bekam ich Sehnsucht nach dem Ort, bis mein Vater mir erzählte, dass der Palast längst niedergebrannt und geplündert worden sei. Die Schuhe waren Teil der Beute gewesen. Sie waren auf einer hohen Holzkufe ausgestellt und wirkten wie losgerissene Boote, die auf ihren Kielen balancierten. Mein Vater sagte, diese unpraktische Machart der Schuhe verlieh Mandschu-Frauen den wiegenden Gang der Chinesinnen, die sich die Füße banden, damit sie reizvoller wirkten.

Meine Mutter war die Tochter eines Pflanzenmalers und Amateurnaturforschers, Asa Grimke. Er war drei Jahre lang mit dem großen Botaniker Joseph Dalton Hooker in Darjeeling, Gujarat, Sikkim und Assam unterwegs, wo er Zeichnungen von neu entdeckten Arten blühender Pflanzen anfertigte. Aufgrund dieser Illustrationen war er ein wenig bekannt geworden, was dazu führte, dass er mit seiner Frau Mary und seiner Tochter Harriet – meiner Mutter – nach San Francisco umzog. Er hatte einen großen Auftrag bekommen, die Flora der Pazifikküste zu veranschaulichen. Leider geriet er unter die Hufe eines scheuenden Pferdes, das ebenjenem Mann gehörte, der gekommen war, um ihn abzuholen: Herbert Minturn war ein wohlhabender Mann, der sein Vermögen mit Opiumhandel in China und Ländereien in San Francisco verdient hatte. Bei der Beerdigung sagte Mr Minturn, der vor kurzem seine Frau verloren hatte, zu meiner Großmutter, dass er ihre Trauer nachempfinden könne. Er lud unsere Familie ein, in seinem Herrenhaus zu wohnen, bis wir uns neu orientiert hätten. Meine Großmutter war Schlafwandlerin und fand sich dabei mehrfach in Mr Minturns Schlafzimmer wieder. Dieses Leiden bekam sie nicht unter Kontrolle, weder durch Willenskraft noch durch Medizin. Da Mr Minturn ihre Krankheit zu seinem Vorteil ausnutzte, heiratete er sie. So erzählte meine Mutter die Geschichte, wenn sie sich über die Treulosigkeit ihrer Mutter gegenüber dem Andenken ihres Vaters mokierte.

Das Schicksal wollte es, dass Mr Minturn einen Sohn hatte, John. Er war zwölf Jahre älter als meine Mutter. Sie war sechs, als sie in das Haus einzog. Er war die meiste Zeit weg, besuchte ein College, wo er auch wohnte. Aber als meine Mutter achtzehn wurde, machte der junge Mann, der sie immer als seine kleine Schwester behandelt hatte, sie zu seiner Ehefrau, und innerhalb eines Jahres bekam sie mich. In dieses Haus wurde ich also hineingeboren.

Das waren die Menschen, die mich aufzogen, und keiner von ihnen glich dem anderen. Wir lebten unter einem Dach, doch jeder ging eigene Wege. Mein Großvater war einmal ein wichtiger Mann gewesen, doch er schien jedes Jahr mehr von seiner Intelligenz zu verlieren. Bei Essenseinladungen gab er Geschäftsfreunden überholte Ratschläge, aber die Leute waren nett und sagten, er meine es nur gut. Meine Großmutter meinte es nicht gut. Sie schaffte es, Leute zu beleidigen, während sie so tat, als wäre sie nett. Sie war hinterhältig und zettelte häufig Streit mit meiner Mutter an. Sobald meine Mutter heiß gelaufen war wie ein Kessel, der gleich in die Luft geht, und sich Flecken über ihren Hals und ihr Gesicht ausgebreitet hatten, sagte meine Großmutter ganz ruhig, dass sie keine Veranlassung sehe, sich zu streiten, und ging davon. Zu meiner Großmutter sagten wir alle Mrs Minturn, sogar ihr Ehemann. Meine Mutter war oft sehr wütend darüber, dass mein Vater sich nie so aufregte wie sie. Er sagte, er beschäftige sich nicht weiter mit seiner Schwiegermutter, sie sei einfach nur lachhaft, und sie solle das genauso halten. Meine Mutter brachte es außerdem zur Weißglut, dass ihre Freunde meinen Vater für seine Gutmütigkeit lobten. Sie behauptete, das sei nichts anderes, als Probleme zu ignorieren, statt sie zu lösen. Ganz früher mochte ich einiges an meinem Vater. Er war gesellig, gesprächig, schlagfertig, die Leute waren gern mit ihm zusammen, und er widmete mir besondere Aufmerksamkeit. Er verwöhnte mich. Manchmal schenkte er mir kleine Kostbarkeiten, die ich haben wollte, auch eine Natter, wenn ich schon keine Giftschlange bekommen konnte. Später schien er sich meiner genauso bewusst zu sein wie der streunenden Katze, die eines Tages bei uns auftauchte und nie mehr verschwand.

Bei meiner Mutter gab es zwei Stimmungen. Entweder war sie launisch, also reizbar und unglücklich, oder sie war melancholisch, also teilnahmslos und unglücklich. Meistens igelte sie sich ein. Schöne Tage verbrachte sie im Garten, pflanzte Blumen oder schnitt ihnen die Köpfe ab. Ich durfte mir nur eine Blumenart aussuchen, die ich an einem sonnigen, kahlen Fleck in der Nähe der Kohl-Rosen einpflanzen durfte. Ich wählte Veilchen, viele unterschiedliche Sorten und Farben, lila und gelb, weiß und lila, rosa und lila. Die Veilchen waren nicht zu kontrollieren und breiteten sich an jeder freien Stelle unter Bäumen oder Sträuchern aus. Meine Mutter nannte sie Wilde Stiefmütterchen, und sie hätte sie ausgerupft, hätte ich sie nicht daran erinnert, dass sie mir selbst erlaubt hatte, sie zu pflanzen, deshalb gehörten sie mir.

Wäre der Garten nicht gewesen, hätte sie meinen Vater wohl mehr dazu gedrängt, den Familienwohnsitz zu verlassen und eines der Reihenhäuser zu kaufen, die gerade auf fast allen Hügeln hochgezogen wurden, sechs oder sieben in einem Block. In ihren schwermütigen Phasen verbrachte sie die meiste Zeit in ihrem Arbeitszimmer, wo sie tote Insekten in Bernsteintropfen untersuchte, die ihr mein Vater geschenkt hatte – er hatte zweiundzwanzig Stück in einer stillgelegten Mine in Gujarat entdeckt und sie sich wie ein Dieb in die Taschen gestopft. Ihre goldene Welt enthielt Fliegen, Ameisen, Mücken, Termiten und anderes Ungeziefer. Jeden Tag betrachtete sie die Tiere stundenlang mit einer Lupe. Hätte ich ihr gestattet, meine Neigungen und Interessen zu steuern, ich wäre in einem Irrenhaus gelandet.

Vom Tag meiner Geburt an wollte sie aus mir eine wütende kleine Suffragette machen. Sie gab mir den Namen Lucretia, nach Lucretia Mott, der Frauenrechtlerin. Je älter ich wurde, desto weniger gefiel mir der Name Lucretia. Die einzelnen Silben erinnerten mich an Wörter, die ähnlich klangen: *Luchs, Sekret, Kretin*. Alternativ wechselte ich immer wieder zwischen Lucia und Lulu hin und her. Meine Mutter fand Lucia gewöhnlich, deshalb benutzte ich diesen Namen öfter, wenn sie in der Nähe war, außer ich wollte weniger gewöhnlich sein, und das hing wiederum davon ab, mit wem ich mich unterhielt.

Wie bereits erwähnt, waren meine Mutter und mein Vater Freidenker. Das ging so weit, dass sie in meiner Gegenwart offen über jedes Thema sprachen. Diese mangelnde Zensur mag manch einer vielleicht bewundernswert finden, ich empfand es als Nachlässigkeit. Sie achteten nicht im Mindesten auf mein geistiges Wohlbefinden, überlegten sich nie, ob es vielleicht besser wäre, nicht zu erwähnen, dass Mr Beekins mit heruntergelassener Hose im Männerwohnheim gefunden worden war. Mein Vater erzählte das, kurz bevor Mr Beekins, ein Astronom, zum Essen zu uns kam. Mehrmals schleppte Vater seine Fetischsammlung heran, um sie anderen Sammlern zu präsentieren. An den kurzen Blicken, die diese Leute in meine Richtung warfen, und an ihrem gedämpften Tonfall merkte ich, dass ich eigentlich besser nicht dabei sein sollte. Als ich kleiner war, spielte ich im Arbeitszimmer meines Vaters mit manchen dieser Gegenstände, ohne zu wissen, was sie waren. Darunter war zum Beispiel ein Satz sieben Zentimeter großer Elfenbeinmännchen mit Penis und Brüsten. Später fand ich heraus, dass diese Männchen von Frauen bei der Masturbation benutzt worden waren. Trotz der offenen Gespräche über Angelegenheiten geschlechtlicher Natur schienen meine Eltern kein körperliches Verlangen füreinander zu verspüren. Sie schliefen in getrennten Schlafzimmern, und in all den Jahren, die ich in dem Haus lebte, hörte ich niemals, wie erst die eine Tür auf- und wieder zugegangen wäre und dann die andere Tür, um den sexuellen Pakt zu besiegeln. Ihre Beziehung war eher wie damals, als sie noch wie Bruder und Schwester zusammengelebt hatten.

Erst mit fünfzehn kam ich darauf, dass die körperlichen Wünsche meines Vaters nicht unbeträchtlich waren und er seine Triebe woanders auslebte. Mittlerweile hatte ich es mir zur Gewohnheit gemacht, mich in sein Arbeitszimmer zu schleichen und seine pornografischen Bücher zu studieren. Eines fand ich besonders interessant. Zwischen blauen Stoffdeckeln waren zweiundfünfzig Fotos, die muskulöse Männer und füllige Frauen bei einer Vielzahl koitaler Verrenkungen zeigten. *Klassische Stellungen der Kallisthenie* lautete der Titel. Ich fand auch eine große Kiste aus Wurzelholz, deren

Deckel man seitlich wegschieben konnte. Sie enthielt Liebesbriefe an ihn, einen dicken Stapel in unterschiedlichen Handschriften, sowohl von Männern als auch von Frauen verfasst, in denen wollüstige Akte beschrieben wurden, darunter Erinnerungen an frühere oder noch nicht lange zurückliegende Vereinigungen, aber auch bald zu vollziehende.

Je mehr ich las, desto bestürzter war ich. Er schenkte vielen Leuten seine Liebe, aber es war Jahre her, dass er mir besondere Aufmerksamkeit gewidmet hatte. Seine Geliebten bezeichneten ihn als »Gott des Liebeswirbels«, als »donnernden Zeus«, »Koloss der Schwänze« oder »gigantischen Goliath«. Sich selbst als »erwachende Lust«, »unersättliche Vulva« oder »vibrierende Vagina«. Sie machten sachliche Bemerkungen über Länge, Breite, Dicke, den richtigen Zeitpunkt und die Dauer. Sie sprachen über die körperliche Liebe wie Vielfraße über bestimmte Speisen, die ich nie mehr wieder würde essen können: Pudding, Bratensoße, Sahne und Würstchen. Sie lobten meinen Vater dafür, wie erfolgreich er geologische Katastrophen und Unwetter herbeiführen konnte – Risse und Erdbeben, Fluten und Tornados –, und er ließ neue Inseln aus den Tiefen des Ozeans entstehen. Ich hatte nur einfache Zuneigung gewollt. Er hatte sie verschenkt, großzügig, an so viele, und auf unermesslich viele Arten.

Ich war wütend. Ich brauchte seine Zuneigung nicht mehr. Auch ich verspürte auf einmal Verlangen.

Für mein erstes sexuelles Abenteuer wählte ich den Ort, noch bevor ich den Jungen wählte. Das Wäldchen lag in der Nähe der Universität, an der mein Vater unterrichtete. Das Herbstwetter war warm, und an den Hortensiensträuchern hingen üppige Blütendolden. Das Wäldchen erinnerte mich an den Hintergrund, der oft auf den Bildnissen mit nackten Göttern und Göttinnen zu sehen war, eine ideale Gelegenheit für göttliche Unzucht.

Die Universität wurde nur von jungen Männern besucht, und ich erregte allein dadurch viel Aufmerksamkeit, dass ich unter einer

Eiche auf einer Bank saß. In der Fakultät (aber nicht unbedingt bei allen Studenten) war ich als Dr. Minturns Tochter bekannt, daher war es nichts Ungewöhnliches, dass ich dort war und meine Kenntnisse vertiefte. Das Buch mit den Illustrationen von diversen Stellungen der körperlichen Vereinigungen lag auf meinem Schoß, und für jeden jungen Mann, der vorbeikam, musste es so aussehen, als würde ich lesen, während ich auf jemanden wartete. Ein paar Jungen, die den Weg in der Nähe der Bank eingeschlagen hatten, blieben stehen, um zu fragen, was ich da las. Sechs jungen Männern antwortete ich, es sei ein Buch über die Grundlagen des Nähens. Einem siebten raunte ich neckisch zu: »Das würdest du wohl gerne wissen, was?« Er war durchaus passabel, ein Vorsprechen seinerseits denkbar. Er hatte den gewünschten männlichen Oberkörper mit breiten Schultern und gottgleiche Gesichtszüge, dazu himmelblaue Augen, einen sinnlichen Schmollmund und ein tiefes Oberlippengrübchen, dicke, dunkle Haare, schöne, kräftige Hände und laut einem Brief an meinen Vater eine erotische Furche zwischen Lippe und Nasenspitze, die, wie andere Furchen, weidlich geleckt werden wollte. Ich erinnere mich auch noch an sein selbstbewusstes Auftreten und wie ungezwungen er mit mir flirtete. Seine Ausdrucksweise wurde rasch zweideutig: »Ich würde sehr gerne sehen, was du da im Schoß hast.« Alles deutete auf einen Mann mit koitaler Kompetenz hin. Er bot mir seine Hand und zog mich mit einer solchen Anmut nach oben, dass ich mir vorkam wie eine Ballerina.

Zwischen den Hortensien küsste er mich innig, er drückte die Lippen gegen meine Zähne und überzog mich von der Nase bis zum Kinn mit Spucke. Ich hielt das Gesicht nach oben, damit er meinen Hals küssen konnte, und da lief mir ein angenehmer Schauer über den Rücken. Seine schönen Hände, die jetzt ein wenig zitterten, legte er auf meine heranwachsenden Brüste und küsste diese durch die Baumwollbluse. Als meine Bluse immer feuchter von seinen Küssen wurde und nichts darauf hindeutete, dass sonst noch etwas passieren würde, beschloss ich, das Vorsprechen abzukürzen. Doch in diesem Moment knöpfte er mir die Bluse auf und leckte meine Brustwarzen. Wieder liefen mir Schauer der Erregung über den Rücken. Damit hatte es bald ein Ende, als er auch an den anderen Knöpfen herumfummelte. Ich ließ ihn nur kurz eine einzige Seite des Buchs mit den diversen Vereinigungen sehen und sagte ihm, er solle schnell machen. Ich wartete, während er sich abmühte wie ein Hase in der Falle, um sich die Hose aufzuknöpfen, mit seiner schönen, aber ungeschickten Hand. Genau in dem Moment, als sein Penis endlich befreit wurde, hörten wir Stimmen. Rasch zog er sich die Hose hoch und stopfte seinen Schwanz wieder zurück, offensichtlich unter Schmerzen. Die Erinnerung an seinen Penis blieb – wie anders er aussah als auf den Fotos, nicht glatt und flächig wie weißer Marmor, sondern fleischig, von Adern durchsetzt und seltsam hilflos, wie ein blindes, haarloses Nagetier, das eine mit Milch gefüllte Brust sucht. Ich knöpfte mir die Bluse zu, strich mir die Haare glatt und band mir die Schleife neu. Die Stimmen entfernten sich. Ich stand auf. Ich gab dem jungen Mann meine Adresse und sagte ihm, er solle an diesem Abend um zehn bei der Eiche auf mich warten.

Er kam pünktlich auf die Minute. Ich holte ihn durch die Hintertür in die Küche, und wir stiegen die schmale Treppe hinauf, die das Personal benutzte. Auf halbem Weg fragte er mich, ob ich mir sicher sei, dass das klug wäre. »Klug?«, sagte ich. »Was soll daran klug sein?« Wir schlichen die Treppe hinauf, an meiner Schlafzimmertür vorbei, dann stiegen wir die Wendeltreppe zum Türmchen unseres Hauses hoch. Ich hatte das kleine Turmzimmer mit indischen Saris verhängt und den Boden mit mehreren Teppichen bedeckt, die ich zerschnitten hatte. Sie waren aussortiert worden, weil sie Brand- und Wachsflecken aufwiesen. Eine Leiter mit sieben Sprossen führte auf einen Boden mit einem Erkerfenster. Auf dem Boden befand sich ein dickes Federbett. Das war mein Rückzugsort, wo ich las und träumte, wo ich mich manchmal versteckte, wenn ich am liebsten randalieren würde, ohne zu wissen, warum. Ich hatte bereits die Kerzen angezündet, die Decke mit Rosenwasser besprenkelt, und die *Klassischen Stellungen der Kallisthenie* so ins Regal gestellt, dass der Buchrücken herausragte. Wir stiegen hoch, ich ließ mich freundlich lächelnd auf den Rücken fallen, und wir fingen an. Er küsste mich auf Mund und Hals, diesmal auf meinen ausdrücklichen Wunsch hin etwas sanfter. Dann knöpfte er mir die Bluse auf, aber geschickter als zuvor. Ich vermutete, er hatte in den vergangenen Stunden geübt. Die Unterwäsche hatte ich bereits ausgezogen, und zwar komplett, sodass wir mit dem Rest keine Zeit verschwenden mussten. Mein Möchtegern-Wirbel schien zu zögern. Wie sollte er sich weiter verhalten? Gerade hatte ich ihm erzählt, dass ich Professor Minturns Tochter war – zugegebenermaßen nur, um seine Reaktion zu sehen. Ehrfürchtig sah er mir zu, wie ich mich gänzlich auszog. Er starrte auf meine Scham, bevor er meine anderen verbotenen Körperteile, von den Brüsten bis zu den Pobacken, mit religiöser Ehrfurcht musterte. Nachdem er genug gestiert hatte, half ich ihm dabei, sich auszuziehen. Sein Penis fiel heraus. Ich fuhr mit einem Finger eine Ader hinauf und eine andere hinunter. Eine seltsame Gerätschaft. Er stöhnte und wollte sich gerade auf mich stürzen, da bat ich ihn zu warten. Ich holte das Buch mit den Illustrationen aus dem untersten Regal und zeigte ihm die Stellung, die ich mit ihm ausprobieren wollte. Die Vereinigung meiner Wahl schien relativ einfach zu sein, und man musste dabei nicht stehen. Das wäre schwierig gewesen, weil die Decke so niedrig war. Der junge Titan nickte und nahm die Herausforderung an. Ich schwang die Beine nach oben und dann nach hinten, sodass ich ihm meine gesamte Schamgegend präsentierte. Er brachte sich in die richtige Position, ein Knie an meiner Hüfte, das andere an meinem Oberkörper, während sein Kopf halb in meiner Kniekehle verschwand. Aber jetzt war sein Penis nicht mehr auf meine Scham ausgerichtet. Er sah noch einmal auf dem Foto nach und korrigierte sein linkes Knie. Diese kleine Bewegung reichte jedoch aus, um sich auf meinen Oberschenkel zu ergießen. Ich war enorm enttäuscht: »Jetzt hast du es verdorben!« Zugleich tat es mir leid, dass ich damit herausgeplatzt war. Er war am Boden zerstört. Nach einer halben Stunde hatte er sich von der Schmach wieder erholt, und wir lachten, weil wir so aufgeregt waren. Doch als wir es noch einmal mit der identischen Stellung versuchten, endete es mit dem gleichen Ergebnis. Er flehte mich an, es niemandem zu erzählen, und versprach zu üben. Als er am folgenden Abend kam, hatte er sich mit Whisky gestärkt. Er wählte eine einfachere Position. Nachdem er sich heruntergebeugt und Korrekturen vorgenommen hatte, damit er auch an der richtigen Stelle war, drang er in mich ein. Ich ertrug den Schmerz gut, fand ich, und ich war froh, dass ich das Öffnen der Pforte endlich hinter mir hatte. Doch da schoss er plötzlich hoch, setzte sich kerzengerade hin und klopfte das Bettlaken ab, weil er begriffen hatte, dass jungfräuliches Blut geflossen war. Das beunruhigte ihn sehr. Ich fragte ihn: »Wenn du es gewusst hättest, was hättest du denn stattdessen gemacht? Hättest du deinen pulsierenden Penis wieder eingepackt und wärst nach Hause gegangen?« Wir trafen uns noch viermal, wobei sich sein Durchhaltevermögen etwas verbesserte. Aber ich glaube nicht, dass ich den vollen Nutzen davontrug, denn ich hatte noch nichts erlebt, was ich mit geologischen Katastrophen gleichgesetzt hätte.

Im Lauf des nächsten Jahres rekrutierte ich ein halbes Dutzend williger junger Männer von meinem Posten auf dem Universitätsrasen aus. Die meisten benahmen sich, als hätten sie mich verführt. Sobald wir im Bett waren, zeigten sie sich ängstlich besorgt. »Bist du sicher? Du hast nichts dagegen?« Sie waren ein paar Jahre älter als ich, aber trotzdem waren sie unreif, denn in einem Augenblick strahlten sie noch Selbstbewusstsein aus, im nächsten jungenhafte Verlegenheit. Ich mochte es nicht, wenn ich die Schüchternen ermutigen musste, leicht konnte es kritisch oder lehrerhaft wirken. Wenn einer der jungen Männer nervös war, verstand ich das als Zeichen, dass er unser Tun als unmoralisch empfand. Das wollte ich nicht hören. Ein bestimmter Adonis war recht effektiv. Ein Unwetter zog auf – ein kleiner Wirbelwind, hohe Wellen –, aber nach zwei Monaten des Herumturnens langweilte mich sein Charakter. Ich machte zwar weiter mit ihm, nahm mir jedoch noch einen zweiten Jüngling, der weniger versiert war, aber wenigstens noch in der Lage, ein Gespräch zu führen, nachdem wir fertig waren.

Meine Mutter und mein Vater bekamen unterdessen nichts von meinen sexuellen Abenteuern mit, so wie sie fast nichts von dem bemerkten, was ich machte. Ich weiß nicht, warum ich mehr von ihnen erwartete. Wenn einem nie Liebe geschenkt worden war, woher sollte man dann wissen, dass sie einem fehlte? Vielleicht hatte es schon immer zu meinem »reinen Ich« gehört, mit der Erwartung geboren worden zu sein, dass einem die Aufmerksamkeit einer Mutter und eines Vaters zuteilwürde, dass ihre Fürsorge wichtiger sei als ein in Harz eingeschlossener Käfer oder ein Fetischmännchen. Dies hätte mich glauben lassen können, ich würde geliebt werden.

Ich wollte, dass meine Eltern von meinen wechselnden Liebhabern wussten – um sie zu bestrafen und damit sie mich unverhohlen voller Abscheu betrachteten. Dann hätte ich ihnen mit viel Geschrei klarmachen können, wie egoistisch sie wären, welche Aversionen ich selbst ihnen gegenüber empfand. Ich hätte ihnen von bestimmten Vorfällen, die ich aufgeschrieben hatte, erzählen können. Ich hätte meinem Vater zu verstehen gegeben, dass ich Vulkanausbrüche genossen hätte, so wie diejenigen, die sich durch die Tinte in den Briefen an ihn entladen hatten.

An dem Abend, als mein chinesischer Kaiser zum Essen kam, hatten meine Eltern noch acht weitere Gäste eingeladen, die häufig bei uns zu Hause waren. Dr. und Mrs Beekins, die Opernsängerin Miss Huffard und ihr Liebhaber Charles Hatchett, mein Klavierlehrer Mr Maubert und seine unverheiratete Schwester Miss Maubert, die bekannte Suffragette Mrs Coswell sowie eine geachtete Landschaftsmalerin, Miss Pond, von der es hieß, dass sie ein uneheliches Kind hatte, das sie weggegeben hatte, um ihre Reputation nichts aufs Spiel zu setzen. Mein Vater besuchte sie oft, um Sex mit ihr zu haben, der natürlich in aller Ausführlichkeit in den Briefen dokumentiert wurde.

Wir versammelten uns zum Sherry im Salon. Mein Vater stellte unseren chinesischen Gast vor. »Das ist Mr Lu Shing. Der erste Name, Lu, ist sein Familienname, Shing der Vorname.«

»Für Amerikaner klingt das merkwürdig«, sagte Lu Shing mit einem amüsierten Lächeln. »Aber in China ist das die normale Abfolge. An erster Stelle kommt die Familie, also der Name, der mit Pflichten verbunden ist. Mich ruft man immer Lu Shing, stets zusammen, denn jeder Sohn ist untrennbar mit der Familie verbunden.«

Lu, dachte ich, wie Lucia und Lulu. Als ich an der Reihe war, vorgestellt zu werden, nannte mich mein Vater Lulu. Ich korrigierte ihn und sagte: »Lucia.«

»Aha, heute Abend ist sie also Lucia«, sagte er und blinzelte. Es war ihm anzusehen, dass er ins Schwitzen geraten war.

»Mr Lu Shing«, sagte Dr. Beekins, der Astronom, »Sie sprechen besser Englisch als ich. Wie kommt das?«

»Ich hatte britische Hauslehrer, seit ich fünf war. Mein Vater arbeitete im Außenministerium und sah es als Vorteil an, Englisch sprechen zu können.«

Er ist privilegiert, dachte ich bei mir. Er genießt gesellschaftliches Ansehen. Er hat eine schöne Stimme.

»Lu Shing studiert unsere westliche Kunst«, sagte mein Vater nun. »In den letzten drei Jahren wurde er von Landschaftsmalern der Hudson River School unterrichtet. Und jetzt hat er die seltene Gelegenheit, bei Albert Bierstadt in die Lehre zu gehen, der nach Kalifornien zurückgekehrt ist, um noch einmal die Farallon-Inseln vor San Francisco und den Yosemite-Nationalpark zu malen.«

Die anderen murmelten anerkennend.

»Ich bin eher ein Diener und Gepäckträger«, bemerkte Lu Shing. »Ich besorge die Unterkunft und alles, was Mr Bierstadt auf der Reise braucht. Aber es ist wirklich ein Privileg, dass ich ihm assistieren darf. Ich werde ihm schon in einem sehr frühen Stadium bei seiner Arbeit zusehen dürfen.«

Mein Vater fing eine Unterhaltung über die Unterschiede zwischen amerikanischer und chinesischer Kunst an, zwischen Ölgemälden und Tuschezeichnungen. Die Diskussion entwickelte sich lebhaft, und Lu Shing sprach ungezwungen, als wären diese Leute, von denen fast alle Jahre älter waren als er, seit ewigen Zeiten seine Freunde. Er war dabei höflich und respektvoll, aber jeder merkte, dass er sie mit allem, was er sagte, in den Schatten stellte. Er zollte Anerkennung, wenn sie von Ideen erzählten, von denen er noch nie gehört hatte. Insgeheim schien ihn die Unterhaltung zu belustigen.

Mein Vater warf noch mehr Gesprächsthemen in den Raum, es war, als würde er ein Seminar an seiner Universität leiten: So wies er auf die chinesischen Traditionen und den Einfluss des Westens hin. Auf die gesellschaftlichen Veränderungen in Shanghai. Sich wandelnde Kunstformen. Auf den Einfluss der Kunst auf die Gesellschaft und umgekehrt. Jedes Mal, wenn er wieder eines seiner langweiligen Sujets darbrachte, hätte ich am liebsten gerufen: »Es reicht!«

»Wie fangen wir in der Kunst einen gefühlvollen Augenblick ein?«, fragte schließlich Miss Pond und sah meinen Vater dabei eindringlich an.

Rundum wurden Aussagen dazu gemacht, und als Lu Shing an der Reihe war, sagte er: »Der Augenblick wird verändert, sobald ich versuche ihn festzuhalten, für mich ist das also unmöglich.«

Wie wahr, dachte ich. Augenblicke sind vergangen, sobald man über sie nachdenkt.

Mein Vater war danach nicht zu bremsen, meine Mutter schwieg, und Miss Pond bewunderte zu oft, was mein Vater sagte. Und dann mischte sich auch noch Miss Maubert ein und lobte ihn überschwänglich und mit glänzenden Augen, ebenso wie Mrs Coswell, die den Kopf kokett ein wenig auf die Seite gelegt hatte. Selbst Dr. Beekins hatte ein Funkeln in den Augen, wenn er Vater ansah. Sie alle waren verliebt in ihn. War das sein Zirkel von Gespielinnen und Gespielen? Fiel das auch Lu Shing auf? Oder war ich die Einzige, die das sah? Das Gespräch um uns herum wurde lauter. Sie redeten im Chor von Erlösung. Vom Symbolismus und von Gottheiten. Von christlicher Rettung. Laster und Tugend. Purgatorium. Sünden. Karma. Und vom Schicksal.

»Lu Shing«, sagte Vater, »wie ist denn Ihre Meinung zum Schicksal?«

»Ich bin Chinese, Dr. Minturn«, antwortete er. »Ich kann nur meine nachdrückliche Empfehlung dafür aussprechen.«

Ich stellte mich neben ihn und versuchte, ruhig und intellektuell zu wirken. »Mr Lu Shing, ich bin mir nicht sicher, ob ich Sie richtig verstanden habe. Glauben Sie wirklich an das Schicksal, an das asiatische Schicksal?«

»O ja. Wir alle verdanken dem Schicksal, dass wir hier sind, ob es nun asiatisch ist oder nicht.«

Ich wollte ihm noch mehr Fragen stellen, aber mein Vater klopfte gegen sein Weinglas und verkündete, dass wir jetzt sehen würden, was Lu Shing während seines Studiums in den Vereinigten Staaten gelernt hätte. Er hielt ein kleines, gerahmtes Gemälde hoch. Selbst aus der Entfernung erkannte ich, dass es ein Meisterwerk war. Es hatte schöne Farben. Und an den Gesichtern der anderen konnte ich sehen, dass sie der gleichen Meinung waren. Das Bild wurde herumgereicht, und sowohl das Gemälde als auch der Maler wurden mit Lob überhäuft: »Von einem Studenten hätte ich ein solches Können nicht erwartet.« »Die Farben sind satt, aber dennoch zart.« »Es fängt einen vollkommenen Augenblick ein.«

Schließlich hielt ich das Werk in meinen Händen. Zuerst einmal fand ich es unheimlich. Ich erkannte den Ort auf dem Bild. Ich hatte dort gelebt. Doch ich wusste, dass das unmöglich war. Das Licht im Raum hinter mir schwand, die Stimmen der anderen verstummten, und ich wurde in das Gemälde hineinversetzt, in das lange grüne Tal. Ich spürte die Atmosphäre, als wäre sie Wirklichkeit, ich spürte die kühle Luft, und ich war mir völlig sicher, dass das mein Zuhause war. Die Abgeschiedenheit war keine Einsamkeit, sondern die Klarheit dessen, wer ich war. Ich war dieses lange grüne Tal, seit Anbeginn der Zeit. Auch die fünf Berge waren ein Teil von mir, sie waren meine Stärke und mein Mut, durch sie konnte ich allem begegnen, was in das Tal eindrang. Am Himmel standen dunkelgraue Wolken, die das Tal zum Teil in Schatten setzten, und ich erkannte, dass ich einst von Stürmen durchgeschüttelt worden war und mich an den Bäumen auf dem Berg hatte festhalten müssen. Zuvor hatte ich gefürchtet, dass die dunklen Wolken sich auflösen würden und ich mich mit ihnen. Aber siehe da – die Unterseiten der Wolken waren rosafarben, sie liefen nach unten aus, und sie waren erotisch. Und das Wundersamste: Hinter der Öffnung der Berge lag ein goldenes Tal. An dieser goldenen Stelle befand sich der Maler dieses Traumlands. Ich merkte, dass Lu Shing mich erfreut betrachtete. Er schien genau zu wissen, was ich dachte.

»Was sagst du denn zu der Landschaft, Lucia?«, fragte mein Vater. »Du scheinst ja ziemlich angetan zu sein.«

Meine Beurteilung fasste ich weniger persönlich: »Das Bild fängt viele Augenblicke, viele Gefühle ein«, begann ich und sah Lu Shing dabei an. »Hoffnung, Liebe und Reinheit. Ich sehe Unvergänglichkeit darin, weder Anfang noch Ende. Es scheint zu sagen, dass alle Augenblicke unvergänglich sind und nie vergehen werden, genauso wenig wie der Friede in dem Tal, die Kraft der Berge oder die Offenheit des Himmels …«

Ich hätte weitergeredet, wenn mein Vater mich nicht unterbrochen hätte. »Lucia lässt sich gern zu Gefühlsausbrüchen hinreißen, und Ihr Bild, Lu Shing, hat das Glück, heute Abend der Gegenstand ihrer Begeisterung zu sein.« Alle lachten herzlich. Ich spürte, wie mein Hals rot wurde.

Meine Eltern hatten mich immer lächerlich gemacht, wenn sie fanden, ich sei zu emotional. Ich hatte ständig Gefühlswallungen, in großer Vielzahl. Sie waren der Meinung, ich müsste das in den Griff bekommen. Bei meiner Mutter wurde daraus Abgestumpftheit. Aber kontrollierte mein Vater seine orgiastischen Zustände?

»Ich habe in der Tat Glück«, sagte Lu Shing. »Die Wahrheit ist, ich hatte die großartige Absicht, einen unvergänglichen Augenblick einzufangen, und ich dachte, ich wäre gescheitert. Aber Miss Minturn hat mir mit ihrem Kompliment, dass ich alle unvergänglichen

Momente eingefangen habe, Zuversicht gegeben. Ein solcher Kommentar könnte keinen Künstler mehr beglücken.«

Der Raum begann zu glänzen. Die Kristalle am Kronleuchter funkelten und glitzerten, der Lichthof der Kerzen dehnte sich ins Unendliche. Die Gesichter der Gäste und meiner Eltern waren plötzlich fremd, nur das von Lu Shing war vertraut. Das war der Moment, in dem ich fast die Besinnung verlor. Ich hatte dieses Gefühl noch nie zuvor empfunden, und doch erkannte ich es – die Liebe hatte mich mit voller Wucht getroffen. Ich bemühte mich, vor den anderen ruhig zu bleiben, während ich mein Geheimnis für mich bewahrte. Mir fiel ein kleines Messingschild unten am Rahmen auf. Ich las laut vor, was darauf stand. *»Das Tal der Verwunderung.«* Alle bekundeten leise, wie passend der Name doch wäre.

»Das fand ich auch«, sagte Lu Shing, »als ich in der chinesischen Übersetzung eines Sufi-Gedichts darauf stieß. Ich benutzte den Titel, ohne zu wissen, worauf er sich eigentlich bezog. Später stellte ich dann fest, dass das Tal der Verwunderung eigentlich keine angenehme Zwischenstation ist. Es ist ein Ort der Zweifel, und Zweifel sind gefährlich für einen Maler. Deshalb fehlt mir jetzt ein Titel.«

Alle protestierten gegen die Sufi-Bedeutung. Das Tal der Verwunderung beschreibe das Bild treffend, sagte jemand, es gebe keinen Bezug zu der düsteren Interpretation. »Wir sind keine Sufis«, sagte Miss Maubert.

Es war falsch von ihnen, seine Zweifel so einfach abzutun. Wenn er Zweifel hatte, musste er sich ihnen stellen, sie niederschlagen und mit ihnen kämpfen, um zu sehen, dass sie nicht echt waren. Sonst würden sie immer in seinem Kopf bleiben. Ich konnte ihm dabei helfen, indem ich bei ihm war und ihm zeigte, wie sein eigenes Selbstvertrauen den Zweifel besiegen konnte. Ich würde ihm erzählen, dass ich das selbst schon zahllose Male gemacht hätte.

Das Gespräch ging zu anderen Themen über, schließlich erschien das Mädchen und verkündete, unser Essen sei fertig. Lu Shing saß auf meiner Seite des Tisches, aber am anderen Ende, direkt neben meinem Vater, der den Platz am Kopf des Tisches eingenommen hatte. Zwischen uns waren die füllige Opernsängerin und Mr Beekins. Mein Blick auf ihn wurde durch die Brüste und das voluminöse Haar der Mezzosopranistin verdeckt. Ich war enttäuscht, weil ich so weit weg von ihm war. Mr Maubert saß zu meiner linken Seite, Miss Huffard neben ihm. Ich schaute in die Runde. In dem Gesicht der Suffragette, auch in dem von Miss Maubert und dem Astronomen war keine Bewunderung für meinen Vater mehr zu lesen. Was für ein seltsamer Abend. Die Kerzen flackerten, als die Köchin das große Bein irgendeines Tiers auftrug, das in fettiger Sauce schwamm. Wenn sich die Opernsängerin zurücklehnte, schaute ich immer wieder verstohlen auf Lu Shings glattes Gesicht und seinen kahl rasierten Kopf, seine nackte Pracht. Er warf keinen Blick zu mir hin.

Mir kamen Zweifel. Vielleicht empfand er nichts von dem, was meinen Geist und meinen Körper ergriffen hatte. Ich hatte ein Elixier getrunken, von dem er keinen Tropfen gekostet hatte. Vielleicht fand er weiße Frauen reizlos. Vielleicht war er mit hundert schönen Frauen seiner Hautfarbe intim gewesen. Ich hatte mir in meiner Sehnsucht nach Zuneigung etwas vorgemacht.

Durch diese graue Wolke hörte ich die Unterhaltungen und Lu Shings Stimme. Das Licht im Raum glänzte jetzt schmierig. Das Gespräch drehte sich mittlerweile um Mr Bierstadts Aufenthalt im Cliff House, wo er an klaren Tagen einen hervorragenden Blick auf die Farallon-Inseln haben würde. Lu Shing hatte Mr Bierstadts Koffer schon in das Hotel transportiert und wollte alsbald sein Reiseatelier vorbereiten.

»Ich habe auch schon im Cliff House gewohnt«, bemerkte Miss Pond. »Jeden Morgen, wenn ich aus dem Fenster gesehen habe, staunte ich aufs Neue, dass die Inseln siebenundzwanzig Meilen entfernt sein sollten – außer natürlich, wenn nichts als Nebel zu sehen war. Werden Sie auch dort wohnen, Mr Lu Shing?«

»Einem Lehrling steht dieser Luxus nicht zu«, antwortete er. »Ich habe eine kleine Pension in der Nähe des Cliff House gefunden.«

»Wohnen Sie doch bei uns«, sagte ich rasch. »Wir haben genügend Platz.«

Meine Mutter schaute überrascht, aber mein Vater war sofort einverstanden. »Unbedingt!«

»Wir haben oft Gäste«, fügte ich hinzu. »Nicht wahr, Mutter?«

Sie nickte, und die anderen pflichteten bei, dass es bequemer für ihn sein würde. Lu Shing lehnte höflich ab, bis mein Vater sagte, er würde Lu Shing sehr gern seine Bildersammlung zeigen, deshalb müsse er unser Gast sein.

Meine Mutter rief das Hausmädchen herbei und bat es, das blaue Zimmer vorzubereiten. Das war das Gästezimmer im ersten Stock auf der Südseite. Meines lag auf der Nordseite, das Turmzimmer gleich darüber.

»Mutter«, sagte ich, »ich könnte mir vorstellen, dass Lu Shing gern im Turmzimmer wohnen würde. Es ist zwar klein, aber von dort hat man den besten Blick auf die Bucht.« Mein Vater hielt diesen Vorschlag für hervorragend. Miss Pond offerierte, Lu Shing in ihrer Kutsche zu fahren, damit er seine Sachen aus der Pension holen konnte. Ich suchte nach Anzeichen dafür, dass sie ihn verführen wollte. Aber dann bot mein Vater an, sie zu begleiten.

Am nächsten Morgen saßen Lu Shing und meine Eltern schon im Frühstücksraum, als ich eintrat. Wieso waren sie alle schon so früh aufgestanden, keiner hatte mir etwas gesagt? Ich freute mich, sein chinesisches Gesicht zu sehen. Aber dann stellte ich fest, dass etwas fehlte. Er trug ganz normale Kleidung: eine dunkle Hose, ein weißes Hemd und eine graue Weste. Ich wünschte mir, er würde wieder die chinesischen Sachen anziehen. Andererseits betrachtete ich auch sehr gern seine gottgleiche Statur. Er war größer als mein Vater, der durchschnittlich groß war.

»Jeder, der zu den Farallon-Inseln fährt, möchte unterwegs die Seelöwen, Wale und Delfine sehen«, sagte meine Mutter. »Jedenfalls berichten Reisende immer davon.« Sie hatte ihr wertvolles Buch mit den Vogelillustrationen auf dem Tisch liegen. »Ich halte ja die Vielzahl der Vögel auf den Inseln für viel interessanter. Offenbar findet Mr Bierstadt das auch, denn er hat bei seinem letzten Besuch viele von ihnen gemalt. Die Aleutenalken gehören zu meinen Lieblingen. Aus der Ferne sehen sie recht gewöhnlich aus, dick und wie Maulwürfe, bis man weiß, worauf man achten muss, wenn man näher kommt. Die bläulichen Füße, der weiße Fleck über dem Auge, der gerundete Kopf und der dünne Schnabel. Das ist die Herausforderung bei Vögeln – man muss auf die kleinsten Details achten, um zwischen Lummen, Lunden, Kormoranen unterscheiden zu können ...« Ich hatte meine Mutter schon lange nicht mehr so angeregt erlebt.

Mein Vater mischte sich ein. »Harriet, du solltest Mr Bierstadt und unseren jungen Freund auf ihrer Reise zu den Farallon-Inseln begleiten. Sie könnten dein scharfes Auge gebrauchen.«

Meine Mutter war überrascht, fühlte sich aber geschmeichelt. Ihr gefiel die Idee offensichtlich.

»Ich weiß, dass Mr Bierstadt das sehr schätzen würde«, sagte Lu Shing. »Aber nur, wenn Sie die Zeit erübrigen können.«

»Ich würde auch gern einen Tag Vögel beobachten!«, sagte ich.

Meine Mutter sah mich skeptisch an. »Du wirst doch seekrank.«

»Ich würde das in Kauf nehmen, um die Vögel zu sehen«, sagte ich. »Du weißt doch, dass ich mich schon immer für Vögel interessiert habe.« Sie sah mich noch einmal zweifelnd an.

»Ich habe auch Zeit, mich davor noch näher mit ihnen zu beschäftigen.«

In dieser Nacht wälzte ich mich im Bett hin und her und überlegte, ob ich die Wendeltreppe zum Turmzimmer hinaufsteigen sollte oder nicht. Lu Shing schlief genau über mir. Ich stellte mir vor, wie er ausgestreckt auf dem Bett lag und das Mondlicht auf seinen nackten Körper schien. Welche Ausreden konnte ich vorbringen, um das Zimmer zu betreten: um ein in die Bucht einlaufendes Schiff sehen zu wollen, den Mond, die Sterne, ein Buch, das ich gerade las und vergessen hatte? Und dann fiel mir ein, dass es ja wirklich so ein Buch gab. *Die Klassischen Stellungen der Kallisthenie*. Ein Schauer überlief mich und pochte in meiner Mitte. Als Lu Shing am nächsten Tag im Cliff House war, um Mr Bierstadts Atelier einzurichten, sauste ich hinauf ins Turmzimmer, um den Bildband zu suchen. Ich hatte ihn unter das Federbett gesteckt. Dort war er auch. Ich zog ihn heraus. Ich schob ihn ins Bücherregal, sodass er zur Hälfte herausragte. Nach zweiundfünfzig Seiten würde mich unser Gast bestimmt nur zu gern willkommen heißen.

Am nächsten Morgen begrüßte ich Lu Shing im Frühstücksraum. Er war freundlich, sah mich aber nicht besonders sehnsuchtsvoll an und lächelte mir auch nicht verstohlen zu, nicht so, wie Miss Pond es bei meinem Vater machte. Er musste den Kallisthenie-Führer zur Liebe nicht gesehen haben.

»Im Turmzimmer habe ich eine Sammlung meiner Lieblingsbücher«, sagte ich. »Sie dürfen sie natürlich alle lesen.« Ich suchte nach verräterischen Anzeichen dafür, dass er es bereits getan hatte.

»Danke. Momentan lese ich so viel wie möglich über die Farallon-Inseln und den Yosemite-Nationalpark.«

»Ich glaube, wir haben ein hervorragendes Buch über den Park. Schauen Sie doch in das kleine Bücherregal oben.«

Nach dem Frühstück gingen wir direkt in das Arbeitszimmer meiner Mutter. Sie setzte sich in eine Ecke, betrachtete ihre Käfer, und Lu Shing und ich ließen uns schräg gegenüber von ihr nieder, an einem kleinen Schreibpult. Das große Buch mit den Vogelillustrationen befand sich zwischen uns. Pflichtbewusst achteten wir auf die Färbung, die Form der Schnäbel, die Flügelspannweite und die Schwanzlänge – unzählige Details, die Gelegenheit zu einer Unterhaltung boten: »Dieser Schwanz ist länger als der hier.«

Lu Shing blätterte nach rechts um, ich nach links. Ich sah ihn so kokett wie möglich an: etwa über die Schulter, dann wieder richtete ich den Blick nach unten, bevor ich langsam nach oben schaute und ihn fixierte. Seine Antwort bestand in einem simplen Lächeln. Zweimal ließ ich es aussehen, als hätte ich zufällig mit dem Arm den seinen gestreift. Er wich zurück und entschuldigte sich. Wenn ich mit ihm über Flügelspannweiten oder Wanderrouten sprach, näherte ich mich seinem Gesicht und flüsterte, vermeintlich, um meine Mutter nicht bei ihrer wichtigen Arbeit zu stören. Was ich auch unternahm, bei ihm war nicht das geringste Zeichen des Interesses auszumachen, und ich wurde mit jeder Stunde verzagter.

»Lucia«, rief meine Mutter, »stütz dich nicht mit den Ellbogen auf das Buch.«

Ich lehnte mich sofort zurück und spürte, wie mir die Röte der Schmach den Hals hinaufkroch.

Lu Shing wandte sich zu mir und sagte: »Lucia, Lu Shing. Das ist ganz ähnlich. In Amerika nennen Sie das Zufall. Wir Chinesen sagen Schicksal dazu.«

13
Fata Morgana

San Francisco, 1897
Lucia Minturn

Drei Tage vor der geplanten Fahrt zu den Farallon-Inseln schickte Mr Bierstadt eine hastig formulierte Entschuldigung zu uns nach Hause. Er müsse dringend nach New York zurückkehren, weil sich der Gesundheitszustand seiner Frau verschlechtert habe.

»Schwindsucht, heißt es«, sagte Lu Shing. »Alle sind besorgt.«

Meine Eltern bekundeten murmelnd ihre Anteilnahme für den Meister. Ich verfluchte ihn im Stillen. Für mich hieß das: keine Vogelbeobachtung, keine romantische Reise.

»Wie sehen Ihre weiteren Pläne denn nun aus?«, erkundigte sich Vater bei Lu Shing.

»Meine Familie fragt seit einem Jahr, wann ich zurückkomme. Jetzt kann ich ihnen endlich die ersehnte Antwort geben.«

China. Er würde in das Märchenbuch zurückkehren, ich müsste es zuklappen, und das wäre dann das Ende der Geschichte von Lucia und Lu Shing. Bis jetzt hatte ich gar nicht daran gedacht, dass er eines Tages wieder in seine Heimat zurückkehren würde wie ein Zugvogel. Wenn er nur wüsste, was für mich auf dem Spiel stand, warum ich in das grüne Tal entfliehen musste, wo auch immer und was auch immer es war. Ich lebte in einem Irrenhaus mit seelenlosen Menschen. Eine Mutter, die in Insektenkörper verliebt war. Eine Großmutter, die ständig Streits anzettelte. Ein Großvater, der sinnlos umherirrte und mehr als genug Geld hatte. Ein Vater, der seine Zuneigung in die gefräßigen Vulven von Frauen außerhalb dieses Hauses ergoss. Diese Geisteskranken trugen beim Essen ihre Überlegenheit zur Schau, mein Vater residierte am

Tisch wie Sophokles, während er ein Schweinekotelett kaute und eine Debatte darüber entfachte, wie sinnlos es sei, Kunst zu analysieren. Ich musste Widerstand leisten und verhindern, dass sie mich veränderten, mich erniedrigten, meine Gefühle unterdrückten.

Unsere Namen, Lucia, Lu Shing. Er hatte gesagt, das wäre Schicksal. Aber ich täuschte mich. Er meinte nicht, dass wir ausgehend von diesen Wörtern zusammenbleiben würden. Das Schicksal hatte uns zusammengeführt, zwei Körnchen in einer Wolke aus Blütenstaub, und uns dann wieder auseinandergeweht. Wegen meiner Gefühlswallungen hatte ich zu viel erwartet. Ich war die Närrin, war überdreht.

Lu Shing erzählte gerade, wie enttäuscht er sei, dass er nicht von Mr Bierstadts Studien lernen könne. Danach erwähnte er etwas ganz Gewöhnliches – dass er die Hotelrechnung bezahlen, Mr Bierstadts Sachen abholen und eine Schiffspassage nach Shanghai buchen müsse, am liebsten über eine schnelle Route. Er glaubte, in einer Woche liefe ein Schiff aus. Meine Mutter fragte mich, ob ich krank sei. Ich nickte, froh um die Entschuldigung, aufstehen zu können, bevor sich vor lauter Scham Flecken im Gesicht ausbreiteten. Ich eilte in mein Zimmer und setzte mich an meinen Schreibtisch, um rasch aufzuschreiben, was mir bereits abhandenkam.

Mein gesamtes Ich war in diesem Bild enthalten. Ich kann es nicht angemessen mit Worten beschreiben, außer dass mir das Wissen von meinem Ich schon entgleitet und bald nur noch diese Worte davon bleiben werden. Ich hatte meine Seele gespürt, und nun erinnere ich mich kaum mehr daran – aber ich hatte es empfunden, alles auf einmal, alles, was aus Wahrheit, Reinheit und Stärke bestand, was unveränderlich und ursprünglich war, ganz egal, wie viel zuvor von anderen unterdrückt oder lächerlich gemacht worden war. Ich wollte den, dem das gelungen war, der diese Illusion zustande gebracht hatte. Ich wollte, dass er mir seine Zweifel zeigte, damit ich ihm meine zeigen konnte. Gemeinsam konnten wir dann das echte Tal suchen, nicht nur das auf

dem Gemälde, sondern ein echtes Tal zwischen zwei Bergen, weitab vom Irrsinn der Welt.
Jetzt weiß ich, dass das keine ekstatische Vision war. Es gibt kein Tal. Was ich spürte, war nicht einmal meine Seele. Ich sah ein Gemälde, und ich wollte mehr sehen und fühlen als alle anderen im Raum. Ich wollte einen chinesischen Mann, weil er etwas Neues war, und ich wollte mir vormachen, mit seiner orientalischen Weisheit könnte er mich aus meinem Unglück herausreißen. Er kam aus den Märchen meiner Kindheit, er schien jemand zu sein, der mich retten und lieben würde. Ich war vernarrt in den Maler, der mir einen Ort malen konnte, an dem ich zu leben vermochte. Dieses Gefühl ist so gut wie verschwunden, es hat mich verlassen, wie das Leben vor dem Tal des Todes weichen muss. Aber warum will ich den Maler trotzdem noch? Stünde er jetzt hier vor mir, ich würde mich verleiten lassen und in meiner Schwärmerei sofort aufbrechen, wohin die Lust auch immer mich führen würde.

Das Hausmädchen klopfte an die Tür und riss mich aus meinen Träumen. Sie stellte mir ein Stärkungsmittel ans Bett. Ein paar Minuten später kam Mutter, eine Überraschung, denn sie besuchte mich selten in meinem Zimmer. Sie fragte, ob ich Bauchschmerzen hätte. Ich verneinte. Schüttelfrost und Fieber? Wie merkwürdig, dass sie sich plötzlich für meine Symptome interessierte. Ja, ich hätte wohl Fieber, gab ich zur Antwort. Sie mache sich Sorgen, sagte sie, dass ich womöglich Lu Shing anstecken könnte. Letztes Jahr mussten alle Asiaten in Quarantäne, die nach San Francisco gereist waren, weil in Shanghai die Beulenpest ausgebrochen war.

»Wenn Lu Shing krank wird, könnte das zu falschen Schlussfolgerungen führen, und es könnte sein, dass unser Haus unter Quarantäne gestellt würde – und damit wir alle.«

Was für eine wunderbare Aussicht. Wir würden alle in diesem Haus bleiben müssen, Lu Shing und ich wären zusammen eingesperrt, er direkt über meinem Bett. Mein Fieber stieg.

Meine Mutter fuhr fort. »Lu Shing würde wahrscheinlich nach

China zurückgeschickt und müsste im Schiff unter Deck in Quarantäne bleiben. Es wäre eine unbequeme Heimreise.«

Mein Fieber sank. »Ich glaube nicht, dass ich ansteckend bin. Es waren die Rüben«, sagte ich.

»Was auch immer«, meinte sie, »ich hoffe, es wird rechtzeitig besser, sodass du am Donnerstag mit auf die Farallon-Inseln fahren kannst. Dein Großvater sagt, es wäre Unsinn, die Gelegenheit verstreichen zu lassen. Er will alles bezahlen, auch ein Roastbeef-Picknick, wie er es vor zwanzig Jahren hatte …«

Ich erfuhr eine wundersame Genesung, dank dieses Heilmittels aus guten Nachrichten, das mit einer so blitzartigen Geschwindigkeit wirkte, dass ich mit allen anderen zu Abend essen und die weitere Planung der Reise besprechen konnte. Ich ertappte Lu Shing dabei, wie er mich mit einem Lächeln ansah. Ich interpretierte es als bedeutungsvoll – aber noch nicht als eindeutig. Ich wusste einfach, dass zwischen uns das Schicksal lag und dass es das Schiff in die andere Richtung gelenkt hatte.

Ich würde keine ekstatischen Augenblicke mehr erleben, wenn ich mich nicht beeilte. Sex würde uns einander geistig nicht näherbringen, das wusste ich jetzt. Unsere Vereinigung wäre rein fleischlich, aber doch vielversprechender als das, was ich bisher mit meinen anderen jungen Männern erlebt hatte. Ich wollte keine Ausreden benutzen wie Schiffe mit hohen Masten oder einen Mond, der über einer Insel aufging. Ich schob meine Ängste vor einer Blamage weg. Ich würde mich vor ihn hinlegen und ihm anbieten, mich zu genießen. Ich hatte das Selbstvertrauen einer Hure und wusste, bei dieser Aufgabe würde ich Erfolg haben.

Um zehn Uhr hörte ich seine Schritte und das Knarren der Leiter. Ich stieg im Nachthemd aus dem Bett und die Wendeltreppe hoch. Dann klopfte ich zweimal an die Tür. Er rief: »Ja?« Ich nahm das als Einladung, einzutreten. Er war oben auf dem Schlafboden, im Licht der Öllampe war der Umriss seines Körpers auszumachen. Aber ich sah seinen Gesichtsausdruck nicht. Ich sagte nichts, und er fragte nicht, warum ich gekommen war. Ich ging zur Leiter und stieg hinauf. Sein Oberkörper war nackt, der Rest wurde von den Laken verdeckt. Er wich zurück, um mir Platz zu machen, damit ich neben ihm ins Bett schlüpfen konnte. Ich legte mich auf den Rücken und drehte den Kopf zum Bücherregal. Ich war noch nicht bereit für seinen Gesichtsausdruck und seine Reaktion darauf, dass ich so dreist und ungebeten einfach zu ihm gekommen war.

Das Kallisthenie-Buch war noch da, unberührt, genau so, wie ich es dort hineingesteckt hatte. Ich zog es nicht hervor. Ich wollte diese muskulösen Männer und fröhlichen Frauen nicht bei uns im Bett haben. Das Nebelhorn ertönte, gefolgt vom Bellen der Seelöwen, ihren vergeblichen Lockrufen. Wenn er doch nur einfach anfangen würde zu tun, was die anderen jungen Männer taten, die den Mund an irgendeinem Teil meines Körpers fixierten.

»Ich bin keine Jungfrau mehr«, verkündete ich, »und meinen Eltern ist es egal, was ich mache. Ich erwähne das nur, falls es aus diesen Gründen Bedenken gibt.« Ich wandte den Kopf und sah ihn an. Sein Gesicht war ruhig, vielleicht auch mitleidig oder amüsiert. Ich machte den obersten Knopf meines Nachthemds auf, um meine Mission zu verdeutlichen. Doch er legte fest die Hand auf meine, um mich daran zu hindern. Damit hatte ich nicht gerechnet. Ich spürte, wie sich heiße Flecken über Brust und Hals ausbreiteten.

»Lass mich«, sagte er dann und fuhr mit den Fingern über die Knopfleiste meines Nachthemds, sodass alle Knöpfe aus den Löchern sprangen. Er beugte sich ganz nah zu meinem Gesicht herunter, und ich war verblüfft, wie chinesisch er aussah. Endlich konnte ich ihn berühren, ohne die Fragen darüber, was passieren könnte oder was erlaubt war. Ich strich ihm mit den Händen über die glatten Wangen, die Stirn, den Kopf. Ich blickte in seine dunklen Augen. »Ich fahre in einer Woche«, sagte er. Innerlich wies ich das von mir, nickte aber, und damit rutschte mein Nachthemd herunter. Die Fenster waren geöffnet, die Luft war kühl, und ich fröstelte. Langsam glitt eine warme Hand über meinen Körper, um die Schultern, dann hinunter, sein Blick folgte den Händen mit der gleichen Ruhe, aber doch auch voller Neugierde, als würde er aufmerksam betrachten, wie ich geformt war, wie eine bestimmte Rundung, wie mein Arm gestaltet, wie mein Ohr geformt war. Ich schloss die Augen. Er bewegte die Hände in kleinen Kreisen, langsam, fester, drückte gegen die Innenseite meiner Oberschenkel. Ich schlug die Augen auf, und wieder staunte ich über sein chinesisches Gesicht. Meine Schwärmerei für ihn verlangsamte mein Denken, ließ das Licht um ihn verschwimmen, und mit der Klarheit meiner neuen Perspektive sah ich jedes Detail seines Gesichts vor mir. Ich schloss die Augen, spürte, wie er meine Hüften in eine neue Position brachte. Als ich die Augen aufschlug, hatte ich wieder seine wunderbare Fremdheit vor mir, dennoch kannte ich ihn, ich kannte ihn wie das Tal in seinem Gemälde, es war ein Wissen ohne Worte, eine große Freude über die Vertrautheit. Er zog seinen Zopf über meinen Bauch. Es war ein verbotener Anblick, eine verbotene Berührung, ein verbotenes Gefühl. Ein Mann aus China zog seinen Zopf meinen Spalt hinauf und hinunter, dann drang er mit einem nicht minder verbotenen Rhythmus in mich ein. Meine Gedanken streiften kurz die Unterschiede zwischen unseren Hautfarben und wie schamlos und anstößig es war, die beiden zu vereinen – und dann empfand ich nur noch Genuss dabei, das Tabu zu verletzen. Ich schloss die Augen und bat ihn, mit mir zu reden. Er sagte leise auf Englisch, mit seinem britischen Akzent:

»*Good little boat,*
good little boat,
neither mast, nor an oar,
in waves you float.
You paddle toward shore.«

Ich öffnete die Augen. Sein Gesicht war schmerzverzerrt vor Lust. Ich begriff, dass ich auch für ihn ein Tabu war, ein wildes weißes

Mädchen, aufregend, weil ich verboten und ebenso fremd für ihn war, anders und ungewöhnlich. Ich seufzte, glücklich und erfüllt in dem Tal, wo ich mein reines Ich war. Wir blickten einander an, während er die Worte sprach, die uns vorantrieben.

»*Trust me, trust me,*
I'll take you to dock.
Go aboard, go aft
Ride, ride on my cock.«

Mein chinesischer Kaiser schloss die Augen, und jetzt sprach er in seiner chinesischen Sprache, keinen Kinderreim, sondern ich hörte nur noch raue Töne. Unsere Körper schlugen aufeinander, und er war für mich der ersehnte Taifun, die geologische Katastrophe.

Ich wachte auf, als er die Lampe anzündete.

»In einer Stunde geht die Sonne auf«, sagte er nur.

Bald würde das Leben außerhalb dieses Raums beginnen. »Lass mich noch ein bisschen liegen«, murmelte ich, während ich mich an seinen Körper schmiegte. »Ich habe in diesem Turmzimmer schon als kleines Mädchen immer gern gelesen. Ich war froh, hier allein sein zu können. Trotz aller Einsamkeit hat mich dieser Raum immer getröstet. Vielleicht hat es damit zu tun gehabt, dass er rund ist. Es gibt keine Ecken. Hast du dir darüber schon Gedanken gemacht?«

»Anfangs fand ich es beunruhigend – man kann so kein Bild aufhängen. Mystik ist nicht unbedingt meine Stärke. Ich bin ein sehr praktischer Mensch.«

»Was hast du auf Chinesisch gesagt, als wir miteinander schliefen?«

Er lachte leise. »Obszöne Wörter, ein Mann spricht sie kurz vor dem Höhepunkt aus. *Chuh nee bee.*«

»Was bedeutet das?«

»Das ist ziemlich vulgär. Wie soll ich das sagen? … Es bezeichnet die Lust, wenn sich das Männliche mit dem Weiblichen vereinigt.«

»Das stimmt nicht. Die Lust, wenn wir uns miteinander vereinigen! Das Männliche mit dem Weiblichen! Das war es nicht, was du da gestöhnt hast.«

Er lachte. »Na gut. Aber nimm es nicht als Beleidigung. Das bedeutet: ›Fick deine Fotze.‹ Wie gesagt, ziemlich ordinär. Aber es beweist, dass meine Leidenschaft groß ist, denn ich habe meinen Verstand und auch ein eloquentes Vokabular verloren.«

»Mir gefällt es, dass du so hemmungslos bist«, sagte ich. Im Geheimen dachte ich an meine jungen Männer. Die meisten stöhnten und keuchten nur, wenn sie nicht sogar ganz still blieben. Einer rief Gott an.

»Hast du schon vielen Frauen diese Wörter gesagt?« Ich sah ihn unverwandt an. Er sollte denken, ich würde ihn nur aus Neugier fragen und nicht mit einer Messerspitze an seinem Herzen.

»Ich habe die Male nicht gezählt. Es ist bei uns in China üblich, dass man ab dem Alter von fünfzehn Kurtisanenhäuser besucht. Ich war aber nicht oft dort, nicht so oft, wie ich wollte. Man muss den Blumenschönheiten den Hof machen, ihnen Geschenke geben und im Wettstreit mit anderen Männern um sie werben. Dazu hatte ich das Geld nicht. Mein Vater war nicht spendabel.«

Er stellte mir keine Fragen über die Männer, mit denen ich zusammen gewesen war. Ich war erleichtert, trotzdem wünschte ich mir, er würde es wissen wollen. Er sollte leiden wie ich, und ich selbst wollte glauben, dass es keine andere Frau gab, zumindest keine, die ihn für sich gewonnen hatte.

In der nächsten Nacht ging ich wieder hinauf in den Turm, und diesmal gerieten wir leichter in den Bann der Intimität. Während wir uns küssten, schloss ich die Augen, um mir Lu Shing als chinesischen Kaiser vorzustellen. Dabei war sein Gesicht immer dicht neben meinem. Das Tabu war immer noch aufregend, ein Chinese, der mit einem amerikanischen Mädchen schlief. Er flüsterte jene vulgären Worte, als er in mich eindrang, und wiederholte sie bei jedem Stoß. Wir zerflossen im Körper des anderen, waren völlig unbekümmert in dem, was wir taten. Ich hob die Hüften an, ich war wie im Rausch, ich verlor alle Sinne, nahm nur noch wahr, dass wir verbunden waren und nicht mehr getrennt werden konnten. Aber dann trennten wir uns doch und lagen nebeneinander. Wir wurden still, und der Abstand zwischen uns vergrößerte sich.

Trotz meines Versprechens, nicht mehr zu erwarten als diese wenigen Tage des Vergnügens, überkam mich die schleichende Angst, dass ich ihn bald verlieren würde. Hatte er an dieses Unvermeidliche gedacht, als er meinen Körper streichelte? »Werde ich dir fehlen?«, wollte ich ihn fragen, unterließ es aber. In der dritten Nacht, unmittelbar vor unserer Reise auf die Farallon-Inseln, konnte ich die Frage nicht mehr zurückhalten. Ich stellte sie ihm in der Dunkelheit, als er mein Gesicht nicht sehen konnte. Ich hielt den Atem an, und als er sagte: »Ich werde dich sehr vermissen«, flossen bei mir Tränen. Und als ich ihn küsste und sein Gesicht berührte, spürte ich auch bei ihm Tränen. Zumindest glaubte ich, es wären seine und nicht meine. Der Zweifel verflog, als er meine Hüfte zu sich heranzog, das Bein über seinen Rücken legte und mit noch größerem Verlangen als je zuvor in mich eindrang.

In diesem Moment beschloss ich, nach China zu gehen, und ich wusste sofort, dass das von jeher die Antwort auf mein seelisches Leid und mein bisheriges liebloses Leben war. Ich war beseelt, beschwingter, als ich es je für möglich gehalten hätte. Meine Kühnheit besiegte alle Ängste. Endlich konnte ich tief und uneingeschränkt empfinden. Ich konnte doch nicht meine Seele wegsperren, indem ich in das Leben zurückkehrte, das ich vor ihm geführt hatte! Ich wusste, es war verrückt und leichtsinnig, nach China zu gehen, aber jetzt war der Zeitpunkt gekommen, etwas zu wagen und sich Gefahren zu stellen, statt in die tödliche Sicherheit, in die tödliche Stagnation zurückzukehren. Ich konnte mich nicht mehr zurückhalten, und unsere Körper reisten gemeinsam nach China, näherten sich dem Tal der Verwunderung, wo unsere Gefühle frei waren und wir gemeinsam umherstreifen konnten.

Meine Mutter schickte Kutschen, die die Passagiere zum Hafen bringen sollten. Die Opernsängerin, ihr Liebhaber, Mr Maubert und seine Schwester, Miss Pond, mein Vater, meine Mutter, Lu Shing und ich. Wir gingen mit Bündeln von Jacken und Mänteln, mit Essenskörben, Skizzenblöcken, weichen Bleistiften, Farben und einem Führer über die Inseln an Bord.

Während der Überfahrt hielt meine Mutter Vorträge über die Meerestiere, die wir vom Boot aus sahen. »Wale sind keine Fische, sondern Säugetiere wie wir«, rief sie in den lebhaften Wind, sodass es entweder unmöglich oder unangenehm war, ihr zuzuhören. Die Jacken, die wir mitgebracht hatten, waren eher modisch als nützlich. Nur Miss Huffard trug einen dicken Pelzmantel, der ihr in Anbetracht ihres Körperumfangs etwas Bärenhaftes verlieh. Das Boot kämpfte sich durch die Wellen, und Mr Maubert, seine Schwester und Mr Hatchett bekamen eine grünliche Gesichtsfarbe und rannten in Abständen an die Reling. Ich wurde wie durch ein Wunder von der Seekrankheit verschont, was zweifellos dem Rausch der Liebe zuzuschreiben war. Meine Mutter verschwand unter Deck und kam mit dicken Decken wieder herauf. Wir wickelten uns darin ein und standen da wie Indianer, die eine Friedenspfeife rauchten, als wir weiße Atemwölkchen in die Luft bliesen.

Lu Shing und ich hielten uns an der Reling fest, vorgeblich, um nach Walen Ausschau zu halten. Aber wir sahen uns immer wieder verstohlen an. Gelegentlich machten wir einen Seelöwen aus und ließen die anderen von unserer Entdeckung wissen, nur um zu demonstrieren, dass wir unsere Pflicht nicht vernachlässigen würden. Manchmal tat ich so, als würde ich wegen des schaukelnden Boots das Gleichgewicht verlieren. Dann fiel ich gegen Lu Shing, der mich stützte.

Das Boot fing aber noch mehr zu schaukeln an. Der Bug hob sich und schlug krachend aufs Wasser auf, und alle lachten, als wäre das eine geplante Einlage zu ihrer Unterhaltung. Die kleinen Wogen gingen über in rollende Wellen. Bei jeder neuen Welle hielt ich den Atem an. Niemand lachte mehr. Über uns ballten sich dunkle Wolken zusammen, und der Horizont vor uns wurde von einzelnen Lichtstrahlen erhellt. Der Wind nahm zu, peitschte uns ins Gesicht und betäubte unsere Wangen. Die Seemöwen verschwanden, und das aufgewühlte Wasser verschluckte die Flossen der Seelöwen. Lu Shing hatte sich den Zopf um den Kopf gewickelt und zog sich die Melone bis über die Ohren. Er trug westliche Kleidung, eine dicke Wolljacke und Hosen. Ich hatte mir die Haare hinten zusammengeflochten, damit ich besser zu ihm passte. Der Wind hatte meinen Zopf gelöst, und die Strähnen flogen mir in die Augen.

Der Skipper rief Anweisungen in den Wind, die kaum noch zu hören waren. Einer aus der Mannschaft kletterte behände den Mast hinauf. Ein junger Mann mit dunklem Gesicht verteilte Rettungswesten, versicherte uns aber, das sei nur eine Vorsichtsmaßnahme. Das Boot wurde hochgehoben und landete hart im Wellental. Man riet uns, unter Deck zu gehen, wenn wir nicht nass werden wollten. Miss Huffard und ihr Liebhaber folgten diesem Ratschlag augenblicklich. Es war einiges Feingefühl vonnöten, die rundliche Sängerin durch die kleine Öffnung zu bugsieren, die nach unten führte. Sie schrie auf, als sie eine Sprosse der Leiter verfehlte. Mr Maubert und seine Schwester stiegen als Nächste hinunter, dann Miss Pond und mein Vater. Meine Mutter folgte ihnen widerstrebend. Kurz bevor mein Vater die Luke schloss, rief er mir zu: »Kommt ihr auch?«

»Wir stehen das durch. Ich glaube, ich habe da vorne einen Wal gesehen.«

Bald waren Lu Shing und ich die einzigen Passagiere, die noch an Deck waren. Wir lächelten einander unverhohlen zu. Zum ersten Mal an diesem Tag waren wir nahezu allein. Mein Kinn zitterte, und Tränen brannten mir in den Augen, aber nicht die Liebe war der Grund dafür, sondern der eisige Wind. Meine Zähne klapperten wie Kastagnetten. Ich stellte mir uns beide auf einem anderen Boot vor, in einer Woche, ein Boot, das nach Shanghai fuhr.

»Es ist so schön hier draußen. Ich wünschte, dieses kleine Schiff würde bis nach China fahren«, sagte ich.

Er schwieg. Vielleicht wusste er, aus welchem Grund ich das gesagt hatte. Er war ernst, unergründlich.

»Ich würde gern eines Tages nach China reisen. Vielleicht könnte ich meine Mutter dazu überreden, es mir zu erlauben. Ich müsste ihr zu verstehen geben, ich würde gern eine Expedition mit ihr unternehmen, um seltene Vogelarten zu erforschen.« Er lachte und meinte, davon gebe es in seiner Heimat viele. Das ermutigte mich sehr. »Wahrscheinlich ist es schwer für Amerikaner, in Shanghai zu leben, wegen der Sprache und der anderen Sitten und Gebräuche.«

»In Shanghai sind viele Leute aus den Vereinigten Staaten – und auch aus England, Australien und Frankreich, überhaupt aus vielen Ländern. Ich glaube, sie leben ganz komfortabel dort, sogar luxuriös – und das in einem Teil der Stadt, die wie ein kleines Land innerhalb eines größeren liegt.«

Ich schaute ihn an, um die Bedeutung dessen, was er gerade gesagt hatte, einzuschätzen. Er hätte mich auch beim Wort nehmen können – dass ich daran dachte, mit meiner Mutter nach China zu kommen. »Wenn meine Mutter nicht will, könnte ich natürlich auch allein reisen.«

Er wusste, was ich dachte. Er hatte den gleichen nachdenklichen Blick wie an dem Abend, als ich zum ersten Mal in das Turmzimmer gegangen war und mich ungebeten neben ihn gelegt hatte. »Ich bin schon verlobt«, sagte er. »Es gibt einen Ehevertrag, und wenn ich zurückkehre, werde ich diese Frau heiraten und bei meiner Familie leben.«

Diese Neuigkeit schockierte mich, genauso wie die Schonungslosigkeit, mit der er das erzählte. »Warum erzählst du mir das?«, fragte ich. Die Hitze stieg mir ins Gesicht. Ich drehte mich zur Seite, damit er es nicht sah. »Ich wollte mit meinen Plänen nicht andeuten, dass du mich heiraten sollst. Ich hatte gehofft, du könntest mir einen Rat geben, wie ich am besten eine Reise dorthin organisiere, so wie du es für Mr Bierstadt gemacht hättest, hätte er ein ähnliches Ansinnen geäußert.«

Ich ging weg, bevor er sehen konnte, wie verletzt ich wirklich war. Ich stellte mich auf die andere Seite des Bootes und schämte mich für das, was ich getan hatte. Ich hasste mich dafür, dass ich so viel offenbart hatte – und das einem praktisch Fremden gegenüber. Wie dumm von mir anzunehmen, dass er nach einem bisschen Herumgeturne im Bett das Gefühl haben würde, er könne nicht mehr ohne mich leben. Aber wenn ich jetzt einen Rückzieher machte, würde er glauben, dass ich doch auf seine Liebe aus war und nicht wegen der Vögel nach China reisen wollte. Ich hatte eine verwegene Idee: Ich beweise ihm das Gegenteil. Ich fahre nach China, und dann sehen wir, was er dazu sagt! In dieser Sekunde wuchsen mein Ärger und meine Entschlossenheit, bis ich mich davon überzeugt hatte, dass ich China wirklich sehen wollte, ganz egal, ob er ein anderes Mädchen heiraten würde und nicht mich. Ich konnte mir dort völlig unabhängig ein eigenes Leben aufbauen und genauso anders sein wie die Leute dort.

Das Wasser wurde wieder ruhiger. Der Wind legte sich. Ich hörte jemanden rufen. Ich drehte mich um, aber es war nicht Lu Shing, es war der Skipper. Vor einer Wolke zeichnete sich sein Umriss ab, er schien in der salzigen Luft zu schweben. Er bedeutete uns mit seinem Fernglas, nach vorne zu schauen. Am Horizont waren die Farallon-Inseln zu sehen. Sie lagen direkt vor uns. Es war unmöglich, dass wir so weit gekommen waren. Wir waren kaum mehr als eine Stunde auf See gewesen. Aber dann sah ich, dass es nicht die Inseln waren, sondern die Konturen dreier gewaltiger Drachen. Während ich sie ehrfurchtsvoll betrachtete, verwandelten sie sich in einen Elefanten. Ich kniff die Augen zusammen. Kurz danach sah ich einen riesigen Wal, der aber gleich wieder schrumpfte und zu einem Boot wie dem unsrigen wurde. Was passierte da? War ich verrückt geworden? Ich schaute den Skipper an. Er lachte mit einem irren Blick. Auch die Crew lachte, und einer rief: »Fata Morgana. Fata Morgana. Ein Trugbild.«

Meine Mutter hatte mir erzählt, sie hätte einmal eine Fata Morgana beobachtet, als sie in Richtung der Farallon-Inseln geschaut hatte. Die Luftspiegelung hätte ausgesehen wie ein Schiff und dann wie ein Wal. Damals dachte ich, sie hätte sich das eingebildet. Wie seltsam, dass das nun genau in dem Augenblick passierte, als ich mir überlegte, nach China zu gehen. Das war eine Warnung! Ich hatte nur ein Trugbild der Liebe gesehen. Als Illusion konnte sie in allen möglichen Verkleidungen in Erscheinung treten. Aber ich sah darin auch ein Zeichen, dass ich nach China gehen sollte, dass das Leben, das ich anstrebte, näher war als gedacht. Gerade in dem Moment traf mich ein heftiger Windstoß, und direkt über mir kreischte dreimal eine Seemöwe. Der Bug hob sich auf einer gezackten weißen Schaumkrone, und das Boot legte sich schräg auf die Seite. Wir wurden in das Trugbild hineingedrückt – oder davon angezogen, so wie Odysseus von den Sirenen. Das war abermals ein Zeichen. Odysseus musste sich entscheiden zwischen Laster und Tugend. Ich musste mich entscheiden, ob ich als Puppe oder als mein »reines Ich« leben wollte. Meine Hände waren zu taub, um mich an der Reling festzuhalten, und als der Bug sich wieder in das dunkle Wellental senkte, rutschten mir die Füße weg. Zu meinem Schrecken glitt ich über das Deck. Die Decke flog mir von den Schultern, mein Rock blähte sich auf wie ein Segel. Ich prallte gegen eine Seilrolle und versuchte mich daran festzuhalten, aber wegen der Kälte oder aus Angst fand ich nicht die Kraft dazu. Ich schlitterte zu der Reling auf der anderen Seite hinüber und begriff, wie leicht es möglich war, dass ich einfach darunter durchrutschte und ins schwarze Wasser fiel. Ich schrie. Jemand rief etwas in einer fremden Sprache. Hände umfassten meine Knöchel. Ein Junge, nicht älter als vierzehn, mit einem dunklen Gesicht und fettigen Haaren, hielt mich fest. Er zog mich zur Luke hin. Ich versuchte mich hinzustellen, aber ich hatte zittrige Knie, und er fing mich auf, als ich zusammenbrach. Während er mich stützte, schaute ich noch einmal zum Horizont.

Erst in diesem Moment suchte ich Lu Shing. Er war nirgendwo

zu sehen. War er über Bord gegangen? Wild gestikulierend versuchte ich das dem Jungen mit dem dunklen Gesicht klarzumachen. Er beruhigte mich und bedeutete mir mit den Händen, dass es dem Mann mit dem Pferdeschwanz gut gehe, aber er habe seinen Hut verloren. Er ahmte nach, wie die Melone durch die Luft segelte. Lu Shing war auf der anderen Seite des Bootes, in Sicherheit. Ich war wütend. Er hatte sicherlich seinen Spaß, und es war ihm egal, dass ich beinahe gestorben wäre. Ich wäre am liebsten hinübergegangen, um ihn zu beschimpfen, aber mir war bitterkalt.

Als ich auf wackeligen Beinen die Leiter hinunterstieg, kroch gleich Wärme in mir hoch. Meine Wangen brannten, als das Gefühl zurückkehrte. Die Kabine war eingerichtet wie ein Salon. Es gab Diwane und Sessel, Blumentöpfe mit Farn und orientalische Teppiche in Umbra und Rubin. Seltsam, nichts war in Unordnung geraten. Mr Hatchett erklärte, die Möbel seien festgenagelt, überhaupt alles, bis auf das Teeservice. Er zeigte auf eine Teekanne und Tassen, die zerbrochen waren, auf ein paar verstreute Kekse. Ein Schiffsjunge räumte die Scherben weg und steckte sich die Kekse in die Tasche. Meine Mutter saß auf einer roten Ottomane, vertieft in ein ernstes Gespräch mit Miss Maubert, die grüngesichtig auf einer Couch ruhte. Miss Huffard drückte mir einen Becher mit heißem Tee in die Hände, der mich von innen wärmen sollte. Miss Pond erzählte meinem Vater, dass ihr das Skizzenheft ins Wasser gefallen sei. Alles, was ich hörte, war bedeutungslos. Miss Huffard rieb mir mit ihren warmen Händen die Arme. Sie bemerkte, wie wenig Fleisch ich an den Knochen hatte. Sie drehte mich um und rieb mir den Rücken. Sie roch nach Rosen. »Du hast dir fast deinen kleinen Hintern abgefroren«, sagte sie. »Was für Dummheiten wir doch für die Liebe auf uns nehmen.«

Ich erstarrte. Was sagte sie da?

Sie klopfte mir auf den Rücken. »Ich habe das oft gemacht, häufig zu meinem Nachteil, aber nie zu meinem Bedauern.« Sie sang mit voller Stimme: »Auf neue Liebe versessen, kann jedes Herz auch vergessen.« Alle spendeten Applaus. Sie wandte sich wieder mir zu. »Das habe ich schon oft gesungen, auf der Bühne, vor tausend Bewunderern, und auch in meinem Schlafzimmer, wenn ich fürchterlich einsam war.« Ihre Freundlichkeit berührte mich. Sie führte mich zu einer dunklen Koje, legte mich hin und deckte mich mit ihrem mächtigen Pelzmantel zu. Er roch auch nach Rosen.

Ich dämmerte gerade weg, als lautes Geschrei erscholl. Ich sprang auf und kämpfte mich in Miss Huffards voluminösem Pelzmantel zur Kabine durch. Zwei Jungen hievten Lu Shing vorsichtig durch die Luke hinab, und unten standen zwei weitere bereit, um ihn in Empfang zu nehmen. Sein Gesicht war schmerzverzerrt. Sein Bein war behelfsmäßig geschient.

»Er hat sich den Knöchel gebrochen«, erklärte mein Vater. »Der Skipper hat erzählt, das Bein hätte in einem Neunzig-Grad-Winkel abgestanden, als hätte es keine Knochen. Es ist passiert, als uns die riesige Welle hochgehoben hat. Sie mussten das Bein schienen, bevor sie es wagten, ihn nach unten zu bringen.«

Die grüngesichtige Miss Maubert wurde gebeten, die Couch freizugeben. Alle Wut wich aus meinem Herzen. Ich wollte seine Schmerzen lindern, ihm durch Liebe Mut machen. Aber alle drängten sich um ihn und überlegten, wie man den Verletzten behandeln sollte. Schließlich gelang es mir, mich dazwischenzuschieben. Sein Gesicht war weiß, und er biss sich auf die Lippen. Ich betrachtete seinen Knöchel, während meine Mutter das Tuch um die improvisierte Schiene abwickelte. Das spitze Ende des Knochens hatte sich durch das Fleisch gebohrt. Ich sah Lichtpunkte, dann wurde alles schwarz. Ich fiel in Ohnmacht.

Es roch nach Rosen, als ich aufwachte. Ich war immer noch in den warmen Pelzmantel von Miss Huffard gehüllt. Sie stand neben mir. Alle waren schon von Bord gegangen. »Du hast geschlafen wie ein Baby in einer Wiege«, sagte sie.

»Was ist mit Lu Shing?«

»Seine Schmerzen wurden ein wenig durch Whisky gelindert. Die Männer haben ihn gerade in eine Kutsche getragen, und der

Arzt ist auch schon auf dem Weg. Draußen wartet noch eine Kutsche auf dich und mich.«

Als ich in meine Schuhe schlüpfte, sagte Miss Huffard: »Wie schade, dass er sich das Bein gebrochen hat. Jetzt kann er frühestens in drei Monaten nach China aufbrechen.«

Ich schlang die Arme um sie und weinte.

»Ich würde dir raten, die Zeit zu nutzen, um dich mit Würde von ihm zu trennen, statt dein Elend noch zu vergrößern. Aber ich war noch nie gut darin, solchen sinnlosen Ratschlägen zu folgen.«

Während Lu Shings dreimonatiger Genesung trieb ich meinen Plan voran, ohne ihm davon zu erzählen. Ich versetzte meine Wertsachen. Eine goldene Uhr. Einen rubinbesetzten Ring. Eine goldene Armkette mit Anhängern. Ich öffnete die Kiste mit den Silberdollars, die mir Mr Minturn im Lauf der Jahre geschenkt hatte. Es gelang mir relativ einfach, mir meinen Pass und ein Visum zu beschaffen. Ich plauderte nett mit dem Beamten, der mich fragte, wovon ich in China leben wollte. Ich erzählte ihm von einem erfundenen Onkel in Shanghai, der mich eingeladen hatte, in seiner amerikanischen Schule Englisch zu unterrichten. »Mit sechzehn schon Lehrerin?«, staunte er. Ich erklärte, dass ich in zwei Wochen siebzehn werden würde und außerdem mit meinem akademischen Wissen anderen Schülern meines Alters um Jahre voraus sei. Ich bereitete mein Vorhaben weiter vor, überlegte euphorisch, was ich mitnehmen sollte. Nachdem auch das erledigt war, dachte ich darüber nach, wie ich meinen Eltern – und Lu Shing – beibringen sollte, dass ich nach China fuhr.

Lu Shing hatte mein Zimmer bekommen, um sich zu erholen. Mir wurde das blaue Zimmer zugeteilt, aber ich blieb im Turm und stieg regelmäßig die Wendeltreppe hinunter, um mich um Lu Shing zu kümmern – ich brachte ihm Bücher, seine Skizzenhefte, seine Mahlzeiten und eine Menge Trost, indem ich ihm das Bett glattstrich, ihm den Arm tätschelte und mich nach seinen Schmerzen erkundigte. Vor anderen bemitleidete ich ihn, weil sich seine Abreise nach China so verzögert hatte. Niemand vermutete, dass ich andere Gründe haben könnte, seine Florence Nightingale zu spielen. Wenn keine wachsamen Blicke auf uns ruhten, gaben wir uns libidinösen Aktivitäten hin, wann immer wir wollten. Aus Rücksicht auf seinen gebrochenen Knöchel wurden ein paar vorsichtige Stellungsänderungen nötig, ergänzt durch Oralverkehr. Meine Pläne, nach China zu gehen, erwähnte ich mit keinem Wort mehr. Ja, ich wandte sogar eine List an: Ich sprach davon, in ein Frauencollege im Osten von Amerika zu gehen, und erwähnte drei, die ich in die engere Auswahl gezogen hatte. Dadurch musste er nicht mehr so auf der Hut sein. Ich sprach von unserer Freundschaft, die ewig halten würde, und gab frivole Kommentare über gewisse körperliche Aktivitäten zum Besten, die zu unerwarteten Überraschungen führten, an die wir uns in der Zukunft mit dem früheren Entfachen der Begierde erinnern konnten. Ich dachte mir einen jungen Mann aus, der mir den Hof machte. Lu Shing sollte sich keine Sorgen machen, dass ich leiden würde, sobald er nach China aufgebrochen war. Ich erzählte ihm, was der ausgedachte junge Mann über meine verführerischen Reize gesagt hatte, über meine Abenteuerlust, meine Intelligenz, die Tatsache, dass ich keine keusche Jungfrau war, und dass ich anders sei als jedes Mädchen, das er bisher kennengelernt habe, und zwar auf eine geheimnisvoll faszinierende Weise. Lu Shing stimmte meinem fiktiven Bewunderer zu und wirkte erleichtert, dass ich noch einen Liebhaber in der Hinterhand hatte. Er vertraute mir an, dass er bestimmte chinesische Bräuche nicht mochte, zum Beispiel den, der von ihm verlangte, ein Mädchen zu heiraten, das er nicht liebte. Er gestand, dass er an sich als Künstler zweifelte. Er fürchtete, dass es ihm an Originalität mangelte und an der Fähigkeit, tiefere Ideen auszudrücken, weil er keine hätte. Er könne nur eine bestimmte Technik nachahmen. Er schätzte es, dass ich an seiner Meinung über sich selbst zweifelte.

Eines Nachmittags, nach zärtlichem Sex und vielen süßen Worten, lag ich in seinen Armen und sagte, dass ich ihn immer als meinen chinesischen Kaiser in Erinnerung behalten würde. Ich atmete tief ein, und ich merkte, dass er einen traurigen Seufzer unterdrückte. Wie gut ich doch mittlerweile seinen Körper und seinen Geist kannte. Ich bat ihn, mich meiner als sein wildes amerikanisches Mädchen zu entsinnen. Er antwortete, er würde viel mehr als das in Erinnerung behalten. Ich fügte hinzu, dass ich nicht wolle, dass er sein Eheversprechen verletzte, weil er an mich dachte.

»In China werden Ehen von der Familie arrangiert, man heiratet nicht aus Liebe. Es ist eher eine geschäftliche Vereinbarung zwischen alten Freunden und lästigen Müttern. Meine zukünftige Ehefrau ist mir fremd. Ich weiß nicht einmal, ob ich sie jemals mögen werde. Sie könnte unattraktiv sein oder nichts Interessantes zu sagen haben.«

Ich verwies darauf, dass er ja auch Kurtisanen besuchen könne, und er stimmte vage zu. Ich fuhr fort: »Meine Mutter und mein Vater führen eine ähnliche Ehe. Sie hält meinen Vater nicht davon ab, sein Verlangen anderswo zu befriedigen. Sie sind sich dennoch seltsam treu, was daher rührt, dass sie an ihrem Haus hängen. Sie sind sehr pragmatisch, aber ihr gemeinsames Leben wird dadurch ausgehöhlt, und sie merken nicht einmal mehr, wie tragisch das ist. Wer hätte denn sonst meine Mutter inniger lieben und sie aus ihrem Elend herausholen können als mein Vater?«

Ich war mir sicher, dass er jetzt an seine eigene Ehe dachte, die vielleicht genauso lieblos sein würde, an ein Haus, dem es an wahrer Gemeinschaft mangelte. »Wärst du als Amerikaner geboren, hätte ich mir jemanden wie dich als Ehemann gewünscht.« Er drückte seine Empfindungen genauso aus: »Wärst du als Chinesin geboren, ich hätte mir dich als Ehefrau gewünscht.« Bevor er nach China aufbrach, würde ich versuchen, diesen Satz einfach zu verwandeln: »Wärst du in China, wäre ich glücklich, dich als Ehefrau zu haben.«

Ich hatte nicht vorgehabt, ihm durch eine Schwangerschaft einen Grund zu liefern, mich zu heiraten. Mir war eine Ehe aus Verlangen lieber als eine aus Notwendigkeit. Wenn er mich heiratete, weil ein Kind kam, würde es immer Zweifel geben, weshalb wir zusammen waren. Zwei Wochen vor seiner geplanten Abreise erzählte ich ihm jedoch, zweifelsfrei wüsste ich, dass ich schwanger sei, wahrscheinlich schon seit zwei Monaten. Ich hatte Angst davor, was er sagen würde, zeigte sie aber nicht.

Er war natürlich schockiert. Ich sah ihm an, dass er alle Konsequenzen durchging, bevor er mich in die Arme nahm. Er hielt mich fest, und auch wenn es keine Antwort darauf war, was wir tun sollten, spürte ich in dieser Umarmung Schutz und die Gewissheit, dass wir eine Lösung finden würden.

»Ich kann dich nicht heiraten und in den Vereinigten Staaten bleiben«, sagte er.

Ich ärgerte mich, dass dies seine ersten Worte dazu waren. Ich hatte keine Freudenbekundung erwartet. Aber ich hatte auf etwas Anteilnahme gehofft. »Ich will mein Leben nicht durch eine Abtreibung aufs Spiel setzen«, sagte ich. »Und wenn ich hier das Baby zur Welt bringe, werde ich es nicht behalten dürfen. Es muss in ein Waisenhaus. So ist es Miss Pond ergangen, und sie ist Freidenkerin. Sie hat versucht, ihr Kind zu behalten, und wurde aus der Gesellschaft ausgestoßen. Ihre Arbeit wurde nicht anerkannt. Das Kind war wahrscheinlich von meinem Vater, doch er hat nichts getan, sich nicht für das Kind eingesetzt. Er hat es in ein Waisenhaus gegeben. Unserem Baby würde es genauso ergehen, und es würde niemals adoptiert werden, weil es mit deinem Blut als halbchinesisch gebrandmarkt wäre. Es würde leiden, weil es sich nie geliebt fühlen würde.«

»In China würde es kein bisschen mehr als hier akzeptiert werden«, sagte Lu Shing.

»Hast du keine anderen Vorschläge als das, was nicht möglich ist?«, fragte ich. »Muss ich allein eine Lösung suchen?«

»Ich weiß nicht, was ich dir anbieten könnte, das annehmbar für dich wäre. Meine Familie wird den Ehevertrag nicht brechen, und weil du Ausländerin bist, würden sie dich nie ins Haus lassen. Ganz bestimmt würden sie es nicht zulassen, dass du mich besuchen kannst. Bestenfalls könntest du meine Geliebte sein, ohne Anerkennung durch meine Familie. Was hieße, ich könnte nicht ausschließlich bei dir sein oder mit dir zusammenleben. Von mir wird erwartet, dass ich oft mit meiner Frau schlafe, um einen männlichen Nachkommen zu zeugen – ja, so viele Söhne wie möglich, und, wenn nötig, auch mit mehreren Konkubinen, sollte sich herausstellen, dass meine Frau nicht sofort Söhne zur Welt bringt. Die Erwartungen sind in China noch größer als in Amerika, und es gibt daneben weitere Schwierigkeiten, die du nicht einmal im Ansatz verstehen wirst. Ich weiß, das ist nicht die Antwort, die du hören wolltest. Es tut mir leid.«

Er hatte nichts anderes getan, als die Regeln seiner Gesellschaft aufzuzählen. Er hatte nicht im Geringsten in Betracht gezogen, sie zu brechen. Ich trotzte meinen Eltern. Warum konnte er das nicht? Er war nicht gewillt, andere Möglichkeiten zu überdenken, weil er nicht so litt wie ich. Er stand nicht kurz davor, vor lauter Angst und Verwirrung den Verstand zu verlieren. »Warum kannst du nicht eigenständig handeln? Warum kannst du nicht einfach alles hinter dir lassen?«

»Ich kann dir den Grund dafür nicht erklären, ich kann nur sagen, dass alles, was ich dir zu verstehen gebe und tue, ein Teil von mir ist. Das heißt nicht, dass du mir nicht wichtig bist. Aber ganz gleich, wie sehr ich dich liebe, ich kann diesen Teil von mir nicht einfach wegnehmen und mich in jemanden verwandeln, der seine Familie verraten würde. Ich kann nicht erwarten, dass jemand die Tragweite meiner Verantwortung nachvollziehen kann, der nicht in China und einer Familie wie der meinen großgeworden ist.«

»Sag mir, dass du mich nicht liebst, damit ich niemals hoffe, du würdest es vielleicht doch tun. Sag mir, dass du wissentlich meine Seele verkümmern und sterben lässt, damit du ein Mädchen beschlafen kannst, das du noch nicht einmal kennst. Ich werde der Liebe niemals vertrauen. Ich werde nur Selbsthass spüren, weil ich zugelassen habe, dass ein Schwächling mein Herz zerstört.«

Nun schaute er doch gequält. Er sah aus, als würde er gleich weinen. Er umarmte mich. »Ich lasse dich nicht allein, Lucia«, sagte er. »Ich habe nie jemanden mehr geliebt als dich. Ich weiß einfach noch nicht, was wir tun können.«

Seine Worte verliehen mir großen Mut, und diesen nahm ich mit, samt gesteigerten Erwartungen, als meine Familie im Salon zusammenkam, nachdem ich ihnen wichtige Neuigkeiten angekündigt hatte. Sie saßen steif da und schauten besorgt. Lu Shing und ich stellten uns vor sie, er ein wenig seitlich hinter mir.

»Ich bin schwanger«, sagte ich schlicht. Bevor ich noch mehr über meine Pläne sagen konnte, sprang meine Mutter auf und brüllte Lu Shing an, er hätte »unsere Gastfreundschaft, unser Vertrauen, unsere Ehre und unseren guten Willen verletzt«. Lu Shing wiederholte immer wieder, er bedaure das, bereue es, schäme sich zutiefst. Und doch wirkte er zu ruhig, als dass das wahr sein konnte.

»Und was ist Ihre verdammte chinesische Reue wert? Sie ist nicht ernst gemeint. Sie gehen bald an Bord eines Schiffs und lassen ein Chaos zurück!«

Beide, mein Vater und meine Mutter, wandten sich jetzt mir zu und warfen mir meine Fehler an den Kopf. Ich sei »undankbar, dumm, hochmütig und promiskuitiv«. Ich hätte gesagt, ich wolle mir selbst meine Interessen, Beschäftigungen, Leidenschaften wählen. Und das hätte ich mir nun ausgewählt? Leidenschaft? Körperliche Liebe mit einem Mann, der mich gleich verlassen würde?

Ich war aufgewühlt wie ein kleines Mädchen, das lächerlich gemacht wurde. Aber ich bekam keine Schamflecken. Ich wurde wütend.

»Vergnüglicher Zeitvertreib mit einem Chinesen«, spottete meine Mutter. »Einem Chinesen mit Pferdeschwanz. Die Leute werden sich totlachen über uns, weil wir ihn als Gast aufgenommen haben! Was für Trottel wir doch waren mit unserer Großzügigkeit.« Die letzten Bemerkungen riefen eine unkontrollierbare Wut in mir hervor. Sie dachte immer nur an sich selbst. Was war mit dem Schaden, den sie mir als Kind zugefügt hatte?

Ich konnte die Tränen nicht mehr zurückhalten, und gleichzeitig ärgerte ich mich, dass ich vor ihnen weinte wie ein Kind.

»Es ist euch doch egal, was mit mir passiert«, rief ich. »Ich war in diesem Haus nie mehr als ein Schatten. Ihr habt nie mit mir darüber gesprochen, was ich mit meinem Leben anfangen will oder was ich fühle. Ihr habt nie gemerkt, ob ich traurig oder glücklich war. Habe ich euch jemals sagen hören, dass ihr mich lieb habt? Ihr habt keine Anstrengung unternommen, was mich betraf. Ihr habt mich einfach vernachlässigt. Wenn man von der Liebe leben müsste, wäre ich schon längst tot. Was warst du für eine Mutter? Ist es denn ein Wunder, dass ich mir jemanden gesucht habe, dem ich wichtig bin? Ohne Liebe wäre ich verrückt geworden. Ich wollte nicht werden wie ihr. Aber als Kind musste ich hierbleiben und es ertragen, wegen meiner Ideen erniedrigt, wegen meiner Gefühle verspottet zu werden. Ich sei überdreht, sagtet ihr. Ihr wolltet jegliche Gefühle, die ich hatte, unterdrücken, damit ich irgendwann so sein würde wie ihr. Lieblos, egoistisch, zornig und allein.«

Meine Mutter blickte mich an, als sei sie enttäuscht von mir. Sie sollte sich aber elend fühlen, sie sollte weinen wie ich. Je mehr ich sagte, umso zerstörerischer wollte ich sein. Ich konnte nicht aufhören. Ich war besessen und schleuderte jede Waffe, die ich zu fassen bekam, gegen sie.

»Was weißt du schon über die Liebe?«, fragte ich. »Du hast Insekten, die schon Millionen Jahre tot sind, mehr Aufmerksamkeit gewidmet als mir. Ich war lebendig. Ist dir das nie aufgefallen? Bist du glücklich in deiner Ehe? Du sperrst dich immer nur in deinem Zimmer ein und suhlst dich in deinem Elend. Und wenn du herauskommst, dann ist dein Zorn die größte Emotion, die du zeigst.«

Meine Stimme wurde höhnischer, verletzender: »Kein Wunder, dass alle behauptet haben, Vater wäre ein Heiliger, weil er es mit dir aushielt. Alle deine lieben Freunde, die du immer kritisiert hast, haben über deine wissenschaftlichen Experimente gelacht und gesagt, sie hätten dir Zeit sparen und dir gleich die Antwort geben können, die du gesucht hast: Die Insekten sind tot. Du warst die verrückte Wissenschaftlerin und bist dem Wahn verfallen, zu glauben, du würdest auf etwas Nützliches stoßen. Stattdessen hast du dein Leben verschwendet.«

Mr Minturn war zu senil, um zu verstehen, was ich sagte. »Warum ist sie so wütend? Vielleicht sollte ich noch einmal eine Bootsfahrt mit ihr machen, um sie aufzuheitern.«

Mrs Minturn sah meine Mutter von oben herab an. »Das kommt von deiner Erziehung. Du hättest sie in einen Wandschrank sperren sollen, wenn sie sich schlecht benahm. Du bist meinem Rat nicht gefolgt. Kein Wunder, dass sie so eine lockere Moral hat.«

»Sei du still!«, brauste meine Mutter auf. »Du bist eine dumme, böse Frau, ein Unheil, das dieses Haus vergiftet. Dein ganzes Leben lang hast du nur Fäulnis hinterlassen. Alle hassen dich. Hast du das nie gespürt? Und beschuldige mich nicht, ich hätte eine lockere Moral. Du hast das Schlafwandeln dazu benutzt, um Mr Minturn zu verführen, damit er dich heiratet. Warum schlafwandelst du denn jetzt nicht mehr?«

»Beruhige dich, Lucia«, mischte sich mein Vater ein. »Du sagst Dinge, die du nicht so meinst und später vielleicht bedauerst. Wenn du weniger erregt bist, können wir uns vernünftig unterhalten, und du wirst sehen, dass es nicht wahr ist, was du da äußerst.«

»Du kannst in dieser Angelegenheit nicht den Vorsitz führen, wie du es beim Abendessen immer tust, mit deinen langweiligen Gesprächen und hochgestochenen Fragen über die Kunst.« Das musste ich sagen. »Du willst, dass ich meine Gefühle verstecke, so wie du deine Geliebten versteckst. Mutter, weißt du, mit wie vielen Frauen Vater hinter deinem Rücken geschlafen hat?«

Er stöhnte. »Nein, nein … hör auf.«

»Ich habe die Briefe von ihnen gelesen, in denen sie dein Liebesinstrument, deine Fertigkeiten und die Stellungen loben, Dankesbriefe von Frauen und Männern gleichermaßen. Männer! Ja, Mutter, er hatte Tändeleien mit Männern. Schockiert dich das? Er war auch Miss Pond zu Diensten. Wusstest du, dass sie neulich eine Stunde vor dem Abendessen ins Haus kam und seine Sammlung sehen wollte? Seine Sammlung! Hast du nicht gesehen, wie sie ihn am Esstisch angeschaut hat? Man müsste blind sein, wenn einem nicht aufgefallen wäre, dass sie gerade miteinander geschlafen hatten. Du bezeichnest mich als promiskuitiv, weil ich mit Lu Shing ins Bett gegangen bin. Du bist mein Vorbild, Vater. Lu Shing ist nicht der erste Mann, mit dem ich geschlafen habe. Ich hatte auch Studenten, deine Studenten. Ich habe deine Bücher mit den Fotografien von Männern und Frauen benutzt, die die unterschiedlichsten Stellungen ausprobieren. Ich habe Professor Minturns Unterrichtsbuch wirklich durchgearbeitet. Es ist ein Wunder, dass ich nicht genauso pervers geworden bin wie du, der scheußliche Gegenstände sammelt, die zur Befriedigung von Trieben, zur Masturbation verwendet wurden. Ist es falsch von mir, dass ich dieses Baby behalten will? War es nicht dein Kind, das Miss Pond geboren hat? Ist es dir denn egal, dass es jetzt in einem Waisenhaus dahinvegetiert und eines Tages in einer Schnürsenkelfabrik arbeiten wird?«

Ich konnte nicht aufhören mit meinen Vorwürfen. Ich offenbarte alle sorgfältig gehüteten Familiengeheimnisse und sorgte dafür, dass ich sie gründlich zerstörte. Und die ganze Zeit über wusste ich, dass ich damit auch mich selbst zerstörte.

Meine Mutter verließ den Salon, und ich glaube sogar, dass sie geweint hat. Mein Vater hatte die ganze Zeit über nichts gesagt. Aber als er aufblickte, sah ich Kummer und Entsetzen in seinen Augen. Erst da begriff ich, wie grausam ich gewesen war. Ich hatte den Vater verletzt, den ich einst geliebt hatte, und ich hatte unsere Verbindung zerstört, so wie ich die zu meiner Mutter zerstört hatte. Ich war zu einem Ungeheuer geworden.

Keinen weiteren Tag konnte ich in dem Haus bleiben. Lu Shing und ich wollten in einer Pension übernachten. Als ich das Haus verließ, war niemand an der Tür, um mich zu verabschieden.

In den letzten zwei Wochen vor unserem Aufbruch nach China stellte Lu Shing nie in Frage, was ich zu meiner Familie gesagt hatte. Ich erklärte ihm, ich hätte bei der Schilderung meiner Erfahrungen mit anderen jungen Männern sehr übertrieben. Ich gab auch zu, dass ich die Kontrolle verloren hatte. Ich wusste, dass ich zu viel gesagt hatte, obwohl ich genau so empfand und alles der Wahrheit entsprach. Ich fragte mich, ob ich ihm Angst eingejagt hatte, indem ich ihm diese stürmische Seite meiner Persönlichkeit gezeigt hatte. Womöglich glaubte er nun, ich würde mehr erwarten, als er mir geben konnte. Genau davor fürchtete ich mich – dass ich mehr wollte, weil meine Bedürfnisse unermesslich groß waren.

Mir kamen Zweifel. Wegen mir empfand er jetzt Reue, und ich hatte ihn gezwungen zu sagen, dass er mich liebte. Er sagte, er sei gedankenlos gewesen, er hätte mich nicht verdient, und er würde mich nie verlassen. Ein Mensch, der gefoltert wurde, würde alles sagen. Ich wusste nicht mehr, wie ich ihn dazu gebracht hatte, das auszusprechen, aber ich wusste, es war nicht spontan gesagt oder Teil einer vorübergehenden Liebesbekundung. Trotzdem hoffte ich, seine einzelnen Erklärungen würden zusammen ein stabiles Ganzes bilden.

In letzter Minute ließ ich Miss Huffard, der Opernsängerin, eine Nachricht zukommen. Sie war ein leidenschaftlicher Mensch, sie würde mich sicher verstehen. Ich schrieb ihr, wohin ich reisen würde und dass Lu Shing und ich heiraten wollten, sobald wir ein paar Probleme überwunden hätten. Zwischen unterschiedlichen Hautfarben wären solche ja zu erwarten. Ich versprach ihr, aus Shanghai zu schreiben, und bat sie, mir Glück zu wünschen. Meinen Brief gab ich im Postamt auf. Danach hatte ich das Gefühl, eine endgültige Erklärung abgeschickt zu haben: Ich ließ mein Leben hinter mir und fing von vorne an. Dieser Gedanke gab mir neue Zuversicht.

Bevor wir an Bord gingen, küsste ich Lu Shing. Es war mir egal, ob jemand das sah. Wir würden uns einen Monat nicht sehen. Lu Shing ging über die eine Brücke auf das Schiff, ich über eine andere. Asiaten hatten einen separaten Teil an Bord, für Weiße war ein anderer Bereich reserviert. Als ich begriffen hatte, dass wir wegen unserer Hautfarbe getrennt wurden, fand ich diese Vorschrift lächerlich. Ich schlug vor, dass wir uns doch heimlich in die Kabine des anderen schleichen könnten, so wie wir es im Haus gemacht hätten.

»Werde ich in deiner Kabine erwischt oder du in meiner«, sagte Lu Shing, »wird man mich ins Gefängnis sperren, das sich im untersten Schiffbereich befindet. Dich würde man in Honolulu aussetzen, also noch bevor du China überhaupt erreicht hättest.«

Er versicherte mir, dass er eine bequeme Koje in einer Einzelkabine habe, auf einem Deck mit anderen wohlhabenden Chinesen. Wir würden uns wiedersehen, wenn wir von Bord gingen. Seine Familie wusste, dass ich kam. Er hatte ihnen geschrieben – auf mein Drängen hin. Er wusste nicht, wie sie reagieren würden, aber sie hatten ein Telegramm geschickt, dass man uns erwarten würde.

Am zweiten Tag auf See packte ich meine restlichen Sachen aus. In einer Tasche befanden sich am Boden zwei Dinge, die ich dort nicht hingelegt hatte. Eines davon war ein roter Samtbeutel. Er enthielt das Fernglas meines Vaters. Als ich ein kleines Mädchen war, schauten wir immer vom Turmzimmer aus durch das Glas und sahen den Schiffen zu, die in den Hafen einliefen. Ich weiß noch, wie er mir die Länder aufzählte, aus denen sie kamen.

Dann fand ich einen Beutel aus lilafarbenem Chamois. In seinem Inneren lagen drei Bernsteine mit Wespen. Ich weinte die ganze Nacht, weil ich nicht verstand, was diese Gegenstände bedeuteten. Wahrscheinlich tadelte mich mein Vater, weil ich ihm nachspioniert hatte. Vielleicht bestätigte meine Mutter damit, dass sie die Insekten wirklich mehr liebte als mich. Es bestand aber auch eine geringe Chance, dass es kleine Liebesbeweise waren. Woher sonst kam dieses deutliche, dieses schmerzhafte Gefühl, dass es Liebe sein könnte?

Zusätzlich zu der Schwangerschaftsübelkeit wurde ich in den ersten drei Tagen noch seekrank. Ich benutzte die Seekrankheit als Erklärung für meine plötzliche grünliche Gesichtsfarbe, wenn ich mit anderen beim Essen saß. Ich war zu fünf Frauen gesetzt worden, die alle allein reisten. Es waren Frauen von Diplomaten und Geschäftsleuten, die zu ihren Männern nach Shanghai fuhren. Als sie mich fragten, warum ich dorthin reisen würde, erzählte ich ihnen die gleiche Lüge wie dem Beamten in der Passbehörde: Ich hätte einen Onkel, der eine Schule leitete, und ich würde dort Englisch unterrichten.

»Eine Schule für Chinesen?«, fragte die älteste Frau.

Ich nickte. »Für Diplomatensöhne.« Lu Shing war gemeinsam mit solchen Kindern unterrichtet worden.

»Dann kenne ich Ihren Onkel ganz gut!«, sagte sie. »Dr. Thomas Wolcott. Wir sollten uns alle einmal zum Tee treffen, sobald Sie sich eingelebt haben.«

Ich murmelte, dass es wohl eine andere Schule sein müsse, da mein Onkel anders hieß, Dr. Claude Maubert. Niemand hatte je von ihm gehört. »Es ist eine neue Schule«, erklärte ich. »Vielleicht hat er gerade erst Schüler aufgenommen. Mein Onkel ist noch nicht so lange in Shanghai …«

»Und ich dachte, ich kenne in dieser Stadt jeden«, sagte die Frau. »Wir Ausländer in Shanghai sind ein sehr kleiner Kreis. Aber alle sagen, Shanghai wächst mit jedem Tag schneller.« Sie ermutigten mich, mich diversen Clubs und Vereinigungen anzuschließen, einer Kirche, einem Frauenzirkel, um Waisenkindern zu helfen oder Sklavenmädchen zu retten.

Nachdem wir eine Woche an Bord waren, wagte ich es, ihnen, wie ich sagte, eine interessante Geschichte zu erzählen.

»Mein Onkel erzählte mir«, begann ich, »er hätte in Shanghai ein Paar kennengelernt, eine Amerikanerin und einen Chinesen. Sie seien verheiratet und lebten bei seiner Familie. Sie hätten sogar ein Kind. Ich fand das sehr modern.«

Eine der Diplomatenfrauen blickte finster. »Das kann nicht sein. Es gibt keine legale Heirat zwischen einem chinesischen Mann und einer amerikanischen Frau.«

Ich versuchte, mir meinen Schrecken nicht anmerken zu lassen. »Ist das ein chinesisches Gesetz oder ein amerikanisches?«, fragte ich. »Ich bin mir sicher, dass mein Onkel sagte, sie wären verheiratet.«

»Chinesisches wie auch amerikanisches Recht. Mein Mann arbeitet beim amerikanischen Konsulat, und er hat mir von einigen solcher Fälle erzählt. Entweder ein chinesisches Mädchen und ein amerikanischer Mann, oder ein amerikanisches Mädchen und ein chinesischer Mann. Für die Frau geht es jedenfalls nie gut aus.«

Ich hörte mir ihre schrecklichen Geschichten an. Die amerikanischen Frauen wurden verachtet. Sie hatten keinen rechtlichen Status und wurden in den chinesischen Familien nie als Ehefrauen akzeptiert, denn dort zählten Abstammung und viele Generationen der Ahnenverehrung. Sie erinnerten sich nur an zwei Fälle, in denen eine amerikanische Frau in einer chinesischen Familie gelebt hatte, aber nur kurz. Das eine amerikanische Mädchen wurde zur Konkubine gemacht, sie wurde sozusagen Teil eines Harems. Sie lebte wie ein Küchenmädchen und wurde von den anderen Konkubinen und der Schwiegermutter misshandelt. Chinesische Schwiegermütter seien allgemein sehr bösartig, da waren sich die Damen einig. Und das hätte sich bei dem armen Mädchen auch bewahrheitet. Sie wurde zu Tode geprügelt.

»Die Gerichtsbarkeit lag im chinesischen Teil der Stadt«, fuhr die Frau des Diplomaten fort, »und die Sache kam vor ein chinesisches Gericht. Niemand sprach im Interesse der Amerikanerin. Wer weiß, was die Schwiegermutter gesagt oder getan hat, aber der Tod des Mädchens wurde für vertretbar befunden.«

Die andere Amerikanerin lief von der Familie ihres Mannes weg und verdingte sich als Prostituierte. Sie hatte kein Geld, und ihre Familie in den Vereinigten Staaten wollte nichts mehr von ihr wissen. Sie arbeitete am Hafen. Ihre Kunden waren Seeleute.

»Wenn Sie Kontakt zu dieser jungen Frau haben, von der Sie uns erzählten, dann geben Sie ihr den Rat, das amerikanische Konsulat aufzusuchen. Das sollte an ihre Familie herantreten, damit sie sie so bald wie möglich zurückholt«, sagte die Frau des Diplomaten. Ob sie wohl wusste, dass ich die Frau in der Lüge war, die ich ihnen aufgetischt hatte? Was die Tischdamen erzählt hatten, machte mir

Angst. Ich hatte mich den Warnungen meiner Eltern immer widersetzt, auch denen von Lu Shing, doch nun konnte ich nicht leugnen, dass die Furcht mich gepackt hatte.

Bald erholte ich mich aber von den Ängsten, genauso wie von der Schwangerschaftsübelkeit. Ich konnte Lu Shings Eltern für mich gewinnen. Ich war klug und hartnäckig. Lu Shing hatte seinem Vater geschrieben, wie ich ihn gebeten hatte. Sie hatten Zeit gehabt, die Nachricht aufzunehmen. Und er hatte ihnen erzählt, dass ich bald Mutter seines Kindes sein würde, vielleicht des erstgeborenen Sohnes der nächsten Generation. Sein Vater war gebildet, ein wichtiger Beamter im Außenministerium. Ihre Sichtweise auf die Amerikaner musste doch modern sein. Am Ende würde sich alles fügen.

Einen Monat nach unserer Abreise aus San Francisco stand ich am Kai und wartete darauf, dass Lu Shing auf der chinesischen Brücke zu sehen war. Mir war ganz schwach vor Nervosität, Erschöpfung und Hitze. Seit einem Tag hatte ich nichts mehr essen können. Leider trug ich ein Kleid, das für die nebligen Sommer von San Francisco geeignet war, nicht aber für das chinesische Badehaus, als das sich Shanghai entpuppte. Kulis kamen herbeigelaufen, um mir mein Gepäck abzunehmen, ich scheuchte sie weg. Ich wollte, dass Lu Shing erschien und sich um diese Dinge kümmerte.

Endlich erblickte ich ihn. Ich war verblüfft. Er trug seine chinesische Kleidung. Er sah aus wie damals, als ich ihm bei uns in der Tür zum ersten Mal gegenübergestanden hatte. Damals war er mir vorgekommen wie ein Kaiser aus einem Märchenbuch, in den ich mich dann verliebte. Hier, im Hafen von Shanghai, wo es vor Chinesen wimmelte, sah er einfach nur chinesisch aus. Ein Kuli in kurzen Hosen stand hinter ihm, mit Taschen unter den Armen, in den Händen und über dem Rücken. Lu Shing sah mich, aber er trat nicht auf mich zu. Ich winkte. Er bewegte sich immer noch nicht in meine Richtung. Ich ging rasch zu ihm hinüber.

Statt mich zu umarmen, sagte er: »Hallo, Lucia.« Er klang wie ein Fremder. »Es tut mir leid, dass ich dich nicht umarmen kann, auch wenn ich es gern tun würde.« Er schaute ernst.

Er hatte mich bereits gewarnt, dass wir zurückhaltend sein mussten, bis sich seine Familie an die Vorstellung gewöhnt hatte, dass wir heiraten würden.

»Du siehst anders aus«, sagte ich. »Deine Kleidung.«

Er lächelte. »Anders nur für dich.« Er schaute mich freundlich an, aber er verhielt sich immer noch wie ein Unbekannter. »Lucia, hast du im letzten Monat noch einmal gründlich über alles nachgedacht? Bist du sicher, dass du in Shanghai bleiben willst? Es könnte sein, dass wir scheitern. Du musst darauf vorbereitet sein.«

Er sollte mich beruhigen, statt mir Angst zu machen. »Hast du deine Meinung geändert?«, fragte ich mit brüchiger Stimme. »Willst du mir sagen, dass ich umkehren soll?« Ich musste wohl lauter gesprochen haben, als ich dachte. Man sah uns neugierig an.

Lu Shing blieb unerbittlich. »Ich möchte nur, dass du dir sicher bist. Unsere Trennung auf dem Schiff ist nur eine Andeutung dessen, was vor uns liegt. Es wird schwierig.«

»Das habe ich die ganze Zeit gewusst«, sagte ich. »Ich habe meine Meinung nicht geändert.« Insgeheim hatte ich Furcht. Aber während der letzten Wochen hatte ich zugleich Mut gesammelt – für das Baby. Das Baby war ein Teil von mir geworden, und ich würde uns beide schützen.

Lu Shing und der Kuli wechselten rasch ein paar Worte. Es klang, als würden sie streiten. Irgendwie verblüffte es mich, dass Lu Shing fließend Chinesisch sprach. Wie merkwürdig er sich anhörte. Ich hatte noch nie gehört, wie er mit einem anderen Chinesen sprach. Was passierte mit meinem englischen Gentleman mit dem chinesischen Gesicht? Was passierte mit meinem gut aussehenden Liebhaber in seinen makellos geschneiderten Kleidern, mit dem rasierten Schädel und dem Zopf unter einer Melone? Wo war sein Verlangen nach mir?

Der Kuli sah mich fragend an. Er und Lu Shing tauschten ein paar weitere Worte, und der Kuli nickte. Was passierte jetzt? Wir gingen zur Straße, und als wir den breiten Gehsteig erreicht hatten, sagte Lu Shing: »Meine Familie wartet auf der anderen Straßenseite. Alle sind gekommen. Mein Vater, meine Brüder, mein kranker Großvater, das Mädchen, das ich heiraten soll, ihr Vater und ihre Brüder.«

»Warum ist das Mädchen da?«, fragte ich. »Gehst du gleich von hier aus in die Kirche? Soll ich ihre Brautjungfer sein?«

»Ich kann sie nicht daran hindern, mich in Empfang zu nehmen, Lucia. Dadurch wollen sie dem Gebot der Familie Nachdruck verleihen. Und mich daran erinnern, dass ich meinen Pflichten gegenüber der Familie nachkomme. Es sind für mich Respektspersonen.«

Sein Gesicht war schweißnass, und ich wusste, das war nicht einfach nur der Hitze zuzuschreiben. Er war nervös, und ich hatte ihn noch nie so gesehen. Bald würde er seiner Familie die Stirn bieten müssen, so wie ich es bei meiner gemacht hatte. Ich würde an seiner Seite sein, um ihn dabei zu unterstützen. Die einzige Frage, die noch blieb, lautete: Würden sie uns erlauben, in ihrem Haus zu leben?

»Wo sind sie?« Ich sah mich um. Lu Shing deutete auf ein etwa zehn Meter entferntes Straßenareal, wo zwei Hansom-Kutschen und zehn überdachte Rikschas warteten. Es sah aus wie eine Beerdigungsprozession. Der Kuli stellte Lu Shings Schrankkoffer in eine der hinteren Rikschas. Lu Shing ging auf seine Familie zu. Ich folgte ihm.

Er blieb stehen. »Du wartest besser hier, bis ich die Gemüter beruhigt habe«, sagte er. »Es wäre nicht gut, wenn wir ihnen das gleich von Anfang an ins Gesicht schleudern.«

Ins Gesicht schleudern? Warum drückte er das so aus? »Ich lasse mich nicht einschüchtern«, sagte ich. »Sie können mich nicht ignorieren.«

»Bitte, Lucia, lass mich das auf meine Art machen.« Er ging ohne mich zu der ersten Kutsche.

Ich winkte dem Kuli, damit er auch mein Gepäck zu einer Rikscha trug. Mit fragender Miene schaute er Lu Shing an, und Lu

Shing antwortete knapp. Dann stellte der Mann noch eine weitere Frage, und Lu Shing brummte. Was sagte er bloß? Ich verstand überhaupt nichts mehr. Ich war in einem Land der Geheimnisse.

Zum Teufel mit dem Gepäck! Ich marschierte ohne es auf das Bataillon aus Kutschen und Rikschas zu. Lu Shing kam herbeigelaufen und versperrte mir den Weg. »Bitte warte, Lucia. Lass uns die Situation nicht noch schlimmer machen.« Ich ärgerte mich, dass er sich mehr um die Gefühle seiner Familie sorgte als um meine. Ich musste seiner Familie von Anfang an klarmachen, was für eine Frau ich war. Ich hatte meinen amerikanischen freien Willen und meine Unternehmungslust mitgebracht. Ich war an den Umgang mit allen möglichen Menschen gewöhnt, dem aufgeblasenen Ehepaar Mr und Mrs Minturn, den Professoren, die glaubten, alles zu wissen.

Lu Shing war nun bei der ersten Kutsche angelangt und redete mit einem Mann, der im Inneren saß. Ich blieb auf dem Gehsteig. Von dort sah ich einen streng dreinblickenden Mann, er trug eine Melone wie Lu Shing. Während der Mann sprach, hielt Lu Shing den Blick gesenkt. Ich kam näher, bis ich ihnen direkt gegenüberstand. Chinesische Worte flossen wie Wasser über Steine. Der Mann war Lu Shings Vater. Er und Lu Shing hatten unverkennbare Ähnlichkeiten, sie waren nur unterschiedlich alt. Beide sahen gut und intelligent aus, und beide hatten den gleichen ernsten Gesichtsausdruck, nur die Miene des älteren Mannes war starr.

Lu Shing schien sich zu rechtfertigen, ohne dass sich der Gesichtsausdruck seines Vaters änderte. Ein hübsches Mädchen in der Rikscha direkt hinter der zweiten Kutsche hielt den Blick auf mich gerichtet. Zweifellos seine Braut. Ich betrachtete sie eindringlich, bis sie wegschaute.

Auf einmal brüllte Lu Shings Vater los und warf Lu Shing seinen Hut ins Gesicht. Lu Shing hielt sich die Hand vor die Augen. Sein Vater schleuderte ihm noch ein paar Worte entgegen, heisere, kehlige Laute, scharfe Befehle, begleitet von abrupten Handbewegungen. Lu Shing hielt den Blick gesenkt und sagte nichts. Was bedeutete das? Warum blieb er so reglos? Vielleicht machte man das hier so. Verweigerung durch Schweigen. Es schien nicht sehr wahrscheinlich, dass sich sein Vater in näherer Zukunft beruhigte. Er und die anderen würden ohne uns fahren.

Gerade als ich zu diesem Schluss gekommen war, wandte sich Lu Shing zu mir um und drückte mir rasch Geld in die Hand. Er flehte mich an, auf ihn zu warten. Er schaute gequält. »Sobald ich kann, werde ich wieder hier sein. Gehe nicht fort. Sei geduldig und verzeih mir.«

Noch bevor ich aus meinem Schock erwachte und protestieren konnte, stieg er zu seinem Vater in die Kutsche. Ich sah dabei zu, und mir war, als befände ich mich in einem Traum. Der Kutscher nahm die Zügel in die Hand, und das Gefährt mit Lu Shing darin fuhr los, ließ mich allein zurück. Die zweite Kutsche folgte der ersten, und auch alle Rikschafahrer nahmen die Griffe auf und rannten hinterher. Alle aus Lu Shings Familie richteten den Blick nach vorne, als würde ich nicht existieren. Nur das Mädchen schaute mich finster an. Und dann waren sie fort.

Ich fühlte mich schwach, mir war schlecht. Ich konnte nicht mehr stehen. Ein Stück weiter entdeckte ich einen Baum. Wie sollte ich es jemals schaffen, mein Gepäck dorthin zu tragen? Gerade als ich das dachte, rannte der Kuli mit meinen Taschen unter den Armen an mir vorbei. Ich lief ihm nach und rief: »Dieb! Dieb!« Ich würde ihn niemals einholen. Ich blieb stehen und war kurz davor zusammenzubrechen, als er die Taschen im Schatten des Baums abstellte, zu dem ich hatte gehen wollen. Er richtete sie so her, dass es aussah wie eine einladende Sitzbank. Dann streckte er die Hand aus wie ein Kellner in einem feinen Restaurant, der mir einen Tisch zuwies.

Nach einer Weile bemerkte ich, dass der Kuli immer noch in der Nähe stand und mich fragend ansah. Er tippte sich auf die Handfläche und machte eine Bewegung, als würde er Geldscheine zählen. Er wollte, dass ich ihn bezahlte. Ich warf einen Blick auf das chinesische Geld, das ich in der Hand hielt. Ich hatte keine Ahnung, was es wert war. Er konnte nicht mehr als ein paar Cent bekommen. Aber welcher dieser Scheine war angemessen? Der Kuli machte Gesten für essen und trinken und rieb sich den Bauch, als hätte er Hunger. War das ein Trick, damit ich ihm mehr Geld gab? Er sagte etwas Unverständliches, und ich antwortete: »Zum Teufel mit dieser Hitze, zum Teufel mit dieser Stadt!« Ich schaute, auf welchem Geldschein die niedrigste Zahl stand. Fünf. Ich reichte ihm den Schein. Er grinste. Ich musste ihm ein Vermögen geschenkt haben. Er rannte weg. Gut, dass ich ihn los war. Ich sah Kutschen und Rikschas ankommen und wegfahren, nach und nach wurde ich immer verzweifelter.

Zehn Minuten später kehrte der Kuli zurück. Er hatte einen Korb dabei. Darin lagen zwei braune Eier mit zersprungenen Schalen, drei kleine Bananen und ein Gefäß mit heißem Tee. Er bot mir dann auch etwas an, das ich für einen Spazierstock hielt. Aber es war ein Sonnenschirm. Er gab mir ein paar Münzen zurück. Das überraschte mich. Lu Shing musste ihn wohl beauftragt haben, auf mich aufzupassen. Ich untersuchte den Korb mit dem Essen. Ich war mir nicht sicher, ob diese Sachen genießbar waren. Er bedeutete mir, dass ich mir keine Sorgen machen müsse. Ich war ausgehungert und hatte Durst, deshalb ließ ich alle meine Bedenken fallen. Die Eier schmeckten ungewohnt, aber köstlich. Die Bananen waren süß, und der Tee tat gut. Während ich aß, hielt ich den Blick auf die Straße gerichtet. Es war eine betriebsame Durchgangsstraße. Der Diener winkte mir und zeigte auf die andere Seite des Baums. Er gab mir zu verstehen, dass ich ihn rufen könne, wenn ich ihn bräuchte. Ich nickte. Er legte sich auf die Seite und schlief sofort ein.

Auch ich wurde müde. Aber ich durfte meiner Erschöpfung nicht nachgeben. Jeder wäre Zeuge meines Scheiterns: ein dummes amerikanisches Mädchen, allein und innerhalb der ersten Stunde nach seiner Ankunft schon in Schwierigkeiten. Ich setzte mich aufrecht hin. Ich würde zeigen, dass ich wusste, wo ich meinen Platz in der Welt hatte – momentan unter einem Baum an einer Durchgangsstraße, in einer Stadt, von deren Sprache ich kein Wort verstand, bis auf die vulgären chinesischen Wörter *chuh nee bee*. Ich rief sie laut, und der Kuli zuckte zusammen.

Ich wartete stundenlang auf dieser seltsamen Bank. Mein Stolz schwand dahin, meine aufrechte Haltung ebenso. Meine Augenlider hatten einen eigenen Willen. Ich legte mich irgendwann auch auf den Boden, ließ den Schlaf kommen und mich von ihm davontragen.

14
Shanghailänder

Shanghai, September 1897
Lucia Minturn

In der stillsten Stunde der Nacht entdeckte der Kuli als Erster Lu Shing. Er weckte mich, rannte auf die Durchgangsstraße und fuchtelte mit den Armen wie ein Ertrinkender. Es war achtzehn Stunden her, seit Lu Shing mich am Hafen zurückgelassen hatte, ohne dass ich wusste, ob er jemals zurückkehren würde.

Noch bevor er aus der Rikscha steigen konnte, gellte mein Gebrüll durch die Luft: »Fahr zur Hölle! Mitsamt deiner Familie!«

Er schob mich schnell in die Rikscha, und der Kuli sprang mit meinen Habseligkeiten in eine zweite. Lu Shings grimmige Miene verriet mir, dass wir nicht in das Heim seiner Familie fuhren. Weinend beschuldigte ich ihn, mich wie einen Bettler auf der Straße sitzen gelassen zu haben – und das noch dazu in einer fremden Stadt, in der ich mich mit niemandem verständigen konnte. Warum trat er nicht für mich ein und begleitete mich, statt mich mit einem Baby im Bauch in der heißen Sonne braten zu lassen?

Ich hatte eine solche Angst, dass ich fürchtete, den Verstand zu verlieren. Mit siebzehn Jahren hatte ich eine Entscheidung getroffen, deren Konsequenzen nicht mehr rückgängig zu machen waren. Ich hatte meine Mutter und meinen Vater zugrunde gerichtet, durch meinen Hass, bedingt durch ihren Mangel an Liebe. Ich hatte ihre abscheulichen Geheimnisse offenbart, hatte entlarvt, wie verderbt ihre Seelen und wie lächerlich sie selbst waren. Gab es irgendwelche schmerzhaften Wahrheiten, die ich ihnen nicht an den Kopf geworfen hatte? Auf dem Schiff hatte ich bereits die Veränderung in mir gespürt. Ich hatte die Eigenschaften meiner Eltern angenommen, noch während ich sie verdammte, und darüber hinaus war ich durch meine Grausamkeit eine andere geworden. Hatte ich schon immer die Fähigkeit und den Wunsch besessen, Menschen zu zerstören? Ich war nicht mehr selbstsicher, dachte nicht mehr unabhängig. Ich war allein, hatte kein Gegenüber, vor dem ich mich aufplustern und austoben konnte. Ich wurde immer kleiner, je mehr ich mich Shanghai näherte, einer ungewissen Zukunft entgegen, die von einem einzigen Mann abhing, der behauptete, mich zu lieben. Aber zusichern konnte er mir nicht, dass er mir das auch zeigen konnte, denn in seinem Land war ich die Ausländerin. Ich überlegte hin und her, wie ein stampfendes Schiff, und hielt mich an dem Glauben fest, dass ich alle möglichen Hindernisse überwinden konnte. Immerhin hatte ich das Herz des chinesischen Kaisers erobert. Doch dann überkam mich wieder die Angst, dass ich mit meinem amerikanischen Mut nichts ausrichten konnte, ich abhängig war vom chinesischen Schicksal. Lu Shing war längst nicht mehr mein chinesischer Kaiser, sondern ein eingeschüchterter chinesischer Sohn.

Als Lu Shing sich entschuldigte, sprach er so leise, so schwach, dass ich richtig zornig wurde. Wie sollte er mich denn beschützen? Jedes Mal, wenn er erklärte, was passiert war, bekam ich noch mehr Angst, dass er keinen eigenen Willen hatte. Ich kannte diesen Mann nicht. Er hätte mir besser in San Francisco sagen sollen, dass er überhaupt nichts für mich empfand. Er hätte mich körperlich daran hindern sollen, an Bord des Schiffs zu gehen. Er hatte mich gewarnt, aber er hatte auch gesagt, dass er noch nie jemanden mehr geliebt hätte. Allerdings wurde mir jetzt klar, dass das vielleicht nur wenig bedeutete, dann, wenn er überhaupt noch nie einen anderen Menschen geliebt hatte. Jede noch so kleine Hoffnung bezwang aber augenscheinliche Gefahren. All die Warnungen hatte ich verbannt, ich lebte von einem wertvollen Moment zum nächsten, ich erntete die Liebe, die mir Kraft gab, ganz egal, was kam. Und jetzt lauschte ich schwachen Entschuldigungen und sinnlosen Erklärungen, warum er seine Familie über mich stellen musste. Er verstand meine

Angst nicht und was ich für ihn durchstand. Ich wollte, dass er den Amerikanerinnen auf dem Schiff glaubte, die erzählt hatten, weiße Mädchen wären von chinesischen Schwiegermüttern totgeschlagen worden und niemanden hätte es gekümmert. Ich wollte, dass er aus Liebe zu mir hungerte und mit mir in der heißen Sonne briet. Ich wollte, dass er seine Familie und seine Möglichkeiten, jemals wieder nach Hause zurückgehen zu können, zerstörte, genau wie ich.

»Fahr zur Hölle! Mitsamt deinen Eltern!« Vor lauter Erschöpfung hörte ich nach diesen Worten auf zu schreien und weinte einfach nur noch. Er legte meinen Kopf an seine Schulter, und ich wehrte mich nicht gegen diesen geringen Trost.

Während wir durch die dunklen, feuchten Straßen fuhren, erklärte er, dass er die letzten Stunden damit zugebracht hätte, sich das Gebrüll seines Vaters anzuhören. Er hätte ihn über seine Pflichten aufgeklärt, hätte ihn geohrfeigt, während er die Namen sämtlicher Vorfahren von über fünfhundert Jahren aufzählte, Namen, die Lu Shing in seiner Kindheit auswendig gelernt hatte. Sein Vater führte seine eigene Stellung im Außenministerium an, der er noch mehr als der Familie zu Loyalität verpflichtet war. Die Leute würden sich fragen, was für moralische Mängel er an seinen ältesten Sohn weitergegeben hätte, der seine Familie verriet und ihr Ansehen und ihre Ehre für alle Zukunft zerstörte. Seine Mutter verdiente im Alter ein friedliches Leben, sie verdiente nicht, dass er sie so schnell wie möglich ins Grab beförderte. Sie hätte sich ins Bett legen müssen und klagte über Schmerzen in der Brust und über Kopfweh. Seine beiden jüngeren Brüder, die Söhne der Konkubinen seines Vaters, hätten ihn zurechtgewiesen, was bisher noch nie vorgekommen sei. Seinetwegen, so sagten sie, würden sich die Leute nun fragen, ob auch sie sich mit ausländischen Frauen und auf Ausschweifungen, wie sie im Westen üblich waren, einlassen würden. Welche Aussicht hätten sie noch auf eine gute Zukunft, wenn er sie so beschmutzte?

Sie seien eine gebildete Familie, sagte Lu Shing, aber das bedeutete nicht, dass sie sich nicht an Traditionen und Kindespflichten hielten. Wenn er das Haus verließe, um mit mir zusammenzuleben, würde er enterbt und für immer von seiner Familie verbannt werden, man würde ihn aus ihrer Geschichte streichen und nie wieder erwähnen – aber nicht so, als wäre er gestorben, sondern als hätte er nie existiert. Er würde nie seine Meinung ändern und wie der verlorene Sohn in der Bibel der Christen zurückkehren können.

»Ich würde mein Vermögen für dich riskieren, und auch die Verbannung«, sagte er. »Aber ich kann meine Familie nicht zerstören.«

»Ich habe es auch getan«, sagte ich. »Ich habe gar nichts mehr. Und jetzt willst du das Ansehen deiner Familie über mein Leben stellen?«

»Ich hatte nie eine Wahl. Du kannst das nicht verstehen, wenn du nicht mit dem Gewicht von fünfhundert Jahren Familiengeschichte großgeworden bist. In dem Moment, als ich als der älteste Sohn auf die Welt kam, wurde es mir aufgebürdet. Und ich muss es weiterhin tragen.«

»Du bist ein Feigling. In dem Moment, in dem du von Bord gegangen bist, hast du dich in einen abergläubischen Geisterverehrer verwandelt. Wenn ich gewusst hätte, wer du wirklich bist, wäre ich niemals mitgekommen.«

»Ich habe dir in San Francisco erklärt, dass meine Überzeugungen meiner Erziehung entsprechen. Ich kann daran genauso wenig ändern wie an meiner Hautfarbe oder an der Familie, in die ich hineingeboren wurde.«

»Wie konntest du nur davon ausgehen, dass ich begreife, was das wirklich bedeutet? Hätte ich gesagt, dass ich dazu erzogen wurde, auf meine Eltern zu hören und mich von ihrem Rat leiten zu lassen, würde das beinhalten, dass ich diesen Erwartungen entspreche?«

»Ich kann dir helfen, nach Hause zurückzukehren, wenn du das hier nicht erträgst.«

»Du Feigling! Ist das deine Antwort? Ich habe meine Mutter vernichtet, meinen Vater und ihre Ehe. Ich habe jede Möglichkeit zunichtegemacht, jemals wieder nach Hause zurückzukehren. Sie sind noch nicht einmal an die Tür gekommen, um mir Lebwohl zu sagen. In ihren Augen bin ich schon tot. Ich habe nichts, wohin ich zurückgehen könnte. Ich habe auch hier nichts, und du sprichst von Ansehen. Du verstehst überhaupt nicht, wie verzweifelt ich bin. Ich habe keinen Mut mehr. Ich falle, und ich weiß noch nicht einmal, in welchen Abgrund ich falle, aber die Qualen sind schlimmer als der Tod.« Ich weinte, als mir die Worte ausgingen.

Die Rikscha brachte uns zu einer Promenade und bog dann in eine kleinere Straße ein. Nach einer weiteren Kurve befanden wir uns auf einer breiteren Straße mit eingezäunten Steinvillen. Dann fuhren wir an einem Park vorbei, bis bescheidenere Häuser im englischen Stil auftauchten, die von Mauern umgeben waren.

»Wo bringst du mich hin? In ein Heim für schwangere Mädchen?«

»In ein Gästehaus, das einem Freund gehört, einem Amerikaner. Ich habe die Miete im Voraus bezahlt. Es ist nicht ideal, aber im Moment das Beste. Und es liegt in der Internationalen Konzession, du bist also unter Menschen, die Englisch sprechen. Ruh dich dort aus, und wir entscheiden später, was wir tun. Aber eines will ich dir sagen, Lucia: Wenn du bleibst, lasse ich dich nicht im Stich. Bloß kann ich auch meine Familie nicht im Stich lassen. Die Lösung, die gefunden werden muss, liegt irgendwo dazwischen, doch ich verspreche, dir und ihnen gegenüber ehrlich zu sein.«

Eine Stunde vor Sonnenaufgang kam ich im Gästehaus an. Die Gaslampen brannten. Ein mächtiger Mann namens Philo Danner begrüßte uns begeistert. Er war um die fünfzig. Wahrscheinlich hatte er seinen Schlaf geopfert, um uns zu empfangen. Aber er versicherte, dass er den Tag zur Nacht gemacht und zwischen der Morgendämmerung und Mittag geschlafen hätte.

»Sie müssen Danner zu mir sagen.« Er führte mich in das Wohnzimmer. »Und ich nenne Sie Lucia, außer Ihnen ist etwas anderes lieber. In Shanghai kann man seinen Namen ganz einfach ändern.«

Lu Shing sagte Lucia zu mir, dieser Namen war mit unserem Schicksal verbunden. »Mir wäre Lulu lieber«, sagte ich im Beisein von Lu Shing.

Danner war, mit einem Wort, ein Paradiesvogel. Er trug eine leichte chinesische Jacke in einem Goldton über weiten blauen Hosen. Seine Haarpracht bestand aus einer dunklen Masse von langen Engelslocken. Er hatte große Augen mit langen Wimpern. Seine Nase war wohlgeformt, er hatte die römische Patriziernase der Engländer. Teigige Fleischrollen fielen ihm vom Kinn bis zum Halsansatz. Beim Gehen walzte sich sein Körper von einer Seite auf die andere, und er bekam oft keine Luft mehr und keuchte beim Sprechen.

Dieses Yankee-Gartenhaus gehöre ihm, sagte er. Es war ein dreistöckiges Gebäude an der East Floral Alley, in einer guten Gegend der Internationalen Konzession. Seine dicken Steinwände wehrten im Sommer die Hitze und im Winter die Kälte ab. An jedem Zentimeter Wand hingen gerahmte Ölbilder von westlichen Landschaften oder Prärieindianern. Auf den Tischen und Kaminsimsen waren primitive Masken aufgestellt, sodass ich im ersten Moment dachte, andere Gäste würden mich, den Eindringling, anstarren. Hüfthohe Bücherstapel standen mitten im Wohnzimmer, wie ein Miniatur-Stonehenge. Danner steuerte dann aber mit überraschender Grazie durch das Labyrinth. Mir fiel auf, dass an den Stuhlkissen, ja, überall, Quasten hingen – in Lila, Rot, Marineblau und Gold –, an den Sofalehnen, den Zugbändern der Vorhänge, an den Türgriffen, Sofakanten, an den Ecken von Türöffnungen, auf dem Klavier, auf Tischläufern, an Spiegeln – eine Plage.

Danner ließ mich auf ein Sofa setzen und brummte, man würde mir ansehen, dass ich einen schrecklichen Schock erlitten hätte. Er sah Lu Shing vorwurfsvoll an. »Was hast du diesem armen Mädchen denn angetan?« Er war mir sofort sympathisch. Ein Hausdiener brachte Tee und Butterkekse. Nachdem ich alles in Windeseile aufgegessen hatte, bestellte Danner bei dem Diener Butter, Schinken und Brot. Das Essen beruhigte mich, und Danner zog bald darauf eine Pfeife hervor.

»Lassen Sie Ihre Probleme doch einfach in Rauch aufgehen«, sagte er. »Opium.«

Lu Shing meinte, ich sollte das lieber bleiben lassen, was mich wiederum veranlasste, Danners Angebot begeistert anzunehmen. Während Danner redete, präparierte der Hausdiener kunstvoll eine dunkelbraune Paste. Danner reichte mir die Pfeife. Ich sollte nur ganz leicht ziehen und ein bisschen inhalieren. Zuerst kratzte es, aber dann war mein Hals gleich darauf wieder besänftigt. Erst schmeckte es streng nach Erde, dann nach Moschus, kurz darauf roch es süßlich. Der Duft erinnerte anfangs an Süßholz und Gewürznelken, später an Schokolade und Rosen. Bald war es nicht einfach nur ein Geruch oder ein Geschmack, sondern ein weiches Gefühl, das mich in seiner sinnlichen Süße gefangen nahm. Ich wollte Danner gerade eine Frage stellen, vergaß sie aber sofort wieder, weil er jetzt das Gesicht eines Dschinns hatte. Er spielte seltsame Musik auf dem Klavier. Es klang wie himmlische Stimmen.

Ich bemerkte Lu Shing, der auf einem der gegenüberliegenden Sofas saß, eine traurige graue Gestalt in einem bunten Raum. Ich war nicht mehr wütend. Er wirkte verloren. Nach einem weiteren Zug stellte ich begeistert fest, dass ich mich in dem Licht der Lampen auch schwerelos fühlte. Wenn ich mit der Hand durch die Luft fuhr, wurden es tausend Hände. Als Lu Shing meinen Namen rief, sah ich Funken vor den Augen. Seine Stimme war schön, musikalisch, voller Liebe. Als ich ihn noch einmal ansah, befand er sich in einem Lichtschein, und ich spürte ein Verlangen. Ich sehnte mich danach, dass er mich berührte wie in der ersten Nacht im Turm, als mich alles überraschte. Ich hatte nie gewusst, dass es möglich war, einen so tiefen Frieden und eine so tiefe Freude zu empfinden. Erinnerungen an glückliche Zeiten waren sonst flach und dünn, zerrissen leicht. So wunderbar umwölkt hatte ich auch keine Sorgen mehr, nur die Hoffnung, dass ich mich immer so fühlen würde wie gerade in dem Augenblick. Ich war erweckt worden!

»Bring mich ins Bett«, sagte ich zu Lu Shing. Die Wörter kamen alle gleichzeitig aus meinem Mund und trieben langsam zu ihm hinüber. Lu Shing wirkte verwirrt, als meine Worte auf sein Gesicht prallten. Danner lachte und drängte Lu Shing zu tun, was ich gesagt hatte.

Wir schwebten die Treppe hinauf. Die Lampe brannte, und das Licht wirbelte um das Bett wie goldene Perlen. Durch eine leuchtende Tür sah ich eine Badewanne, die einer überdimensional großen Suppenterrine aus Porzellan ähnelte, innen und außen mit Blumen bemalt. Das Wasser glänzte und war ganz still. In dem Moment, als ich die Hand eintauchte und damit paddelte wie mit einem Ruder, wurden die gemalten Blumen – kleine Rosen und Veilchen – real und tanzten herum und erfüllten die Luft mit ihrem Duft. Ich befreite mich schnell von meinen durchschwitzten Kleidern und tauchte in das kühle Wasser ein, es fühlte sich seidig auf meiner nackten Haut an und war eine Wohltat. Lu Shing kniete sich neben die Wanne und küsste mir den Hals.

»Lucia, ich entschuldige mich …«

»Schhhh.« Ich lachte. *Schhhh* wurde zum Klang von Regen, der seine Stimme übertönte. »Schhhh.« Ich trieb auf Wellen von Blumen und wurde von Regen berieselt.

Seine Hände streichelten, liebkosten mich. Ich seufzte. Er band mir die Haare hoch und küsste mich wieder auf den Hals. Ich murmelte die vulgären chinesischen Wörter, die ich von ihm gelernt hatte, und bat ihn, sie zu sagen. Er wiederholte sie mit einer seltsam höflichen Stimme. Ich lachte und sagte ihm, er solle mich ins Bett bringen und mir zeigen, was diese Wörter bedeuteten. Als er mir half aufzustehen, spürte ich, wie mir das Wasser über die Haut rann wie ein Wasserfall. Ich legte mich auf das Bett und sah zu, wie Lu Shing sich auszog. Sein Körper schimmerte. Er legte sich neben mich und streichelte meinen Rücken. Ich lachte und sprach die harten, vulgären Wörter aus. Er drang rasch in mich ein, und ein paar Augenblicke später stellte ich verwundert fest, was aus ihm geworden war. Ich war das Gesicht, das mich anblickte, und es schien entsetzlich traurig zu sein, dennoch war ich euphorisch. »Gutes kleines Boot«, sagte ich und ruderte gegen die Wellen an, und die Seile, die seine Stirn überzogen hatten, fielen ab. Ich sah mir in ihm zu, während er die Augen verdrehte und wir beide die Angst vergaßen. Ich wiederholte die vulgären Wörter, eindringlich, rau, hörte, dass diese

Klänge auch von ihm kamen. Unsere groben Wörter kratzten den Panzer von uns ab, um mehr Freude, mehr Genuss zu erreichen. Ich sah zu, wie sein verzweifeltes Gesicht nur noch Ekstase zeigte, und ich fühlte mich siegreich, weil ich ihn erobert hatte und er endlich voll und ganz mir gehörte. Ich lachte, weil ich das bewirkt hatte.

Ich erwachte mit einem so grauenhaft schmerzenden Kopf, dass ich anfangs gar nicht wusste, wer ich war. Nach und nach aber konnte ich wieder klar denken. Der Raum wirkte blass, ohne das goldene Licht warf er auch keine geheimnisvollen Schatten. Mein Kleid war weggebracht worden, es lag nicht mehr dort, wo ich es ausgezogen hatte. Ich erinnerte mich, dass ich in der letzten Nacht außerordentlich glücklich gewesen war – aber davon war nichts mehr übrig. Die Luft war nur noch schwer und roch muffig. Die alten Sorgen und die Wut kehrten zurück. Wo war Lu Shing? Hatte er mich schon wieder verlassen?

Ich stieg aus dem Bett und stellte fest, dass mein Kleid in einem Schrank hing, zusammen mit anderen Sachen. Wer hatte das getan? Bevor ich einen Schritt machen konnte, kam ein Mädchen ins Zimmer gerannt. Ich schnappte nach Luft und versuchte mich zu bedecken. Es hielt mir einen Morgenmantel aus blauer Seide hin und wandte das Gesicht ab, als ich hineinschlüpfte. Wie durch ein Wunder erschienen Slipper zu meinen Füßen, und ich zog sie an. Das Mädchen zeigte auf einen kleinen Bereich hinter dem Wandschirm. Die Badewanne war ausgeleert worden. Sie war einfach nur schlicht und weiß und keine bemalte Suppenterrine. In der Nähe stand eine mit Wasser gefüllte Porzellanschüssel auf einem hohen Ständer. Mit den Händen deutete das Hausmädchen an, ich solle mir das Gesicht waschen. Ich spritzte mir das kühle Wasser in die Augen, um wieder einen klaren Kopf zu bekommen. Ich tat es immer wieder, bis die Schüssel leer und der Boden nass war. Trotzdem war nur ein Teil von mir zurückgekehrt. Das Mädchen führte mich dann zu einem Schrank mit Schubladen. Es öffnete eine der Schubladen, und dort lag weitere Kleidung von mir. Noch eine Schublade wurde aufgezogen. Darin befand sich ein ordentlich zusammengelegter chinesischer Anzug – leicht und seiden. Ich verstand, warum Danner chinesische Kleidung trug. Die Luft in Shanghai war schwer und feucht.

Als ich nach unten kam, unterhielt sich Danner auf Englisch mit einer grauen Katze, die ebenso angeregt in ihrer Sprache mit ihm redete.

»Ich weiß, dass es sechs Uhr abends ist, meine liebe Elmira, aber wir können nicht ohne unseren Gast essen. Ah – voilà! – Lulu ist da.«

Wie war es möglich, dass ich über zwölf Stunden geschlafen hatte? Es gab fremd schmeckende kalte Gerichte: münzgroße Scheibchen Rind und Taube, Eier, gesalzene rohe Gurken und grünes Gemüse. Die Katze stand am anderen Ende des Tisches und fraß von einem Porzellanteller. Liefen hier alle Mahlzeiten so ab?

»Ich spreche nicht über deine Situation«, sagte Danner, der mich nun duzte. »Außer du möchtest es gerne. Aber ich sage dir etwas, was du über die Chinesen wissen solltest, und zwar Folgendes: Du kannst keine tausendjährigen chinesischen Traditionen ändern, du kannst nicht ändern, wie die Familien hier mit Schande umgehen. In der Konzession machen wir unsere eigenen Gesetze und reglementieren, was ein Chinese darf oder nicht darf. Aber es gibt kein Gesetz, das ihnen ihre philosophische Anschauung verbieten kann. Die Vorstellungen von Schande, Ehre und Pflicht können nicht einfach abgestreift werden. Du wirst nicht glücklich mit dem jungen Mann oder mit Shanghai, wenn du glaubst, du kannst das ändern.«

Ich gab keine Antwort. Ich würde nicht aufgeben, und ich würde nicht nach Hause zurückkehren.

»Ich sehe die Antwort in deinen Augen, meine Liebe. Da kann ich nur seufzen. Jeder Neuankömmling findet etwas Unliebsames an den Chinesen, hat an ihnen etwas auszusetzen, das er ändern will. Ich habe sämtliche Klagen gehört und hatte selbst ein paar – wie laut sie zu merkwürdigen Uhrzeiten waren, ihre Vorstellungen von Reinlichkeit, ihr merkwürdiges Verständnis von Pünktlichkeit, ihre Ineffizienz, weil sie etwas genau so machen wollen, wie es seit tausend Jahren gemacht wird. Sie ändern es vielleicht ein bisschen innerhalb eines langen Zeitraums, aber sie können nichts an ihren Ängsten ändern, die vieles von dem bestimmen, was sie tun. Und viele Neuankömmlinge, so wie du, glauben, dass sie Erfolg haben werden. Der amerikanische Pioniergeist hat Flüsse und Berge erobert, neue Grenzen eröffnet und die Indianer besiegt. Warum also sollen nicht auch die Chinesen dazu in der Lage sein?«

Ich tat, als würde ich essen, aber ich hatte wenig Appetit auf solch seltsame Speisen an einem warmen Abend.

»Manche Amerikaner geben auf und kehren nach Hause zurück«, fuhr Danner munter fort. »Diejenigen, die ein paar Jahre bleiben müssen, jammern sich gegenseitig viel vor. Die Shanghailänder, die wie ich China zu ihrer Heimat gemacht haben, nehmen bei vielen Dingen eine chinesische Haltung an. Wir mischen uns nicht ein. Leben und leben lassen. Zumindest die meiste Zeit.«

Ich erfuhr, dass er ursprünglich aus Concord, Massachusetts, stammte, »eine Bastion betender Puritaner« nannte er die Stadt. In jungen Jahren lebte er in Italien, wo er anfing, Bilder zu sammeln. Als er in die Staaten zurückkehrte, verkaufte er sie zu einem guten Preis. Er reiste zwischen Europa und der Ostküste hin und her und machte sich einen Namen als Sammler mit einem guten Auge für Ostküstenlandschaften, erst traditionelle und später impressionistische. Aus ungenannten Gründen zog er vor fast zwanzig Jahren nach Shanghai. So manch einer kam mit Geheimnissen in diese Stadt, sagte er, oder ließ welche zurück und produzierte neue Skandale. Er brachte kistenweise Gemälde mit, behielt die, die ihm gefielen, und verkaufte die anderen in einer Kunstgalerie, die er eröffnet hatte. Dort erwarben viele heimwehkranke Amerikaner und Europäer die Bilder, die sie an vertraute Landschaften erinnerten, in denen sie ruhige Picknicks genossen hatten, in einem Land, das weit entfernt von der Kakophonie Shanghais lag.

Lu Shing hatte im Alter von zwölf Jahren Danners Galerie besucht und war seither fasziniert von der Kunst des Westens. Seine Familie erwartete von ihm, dass er eine hohe Bildungsstufe erreichte und die kaiserlichen Prüfungen bestand, aber insgeheim hatte er gehofft, Maler zu werden. Er brachte Stunden damit zu, die Bilder in Danners Galerie zu kopieren – die beliebten Landschaften mit Schafen und Pferden, die hübschen Häuschen am Bach, die stürmische See mit weißen Booten. Bei Leuten aus dem Westen waren sie sehr beliebt.

»Wie du weißt«, sagte Danner zu mir, »sind seine Arbeiten recht gut, auch wenn es nur Kopien der Werke berühmter Künstler sind.«

Mein Herz machte einen Sprung. »Er hat sie kopiert? Er war gar nicht an den Orten gewesen, die auf den Bildern dargestellt sind?«

»Er hat sie so gut kopiert, dass es schwer war, die Originale von seinen Kopien zu unterscheiden.«

Ich hatte Angst, nach dem Bild zu fragen, das mich nach Shanghai gebracht hatte. Würde seine Antwort einen Unterschied machen? »Hast du einmal eines gesehen mit dicken Regenwolken, einem langen Tal, Bergen im Hintergrund …?«

»*Das Tal der Verwunderung*. Eines seiner Lieblingsbilder. Ich habe es für ein paar Münzen in Berlin gekauft. Es stammt von einem unbekannten Künstler, der jung gestorben ist. Friedrich Leutemann. Es hing jahrelang in meiner Galerie, bevor ich es verkauft habe. Lu Shing hat viele Versionen davon gemalt, sogar noch ein eigenes Element hinzugefügt. Ein weiteres goldenes Tal in der Ferne. Ich muss sagen, ich war von dieser Abwandlung nicht begeistert. Das Original besaß eine dunkle Schönheit, es strahlte Unsicherheit aus. Diese Unsicherheit nahm er dem Gemälde. Aber damals war er noch ein junger Künstler, auf der Suche nach Sinn.«

Ich hatte Sicherheit gewollt, und dieses Bild hatte mir das Gefühl gegeben, ich stünde kurz davor, sie zu finden. Ich war froh um die Abwandlung. Das goldene Tal, das er hinzugefügt hatte, war für mich keine Kopie, sondern ein Original.

Lu Shing verkaufte seine Kopien in der Galerie, bis er genug Geld beisammenhatte, um nach Amerika zu fahren – gegen den

Wunsch seiner Familie. Danner schickte einem seiner besten Kunden ein Empfehlungsschreiben: Bosson Ivory II., einem Sammler von Landschaftsbildern. Die Bossons sammelten auch Schützlinge, und ihm gefiel die Idee, einen aus dem Orient aufzunehmen. Lu Shing lebte mehrere Jahre lang im Haus der Ivorys in Croton-on-Hudson, und im Gegenzug schenkte er Mr Ivory Bilder. Er schrieb Danner regelmäßig und erzählte, Mr Ivory hätte die Bilder von ihm zusammengerollt und irgendwo aufbewahrt.

Als wir fertig gegessen hatten, sagte Danner, das Abendessen würde es um Mitternacht geben. Lu Shing würde mitessen, genauso wie die Katze Elmira und vielleicht der Gast aus dem zweiten Stock. Es sei eine Chinesin, die Männern Englisch beibrachte. Englischunterricht! Den Frauen auf dem Schiff hatte ich weisgemacht, das wäre der Grund für meine Reise. Ich erzählte Danner von dem Zufall.

»In einer Stadt mit so vielen verzweifelten Frauen und so wenigen Gelegenheiten wirst du noch oft auf Zufälle stoßen. Was sie tut, ist weit verbreitet. Sie bietet aber eigentlich gar keinen Englischunterricht an, auch wenn sie es ganz gut spricht. In Wahrheit hat sie eine Vereinbarung mit zwei Männern, mit dem einen tagsüber, mit dem anderen in der Nacht. Sie leistet ihnen regelmäßig Gesellschaft, und die Männer zahlen ihr regelmäßig Unterhalt dafür.«

»Wie leistet sie ihnen Gesellschaft?«

»Sie ist eine Dame der Nacht, meine Liebe. Prostituierte, das ist ein zu hartes Wort. Sie ist eine professionelle Geliebte. Nicht meine allerdings.« Er lachte in sich hinein. »Jetzt bist du schockiert. Ich führe hier kein Hurenhaus, liebes Mädchen. Die Frau ist eine alte Freundin, ich kenne sie seit der Zeit, als sie noch ein ziemlich respektables Leben führte. Aber die Umstände ändern sich hier rasch, und eine Frau ohne Ehemann hat wenig Möglichkeiten. Sie hätte Lumpensammlerin, Waschfrau oder Bettlerin werden können. Sie hätte in ein billiges Bordell oder auf die Straße gehen können. Stattdessen hat sie sich entschlossen, mein Angebot anzunehmen, die Räume oben zu mieten und dort Herrenbesuch zu empfangen.

Du wirst vom Kommen und Gehen ihrer Gäste nichts merken. Sie benutzen das Tor auf der anderen Seite des Hauses. Wenn ihr euch kennenlernt, wirst du sie interessant und sympathisch finden. So geht es allen. Ihr Name ist Goldtaube.«

Trotz Danners Worten beunruhigte mich die Anwesenheit der Frau. Ich hatte das üble Gefühl, dass ich mich in einer ähnlichen Situation wie sie befand. Auch ich hatte einen Gentleman, der mich besuchte, und er zahlte mir die Miete.

Lu Shings Kuli brachte die Nachricht, dass Lu Shing an diesem Abend kommen würde, und wie versprochen war er kurz vor Mitternacht da. Danner hatte viele frisch gekochte Gerichte auftragen lassen. Ich hatte wieder keinen Appetit. Goldtaube ließ sich nicht blicken. Lu Shing und ich gingen sofort in mein Zimmer, und ich suchte in seinem Gesicht nach Hinweisen darauf, was passiert war. Scheitern und Verzweiflung. Ich erzählte ihm von der Frau über mir. Wenn er mich verließ, läge das gleiche Schicksal vor mir. Er meinte, ich sollte mich nicht mit schrecklichen Gedanken quälen, die nie wahr werden würden.

»Hast du dich denn weiter bemüht?«, rief ich. »Hast du ihnen von mir erzählt?« Danner hatte gesagt, es wäre unmöglich, eine chinesische Familie zu ändern. Aber ich wollte, dass Lu Shing genauso hartnäckig war wie ich – und genauso unglücklich. Wir legten uns einander gegenüber auf das Bett.

»Ich zögere, dir viel Hoffnung zu machen«, sagte er. »Aber ich habe über eine Möglichkeit nachgedacht. Ich muss zuerst das Herz meiner Mutter erweichen, und das ebnet uns den Weg zum Herzen meines Vaters. Wird unser Baby wirklich ein Junge, wird er der erste Sohn seiner Generation sein. Und weil ich der Älteste bin, hat seine Geburt eine besondere Bedeutung. Ich kann nicht garantieren, dass sie ihn annehmen, da er nicht rein chinesisch wäre. Aber wenn er der Erste ist, kann man ihn nicht ignorieren.«

Diese Aussicht war Opium für mich. Die Süße in der Luft kehrte zurück. Die Schwermut war verschwunden. Es gab also einen Weg! Der älteste Sohn des ältesten Sohnes. Ich war so euphorisch, dass ich es gar nicht in Betracht zog, dass mein Baby etwas anderes als ein Junge werden könnte. Ich machte Pläne für mein neues Leben in einer chinesischen Familie. Zuallererst wollte ich Chinesisch lernen.

Ich stellte mich der Frau von oben vor. Goldtaube war wirklich sympathisch. Sie war etwa fünfundzwanzig und hübsch, auch wenn ihre beiden Gesichtshälften ein wenig schief waren. Auf der einen Seite war die Wange höher als auf der anderen. Die rechte Seite ihrer Oberlippe schien sich einzurollen. Ich war froh, als ich feststellte, dass sie Englisch sprach, nicht so gut wie Lu Shing, aber doch fließend genug, dass wir uns unterhalten konnten. Sie erzählte offen von ihrem Leben und ahnte, was ich wahrscheinlich wissen wollte. Sie war als Baby ausgesetzt worden und in einer amerikanischen Missionsschule aufgewachsen. Sie verliebte sich in einen gut aussehenden Mann und lief mit sechzehn von der Schule weg. Nach einem Jahr verließ er sie, und sie fing an, in einem Kurtisanenhaus zu arbeiten. Es war kein schlimmes Leben. Sie hatte viele Bewunderer. Sie hatte Freiheit. Sie lernte Danner in einem Buchladen kennen, und sie tranken oft Tee zusammen. Aber vor zwei Jahren beging sie den Fehler, sich einen Liebhaber zu nehmen, und darüber geriet einer ihrer Freier so in Wut, dass er ihr Kiefer und Nase brach. Sie erholte sich in Danners Haus und lebte seither dort. »Das Leben, das wir bekommen, ist nicht immer das, das wir uns wählen.«

Ich stellte ihr keine Fragen über ihren Herrenbesuch. Ein bisschen fürchtete ich mich davor, Ähnlichkeiten zu Lu Shing festzustellen – eine wohlhabende Familie, ein Sohn, der sie nicht zur Ehefrau oder Konkubine nehmen wollte. Was auch immer jetzt für Ähnlichkeiten zwischen uns bestanden, sie würden nicht bestehen bleiben. Ich als Amerikanerin hatte mehr Möglichkeiten, auch wenn nicht klar war, wie sie aussahen. Unterdessen wollte ich meine Chancen verbessern. Ich fragte sie, ob sie mir Chinesisch-Stunden geben könnte.

»Du hast mich in den Rang einer Lehrerin erhoben!«, sagte sie. »Früher wollte ich immer eine werden.«

Lu Shing besuchte mich zu unvorhersehbaren Zeiten. Ich wartete jeden Tag auf seinen Kuli, der mir Nachricht brachte, ob Lu Shing an diesem oder am nächsten Tag kommen konnte. Der Kuli war derselbe Mann, der sich am ersten Tag um mich gekümmert hatte. Er trat dann durch das Tor und rief auf Chinesisch: »Der Brief ist da!« Mein Herz fing an zu klopfen. Lu Shings Nachricht war auf cremefarbenes Papier geschrieben, das in einem passenden Umschlag steckte. Der Umschlag wurde wiederum in einer seidenen Hülle überbracht, damit er nicht von schmutzigen Händen befleckt wurde.

»Meine liebe Lucia …«, so begannen die Briefe immer, in seiner eleganten, perfekten Handschrift, ob er nun sein Bedauern ausdrückte oder die Zeit seiner Ankunft verkündete. Immer schien es, als hätte er den Brief ganz ohne Eile geschrieben, als hätte er dabei in Ruhe seinen Tee getrunken. Es konnte sein, dass er früh am Morgen überbracht wurde oder am späten Nachmittag oder spätnachts. Nie tauchte sein Kuli in der Zeit des Mittag- oder Abendessens auf. Ich versuchte, während seiner Besuche fröhlich zu wirken, denn mir war bewusst geworden, dass ich in letzter Zeit häufig Launen hatte wie meine Mutter – ich war zornig und kritisch. Aber es war schwer, meine Gefühle zu unterdrücken, während Lu Shing das ganze Arrangement nichts auszumachen schien. Ich konnte es nicht verbergen, wenn sich bei mir wieder rosafarbene Flecken über Brust und Hals ausbreiteten.

Statt mir meinen Missmut zu gestatten, arbeitete Danner dagegen an und spielte mit Freude den Fremdenführer. Wegen seines enormen Körperumfangs mussten wir zwei Rikschas nehmen. Die Fahrer waren froh, wenn sie ihn sahen. Er zahlte extra. Wir aßen in französischen Restaurants, besuchten Kuriositätenläden, gingen in eine Vaudeville-Aufführung russischer Juden und unternahmen eine Bootsfahrt auf dem Suzhou. Shanghai bot mannigfache Möglichkeiten zum Zeitvertreib, und ich nahm sie nach und nach wahr, um meine Situation und die Tatsache, dass mein Geliebter nicht da war, zu vergessen. Doch sobald wir von unserem Ausflug zurückgekehrt waren, zerbrach ich mir wieder den Kopf.

Eines Abends fragte ich Danner, ob wir auf der Rückfahrt einen Umweg machen und beim Anwesen von Lu Shings Familie vorbeifahren könnten. Danner sagte, er wisse nicht, wo das sei.

»Ich lüge nicht«, protestierte er. »Eines Tages lüge ich dir wirklich einmal etwas vor, dann siehst du, wie schlecht ich das kann. In dieser Stadt gibt es viele Lügner. Man sollte meinen, ich hätte es besser gelernt. Aber ich hatte nie einen Grund, unehrlich zu sein. Ich habe keine kriminelle Vergangenheit. Ich bin nicht hier, um Leute um Geld zu betrügen. Aber wer nach Shanghai kommt, hat immer einen guten Grund für diesen Schritt. Zum Beispiel, um ein Vermögen zu machen – und das passiert oft. In den Opiumhäusern siehst du viele, die daran gescheitert sind. Ich für meinen Teil reiste in diese Stadt mit einem Freund, den ich seit unserer gemeinsamen Zeit an der Universität kannte. Er war Maler, und seiner ästhetischen Auffassung zufolge betrachtete er sich als Orientalisten. Wir hatten ein wunderbares Leben zusammen. Er starb vor neun Jahren an einer Lungenentzündung. So lange her und doch so kurz.«

»Das tut mir sehr leid«, sagte ich.

Er lachte kurz. »Ich bin mittlerweile so dick, weil ich jetzt auch sein Gewicht mit mir herumtrage. Wir waren unzertrennlich wie Zwillinge, wie das Sternbild, alles passte – bis auf die Quasten. Die kamen von ihm.«

Er war homosexuell. Ich dachte an meinen Vater und an seine Tändeleien sowohl mit Männern als auch mit Frauen. Ich war wütend gewesen, weil er seine Liebe so vielen anderen geschenkt hatte, nur nicht mir. Doch mein Vater hatte nie mit Zuneigung von ihnen gesprochen – von keinem, noch nicht einmal von Miss Pond. Letztlich hatte er sie nie mehr geliebt als mich, weil er womöglich gar nicht imstande war, so zu lieben wie Danner. Vielleicht wäre ich unfähig geworden, geliebt zu werden oder jemanden zu lieben, wenn ich Lu Shing nicht kennengelernt hätte. Im Gegensatz zu Danner konnte ich jedoch nicht behaupten, dass wir ein wunderbares gemeinsames Leben hatten.

»Wie hieß denn dein Freund?«, fragte ich.

»Teddy.«

Immer wenn wir Kuriositätenläden aufsuchten, fragte ich Danner, was Teddy von dieser Schnitzerei, jenem Gemälde oder den Porzellanschüsseln dort gehalten hätte.

»Teddy hätte diesen vergoldeten Nippes fürchterlich protzig gefunden. Und diese Kunstobjekte werden nur so genannt, sie sind keine Kunst, sondern geschmacklose Nachbildungen. Das hätte er nicht anders gesehen. Aber die Farben der Schüsseln hätten ihm gefallen.« Mit der Zeit konnte ich mit unheimlicher Genauigkeit erraten, was Teddy gefallen hätte, das jedenfalls behauptete Danner.

Immer wenn ich mich wegen der Unwägbarkeiten meines neuen Lebens ängstlich fühlte oder wütend war, tröstete mich Danner. »Ich fühle mich so allein«, klagte ich.

»Teddy sagte einmal, dass es ganz normal wäre, wenn wir uns allein fühlen, denn unser Herz unterscheide sich von den Herzen der anderen, wobei wir noch nicht einmal wüssten, worin. Sind wir verliebt, dann passen unsere unterschiedlichen Herzen wie durch Magie perfekt zusammen und begehren das Gleiche. Irgendwann kommen dann die Differenzen wieder zum Vorschein, und man leidet Kummer und Qualen, verbunden mit viel Einsamkeit und Ängsten. Wenn die Liebe bleibt, obwohl die Unterschiede so wehtun, muss man sie hüten, weil sie so kostbar ist. Das hat Teddy gesagt, und genau diese kostbare Liebe hatten wir beide.«

Lu Shing brachte seine Farben mit. Er wollte mich porträtieren. »Wir selbst sehen uns nie so, wie andere uns sehen«, sagte er. »Dadurch zeige ich dir, was ich sehe und was ich fühle. Ich male dich als Lucia, als die Frau, die ich liebe.«

Er setzte mich in einen Sessel und stellte die Lampe so hin, dass sie mein Gesicht beleuchtete. Meine Brüste waren nicht bedeckt, auch wenn mich das Bild nur von den Schultern an aufwärts zeigen würde.

»Das Bild soll deine Sinnlichkeit ausstrahlen, deinen freien

Geist, deine Liebe zu mir. Ohne Kleidung hast du die Freiheit, du selbst zu sein.«

»Mit diesem Bauch bin ich kaum ich selbst.« Ich war ein wenig unmutig, weil er zwei Abende hintereinander zu spät gekommen war.

»Ich habe immer gesagt, dass es unmöglich für mich ist, einen unvergänglichen Augenblick einzufangen«, fuhr er fort. »Aber du hast einmal behauptet, es wäre mir gelungen. Das hat mich inspiriert, es zu versuchen.« Als ich darum bat, die Entstehung dieser unvergänglichen Augenblicke sehen zu dürfen, sagte er, ich müsse warten, bis es fertig sei. »Ein Augenblick ist nicht das Gleiche wie die Zeit.«

An den Abenden, an denen er mich besuchen konnte, malte er ein oder zwei Stunden. Ich sah ihm einfach in die Augen, wenn er von der Leinwand aufblickte. Er schaute finster, konzentriert, und manchmal hatte ich das Gefühl, er würde für mich nicht mehr empfinden als für den Sessel, in dem ich saß. Doch dann legte er den Pinsel weg und beendete seine Arbeit für diesen Abend. Sein Gesicht rötete sich vor Bewunderung und Begierde, und er brachte mich ins Bett.

Ich konnte es kaum erwarten, das Porträt zu sehen und zu wissen, was er sah, für wen er mich hielt. Er hatte meinen unsterblichen Geist in *Das Tal der Verwunderung* eingefangen. Ich erinnerte mich, wie überrascht ich damals war, als ich mich in diesem langen grünen Tal wiedererkannte und meine Seele in dem goldenen. Mein Ich, so nahm ich damals an, hatte nichts mit einem glatt gekämmten Äußeren, Manieren oder den arroganten Ansichten meiner Eltern zu tun. Ich musste meine Fehler nicht verbergen. Ich hatte keine, denn ich musste mich nicht mehr mit anderen vergleichen. Ich besaß ein Wissen, die Gewissheit, dass da etwas Wichtiges war. Aber jetzt erinnerte ich mich nicht mehr, was das war. Es hatte sich mir schon wieder entzogen. Hätte ich es, würden mich keine Zweifel quälen, ob ich geliebt wurde, ob ich bleiben oder gehen sollte. Ich hoffte, das neue Porträt würde diese Gewissheit wiederherstellen.

Zwei Wochen nachdem er angefangen hatte, präsentierte er mir das Bild mit einer Widmung auf Englisch und Chinesisch auf der Rückseite: »Für Lucia, zu ihrem 17. Geburtstag.« Eigentlich hatte ich Geburtstag gehabt, während ich noch auf dem Schiff war. Das Porträt war gleichzeitig schön und verstörend. Der Hintergrund war schwarz, ein formloser leerer Raum, als würde ich nirgendwo hingehören. Eine Schulter war milchig weiß, die andere lag im Schatten. Das Bild zeigte mich bis zur Taille, über den Brüsten lag ein schimmerndes Satintuch, das ich mit einer Hand hochhielt. Es war erotisch und vermittelte den Eindruck, dass ich einerseits sittsam war, unsittlichen Handlungen jedoch nicht abgeneigt. Meine grüne Iris bestand aus schmalen Ringen, meine Pupillen waren groß und schwarz, so schwarz wie der namenlose Ort, an dem ich mich befand. Sie erinnerten mich an das erste Mal, als ich Lu Shing in die Augen blickte. Sie waren so dunkel gewesen, ich konnte nicht in sie hineinsehen, um zu wissen, wer er war. Jeder, der das Bild betrachtete, würde bestätigen, dass ich das Mädchen darauf war. Es war gut ausgeführt, aber ich wollte nicht das Mädchen mit den ausdruckslosen Augen sein, das nichts anderes als den Maler wahrnahm, als würde er für immer meine gesamte Welt darstellen. Das war nicht mein Wesen, sondern das, was geblieben war, nachdem ich es verloren hatte. Lu Shing kannte mich nicht. Und was mir noch mehr Angst machte: Ich kannte mich selbst nicht. Er liebte ein Mädchen, das nicht existierte. Er war nicht mein intimer Vertrauter. Doch der Gedanke, ihn aufzugeben, war unvorstellbar, denn dann hätte ich zerstören müssen, was in dem Bild von dem grünen Tal steckte: Es war die Liebe zu mir selbst.

»Du hast mich schön gemacht«, sagte ich. Ich war froh, dass es dunkel war, damit er nicht bemerkte, wie mein Hals von einem Rosa überzogen wurde. Ich bestaunte das Bild, suchte darin so viel Lobenswertes wie möglich, um meine Enttäuschung zu verbergen. Dann bat ich Lu Shing, den Namen zu übermalen, den er mir in Englisch und Chinesisch gegeben hatte. »Da sollte ›Lucretia Minturn‹ stehen«, sagte ich. »Wenn das Bild an zukünftige Generationen deiner Familie weitergegeben wird, sollten sie meinen richtigen Namen kennen.« Ich beobachtete seine Reaktion. Er sah mich nicht an.

»Natürlich«, sagte er.

Ich bat um ein weiteres Bild. »Das Bild von dem Tal«, sagte ich. »Kannst du es aus dem Gedächtnis malen?«

Drei Tage später brachte er mir das Bild, sodass mir der Verdacht kam, es sei eine von den vielen Kopien, die er griffbereit hatte, eine der vielen Darstellungen von dem Ort, wo mein wahres Ich zu finden war.

Drei Monate vergingen, und ich wurde zu dick, um noch die Kleider zu tragen, die ich mitgenommen hatte. Danner und Goldtaube ließen mir von einem Schneider weite Gewänder anfertigen. Am wohlsten fühlte ich mich in Sachen, wie Danner sie trug, weite Stoffanzüge und Morgenmäntel. Das Baby war mittlerweile sehr real für mich geworden, nicht einfach nur eine Möglichkeit, um von Lu Shings Familie akzeptiert zu werden. Meine Zukunft war mit diesem Baby verknüpft, ganz egal, was passierte. Darüber hinaus konnte ich mir keine Erwartungen erlauben. Es konnte vorkommen, dass Lu Shing mich eine ganze Woche lang jeden Abend besuchte, wobei er nur selten bis zum Morgen blieb. Gerade als ich das Gefühl hatte, ich könnte mich damit arrangieren, verschwand er für eine Woche, und ich fühlte mich abgeschoben in die Unterwelt der Verlassenen. Wenn er zurückkehrte, nannte er mir immer gute Gründe für seine Abwesenheit. Er hatte seinen Vater als Übersetzer zu einem Treffen begleiten müssen, in dem es um wichtige Verträge gegangen war. Seine Mutter war krank geworden, und er hatte ihr täglich Mut zusprechen müssen. Ich hatte meine Zweifel, ob er die Wahrheit sagte, aber ich wollte nicht weiter nachbohren und womöglich feststellen, dass mein Unbehagen und mein Verdacht gerechtfertigt waren.

Mit der Zeit wurden wir auch in unserer körperlichen Liebe distanzierter. Ich vermutete, es hatte mit meiner Schwangerschaft zu tun, womöglich empfand er eine Frau, die immer mehr einem Ballon glich, nicht als attraktive Gefährtin. Aber mir fiel auch auf, dass er selten länger als ein paar Stunden blieb. Er wirkte gehetzt, wenn er sich anzog. Ich konnte mir denken, was er verbarg, und die Wahrheit schnürte mir den Hals zu. Ich zwang mich, ruhig zu bleiben, die Tränen hinunterzuschlucken und meinen Kopf und die Flecken zu kühlen. Als er an der Tür stand, um sich zu verabschieden, war er verlegen und schaute schuldbewusst, was seine Versprechungen als falsch entlarvte.

»Hast du geheiratet?«, fragte ich ihn kühl.

Er schwieg, dann kam er auf mich zu. »Ich wollte es dir erst sagen, wenn ich mir sicher war, dass du diese Nachricht verkraftest. Aber du warst entweder traurig oder überglücklich. Irgendwie schien es nie der richtige Zeitpunkt zu sein.«

Die Wahrheit war erschütternd, dennoch waren seine Argumente schwach und unehrlich. »Wann hätte ich es denn verkraftet? Mit dem Baby im Arm?«

»Lucia, du wusstest, dass für mich eine Ehe arrangiert wurde. Sie ändert nichts daran, was zwischen uns ist.«

»Nenn mich nicht mehr Lucia. Dieses Mädchen gehört dir nicht mehr. Mein Name ist Lucretia.«

»Ich musste ein Mädchen heiraten, das ich nicht liebe. Aber du könntest trotzdem meine Frau werden.«

»Deine Konkubine.«

»Man würde dich als Zweite Ehefrau bezeichnen. Es ist nicht unbedingt eine schwächere Position, wenn du den ersten männlichen Nachkommen der nächsten Generation gebärst. Mit unserem Sohn könntest du in einem eigenen Haus leben, und die Familie würde dich trotzdem als meine Frau anerkennen. Dieses Arrangement ist viel komfortabler, als im Haus der Familie als Erste Ehefrau zu leben. Frag Goldtaube, ob das stimmt.«

»Und wenn es kein Junge wird?«

Goldtaube bestätigte, was Lu Shing über mein Leben als Zweite Ehefrau gesagt hatte. »Trotzdem«, fügte sie hinzu, »da besteht ein

Unterschied zwischen dem, was möglich ist, und dem, was wahrgemacht wird, besonders wenn der Mann die Möglichkeiten bestimmt. Ich weiß das aus Erfahrung. Vielleicht sind ja die Möglichkeiten, die du hast, anders als meine.«

An dem Abend, an dem das Baby auf die Welt kommen sollte – in Amerika feierte man Lincolns Geburtstag –, saß Danner unten im Salon und wartete auf Lu Shings Kuli. Goldtaube war den ganzen Tag an meiner Seite gewesen und hatte auf Englisch gerufen: »Sei tapfer. Sei stark«, doch nach zehn Stunden konnte ich die Schmerzen nicht mehr ertragen und schrie und keuchte. Ihre ganzen beruhigenden englischen Wörter wurden durch hektische chinesische ersetzt, sodass ich mich fragte, ob ich sterben würde. Schließlich trat der Kuli mit dem wohlbekannten cremefarbenen Umschlag und Lu Shings fein säuberlich geschriebener Nachricht durchs Tor: Er musste an einem Festmahl und den Feierlichkeiten anlässlich des sechzigsten Geburtstags seiner Tante teilnehmen. »Der sechzigste ist einer der wichtigsten Geburtstage«, schrieb er.

Eine Zahl war wichtiger, als bei mir zu sein, wenn unser Kind geboren wurde? Der einzig akzeptable Grund, den er mir hätte nennen können, wäre der seines Todes gewesen. Danner gab dem Kuli die Nachricht mit, dass ich kurz davor stünde, das Kind zu bekommen.

Eine Stunde später verkündete die chinesische Hebamme feierlich, dass mein Baby ein Mädchen sei. Sie legte es mir in die Arme. Als die Kleine jammerte, jammerte ich mit. Ich weinte wegen des Schmerzes, den wir teilen würden. Ich weinte, weil meine Hoffnungen zunichtegemacht waren. Und dann, noch während sie mich ansah, hörte sie auf zu weinen, und ich verliebte mich. Ich würde sie beschützen, mich um sie kümmern. Ich würde sie nicht vernachlässigen, wie meine Mutter es mit mir gemacht hatte. Ich würde sie nicht verändern. Sie würde wissen, dass ich sie genau so liebte, wie sie war. Sie würde sein wie die Veilchen, die ich als Kind in den Garten gepflanzt hatte und die meine Mutter als Unkraut betrachtet hatte, das man ausreißen sollte. Ich hegte sie, sodass sie sich frei und ungestört ausbreiten konnten, bis sie überall wuchsen.

Danner war entzückt, eine »Miniaturkönigin« unter uns zu haben. Er wollte ihr treuester Untertan sein. Als ich ihm erzählte, dass ich beschlossen hatte, sie Violet zu nennen, weil Veilchen meine Lieblingsblumen wären, gestand er mir, dass sie auch zu seinen Lieblingsblumen gehörten, sie hätten so hübsche und ausdrucksvolle Gesichter. Am Morgen wollte er einen Diener ausschicken, um Veilchen zu suchen, die wir in den Garten pflanzen konnten.

Danners Notiz an Lu Shing zeitigte die gewünschte Wirkung. Innerhalb von zwei Stunden war Lu Shing da und rannte die Treppe hinauf. Mit weit aufgerissenen, erwartungsvollen Augen kam er zu mir. An meinem Gesichtsausdruck sah er, wie es sich verhielt. Als ich die Decke, in der ich die Kleine eingepackt hatte, aufwickelte, bewegte er sich nicht, sondern starrte sie nur an. Nicht ehrfürchtig, sondern mit einem leichten Zögern, das seine Enttäuschung ausdrückte. Er konnte sie nicht verbergen.

»Sie ist schön«, murmelte er. »So klein.« Er bemühte sich, noch weitere bedeutungslose Ausdrücke für die Gesichtszüge eines Babys zu finden.

Er warf mir einen fragenden Blick zu. Er wartete darauf, dass ich bestätigte, was die Geburt eines Mädchens für meine Zukunft bedeutete. In diesem Moment hasste ich ihn. Er dachte, ich wäre enttäuscht, weil unser Kind kein Junge war und ich nun von seiner Familie nicht mehr anerkannt werden konnte. Und dann begriff ich, dass er in Violet den Grund für seine Probleme sah. Sie war dafür verantwortlich, weshalb ich mit ihm nach Shanghai gekommen war. Nein, Violet sollte niemals eine Enttäuschung für jemanden darstellen. Sie sollte willkommen sein als die, die sie war. Sie war mein Kind, meine Tochter, die ich mehr liebte als jeden anderen auf der Welt, mehr als Lu Shing.

»Ich habe ihr den Namen Violet gegeben«, sagte ich, und ohne ihn anzusehen, fügte ich hinzu: »Ich liebe sie viel mehr, als du denkst.«

Er nickte. Er fragte nicht, warum ich ihr den Namen Violet gegeben hatte, und er kommentierte auch meine Liebeserklärung an sie nicht.

Am folgenden Tag meldete sich eine Frau bei mir. Lu Shing, sagte sie, habe sie als Amah für das Baby geschickt. Dieser Liebesbeweis machte mir wieder Mut. Aber war das Liebe? Eine Amah? Ich machte mir Gedanken, weil ich alles hinterfragte, was Lu Shing tat. Jedes Mal, wenn Lu Shing zu Besuch kam, brachte er Violet Geschenke mit. Ich betrachtete sein Gesicht, während er sie auf dem Arm hielt. Es verriet keine Freude. Später, als sie lachen konnte, freute er sich an ihr, aber ich hatte nicht das Gefühl, er liebte sie so wie ich. Sonst hätte er darum gekämpft, dass sein Vater sie anerkannte. Wenn sie mit rotem Gesicht und geballten Fäusten schrie, war er besorgt, aber er litt nicht mit ihr mit, so wie ich. Er tat nichts, um sie zu beruhigen.

»Diese Instinkte hat ein Vater nicht«, sagte Danner später.

»Aber würde er sie lieben, würde er dann nicht seinen Namen unter die Geburtsurkunde setzen wollen?«

»Violet wäre dann für immer ausgestoßen, weil sie von ihm abstammt. Solange du keine offizielle Stellung innerhalb seiner Familie hast, solltest du warten.«

»Ist es nicht besser für sie, als uneheliches Kind der Liebe stigmatisiert zu sein, wenn ich sowieso nie einen Platz innerhalb der Familie haben werde? Doch wie soll ich Violet aufziehen, wenn sie für andere als minderwertig gilt?«

»Ich weiß eine Lösung«, sagte Danner. Er verließ das Haus. Zwei Stunden später kehrte er mit einer Heiratsurkunde zurück, die bezeugte, dass ich Philo Danner geheiratet hatte. Sie war Monate vor Violets Geburt datiert. Dann hielt er eine Geburtsurkunde für Violet Minturn Danner hoch. »Ich habe sie schon im amerikanischen Konsulat registrieren lassen«, sagte er. »Sie ist amerikanische Staatsbürgerin und wird ›Mein Land, von Dir ist's‹ singen müssen.«

Ich weinte. Er hatte Violet als sein eigenes Kind anerkannt.

»Wenn du lieber mit jemand anderem verheiratet sein willst«, sagte er, »kann ich noch einmal zu dem Mann gehen, der diese Urkunden ausgestellt hat. Er gehört zu den Besten von Shanghai – er hat alle originalgetreuen Urkunden, rote Namenssiegel, chinesische Schriftzeichen, sogar englisches Kauderwelsch.«

Zur Feier seiner Vaterschaft kaufte Danner einen Stubenwagen und eine silberne Rassel mit einer Quaste für Violet. »Meine puritanischen Gebete sind erhört worden. Endlich bin ich Vater geworden.«

Violet hatte wie ich braune Haare und grüne Augen. Ihre Haut war bleich, aber durch die Form ihrer Augen sah sie eher chinesisch als weiß aus. Danner widersprach mir. Er sagte, sie käme nach Teddy und der italienischen Seite seiner Familie. Als hätte er es verfügt, veränderte sich Violet im Lauf des nächsten Jahres. Fremde, die sie sahen und bewunderten, vermuteten, sie wäre zur Hälfte Italienerin oder Spanierin.

Danner und ich führten in vielerlei Hinsicht das Leben eines Ehepaars. Er sorgte dafür, dass wir zusammen aßen. Goldtaube kam als Violets Tante dazu, und wir wechselten uns dabei ab, sie zu umsorgen. Wir redeten über alles Neue, was sie gemacht hatte, und wofür sie sich interessierte. Als Violet elf Monate alt war, nannte sie Danner »Daddy«. Er weinte und meinte, das sei einer der glücklichsten Momente seines ganzen Lebens. Bei Spaziergängen sprachen wir über ihre Zukunft – die Schulen, die sie besuchen, die Jungen, denen sie aus dem Weg gehen sollte. Wir machten uns gemeinsam Gedanken über ihre Gesundheit und stritten über die besten Mittel, um rotgesichtiges Geschrei zu unterdrücken.

Danner trug sie dorthin, wo man Spielzeug kaufen konnte. Er wählte das, wonach Violet zuerst langte. Ich sagte ihm irgendwann, dass zwölf Springteufel eigentlich genug wären. Sie liebte ihn, das stand fest, und lachte, wenn er herumlief und sie auf seinem gewaltigen Bauch herumhüpfen ließ. Doch ich merkte, dass Danner schnell müde wurde. Er musste sich rasch hinsetzen, um wieder zu Atem zu kommen. Ich machte mir Sorgen um seine Gesundheit und übte das Vorrecht einer Ehefrau aus, zu verlangen, dass er abnahm.

Im Mai, noch nicht einmal ein Jahr nachdem ich in Shanghai angekommen war, hatte sich Lu Shing angewöhnt, äußerst willkürlich zu Besuch zu kommen. Manchmal blieb er drei Tage bei mir, dann sah ich ihn eine ganze Woche lang nicht. Er hatte Violet beigebracht, Baba zu ihm zu sagen, aber sie streckte ihm die Arme nicht entgegen, wenn er erschien, so wie sie es bei Danner machte. Meine Enttäuschungen mit Lu Shing wurden durch Violet gedämpft, die den Großteil meiner Gedanken einnahm. Wenn sie mit den Händen herumfuchtelte, wischte sie damit den Ärger weg. Sie krabbelte über die Veilchen im Garten. Wenn ich sie inmitten dieser Blumenkissen lachen sah, zog sich mir oft das Herz zusammen, weil ich so glücklich war.

An einem warmen Tag im Mai, der Tag der Doppelfünf, war es in der kleinen Straße viel ruhiger als an den meisten anderen Nachmittagen. Die Anwohner – Chinesen wie Ausländer – waren zum Ufer des Suzhou gegangen, um das Drachenbootrennen zu sehen. In diesem stillen Garten, als Lu Shing mit Violet in den Armen dastand, überbrachte ich ihm meine Neuigkeiten: Ich war wieder schwanger.

Lu Shing trug der Amah auf, mir Speisen zu geben, die das Baby, das in mir heranwuchs, kräftigte. Er sprach das Wort *Junge* nicht aus, und ich wusste selbst, dass wir beide vorsichtig damit sein sollten. Aber ich war froh, dass die Hoffnung zurückkehrte. Es ging nicht nur um meine Chance, in der Familie Lu akzeptiert zu werden, ich wollte auch, dass Violet als Lu Shings Tochter anerkannt wurde.

Das Baby brachte ich am 29. November 1900 zur Welt, an Thanksgiving. Lu Shing hatte angekündigt, dass er während dieser Zeit unterwegs wäre, um wieder einmal seinem Vater behilflich zu sein. Trotzdem kam er drei Stunden, nachdem er meine Nachricht erhalten hatte, um es zu sehen. Er hielt das Baby im Arm, schaute ihm ins Gesicht und sprach von einer großen Zukunft. Er freute sich, dass sein Sohn an einem besonderen Tag geboren worden war, es war der Tag nach dem Geburtstag seines Großvaters. Lu Shing behauptete, eng aufeinanderfolgende Geburtstage würden eine Generation mit der nächsten verbinden. Als er nach Ähnlichkeiten zwischen sich und dem Baby suchte, stellte er fest, dass es »die Stirn der Familie Lu« hätte, auch die Nase wäre »der Familie Lu« zuzuordnen. Er merkte, dass ich ihn beobachtete. »Es ist wichtig, dass sie die Ähnlichkeit erkennen«, erklärte er, »dann können sie ganz sicher sein, dass es mein Sohn ist.« Er küsste mich auf die Stirn und dankte mir.

Am nächsten Tag kehrte er beladen mit Geschenken zurück. Chinesische Babykleider, ein silbernes Medaillon, eine dicke Seidendecke. Er sagte, das Baby sollte chinesisch aussehen, wenn er es seiner Mutter präsentierte. Es sollte so aussehen, als würde es bereits zu einer wohlhabenden Familie gehören.

Er hielt sich das Kind vor das Gesicht und sprach mit ihm: »Deine Großmutter erwartet dich schon ganz ungeduldig. Sie hat täglich Opfer gebracht. Sie hatte Angst, sie würde nur Enkeltöchter bekommen …«

Lu Shing hatte nicht aufgepasst. Ich wurde sofort misstrauisch, und mir war mulmig, als ich ihn fragte: »Hat deine Frau deiner Mutter eine Enkelin geschenkt?«

Er machte keine Ausflüchte. »Lass uns heute glücklich sein, Lucia. Lass uns alles andere vergessen und daran glauben, dass sich unser Schicksal geändert hat.«

»Hast du vor, mich zu deiner Zweiten Ehefrau zu nehmen?«, fragte ich.

»Ich bin bereit, es zu versuchen. Jetzt besteht eine größere Chance.«

»Wie schätzt du meine Aufnahme in deine Familie ein? Ein warmes Willkommen? Duldung? Feindseligkeit? Sei ehrlich. Mein Glück hängt davon ab.«

»Es kann eine gewisse Zeit dauern.« Er sprach von seinen Plänen, seine Mutter zu überzeugen und sie zu ersuchen, mich anzuerkennen.

Ich hörte ihm nicht zu. Während der letzten Stunde hatte ich darüber nachgedacht, wie sich mein Leben ändern würde, wenn ich bei Danner auszog. Bei ihm war ich frei, und niemand schrieb mir vor, was ich zu tun und zu lassen hatte. Violet himmelte Danner an, und er himmelte sie an. Außerdem waren Danner, Goldtaube und ich enge Freunde geworden, die sich blind aufeinander verlassen konnten.

»Mir wäre es lieber, wenn wir alles so beibehalten, wie es ist«, sagte ich zu Lu Shing. »Du kannst mir jeden Platz in deiner Familie geben, den du willst, solange Violet und unser Sohn akzeptiert werden und ich als Mutter dieser Kinder. Ich selbst bleibe aber lieber mit ihnen hier wohnen.«

Lu Shing wirkte erleichtert. Er redete weiter von den Möglichkeiten, die Billigung seiner Familie zu finden, sobald er ihnen unseren Sohn zeigte.

»Bis beide von der Familie Lu anerkannt werden«, sagte ich, »gelten sie als Danners Kinder. Ich werde eine amerikanische Geburtsurkunde haben, die das bezeugt. Und selbst wenn sie von deiner Familie anerkannt werden, leben sie weiterhin bei mir.«

»Unser Sohn sollte Zeit mit seinen Großeltern verbringen, besonders bei wichtigen Anlässen. Das wird seinen legitimen Platz in unserer Familie sichern.«

»Was ist mit Violet?«

»Ich sorge dafür, dass sie ebenfalls gut behandelt wird. Aber ich kann nichts daran ändern, welche Bedeutung für meine Eltern der erste männliche Nachkomme der nächsten Generation hat.«

Vor zwei Jahren hätte ich dieses Arrangement niemals vorgeschlagen. Aber jetzt erkannte ich, dass es nichts als Torheit und Stolz wäre, mich Lu Shings Familie aufdrängen zu wollen und unter ihrer Zurückweisung zu leiden. Mein Angebot war kein Kompromiss, sondern ich wollte es so. Ich konnte auf diese Weise meine Verbitterung loswerden und Lu Shing seine Heimlichtuerei. An diesem Tag lag er auf dem Bett, unser Sohn zwischen uns. Er sprach voller Zärtlichkeit, verwendete all die Koseworte, die ich ein Jahr lang nicht mehr gehört hatte. Er wollte seine Familie davon in Kenntnis setzen, dass er seine Zeit zwischen ihrem Haus und dem, was wir an der East Floral Alley hatten, aufteilen würde. Trotz unserer aufgeregten Zukunftspläne behielt ich einen klaren Kopf. Es war gut möglich, dass seine Eltern unseren Sohn nicht als legitimen erstgeborenen männlichen Nachkommen anerkannten. Doch wenn das der Fall wäre, wäre es auch egal. Ich hatte dann immer noch meine beiden Kinder. Ich wäre vielleicht weiterhin enttäuscht von Lu Shing, aber mein Glück würde nicht von ihm abhängen. Danner war ein treuerer Ehemann, als Lu Shing es jemals sein konnte. Er war mehr Vater, als mein Vater es je war.

Nachdem Lu Shing gegangen war, erzählte ich Danner von meinem Vorhaben. »Er hat es abgelehnt, als Zweiter Ehemann hier zu leben«, sagte ich. »Mit dir als Erstem Ehemann und mir als Erster Ehefrau besteht unsere Familie also nur aus Violet, dem Baby und uns. Lu Shing wird uns besuchen wie zuvor. Lu Shing kann das Baby nennen, wie er will. Aber der amerikanische Name des Kleinen lautet Teddy Minturn Danner.«

Danner war so überwältigt, dass er schluchzte, bis er keine Luft mehr bekam.

Lu Shing kehrte am nächsten Morgen zurück, als Danner, Violet und ich frühstückten. Offensichtlich brannte er darauf, seinen Sohn zu sehen. »Das Baby schläft«, sagte ich. »Und darf nicht gestört werden.« Lu Shing bat darum, mich unter vier Augen sprechen zu dürfen.

Wir gingen in den Garten. Ich merkte, dass sich meine Gefühle für ihn geändert hatten. Ich brauchte ihn nicht, um glücklich zu sein, ein Heim zu haben oder eine Zukunft. Ich war frei genug, in ihm das zu sehen, was er war: ein Mann, für den ich einmal geschwärmt hatte und den ich vielleicht immer noch liebte. Sicher war das aber nicht. Ich fragte mich, ob er die Änderung in mir bemerkte.

»Meine Mutter hat eingewilligt, unseren Sohn zu sehen«, sagte er. »Ich habe ihr erzählt, dass er viele Merkmale der Familie Lu besitzt und dass überhaupt kein Zweifel an seiner Abstammung von unserem Geschlecht besteht. Und ich habe gesagt, dass er, gleich als ich ihn zum ersten Mal sah, die Augen auf mich gerichtet und mich als seinen Vater erkannt hat.«

Ich lachte über diese Lüge.

»Und ich habe gesagt, dass er Lu Shen heißt. Shen bedeutet ›tiefgründig‹. Ich hätte ja gern gemeinsam mit dir einen Namen ausgewählt, aber dafür war keine Zeit. Ich hatte Gelegenheit, mit meiner Mutter zu reden, als gerade niemand da war und mithören konnte, was ich mitzuteilen hatte.«

»Natürlich kann ich dich nicht dafür kritisieren, dass du einen chinesischen Namen ausgesucht hast. Ich habe aber schon einen amerikanischen für ihn gefunden. Teddy Minturn Danner. Teddy, nicht Theodore.« Jeder von uns hatte unserem Sohn einen Namen gegeben, ein Zeichen, wie weit wir uns voneinander entfernt hatten. »Gerade wird mir bewusst, dass ich nie daran gedacht habe, dich zu fragen, was dein Name bedeutet: Shing.«

»›Erfüllung‹«, sagte er, »ein Name, der mich verhöhnt. Ich habe nichts erfüllt – weder dir noch meiner Familie gegenüber. Ich habe als Künstler versagt. Aber unser Sohn wird mein Versagen wiedergutmachen. Eines Tages wird er einer großen Familie vorstehen.«

Die letzten Worte waren Opium für meine Seele. »Wann will deine Mutter ihn sehen?«

»Heute Abend. Sie freut sich schon. Es wäre das Beste, ich bringe ihn selbst zu ihr. Wenn sie ihn als Enkelsohn annimmt, wird sie ihn meinem Vater präsentieren. Und wenn er einverstanden ist, können wir verlangen, dass du als seine Mutter anerkannt wirst.«

»Sag mir noch einmal, was wir tun würden, wenn das nicht geschieht?«

»Wir beide würden unseren Sohn außerhalb der Familie großziehen. Aber er hätte keine rechtmäßige Stellung, deshalb hätte er auch kein Anrecht auf einen Platz in der Familie oder auf ein Erbe.«

Ich bat um Bedenkzeit. Ich wollte ihm abends meine Entscheidung mitteilen, ob er unseren Sohn ohne mich mitnehmen durfte. Ich fragte Goldtaube und Danner. Sie könnten ihn zurückweisen, sagte ich. Es könnte auch sein, dass sie ihn annehmen, aber nicht mich. Wir sprachen den ganzen Tag darüber. Ich ging alle Möglichkeiten durch, und sie überlegten gemeinsam mit mir. Und wenn sie mir einen Rat gaben, der sich von meinen Wünschen unterschied, hörte ich nicht darauf. Ich wollte, dass meine Kinder – Violet und Teddy – anerkannt wurden und jede Möglichkeit zu einem guten Leben bekamen, das sie in eigener Verantwortung bestimmen konnten.

Teddy war schon gut eingepackt, als Lu Shing das Haus von Danner betrat. Er hatte ein Kindermädchen und einen seidenen Babyanzug dabei. Er drückte mich dankbar und erklärte mir seine Liebe. Morgen Nachmittag würde er mir Teddy zurückbringen, ich hätte kaum Zeit, um ihn zu vermissen. Ich drückte dem schlafenden Teddy einen Kuss aufs Gesicht. Und dann ließ ich ihn gehen.

Ich konnte nicht schlafen. Ich stellte mir vor, was Lu Shings Mutter empfinden würde, wenn sie ihn sah. Ich stellte mir das Schlimmste vor, ihren angewiderten Blick. Danner leistete mir Gesellschaft, versuchte mich mit Geschichten von Klein Teddys Namensvetter abzulenken. Als ich befürchtete, dass alles umsonst sein könnte, war ich dankbar, dass er die Gründe aufzählte, warum ich auf einen Erfolg von Lu Shing hoffen konnte. Zuerst führte er an, dass eine Großmutter unbedingt ihren Enkelsohn sehen wolle, bevor sie aus der Welt schied. Und sie wäre wahrscheinlich nachsichtig mit Lu Shing, weil er ihr erstgeborener Sohn war. Danner zählte einige Familien auf, von denen bekannt war, dass sie gemischtes Blut hatten. Außerdem sei Teddy zu schön, als dass ihn eine Großmutter ablehnen konnte.

Am nächsten Morgen um neun Uhr tauchte Lu Shings Kuli mit dem üblichen Umschlag in einem Seidentäschchen auf. »Meine liebe Lucia, unsere Hoffnung wird sich womöglich erfüllen. Sie ist sehr eingenommen von ihm.« Mir entfuhr ein Freudenschrei. Ich las weiter: »Sie ist zuversichtlich, dass sie meinen Vater überreden kann, unseren Sohn als seinen Enkelsohn anzunehmen. Sie will es morgen versuchen, wenn er nach Shanghai zurückkehrt. In der Zwischenzeit möchte sie mehr Zeit mit dem Baby verbringen. Dadurch wird sie genau die richtigen Worte für meinen Vater finden, um die Hindernisse aus dem Weg zu räumen, sagt sie. Wir müssen noch einen weiteren Tag Geduld haben.«

Ich war nicht begeistert davon, dass Lu Shings Mutter Teddy behalten wollte. Schon in dieser einen Nacht war mir die Trennung schwergefallen. Ich überlegte hin und her, ob ich ihm einen Brief schicken und ihn bitten sollte, Teddy fürs Erste zurückzubringen. Wenn seine Mutter sich wirklich so freute, wie er behauptete, würde die Freude auch noch vorhalten, wenn Lu Shings Vater zurückkehrte. Ich ließ Lu Shing die Nachricht zukommen, dass er das Baby wiederbringen sollte.

Als ich nachmittags darauf wartete, dass er mit Teddy erschien, erhielt ich nur einen Brief: »Meine liebe Lucia, alles geht recht hoffnungsvoll weiter. Meine Mutter hat meinem Vater eine Nachricht geschickt, er kehrt früher nach Hause zurück. Er will schon heute Abend hier sein.«

Ich hätte glücklich darüber sein müssen, dass es Fortschritte gab. Aber ich war es nicht, denn Teddy lag nicht in meinen Armen. Was tat er mit ihnen? Wie gingen sie mit ihm um? Bekam er genügend Schlaf? Und dann kroch mir noch eine andere Angst unter die Haut, anfangs so groß wie ein Sandkörnchen. Würde sie ihn zurückgeben? Das Sandkörnchen wanderte mir aber ins Auge, und ich bekam eine solche Angst, dass ich draußen auf der Gasse auf und ab lief. Danner konnte mir nicht folgen, ohne außer Atem zu geraten. Er schlug mir vor, eine Opiumpfeife zu rauchen, um mich von dem abzulenken, was ich im Moment sowieso nicht ändern konnte.

Am nächsten Morgen schickte Lu Shing noch mehr gute Nachrichten: »Meine Brüder und ihre Frauen haben das Baby gesehen und waren sehr angetan. Auch sie fanden, er trägt die Züge der Familie. Mein Vater ist schon so begeistert von seinem Enkelsohn, dass er ihm von der Zukunft erzählt. Alle Hindernisse werden gerade aus dem Weg geschafft.«

Diesen Sieg konnte ich erst feiern, wenn Lu Shing mit Teddy zurückkehrte. Danner und Goldtaube versuchten mich abzulenken. Sie erzählten von den Privilegien, die meine Kinder haben würden – Bildung, Respekt und Macht. Mein Sohn könnte ein korrupter Beamter werden, wenn ich ihm keine Werte mit auf den Weg gab. Danner ließ die zweijährige Violet auf seinem Bauch hüpfen, sang ihr ein Lied und hob sie über seinen Kopf: »Hoppe, hoppe Reiter …« Teddy würde am Nachmittag wieder zu Hause sein.

Am Abend war ich verzweifelt. Lu Shing war immer noch nicht da. Wäre er aufgehalten worden, hätte er eine Nachricht schicken können. Aber das war nicht geschehen. Ich ging alles durch, was ihm zugestoßen sein konnte: Teddy war krank geworden, und man wollte es mir nicht sagen. Vielleicht hatte Lu Shings Vater aber auch seine Meinung geändert, und seine Mutter wollte Teddy noch länger behalten, damit er es sich vielleicht anders überlegte. Vielleicht hatte Lu Shings Frau etwas gegen das Baby, und Lu Shing brauchte mehr Zeit, um die Wogen zu glätten. Aber keine dieser Ängste war so groß wie die eine, die schließlich wahr wurde.

Spätnachts überbrachte mir der Kuli einen Brief, diesmal hastig hingekritzelt. »Meine liebe Lucia, ich weiß nicht, wie ich dir sagen soll, was passiert ist …« Lu Shings Vater und Mutter hatten beschlossen, Teddy zu behalten. Sie wollten mich nicht als seine Mutter anerkennen. Er sollte als Sohn von Lu Shings Frau aufwachsen. Seine Mutter hatte Teddy schon weggebracht, als sie ihm ihre Entscheidung mitteilte. Er wusste nicht, wo das Baby war. »Lucia, wenn ich wüsste, wo unser Sohn ist, hätte ich ihn längst zu dir gebracht. Ich bin am Boden zerstört und kann mir dein Entsetzen kaum vorstellen.« Seine Familie hatte gedroht, er würde Teddy nie mehr zu Gesicht bekommen, wenn er versuchte, mich zu besuchen.

Ich zitterte. Ich verstand den Brief nicht. Als ich nach unten rannte, war der Kuli bereits in der Dunkelheit verschwunden. Ich lief hinaus auf die Straße und über die Nanking Road. Ich fluchte und weinte. Als ich schließlich zwei Stunden später nach Hause kam, saßen Danner und Goldtaube mit finsterer Miene am Tisch. Sie hatten den Brief mehrmals gelesen, um jeden Satz zu analysieren.

»Das ist Entführung«, sagte Danner. »Wir gehen gleich morgen früh aufs amerikanische Konsulat.«

Kurz darauf schaute er entsetzt. Während der ganzen Bemühungen um eine Anerkennung durch die Familie Lu hatten wir vergessen, Teddy als Danners und meinen Sohn registrieren zu lassen. Wie konnten wir ein Kind als vermisst melden, das es in ihren Archiven nie gegeben hat? Lu Shing hatte womöglich schon Anspruch auf ihn erhoben.

Drei Tage lag ich im Bett, ohne zu schlafen und zu essen. Goldtaube und Danner kümmerten sich um Violet. Ich ging das, was geschehen war, mehrmals durch. Ich hatte die Gefahr gespürt. Ich hätte Lu Shing begleiten sollen, wenigstens in der Kutsche. Ich hätte eine Kutsche mieten sollen, die dem Kuli folgte. Ich kämpfte mit der Vorstellung, dass Lu Shing die ganze Zeit über in den Plan eingeweiht gewesen war. Endlich war er mich los, das amerikanische Mädchen, das nie verstehen würde, was es bedeutete, Chinese zu sein. Er empfand nichts für mich oder die kleine Violet.

Danner trauerte fast so sehr wie ich. In Klein Teddy war sein früherer Gefährte wiederauferstanden, und jetzt hatte er sie beide verloren. Statt hemmungslos zu essen, hörte er ganz damit auf. Goldtaube wollte sich auf die Suche nach Teddy machen, und sie versicherte mir, es würde ihr gelingen. Sie befragte ihre Freundinnen in den Kurtisanenhäusern, ob jemand einen Mann namens Lu kannte, der im Ministerium für Auswärtige Angelegenheiten arbeitete. Es gäbe zehntausend Familien mit Namen Lu, sagte man ihr. Welcher Bereich des Ministeriums? Heutzutage leben so viele Ausländer in Shanghai, die verwaltet werden müssen. Warum fragst du? Warum willst du ihn finden?

Als ich mich ein wenig erholt hatte und das Bett verließ, hob ich Klein Violet hoch und drückte sie fest an mich, aus Angst, sie würde auch verschwinden. Sie wand sich, wollte wieder auf dem Boden sein. Ich ließ sie hinunter und sah ihr zu, wie sie zu einem Bücherstapel tapste und ihn umstieß. Sie sah mich Beifall heischend an, und ich zwang mich zu lächeln. Für sie gab es so etwas wie Hass, Verrat oder falsche Liebe nicht.

Einen Monat nachdem wir Teddy verloren hatten, stand Danner stöhnend vom Esstisch auf und klagte über Magenbeschwerden. Er ging abends um zehn Uhr ins Bett und wachte nie mehr auf.

Mein Herz war zu erschöpft, um die Wucht seines Todes in voller Gänze zu erfassen. Ich konnte schlichtweg nicht noch mehr Schmerz verkraften, und ich weigerte mich zu begreifen, was sein Verlust bedeutete. Aber mit der Zeit wurde die nagende Trauer immer größer. Wo war der Mann, der mir die Fülle seines Herzens, sein Heim, sein Mitgefühl und seine Liebe geschenkt hatte? Er hatte meine Hoffnungen und Niederlagen, meine Wut und meine Sorgen mitempfunden. Er hatte aus mir eine anständige Frau und Violet zu einem ehelichen Kind gemacht. Er hatte mich mit einem Panzer ausgestattet, damit ich tapfer weitergehen konnte. Danner war der Vater gewesen, den ich mir immer gewünscht hatte. Ich hätte ihm das sagen sollen. Wir waren die kleine Familie, die er haben wollte. Wir gehörten zu ihm und er zu uns. Das wusste er.

Als ich seinen Tod beim amerikanischen Konsulat meldete, stellte ich fest, dass Danners Besitz auf mich übergegangen war – das Haus, die Bilder, die Möbel und die Quasten. Ich war seine Frau gewesen und war nun seine Witwe. Auch Goldtaube hatte er nicht vergessen. Die Miete, die er von ihr eingenommen hatte, hatte er auf ein Bankkonto einbezahlt, das auf ihren Namen eingerichtet war. Sie bot an, die bisherige Miete weiter an mich zu bezahlen, damit sie bleiben und weiterhin ihre Kunden empfangen konnte. Ich lud sie ein, als Gast bei mir zu wohnen, und sie meinte darauf, ich sei mehr als eine Schwester. Auch wenn ich das Haus geerbt hatte, blieb uns nur wenig Geld für die täglichen Ausgaben. Viel davon hatten wir bereits für Danners Beerdigung verbraucht. Als Einkommen hatte Danner jeden Monat ein, zwei Bilder verkauft, und jedes Mal hatte er lange überlegt, von welchem er sich trennen konnte. Ich trug ein paar Bilder zu einer Galerie und bekam gesagt, sie seien so gut wie nichts wert. Ich wollte nicht, dass Danners Bilder Betrügern in die Hände fielen. Ich brachte die Bilder wieder nach Hause und sagte den Dienern, dass ich sie nicht bezahlen könne. Zwei gingen, aber die Amah und der Kuli blieben. Es genügte ihnen, ein Dach über dem Kopf und etwas zu essen zu haben, und sie argumentierten sogar, dass sie feilschen konnten und Lebensmittel viel billiger bekamen, als es Ausländern möglich war. Ich war dankbar, doch wir alle wussten, dass wir das Unvermeidliche nur hinauszögerten. Und wo sollten wir dann hin? Ich lief durchs Haus und überlegte, was ich verkaufen konnte – die Sofas, den großen Sessel mit dem durchhängenden Polster, den Tisch und die Lampe –, ich betrachtete alles, während ich zwischen den Bücherstapeln herumlief, die sich durch das Haus schlängelten und sogar mit den Quasten auf dem Kaminsims lagen. Bücher und Quasten. Davon hatten zwei Geldverschwender zu viel gehabt, und nun sollten sich zwei genügsame Frauen davon ernähren.

Zuerst achtete ich darauf, nur die Bücher zu verkaufen, die ich nie lesen würde: über den medizinischen Nutzen von Blutegeln, Gezeitentabellen, die Bauweise von Musikinstrumenten, die Dichte von Flüssigkeiten. Es stellte sich heraus, dass das genau die Bücher waren, die auch sonst niemand lesen wollte. Dann trennte ich mich von den Romanen, sie ließen sich schnell unter den amerikanischen und britischen Neuankömmlingen absetzen. Die Geschichte der Seefahrt, historische Berichte von britischen Schiffskapitänen und ein Kartenatlas waren überraschend begehrt. Als sich die Bücher am Boden lichteten, fing ich mit denen aus den Regalen an. Ich rechnete aus, wie schnell wir bankrott sein würden: sechs Monate, weniger, wenn sich die verbliebenen Bücher als schwer verkäuflich erwiesen. In Buchläden fragte ich immer nach, ob ein Kunde namens Lu Shing vorbeigekommen sei. Ich hätte das Buch gefunden, für das er sich interessiert hatte. Ich hatte immer einen Füller mit einer spitzen Feder dabei, damit ich ihm das Gesicht zerkratzen konnte, falls ich ihn entdeckte und er mich nicht zu Teddy brachte. Er sollte seine Schande der Öffentlichkeit zeigen, und zwar für immer.

Goldtaube und ich machten eine Liste mit all den Möglichkeiten, mit denen wir Geld verdienen konnten. Sie war in der Lage, Englisch und Chinesisch zu unterrichten. Ich konnte als Führerin arbeiten und Besuchern aus dem Westen die »Geheimnisse von Shanghai« zeigen. Wir legten Handzettel in den amerikanischen Läden, in den Clubs, an den Mauern in der Nähe des amerikanischen Konsulats aus. Wo immer ich eine Kunstgalerie entdeckte, ging ich hinein und suchte Bilder mit dunklen Regenwolken, einem langen grünen Tal und Bergen. Jeden Tag liefen wir durch die Straßen der Internationalen Konzession, um Orte zu suchen, wo wir unsere Dienste anbieten konnten. Wir schworen uns, nicht aufzugeben, trotz der immer größeren Zahl von Menschen, die sich in Shanghai drängten – eine Million, hatte Danner mir gesagt. Vor nicht allzu langer Zeit waren es nur halb so viele gewesen. Die Männer am Bund, in der Nanking Road und in anderen Teilen der Internationalen Konzession waren oftmals reiche Chinesen in maßgeschneiderten Anzügen und Homburgs. Ich versuchte immer schnell, ihr Gesicht zu sehen, einer von ihnen konnte ja Lu Shing sein. Jedes Mal kehrte ich erschöpft, aber nie besiegt nach Hause zurück.

Nach diesen ganzen Anstrengungen hatte ich eines festgestellt: Kein Ausländer war daran interessiert, Chinesisch zu lernen – außer den Missionaren, und die hatten ihre eigenen Chinesisch-Lehrer. Es fanden sich ein paar amerikanische Männer, die Shanghai erkunden wollten, aber sie hielten uns für Prostituierte, die eine Führung in die Geheimnisse der weiblichen Genitalien anbieten würden.

An einem warmen Tag beobachtete mich ein Ausländer beim Aufhängen einer Anzeige für unsere Besichtigungstouren. Er fragte mich, wo er eine gute Kneipe finden könne. Ich schlug ihm den American Club vor. Das sei ihm zu steif, meinte er. Ich erwähnte die Bars am Bund. Zu laut und voll mit betrunkenen Seeleuten. Er wollte eine Kneipe, die ihn an die erinnerte, in die er zu Hause, einer kleinen Stadt in Amerika, immer gegangen sei. »Jeder behauptet, in Shanghai gibt es alles«, sagte er, »aber eine Kneipe, in der man mit Freunden ein Bier trinken, eine Zigarre rauchen und alte Lieder um ein Klavier singen kann, die muss ich erst noch finden.«

»Wenn Sie etwas Gemütliches wollen, dann weiß ich genau das Richtige für Sie. Diese Bar macht nächste Woche auf.« Ich schrieb ihm Namen und Adresse auf. »Danner's Pub. 18 East Floral Alley.« Als ich nach Hause zurückkehrte und Goldtaube von den aufregenden Neuigkeiten erzählte, war sie begeistert. »Endlich!«, rief sie. Dann fragte sie: »Was ist ein Pub?«

»Was auch immer es ist«, sagte ich, »wir können das.«

Danner's Pub nahm über die nächsten paar Monate durch die Vorschläge und Beschwerden unserer ersten Kunden Gestalt an. Wir starteten eher erbärmlich: Bier, billige Zigarren und Whisky, der einem die Eingeweide verätzte. Unser größtes Plus waren sentimentale Lieder. Ich dankte Mr Maubert dafür, dass er mir meine zusätzlichen kleinen Finger hatte abtrennen lassen, sodass ich Klavierunterricht hatte nehmen können. In der Klavierbank fand ich Noten – hauptsächlich gefühlvolle Balladen. Ich schrieb die Lieblingslieder auf, die sich die Kunden wünschten. Ich versprach ihnen, dass sie die Lieder singen könnten, wenn sie am nächsten Tag wiederkämen. Am nächsten Morgen durchkämmten Goldtaube und ich die Läden, in denen es antiquarische Noten gab. Manchmal hatten wir Erfolg. Unsere Gäste nannten uns auch ihre Lieblingsmarken, was den Whisky, das Bier und die Zigarren betraf. Jeden Tag besorgten wir mit den Einnahmen vom Vorabend Spirituosen und Zigarren von besserer Qualität, die wir dann zu immer höheren Preisen verkauften. Ich merkte mir die Namen der Kunden, damit ich sie jeden Abend persönlich begrüßen konnte. Ich schwatzte kurz mit ihnen, und das reichte für die richtigen Fragen, damit sie sich wie zu Hause fühlten. »Haben Sie mittlerweile noch einen Brief von Ihrem Schatz bekommen?« »Ist Ihre Mutter wieder gesund?« Ich bot Mitgefühl und wünschte Glück. Ich stellte fest, dass diese kleinen Gesten unsere Gäste am nächsten Tag wieder anlockten, und am Tag darauf ebenso. Innerhalb von sechs Monaten konnten wir uns kaum mehr retten vor Kunden. Wir fanden ein Haus in einer anderen Gasse, in dem im Erdgeschoss Räume vermietet wurden. Zurückgelassene Klaviere gab es genug, genau wie arbeitslose Musiker. Wir nannten unseren zweiten Pub »Lulu's«.

Goldtaube konnte vom Erfolg nicht genug bekommen. Sie kaufte immer besseren Brandy, Portwein und besondere Spirituosen. Mit den beiden Pubs verdienten wir eine Menge Geld, aber Goldtaube reichte es nicht. Es gibt noch andere Möglichkeiten, sagte sie. Wer schnell auf den Zug aufspringt, verdient ein Vermögen. Sie wusste das, denn in den Pubs hörte sie oft mit, wie Männer aus dem Westen über neue Unternehmen sprachen. Sie hatte ein Talent zum Lauschen. Unsere Gäste vermuteten nicht, dass eine Chinesin gut genug Englisch sprach, um zu verstehen, was sie ausheckten. Sie beherrschte das Lächeln einer Frau, die nichts verstand, und war daher unsichtbar für die anderen.

Durch die heimlich belauschten Gespräche kam sie auf die Idee, einen kleinen Club zu eröffnen, in dem sich Geschäftsleute in einer stilvolleren Atmosphäre und mit mehr Ruhe treffen konnten als in einer Kneipe. Er sollte außerdem diskreter sein als der American Club oder andere Orte, wo jeder alles mitbekam. Wir mieteten Zimmer in einem vornehmeren Haus – davon gab es viele. Sie hatten Unternehmern gehört, deren Pläne gescheitert und die pleitegegangen waren. Wir statteten die Räume mit Sofas, kleinen runden Tischchen mit Tischdecken, Palmen, glänzendem Messing und Marmorböden aus. Danners beste Bilder schmückten die Wände. Die anderen kaufte ein Händler auf, ein früherer Freund von Danner. Er war ein ehrlicher Mann, der uns half, sie nach und nach herzugeben, zu einem guten Preis. Wir nannten unseren Club »Die goldene Taube«. Zusätzlich zu guten Spirituosen boten wir Tee an. Statt der Lieblingslieder zum Mitsingen am Klavier engagierten wir einen Geiger und einen Cellisten, die Debussy spielten. Wir richteten kleine private Zimmer ein, in denen die Männer Geschäfte abschließen konnten. Als Betreiberin eines vornehmen Clubs trug ich einfache, modische Kleidung. Wie in den Pubs begrüßte ich unsere Gäste namentlich. Goldtaube stellte die Kellner ein und lernte sie gut an. Sie überwachte, wie viel Schnaps in ein Glas geschenkt wurde, zu dem üblichen Maß noch ein kleiner Spritzer obendrauf. Und sie merkte sich die Vorlieben jedes Mannes und was er bestellt hatte, damit sie ihm beim nächsten Besuch denselben Tisch anbieten und fragen konnte, ob er dasselbe wolle wie beim letzten Mal.

Goldtaubes Bereich waren die abgeschiedenen Zimmer. Sie räumte leere Gläser weg und kehrte mit sauberen zurück, die dann gefüllt wurden. Bei den wohlhabenden Kunden, die hier verkehrten, waren auch die Geheimnisse lukrativer. Wir bekamen mit, welche neuen Unternehmer sofort Erfolg hatten und welche schnell untergegangen waren, und wir kannten auch den Grund dafür. Wir erfuhren, dass bestimmte Banken schon vorab Informationen darüber hatten, wie sie den Löwenanteil der Profite kontrollieren konnten. Wir wussten, wie sie das machten. Wir hörten auch von illegalen Verschwörungen. An einer waren Männer aus vier unterschiedlichen Firmen beteiligt, die einem gutgläubigen Investor gegenüber ihre Absatzzahlen aufgeblasen hatten. Wir wussten, woran man krumme Geschäfte erkannte.

»Wir haben mehr Ahnung, wie man zu Geld kommt, als die meisten anderen«, sagte Goldtaube. »Wir müssen uns nur entscheiden, wo wir einsteigen wollen, dann können wir unser Wissen anwenden.« Es dauerte nicht lange, bis wir gefunden hatten, was uns zusagte.

In Shanghai wurden vielleicht dieselben Waren von Chinesen und westlichen Ausländern gekauft, aber nicht in denselben Läden. Ein etablierter Barbierladen für Männer aus dem Westen hatte ein Gegenstück für wohlhabende Chinesen. Ein Schönheitssalon für westliche Frauen hatte sein Pendant in einem Schönheitssalon für wohlhabende Chinesinnen. Mit anderen Worten: Alles, was bei westlichen Ausländern beliebt und modisch war, fand unter den reichen Chinesen bereitwillige Abnehmer. Als wir den »Goldclub« für

Chinesen eröffneten, stellten wir fest, dass Goldtaube ihren Vorteil nicht mehr nutzen konnte: Die chinesischen Gäste wussten, dass sie Chinesisch sprach, und sie vermieden es, vor ihr über ihre Geheimnisse zu sprechen. Und mein Chinesisch war nicht gut genug, um ihre Absprachen zu verstehen – bis ich die Kunst des *momo* erlernte – schweigend zuzuhören und aus der Erinnerung weiterzugeben. Goldtaube begrüßte die Gäste, und ich musste ihnen zuhören. Anschließend musste ich ihr sagen, woran ich mich erinnerte. Am ersten Tag wiederholte ich meist häufig gebrauchte Sätze wie: »Seit wann sind Sie wieder da?«, »Wann fahren Sie?« oder »So ein Unsinn.« Innerhalb eines Jahres verstand ich fast jedes Gespräch, das sich um Geschäftliches drehte, und ich besaß ein Spezialvokabular für Tiere, Blumen und Spielsachen, das ich von Violet aufgeschnappt hatte. Im Alter von vier Jahren sprach sie Englisch und Chinesisch – Chinesisch lernte sie von ihrer Amah –, als wäre es eine einzige Sprache.

Wollte ein chinesischer Gast Außenhandel mit einer amerikanischen Firma betreiben, erwähnte Goldtaube ihm gegenüber eine mögliche »neue Freundschaftsbeziehung«. Ich tat das Gleiche für unsere westlichen Kunden. Die Zwillingsclubs lieferten die Puzzleteile, die dazu benötigt wurden. Bei kleinen Erfolgen bekamen wir ein nettes Geschenk. Bei größeren erhielten wir recht hübsche Belohnungen. Am Ende verlangten wir Gebühren und nahmen einen Anteil an den Profiten. Goldtaube war weiterhin unruhig, und sie übertrug ihre Unruhe auf mich. Sie meinte: Je reicher der Kunde, umso spannender das Geschäft, und umso mehr Geld würden wir verdienen. »Wenn wir noch reichere Männer anlocken wollen«, sagte sie, »sollten wir ein Kurtisanenhaus erster Klasse eröffnen. Ich kenne eines, das einen sehr guten Ruf hat und das die Mutter des Hauses verkaufen will.«

Zwei Jahre später eröffneten wir ein Etablissement, das die beiden Seiten unseres Geschäfts kombinierte: einen Club für die Gäste aus dem Westen, ein Kurtisanenhaus für Chinesen. Wir nannten es auf Chinesisch »Das Haus von Lulu Mimi« und auf Englisch »Der verborgene Jadepfad«. Der Pfad war die Stelle in der Mitte, wo sich beide Seiten trafen.

»In zehn Jahren«, neckte ich Goldtaube, »hast du zehn Länder gekauft und in zwanzig Jahren vierzig. Du bist unersättlich. Es ist die Krankheit des Erfolgs.« Das hörte sie gern. »Jetzt habe ich genug«, sagte sie. »Ich musste zurück in meine Vergangenheit und sie verändern. Vor zehn Jahren musste ich mit einem eingeschlagenen Gesicht ein Kurtisanenhaus verlassen. Jetzt gehört mir eines der feinsten in Shanghai. Um wirklich erfolgreich zu werden, muss ich eine Dame der Muße werden, niemals in Eile, immer ruhig, vielleicht sogar ein bisschen faul.«

Ich jedoch konnte nicht geruhsam leben. Ich musste ihren Teil der Arbeit übernehmen. Als sie nach einer Woche sah, dass meine Augen wegen des Schlafmangels tief in den Höhlen lagen, wollte sie weniger faul sein. Ich glaube, ich sollte anerkennen, wie schwer sie gearbeitet hatte, und ich machte von da an öfter Bemerkungen darüber.

In den Stunden vor den Abendgesellschaften spielte ich mit Violet, las ihr vor, badete sie, während ich ihr Lieder auf Englisch und Chinesisch vorsang, und sagte ihr, wie lieb ich sie hätte. Ich brachte sie ins Bett und wartete, bis sie einschlief. Das waren unsere Rituale, Bekenntnisse meiner Liebe zu ihr. Sie konnte sich auf mich verlassen. Ihre Amah kümmerte sich morgens um sie, wenn ich noch schlief. Gelegentlich nahm ich mir einen Liebhaber, dabei achtete ich sorgfältig darauf, dass es einer war, der mir unterlegen war, was Geld, Macht oder Intellekt betraf. Ich ließ sie vorsprechen, wie meine jungen Männer damals, als ich sechzehn war. Diejenigen mit einer gewissen Erfahrung behielt ich, und ich entledigte mich derer, die geistlos waren. Ich benutzte diese Männer egoistisch, gierig, ohne Rücksicht auf ihre Gefühle. Ich gestattete mir die aufregenden Momente der Lust, die Befriedigung der Begierden, aber nicht die berauschende Verliebtheit und auch kein Vorspiel, das man für Liebe halten konnte. Meine Liebe gehörte allein Violet. Mit vier Jahren war sie ein eigensinniges Kind. Ich war froh darüber. So würde sie nicht in ihren Gedanken gefangen sein.

Um diese Zeit bemerkte ich, dass auch das Herz wie ein eigensinniges Kind sein kann. Wenn mein Herz schneller schlug, wusste ich, dass der Moment gekommen war, die verhassten Bilder zu betrachten, die Lu Shing mir dagelassen hatte. Ich starrte das Porträt an, das er von mir gemalt hatte, als erste Zweifel in mir aufgestiegen waren, ich aber noch Vertrauen gehabt hatte. Oder war es nur törichte Hoffnung gewesen? Ich sah genauer hin und trat in diese großen, dunklen Pupillen ein, das Tor zu einem unbekümmerten Mädchen, das den Maler liebte. In diesen glänzend schwarzen Pupillen hatte er einen Spiegel seiner Lüste gesehen, meine Bereitschaft, sie zu befriedigen, zu sein, für wen er mich hielt. Dann betrachtete ich das zweite Bild, *Das Tal der Verwunderung*, immer mit einem unguten Gefühl, weil ich einst an die Illusion eines reinen Ichs geglaubt hatte, für das ich meine ursprünglichen Eigenschaften bewahren musste. Ich hatte nicht gewusst, worin sie bestanden, aber ich war entschlossen gewesen, dass sie nicht verändert oder beeinflusst werden durften. Ich ließ dann aber zu, dass Lu Shing sie änderte. Wie leicht ich mich weggeworfen hatte. Ich hatte mich von meiner Verliebtheit leiten lassen, sie bestimmte die Richtung – sie führte mich in ein goldenes Tal, das es nicht gab, in eine Stadt auf der anderen Seite des Meeres. Ich begab mich an diesen imaginären Ort, und dabei wären fast mein Geist, mein Herz und meine Seele zugrunde gegangen. Ich kehrte mit der Gewissheit zurück, dass ich klüger sein würde als die Liebe. Ich war immer noch entschlossen, Teddy zu finden. Er gehörte rechtmäßig mir, aber jedes Mal wenn ich an ihn dachte, verspürte ich nur eine mörderische Wut. Ich empfand nicht den Schmerz, einmal ein Baby im Arm gehabt zu haben, das mich erkannt und angelächelt hatte. Ich versuchte mich zu erinnern, wie Teddy aussah. Stattdessen sah ich Lu Shings Gesicht, wie er seinen Sohn anschaute, und diese Erinnerung verdrängte ich aus meinem Kopf.

Das einzige Wesen, dem ich mich voll und ganz schenken wollte, war Violet. Ich war ihre Konstante, ich bestimmte, wann Tag und Nacht anbrachen, ich war für die Wolken verantwortlich, indem ich auf den Himmel zeigte, ich wärmte den Tag, indem ich ihr einen Pullover anzog, ich machte es kalt, indem ich ihr einen Mantel wegnahm, ich taute ihre eisigen Finger mit meinem Zauberatem auf, und ich ließ Veilchen süß duften, indem ich ihr damit unter der Nase herumwedelte, ich klatschte mit ihren Händen, während ich ihr erklärte, wie lieb ich sie hatte, zu jeder Stunde, an jedem Ort, damit sie das Gleiche empfand wie ich: Sie war der Grund, weshalb ich lebte.

Einer unserer ersten Gäste im Verborgenen Jadepfad war ein Charmeur namens Fairweather. Allein der Name verriet mir, dass ich ihm aus dem Weg gehen sollte. Es sei ein freundlicher Spitzname, den ihm seine vielen Freunde gegeben hätten, sagte er. Sie luden ihn zu Abendessen und Feiern ein und wussten, er hätte ihre Großzügigkeit erwidert, würde es nicht so schlecht um seine Finanzen stehen. Aber eines Tages würde er sich revanchieren, und zwar doppelt, dann, wenn sein Schiff in Shanghai einlief. Er gestand mir, dass er ein ungestümer junger Mann gewesen war, der von seiner wohlhabenden Familie enterbt wurde. Er hoffte darauf, entweder ein Vermögen zu machen oder die Gunst seines Vaters zurückzuerlangen. Beides zusammen wäre natürlich ideal.

Zuerst erinnerte mich Fairweather an meinen ersten jungen Mann – den blauäugigen, dunkelhaarigen griechischen Gott. Aber er war sehr viel liebenswürdiger, auch viel liebenswürdiger als die Männer in meiner jüngeren Vergangenheit. Gleich zu Beginn verkündete er, dass er mich im Dunkel der Nacht zum Stöhnen und im Licht des Tages zum Lachen bringen wolle. Und schon lachte ich – über seine Prahlereien.

»Sie gehen mir aus dem Weg, Miss Minturn«, sagte er humorvoll, aber auch ein wenig unterwürfig. »Aber ich werde warten, so wie Rousseau auf Madame Dupin.« Er stellte häufig öde historische Bezüge her, manchmal machte er auch undurchsichtige Anspielungen oder gab langatmige Zitate zum Besten, wohl um zu beweisen, dass er aus einer gebildeten Familie stammte. Ich genoss seinen Esprit, er war mein Opium. Innerhalb einer Woche, nachdem ich ihn kennengelernt hatte, ließ ich ihn in mein Bett, und zu meinem Pech erwies er sich als Liebhaber, dessen Kenntnisse über Frauen die aller anderen übertrafen. Er zeigte eine grenzenlose Bereitschaft, den Klagen einer Frau und dem Kummer ihres einsamen Herzens zu lauschen, und das erwiderte er mit unendlich viel Mitleid und Trost unter der Bettdecke.

So hörte er sich all meine unvorhergesehenen Verluste an, die Vertrauensbrüche, die meinen Geist abgetötet hatten, meine Schuldgefühle, weil ich anderen geschadet hatte, die Momente der selbst auferlegten Einsamkeit. Er hörte von meiner Schwäche für Intimität, für den Kaiser aus einem Märchen. Er tröstete mich wegen des Verlusts von Danner und Teddy und meines Vertrauens in alle Menschen. Ich erzählte ihm immer mehr, denn ich bekam dafür im Austausch die Worte, die ich hören wollte: *Man hat dir Unrecht getan. Du verdienst es, geliebt zu werden.* Für diese falschen Worte ging ich verschwenderisch mit meinen Geheimnissen um, und er stahl mir später das, was für mich am kostbarsten war.

San Francisco, März 1912
Lulu Minturn

Bevor Shanghai aus dem Blickfeld verschwand, hatte ich das Schiff bereits vom Bug bis zum Heck, von Backbord bis Steuerbord durchsucht. Ich stürmte zehnmal durch die Tür zu unserer Kabine und erwartete, dass Violet wie durch einen Zaubertrick plötzlich dort auftauchte. Ich rief ihren Namen, wo auch immer ich hinging, meine Stimme überschlug sich im Wind, und ich durfte nicht daran denken, dass sie unter Umständen noch in Shanghai sein könnte. Ich hatte ihr versprochen, auf keinen Fall ohne sie zu fahren. Ich sah noch ihr Gesicht vor mir, die sorgenvolle Miene, während ich herumlief und die Koffer packte und überlegte, was wir in unserem neuen Heim brauchen würden. Ich hatte so getan, als wäre ich fröhlich, zum Teil, um ihr die Angst und die Zweifel zu nehmen. Aber sie ließ sich nicht beruhigen, und als Fairweather sie wegbrachte, waren ihre Ängste nicht kleiner geworden.

Und jetzt wollte ich mir einreden, dass sie und Fairweather einfach das Boot verpasst hatten. Sie hatten die Geburtsurkunde und das Visum nicht bekommen. Oder sie hatten es nicht rechtzeitig zum Hafen geschafft. Doch dann fiel mir ein, dass mir ein Kuli einen Brief von Fairweather überbracht hatte, in dem stand, dass sie bereits an Bord seien und ich sie am Heck treffen sollte. Mir wurde klar, dass er mir die Zeilen nur geschickt hatte, um sicherzugehen, dass ich nicht von Bord ging. Was konnte das nur bedeuten? Ich ging seine List in Einzelheiten durch. Er hatte behauptet, wir müssten Violets Geburtsurkunde mitnehmen. Und sie lag nicht bei mir in der Schublade. Vielleicht hatte er sie gestohlen, als er das letzte Mal bei mir im Bett war. Er hatte genügend Möglichkeiten gehabt, um mir dabei zuzusehen, wie ich die Schublade öffnete. Sobald ich weg war, musste er Violet zurück in den Verborgenen Jadepfad gebracht haben. Was hätte er sonst mit ihr machen sollen? Was für ein Mistkerl. Ich stellte mir Violets wütendes Gesicht vor und wie Goldtaube sie beruhigte. Goldtaube würde erklären, wie ich hereingelegt worden war. Sie würde ihr sagen, dass es einen Monat dauerte, um San Francisco zu erreichen, und einen Monat, um wieder zurückzufahren. Bei meiner Rückkehr würde sie immer noch wütend sein, denn ich hatte ihre Ängste ignoriert und sie in die Hände eines Mannes gegeben, den sie noch nie hatte leiden können, den sie sogar verachtet hatte. Es würde ihr vollkommen egal sein, ob ich sie verlassen hatte, weil ich hereingelegt oder weil ich verrückt geworden war. Ich hatte sie im Stich gelassen.

Je öfter ich mir ihr Gesicht vorstellte, umso größer wurde meine Angst. Da lief etwas entsetzlich schief. Er konnte Violet nicht in den Verborgenen Jadepfad zurückgebracht haben. Goldtaube hätte nicht erfahren dürfen, was er getan hatte. Sie hätte die Behörden kontaktiert und ihn ins Gefängnis werfen lassen. Aber warum sollte er Violet behalten? Er hielt sie für eine freche Göre. Und dann dämmerte es mir: Es konnte sein, dass er sie verkauft hatte. Wie viel würde man für eine hübsche Vierzehnjährige in einem Kurtisanenhaus bekommen? Sobald mir das eingefallen war, wurde ich diese entsetzliche Vorstellung nicht mehr los. Ich wandte mich an einen Mann in einer weißen Uniform. »Ich muss sofort mit dem Kapitän des Schiffs sprechen«, sagte ich. Er klärte mich auf, dass er ein Kellner sei. Ich rannte in den Speisesaal und fragte den Maître, wo ich den Kapitän finden könne. »Ich muss dringend eine Nachricht schicken. Meine Tochter ist nicht auf dem Schiff.«

Mit jeder Minute stieg meine Panik, und ich sprach jeden an, der ein weißes Jackett trug. Der Chefsteward kam und meinte: »Leider ist diese Situation nicht ungewöhnlich. Jemand geht an Bord, der andere ist nicht rechtzeitig da. Aber am Ende findet sich alles.«

»Sie begreifen das nicht«, sagte ich, »sie ist doch noch ein Kind und in den Händen eines Ganoven. Ich hatte versprochen, auf sie zu warten. Sie hat mir vertraut. Bitte, ich muss eine Nachricht schicken.« Er erklärte mir, dass man nur zu Zwecken der Navigation und in Notfällen Nachrichten schicken dürfe.

»Zum Teufel mit Ihrer Navigation! Das ist ein Notfall. Wie können Sie nur so dumm sein? Wenn ich keine Nachricht schicken kann, dann kehren Sie um!« Jetzt stand der Schiffsarzt neben mir. Er meinte, ich könne nach Shanghai zurückkehren, sobald wir in San Francisco wären.

»Glauben Sie, ich habe Grütze im Hirn? Es dauert einen Monat, um nach San Francisco zu kommen, und noch einen Monat, um nach Shanghai zurückzufahren. Was kann meiner Tochter in diesen zwei Monaten nicht alles passieren! Ich muss auf der Stelle zurück. Gibt es ein Rettungsboot? Sagen Sie es mir! Sofort! Wo sind die Rettungsringe? Ich schwimme zurück, wenn es sein muss.« Der Schiffsarzt versprach, man würde ein Rettungsboot vorbereiten und einen Seemann abstellen, der mir beim Paddeln helfen sollte. In der Zwischenzeit sollte ich mich beruhigen und vor der beschwerlichen Rückreise Tee trinken und etwas essen. »Trinken Sie«, sagte er, »das beruhigt Ihre Nerven.« Das tat es auch, denn ich wachte erst zwei Tage später wieder auf.

Ich war entsetzlich seekrank, als ich wieder zu mir kam, und begriff, dass alles kein Albtraum gewesen war. Immer wieder ging ich das Geschehene in allen Einzelheiten durch, als würde ich Garn stricken, ganz fest, und es dann auftrennen, um ein weiteres Mal von vorne anzufangen. Ich sah Violet im Verborgenen Jadepfad, in meinem Büro, wie sie vor Goldtaube weinte und mich verfluchte. Ich sah sie in einem Kurtisanenhaus, kurz davor, geschändet zu werden. Ich sah ihr Gesicht, als Fairweather sie wegbrachte, voller Furcht. Was hatte ich ihr angetan? Welchen Schaden hatte ich angerichtet?

Als wir in San Francisco ankamen, erwartete mich am Hafen ein Mann. Er überreichte mir einen Brief, danach entfernte er sich sogleich wieder. Ich öffnete das Schreiben und las es. Ich spürte, wie meine Beine nachgaben, danach brach ich zusammen. Der Brief war vom amerikanischen Konsulat in Shanghai. Man überbrachte mir die Nachricht, dass Violet Minturn Danner ums Leben gekommen sei, als sie über die Nanking Road gerannt war. Zeugen hätten berichtet, sie habe sich von zwei Männern losgerissen und gerufen, dass sie entführt worden sei. Leider rannten die Männer davon, bevor man sie ergreifen konnte.

Das konnte nicht stimmen. Es war wieder ein Trick. Wo war der Bote, der mir die Nachricht gebracht hatte? Mit erstickter Stimme bat ich jeden in meiner Nähe, mich zur Polizei zu bringen. Zwanzig Minuten vergingen, bis ich eine freie Kutsche fand. Auf der Polizeiwache dauerte es weitere dreißig Minuten, bis jemand mit mir sprechen wollte. Eine Stunde lang versuchte man mich zu beruhigen, ohne etwas zu unternehmen. Eine Frau erklärte mir schließlich den Weg zu einem Postamt, von wo aus ich Goldtaube ein Telegramm schicken konnte. Weil es in Shanghai mitten in der Nacht war, musste ich auf ihre Antwort warten. Deshalb blieb ich draußen vor dem Postamt sitzen, bis das Antworttelegramm endlich da war:

Meine liebste Lulu,
tieftraurig, aber leider wahr. Violet bei Unfall gestorben. Fairweather verschwunden. Beerdigung vor drei Wochen. Brief kommt.
Grüße
Goldtaube

Hätte ich Violet nur verloren, ich hätte ein Leben lang getrauert. Aber ich hatte vor ihrem Tod auch ihren Glauben daran, dass ich sie jemals geliebt hatte, zerstört. Ich kannte dieses schreckliche Gefühl, weil ich genauso empfunden hatte, als mich die Liebe verließ. So verletzt hätte sie nicht aus dem Leben scheiden dürfen. Ich hatte das Gefühl, als würde man mir die Haut abziehen, wenn ich mir vorstellte, wie sie in ihren letzten Stunden gelitten haben musste. Es war egal, wie es passiert war – ob durch einen Zufall, aus Achtlosigkeit oder weil es eine absichtliche Täuschung war –, sie musste geglaubt haben, dass ich sie im Stich gelassen hatte. Ich sah ständig die Angst in ihren Augen. Es war entsetzlich, diese furchtbare Erkenntnis, dass ich sie gegen ein Stück Papier eingetauscht hatte – eine falsche Geburtsurkunde, mit der ich ein Kind zu finden hoffte, das ich als Baby weniger als zwei Tage in den Armen gehalten hatte.

Violet war immer ein aufmerksames Mädchen gewesen, manchmal sogar zu sehr, nicht anders als ich früher. Sie wusste, was falsch, was so offensichtlich war. Wie eine Hellseherin erkannte sie, was Egoismus anrichten und zerstören konnte. Sie hatte meinen egoistischen Stolz erfasst, meine egoistische Liebe, meine egoistische Trauer. Ich bekam, was immer ich wollte. Ich hatte aber nicht mehr gesehen, was ich wirklich wollte. Dabei befand es sich direkt vor mir. Meine Tochter.

Sie dachte, ich liebte einen Sohn mehr als sie, und zwar so sehr, dass ich sie gegen ihn eingetauscht hätte. Er war das Baby, das ich kurz in den Armen gehalten hatte. Sie die Tochter, die vierzehn Jahre an meinen Röcken gezogen hatte. Ich hatte fälschlicherweise geglaubt, sie würde immer da sein und ich könnte ihr jederzeit alles geben, was sie brauchte. Ich kannte sie so gut, liebte sie so sehr und hatte ihr das so wenig gezeigt, während sie älter wurde und unabhängiger. Damit hatte ich es gerechtfertigt, meine Zeit dem Geschäft zu widmen. Ich hatte vergessen, dass auch ich in ihrem Alter keineswegs unabhängig war. Ich war einsam, und ich litt jeden Tag unter dem Gedanken, dass ich nicht so wichtig war wie ein toter Käfer und ein Paar Mandschu-Schuhe aus einem abgebrannten Palast.

Stünde sie hier vor mir, ich würde ihr sagen, dass ich das Baby nicht mehr liebte. Ich war besessen gewesen von einer Verblendung, die begann, als ich sechzehn war, und die ich nicht loslassen konnte. Die Wut trieb mich dazu, meine törichten Träume als Wirklichkeit einzufordern. Und das Baby war Teil dieser Verblendung. Aber endlich konnte ich auch dieses Baby loslassen.

Ich ging nach Hause. Das Haus war nicht verkauft worden und wurde nicht von Fremden bewohnt, wie ich mir vorgestellt hatte. Es hatte das Erdbeben wirklich überstanden, Miss Huffard hatte das in einem ihrer Briefe geschrieben. Meine Mutter und mein Vater lebten noch dort, und sie waren nicht zerbrochen, wie ich geglaubt hatte. Meine Mutter nahm zärtlich meine Hand und weinte. Mein Vater kam zu mir und küsste mich auf die Wange. Mr und Mrs Minturn waren gestorben, erzählte meine Mutter, und zwar voller Respekt, wie ich fand. Wir erwähnten nicht, was vorgefallen war.

Monatelang lief unser Alltag routiniert ab, wir aßen zusammen, lebten aber getrennt. Wir waren nicht gespielt fröhlich. Wir waren höflich und überlegt, und durch kleine Gesten gestanden wir den Schaden ein, den wir einander zugefügt hatten. Manchmal ertappte ich meine Mutter dabei, wie sie mich traurig ansah. Sie arbeitete noch im Garten, aber sie zog sich nie in ihr Arbeitszimmer zurück, um ihre Insekten zu betrachten. Die Bernsteine waren weggeräumt worden. Auch die Sammlungen meines Vaters waren aus seinem Büro verschwunden. Ich schloss die Erinnerungen an den Verborgenen Jadepfad weg. Er war für mich so wichtig wie ein Haufen Sand.

Unsere Nächte waren ruhig. Es gab keine Einladungen mehr, bei denen Vater den Vorsitz führte. Mr Maubert kam immer noch dreimal die Woche zum Essen. Er hatte einen krummen Rücken und war kleiner als ich. Ich spielte ihm auf dem Klavier vor, und er sagte, so glücklich sei er viele Jahre nicht mehr gewesen. Wie wenig er doch brauchte.

Sechs Monate nach meiner Rückkehr sagte ich zu meinen Eltern: »Ich war mit einem freundlichen Mann namens Danner verheiratet, und ich hatte eine Tochter. Ich habe beide verloren.« Ich weinte. Sie kamen zu mir, legten ihre Arme um mich und weinten mit mir. Wir weinten wegen all des Kummers, den wir uns gegenseitig bereitet hatten und unter dem wir immer leiden würden.

März 1914

Zwei Jahre lang schickte mir Lu Shing Briefe mit Poststempeln sowohl aus San Francisco als auch aus Shanghai. In allen seinen Briefen schrieb er, dass er in dem Hotel, in dem wir uns treffen wollten, auf mich gewartet hätte. Jedes Mal wiederholte er, er wäre bereit gewesen, mich zu meinem Sohn zu bringen. Seine Frau wäre damit einverstanden, und er würde mich immer noch zu ihm führen, allerdings sei sein Sohn emotional an die Familie Lu gebunden. Sein Sohn sei der Erbe, und er wisse nicht, dass er zur Hälfte weiß sei. »Wir sollten ihm den Schock ersparen, von seiner schwierigen Herkunft zu erfahren«, schrieb Lu Shing. Mich packte immer die Wut, wenn ich diesen Teil seiner Briefe las. Glaubte er denn, ich würde absichtlich meinem Kind wehtun?

In seinem zwanzigsten Brief, der vor zwei Wochen kam, wiederholte er vieles von dem, was er mir in Shanghai gesagt hatte. Aber diesmal gestand er mir noch etwas anderes:

Ich habe einmal gesagt, dass das Schicksal unsere Namen miteinander verbunden hat: Lucia, Lu Shing. Unsere Namen wären das Zeichen, dass wir einander erkannten, und ein Bild gab uns das Gefühl, dass wir zusammengehörten. Ich glaube immer noch, dass du ein Teil von mir bist. Aber ich habe dich so oft im Stich gelassen – und das hat mir gezeigt, wer ich wirklich bin. Du hast mir meine Zweifel nicht genommen. Du hast mich gezwungen zu sehen, wie ich zaudere. Ich wollte Tiefgründigkeit, doch du hast nicht gemerkt, dass ich nicht mehr geben konnte. Du lebst in tiefen Gewässern. Ich treibe in den seichten Stellen. Ich fürchte, dass dies für meine Kunst genau wie für meinen Charakter gilt. An dem jetzigen Punkt meines Lebens kann ich endlich akzeptieren, dass ich weniger bin, als ich gehofft hatte, viel weniger, als du glaubtest. Ich bin mittelmäßig, Lucia. Ich habe bei dir nicht gegeizt. Ich wurde mit einem verarmten Herzen geboren. Ich bedaure es sehr, dass du durch meine Defizite so verletzt wurdest.

Ich schrieb zurück:

Das Baby, das ich verlor, war zwei Tage alt, und es hieß Teddy. Ich kannte meinen Sohn nicht über die wenigen Stunden hinaus, die ich ihn im Arm hielt. Nachdem ich so viele Jahre vergeblich nach ihm gesucht habe, begreife ich endlich, dass das Kind, das ich so verzweifelt finden wollte, nicht existiert. Lu Shen ist nicht dieses Baby. Er ist dein Sohn, er gehört voll und ganz dir, so wie Violet voll und ganz mir gehört. Sie ist das einzige Kind, das ich verloren habe. Sie ist das einzige Kind, um das ich trauere und das ich jahrelang vergeblich suchen werde, obwohl meine Tochter tot ist.

15

Die Stadt am Ende des Meeres

Zwischen der Hand Buddhas und Shanghai, Juni 1926
Violet

Charm hatte angekündigt, wären wir oben an der Hand Buddhas angelangt, würden wir die Stadt darunter sehen. Wir sahen sie aber nicht. Ich blickte Zauberkürbis und Pomelo an. Sie bissen sich auf die Lippen. Wir liefen den gewundenen Pfad nach unten, gingen weiter durch ein kleines Tal und hielten stur an der Hoffnung fest. Wir erkannten weiterhin nichts, bis wir am Ende einer grünen Wiese auf dem Kamm des Berges standen. Über uns sah ich durch meine Tränen hindurch die Sterne, zehntausend funkelnde Punkte am schwarzen Himmel, dann schaute ich nach unten und sah durch dieselben Tränen nochmals zehntausend funkelnde Punkte. Ich schob meine Zweifel beiseite und sagte, das sei kein Teich voller Sterne, keine Wolke von Glühwürmchen und es seien auch keine Blätter, die im silbernen Mondlicht aufblitzen würden. Ich wischte die Tränen weg und sah, was ich glauben wollte. Eine Stadt und zehntausend Lichter, die aus Häusern leuchteten.

Wir riefen einander zu: »Ich habe es gewusst, dass sie da ist! Ich habe es gespürt! Ich habe es vor meinem inneren Auge gesehen und wahrgemacht.«

Die Sterne und der Mond beleuchteten den sich schlängelnden Pfad. In unserer Aufregung merkten Zauberkürbis und ich zuerst gar nicht, dass Pomelo auf ihren geschwollenen Füßen hinterherstolperte. Doch als wir es bemerkten, drehten wir beide um und legten ihr jeweils einen Arm um die Schultern. Unser Hochgefühl ließ uns hinunterschweben, völlig schwerelos. Als wir uns der Stadt näherten, atmete ich tief ein und erfüllte meine Lungen mit der frischen Luft. Ich war mir sicher, was auch immer wir dort vorfanden, nichts von dem hatten wir uns am Tag zuvor noch vorstellen können. Früher hatte ich das Schlimmste erwartet, und nun erwartete ich das Beste: eine saubere Unterkunft, ein warmes Bad, heißen Tee und eine süße Birne. Ich stellte mir einen Fluss vor, den Rückweg nach Shanghai. Keine dieser Erwartungen war übertrieben.

Pomelo bestand darauf, dass wir ihre Freundin Charm suchten, die im Jahr zuvor entkommen war. Sie sollte erfahren, dass sie uns gerettet hatte.

Wir riefen zwei Rikschas, die uns in das Haus von Charm bringen sollten. Zauberkürbis und ich setzten uns in die eine, Pomelo hatte die zweite ganz für sich. Sie stöhnte und legte die Füße hoch, dann seufzte sie tief. Innerhalb von zehn Minuten waren wir vor dem Haus von Charm angelangt. Es war nicht extravagant, sondern besaß eine klassische Eleganz, die gut zu einer bescheidenen Stadt passte. Als der Diener uns ankündigte, musste Charm in zwei Sekunden aus dem Bett gesprungen sein. Sie eilte im Nachthemd auf uns zu, packte Pomelo, schaute ihr ins Gesicht und schüttelte sie.

»Du bist kein Geist«, rief sie. »Ich hatte recht, was? Dieser Mistkerl hat uns angelogen. Es gab einen Weg.«

»Perpetual ist tot«, sagte Pomelo.

Charm wich einen Schritt zurück. »*Wah?* Bist du sicher?«

»Ganz sicher. Wir haben seine Leiche und sein Gesicht gesehen. Aber mir tun die Füße zu weh, um dir noch mehr zu erzählen.«

Charm rief das Hausmädchen, es wurde beauftragt, Pomelo in Charms eigenes Zimmer zu bringen und die Bandagen aufzuwickeln. Sie ließ warmes Wasser und Kräuter kommen, damit man ihr die Füße reinigte, damit auch die Schwellung gelindert wurde. Wir wurden in unsere Zimmer gebracht, wunderschöne Boudoirs. Ein weiteres Mädchen füllte die Badewanne mit Wasser, das heiß genug war, um die rauen Hautschichten abzulösen und mich wieder weich zu machen. Sobald ich aus der Wanne gestiegen war, wickelte mich wieder ein anderes Mädchen in Handtücher ein. Ich zog eine weite Jacke und eine nicht minder weite Hose an. Ein viertes Mädchen stellte Tee und kleine Gerichte auf den Tisch. Ich aß gierig, wie eine arme Bäuerin, zu der ich geworden war. Und sobald ich den Tee ausgetrunken hatte, legte ich mich hin und wachte erst am späten Vormittag auf.

Wir saßen am Frühstückstisch. Pomelo meinte, wir wären so unbeschwert, sie würde uns kaum wiedererkennen. Aber immer wenn ich im Gespräch Perpetual verfluchte, zuckte ich zusammen, weil ich damit rechnete, geohrfeigt oder zu Boden geschlagen zu werden. Die Angst war zu einer Gewohnheit geworden, und ich wusste, es würde noch eine Weile dauern, bis ich sie wieder los war.

Wir verbrachten den Großteil des Tages damit, unsere schmerzenden Glieder auszuruhen. Während je zwei Mädchen uns die Beine massierten, erzählten wir Charm abwechselnd davon, wie wir uns gegenseitig geholfen hatten. Wir hatten unsere Ängste geteilt, und wir hatten alle drei überlebt, sodass wir uns nun erinnern konnten. Das machte uns für den Rest unseres Lebens zu Schwestern. Wir überließen es Pomelo, mit ihren Worten zu schildern, wie Perpetual gestorben war. Es musste ihr lebhaft vor Augen gestanden haben. Ihre Miene wurde steinern, als sie beschrieb, wie sie mit Füßen, die sich anfühlten, als würde sie über glühende Kohlen laufen, über die Steine kletterte. Sie war fast blind vor Schmerz. Die Sonne brannte erbarmungslos. In dem dunklen Wald lauerten Tiger, und sie fuhr bei jedem Geräusch zusammen.

Dann streckte sie die Arme nach Zauberkürbis und mir aus. »Die beiden waren gütiger, als eine Schwester es hätte sein können. Sie hätten sich selbst retten können, statt ihr Leben zu riskieren, um mir zu helfen.« Wir waren bescheiden und sagten ihr, es langweile uns, Geschichten über uns zu hören. Schließlich kam sie zu dem Moment, an dem Perpetual auf dem Weg direkt unter ihr auftauchte. Sie zitterte und hielt sich an mir fest, dann senkte sie den Blick. Wir merkten, dass sie wieder dort war, auf dem steinigen Weg. Ihre Augen traten hervor, das Gesicht verzerrte sich, sie schnappte nach Luft, keuchte, und eine Weile brachte sie kein Wort heraus. Plötzlich schob sie beide Hände vor und setzte die imaginären Steine in Bewegung. Die hüpften und flogen, ein Dutzend, sagte sie, aber nur einer war nötig.

»Ich habe mir oft gewünscht, ich wäre tot«, stöhnte sie. »Ich habe daran gedacht, ihn umzubringen. Aber wenn ich gewusst hätte… was ich sehen würde, seine Augen, das Wissen, was gleich kommen würde, unvorstellbares Entsetzen, bis er verdreht dalag wie die Wurzeln eines Baumes, das Gesicht nur noch ein roter Stumpf… Ich fragte mich: Hast du das getan? Wie konnte ich das getan haben? Jetzt werde ich ihn immer ohne Gesicht vor mir haben. Verdammt sei er.« Zornig wischte sie eine Träne weg. »Ich hasse ihn, weil er mich dazu gebracht hat, ihn zu töten. Er hat mich zu einem Unmenschen gemacht.«

Später am Tag erzählten wir davon, wie Perpetual uns hereingelegt hatte. Wir alle bestritten, ihn geliebt zu haben. Wir waren verleitet worden, das zu glauben. Wir verglichen die Gedichte, die Versprechungen, die Geschenke und die Geschichten von der Familie. *Wah!* Das hat er auch zu dir gesagt? Wir siebten seine Lügengeschichte durch, um die Teile zu finden, die vielleicht wahr waren. Hatte es etwas Gutes gegeben?

»Die miserablen Gedichte waren von ihm«, sagte Zauberkürbis. »Warum hätte er welche stehlen sollen, die grottenschlecht waren?«

Charm mischte sich ein: »Mit seinem Kopf stimmte etwas nicht. Das muss angefangen haben, als sein Vater in Ungnade fiel.«

»Ich weigere mich, Mitleid für ihn zu empfinden«, sagte Zauberkürbis. »Seine Vergangenheit entschuldigt ihn nicht. Es ist einfach seine Vergangenheit.«

Ich verzieh Perpetual nicht. Aber ich kannte das Gefühl, durch Lügen betrogen worden zu sein, an die man geglaubt hatte. Es war wie ein Riss in der Wand, der immer größer wurde, ohne dass man es merkte, bis plötzlich das ganze Haus über einem einstürzte.

Auf den ersten Blick konnte man meinen, der Ort Bergblick sei nicht schöner als Mondteich mit seiner Lage direkt neben einem Berg. Aber sobald man in die Stadt hineinging, sah man Menschen, die lebhaft miteinander redeten, klares Wasser, saubere Straßen. Mondteich war eine Sinnestäuschung gewesen, schön aus der Entfernung, aber sobald man darin gefangen war, stellte man fest, dass der Teich ein Sumpf war, die Häuser bröckelten und dass die Menschen unterdrückt wurden und misstrauisch und gemein geworden waren.

Pomelo beschloss, in Bergblick zu bleiben. Mit ihrem Anteil des Geldes wollte sie sich in Charms Unternehmen einkaufen. Die Stadt wuchs und damit auch der Wettbewerb zwischen den Kurtisanenhäusern. »Kommt uns besuchen«, sagte Pomelo. Und Zauberkürbis antwortete: »Komm du uns in Shanghai besuchen, wenn du einmal Appetit auf frischen Fisch aus dem Meer hast.«

Zauberkürbis und ich erhielten saubere, einfache Kleider, und Charm erklärte: »Damit die Leute in Shanghai nicht glauben, ihr kämt daher, woher ihr gerade gekommen seid, nämlich aus einem Kurtisanenhaus.« Mit einer Kutsche fuhren wir in den nächsten Ort, der zehn Meilen entfernt war. Er hieß Acht Brücken, nach der Anzahl die Brücken, die über den Fluss führten. Der Fluss war breit und tief genug für Passagierschiffe. Auf dieser Seite des Himmelsbergs, hatte Charm zum Abschied gesagt, gebe es Land- und Wasserwege und auch Züge, nähere man sich Shanghai. Auf der anderen Seite des Himmelsbergs, wo Mondteich liegt, stecke man in den schlimmsten Teilen der Vergangenheit fest.

»Um dieses ganze Elend in Mondteich zu erreichen«, versicherte ihr Zauberkürbis, »mussten wir auch auf dem Weg dorthin leiden.«

Wir kamen zu einem weiteren Hafen, aßen die scharfen Paprika und den Flussfisch, den es dort gab, und übernachteten in einem Gasthaus. Wir mieteten ein Auto und fuhren zu einer anderen Stadt am Fluss, wo wir mit einem Boot unsere Reise fortsetzten. Je geringer die Distanz zu Shanghai wurde, desto größer wurden die Boote, desto besser die Gasthäuser und das Essen. Es gab keine Eselskarren mehr, keinen Schlamm, keine fluchenden Kutscher.

Zwei Wochen nachdem wir Charm und Pomelo in Bergblick verlassen hatten, erreichten wir den Bahnhof in Hangzhou. Wir zogen unsere sauberen Sachen an, inspizierten unsere Gesichter und stöhnten, weil man die Tatsache nicht verbergen konnte, dass ein Jahr bei Perpetual unsere Haut um zehn Jahre älter gemacht hatte.

Auf dem Weg nach Shanghai äußerte Zauberkürbis die Idee, ein eigenes Haus eröffnen zu wollen. Sie plapperte drauflos, vom Stil der Möbel und den besonderen Merkmalen, die bald den Ruf ihres Hauses begründen würden.

Ich hatte meine eigenen Pläne, und die würden mit einem Besuch bei Loyalty Fang beginnen – diesmal nicht, um ihn um einen Gefallen, sondern um Arbeit zu bitten.

Oktober 1926

Ich suchte ihn nicht zu Hause auf, sondern in seinem Büro. Er saß an seinem Schreibtisch und war verblüfft, als er mich sah. »Bist du ein Geist?«, fragte er. Wir hatten uns ein Jahr lang nicht mehr gesehen, und ich betrachtete ihn mit anderen Augen. Er war jetzt wie ich im mittleren Alter, sah aber immer noch gut aus, ja, er wirkte sogar noch attraktiver. Die Falten in seinem Gesicht verliehen ihm Reife und Charakter. Zumindest fand ich das.

Er strahlte. »Du hast mir gefehlt.« Er stand auf und wollte den Schreibtisch umrunden, um mich auf die übliche Weise zu begrüßen – ein Kuss, ein Klaps auf den Po, dann würde er tief meinen Duft einatmen, als wären wir Hunde.

»Nur keine Höflichkeit«, sagte ich und setzte mich. »Wir sind alte Freunde.«

Er nickte. »Ich habe es ganz vergessen. Du bist ja verheiratet. Und, wie ist die Ehe mit diesem Landei? Sind dir die Wolken in den Bergen und die Wasserfälle langweilig geworden?«

»Perpetual ist tot.«

Das Grinsen verschwand aus seinem Gesicht. »Entschuldige.«

Ich wollte Loyalty meine wahren Gefühle nicht zeigen. »Die Ehe war vorbei, bevor er starb. Und jetzt bin ich zurück und will von vorne anfangen.«

Er ließ Tee bringen. Er wurde in den Porzellantassen serviert, die seine Firma herstellte. »Du siehst bezaubernd aus. Das Landleben und die frische Luft tun dir gut, wie ich sehe.«

»Lügner. Ich bin an diesem elenden Ort um zehn Jahre gealtert.« So ein Geplänkel war bei uns häufig vorgekommen. Aber diese Stichelei gerade war eher verletzend als lustig. Ich wusste, dass ich nicht auf die Art attraktiv war, wie er es von mir gewohnt war, und ganz gewiss war ich nicht schick – und zwar mit Absicht. Ich hatte ein langweiliges blaues chinesisches Kleid und einen grauen Pullover angezogen. Meine Haare waren zu einem einfachen Knoten im Nacken gebunden. Ich wollte keine Missverständnisse darüber aufkommen lassen, was ich von ihm wollte. Ich hatte mich nicht angezogen, um ihn zu verführen.

»Ich brauche Arbeit«, sagte ich.

»Da helfe ich dir natürlich. Heute Abend stelle ich eine Liste der Häuser zusammen, die gut im Geschäft sind. Über jedes einzelne Haus werde ich dir mehr erzählen, dann kannst du dir aussuchen, welches dir behagen würde. Ich lege dann ein gutes Wort für dich ein.«

»Im Haus der alternden Kurtisanen? Ich bin achtundzwanzig, kein naives Kind, dem das Herz noch gebrochen wird. Ich will nicht zurück, sondern ich will Geld verdienen. Ich will hier arbeiten, in deiner Firma.«

Er hob die Augenbrauen. »Was ist das denn?« Er lachte kurz.

Ich blieb ruhig. »Du weißt, ich habe einige wertvolle Fähigkeiten über mein Talent hinaus, dir Geschenke aus der Tasche zu ziehen. Ich verstehe etwas von der Geschäftswelt. Ich bin darin großgeworden. Im Kurtisanenhaus habe ich Geschäftsleuten beim Abendessen zugehört. Auch damals, auf deiner ersten Abendgesellschaft, an der ich teilnahm, habe ich meine Meinungen diesbezüglich verkündet. Und wie du weißt, spreche ich Englisch, den Shanghaier Dialekt und Mandarin, und zwar alles fließend.«

Loyalty blickte mich amüsiert an. »Was schlägst du vor? Möchtest du Vizepräsidentin werden?«

»Ich will eine Anstellung, und zwar als Übersetzerin, die für den Außenhandel zuständig ist. Ich übersetze nicht einfach nur Wörter, so wie es die Übersetzer tun, die die Sprachenschule besucht haben. Im Verborgenen Jadepfad hörte ich zur Genüge, dass sie so viele Fehler machen würden. Da kann es passieren, dass man einen Esel statt einer Firma kauft. Ich übersetze nicht wie ein schlechtes Wörterbuch. Ich kann bei Verhandlungen feine Nuancen ausdrücken. Das habe ich von meiner Mutter gelernt. Wenn ich das gut erledige und mich auch für andere Posten qualifiziert habe, kannst du mich befördern. Wenn ich deinen Erwartungen nicht entspreche, kannst du mich herabstufen und mir irgendeine langweilige Tätigkeit geben. Oder mich feuern. Oder ich kann kündigen.«

Er wurde ernst. »Vor Jahren habe ich gesagt, du wärst immer für eine Überraschung gut – und genau das hat mich an dir fasziniert. Jetzt überraschst du mich noch mehr. Die Vorstellung, dass du für meine Firma arbeiten könntest, ist sehr reizvoll. Aber ich kann dich nicht so einfach einstellen, denn du kommst aus einer ganz anderen Branche. Außerdem bist du eine Frau, und keiner meiner Kunden würde deiner Übersetzung trauen.«

»Lass mich in einem fensterlosen Raum Briefe und Dokumente übersetzen, deine Anzeigen und Schilder, die übrigens so viele Fehler enthalten, dass du dich schämen würdest, wenn du es wüsstest. Wärst du ein besserer Englischschüler gewesen, würdest du wissen, wie qualifiziert ich bin.«

»Du möchtest, dass ich dein Chef werde – und du nörgelst schon, noch bevor du die Stelle hast? Na gut, aber du musst dich beweisen. Du kannst dich nicht nur darauf verlassen, dass ich dich mag.«

»Wann habe ich mich jemals darauf verlassen? Ich zeige dir, dass ich die Anstellung mehr als wert bin, und ich zähle darauf, dass ich das in einem Büro und auf Stühlen sitzend zeigen kann und nicht in deinem Bett. Mit diesem Teil meines Lebens habe ich für immer abgeschlossen.«

Zwei Wochen später erklärte mich Loyalty für akkurat und unverzichtbar. Er schlug vor, dass ich neben meiner Arbeit seiner Firma einen echten englischen Namen gab, nicht nur einen chinesischen, der mit lateinischen Buchstaben geschrieben wurde. »Jing Huang Mao – das kann kein Amerikaner aussprechen. Wie sollen sie sich den Namen dann merken?« Ich schlug die englische Übersetzung vor: Golden Phoenix Trading. Ich ließ ein Firmenschild und Visitenkarten anfertigen. Loyalty gab mir eine Vollzeitstelle.

Nun, da ich eine sichere Position hatte, war es an der Zeit, ein Versprechen einzulösen, das ich mir selbst gemacht hatte. Es ging dabei um den Grund, warum ich am Leben geblieben war, darum, weshalb ich es ausgehalten hatte, in Mondteich als Gefangene geschlagen zu werden. Ich wollte Flora finden, ich wollte wissen, ob es ihr gutging. Zudem wollte ich meine Mutter erreichen. Nachdem mir Flora weggenommen worden war, hatte ich ja den Brief, den mir Lu Shing über meine Mutter geschrieben hatte, gelesen. Ich hatte darin von ihrem Kummer erfahren, dass man sie hereingelegt hatte, dass man ihr mitgeteilt hatte, ich sei überfahren worden. Lu Shing hatte seinerseits versprochen, meiner Mutter nicht zu verraten, dass ich noch lebte, gar nichts von mir, außer ich gab ihm die ausdrückliche Erlaubnis dazu. Wenn er Wort gehalten hatte, glaubte sie immer noch, dass ich tot war. Dass sie mich verlassen hatte, das hatte ich immer nur aus der Perspektive eines gekränkten Kindes gesehen. Sie hätte nie weggehen dürfen. Aber meine Trauer über Floras Verlust hatte mich mit der Zeit verändert. Ich betrachtete meine Tochter mit den Augen einer Mutter. Und meine Mutter betrachtete ich jetzt genauso. Wir fürchteten, unsere Töchter würden glauben, sie wären nicht geliebt und absichtlich im Stich gelassen worden. Flora wusste womöglich nichts mehr von mir, außer dass ich ihre Arme losgelassen hatte. Ich wollte, dass Flora sich sicher sein konnte, dass sie immer geliebt worden war. Ich war bereit, meiner Mutter zu sagen, ich würde nun spüren, wie sehr sie mich geliebt hatte. Ich hasste sie nicht mehr wie zuvor.

Trotzdem konnte ich ihr das Geschehene nicht verzeihen. Ja, sie war hereingelegt worden, aber alles hatte mit ihren Begierden angefangen. Und ich hatte die Konsequenzen zu tragen. Was bedeutete Vergebung überhaupt? Dass ich sie von Schuld reinwusch? Dass ich in den Himmel kam? Welche gottgleiche Macht würde mich befähigen, ihr zu vergeben? Ich wünschte, ich könnte genau das und den Schmerz in mir loswerden. Aber ein Teil meines Herzens fehlte – wo sich einst Vergebung und Vertrauen befunden hatten. Es war leer, und es war nichts mehr übrig, was ich verschenken konnte.

»Ich brauche deine Hilfe. Ich will Lu Shing erreichen«, sagte ich Loyalty. »Er wird die Adresse der Familie Ivory in New York haben, aber auch die meiner Mutter in San Francisco.«

»Wahrscheinlich kannst du Kontakt zu ihm über die Ivory Shipping Company aufnehmen«, sagte Loyalty.

»Ich will keinen Verdacht erregen. Man könnte den Ivorys erzählen, dass du versucht hast, ihn zu finden. Dann würden sie ihre Spione ausschicken, um den Grund dafür in Erfahrung zu bringen. Vielleicht geht es über Lu Shing. Ich möchte, dass Lu Shing begreift, wie wichtig Flora für mich ist. Er ist ihr Großvater. Er muss Verantwortung übernehmen. Und wir müssen geschickt vorgehen. Sobald du die Adresse der Ivorys hast, schicken wir ihnen einen Brief. Er ist von dir, ich werde ihn aber für dich schreiben. Dieser Brief erklärt, dass du früher, als du geschäftlich mit ihrem Unternehmen zu tun hattest, ein guter Freund von Edward warst. Wir sagen, ihr hättet in Edwards erstem Jahr in Shanghai viel Zeit miteinander verbracht – das war noch, bevor er mich kannte. Wir erzählen ihnen, du hättest dir etwas geborgt, das Edward gehören würde – irgendwelche Manschettenknöpfe. Ich besorge welche. Dann behauptest du, du hättest sie behalten, nachdem du von seinem Tod gehört hast, denn damals hättest du nicht gewusst, wem du sie hättest zurückgeben sollen. Daran sehen sie, dass du mich nicht kanntest. Erst vor kurzem hättest du gehört, er hätte ein Kind, das in New York lebte, und deshalb würdest du nun Edwards

Tochter die Manschettenknöpfe als Andenken schenken wollen. Das Päckchen wird vor Weihnachten kommen, und es enthält ein Geschenk von dir – vielleicht eine Armkette mit Anhängern –, ein Weihnachtsgeschenk von Onkel Loyalty. Ja, du wirst Onkel! Du sagst, du folgst dem chinesischen Brauch, Kindern von guten Freunden ein Onkel zu sein. Eine Familie wie die der Ivorys würde sich an die Regeln des Anstands halten und Flora einen Dankesbrief schreiben lassen. Und dann hat Onkel Loyalty jedes Jahr einen Grund, ihr eine Weihnachtskarte und ein kleines Geschenk zukommen zu lassen. Wenn Flora dir die Dankesbriefe schickt, habe ich diesen kleinen Teil von ihr für mich als Andenken.«

»Das ist ein sehr guter Plan«, meinte er. »Ich bin gerne Onkel. Ich weiß, warum du deine Tochter erreichen willst, aber warum auch deine Mutter? Du hast mir einmal erzählt, dass du sie hasst?«

»Dich habe ich auch einmal gehasst.«

»Wirklich?« Er schaute verletzt.

»Nur ein bisschen und nur kurz – bis du dich von dieser kleinen Schnepfe getrennt hast, der jungfräulichen Kurtisane, die später versucht hat, mir Schwierigkeiten zu machen. Meine Gefühle meiner Mutter gegenüber waren allerdings komplizierter. Ich bin jetzt endlich bereit, ihr zu sagen, dass ich lebe.« Ich wandte mich nicht schnell genug ab, um zu verhindern, dass er meine Tränen sah.

Er kam zu mir und legte die Arme um mich. »Ich finde einen Weg«, sagte er.

Loyalty kontaktierte Freunde, die Lu Shing gekannt haben könnten. Einer hatte gehört, er halte sich in San Francisco auf. Loyalty bat einen Freund, der dort lebte, ihn ausfindig zu machen. »Alle Chinesen in San Francisco kennen sich«, erzählte er Loyalty. Wir schickten diesem Freund meinen Brief, damit er ihn weitergeben konnte, bis er Lu Shing erreichte. Innerhalb eines Monats erhielten wir Antwort von Lu Shing.

»Meine liebe Violet«, begann er, dann las ich weiter:

Ich bin froh, dass du geschrieben hast. Ich weiß, es ist dir nicht leichtgefallen. Die Adressen deiner Mutter und der Familie Ivory stehen auf einem eigenen Blatt.
Ich denke oft an dich. Du kannst dir das vielleicht nicht vorstellen, aber es ist die Wahrheit. Da ich keine Antwort auf meinen letzten Brief erhielt, habe ich deinem Wunsch entsprochen und nichts deiner Mutter gesagt. Jedenfalls habe ich sie seit unserer letzten Begegnung in Shanghai im Jahr 1912 nicht mehr gesehen. Nach zahlreichen Versuchen, sie zu erreichen, bekam ich 1914 schließlich einen Brief von ihr. Sie schrieb, dass sie mich nicht mehr sehen wolle – und auch nicht ihren Sohn. Sie lebt mit ihrer Mutter und ihrem Vater in dem Haus, in dem sie aufgewachsen ist. Weil sie sich weigert, mich zu treffen, kann ich dir nicht mehr als das sagen.
Wenn ich dir noch irgendwie behilflich sein kann, lass es mich bitte wissen.
Wie immer
Lu Shing

Bereits vor Wochen hatte ich den Brief an meine Mutter formuliert und Teile davon mehrfach geändert. Als ich ihre Adresse von Lu Shing erhielt, las ich ihn mir noch einmal durch, bevor ich ihn mit klopfendem Herzen abschickte:

Liebe Mutter,
du erschrickst sicherlich, wenn du erfährst, dass ich am Leben bin. Vierzehn Jahre sind vergangen, und viele davon waren schwer für mich. In diesem Brief will ich nicht auf Einzelheiten eingehen. Ich würde gar nicht wissen, wo ich anfangen soll. Es soll reichen, wenn du weißt, dass es mir gutgeht.
Mich erreichte ein Brief von Lu Shing, in dem er mich darüber informierte, dass du nicht wüsstest, dass die Nachricht von meinem Tod nicht stimmte. Er schrieb, du hättest dir Vorwürfe gemacht und nie aufgehört zu trauern. Als er mir das mitteilte, war ich nicht fähig, dir zu schreiben, und nahm ihm das Versprechen ab, dir nichts zu sagen.

Ich hatte immer noch das Herz eines Kindes und ließ keine Erklärung gelten, warum du Shanghai überhaupt verlassen hast. Ich glaubte, ich würde niemals aufhören, dich zu hassen.
Jetzt aber habe ich das Herz einer Mutter. Ich habe meine Tochter verloren, als sie dreieinhalb Jahre alt war. Ihr Vater starb während der Epidemie, und seine Familie nahm sie mir 1922 gewaltsam weg. Ich habe fast vier Jahre um eine lebende Tochter getrauert. Ich habe seither nichts über sie erfahren und möchte sie unbedingt wissen lassen, dass ich sie nicht freiwillig gehen ließ. Mich verfolgt die Angst, dass sie glauben könnte, ich hätte sie nicht geliebt. Ich fürchte, sie wird wie ich: ein Mädchen, das sich von der Liebe betrogen fühlt, das später die Liebe ablehnt, sie nicht erkennt oder ihr nicht vertraut. Sie muss wissen, dass ich sie seit ihrer Geburt ohne Unterbrechung geliebt habe, mehr als jeden anderen Menschen. Sie ist jetzt sieben. Ich wünsche mir, dass du mir hilfst, sie zu finden. Ich muss wissen, dass sie glücklich ist.
Mit dem Herzen eines Kindes habe ich früher geglaubt, dass du mich absichtlich verlassen hast. Ich habe dich gehasst. Ich weiß, dieser Gedanke hat dich gequält. Jetzt quält er mich, tief und unablässig. Ich kann dir zwar nicht ganz verzeihen, aber ich möchte nicht, dass du noch länger gequält wirst.
Deine Tochter
Violet

Die Antwort meiner Mutter war in Eile geschrieben und hatte Flecken, wahrscheinlich waren es Tränen.

Meine liebe Violet,
ich musste die erste Zeile deines Briefs ein Dutzend Mal lesen, um sicher zu sein, dass es wahr ist. Und dann wurde ich aus der Hölle meines eigenen Herzens befreit, weil ich wusste, dass du lebst. Ich versank gleich in der nächsten, als ich begriff, dass du genau das glaubtest, was ich befürchtet hatte – dass ich dich nicht genug liebte, um dich zu retten. Für das Versagen einer Mutter gibt es keine Ent-

schuldigungen, und ich trage für alle Ewigkeit ein schwarzes Mal auf meiner Seele.

Würde es dein Herz zumindest ein wenig erleichtern, wenn du wüsstest, dass ich auf dem Schiff fast verrückt wurde, als mir schwante, was passiert war? Dass ich dem Kapitän befahl, das Schiff zu wenden, und dass man mich ruhigstellte, damit ich nicht versuchte zurückzuschwimmen? Als ich den Brief vom Konsulat bekam und dann noch einen von Goldtaube, die beide deinen Tod bestätigten, stellte ich mir deine letzten Gedanken vor – dass ich dich nicht so liebte wie ein Baby, das ein Trugbild war. Vierzehn Jahre lang wachte ich jeden einzelnen Tag auf und hatte dein verängstigtes Gesicht vor Augen, das mich ansah, als ich dir versprach, ich würde nicht ohne dich losfahren. Ich bin jeden einzelnen falschen Schritt von mir durchgegangen, der zu deinem Tod geführt hat. Ich habe mich für meine Schwäche verdammt. Und immer wieder habe ich dein verängstigtes Gesicht vor Augen, das mich ansieht.

Ich darf nicht auf deine Vergebung hoffen. Aber ich betrachte es als unerhörte Güte, dass du mir geschrieben hast. Und ich bin froh, dass du mich gebeten hast, dir zu helfen, deine Tochter zu suchen, denn wir wissen beide, was es bedeutet, wenn eine Mutter ihr Kind verliert. Ich übernehme das gern, nicht als Strafe, sondern aus Liebe.

Ich möchte dir so vieles sagen, meine liebe Violet, muss aber aufpassen, dass meine Gefühle nicht noch mehr überquellen. Deshalb will ich vorerst einfach nur hoffen, dass du dir eines Tages ganz sicher bist, dass es niemanden in meinem Herzen gab, der mir wertvoller war als du.

Mutter

Meine Mutter und ich begannen eine zögerliche Beziehung durch den Austausch von Briefen. Sie verstand mein Bedürfnis, Flora zu erreichen, so gut – mein kleines, hilfloses Kind, das gutgläubig war und leicht durch die Gedanken und Gefühle von anderen beeinflusst werden konnte. Und meine Mutter hatte recht mit ihrer Hoffnung, dass es mir ein Trost sein würde zu wissen, wie sie gelitten hatte, nachdem sie mich verloren hatte, auch wenn ich meine eigenen beißenden Wunden wieder spürte, als sie meine Angst und mein schwankendes Vertrauen beschrieb.

In ihrem nächsten Brief präsentierte sie mir den Optimismus, mit dem sie den Verborgenen Jadepfad aufgebaut hatte. »Es ist nichts unmöglich«, schrieb sie. »Wir müssen einfach hartnäckig und erfinderisch sein. Ich bringe sie dir zurück.« Ihre Entschlossenheit machte mich dankbar und hoffnungsfroher denn je. Bei jedem anderen hätte ich geglaubt, dass es nur leere Worte waren. Doch sie würde nie aufgeben. Sie würde tun, was niemandem sonst eingefallen wäre.

Die Briefe wurden immer schneller hin und her geschickt. Ich erzählte ihr von Flora, dann von Edward, zuerst waren es nur rein sachliche Informationen, schließlich schloss ich auch die Gefühle, die mit den Fakten verbunden waren, mit ein. Sie wiederum erzählte mir von einer Gedenkstätte in ihrem Garten, wo wilde Veilchen wuchsen. Den Grabstein hatte sie entfernt und stattdessen eine Vogeltränke hingestellt. Sie schrieb mir ausführlich über einen Mann namens Danner – nicht Tanner, wie ich es als Kind falsch verstanden hatte. Er hatte mich zur amerikanischen Staatsbürgerin gemacht. Wir waren uns sicher, die Ivorys hatten gewusst, dass eine Geburtsurkunde von mir existierte. Sie hatten jemanden bestochen, um sie zu vernichten. Meine Mutter sagte, sie würde mir eine neue besorgen, wenn ich wollte. Wir tauschten Erinnerungen an Goldtaube aus, was ich von ihr dachte und was meine Mutter mir über sie offenbarte – dass sie ihre Führerin und Mentorin gewesen war, die Hindernisse aus dem Weg räumte und sie stapelte wie Bausteine. »Ohne sie«, schrieb meine Mutter, »wäre ich ein hilfloses amerikanisches Mädchen geblieben.«

In ihren ersten Briefen war sie viel offener als ich. Ihre Eltern seien seltsam, schrieb sie einmal. Ich schrieb nicht zurück, dass ich jetzt begriff, woher meine Mutter ihr exzentrisches Wesen hatte. Mit jedem Brief erfuhr ich mehr über ihre Mutter und ihren Vater.

Ich hatte die seltsamen Seiten meiner Eltern als meine Feinde begriffen, ihre Missachtung als völligen Mangel an Liebe. Vernachlässigung tötet heimlich das Herz. Ihr Komplize ist die Gleichgültigkeit. Mit dem Alter verschwanden die Seltsamkeiten meiner Eltern und wurden durch die Gebrechen ersetzt, die uns allen bevorstehen. Sie waren neue Menschen – freundlicher und liebevoller, mit Mängeln behaftet und sehr erstaunt darüber. Sie brauchten mich. Als sie starben – zuerst mein Vater, dann meine Mutter –, trauerte ich wirklich um sie, besonders um den Teil von ihnen, den zu sehen ich mich als Kind geweigert hatte.

Meine Mutter, diejenige, mit der ich in Shanghai aufgewachsen war, gab es auch nicht mehr. Sie war durch eine andere Person ersetzt worden, die gleichzeitig fremd und vertraut war. Ich konnte mir von Neuem überlegen, ob ich mich auf sie verlassen konnte. Sie gestattete mir zu sehen, wer sie war, durch das, was sie anfällig dafür gemacht hatte, ihr Herz, ihre Seele, ihren Weg durchs Leben und mich zu verlieren. Sie war ehrlich, manchmal schockierend ehrlich, als sie mir Geständnisse machte, die Mutter und Tochter einander normalerweise nicht anvertrauen würden.

Mich fröstelt, wenn ich daran denke, was für Grässlichkeiten ich meiner Mutter und meinem Vater an den Kopf geworfen habe. Ich erzählte meiner Mutter, dass alle hinter ihrem Rücken über sie redeten und dass sie nicht ganz bei Trost sei, weil sie Jahre in ihrem Zimmer verbrachte und Insekten betrachtete, die seit Millionen Jahren tot waren. Ich sagte meinem Vater, dass ich die Briefe seiner Geliebten gelesen hätte, und ich zählte die obszönen und lächerlichen Spitznamen auf, die sie ihm für seine sexuellen Fähigkeiten gegeben hatten. Sexwirbel oder so ähnlich! Ich glaube, er ist vor Scham fast gestorben. Im Rückblick bin ich entsetzt, dass ich sie so sehr verdammt habe, um meine Liebe zu einem mittelmäßigen Maler zu rechtfertigen. Zum Glück hat mein schlechter Kunstgeschmack dich hervorgebracht. Ich bin froh, dass du nicht siehst, wie ich rot werde, wenn ich wieder daran zurückdenke, was ich an diesem chinesischen Maler so unwider-

stehlich fand und warum ich diese Bilder für fantastische Meisterwerke hielt. Mein Gott! Ich sage nur eins, Violet. Du hast Glück, dass du deinem Vater ähnlich siehst.

Wir schrieben uns oft, manchmal sogar täglich. Ich erzählte ihr nacheinander die Stationen meines Lebens. Am Anfang ließ ich die Zeit im Kurtisanenhaus weg. Es ging um den Tag, als Flora geboren wurde, und um den Tag, an dem Edward starb. Ich beschrieb Perpetual als meine letzte Möglichkeit, eine ehrbare Frau zu werden. Ich gab zu, dass ich Loyalty im Kurtisanenhaus kennengelernt hatte, aber ich erzählte ihr nicht, dass er meine Defloration gekauft hatte. In sexuellen Angelegenheiten blieb ich diskret, denn diese Themen machten mir bewusst, dass wir in derselben Branche gearbeitet hatten. Ihr war das egal.

Trotzdem konnte ich bei vielen Dingen mit ihr viel offener über meine Sehnsüchte, über meine verzweifelten oder glücklichen Momente sprechen als mit sonst jemandem. Endlich verstand ich diese Gefühle. Oft schrieb ich nicht ihr, sondern mir, meinem spirituellen Double, dem einsamen Kind, das ich einst war, der Frau, die sich einst wünschte, jemand anders zu sein. Sie hatte etwas Ähnliches über das Schreiben dieser Briefe gesagt. Sie verglich es mit Eingängen in ein Haus, die auf unterschiedlichen Seiten lagen und die wir voller Bangen betraten. Am Ende stellten wir verwundert fest, dass wir zusammen in einem Raum standen, den es schon immer gegeben hatte.

In einer Hinsicht war sie aber dieselbe Mutter, die ich in Shanghai gekannt hatte. Sie besaß immer noch ihre Hartnäckigkeit und ihren Einfallsreichtum. Damit hatte sie den Verborgenen Jadepfad zu einem Erfolg gemacht. Diese Eigenschaften wandte sie auch an, um Flora zu finden. Als ihr Plan fertig war, erzählte sie mir, was sie getan hatte. »Ich habe einen Bungalow in Croton-on-Hudson gemietet, eine halbe Meile von Floras Wohnhaus entfernt. Es ist ein hübscher Ort, langweilig genug für erzwungene Heiterkeit und viel Zeit, um herumzuspionieren.«

Sie fand schnell heraus, welche Schule Flora besuchte (Chalmer's Mädchenschule), in welche Kirche sie ging (Methodisten) und wo sie Reitunterricht bekam (Gentry Farm Stables). Meine Mutter sah sich sogar eine Aufführung des Schultheaters an *(Tannengeflüster)*, wo sie sich als Talentsucherin für einen bekannten, aber deshalb anonym bleiben wollenden Hollywoodproduzenten ausgab. Diese fiktive Verbindung machte sie zu einem willkommenen Gast. Sie bat um einen Platz in der ersten Reihe und bekam ihn auch. Der Rektorin der Schule eröffnete sie am nächsten Tag, dass sie leider nicht den Kinderstar gefunden hätte, den der berühmte Regisseur suchte – ein Mädchen mit mediterranem Äußeren und wildem Temperament. Die Rektorin bestätigte, dass wirklich kein passendes Mädchen dabei sei. Meine Mutter lobte das Stück höflich und fragte, ob sie vielleicht Interesse hätten, dass sie ehrenamtlich bei der Theatergruppe mithalf. »Ich war Schauspielerin«, sagte sie, »hauptsächlich in Stummfilmen, aber auch in ein paar Tonfilmen. Meinen Namen kennen Sie sicherlich nicht. Lucretia Danner. Ich hatte nie eine Hauptrolle, ich spielte immer die Exfreundin der männlichen Hauptfigur, und in letzter Zeit die Mutter der unartigen Braut.« Sie zählte die Filme auf: *Der verborgene Jadepfad, Die Dame aus Shanghai, Die jungen Barone*… Die Rektorin behauptete, sich vage an einen der natürlich erfundenen Filme zu erinnern. Meine Mutter erzählte weiter, dass sie und ihr Mann in Manhattan lebten, aber die Wochenenden in Croton-on-Hudson genossen. »Mein Mann liebt diesen Ort. Nichts zu tun zu haben, ist mit der größte Luxus im Leben, nicht wahr? Trotzdem finde ich, dass man sich ab und an einmal nützlich machen kann.« Sie vereinbarte mit der Schule, bei zwei Stücken im Jahr zu assistieren. Sie half nun dabei, das Bühnenbild zu entwerfen, Kostüme zu schneidern und mit jeder Figur den Text einzuüben. Sie prahlte, dass sie eine großartige ehrenamtliche Helferin sei. Sie konnte allerdings nichts tun, als der idiotische Regisseur Flora in einem Stück die sehr kleine Rolle einer Vogelscheuche zuteilte und sie in einem anderen in den kreischenden Chor aus drei Milchmädchen und ihren muhenden Kühen steckte.

Mir klopfte das Herz jedes Mal bis zum Hals, wenn ich einen Brief mit einem Poststempel aus Croton-on-Hudson bekam. Meine Mutter hatte mir versprochen, sich bei ihren Berichten nicht zurückzuhalten. Wenn Flora glücklich war, würde sie es mir schreiben. Wenn nicht, würde sie es mir ebenso schreiben.

Flora ist genauso ein unabhängiger Geist wie du in ihrem Alter, aber sie scheint niemanden besonders ins Herz geschlossen zu haben. Du erinnerst dich vielleicht, dass Flora im Schultheater eine sehr kleine Rolle spielte. Sie war eine von drei Vogelscheuchen auf einem Feld, das von Vögeln heimgesucht wird. Nachdem das Stück vorbei war, hat sich die abscheuliche Familie – Minerva, Mrs Lamp und Mrs Ivory – wie Geier auf Flora herabgesenkt. Mr Ivory habe ich bislang nicht gesehen, erwähnt wurde er auch nie. Er ist entweder Invalide oder tot. Die drei Frauen lobten Floras Vorstellung überschwänglich, doch Flora war weder glücklich noch stolz. Ihre Gleichgültigkeit machte mir Sorgen. Aber später erinnerte ich mich daran, dass du als Kind manchmal so getan hast, als wäre dir jeder egal. Außerdem war es ein schreckliches Stück, und es ist lächerlich, ein Mädchen dafür zu loben, dass es mit ausgestreckten Armen an einem Holzkreuz steht, als wäre es Jesus' tote Schwester mit einem karierten Tischtuch um den Leib.
Ich muss allerdings sagen, nie habe ich beobachtet, dass Flora Minerva irgendeine Art von Zuneigung entgegenbringt. Sie geht nie auf sie zu. Du warst da anders. Du hast am Rock gezogen, weil du Aufmerksamkeit wolltest, im selben Alter.

Zuerst war ich froh zu hören, dass Flora Minerva nicht nahestand. Aber später machte ich mir Sorgen. Wenn Flora kein Glück und keinen Stolz empfand, wäre das schrecklich. Wenn sie keine Liebe empfand, wäre das tragisch. Ich hoffte, ihr Mangel an Gefühlen hatte mehr mit den schrecklichen Menschen zu tun, mit denen sie zusammenlebte. Ein paar Tage später kam ein weiterer Brief von meiner Mutter:

Sie ist freundlich zu ihren Lehrern und zeigt sich den anderen Schülerinnen gegenüber hilfsbereit, aber sie scheint niemanden besonders zu mögen. Sie geht auf niemanden zu, und auf sie geht niemand zu. Auf dem Schulgelände ist sie lieber allein. Sie hat einen Lieblingsbaum und ein Eichhörnchen, das ihr aus der Hand frisst. Von dieser Stelle aus beobachtet sie die anderen. Sie scheint ihr hellbraunes Pferd in dem Stall, wo sie Reitunterricht nimmt, recht gerne zu mögen. Und ihr Lieblingsgefährte ist ein kleiner Hund mit kecken Ohren in der Farbe eines schmutzigen Wischlappens. Das habe ich erfahren, als ich versehentlich ein kleines Loch in eine Efeuhecke gerissen habe, die den Familiensitz der Ivorys umgibt. Der Hund rennt um sie herum, führt Kunststücke vor und kläfft dabei. Ich bin in die Bibliothek gegangen, und nachdem ich in einem Hundelexikon alles durchsucht habe, kam ich darauf, dass es ein Cairn-Terrier ist, dessen Begabungen sich darauf beschränken, Löcher zu graben und Essen zu stehlen. Ich lege mir bald einen zu.

»Onkel Loyalty« erhielt einen wohlformulierten Dankesbrief von Flora für die Manschettenknöpfe ihres Vaters. »Sie hat eine sehr schöne Handschrift für ein siebenjähriges Mädchen!«, schrieb er. Langsam las er im Beisein meiner Mutter den englischen Text vor: »Lieber Mr Fang … Mr Fang? Warum nicht Onkel Loyalty?« Er schaute verwirrt, als hätte sich sein eigenes Kind von ihm distanziert. Er fühlte wie ein Onkel für Flora, einfach weil er mir bei meinem Plan geholfen hatte, sie zu finden. Ich sagte ihm, das sollte ihn nicht davon abbringen, ihr nächstes Jahr noch ein Geschenk von Onkel Loyalty zu schicken.

Ich wurde immer wichtiger für Loyaltys Firma. Er ließ mich bei Besprechungen mit seinen ausländischen Kunden dabei sein. Ich war seine sogenannte Sekretärin, die mitschrieb, was gesagt wurde. Während sein Übersetzer wie üblich seine Arbeit machte, übernahm ich die Rolle des *momo*. Bei seinen englischsprachigen Kunden verwandelte ich mich in die Sekretärin, die nur Chinesisch sprach. Bei den chinesischen Kunden wurde ich die Ausländerin. Planmäßig wurden Loyalty und sein Übersetzer während dieser Besprechungen mindestens zweimal gebeten, etwas anderes zu erledigen, sodass die Kunden die Möglichkeit hatten, sich unter vier Augen auszutauschen, in der Annahme, ich würde nichts verstehen. Wenn sie mir verstohlene Blicke zuwarfen, lächelte ich sie freundlich an. Später berichtete ich Loyalty dann, welche Bedenken die Kunden hinsichtlich der Qualität, der Herstellungsdauer, wegen billigerer Konkurrenten oder seiner Vertrauenswürdigkeit hatten.

Ich verriet ihm noch etwas. Viele seiner neuen Kunden wollten die gerade aufgemachten Nachtclubs besuchen. Sie besprachen, mit welcher Ausrede sie es vermeiden konnten, auf die Feier in einem Kurtisanenhaus zu gehen, zu der Loyality geladen hatte. Ich erzählte Loyalty, die Kurtisanenhäuser wären aus der Mode gekommen, zudem wären manche auch bekannt dafür, dass sie ihre Kunden neppten. Eine Weile wehrte sich Loyalty gegen meinen Vorschlag, ein Konto in einem der beliebteren Clubs einzurichten. Er galt einmal als Inbegriff eines angesehenen und kultivierten Geschäftsmanns, aber er war nicht mit der Zeit gegangen, und das betraf nicht nur die Kurtisanenhäuser, sondern auch das, was er anzog. Ich erklärte ihm, man könne denken, dass er aus der Mode gekommen und nicht mehr erfolgreich sei. Schließlich stellte er sich nicht mehr stur und kaufte sich neue Anzüge, die er im Blue Moon Club trug, wo er mit meiner Hilfe Mitglied wurde und bald ein willkommener Gast war, der immer den von ihm bevorzugten Tisch erhielt.

»Violet, du bist ungewöhnlich klug und einfach überraschend«, sagte er, nachdem ich ihm vorgeschlagen hatte, seinen amerikanischen Kunden Souvenirs aus Shanghai zu schenken.

Seit unserer Zeit im Kurtisanenhaus hatte er mir oft gegenüber geäußert, ich sei überraschend dies und überraschend das. Ich hätte das als Kompliment sehen sollen, aber in Anbetracht unserer gemeinsamen Geschichte hatte ich das Gefühl, er würde damit implizieren, dass er nur wenig von mir erwartete. Ich machte mir Sorgen, er würde eines Tages aufhören zu sagen, dass er überrascht sei. Dann hätte ich die Bestätigung dessen gehabt, ich würde seinen Erwartungen überhaupt nicht mehr entsprechen. Ich gab ihm schließlich zu verstehen, dass mich das Wort ärgerte.

»Was ist denn schlecht daran, dass ich es benutze? Mein anderer Übersetzer macht überhaupt nichts, was mich in Erstaunen setzt. Du wirst immer überraschend für mich sein, weil du besser bist als die meisten anderen. Das betrifft nicht nur deine Arbeit, sondern auch das, was du für mich bist. Es ist deine Persönlichkeit, die ich sehr schätze, sie ist der Grund, warum ich dich stets geliebt habe.«

»Du hast mich nicht ständig geliebt.«

»Natürlich habe ich das. Sogar als du verheiratet warst – und das warst du zweimal –, änderte sich nichts an meiner Liebe zu dir. Die ganzen Jahre über habe ich nie jemanden mehr geliebt als dich.«

»Du meinst, niemanden außer deiner Frau.«

»Warum reitest du nur so auf ihr herum? Du weißt, dass es eine nominelle Ehe war. Wir sind geschieden und einzig wegen unseres Sohns zusammengeblieben. Warum glaubst du mir nicht? Willst du mir ihr telefonieren? Ich rufe sie auf der Stelle an.«

»Warum reden wir über diese alten Geschichten? Von mir aus behaupte weiterhin, ich sei für Überraschungen gut, aber erzähle mir nicht, dass du mich liebst. Nur zu genau weiß ich, wohin deine Liebe ausgerichtet ist, an welche Stellen meines Körpers du dabei denkst.«

»Nach all diesen Jahren weißt du immer noch nicht, Freundlichkeit und Liebe anzunehmen, wenn sie dir jemand anbietet.«

Vier Monate arbeitete ich für Loyalty – und wir teilten wieder das Bett. Er brachte mich zum Lachen, und nach meinem Eingeständnis öfter, als dass er mich verletzte. Er schätzte mich und kannte mich ziemlich gut, und ich genoss seine Aufmerksamkeiten. Aber unsere Beziehung war auch anders geworden. Ich maß seine Zuneigung nicht mehr anhand der Zahl an Geschenken, die ich bekam, und ich hatte auch nicht mehr die Ängste und Unsicherheiten von einst. Ich wartete nicht darauf, ob er beschloss, mich zu sehen oder nicht. Letztlich konnte er überhaupt nichts beschließen, denn er war nicht mein Kunde – und ich war nicht seine Kurtisane. Ich lebte in meiner eigenen Wohnung und sah ihn täglich im Büro, darüber hinaus zwei- oder dreimal die Woche auch nach den Arbeitszeiten. Ich bezeichnete ihn als »meinen Freund« und nicht als »Geliebten«, wie er vorschlug.

»Ein Freund ist nichts Besonderes, ein Geliebter schon«, beschwerte er sich.

»Zauberkürbis ist eine Freundin, und wir stehen uns sehr nahe«, erklärte ich. »Ein Geliebter könnte ein Mann sein, der nur meinem Körper nahe ist.« Ich sagte ihm, dass ich jemanden wolle, auf den ich mich verlassen kann und der mir treu ist. Ich bräuchte niemanden, bei dem ich mich ständig fragen muss, was er wohl treibt, wenn er nicht an meiner Seite ist, und wenn es nur dreißig Minuten sind. Länger wäre es nämlich nicht notwendig, um mit einer Frau zu flirten und ihr vorzuschlagen, den Flirt an anderer Stelle fortzusetzen. Das hätte er schon gemacht, auch würde er ja weiter Kurtisanenhäuser besuchen.

»Welcher Mann sieht sich eine hübsche Frau an, ohne sich mehr vorzustellen?«, erwiderte er. »Da ist man nicht untreu, sondern neugierig. Solltest du einen solchen Mann finden, wie du ihn beschreibst, hätte er bestimmt etwas Unnatürliches an sich. Wünschst du dir wirklich so jemanden?«

»Willst du bei deinen Geschäften nicht auch Ehrlichkeit und Vertrauen? Hättest du den Verdacht, ein Partner oder ein Angestellter würde dich betrügen, würdest du dann gern weiter Geschäfte mit ihm machen? Vielleicht bist du der Meinung, ich sollte weniger erwarten, weil ich einst Kurtisane gewesen bin, und von daher müsste ich es auch kennen, dass Kunden nie treu sind, noch nicht einmal mit einem Vertrag. Doch selbst als ich in dieser Welt arbeitete, wünschte ich mir immer eine Liebe, die so stark ist, dass der Mann sich nicht für eine andere Frau interessiert. Vielleicht wirst du nie fähig sein, diese Art von Liebe zu schenken. Du sagst mir, ich will zu viel. Vielleicht stimmt das, aber da verhält es sich so wie bei dir und deiner Fantasie, ich kann nichts dagegen tun.«

Ich beendete unsere Beziehung viele Male, trotz größerer Einsichten, ich schrie ihn an, er sei ein treuloser Mistkerl, der mir seine Liebe nur vorspielte – und manchmal warf ich ihm vor, dass besonders zärtliche Momente nur gespielt seien, und das wiederum kränkte ihn.

»Du bist diejenige, die gehen will«, sagte er zu meiner Begründung, unsere Affäre zu beenden. »Wer ist denn hier vertrauenswürdig und charakterstark?« Seine Logik brachte mich zur Verzweiflung. Er fand meine Gefühle unlogisch.

Er tändelte weiterhin hinter meinem Rücken herum und ließ sich mindestens ein-, zweimal die Woche in Kurtisanenhäusern blicken. Eines Tages entdeckte ich ein Geschenk in einem roten Seidenbeutel, es ragte ihm aus der Tasche. Er gab zu, er hätte die Absicht, in ein Kurtisanenhaus zu gehen, das Geschenk sei aber für keine bestimmte Frau. Er hätte es nur dabei, falls eine Schönheit eine gute Geschichte vorsang oder erzählte. Meine Gefühle für ihn waren mit einem Mal verschwunden. Es war merkwürdig, wie schnell das passierte. Statt mich über seine Lügen aufzuregen, fühlte ich mich frei. Da wusste ich, dass ich unsere Beziehung auch beenden konnte. Ich war ganz ruhig, als ich ihm das sagte. Ich erklärte, wir wären zwei unterschiedliche Menschen, deren Erwartungen nicht zueinander passten. Er begann, wegen des Geschenks zu argumentieren – es hätte nicht einmal sonderlich viel gekostet. Er zog zum Beweis eine Haarnadel hervor. Ich sagte ihm, das sei egal, auch wenn er überhaupt keine Kurtisanenhäuser besuchen würde. Ich würde ihn einfach nicht mehr lieben.

Er war schockiert, und seine Miene wurde immer trauriger. »Ich sehe es in deinen Augen. Nun ist es schließlich passiert. Ich habe dich verloren. Wie dumm von mir, dass ich dich nicht besser behandelt habe. Es tut mir leid.« Er wurde still. Sein Blick war leer. »Meine ganzen Schwächen bedeuten nicht, dass auch meine Liebe zu dir schwach war. Ich hatte immer das Gefühl, ich könnte mich darauf verlassen, dass du mir vergibst. Deiner Mutter hast du nicht verziehen, mir aber sehr oft. Es ist zu spät, um das Leid, das ich verursacht habe, zurückzunehmen. Aber ich kann den Gedanken nicht ertragen, dass ich vielleicht der Grund dafür bin, dass du der Liebe noch mehr misstraust. Du musst mir glauben, dass ich dich stets geliebt habe. Von Anfang an hatte ich das Gefühl, du würdest mich kennen. Waren wir getrennt, hatte ich das Gefühl, etwas fehlt. Unabhängig davon, wie viele Freunde ich um mich hatte, ich fühlte mich allein. Ich verspürte Unzufriedenheit, ganz gleich, wie viel Erfolg ich hatte. Ich wollte das nie zugeben, Violet, aber mit dir konnte ich unschuldig und gut wie ein Kind sein. Stell dir nur vor! Loyalty, der so angesehen ist, wachte an deiner Seite mitten in der Nacht auf, voller Angst, dich zu verlieren. Ich musste dein Gesicht berühren, um sicher zu sein, dass du da warst. Es war, als würdest du einen verborgenen Teil von mir beschützen. Und wenn du nicht da warst, hatte ich das Gefühl, ich würde sterben. Allein. Ich wünschte, ich hätte dir das vor vielen Jahren gesagt.« Er hatte Tränen in den Augen.

Ich ließ den kleinen Jungen nicht allein zurück, sondern nahm ihn wieder in mein Bett. Danach machte ich nicht mehr ständig Schluss mit ihm. Ich zog bei ihm ein, und wir stritten weiter, allerdings nicht mehr so häufig. Und am Ende gestanden wir uns ein, dass wir einander liebten.

Als wir eines Nachmittags von der Beerdigung eines Verwandten zurückkehrten, sagte er: »Violet, versprich mir, nicht vor mir zu sterben. Ich könnte das nicht ertragen. Ohne dich würde ich den Verstand verlieren.«

»Wie soll ich dir das denn versprechen? Und wie kannst du nur so egoistisch sein zu hoffen, dass du zuerst stirbst, sodass ich diejenige wäre, die leiden muss?«

»Du hast recht. Du solltest zuerst sterben.«

Wir lebten bald den Alltag eines Ehepaars, kannten unsere Gewohnheiten, Vorlieben und Abneigungen. Wir bemerkten, wie wir selbst strikter in unseren Ansichten wurden, parallel zu der Entwicklung, dass Shanghai sich ständig dekadenter zeigte. Uns gefiel das nicht. Auf einmal waren wir die Altmodischen, was auch zur

Folge hatte, dass wir uns über mehr Dinge einig als nicht einig waren. Nur noch Weniges führte zu den Streitigkeiten, die uns früher auseinandergerissen hatten.

Etwa drei Jahre waren wir zusammen, als Loyalty erzählte, ihm fiele es immer schwerer, die Blase zu entleeren. Das Problem hatte er schon seit einer Weile, aber er hatte es mir nicht sagen wollen, damit ich mir keine Sorgen machte. Seine eigene Angst spielte er herunter, doch ein paar Tage später entdeckte er Blut im Urin und kam totenbleich zu mir. Ich machte einen Termin beim Arzt für ihn aus.

Wir saßen Hand in Hand da, als der Arzt uns mitteilte, er wäre an Prostatakrebs erkrankt, er müsste bestrahlt werden. Damit hätte er die besten Chancen, und würde man auf diese Weise nicht die gewünschte Wirkung erzielen, würde man eine andere Behandlungsmethode ausprobieren. Loyalty hatte Angst, dass er durch die Bestrahlung zum Eunuchen werden könnte. Nie hatte er ein Zeichen der Schwäche gezeigt, nun tat es weh, die Verzweiflung und Angst in seinen Augen zu sehen.

»Ich weigere mich, dich gehen zu lassen«, sagte ich. »Wir haben so viel über unwichtige Dinge gestritten. Jetzt kämpfe ich um dich. Du weißt, wie stark ich bin.«

»Violet, meine Liebe, wenn ein starkes Temperament heilen kann, dann bin ich bald gesund.«

Während er bestrahlt wurde, kaufte ich bei einem chinesischen Arzt große Mengen jener Unsterblichkeitspilze, die einst von den Kaisern favorisiert wurden.

Loyalty lächelte schwach, als ich ihm das erzählte. »Unsterblichkeit? Und wo sind diese Kaiser jetzt?«

»Sie wurden von ihren Ehefrauen umgebracht.«

Der chinesische Arzt kam auch jeden Tag, um bei Loyalty Akupunkturnadeln zu setzen. Ich ließ ihn Qigong machen. Ich servierte ihm die Speisen, die gut für das Gleichgewicht von Yin und Yang waren. Ich stellte einen Feng-Shui-Meister an, der das Haus von aufgestörten Geistern befreien sollte. Das war meine Art, ihm meine Liebe zu erklären, ihm zu zeigen, dass ich alles tat, was mir möglich war.

»Du liebst mich«, murmelte er, »obwohl ich dich so schlecht behandelt habe. Du bist noch da. Du bist wirklich immer für eine Überraschung gut, Violet. Alles, was ich für wichtig hielt, ist in Wirklichkeit nicht wichtig. Die Firma, die Blumenhäuser, nichts ist von Dauer. Nur du bist wichtig. Ich will nichts weiter, als dass du bis ans Ende meiner Tage bei mir bist, ob es viele oder wenige sind.«

»Aber sollte ich dich kurieren, wirst du später behaupten, diese Krankheit hätte auch dein Gehirn befallen, du würdest dich nicht mehr daran erinnern, behauptet zu haben, nie wieder Blumenhäuser besuchen zu wollen.«

Plötzlich wichen Schmerz und Angst aus seinem Gesicht, und er nahm meine Hand. »Bitte, heirate mich, Violet. Ich sage dir das nicht, weil ich vielleicht sterbe. Ich wollte dich in der Vergangenheit schon oft gefragt haben. Aber nie war der richtige Moment da, um dir zu erklären, dass ich den Rest meines Lebens mit dir zusammen sein will. Zu oft wolltest du nie mehr mit mir in einem Bett schlafen.«

Wir heirateten 1929. Seine Familie hatte Einwände, denn ich sah nicht ganz chinesisch aus und hatte auch keine beziehungsweise allenfalls eine undurchsichtige Familiengeschichte. Ich vergoss eine Flut von Tränen, weil er seiner Familie die Stirn geboten hatte. Mit vierzehn hatte ich davon geträumt, ihn zu heiraten. Mit fünfundzwanzig hatte ich Flora verloren, weil ich nicht verheiratet war. Weil ich besorgt war, was meine Zukunft betraf, wurde ich Perpetuals Frau. Und nun hatte ich Loyalty aus Liebe geheiratet. Achtzehn Monate nach unserer Hochzeit teilten uns die Ärzte mit, dass Loyalty keinen Krebs mehr hatte. Sowohl die westlichen Ärzte als auch die chinesischen Mediziner schrieben sich dieses Verdienst zu. Loyalty sagte, er sei wegen mir noch am Leben.

»Diese ganzen widerwärtigen Suppen, die du gekocht hast, und das ständige Genörgel, dass ich sie essen soll«, sagte Loyalty, »nicht einmal der Krebs hat das ausgehalten.« Jeden Morgen küsste mich

Loyalty auf die Stirn und dankte mir, dass ich ihn den neuen Tag erleben ließ. Beim Frühstück schenkte er mir Tee ein. Diese kleine Geste war eine erstaunliche Bezeugung von Wertschätzung und Liebe. Loyalty war daran gewöhnt, dass sich andere um ihn kümmerten. Es war ihm nie in den Sinn gekommen, andere zu umsorgen.

Gelegentlich stritten wir noch, jedoch nur über Kleinigkeiten. Es machte mich wahnsinnig, wenn er Frauen zu lange anstarrte. Meist interessierte sich die Frau nicht für ihn, aber wenn sie lächelte, lächelte er zurück. Beschuldigte ich ihn, Jagd auf andere Frauen machen zu wollen, leugnete er das ab. Wies ich auf seine Blicke hin, meinte er, sie hätten ein Eigenleben, keinesfalls hätte er die Absicht, mit anderen Frauen davonzuziehen. Und wieder stritten wir uns über seine Unehrlichkeit und meinen Mangel an Logik, was damit endete, dass ich in meinem Schlafzimmer schlief und er an die verschlossene Tür klopfte, meist mitten in der Nacht, manchmal zwei Nächte hintereinander.

Am schönsten waren die normalen Abende, wenn wir zu Hause waren und er mich küsste, weil ich etwas gekocht hatte, das er besonders gern mochte. Wir hörten Radio und unterhielten uns über die Nachrichten oder über Flora und meine Mutter. Manchmal erinnerte ich mich an den Verborgenen Jadepfad. Ich versetzte ihn zurück in die Zeit, als ich mich hinter den Glastüren zwischen dem Boulevard und dem Büro meiner Mutter versteckt hatte. Und mindestens hundertmal erinnerten wir uns an den Abend, an dem wir uns kennenlernten. Wir fügten Details hinzu, um zu übertreiben, wie groß Carlotta war oder wie viel Angst Loyalty gehabt hatte. Oft bekamen wir vor Lachen keine Luft mehr.

Es gab viele Momente, wo er mich weinen sah. Er ließ dann alles liegen und stehen, kam zu mir und schlang die Arme um mich, ohne zu fragen, warum ich traurig war. Er wusste, es war wegen Flora oder wegen Edward oder wegen damals, als meine Mutter wegging. Er wiegte mich, als wäre ich ein kleines Mädchen. In diesen Momenten wussten wir beide, wie tief unsere Liebe war.

Zauberkürbis lebte ein paar Straßen entfernt. Ihre großen Pläne, ein Kurtisanenhaus zu eröffnen, waren schnell vergessen, als ihr ein ehemaliger Kunde über den Weg lief. Harmony Chen war früher einmal reich gewesen. Jetzt gehörte ihm ein kleines Unternehmen, das Schreibmaschinen und »modernen Bürobedarf für moderne Firmen« verkaufte. Harmony war ihr Patron gewesen und erinnerte sich gut an sie. Er fand es immer noch denkwürdig, wie sie mit den Hüften wackelte, und gegen ihren Charakter hatte er auch nichts einzuwenden. Sie sagte, er hätte sie geheiratet, um diese Hüften jeden Tag wackeln zu sehen. Harmony erzählte mir, sie brächte ihn die ganze Zeit zum Lachen.

»Er ist ein guter Mann«, sagte sie. »Aufmerksam. Im Alter besteht das beste Leben, das man haben kann, aus gutem Essen, aus guten Zähnen, um es zu kauen, und aus wenig Sorgen, wenn man abends ins Bett geht. Ein guter Ehemann ist eine Zugabe, und er kann beeinflussen, ob die Sorgen, die man hat, mehr oder weniger werden. Meine sind weniger geworden.«

Kam sie zu Besuch, erinnerte sie sich gern an die Widrigkeiten, die sie wegen mir hatte aushalten müssen. Ihre Augen leuchteten, wenn ihr wieder etwas einfiel: »Sag, weißt du noch, der Mann, der den Karren gefahren hat – wie hieß dieser Schurke noch? Alter Furz? Habe ich dir jemals erzählt, dass er etwas mit mir anfangen wollte? Dieser Mistkerl wollte mit mir aufs Feld, nachsehen, wie groß der Mais ist.«

»Das ist ja die Höhe.«

Sie schnaubte. »Ich sagte ihm, wir müssten nicht aufs Feld. Ich wüsste, der Mais sei nur so groß.« Sie hielt den kleinen Finger hoch. »Er war den ganzen Tag ziemlich wütend.«

Oft kam sie auf Perpetual zu sprechen. »Sag, weißt du noch, wie er dich fast totgeprügelt hätte? Als ich versuchte, ihn von dir wegzuzerren, da hat er mir einen Schlag aufs Auge verpasst. Fast wäre ich blind geworden.« Ich dankte ihr für ihren Mut. Sie winkte ab. »Nein, nein. Du musst mir nicht danken.« Sie wartete, bis ich ihr noch einmal gedankt hatte, bevor sie wieder anfing. »Sag, weißt du noch, der Abend, an dem wir dachten, das ganze Dorf würde niederbrennen? Gerade habe ich einen Brief von Pomelo bekommen. Sie schreibt, es waren nur ihr Zimmer und ein Schuppen gewesen. Gehört hätte sie es von umherziehenden Händlern. Der Weg, der an der Hand Buddhas vorbeiführte, ist jetzt eine belebte Straße. Jemand war so schlau gewesen, den weißen Felsen in einen Schrein zu verwandeln, nun wimmelt es dort von Pilgern, die süße Maiskuchen und Spazierstöcke kaufen. Einer der Pilger hat Perpetuals Leiche gefunden, ein Jahr nach seinem Tod. Es waren nur noch ein paar Knochen und Kleiderfetzen übrig, dazu ein Lederbeutel mit einem Gedicht. Und stell dir vor! Neun Monate nach Perpetuals Tod bekam Azur noch einen Sohn. Sie behauptete, er sei von Perpetual, aber es geht das Gerücht, der Vater sei der Liebhaber ihres Hausmädchens, jener Diener. Es geht auch noch ein anderes Gerücht: Die Mutter des Babys wäre das Hausmädchen und der Vater Perpetual. Wie auch immer, Azur behauptet, es sei ihr Kind.«

Als meine Mutter und ich anfingen, darüber zu sprechen, dass sie nach Shanghai kommen und mich besuchen könnte, tat Zauberkürbis so, als sei sie begeistert. »Du wirst dich sehr freuen, deine richtige Mutter wiederzuhaben.« Ich musste ihr viele Male versichern, dass sie mehr Mutter für mich gewesen sei als meine echte Mutter. Sie hätte ihr Leben für mich riskiert. Sie hätte für mich gelitten.

»Du hast dir Sorgen um mich gemacht«, sagte ich. »Die ganze Zeit.«

»Das stimmt. Öfter als du denkst.«

»Ich habe mir auch um dich Sorgen gemacht.«

Sie sah mich zweifelnd an.

»Als du die Grippe hattest, hatte ich Angst, du könntest sterben. Ich saß bei dir am Bett und hielt dir die Hand. Und bat dich, die Augen aufzumachen und zu uns zurückzukommen.«

»Das weiß ich nicht mehr.«

»Weil du im Sterben lagst. Ich dachte, meine Worte hätten vielleicht etwas bewirkt.«

So oder so, Zauberkürbis war zutiefst gerührt. »Du hast dir Sorgen gemacht?«, wiederholte sie immer wieder. »In meinem ganzen Leben hat sich noch nie jemand Sorgen um mich gemacht.«

Sie wiederum machte sich Sorgen, wenn ich drohte, mich von Loyalty scheiden zu lassen. Es ging immer um denselben Grund: Er hatte abermals mit einer Frau geflirtet. Zauberkürbis hörte mir dann zu und pflichtete mir in allem bei. Er sei böse, rücksichtslos, dumm. »Aber du musst dich nicht gleich scheiden lassen«, sagte sie. »Ich kenne da ein Kraut, das kannst du ihm in den Tee tun. Das lässt die Lust schrumpfen und andere Dinge dazu. Du solltest es bloß nicht zu oft anwenden, sonst bleibt es, und das wäre dann auch für dich nicht gut.« Dann drängte sie mich behutsam einzusehen, dass Loyalty im Vergleich zu anderen Ehemännern gar nicht so schlecht sei. »Loyalty ist vielleicht ungezogen, aber er ist nie gemein. Außerdem sieht er gut aus, und er ist ein guter Liebhaber. Und er bringt dich oft zum Lachen. Das sind schon vier Sachen. Die meisten Frauen bekommen nicht einmal eine.«

Shanghai, 1929

Meine Mutter und ich waren uns schließlich einig, dass sie nach Shanghai kommen sollte. Wir schrieben nicht *bevor es zu spät ist*, aber wir drückten das unterschiedlich aus. Ich gab ihr zu verstehen, dass wir nicht versuchen sollten, die Vergangenheit ungeschehen zu machen, indem wir darüber redeten, was den Lauf unseres Lebens hätte ändern können. Inzwischen hatten wir eine Beziehung zwischen zwei Erwachsenen aufgebaut, die mehr als eine Freundschaft war, aber weniger als das Verhältnis von Mutter und Tochter. Unsere Geständnisse und Erinnerungen setzten Vertrauen voraus, und während die Wörter zwar meistens ungehemmt aus der Feder flossen, wussten wir doch, dass wir uns hinter die Sicherheit eines Blatts Papier zurückziehen konnten. Wir machten uns keine Sorgen darüber, einander verärgern zu können, wenn wir besonnen waren und emotionalere Formulierungen sparsam verwendeten. Eine persönliche Begegnung in Shanghai barg Gefahren, denn wir wären womöglich wieder einer unerquicklichen Vergangenheit ausgesetzt, die alles zerstören konnte, was wir uns über die Briefe aufgebaut hatten und was uns wichtig war. Dennoch fanden wir beide, wir sollten das Risiko eingehen. Ich warnte sie, dass ich womöglich ein Blatt Papier von ihr lieber umarmen wolle als sie selbst. Was würde ich empfinden, wenn ich sie in Fleisch und Blut vor mir sah? Es könnten vergessene Gefühle in mir hochkommen. Sie sollte deshalb vorbereitet sein und sich nicht gekränkt fühlen, wenn ich mich ihr nicht in die Arme warf, wie es Mutter und Tochter normalerweise tun würden, wenn sie sich endlich wiedersahen. Sie stimmte mir zu, dass eine Begegnung nach so langer Zeit heikel und unvorhersehbar sei, sie sei aber auf eine Distanz zwischen uns vorbereitet. In dem Monat vor ihrer Ankunft war ich ziemlich aufgewühlt, oft dachte ich an das Kind, das sich verraten fühlte, auch daran, dass ich ihr wichtiger gewesen war als Lu Shing und ihr Sohn. Doch dann wieder machte ich mir klar, dass sie Qualen gelitten und um mich getrauert hatte, wie ich um Flora trauerte.

Als wir auf das Eintreffen des Schiffs warteten, warnte ich Loyalty davor, ihr einen seiner langen Blicke zukommen zu lassen.

»Wie kannst du nur auf die Idee kommen, ich würde mit ihr flirten wollen?«, fragte er in einem gespielt beleidigten Ton.

»Du würdest mit einer alten Frau im Sarg flirten.«

Er lachte und küsste mich. »Ich bin hier bei dir. Drück meine Hand, wenn du es nicht mehr aushältst, dann finde ich eine Ausrede, um dich zu entführen.«

Obwohl ich Fotos von ihr besaß, die sie mir geschickt hatte, stellte ich mir vor, sie würde in einem ihrer hochmodischen Kleider von Bord gehen. Sie trug aber ein einfaches braunes Kostüm. Das sah hübsch an ihr aus, doch keineswegs strahlte sie die Faszination aus, die alle Männer anzog. Sie bewegte sich auch nicht anmutig, sondern nervös, als sie ihr Gepäck suchte. Sie kam auf mich zu, blieb drei Meter vor mir stehen und starrte mich an, als hätte sie einen Geist vor sich. »Ich weiß, dass wir ausgemacht haben, nicht über unsere Gefühle zu sprechen«, sagte sie. »Aber ich habe dich siebzehn Jahre nicht gesehen, und ich kann die Wörter nicht zurückhalten, von denen ich will, dass du sie hörst. Ich liebe dich so sehr.«

Zum zweiten Mal in meinem Leben sah ich sie weinen. Ich nickte, ließ mich von ihr umarmen und weinte ebenfalls.

Nach ein paar Minuten löste sie sich von mir und trocknete sich die Augen. »So! Das wäre erledigt. Jetzt können wir aufpassen, was wir sagen.«

Loyalty begegnete meiner Mutter mit großem Respekt. »In Ihrem Haus habe ich Ihre Tochter zum ersten Mal gesehen, da war sie sieben gewesen. Sie hat sich seitdem kaum geändert.« Meine Mutter mochte ihn sofort. Seine Anwesenheit war eine große Erleichterung, er fing sofort an zu plaudern, wenn das Gespräch ins Stocken geriet. Sie erinnerten sich an Leute, die sie beide kannten, die Nachkommen wohlhabender Familien. Er brachte sie auf den neuesten Stand, wie es ihnen heute ging – den meisten schlechter.

Zauberkürbis erwartete uns bei sich, in vielen meiner Briefe hatte ich sie erwähnt, die einstige Kurtisane Zauberwolke, die meine Mutter gebeten hatte, den Verborgenen Jadepfad zu verlassen. Ich hatte meiner Mutter erzählt, Zauberkürbis wäre an meiner Seite gewesen, als ich Edward kennenlernte, als Flora geboren wurde, als Edward starb, als Perpetual mich beinahe umgebracht hatte, als wir aus Mondteich flohen – während all der wichtigen Momente in meinem Leben, die ich ohne sie, ohne eine Mutter, durchgestanden hatte. Ich hatte nichts über Zauberkürbis' Rolle bei meiner Ausbildung als Kurtisane berichtet. Aber ich hatte klargestellt, dass Zauberkürbis wie eine Mutter für mich gewesen war. Leider konnte ich das Gesicht meiner Mutter nicht sehen, als sie die Worte *wie eine Mutter* las. In ihrem Antwortbrief bedauerte sie es, Zauberkürbis so schlecht behandelt zu haben, hätte sie doch Eigenschaften gezeigt, die eine richtige Mutter haben sollte – eine solche sollte nämlich ihr Kind beschützen, das Wohl ihrer Tochter über alles andere stellen, selbstlos sein und eher ihr eigenes Leben opfern, bevor ihrem Kind etwas zustieß. Meine Mutter hatte ausgesprochen, worin sie bei mir versagt hatte. In jedem folgenden Brief fragte sie, wie es Zauberkürbis gehen würde. Zauberkürbis erkundigte sich genauso höflich nach meiner Mutter.

Bevor sie nach Shanghai kam, wusste meine Mutter, dass Zauberkürbis jetzt Mrs Harmony Chen hieß, dass sie stolz auf ihren Status war und es sie wenig freute, wenn man ihren früheren Namen benutzte. Ich war da die einzige Ausnahme.

Auf dem Weg zu Zauberkürbis waren wir nervös. Meine Mutter konnte kaum so tun, als wären sie sich nie begegnet. Und Zauberkürbis war kein Mensch, der mit seinen Gefühlen hinter dem Berg hielt. Sie war jetzt über fünfzig und etwas stämmig. Ihre Wangen und ihre Mundwinkel hingen nach unten, wenn sie nervös war oder ihr etwas nicht passte. Aber lächelte sie oder war aufgeregt, dann zogen sie sich nach oben – und ihre Wangen wurden noch runder. Sie hatte immer noch große schöne Augen, und ihr Blick war öfter freundlich als kritisch.

Als wir hineingingen, saßen Zauberkürbis und Harmony beim Tee zusammen. Sie tat überrascht, uns zu sehen. »Ist es schon so spät?«, sagte sie. »Ich dachte, ihr kämt erst in einer Stunde.«

Meine Mutter ging zu ihr und begann damit, dass sie in so vielen Briefen von ihr gelesen habe und dass es schön sei, ihr endlich danken zu können. Weiter kam sie nicht.

»Sie erinnern sich an mich«, sagte Zauberkürbis. »Sie haben mich hinausgeworfen. Der Grund dafür waren der Geist des Hauses und ein Gerücht, das eine habgierige Kurtisane verbreitet hat. Damit hat sie fast das ganze Haus ruiniert. Ich wünschte dem Mädchen, das dieses Gerücht verbreitet hat, ein schlechtes Leben. Dann hörte ich, sie sei in Hongkong in der Gosse gelandet, neben einem Fischmarkt und ohne Zähne, und danach sagte ich mir, jetzt musst du dir keine Gedanken mehr über sie machen.« Sie lächelte. »Keine von uns tut das noch.«

Meine Mutter konnte nun weiter ihre Dankbarkeit ausdrücken. Sie sagte ihr, dass sie *wie eine richtige Mutter* zu mir gewesen sei, und sie erwähnte die entsprechenden Eigenschaften. Das war der Auslöser für zahllose Geschichten, die Zauberkürbis nun über die grauenhaften Erfahrungen, die wir gemeinsam durchgestanden hatten, zu erzählen begann. Sie fing mit der Halle der Beschaulichkeit an und informierte meine Mutter darüber, wie sie mich ausgebildet hatte, damit ich keinem billigen Kunden in die Hände fiel. Meine Mutter wirkte nicht schockiert. Sie sagte: »Ohne diese Führung hätte Violet auf der Straße landen können.« Eine Stunde später beschrieb Zauberkürbis die kostspieligen Feste, die Loyalty für mich ausgerichtet hatte. Schließlich kam heraus, dass Loyalty meine Defloration gekauft hatte. Sie wandte sich an Loyalty. »Das muss Ihnen nicht peinlich sein. Mit irgendjemandem musste es ja passieren, und Violet hatte Glück, dass Sie es waren.«

Zauberkürbis sagte: »Wissen Sie, was ich glaube? Es war nicht nur Glück. Dass Sie auf dem Schiff waren, das war Schicksal. Wären Sie geblieben, hätte Violet Edward nicht kennengelernt. Sie hätte Klein Flora nicht bekommen. Sie wäre jetzt nicht mit Loyalty hier. Was Violet zugestoßen ist, war schrecklich, und ich behaupte auch nicht, dass dem Schicksal nichts vorzuwerfen ist. Aber wenn am Ende alles gut ist, sollten wir vergessen, welche schlechten Wege wir gegangen sind. Jetzt sollten wir uns darauf konzentrieren, dass Klein Flora ihrer richtigen Mutter begegnet. Wenn alle helfen, müssen wir Erfolg haben.«

Wir führten meine Mutter durch die alten Viertel. Der Verborgene Jadepfad war jetzt das private Wohnhaus von einem Mann, der so mächtig war, dass bewaffnete Wächter am Tor standen. »Gangster«, sagte ich. »Oder Politiker, die Freunde von Gangstern sind. Fairweather hat sich mit ihnen eingelassen, wusstest du das? Er fand ein schlimmes Ende, und es tut mir nicht leid, das sagen zu müssen.« Sie fragte nach den genaueren Umständen und zuckte zusammen, als ich es ihr erzählte. Sie verbrachte die zweite Woche in Soochow bei Goldtaube, die dick und faul geworden war, wie sie sich selbst beschrieb. Sie war rundlich, aber ganz gewiss nicht faul. Zwei Jahre nachdem sie aus Shanghai weggezogen war, heiratete sie einen Mann, der ein Möbelgeschäft besaß. Sie sorgte dafür, dass daraus ein Textilwarenladen wurde. Mit Ende dreißig bekam sie einen Sohn, der ihr Leben weniger friedlich machte. Sie war sehr glücklich.

Nach drei Wochen reiste meine Mutter wieder zurück in die Vereinigten Staaten. Wir schrieben uns erneut und gestanden uns ein, dass wir insgeheim den Tag, an dem sie Shanghai verlassen hatte, noch einmal erleben wollten. Wir wollten in ihrem Büro stehen, den Lügen dieses Schurken lauschen, und wir wollten, dass sie die Gefahr erkannte, damit sie wusste, wie sie mich schützen konnte. Aber wir konnten die Vergangenheit nicht ändern. Es war eher, als hätte man sich einen Film angesehen, dessen Ende man schon kannte, um dann auch noch festzustellen, dass die Filmstars gar nicht so aussahen, wie man erwartet hatte.

Auch wenn meine Mutter und ich uns zu Beginn und am Ende des Besuchs gern umarmt hatten, waren wir uns einig, dass uns die Vertrautheit unserer Briefe lieber war. Von Angesicht zu Angesicht waren wir immer auf der Hut gewesen. Wir beobachteten den Gesichtsausdruck der jeweils anderen, die Gesten oder wohin man schaute, um zu beurteilen, worüber wir reden konnten. Die Menschen um uns herum versuchten Spannungen zu lösen, wo keine waren, oder sie ließen ein Unbehagen aufkommen, das wir leicht hätten vermeiden können. Insgesamt war der Besuch jedoch ein Erfolg gewesen. Wir schrieben uns mit größerer Offenheit und mehr Verständnis füreinander. Zauberkürbis hatte gemeint, wir sollten die dazwischenliegenden Jahre vergessen. Aber das wollten wir nicht. Die Verletzung hatte es notwendig gemacht, dass wir uns gegenseitig so viel wie möglich offenbarten.

Meine Mutter kehrte jedes Jahr nach Croton-on-Hudson zurück, um ein paar Monate des Schuljahrs in Floras Nähe zu sein. Sie nahm die Rolle der neugierigen Nachbarin ein. Sie traf Flora zufällig auf dem Jahrmarkt, in der Kirche, im Park oder beim Spaziergang mit dem Hund.

Einmal habe ich gesehen, wie sich ihr Hund losriss, um einen anderen auf der gegenüberliegenden Straßenseite zu beschnüffeln. Er wäre beinahe von einem Auto überfahren worden, und Flora schrie: »Cupid!« Ich spürte, wie es im Herzen meiner Enkelin aussah, auch die Erleichterung, dass bei dem Hund Kopf, Schwanz und Beine noch an den richtigen Stellen saßen, als er zurückkehrte.

Das war das erste Mal, dass sie Flora als ihre »Enkelin« bezeichnet hatte. Ich wusste, sie hatte es aus Liebe zu mir auf sich genommen, Flora zu suchen. Nun hatte sie auch eigene Gründe dafür, und das freute mich.

Ich habe mir einen Cairn-Terrier mit kecken Ohren angeschafft, so einen wie Flora hat, denn die beiden Hunde, so dachte ich, werden bestimmt gerne miteinander spielen. Meiner heißt Salomé. Als Cupid Salomé entdeckte, schoss er über den Gehsteig, und die Hundeleinen wickelten sich wirr um uns. Bei der Anstrengung, sich zu befreien, versuchte Salomé, Cupid umzubringen. Doch sobald die beiden Hunde wieder entwirrt waren, wurden sie glücklicherweise sehr vertraut miteinander, ja, sogar ziemlich unzüchtig, weshalb wir sie wieder voneinander trennen mussten.

Mit Salomés Hilfe traf meine Mutter Flora oft im Park. Sie hatte immer Hundekekse dabei, um sicherzugehen, dass Cupid zu Salomé und ihr kam. Sie fragte Flora, wie es mit der Intelligenz von Cairn-Terriern im Vergleich zu anderen Hunderassen bestellt war. Flora zuckte mit den Achseln und sagte: »Keine Ahnung.« Ich glaube, meine Mutter hätte sogar Reitunterricht genommen, um mit Flora zusammen sein zu können, hätte sie nicht eine große Angst vor Pferden gehabt. Sie trotzte ihrer Abneigung gegen Religion und ging in die Methodistenkirche. Durch ihre Berichte und Fotos erfuhr und sah ich, dass Flora kurze Haare hatte, ein kariertes Kleid trug und gern zeichnete. Wenn meine Mutter ihr Fragen stellte – über das Wetter oder den Jahrmarkt, der in die Stadt kam –, lautete die Antwort stets gleich: ein Achselzucken und »keine Ahnung«.

Als Flora sechzehn war, machte sich meine Mutter Sorgen, dass Floras Umgang »nicht der beste« sei. Ein bestimmter Junge war ihr ein Dorn im Auge, er lehnte lässig an der Tür seines Autos und reichte Flora zur Begrüßung eine angezündete Zigarette. Meine Mutter beobachtete eines Tages, wie sie nach der Kirche davonstürmte und Minerva anschrie: »Das geht dich gar nichts an!« Sie sprang in das wartende Auto ihres Freundes. Der beugte sich zu Flora hinüber und gab ihr einen langen Kuss. Minerva stand besorgt und peinlich berührt inmitten der anderen Kirchgänger. Meine Mutter sah in Flora Anzeichen dafür, dass sie sich auflehnte, was sie bei einer Sechzehnjährigen für normal hielt. Aber sie sah auch Probleme kommen. Flora war waghalsig.

Im nächsten Jahr war sie laut meiner Mutter solider geworden. Sie wirkte ruhiger. Sie trug die Haare zu einem noch kürzeren Bob geschnitten, was relativ unattraktiv aussah. Sie unternahm lange Spaziergänge durch den Park und zeichnete in ein Heft. Meine Mutter bat sie einmal, einen Blick darauf werfen zu dürfen. Flora antwortete: »Tun Sie sich keinen Zwang an.« Meine Mutter hatte beobachtet, dass Minerva alles, was Flora machte, lobte, worüber sich Flora manchmal zu ärgern schien. Sie seufzte dann und ging davon. »Ich finde die Perspektive ziemlich interessant. Dadurch wird das Auge getäuscht. So nehme ich das wahr. Aber jeder sieht in einem Kunstwerk etwas anderes«, kommentierte meine Mutter. Flora antwortete: »Genau das wollte ich, viele Perspektiven, aber ich habe es noch nicht richtig hinbekommen.« Zum ersten Mal hatte Flora auf etwas reagiert, was meine Mutter gesagt hatte. Als sie sich als Mrs Danner vorstellte, meinte Flora: »Ich weiß, wer Sie sind. Sie wollten Filmstars aus uns machen.«

1937, nach der Highschool, ging Flora ans College, aber meine Mutter wusste nicht, wohin. Sie mietete das Häuschen in Croton-on-Hudson weiter, damit sie im Sommer dorthin zurückkehren konnte, falls Flora das auch vorhatte. Doch sie sah Flora nicht und war ratlos.

Ich wollte ihren Brief gerade beantworten, da brach der Krieg gegen Japan aus. Hin und wieder hatte es bereits Zwischenfälle gegeben, aber im August wurde der Südbahnhof von Bomben getroffen, und fast alle, die sich dort befanden, wurden getötet. Dann ließ die chinesische Luftwaffe versehentlich Bomben auf den Bund fallen, und an einem anderen Tag schlug eine im Kaufhaus Sincere ein. Jedes Mal, wenn so etwas passierte, zweifelten wir, ob wir wirklich in Sicherheit waren, auch wenn sich die Internationale Konzession nicht in der Kriegszone befand. Die Japaner umstellten die Konzession, bereit, jeden Chinesen mit antijapanischer Gesinnung zu ergreifen, der waghalsig genug war, sich hinauszuschleichen. Das waren nicht wenige. Ein paar Tage nach dem Bombardement öffneten die Nachtclubs wieder, und das Leben ging auf unheimliche Weise weiter wie zuvor. Jeden zweiten Tag warnte mich Loyalty, nicht in die Nähe der Nanking Road oder an die Grenze der Konzession zu gehen. Er hatte Angst, ich würde meinen, ich wäre Amerikanerin genug, um überall hinzugehen, wo es mir gefiel. »Um meines Seelenfriedens willen«, sagte er, »betrachte dich bitte als Chinesin.«

Im Januar 1938 drückte mir Loyalty einen Brief in die Hand. Er war von Flora und an »Onkel Loyalty« adressiert. Loyalty war zum ersten Mal als Onkel anerkannt worden, und er vergoss ein paar Tränen, als er mit zittrigem Finger auf das Wort *Onkel* deutete.

New York, 26. Dezember 1938
Lieber Onkel Loyalty,
falls du in den letzten neun Jahren irgendwelche Dankesbriefe von mir bekommen hast, dann waren sie nicht von mir. Ich habe deine Briefe vor dem heutigen Tag nie gesehen. Minerva Ivory, ehemals meine Mutter, hat sie abgefangen, genau wie die Geschenke. Lass mich zuerst sagen, ich bin beeindruckt, dass du die Manschettenknöpfe, den Füller und den Gedichtband meines Vaters aufgehoben hast. Ihr müsst

ja richtig gute Freunde gewesen sein, wenn du es auf dich genommen hast, die Sachen sogar aus China hierherzuschicken. Danke dir dafür. Das bedeutet mir wirklich viel.

Vielen Dank auch für die Weihnachtsgeschenke, besonders für das kleine geschnitzte Pferd aus Jade. Ich wusste gar nicht, dass das mein chinesisches Sternzeichen ist. Die Augen sind wahrscheinlich keine echten Rubine. Die Armkette mit den Anhängern hätte mir gepasst, als ich zehn war, und es ist wirklich schade, dass ich sie damals nicht tragen durfte. In dem Alter habe ich Armketten mit Anhängern geliebt, du kannst dir gar nicht vorstellen, wie sehr. Ich bin eigentlich ziemlich überrascht, dass du darauf gekommen bist, einem Mädchen könnte so etwas gefallen.

Als ich nach deinen Briefen suchte, habe ich auch welche gefunden, die mein Vater geschrieben hat. Daraus ist ohne jeden Zweifel zu ersehen, dass Minerva Ivory nicht meine richtige Mutter ist. (Sie ist die Lügnerin, die die Briefe an dich geschrieben hat.) Ich hatte das immer schon vermutet, und jetzt bin ich froh zu wissen, dass es die Wahrheit ist, ohne hier die ganzen Gründe erläutern zu wollen. Weil sie nicht meine Mutter ist, frage ich mich natürlich, wer meine wirkliche Mutter ist. In dem letzten Brief, den mein Vater schrieb, teilte er Minerva mit, er hätte eine Frau in Shanghai geheiratet, sie würden bald zusammen ein Kind haben (mich). Das Problem ist nur, er hat ihren Namen nicht dazugeschrieben. Es ist ein Versuch, aber weißt du vielleicht zufällig den Namen meiner wahren Mutter? Ich weiß, es ist eine Ewigkeit her, und soviel ich in Erfahrung brachte, soll sie bei der Grippeepidemie gestorben sein, genauso wie mein Vater. Na ja, es ist nicht so wichtig. Ich bin nur neugierig. Aber falls du sie kennst und sie zufällig triffst, dann richte ihr Grüße von mir aus.

Herzlich

Flora Ivory

P.S. Ich mochte Gedichte nie besonders gern, aber vielleicht versuche ich es noch einmal, jetzt, wo ich weiß, wie sehr mein Vater das Buch mochte, das du geschickt hast. Man weiß ja nie.

Loyalty war wütend. »Sie hat meine Briefe nie bekommen! Diese miese Ratte von Mutter hat die Briefe geschrieben. *Lieber Mr Fang.* Die ganzen Jahre hätte ich schon Onkel sein können.«

»Flora weiß es.« Mehr sagte ich nicht.

Ich überlegte hin und her, was ich schreiben sollte. Sollte ich sagen, dass sie mir aus den Armen gerissen worden war und wir beide geschrien hatten? Dass Minerva und Mrs Lamp verhinderten, dass ich sie behielt? Am Ende schrieb ich Flora, wie froh ich sei, sie gefunden zu haben, und dass es mein Herzenswunsch wäre, sie wiederzusehen.

Ich habe dir viel von deinem Vater zu erzählen, auch, wie sehr wir beide dich liebten. Wenn du unterdessen deine Großmutter kennenlernen möchtest, sie ist in Croton-on-Hudson, wo sie all die Jahre auf dich aufgepasst hat.

Floras Antwort kam per Telegramm. Sie wollte ihre Großmutter treffen.

Meine Mutter berichtete mir, sie hätte sich mit Flora im Park verabredet. Sobald Flora sie an der kleinen Brücke stehen sah, schimpfte sie: »Ich wusste, dass Sie etwas im Schilde führten. Ständig habe ich Sie zufällig irgendwo getroffen. Anfangs dachte ich, Sie würden mir im Auftrag meiner Eltern hinterherspionieren. Später nahm ich an, Sie wären einfach eine Verrückte.«

Sie zeigte sich ihrer Großmutter gegenüber nicht sofort zugetan. Sie war eher abwartend und vorsichtig. Meine Mutter erklärte Flora, dass sie das alles nur getan hätte, um ihrer wirklichen Mutter versichern zu können, dass es ihr gut gehe.

»Sie können ihr sagen, was Sie wollen«, meinte Flora. »Aber woher wollen Sie wissen, ob es mir gut geht oder nicht? Ich weiß doch nicht einmal selbst, ob es mir gut geht.«

Sie erzählte, dass sie die Wahrheit über mich herausgefunden hätte, als sie über die Weihnachtsferien zu Hause war. Ihre Mutter war mit ihrem neuen Ehemann auf einer zweiwöchigen Hochzeitsreise in Florida, sie bezeichnete ihn als »professionellen Blutegel«. In der Post fand Flora ein Weihnachtspäckchen mit einem Schal und einem Brief von Loyalty. Sie fand es merkwürdig, dass er »wieder einen Weihnachtsgruß« schrieb und ihr für ihren letzten Brief dankte. Daraufhin durchsuchte sie den Schreibtisch, die Kommoden und die Wandschränke ihrer Mutter. Minerva war sammelwütig, und Flora wusste, dass irgendwo die anderen Weihnachtsgrüße sein mussten. Niemals hätte sie sie weggeworfen. Auf dem Dachboden entdeckte sie schließlich mehrere Schuhschachteln, die mit einer Schnur zusammengebunden waren. Sie enthielten Briefe – nicht nur von Onkel Loyalty, sondern auch von ihrem Vater. Sie las sie alle, und ihr wurde schwindelig, als sie nach und nach die Hintergründe begriff. Die meisten Briefe waren vor ihrer Geburt datiert. Ihr Vater bat Minerva, in die Scheidung einzuwilligen. Er erklärte, dass er niemals zu ihr zurückkehren würde, dass er sie nicht liebe und es nie getan hatte. In den frühesten Briefen wurde erwähnt, mit welchem Trick Minerva und Mrs Lamp ihn in eine Ehe getrieben hatten. Später gab es Briefe, in denen er sich beschwerte, weil sie versucht hatte, ihn mit Lügen über den Gesundheitszustand seines Vaters nach Hause zu locken. Und dann las Flora den Brief, in dem stand, dass er eine andere Frau lieben würde und dass er sie in Shanghai geheiratet hätte. »Bald wird ein Baby geboren«, hatte er geschrieben, »ein wahres, nicht so eines, wie du dir ausgedacht hast, um mich hereinzulegen. Ist dir das Beweis genug, dass ich nie mehr zurückkehre?« Dieser Brief trug das Datum vom 15. November 1918, und es war sein letzter.

Flora wollte nun die Wahrheit erfahren – wer ihre leibhaftige Mutter war, warum sie in Shanghai lebte und wie sie ihren Vater kennengelernt hatte. Sie sagte zu meiner Mutter: »Bitte erzählen Sie keine geschönten Lügen. Lügen habe ich mein ganzes Leben lang gehört. Ich will nicht schon wieder zum Narren gehalten werden. Wenn es etwas Schlimmes ist, kann ich es verkraften. Es ist mir ganz egal, solange es nur die Wahrheit ist.« Ich las:

Ich fing damit an, dass ihre Mutter Halbchinesin ist. Flora war zunächst erstaunt, aber dann lachte sie: »Na, das ist doch paradox.« Es stellte sich heraus, dass sie im Alter von dreizehn oder vierzehn Jahren Minerva gebeten hatte, mit ihr in ein chinesisches Restaurant zu gehen. Minerva behauptete, das Essen dort würde ihr nicht schmecken. Flora fragte, woher sie das wissen wolle, wenn sie es nicht ausprobiert hätte. Sie war wütend, als Minerva nichts weiter sagte und ihren Wunsch einfach ignorierte. Mit sechzehn fuhr sie mit ihrem Freund – der schlimme Finger, von dem ich dir geschrieben habe – in die Stadt. Sie gingen chinesisch essen. Sie sagte, sie hätte damit nur Minerva ärgern wollen, aber sie stellte verwundert fest, dass es ihr sogar gut geschmeckt hätte. Ich erzählte Flora, dass sie als Kleinkind wahrscheinlich mehr chinesisches als westliches Essen gegessen hätte. Und dann sagte sie: »Natürlich hat es mir geschmeckt. Ich bin ja zu einem Teil chinesisch.«

Dann folgte der schwierigere Part. Ich sagte: »Ich habe deine Mutter bekommen, obwohl ich nicht verheiratet war, und deine Mutter war ebenfalls nicht gültig verheiratet, als sie dich zur Welt brachte. Das war der Grund, weshalb die Ivorys dich deiner Mutter wegnehmen konnten.« Flora schwieg. Ihre Miene verriet nichts. Schließlich sagte sie: »Ich will sie treffen. Wenn ich sie nicht mag, muss ich sie nicht wiedersehen. Aber ich schätze, wenn sie so ist wie Sie, dann kann sie nicht so schlimm sein.«

März 1939

Meine Mutter und Flora fuhren zuerst nach San Francisco, wo sie eine Woche später an Bord eines Schiffs gingen, das sie nach Shanghai bringen sollte. In San Francisco schlief Flora in dem Zimmer, das einmal meines hätte werden sollen. Ich konnte es mir noch vorstellen: die sonnengelben Wände, das Fenster mit den dicken Ästen einer Eiche davor, so nahe, dass man hinüberklettern konnte. Das Zimmer war für mich zum Sinnbild für Glück geworden. Ich stellte mir vor, wie Flora in den Ästen dieses Baums saß.

Das Haus, so meinte meine Mutter, wäre mittlerweile sehr marode und bräuchte einige Reparaturen. Außerdem sei es zu groß für eine Person und beherberge mehr schlechte als gute Erinnerungen. Als sie Flora erzählte, dass sie es wahrscheinlich verkaufen würde, sagte die: »Tu das nicht. Vielleicht richte ich es her und ziehe hier ein. Ich möchte so weit weg von Minerva, wie es nur möglich ist, und ich brauche einen Ort, wo ich wohnen kann.« Sie sagte nicht, dass meine Mutter dort mit ihr zusammen wohnen könnte. Andererseits, wo sollte sie sonst hin?

Schließlich kam der Augenblick, vor dem sich meine Mutter gefürchtet hatte. Flora wollte »ihren chinesischen Anteil« kennenlernen. Sie meinte Lu Shing, den meine Mutter seit 1912 nicht mehr gesehen hatte. Sie hatte Lu Shings inständige Bitten, sich zu treffen, ignoriert. Er sollte sich entschuldigen können, und sie hatte gehofft, er würde aus ihrem Leben und ihrer Erinnerung verschwinden. Aber sie sagte, sie könne ihm nicht vorwerfen, dass er sie mit dem Versprechen, Teddy endlich sehen zu können, zurück nach San Francisco gelockt hatte. Sie hatte sich damals locken lassen, und jetzt wollte sie nicht mehr mit ihrer damaligen Entscheidung konfrontiert werden, die sie im Namen der Liebe getroffen hatte. Ich hatte den Verdacht, dass sie sich auch davor fürchtete, die Liebe könnte neu entzündet werden.

Als Flora und ihre Großmutter bereits auf dem Schiff waren, erhielt ich einen weiteren Brief, den meine Mutter noch in San Francisco geschrieben hatte.

Ich bin ein Nervenbündel, wenn ich nur an dieses Treffen denke. Es ist siebenundzwanzig Jahre her, seit ich ihn zum letzten Mal gesehen habe. Und ich weiß noch, was er für ein Charmeur war. Ich fürchte, dass er Flora mit seinem Charme einnimmt und sie diesen wunderbaren chinesischen Großvater in ihrem Leben behalten will. Sie hat gesagt, sie will die gesamte Wahrheit erfahren, aber ich musste aufpassen, dass ich bei den Fakten blieb und ihr nicht meine Gefühle offenbarte. Daher erzählte ich ihr von seiner Beziehung zu ihrem

Großvater Mr Ivory, dem Kunstsammler, und meinem Vater John Minturn, ihrem Urgroßvater, dem Kunsthistoriker. Ich war gerade dabei, ihr zu erklären, dass Lu Shing der Schützling von Mr Ivory gewesen war und mehrere Jahre in seinem Haus gewohnt hatte, da sagte Flora: »Moment mal. Ich glaube, ich habe von ihm gehört – ich meine, ich habe einmal mit angehört, was mein Großvater über einen Chinesen erzählt hat, der vor Jahren in dem Haus gewohnt hat. Er sagte, dieser ›betrügerische, zweitklassige schlitzäugige Schwindler von chinesischem Maler – hat Johns Tochter vor seiner Nase verführt!‹ Ich fand es zum Totlachen, was mein Großvater über diesen Maler geäußert hatte. Es war wie ein Zungenbrecher. Und ich habe es mir die ganze Zeit vorgesagt, immer schneller. ›Dieser betrügerische, zweitklassige schlitzäugige Schwindler von chinesischem Maler – hat Johns Tochter vor seiner Nase verführt!‹ Jetzt wird mir klar, warum er das gesagt hat. Die Tochter warst du, und du hast meine Mutter bekommen, in die sich mein Vater verliebt hat, und sie hat den Stammbaum vermasselt, indem sie mich geboren hat. Ich kann es gar nicht erwarten, diesen betrügerischen, zweitklassigen schlitzäugigen Schwindler von chinesischem Maler, der dich verführt hat, kennenzulernen.« Dann erzählte ich ihr mehr von Lu Shing, zum Beispiel, dass er mir mein Kind weggenommen hat und ich ihn danach zwölf Jahre nicht gesehen habe.

Am nächsten Tag bekam ich einen weiteren Brief.

Flora hat eine nervenaufreibende Art, Dinge auszusprechen. Gestern bereiteten wir uns auf das Treffen mit Lu Shing vor. Du kannst dir vorstellen, dass ich aufgeregt war. Damals konnte mich dieser Mann entkleiden, einfach indem er mich ansah. Bevor wir gingen, machte Flora mir ein Kompliment über mein Kleid, es passe gut zu meinen grünen Augen. Ich dankte ihr. Dann sagte sie: »Es ist neu, oder?« Bevor sich meine Verwirrung legen konnte, sagte sie: »Der Friseur hat gute Arbeit geleistet. Ehrlich gesagt, so wie du die Haare vorher hattest, sahst du ein wenig schrullig aus. Ich glaube, der zweitklas-

sige Maler wird den Tag bedauern, an dem er dich verlassen hat!« Sie zwinkerte mir zu. Kannst du das fassen? Um offen zu sein: Ich wollte so gut wie möglich aussehen, um Lu Shing zu verstehen zu geben, er solle abzischen. »Zisch ab« ist übrigens ein nützlicher Ausdruck, den mir Flora beigebracht hat. Es ist eine höfliche Art zu sagen: »Verpiss dich.«

Um zehn Uhr morgens kamen wir in der Kunstgalerie in Nob Hill an, wo Lu Shing seine Bilder verkauft. Sie ist nicht größer als eine Schuhschachtel, aber offensichtlich gehört sie ihm. Wer würde sonst diese Bilder verkaufen? Flora war zurückhaltend und setzte ihre übliche ausdruckslose Miene auf. Als sie Lu Shing die Hand gab, betrachtete sie aufmerksam sein Gesicht. Ich fragte mich, was sie wohl wahrnahm. Für mich wirkte er sehr verbraucht, ohne jede Energie. Allerdings muss ich zugeben, dass er noch gut aussah, und seine Stimme – sie klang so melodiös und britisch. Er hatte immer etwas kaiserlich Chinesisches an sich, sodass man auf den Gedanken kommen konnte, in ihm stecke mehr als das, was wirklich vorhanden war. Irgendwann blickte er mich lächelnd an, und ich fragte mich, ob er wohl dachte: Arme Lulu, sie ist eine schrullige alte Hexe geworden. Wenigstens hat sie eine hübsche Frisur. Er kam zu mir und dankte mir, dass ich gekommen war. Sein Blick war traurig. »Es hätte nicht so sein dürfen«, sagte er. »Es tut mir leid.« Ich war fest entschlossen gewesen, ihn zu verfluchen. Aber ich wurde wehmütig.

»Wie geht es deiner Frau?«, fragte ich fröhlich. Er sagte voller Achtung: »Sie ist gestorben.« Ein bisschen Hoffnung kehrte zurück – keine echte Hoffnung, sondern eine Erinnerung daran –, dass er eines Tages frei sein würde, um mich zu heiraten. Du wirst dich freuen, dass zwei Sekunden später meine Vernunft wieder einsetzte. »Das tut mir leid«, sagte ich. »Und es tut mir auch leid zu sagen, dass keiner meiner Ehemänner gestorben ist. Ich musste mich scheiden lassen. Ich bin mittlerweile beim vierten.« Ich bin sicher, er wusste, dass das nicht die Wahrheit war, aber was sollte er sagen?

Flora lief in der kleinen Galerie herum und schien die Kunstwerke zu betrachten – wenn man sie denn so nennen will. Es gab Bilder von

Booten in der Bucht, manche mit sanften Wellen, andere mit dunklen Brechern, die der Meuterei auf der Bounty *würdig gewesen wären. Er hatte die Kabelstraßenbahnen gemalt, die den Berg hinauf in die Sterne fuhren. Es gab viele Bilder von der neuen Golden Gate Bridge, die er golden gemalt hat, obwohl sie rot ist. Es gab ein paar Seelöwen auf einer Felseninsel. Ein Bild hat meine besondere Aufmerksamkeit auf sich gezogen. Du kennst es.* Das Tal der Verwunderung. *Davon hatte er ein ganzes Dutzend. Manche stellten einen Sonnenuntergang dar, andere einen Sonnenaufgang, eines zeigte ein aufziehendes Unwetter, ein anderes ein abziehendes. Auf einem war der Boden des Tals mit einem lilafarbenen Blumenteppich bedeckt. Bei einem anderen waren die Blumen blau. Einige wenige zeigten goldene Miniaturstädte, die hinter der Öffnung zwischen den Bergen lagen, erleuchtet von den Strahlen des Himmels.*

Es wird dich freuen, dass deine Tochter eine clevere Kunstkritikerin ist. Sie hat zu Lu Shing gesagt, dass er sich offenbar auf die Darstellung glücklicher Szenen spezialisiert habe. Sie zeigte auf eines der Bilder vom Tal der Verwunderung *und fragte, ob er das auch größer malen könnte, und dazu auch noch Vögel am Himmel. Es meinte, das ginge recht einfach, er richte sich oft nach den Wünschen der Kunden. Unser schlaues Mädchen sagte: »Das dachte ich mir.« Er fragte, ob sie eines haben wolle. Sie lehnte ab: »Ich war nur neugierig, wie Sie Ihr Geld verdienen.« Er wusste genau, was sie damit sagen wollte, und er tat mir leid, weil ich mich erinnerte, dass er einmal in einem Brief an mich zugegeben hatte, dass er ein mittelmäßiger Maler sei, ohne Tiefgang, und er wisse genug über sich selbst, um von seinem Leben enttäuscht zu sein. In diesem Moment konnte ich nicht mehr böse auf ihn sein.*

Nachdem wir die Galerie verlassen hatten, erklärte Flora, Lu Shing sei als Künstler ein Scharlatan. Alle seine Bilder seien Kopien von Werken anderer Maler, und noch nicht einmal gut ausgeführt. »Ich hatte das Gefühl, die ganze Wahrheit wäre mit falscher Fröhlichkeit geschönt worden, nur war es nicht fröhlich, sondern gefährlich.«

Loyalty, Zauberkürbis und ich standen am Hafen, um Flora und meine Mutter zu begrüßen. Ich war benommen, bekam kaum Luft. Loyalty und Zauberkürbis mahnte ich, aufzupassen, was sie sagten. Ich wollte nicht, dass sie Perpetual, Fairweather oder die Kurtisanenhäuser erwähnten.

»Du hast uns das schon zehnmal gesagt«, meinte Loyalty und drückte meine Hand. »Ich bin auch nervös.«

»In der Minute, in der sie dich sieht, weiß sie, wer du bist«, sagte Zauberkürbis, was mich noch nervöser machte. »Auf den Fotos sieht sie dir ähnlich.«

Meine Mutter entdeckte ich zuerst, und einen Augenblick später Flora. Die beiden standen am Kai, inmitten von Hunderten sich drängenden Passagieren und Kulis, die das Gepäck in Augenschein nahmen. Ich sah Floras Gesicht noch nicht im Detail, hauptsächlich den grünen Hut, den sie aufhatte. Im Vergleich zu meiner Mutter und den Umstehenden war sie groß. Sie hatte Edwards Größe. Ich verfolgte, wie sie auf mich zukam, durch das Chaos schwebte. Als sie sich näherte, erkannte ich Edwards ernsten Ausdruck. Sie hatte auch seinen Teint, seine Haarfarbe. Bevor sie mich erreicht hatte, blieb sie stehen, zeigte auf einen Schrankkoffer und nickte einem Kuli zu, dann einem weiteren. Ich hatte Fotos von ihr gesehen, als sie sieben, zehn, dreizehn, siebzehn war, und auch das neueste, das vor sechs Monaten gemacht worden war und auf dem sie sehr elegant aussah. Aber in mir waren das lachende, glucksende Baby und das schreiende kleine Mädchen, das mir weggenommen worden war. Mit diesen beiden Erinnerungen hatte ich gelebt, und sie hatten mir gleichermaßen das Herz zerrissen. Ich hatte sie gespürt, wie sie in meinen Armen schlief. Klein Flora war nicht diese große, modische Frau mit rotem Lippenstift und der Bob-Frisur.

Plötzlich stand meine Mutter vor mir und drückte mich kurz. In den letzten zehn Jahren war sie gealtert. Ihre Haare waren völlig ergraut, und sie war jetzt kleiner als ich. Sie sah aus, als wäre sie gerade beim Friseur gewesen, und sie trug ein Kleid, das zu ihrer Augenfarbe passte. Lu Shing musste sie so in seiner Galerie gesehen haben. Sie war immer noch lebhaft, führte immer noch das Kommando. Sie winkte Flora zu und deutete auf mich. Flora sah zu mir und nickte. Ihr Gesichtsausdruck änderte sich nicht. Er verriet weder Überraschung noch Freude.

Zauberkürbis legte mir die Hand auf die Schulter. »Na, siehst du? Sie hat den gleichen Gesichtsausdruck wie du, wenn du so tun willst, als würdest du nicht wollen, was du willst. Siehst du ihren Mund? Genau so schaut deiner gerade aus.« Sie umfasste mein Kinn. »Fest zusammengekniffen.«

Ich zwang mich zu lächeln, und eine Flut von Begrüßungen rauschte mir durch den Kopf. »Ich freue mich, dich kennenzulernen.« »Ich bin Violet Fang.« »Ich bin so froh, dich endlich wiederzusehen, Flora. Ich bin deine Mutter.« »Ich bin deine Mutter, Flora.« »Ich bin Violet Fang, deine Mutter.« »Erinnerst du dich an mich, Flora?«

Aber diese eingeübten Sätze entfielen mir, und als ich bei ihr war, sagte ich nur: »Wie war deine Reise? Du bist bestimmt müde. Hast du Hunger?«

Sie antwortete, die Überfahrt sei gut verlaufen. Und sie sei weder müde noch hungrig. Ich suchte nach ihrem Babygesicht – und fand es in ihren Augen. Als mir die Tränen kamen, wandte ich mich ab. Ich spürte eine Hand auf der Schulter. »Hier«, sagte sie. Sie reichte mir ein Taschentuch. Nachdem ich mir die Augen abgetupft hatte, blickte ich zu ihr auf, um ihr zu danken. Ich war mir sicher, sie hätte auch Tränen in den Augen. Doch ihre Augen waren trocken. Ich hatte Angst. Sie empfand nichts für mich.

Meine Mutter erklärte einem Kuli auf Chinesisch, er solle vorsichtig sein. Ihr Chinesisch war nicht mehr gut zu verstehen. Ich wies den Kuli an, die Überseekoffer auf die andere Straßenseite zu bringen, dorthin, wo unser Wagen wartete.

»Es ist irgendwie komisch, dich Chinesisch reden zu hören«, sagte Flora. »Ich weiß ja, dass du Halbchinesin bist, aber man sieht es dir nicht an, erst wenn du sprichst. Ich werde mich aber daran sicher gewöhnen.«

»Als kleines Mädchen hast du auch Chinesisch gesprochen«, sagte ich. »Deine Tante Chen und du, ihr habt euch nicht anders miteinander unterhalten können.« Ich zeigte auf Zauberkürbis, die aufgeregt nickte.

»Ich habe Chinesisch gesprochen? Das ist ja lustig.«

Ich holte Zauberkürbis zu uns und sagte: »Das ist Mrs Chen. Sie ist meine liebste Freundin, die sich viele Jahre um mich gekümmert hat. Sie ist wie eine Schwester für mich.«

Zauberkürbis nickte und sagte ihren eingeübten Satz auf Englisch: »Nenn mich Tante Happy-Happy.«

Jetzt mischte sich meine Mutter ein: »Ich habe dir doch gesagt, sie sieht aus wie du. Warte nur ab, dann wirst du erkennen, was sie noch alles macht wie du.«

Loyalty wurde langsam ungeduldig, er wartete darauf, vorgestellt zu werden. Flora ging zu ihm und schüttelte ihm die Hand. »Du bist bestimmt Onkel Loyalty.«

Er strahlte. »Ja, ja, genau. Und du bist meine – ich habe das Wort vergessen, mein Englisch ist so schlecht –, meine Tochter.«

Flora lächelte. »Wahrscheinlich.«

Wir – Großmutter, Mutter und Tochter – setzten uns auf den Rücksitz des Autos. Meine Mutter hatte mich in die Mitte gesetzt, mit Absicht, damit Flora neben mir saß. Es war eine Qual, Floras Gesicht nicht offen betrachten zu können, deshalb hielt ich den Blick nach vorne gerichtet und sagte dem Fahrer, er solle eine Route nehmen, von der ich wusste, dass sie ohne japanische Kontrollen war. Ich wollte Flora keine Angst einjagen. Alle im Auto schwiegen. Vor lauter Verzweiflung krampfte sich mein Magen zusammen. Ich hatte das Gefühl, gleich in Tränen auszubrechen. So sollte es nicht sein. So war es nicht richtig. Diese ganzen Jahre des Wartens, und ich konnte nichts von meinem Schmerz oder meiner Freude mitteilen. Flora kannte mich nicht. Für sie war ich eine Fremde, die weiß aussah und Chinesisch sprach. Dem Baby, das sich an mir festgehalten hatte, war die Mutter, die neben ihm saß, gleichgültig. Minerva hatte es geschafft, dass Flora nichts empfand.

Ich schluckte. Meine Mutter hatte mich gewarnt, dass Flora kühl wirken konnte. »Nach ein paar Tagen ist sie lauwarm«, hatte sie einmal geschrieben:

Und nach einem Monat ist sie noch etwas wärmer, würde ich behaupten. Aber sie hat nie »Großmutter« zu mir gesagt. Für sie bin ich Mrs Danner. Sei nicht zu verletzt, Violet, wenn du feststellst, dass sie nicht das herzige Kind ist, das du in den ganzen Jahren im Gedächtnis hattest. Denk daran, wie seltsam es für uns war, als wir uns nach der langen Trennung wiedergesehen haben.

Gerade wollte ich Flora fragen, ob sie in Shanghai etwas Bestimmtes besichtigen wollte, da sah ich das herzförmige Medaillon, das sie um den Hals trug. Sie hatte es aufbewahrt. Minerva hatte es ihr nicht weggenommen. Hatte sie es jemals geöffnet, um zu sehen, was es enthielt? »Du trägst das goldene Medaillon, das ich dir geschenkt habe, als du klein warst«, sagte ich.

Sie berührte es. »Ich weiß noch, dass ich damit in einem Zimmer mit gelben Wänden gespielt habe. Ich erinnere mich auch, dass eine Frau es mir wegnehmen wollte. Ich glaube, es war meine Mutter. Minerva, meine ich. Ich kann diese Frau nie mehr meine Mutter nennen. Jedenfalls hat Minerva weiter versucht, es mir wegzunehmen. Ich habe sie gebissen, sie schrie, und da fand ich, ich sollte sie nochmals beißen. Ich habe es immer getragen. Aber ich wusste nicht, dass du es mir geschenkt hast. Minerva behauptete, es käme von ihrer Familie. Alles an ihr war eine große Lüge.«

»Hast du es aufgemacht?«, fragte ich.

»Ich habe es nie versucht, bis ich die Briefe meines Vaters fand. Danach ahnte ich, dass sich vielleicht etwas in dem Medaillon befinden könnte, was mit mir zu tun hätte. Es war nicht leicht gewesen, es zu öffnen, aber am Ende schaffte ich es. Ich sah die Fotos, dich und meinen Vater, ihr beide zusammen. Hättest du das verdammte Ding nicht zulöten lassen, hätte ich die Wahrheit viel früher erfahren.«

»Ich wollte nicht, dass die Bilder versehentlich herausfallen. Du hast ständig auf dem Medaillon herumgekaut. Hast du die Bissspuren gesehen?«

»Ach, daher kommen also diese Kerben.« Sie legte die Handfläche auf die Kette. »Das Medaillon war immer etwas Besonderes für mich, schon bevor ich von seiner Herkunft wusste. Es war wie ein kleines Zauberherz. Wenn ich es berührte, wurde ich stark oder unsichtbar oder ich konnte Gedanken lesen. Das habe ich mir so vorgestellt, als ich jünger war. Es war etwas, woran ich glauben wollte.«

Wieder stiegen mir Tränen in die Augen.

»Hast du das Taschentuch nicht mehr, das ich dir gegeben habe?«, fragte Flora. Ich schüttelte den Kopf. Sie legte mir die Hand auf den Arm. »Es ist schon gut. Du kannst weinen, wenn du willst.«

Schluchzend saß ich zwischen meiner Tochter und meiner Mutter.

Unterwegs wies Loyalty auf ein paar Sehenswürdigkeiten hin. Als er uns bedeutete, nach links zu schauen, nutzte ich die Gelegenheit, Floras Gesicht zu mustern. Gelegentlich warf sie einen kurzen Blick in meine Richtung und lächelte ein bisschen.

»Ich kann es immer noch nicht fassen, dass du Chinesisch sprichst«, sagte sie, »und dass ich aussehe wie du.«

»Eigentlich siehst du deinem Vater ähnlicher«, erwiderte ich. Sie sah mich verwirrt an. »Die Form deiner Augen, die Farbe deiner Iris, deine Augenbrauen, die Nase und die Ohren …«

Flora beugte sich vor und blickte meine Mutter an. »Ist sie blind?«

Meine Mutter antwortete: »Ich habe es dir doch gesagt, Flora. Du siehst aus wie deine Mutter.«

In den ersten beiden Tagen machte ich keine Bemerkungen, die die Vergangenheit betrafen. Wir machten mit Flora eine Tour durch Shanghai beziehungsweise durch die Internationale Konzession. Sie interessierte sich für die Architektur, besonders für die Dächer mit ihren gebogenen Traufen. »So ein Dach, das aussieht wie ein Gesicht, das zum Himmel gerichtet ist, das hat schon was.« Mit Zauberkürbis übte sie ein paar einfache chinesische Wörter: »Baum«, »Blume«, »Haus«, »Mann«, »Frau«. Sie konnte sich eine Stunde später noch daran erinnern.

Am dritten Tag sagte sie beim Frühstück: »Ich bin jetzt bereit für die Geschichte von dir und meinem Vater. Erzähl einfach, und versuche bloß nicht, das Ganze anständig zu machen und so. Lass nicht das Beste weg.«

»Ich habe deinen Vater kennengelernt«, sagte ich, »weil Onkel Loyalty mich ihm als jemand vorgestellt hat, mit dem er sich auf Englisch unterhalten konnte. Dein Vater dachte aber auch, ich wäre eine gewöhnliche Prostituierte in einem billigen Bordell. Am Anfang verstanden wir uns gar nicht.« Flora gefiel das Missverständnis und Loyaltys Rolle dabei. Als ich Edward beschrieb, hörte sie zu und blieb dabei ganz ruhig sitzen. Es fiel mir schwer, alles, was Edward für mich und für sie bedeutet hatte, in Worte zu fassen. Ich erzählte ihr, wie schön seine Stimme war, und ich sang ihr das Morgenlied vor, das er sich ausgedacht hatte. Ich sagte, er wäre ernst, manchmal auch traurig gewesen, sanftmütig und lustig. Ich erwähnte, wie viel Kummer ihm der Tod eines Jungen namens Tom bereitet hätte, der wegen eines Streichs von Edward ums Leben gekommen war. Sie wollte wissen, wie ihr Großvater und ihre Großmutter damit umgegangen waren. Als ich antwortete, dass sie die Ansicht vertreten hätten, man könne ihm nichts vorwerfen, schnaubte sie. »Ich wusste es.« Im Laufe meiner Erzählung kehrte Edward immer deutlicher zurück, er stieg aus dem Foto zurück ins Leben.

Ich begab mich zu dem Tisch, wo ich Edwards Tagebuch hingelegt hatte. Ich reichte es ihr, und sie fuhr mit den Fingern über den weichen braunen Umschlag. Sie schlug es auf und las laut den Titel vor, den Edward für grandios erklärt hatte.

IN DEN FERNEN OSTEN

Von B. Edward Ivory III.

Ein fröhlicher Wanderer durch China

Ich zeigte ihr die Passage, die Edward geschrieben hatte, als wir aufs Land gefahren waren und er mir das Autofahren beigebracht hatte. Während sie es las, war ich wieder bei ihm. Er drängte mich, schneller zu fahren, die Geschwindigkeit des Lebens zu spüren. Wir rasten dem Tod davon, der sich über das Land ausbreitete. Er wollte nur glücklich sein, er war mit mir zusammen, der Frau, die er liebte. Ich wandte mich ihm zu, und er sah, dass ich ihn auch liebte.

»Das war die Liebe, die wir hatten und die wir dir schenkten. Er sorgte dafür, dass ich wieder zu mir fand. Ich war nicht mehr die Kurtisane, die zu werden man mich gezwungen hatte. Ich wurde geliebt, und dieses Wissen würde mir immer bleiben. Als Mrs Lamp mich als Prostituierte bezeichnete, konnte sie mir seine Liebe nicht wegnehmen. Doch sie nahm mir stattdessen mein Kind. Sie nahmen dich und ließen dich vergessen, wer ich war.«

Flora wurde traurig. »Auf eine gewisse Weise habe ich es nicht vergessen. Deshalb durfte niemand das Medaillon anfassen. Solange ich es hatte, wusste ich, dass jemand wie du zurückkehren würde. Ich habe auf dich gewartet. Und jeden Tag erzählten mir diese schrecklichen Leute, dass es dich nicht gab, dass es ein böser Traum war.« Sie blickte mich verzweifelt an. Ihre Augen sahen aus wie die von Edward, kurz bevor er mir die schreckliche Geschichte von dem Jungen gestand, der den Abhang hinunterfiel.

»Sie haben mich dir weggenommen und versucht, einen anderen Menschen aus mir zu machen. Ich bin nicht wie sie geworden. Ich hasse sie. Und ich bin auch nicht wie du, da ich dich nicht mehr kenne. Aber ich weiß auch nicht, wer ich bin. Die meisten Leute finden, ich sei sehr selbstsicher. Sie sagen: ›Hey, du glückliches Mädchen, du bist reich und hast keine Sorgen.‹ Aber ich bin nicht die, für die sie mich halten. Ich trage ein teures Kleid. Ich ziehe beim Gehen die Schultern zurück wie ein selbstbewusstes Mädchen, das weiß, wo es hingeht. Doch ich weiß nicht, was ich mit meinem Leben anfangen will. Vielleicht beende ich das College, vielleicht auch nicht. Es gibt nichts, was meine Tage verknüpft, und ich muss jedes Mal neu entscheiden, was ich tun und wer ich sein will.

Wie mein Vater wurde ich als seine Tochter in der alten Familientradition der Ivorys erzogen. Man kann nichts verkehrt machen. Man hat immer recht. Man kann nach Strich und Faden lügen und die Leute tun lassen, was man will, weil man genügend Geld hat, um sich freizukaufen. Man kann Bewunderung kaufen, Anerkennung kaufen, Respekt kaufen – nur nichts, was echt wäre. Für sie waren Pappfassaden gut genug. Und ich tat mein Bestes, das Gegenteil zu beweisen.

Als Kind hörte ich auf zu lernen und verhaute meine Prüfungen. Wusste ich die richtige Antwort, schrieb ich die falsche hin. Meine Familie beschuldigte die Lehrer, mich ungerecht zu behandeln, sie setzten durch, dass ich die Prüfungen zu Hause wiederholen durfte. Sie bezahlten jemanden dafür, an meiner Stelle die Antworten einzutragen. Ich wurde eine herausragende Schülerin!

Mit elf beging ich Ladendiebstähle. Das war aufregend, weil es gefährlich war und ich erwischt werden konnte. Ich hatte noch nie so starke Gefühle gehabt, jedenfalls konnte ich mich an keine erinnern – und ich verspürte einen inneren Drang danach. Ich stahl einen kleinen Zinnsoldaten aus einem Spielwarenladen. Eigentlich wollte ich ihn gar nicht haben. Aber als ich ihn nach Hause trug, hatte ich auf einmal das Empfinden, er würde mir gehören und ich hätte ein Recht dazu, ihn zu nehmen. Mein Recht. Ich stahl Dinge, die wertvoll waren, und weniger wertvolle Sachen: eine silberne Babytasse, einen Apfel, glänzende Knöpfe, einen Fingerhut, ein silbernes Hündchen, das in einen Fingerhut passte, einen Bleistift. Je mehr ich stahl, desto mehr musste ich weiterstehlen. Es war, als hätte ich einen riesigen Nikolaussack in mir, den ich füllen musste, ohne den Grund dafür zu kennen. Ich würde ihn erst erfahren, wenn der Sack voll war. Schließlich wurde ich erwischt, und meine falsche Mutter setzte sich mit mir hin und fragte, ob mir etwas fehlte. Ich schwieg, denn ich konnte ihr nichts von dem riesigen Nikolaussack in mir erzählen. Sie meinte, ich sollte ihr nur sagen, was ich mir wünschte, sie würde es mir besorgen. Dann gab sie mir zehn Dollar. Ich warf das Geld weg. Ich war wütend, weil sie glaubte, sie könnte einfach dafür zahlen, dass das Böse in mir wegging. Ich stahl weiter. Sofort wollte ich wieder erwischt werden. Aber niemand merkte etwas. Ich entwendete größere Sachen vor aller Augen – eine Puppe, ein Sparschwein, ein Holzpuzzle. Ich wusste, dass mich die Ladenbesitzer dabei beobachtet hatten, aber sie sagten nichts. Später fand ich heraus, dass meine falsche Mutter ein Konto bei den Ladenbesitzern hatte. Sie schrieben auf, was mein Diebesgut kostete. Für sie war es wie ein Witz.

Ich wollte nicht böse sein. Das war nicht ich. Ich fühlte mich nur näher an der Person, die ich vielleicht sein könnte, weil ich nicht war wie sie. Wie sie zu sein hätte bedeutet, ich wäre überzeugt davon, es sei alles in Ordnung mit ihnen, mit der Welt, mit denen, die so taten, als würden sie sie respektieren, während es ihnen eigentlich nur um Geld ging. Wie sie zu sein bedeutete, die Liebe wäre nichts weiter als ein Kuss auf die Wange. Die Liebe sollte aber einen Menschen glücklich machen, einem zeigen, dass man nicht allein war. Man konnte etwas empfinden, was man bei keinem anderen empfand. Und es drückte einem das Herz zusammen, wenn man Liebe spürte. So ging es mir mit meinem Hund. Es heißt, wahre Liebe ist beständig. Nun gut, keine Liebe ist auch beständig.

Als ich älter wurde, ließ ich mich genau mit der Art von Freunden ein, die die Ivorys für den Abschaum der Welt hielten, insbesondere mit einem Jungen namens Pen. Ich weiß, dass Mrs Danner ihn sah, wenn sie mir nachspionierte. Wir rauchten Zigaretten. Wir tranken Alkohol. Ich machte alles, was ich nicht machen sollte, und dann wurde ich schwanger. Als ich begriff, dass ich ein Baby bekam, hatte ich das Gefühl, es endlich geschafft zu haben. Ich hatte mich geändert. Ich war anders. Mein Körper war anders. Die Leute betrachteten mich anders. Mädchen, die schwanger wurden, waren unmoralisch und dumm. Aber diese Veränderung gefiel mir jetzt nicht. Ich war nicht unmoralisch und dumm. Ich war in eine prekäre Lage geraten, mit einem Jungen, den ich nicht liebte. Ich dachte immer, er wäre anders, weil es ihm egal war, was die Leute dachten. Ich wollte ihn lieben, aber er war nicht sonderlich klug. Er wollte mich zu einer anständigen Frau machen. Er liebte mich und fragte, ob seine Liebe von mir erwidert werden würde. *Erwidert werden würde.* Ganz schön kompliziert ausgedrückt für seine Verhältnisse. Er hatte die Chance, das kleine Fräulein Pfeffersack zu heiraten, und er hatte in der Grammatik nachgeschaut, um herauszufinden, wie er das anstellen sollte. Selbst er war nicht echt. Das Baby war das Einzige, was echt war.

Was sollte ich tun? Ich hatte noch keinen Plan, aber das war nur eine Frage der Zeit. Ich musste auf jeden Fall bald von zu Hause weg. Ich wollte mein Baby nicht in dieser Familie aufwachsen lassen, auf keinen Fall durfte es so werden wie sie. Und sie wiederum würden froh sein, dass ich weg war. Sie konnten nicht genügend Lügen verbreiten, um einen Bauch zu verbergen, der immer größer wurde. Minerva brauchte zwei Monate, um zu bemerken, dass mit mir etwas nicht stimmte. Jeden Morgen musste ich mich in meinem Zimmer übergeben. Eines Tages wurde mir beim Abendessen schlecht. Sie wollte schon den Arzt rufen, weil sie glaubte, ich hätte eine Magenverstimmung. Ich sagte: ›Bemüh dich nicht. Ich bin schwanger.‹ Sie schloss die Esszimmertüren, damit wir beide allein waren. Ich behauptete, nicht zu wissen, wer der Vater sei, nur um sie noch mehr zu ärgern. Ein halbes Dutzend Jungen kämen in Frage. Dann sagte sie etwas Seltsames: ›Ich wusste, dass das passiert. Du wurdest ohne Moral geboren, und ich konnte das trotz all meiner Bemühungen nicht ändern.‹ Ich wusste nicht, dass sie damit dich gemeint hatte. Sie sagte, ich hätte den Ruf der Familie ruiniert, das gesellschaftliche Ansehen der Familie Ivory, und es würde jetzt eine Menge Klatsch und Tratsch über mich geben. Ich fand das aufregend. ›Junge Dame‹, sagte sie mit schriller Stimme, ›du hast die Schwelle zum Hof des Teufels überschritten.‹

Ich brach in Lachen aus. Sie brüllte mich an, ich solle damit aufhören. Das brachte mich nur noch mehr zum Lachen. Ich lachte geradezu hysterisch. Und dann merkte ich, dass ich nicht mehr aufhören konnte zu lachen, und das war beängstigend. Sie schrie mich weiter an, ich lachte weiter. Sie sagte, würde ich mit diesem dreckigen Jungen weggehen, müsste ich mit dem Baby in einem Slum leben. Ich lachte und lachte, bis ich nur noch keuchen konnte, weil ich kaum mehr Luft bekam. Ich erstickte fast an meinem eigenen Gelächter. Und dann zeterte sie, würde ich mit dem Baby weglaufen, würde ich nie mehr Geld von ihr bekommen. Plötzlich konnte ich mit dem Lachen aufhören. ›Ich bin diejenige, die das Geld erbt, nicht du‹, sagte ich. ›Du bist diejenige, die kein Geld mehr erhält.‹ Daraufhin wurde sie still.

Ich teilte ihr mit, dass ich in dem Haus wohnen bleiben und das Baby bekommen würde, ob es ihr passte oder nicht. Sie änderte sofort ihren Ton und versuchte mich zu beruhigen, meinte, ich solle mir keine Sorgen über meine Zukunft und die des Babys machen. Alles würde gut werden, sagte sie voll falscher Besorgnis. ›Beunruhige dich nicht, meine Liebe‹, sagte sie. ›Ich rufe den Arzt, er soll dir etwas gegen die Übelkeit verschreiben.‹ Sie nannte mich *meine Liebe*. Dass sie diese Wörter herauswürgte, war auf mein Erbe zurückzuführen. Ich war froh, als der Arzt kam. Zusammengekrümmt saß ich auf der Bettkante. Er stellte ein Döschen mit Tabletten auf den Nachttisch. Minerva sollte mir drei davon am Tag verabreichen. Dann wollte er mir eine Spritze setzen, damit ich mich sofort besser fühlte. Er stach die Nadel hinein, ich sagte Autsch, und dann weiß ich nichts mehr, bis ich mit schrecklichen Schmerzen aufwachte. Minerva meinte, das sei normal bei der Übelkeit, und gab mir eine Tablette. Ich schlief wieder ein. Als ich erneut aufwachte, musste ich noch eine Tablette nehmen.

Drei Tage vergingen, bis ich Minervas Hand wegschlug, als sie mir die Tablette zum Mund führte. Ich wusste inzwischen, dass der dumpfe Schmerz in meinem Unterleib nicht von der Übelkeit kam. Sie hatten mich ausgeräumt. Sie hatten herausgenommen, was sie dort nicht haben wollten, weil es Minerva beschämte und ihr gesellschaftliches Ansehen zerstört hätte. Minerva setzte ihre verlogen freundliche Miene auf und machte mir weis, ich hätte eine Fehlgeburt gehabt. Sie erklärte mir das voller Ernst. Angeblich erinnerte ich mich nicht daran, weil ich solche Schmerzen gehabt hätte, dass ich ohnmächtig geworden sei. Ich beschimpfte sie mit jeder Beleidigung, die mir einfiel. Ich schrie. Minerva meinte nur, mir würde es bald wieder gut gehen, es sei normal, dass man melancholisch wurde, nach allem, was ich durchgemacht hätte. Und dann wurde ich still. Warum brüllte ich eigentlich? Was würde das ändern? Ich konnte nicht gegen sie gewinnen, weil es nichts zu gewinnen gab. Ich war ein Waisenkind. Ich gehörte niemandem. Ich hatte nichts und niemanden, an dem ich mich festhalten konnte. Der einzige Mensch, dem ich vertrauen und auf den ich mich verlassen konnte, war ich selbst. Aber ich war hilflos und wollte aufgeben, denn ich wollte nicht mehr stark sein. Wozu?

Ich hatte das Gefühl, ich würde sterben, und ich würde niemals den Unterschied zwischen dem Menschen, der ich war, und dem, der ich nicht sein wollte, kennen. Ich lief weg, sobald ich aufstehen konnte. Die Polizei fand mich und brachte mich zurück. Ich lief wieder weg. Ich wurde erneut aufgelesen. Immer wenn sie mich erwischten, starb etwas in mir. Ich schnitt mir die Haare ab. Ich schlitzte mir die Handgelenke auf, lief durch das Haus und verspritzte überall Blut. Man würde wohl sagen, ich hatte einen Nervenzusammenbruch. Wieder rief man den Arzt. Statt mich in eine Anstalt zu bringen, stellte Minerva Krankenschwestern ein, die auf mich aufpassen sollten. Sie gaben mir heimlich irgendwelche Mittel in mein Essen, um mich gefügig zu machen. Ich aß nichts mehr und spülte alles in der Toilette hinunter. Ich wurde immer schwächer. Und dann dachte ich, es sei unsinnig zu sterben, nur weil ich sie hasste. Ich wusste, was ich tun musste, um zu entkommen. Ich würde das brave Mädchen spielen, das ein falsches Leben lebte. Bei Tisch würde ich lächeln und sagen, was für ein schöner Tag es doch war. Was für ein Glück, dass wir nicht hungern mussten wie manch andere Menschen. Was für ein Glück, dass wir keine Juden in Polen waren. Was für ein Glück, dass wir nicht wie die Leute waren, die auf der anderen Seite des Flusses lebten. Ich lernte, bestand die Prüfungen ohne bezahlte Hilfslehrer und wurde von einer Schule in New Hampshire angenommen, die man nur nach einer stundenlangen Fahrt über eine kurvenreiche Strecke erreichte, auf der Minerva sich mit Sicherheit übergeben musste.

Ich kehrte nur noch zweimal nach Hause zurück. Das erste Mal nach dem Tod meiner Großmutter Mrs Ivory. Die Anwälte verkündeten offiziell, dass ich das Familienanwesen der Ivorys geerbt hatte. Es war auf mich übergegangen, nicht auf Minerva. Doch als angebliche Mutter hatte sie das Recht, über mein Erbe zu entscheiden, bis ich fünfundzwanzig war. Gleich danach heiratete sie einen Mann, der behauptete, eine Ölquelle zu besitzen. Falls er tatsächlich eine Quelle besaß, dann war es eine bei jemandem im Garten, in die er eine Flasche Salatöl geschmissen hatte. Das zweite Mal kehrte ich letztes Weihnachten nach Hause zurück, Minerva hielt sich mit ihrem Mann in Florida auf. Ich wollte einiges von meinen Sachen holen. Nichts von mir sollte mehr dort bleiben. Da fand ich dann das Geschenk und den Brief von Onkel Loyalty in der Post.

Als ich erfuhr, dass Minerva nicht meine richtige Mutter war, spürte ich, wie ich auf den Kopf gestellt wurde. Alle meine Gefühle waren in einem Salzstreuer gewesen, und immer war ein wenig herausgeklopft worden. Doch jetzt war alles auf einmal herausgekommen. Endlich verstand ich so vieles. Minerva hasste mich. Sie mochte mein Gesicht nicht, weil es das Gesicht der Frau war, die mein Vater geliebt hatte. Sie konnte mich nicht lieben. Ich konnte sie nicht lieben. An mir gab es nichts auszusetzen, außer dass ich das Kind von jemand anderem war. Ich war überglücklich. Ich konnte ich sein! Doch gleich darauf bekam ich Angst. Ich wusste weiterhin nicht, wer ich war. Ich war noch immer wie dieser große, leere Nikolaussack.

Und da bin ich nun, das neunmalkluge Mädchen, das noch nicht so ganz weiß, wer es ist. Ich finde mich nicht zurecht. Aber hier in China fühle ich mich besser, weil alles so anders ist und kein Fremder sich hier zurechtfinden würde. Ich meine damit nicht die Straßen. Ich meine, alles hier ist neu und merkwürdig. Die Sprache ist anders, und man kennt die Umgangsformen nicht. Und diese ganze Verwirrung schiebt die andere Verwirrung weg, in der ich lebte. Ich kann von vorne anfangen. Ich kann wieder dreieinhalb sein. Ich kann ein paar Wörter lernen: ›Milch‹, ›Löffel‹, ›Baby‹, ›heb mich hoch‹. Zugleich erinnere ich mich an diese Wörter. Ich habe das Gefühl, ein Teil von mir steckt in ihnen, und ein Teil von mir kommt dadurch zurück. Sie sind wie eine Erinnerung, eine Erinnerung an mich und an dich. Ich weiß noch, wie ich sagte: ›Ich habe Angst.‹ Ich weiß nicht mehr, ob auf Chinesisch oder auf Englisch. Ich weiß auch noch, wie ich als kleines Mädchen in den Armen meiner Mutter war, in deinen Armen. Ich weiß, dass du es warst, denn als ich in Shanghai ankam und wir im Auto saßen, habe ich dein Kinn betrachtet. Ich erinnerte mich, dasselbe Kinn gesehen zu haben, wenn du mich auf dem Arm hattest. Ich habe dich immer ans Kinn gestupst, und wenn du gelächelt hast, hat es sich verzogen, wie ein kleines Gesicht. Es veränderte sich, wenn du geredet oder gelacht hast. Es veränderte sich, wenn du traurig oder wütend warst. Im Auto habe ich gesehen, dass sich dein Kinn gekräuselt hat. Da wusste ich, dass du Angst hast, denn ich habe mich erinnert, wie du mich einmal auf den Armen hattest, als ich klein war. Ich bin auf und ab gehüpft, weil du gerannt bist. Ich jammerte: ›Ich habe Angst.‹ Du hast mich in deiner Sprache beruhigt: ›Du musst keine Angst haben.‹ Und dann hat mich jemand von dir weggezerrt. Ich langte nach deinem Gesicht, und dein Kinn hat sich gekräuselt, ganz stark. Du hast meinen Namen gerufen und hattest Angst. Deshalb hatte ich auch Angst.«

Flora und ich unternahmen am frühen Morgen Spaziergänge und beobachteten, wie das Leben auf den breiten Boulevards und in den engen Gassen erwachte. Flora wollte Shanghai verstehen, das Shanghai, das ich und ihr Vater erlebt hatten. Wie war es, chinesisch zu sein? Wie war es für jemanden aus dem Westen in dieser Stadt? Wessen Moral war strenger? Welche Frau wäre aus mir geworden, wenn meine Mutter nicht weggegangen wäre?

Die letzte Frage hatte ich mir unablässig selbst gestellt. Welche Frau wäre aus mir geworden? Hätte ich in San Francisco gelebt?

Hätte ich dann anders gedacht? Wäre ich glücklicher gewesen? »Ich wollte gern woanders leben«, erzählte ich Flora. »Aber ich wollte kein anderer Mensch werden. Ich wollte sein, wer ich schon immer war. Das hat sich bis heute nicht geändert.«

Wir gingen zum Haus an der Bubbling Well Road, wo Edward und ich einst gewohnt hatten. Jetzt befand sich darin eine Mittelschule für die Kinder von Ausländern.

»Ausländer«, sagte Flora. »Ich bin Ausländerin.«

Der große Baum stand noch im Garten. Wir stellten uns in seinen Schatten, genau wie damals, bevor Flora mir weggenommen wurde. Die Steinbank war auch noch da, mit einem Schild mit Edwards Namen. Darunter wuchsen Veilchen. Meine Mutter und ich hatten das Schild vor einer Woche dort anbringen lassen und die Blumen neu gepflanzt. Sie hatte der Schule eine hübsche Summe gespendet und dafür bezahlt, dass ein Gärtner die Anlage in Zukunft pflegte.

»Liegt er wirklich hier begraben?«, fragte Flora.

Ich nickte. Ich dachte daran, wie die Erde auf den Schrank fiel, der als Edwards Sarg gedient hatte. Der alte Kummer war wieder da: Edward, wie konntest du mich verlassen?

Flora legte sich auf die Veilchen und schloss die Augen. »Ich möchte spüren, dass er mich in den Armen hält.«

Ich stellte mir vor, wie Edward Klein Flora wiegte und sie staunend ansah, wie er sie tröstete und ihr sagte, sie sei rein und unversehrt.

Flora und meine Mutter blieben einen Monat. Ein paar Tage vor ihrer Abreise hatte ich das Gefühl, dass sie mir wieder entrissen wurden.

»Komm uns doch in San Francisco besuchen«, sagte meine Mutter. »Du hast eine Geburtsurkunde auf den Namen Danner, somit bist du amerikanische Staatsbürgerin. Ich kann dir helfen, sie zu besorgen. Aber vielleicht hast du ja deine Zweifel, ob ich das noch einmal versuchen soll.«

»Wir würden kein Visum für Loyalty bekommen. Tausende von chinesischen Staatsbürgern wollen weg, und das Konsulat weiß genau, dass sie nicht zurückkehren werden. Ich kann Loyalty nicht allein lassen«, sagte ich. »Er würde allein nicht zurechtkommen.« Ich verriet ihr nicht, dass Loyalty mir schon das Versprechen abgenommen hatte, nicht ohne ihn wegzufahren. Er hatte Angst, es würde mich nach Amerika ziehen, weil ich jetzt nicht nur meine Mutter, sondern auch meine Tochter gefunden hatte. Wenn jemand nach Amerika geht, kommt er lange nicht zurück, hatte er gesagt. »Nach dem Krieg besuchen Loyalty und ich euch«, versprach ich meiner Mutter. »Oder du kommst her und bringst Flora wieder mit. Wir könnten den Berg besteigen, auf dem ich mit Edward einst war, oder wir fahren nach Hongkong oder Kanton, dort bin ich noch nie gewesen. Wir könnten zusammen etwas Neues kennenlernen.«

Meine Mutter sah mich mitleidig an. Sie wusste, dass ich Flora wiedertreffen wollte. »Ich sehe zu, was ich tun kann.« Sie drückte meine Hand.

Drei Tage später standen Loyalty, Zauberkürbis und ich mit Flora und meiner Mutter am Hafen. Wie lange würde es dauern, bis wir uns wiedersehen konnten? Wie lange würde der Krieg gehen? Welche anderen schrecklichen Dinge konnten bis zu unserem nächsten Treffen passieren? Was, wenn ich Flora ein weiteres Mal zehn, fünfzehn Jahre lang nicht sah? Was, wenn meine Mutter starb, während sie einen Brief an mich schrieb? Sie verließen mich erneut. Es war zu früh.

Zauberkürbis drückte Flora einen Beutel mit kandierten Walnüssen in die Arme. Sie hatte sie zwei Tage lang gekocht. »Flora sieht genauso aus wie du in dem Alter«, sagte Zauberkürbis. Sie hatte das fast jeden Tag seit Floras Ankunft gesagt. »Ich habe mich immer gefragt, was passiert wäre, wenn jemand dich gerettet hätte. Dann wäre ich jetzt ganz allein. Ich wollte natürlich, dass du gerettet wirst, aber…« Sie drückte sich die Faust an den Mund, damit sie nicht weinte. »Sie gehen zu sehen, das ist, als würde ich dich gehen sehen.« Flora umarmte sie und dankte Zauberkürbis auf Chinesisch für die gute Fürsorge, als sie klein war.

Es wurde Zeit, Abschied zu nehmen. Flora kam zu mir und sagte merkwürdig steif: »Ich weiß, dass wir uns bald wiedersehen werden. Und wir schreiben uns oft.«

Ich dachte, sie würde etwas für mich empfinden, und nun stellte ich bestürzt fest, dass dem gar nicht so war. Sie konnte jetzt nicht gehen. Ich brauchte mehr Zeit mit ihr. Ich zitterte.

Sie nahm meine Hände. »Diesmal ist es nicht so schlimm, oder? Ich fahre weg, aber ich komme zurück.« Sie schlang mir die Arme um den Hals, drückte mich fest und flüsterte: »Wie habe ich dich genannt, als ich klein war und sie mich von dir weggenommen haben? Mama, oder? Stimmt das? Ich habe dich gefunden, Mama. Ich werde dich nie mehr verlieren. Meine Mama ist aus einer Erinnerung wiedergekommen, und Klein Flora ist auch wieder da.«

Ich flüsterte ihr zu, dass ich sie lieb hätte. Mehr brachte ich nicht heraus.

»Nicht mehr traurig sein«, sagte sie. Sie küsste mich auf die Wange und löste sich von mir. »Da ist wieder das Gesicht auf deinem Kinn.« Sie stupste es, bis ich lachte. »Wir müssen keine Angst mehr haben«, sagte sie. Sie drückte mir noch einen Kuss auf die Wange. »Ich hab dich lieb, Mama.«

Sie ging mit meiner Mutter über das Fallreep. Dreimal drehte sie sich um, um zu winken, wir winkten zurück. Ich sah ihnen zu, wie sie hinaufgingen, und als sie oben angelangt waren, winkte sie noch einmal. Wir winkten wie wild, bis Flora den Arm senkte. Sie stand still da und sah mich an. Dann ging sie mit meiner Mutter unter Deck, und sie waren verschwunden.

Ich entsann mich ein weiteres Mal des Tages, an dem ich Shanghai verlassen sollte, um nach San Francisco zu reisen. Meine Mutter hätte auf mich warten sollen. Sie tat es nicht. Sie hätte zurückkehren sollen. Sie tat es nicht. Das amerikanische Leben, das ich hätte leben sollen, war auf einmal vorbei, und an diesem Tag wusste ich nicht mehr, wer ich war.

In schlaflosen Nächten, wenn ich mein Leben nicht ertrug, dachte ich an dieses Schiff und stellte mir vor, ich wäre an Bord. Ich war gerettet worden! Ich war der einzige Passagier, stand an der Reling des Schiffs und sah zu, wie Shanghai immer kleiner wurde – ein amerikanisches Mädchen in einem Matrosenkleid, eine jungfräuliche Kurtisane in einer Seidenjacke mit hohem Kragen, eine amerikanische Witwe, der die Tränen über das Gesicht liefen, eine chinesische Ehefrau mit einem blauen Auge. Über die Jahre drängten sich hundert Versionen von mir auf, immer stand ich an Deck und schaute zurück auf Shanghai. Doch das Schiff legte nie ab, und ich würde wieder von Bord gehen und jeden Morgen mein Leben von Neuem anfangen müssen.

Nun sah ich mich auf dem Schiff als das Mädchen im Matrosenkleid. Ich war auf dem Weg nach Amerika, wo mich meine Mutter nach San Francisco bringen und dort großziehen würde. Ich würde in einem schönen Haus aufwachsen und in einem Zimmer mit sonnengelben Wänden schlafen, mit einem Fenster neben einer Eiche und einem zweiten Fenster mit Blick auf das Meer. Von diesem Fenster aus würde ich bis hinüber zu einer Stadt am Ende des Meeres sehen können, zu einem Hafen am Huangpu-Fluss, wo ich mit Zauberkürbis, Edward, Loyalty, meiner Mutter und Klein Flora stand und dem Mädchen in dem Matrosenkleid zuwinkte, während das Schiff sich entfernte. Ich winkte, bis es ganz verschwunden war.

Danksagung

Viele Freunde und Familienmitglieder haben mich während der acht Jahre unterstützt, die ich brauchte, um dieses Buch zu schreiben. Ich will versuchen, euch das in ähnlicher Weise zurückzugeben.

Für die Hilfe, diese Geschichte und mich am Leben zu erhalten, danke ich besonders meinem Mann Lou DeMattei. Er hatte viel Verständnis dafür, dass ich allein sein und mich einschließen musste. Er brachte mir Frühstück, Mittagessen und Abendessen an den Schreibtisch, an den ich bis zum Abgabetermin gefesselt war. Meine Agentin Sandy Dijkstra rettete mich wieder einmal vor meinen eigenen Patzern und Sorgen, sodass ich in Ruhe schreiben konnte. Molly Giles, die immer meine erste Leserin ist, sah sofort die Fehlstarts und schob mich mit klugen Ratschlägen geduldig voran. Hätte ich nur von Anfang an alles befolgt.

Drei Menschen bin ich sehr dankbar für ihr Wissen über Kurtisanen in Shanghai während der Jahrhundertwende. Sie machten mir ihre Studien und Fotografien in zahllosen E-Mails zugänglich: Gail Hershatter (*The Gender of Memory*), Catherine Yeh (*Shanghai Love*) und Joan Judge (*The Precious Raft of History*). Ich entschuldige mich, falls ich ihre Erkenntnisse durch meine Fantasie etwas verzerrt habe.

Bei der Recherche zu diversen Orten danke ich Nancy Berliner, ehemalige Kuratorin für chinesische Kunst am Peabody Essex Museum. Sie sorgte dafür, dass Lou und ich in einem vierhundert Jahre alten Herrenhaus im Dorf Huangcun wohnen durften.

Meine Schwester Jindo (Tina Eng) brachte uns von Shanghai aus mit Zügen und Autos in das Dorf. Weil ich vier Tage ausschließlich Chinesisch mit ihr sprechen musste, verbesserten sich meine Sprachkenntnisse enorm, sodass ich am Ende schon viel von dem familiären Klatsch und Tratsch, den jede Geschichte braucht, verstehen konnte. Lisa See, die an der Reise teilnahm, trotzte der Kälte, obwohl mildes Wetter vorhergesagt war. Wir schwelgten in historischen Details und gaben uns gemeinsam der Entfaltung menschlicher Dramen hin. Sie hat darauf bestanden, dass ich den Namen des Dorfteichs in meinem Buch verwende, auch wenn Mondteich ein perfekter Name für ein Dorf in ihrem Roman gewesen wäre. Cecilia Ding vom Yin Yu Tang Service Project versorgte uns mit vielen Hinweisen über die Geschichte von Huangcun, das alte Haus, die Straßen von Alt-Tunxi in Huangshan und die Gelben Berge.

Museen waren für mich immer wichtig beim Schreiben, sowohl zur Inspiration als auch zur Recherche. Die Shanghai Exhibition im Asian Art Museum in San Francisco öffnete mir die Augen über die Rolle, die die Kurtisanen bei der Einführung der westlichen Kultur in Shanghai spielten. Maxwell Hearn, Kurator der Asienabteilung im Metropolitan Museum of Art in New York, stellte uns Informationen über die Denkweise der Gelehrten zur Verfügung, ebenso über den grünäugigen Dichter, der über Geister schrieb, die er angeblich gesehen hatte. Durch Tony Bannon, einst Direktor des George Eastman House in Rochester, New York, bekam ich Zugang zu Archiven und Sammlungen von Aufnahmen, auf denen Frauen im China zur Zeit der Jahrhundertwende zu sehen sind. Er zeigte mir auch einen restaurierten Film über ein Stadtmädchen, das zur Prostitution gezwungen wurde. Dodge Thompson, Ausstellungsleiter an der National Gallery of Art in Washington, D.C., führte mich durch die Werke der Künstler der Hudson River School, unter denen auch welche von Albert Bierstadt waren. Die Inspiration zu dem Bild *Das Tal der Verwunderung* stammt von einem eiligen Besuch in der Alten Nationalgalerie in Berlin. Danach erinnerte ich mich an ein eindrucksvolles Bild mit diesem

Titel. Leider habe ich mir nicht aufgeschrieben, wie der Künstler hieß. Doch ich denke, es war Carl Blechen, seinen fantastischen Landschaften wird in der Alten Nationalgalerie viel Platz eingeräumt. Falls jemand das Bild entdeckt, lasse man es mich bitte wissen. Irgendwie habe ich das Gefühl, versagt zu haben, weil ich es noch nicht wiedergefunden habe.

Meine Shanghai-Recherchen wurden ebenfalls großartig unterstützt: Steven Roulac stellte mir seine Mutter Elizabeth vor, die von ihrer Zeit als Ausländerin im Internationalen Distrikt in Shanghai während der dreißiger Jahre erzählte. Orville Schell, Direktor des Center on U.S.-China Relations bei der Asia Society in New York, klärte mich über mehrere historische Episoden in China auf, etwa über die Entstehung der Neuen Republik und die Bewegung gegen die Ausländer. Der verstorbene Bill Wu stellte mir die ästhetische Welt des Gelehrten vor – die Ausstattung eines Gelehrtenhauses, der Garten, die Wandtafeln mit Gedichten (dieses Haus gab es außerhalb von Suzhou). Duncan Clark stieß auf alte Straßenkarten von Shanghai, sodass wir genau sehen konnten, wo der alte Kurtisanendistrikt lag. Shelley Lim verbrachte zahllose Stunden damit, mich durch Shanghai zu führen und mir alte Familiensitze zu zeigen, Spukhäuser und die Orte, wo man um Mitternacht die besten Fußmassagen bekam. Monica Lam, Filmproduzentin, der Videofilmer David Peterson und meine Schwester Jindo halfen mir bei meinem ersten Besuch unseres Familienanwesens auf der Insel Qongming, wo meine Mutter aufgewachsen war und meine Großmutter sich umgebracht hatte. Joan Chen übersetzte mir lustige Ausdrücke aus dem Shanghaier Dialekt. Häufig waren schmutzige darunter, wobei sie wieder ihre Freunde um Hilfe bitten musste.

Viele halfen mir, Orte zu besuchen, die meine Geschichte beeinflussten: Joanna Lee, Ken Smith, Kit Wai Lee und die National Geographic Society machten es möglich, dreimal in dem abgelegenen Dorf Dimen in den Bergen der Provinz Guizhou zu wohnen. Kit (»Onkel«) verbrachte Stunden und Tage und Wochen mit mir, er vermittelte mir Informationen über die Gebräuche und die

Geschichte des Dorfs und stellte mir auch einige seiner Bewohner vor. Viele von ihnen hatten ihr Haus bei einem großen Brand verloren, der ein Fünftel des Dorfes zerstört hatte. Emily Scott Pottruck begleitete mich auf meinen Reisen als Freundin, Assistentin, Organisatorin und als Schutzschild bei auftauchenden Problemen. Mike Hawley sorgte dafür, dass wir nach Bhutan und in entlegene Winkel dieses Landes reisen konnten, die auch als Setting für bestimmte Szenen dienten, zum Beispiel für die Fünf Söhne des Himmelsbergs.

Was Details betrifft, war die Unterstützung sehr groß: Marc Shuman gab mir Informationen über den Unsterblichkeitspilz *Ganoderma lucidum* (Glänzender Lackporling), der mir sogar selbst gesundheitlich half. Michael Tilson Thomas spielte mir Klaviermusik für die linke Hand vor, was mich dazu inspirierte, einen linkshändigen Pianisten in den Roman einzubauen. Joshua Robison unterrichtete mich im Lindy Hop und in der Musik der zwanziger Jahre. Dr. Tom Brady und Dr. Asa DeMatteo klärten mich über das psychiatrische Profil von Kindern auf, die im Alter von vierzehn und drei entführt wurden. Mark Moffett erweiterte mein Wissen über Wespen in Bernsteinstücken und was man durch sie über die Evolution lernen konnte. Walter Kirn drängte mich, eine lange Kurzgeschichte für *Byliner* zu schreiben. Der Protagonist der Geschichte spielte dann eine wichtige Rolle im Roman.

Dafür, dass ich nicht außer Kontrolle geriet, danke ich meiner Assistentin Ellen Moore, die viele Ablenkungen von mir fernhielt und mir bei Abgabeterminen als Gewissen diente. Libby Edelson von Ecco bewies enormes Taktgefühl und Geduld, wenn ich Dateien zu spät oder wenn ich die falschen geschickt hatte. Die Redakteurin Shelly Perron arbeitete unter enormem Zeitdruck, und sie verhinderte nicht nur tausendmal, dass ich mich blamierte, sondern sie erklärte mir zudem, was sie als Leserin noch gern wissen wollte. Ich bin sehr dankbar für die Hilfe der vielen Mitarbeiter in Sandy Dijkstras Agentur wie auch bei Ecco – alle haben dieses Buch – und mich – mit offenen Armen aufgenommen. Ihr habt keine Ahnung, wie sehr mich euer Enthusiasmus plagt, weil ich nicht früher fertig wurde.

Was für ein Glück, dass dieses Durcheinander von Buch in die Hände von Daniel Halpern fiel, meinem Lektor und Verleger bei Ecco. Er zeigte nie Angst, sondern nur Begeisterung und absolute Zuversicht, was mich wiederum zuversichtlich machte. Er drängte mich sanft, fertigzuwerden, ohne je verärgert zu sein, auch wenn Letzteres öfter angebracht gewesen wäre. Seine Kommentare, seine kritische Analyse und sein Verständnis der Geschichte entsprachen meinen Absichten und meinen geheimen Hoffnungen, wie das Buch aussehen sollte. Die in ihm enthaltenen Fehler sind allerdings mir allein zuzuschreiben.